Howard Phillips Lovecraft

CHRONIK DES CTHULHU-MYTHOS I

Besuchen Sie das Haus der Fantastik im Internet:

www.Festa-Verlag.de

H. P. LOVECRAFT

CHRONIK DES
CTHULHU-MYTHOS

Band I

Mit einem Vorwort und Erläuterungen
von Marco Frenschkowski

FESTA

Originalausgabe
© dieser Ausgabe 2011 by Festa Verlag, Leipzig
Titelbild: Alan Lathwell
Buchrückenbild: Viktor Kvant
Rückseitenbild: Claire Beard
Illustration Seite 7: Allen Koszowski
Alle Rechte vorbehalten

ISBN 978-3-86552-144-6

INHALT

VORWORT
Seite 9

DAGON
Seite 15

NYARLATHOTEP
Seite 27

STADT OHNE NAMEN
Seite 33

DIE MUSIK DES ERICH ZANN
Seite 53

DAS FEST
Seite 67

DER RUF DES CTHULHU
Seite 81

DIE FARBE AUS DEM ALL
Seite 125

GESCHICHTE DES NECRONOMICONS
Seite 165

DER FALL CHARLES DEXTER WARD
Seite 175

DAS GRAUEN VON DUNWICH
Seite 351

DER FLÜSTERER IM DUNKELN
Seite 411

VORWORT

H. P. Lovecrafts »Cthulhu-Mythos« ist ein stabiler Baustein der fantastischen Welten des 20. und 21. Jahrhunderts. Zwar stammt dieser Begriff nicht vom Autor selbst, und er wirft auch einige Probleme auf: Cthulhu ist keineswegs die Zentralgestalt der Lovecraftschen Mythen, und überhaupt lässt sich nur begrenzt von einer zusammenhängenden Mythologie sprechen, als wäre diese ein kohärentes gedankliches System oder auch nur ein festes Figureninventar. Es lässt sich aber doch sofort sehen, was damit gemeint ist, wenn wir also etwas vage und in Ermangelung eines besseren Begriffs vom »Cthulhu-Mythos« sprechen. Im Schatten der Erzählungen H. P. Lovecrafts ist eine ganze Literatur entstanden, die ihre typischen Konstanten hat. Nicht nur tauchen bestimmte Dämonen, Götter, verbotene Bücher, böse Kulte, halbmenschliche Zwischenwesen, änigmatische Orte und monströse Ereignisse immer wieder auf. Das ist sozusagen nur die Außenseite, und viele Autoren haben nur diese Außenseite nachgeahmt. Der eigentliche Charme der Erzählungen Lovecrafts liegt aber in ihrer Leidenschaft, das Einbrechen von etwas Fremdem, Mythischem, Unheimlichem, Gewaltigem, Grausigem in eine vertraute, »nahe« Lebenswelt zu schildern. Das gelingt ihm oft besser als allen seinen Nachahmern, und das ist die »Innenseite« des Cthulhu-Mythos.

Die mythischen Züge in den Erzählungen dieses Bandes sind kein bloßes Beiwerk und schon gar keine beliebig verwendbaren Versatzstücke: Sie sind Bausteine eines ästhetischen Universums, einer Welt, die sich von anderen literarischen Welten radikal unterscheidet. Die Lovecraftsche Mythologie ist ein autarkes System, das durchaus mit Imaginationen wie der Tolkien-Welt oder der *Star Trek*-Welt verglichen werden kann. Allerdings ist Lovecrafts Mythologie keine Fantasy und auch keine SF, und viel weniger um Kohärenz bemüht. Das unterscheidet sie (wohltuend, würden manche sagen) von den zahlreichen Tolkien-Epigonen, die sich darin üben, Zwergen-, Elben- und Zauberernamen zu erfinden und diese in immer neuen Konflikten zwischen imaginativen Völkern mit wenig divergierenden Besonderheiten anzusiedeln. Insbesondere: Fantasy will im Anderen, im Fremden, das Eigene entdecken. Die Konflikte der Fantasy drehen sich letztlich genauso wie die der menschlichen Welt um Liebe, Erfolg, Erwachsenwerden, Konkurrenz, Macht, Ruhm und Ehre, Sex, Tod, die Themen des Menschseins. Die »Fremdheit« einer Fantasywelt ist in gewisser Hinsicht eine Maske: wir tragen diese Maske, um das Eigene verfremdet wiederzufinden und (vielleicht) neu sehen zu lernen. Fantasy kann große Literatur sein, aber sie ist etwas völlig anderes als das, was bei Lovecraft geschieht (obwohl Lovecraft auch einige Geschichten geschrieben hat, die stärkere Berührungen zur Fantasy haben, aber um diese geht es in diesem Band nicht).

Die artifiziellen Mythologien Lovecrafts haben eine völlig andere Absicht und entspannen eine völlig andere Ästhetik. Ihr Thema ist der Kosmos in seiner Fremdheit, das Abgründige als das, was der Mensch in seinen vertrauten Denkkategorien nicht begreifen kann, das Unheimliche als das Gegenteil des Heimeligen und Vertrauten. Darum kann der »Cthulhu-Mythos« gerade nicht kohärent sein, sondern besteht wesentlich in Anspielungen, die seine ästhetische Funktion prägen. Lovecrafts düstere, szientistische, an menschlichen Beziehungen und ihren Verwicklungen gänzlich uninteressierte (daher z. B. auch unerotische) Kunst spricht andere Teile unserer Persönlichkeit an als es Fantasy oder auch Mainstreamliteratur tut, und sie spricht vielleicht auch andere Menschen an. Lovecraft ist ein Autor unheimlicher Fantastik – genauer gesagt: Er ist für viele *der* Autor des Unheimlichen. Stephen King hat einmal gesagt, nach Lovecraft gäbe es in diesem Genre nur zwei Arten von Autoren: solche, die versuchten, zu schreiben *wie* HPL (wie ihn Amerikaner gerne abkürzen), also ihn nachzuahmen, und solche, die versuchten, *nicht* wie er zu schreiben. Es gab an Auflagenhöhe erfolgreichere unheimliche Autoren im 20. Jahrhundert – aber keinen, der in einem solchem Maße wie Lovecraft zu einer fast selbstverständlichen Referenzgröße des Genres geworden ist. Der Cthulhu-Mythos ist dabei eine wichtige Facette in seinem Werk.

Dabei ist Lovecraft kein Schriftsteller unserer unmittelbaren Gegenwart. 1890 in Neuengland geboren, hat er dort auch (bis auf zwei Jahre in New York) fast sein ganzes Leben verbracht und ist 1937 gestorben. Seine literarischen Ideale lagen im 18. Jahrhundert (nicht etwa im 19.), was für heutige Lesegewohnheiten befremdlich ist. Sein Markt waren die Pulpzeitschriften der amerikanischen Unterhaltungsliteratur, mit denen er einen ständigen Kampf um literarische Standards führte und die seine Geschichten gerne gnadenlos »modernisiert« und gekürzt hätten. Glücklicherweise hat Lovecraft aber auf die Wünsche seines Publikums keinerlei Rücksicht genommen, und ist so zum großen Klassiker des Unheimlichen im 20. Jahrhundert geworden, so wie es Edgar Allan Poe im 19. Jahrhundert war. Gerade als »erratischer Block«, als Fremdkörper in der Literatur, wurde Lovecraft nicht nur interessant, sondern auch zur bleibenden Herausforderung.

Und die bekannteste Spielart der Lovecraftschen Geschichten sind nun jene, die mit unserem etwas vagen Begriff »Cthulhu-Mythos« genannt wurden. Sie sind vielfach vernetzt: Tatsächlich hat man gesagt, dass alle Erzählungen des Cthulhu-Mythos als Kapitel eines einzigen großen Romans gelesen werden könnten. Vor allem aber sind sie verbunden durch ihre Leidenschaft für das Dunkle, Grausige, ihre Neugier. Lovecrafts Stil ist wegen seiner Liebe für klingende Adjektive oft gerügt worden, aber er ist doch von erheblicher erzählerischer Raffinesse, vor allem in Hinsicht auf seine Erzählperspektive. Seine Ich-Erzähler (1. Person Singular ist häufig) wehren sich gegen ihre eigene Erkenntnis: Sie versuchen sozusagen noch einige Zeit, sich etwas vorzumachen, ehe sie von ihrer eigenen Erkenntnis des Schrecklichen überwältigt werden. Auch Erzählungen, die in 3. Person Singular geschrieben sind, setzen diesen Prozess der zögernden Einsicht um. Ein weiteres Stilmittel ist die Mehrdimensionalität des Unheimlichen: In der »Story« verbergen sich zahlreichen Andeutungen, die noch sehr viel Weitergehendes suggerieren als tatsächlich erzählt wird. Auf diese Feinheiten wird man oft erst bei einem zweiten und dritten Lesen aufmerksam.

Ist Lovecrafts Mythologie religiös? Sie ist es natürlich nicht in einem flachen und offensichtlichen Sinn. Lovecrafts Universum hat keinen guten Gott (und auch keinen bösen, denn Azathoth ist etwas anderes). Dennoch ist Lovecrafts Leidenschaft für das »Ganze«, für die Stellung des Menschen im Kosmos (ohne jeden New-Age-Kitsch) im Kern religiös, wie schon seinen Zeitgenossen auffiel und wie es etwa sein Freund Robert Bloch deutlich ausgedrückt hat. Daneben tritt die Verfremdung vieler traditioneller Motive. Robert M. Price hat schon vor Langem darauf hingewiesen, dass Lovecrafts »Götter« eigentlich Aliens sind. Man könnte Lovecraft insofern auch irgendwie in der Ahnenreihe der Präastronautik verordnen, etwa im Sinn eines Charles Hoy Fort (1874–1932), dessen Bücher er jedoch erst ab März 1927 kennenlernte. Allerdings hat er diese Ideen nur als literarische Vehikel benutzt und sich immer energisch von denen losgesagt, die ihm etwa okkulte oder fantastische Weltbilder unterstellen wollten: In seinem persönlichen Denken war Lovecraft dem wissenschaftlichen Positivismus und Historismus des 19. Jahrhunderts verpflichtet, zugleich den neuen Entdeckungen am Beginn des 20. (Relativitätstheorie u.ä.), die er mit Faszination zur Kenntnis nahm, und lehnte jedes metaphysische Weltbild ab. In religiösen Fragen war er Atheist (kein Agnostiker).

Lovecrafts »Große Alte« und »Tiefe Wesen« (und wie sie sonst noch heißen) sind in diesem Sinn wirkliche »aliens« – völlig fremd, anders, sie sprengen die Grenzen dessen, was mit menschlicher Sprache ausgedrückt werden kann (das wird vielleicht am deutlichsten in ›The Colour Out of Space‹). Und so brechen sie in die heimelige Welt des vertrauten Neuengland ein. Diese zeichnet Lovecraft mit liebevollen Details und absoluter Realitätsnähe (z. B. existieren die meisten in Lovecrafts Erzählungen genannten Häuser wirklich). Dieser Kontrast zwischen »Nähe« und »Ferne«, »Vertrautem« und »Anderem« macht Lovecraft zu einem kosmischen Regionalschriftsteller, wenn wir eine paradoxe Begrifflichkeit wagen dürfen. Lovecrafts Obsession (bis zur Monomanie) ist Erkenntnis (nicht einfach Wissen). Seine Helden sind keine Actionfiguren, sondern Forscher, die mit einer unbezähmbaren Neugier selbst ihr eigenes Verderben in Kauf nehmen, um das Unbekannte zu erkunden. Dabei sind sie aber zugleich oft hilflos, ja eigentümlich gelähmt angesichts des Schrecklichen, das sie miterleben. In diesen Figuren spiegelt sich auch etwas von Lovecrafts Persönlichkeit. Dennoch passiert nicht wenig in diesen Geschichten, und Spannung ist ihnen nicht abzusprechen. Die Spannung kommt aber nicht aus menschlichen Beziehungsproblemen (die allenfalls am Rande eine Rolle spielen), sondern aus der Begegnung mit dem Fremden, Unerklärlichen, dem Grausigen und Monströsen.

In einem seiner zahlreichen Gedichte (eine zweisprachige kommentierte Gesamtausgabe ist 2008–2011 bei Edition Fantasia erschienen) schreibt Lovecraft:

> »Can seeing intellect contented lie
> Within the confines of our tiny race,
> When overhead yawns wide the starry sky
> Pregnant with secrets of unfathom´d space?« (Phaëton, 1918).

Das ist sozusagen der Gestus, die Grundhaltung der Lovecraftschen Erzählungen. Durch den Schrecken hindurch meldet sich die Neugier zu Wort, und hinter dem Abscheulichen steht die Faszination, hinter dem Grauen das Staunen.

Die Vorworte zu den Einzeltexten im vorliegenden Band erschienen zuerst in der von mir, Joachim Körber und Uli Kohnle 1999–2001 herausgegebenen und inzwischen vergriffenen kommentierten Gesamtausgabe der Erzählungen Lovecrafts (Band 1–5 der mittlerweile 13 Bände umfassenden »großen« Gesamtausgabe Lovecrafts, von der weitere Bände in Planung sind). Sie wurden jedoch für diese Ausgabe überarbeitet und zum Teil erheblich verbessert, auch im Licht der explosiv weiterwachsenden Lovecraftforschung der USA. Ihr Zweck ist dabei nicht unbedingt wissenschaftlicher Art: Sie wollen nicht eine scheinbare literaturwissenschaftliche Objektivität erzeugen oder Ähnliches, sondern das Vergnügen an den Geschichten, die Lust an ihrer Welt durch konkrete Hintergrundinformationen vertiefen.

Marco Frenschkowski   Januar 2011

DAGON
Dagon

Mitte 1917 war Lovecraft allmählich literarisch erwachsen geworden. Einen bürgerlichen Brotberuf hatte er nicht (und sollte ihn nie haben), aber aus der Lethargie seiner späten Jugend war er erwacht, hatte in der Welt des Amateurjournalismus viele Freunde gefunden (Menschen, die nicht für Geld, sondern nur um eines literarischen Ideals willen schrieben; der damals übliche Begriff »Amateure« ist insofern irreführend). Vor allem: Lovecraft hatte sein Thema gefunden: das Unheimliche, das Schreckliche. Freilich befindet er sich stilistisch noch in einer Phase des Experimentierens. E. A. Poe ist sein großes Vorbild (in der folgenden Erzählung noch deutlich zu spüren), aber er hat auch bereits Mut zu Eigenem.

Die Erzählung ›Dagon‹ wurde wohl im Juli 1917 niedergeschrieben, mitten im 1. Weltkrieg, den Lovecraft aus der Distanz seines geliebten Neuengland wahrnahm (gerne wäre er Soldat geworden). Einige Vorkenntnisse sind wie immer bei Lovecraft erforderlich, um die Geschichte mit Verständnis lesen zu können. Dagon ist eine Gestalt des Alten Testaments, ein Gott der Philister (vor allem 1. Sam. 5; 1. Chron. 10). Da der Name an das hebräische Wort für »Fisch« anklingt (dag), wurde dieser Gott bei den Kirchenvätern gerne als fischgestaltig angesehen (in Wahrheit kommt der Name allerdings von einem kanaanäischen Wort dagan »Getreide«). Ein Gott der Meerestiefen, selbst fischgestaltig und mit einem Kult, der seit Urzeiten tot ist – das hat Lovecrafts Fantasie beschäftigt.

›Dagon‹ gilt mit Recht als ein frühes kleines Meisterwerk. Später hat Lovecraft in mehreren Essays einige Ideen dieser Geschichte verteidigt, z. B. den leblosen, monotonen Charakter des Ozeanbodens (im Gegensatz zum Boden in Küstennähe), sowie die Möglichkeit, dass große Landmassen unter dem Meer versinken und auch wieder auftauchen können (also das Atlantismotiv). Da Lovecraft meist keine sehr hohe Meinung vom Wert seiner Texte hatte und sein eigener schärfster Kritiker war, ist diese Verteidigung von ›Dagon‹ gegen Angriffe von Gegnern auffällig.

Im wichtigsten dieser Essays (›In Defense of Dagon‹, 1921) schreibt Lovecraft u. a.: »Die Romantik beruft sich auf das Gefühl, der Realismus auf den reinen Verstand; aber beide ignorieren die Imagination, welche isolierte Eindrücke in prachtvolle Muster webt und seltsame Beziehungen und Assoziationen zwischen den Objekten der sichtbaren und unsichtbaren Natur findet. Die Fantasie existiert, um die Bedürfnisse der Imagination zu befriedigen, aber da Imagination so viel seltener ist als Emotion und analytischer Verstand, folgt es von selbst, dass dieser literarische Typ wenig verbreitet ist und nur wenige anspricht. Imaginative Künstler gab es nur wenige und sie haben nie Anerkennung gefunden. Blake wird schmerzlich unterschätzt. Poe wäre nie verstanden worden, hätten sich nicht die Franzosen die Mühe gemacht, ihn aufzuwerten und zu interpretieren. Dunsany wurde nichts als Kälte oder lauwarmes Lob entgegengebracht. Und neun von zehn Menschen haben nicht einmal gehört von Ambrose Bierce, dem größten Erzähler, den Amerika – abgesehen von Poe – je besaß. Der imaginative Schriftsteller widmet sich der Kunst in ihrem essenziellen Sinn. Es ist nicht sein Geschäft, eine hübsche Kleinigkeit für Kinder zu produzieren, eine nützliche Moral aufzuzeigen, oberflächlich »erhebendes« Zeug für den verspäteten Viktorianer zusammenzubrauen oder unlösbare menschliche Probleme didaktisch aufzuwärmen. Er ist ein Maler der Stimmungen und Bilder des Geistes – die sich entziehenden Träume und Fantasien fängt er ein und baut er aus – er ist ein Reisender in jene unbekannten Länder, die nur selten durch den Schleier des Tatsächlichen hindurch erblickt werden, und nur von dem wahrhaft Empfänglichen. [...] Er kann alle Stimmungen aufnehmen, seien sie licht oder dunkel. »Gesundheit« und »Nützlichkeit« sind ihm fremde Worte. Er spiegelt die Strahlen, die auf ihn fallen, fragt aber nicht nach ihrem Ursprung. Er ist nicht »praktisch« – armer Kerl – und manchmal stirbt er in Armut; schließlich leben alle seine Freunde in der Stadt des Niemals [»city of never«] im Land des Sonnenuntergangs, oder in den antiken Felsentempeln von Mykenae oder den Höhlen und Katakomben von Ägypten und Meroë. [...] Nun liegt es mir fern, mich selbst für einen solchen imaginativen Künstler zu halten. Es ist mein Privileg, aus dem Abgrund der Mittelmäßigkeit heraus zu bewundern, und im Rahmen meiner begrenzten Möglichkeiten nachzuahmen. Doch kann das, was ich über imaginative Literatur gesagt habe, erklären, was ich mühsam und mit wenig Erfolg zu erreichen versuche.« Diese Sätze sind Lovecrafts Poetologie in nuce. Sie zeigen, wie reflektiert er als Erzähler vorging.

›Dagon‹ erschien zuerst in der kleinen Zeitschrift *The Vagrant*, November 1919, dann in *Weird Tales*, Oktober 1923 (und noch einmal Januar 1936). Das Thema der unheimlichen Meerestiefen hat Lovecraft wenig später in ›The Temple‹ und anderen Geschichten wieder aufgenommen, auch solchen des Cthulhu Mythos (vor allen in ›The Call of Cthulhu‹ selbst, weiter unten in diesem Band).

Man kann die Geschichte wenn man will als suizidale, kulturkritische Fantasie lesen: Aus dem Meer, aus der »Tiefe« kommt etwas, das das normale Leben als nicht mehr möglich erscheinen lässt. Für uns aber ist sie ein kreativer Beginn für die Entfaltung einer eigenen Mythologie, die sich dann freilich in ganz anderen Bahnen entwickelte. Das wird etwa bei einem Vergleich mit ›The Call of Cthulhu‹ deutlich. Die Tiefe des Meeres ist natürlich auch ein Symbolraum: ein Ort, an dem die Gesetze der menschlichen Zivilisation nicht gelten, wo uns das »ganz andere« begegnen kann, zugleich ein Sinnbild für die »trockengelegten« Tiefen und Abgründe der Seele. Und genau davon handelt ›Dagon‹.

DAGON

Ich schreibe dies unter beträchtlicher geistiger Anspannung, denn heute Nacht werde ich nicht mehr unter den Lebenden weilen. Ohne einen Penny und am Ende des Vorrats der Droge, welche allein mein Leben erträglich macht, kann ich die Pein nicht länger erdulden; ich werde mich aus diesem Mansardenfenster auf die schmutzige Straße darunter stürzen. Leite aus meiner Morphiumabhängigkeit nicht ab, ich sei ein Schwächling oder degeneriert. Wenn du diese hastig hingekritzelten Seiten gelesen hast, magst du zwar erahnen, aber nie gänzlich begreifen, warum ich das Vergessen oder den Tod suchen muss.

Es war auf einer der offensten und am wenigsten befahrenen Stellen des weiten Pazifik, dass der Dampfer, für den ich als Frachtaufseher verantwortlich war, einem deutschen Kaperschiff zur Beute fiel. Der Große Krieg hatte erst jüngst seinen Anfang genommen, und die Seestreitkräfte der Deutschen waren noch nicht so völlig aufgerieben, wie sie es später sein sollten; daher wurde unser Schiff als rechtmäßige Beute betrachtet, während wir von der Mannschaft mit all dem Anstand und der Rücksicht behandelt wurden, die uns als kriegsgefangenen Matrosen zustand. Tatsächlich war die Aufsicht unserer Wächter so großzügig, dass es mir fünf Tage nach unserer Gefangennahme gelang zu entkommen – allein in einem kleinen Boot, das versehen war mit Wasser und Vorräten für eine geraume Zeit.

Als ich endlich frei und Wind und Wellen ausgesetzt war, hatte ich nur eine vage Ahnung von meiner Position. Ich bin nie ein fähiger Navigator gewesen und konnte anhand des Standes von Sonne und Sternen lediglich ungefähr feststellen, dass ich mich südlich des Äquators befand. Von Längengraden verstand ich nichts, und keine Insel und kein Küstenstreifen waren in Sicht. Das Wetter blieb gut, und ungezählte Tage trieb ich ziellos unter der brennenden Sonne umher und wartete darauf, dass entweder ein Schiff käme oder ich an die Küste eines bewohnten Landes getrieben würde. Doch weder Schiff noch Land tauchten auf, und ich begann an meiner Einsamkeit auf der wogenden Weite ungebrochenen Blaus zu verzweifeln.

Die Änderung trat ein, während ich schlief. Die Einzelheiten werde ich nie kennen, denn mein Schlummer war zwar unruhig und geplagt von Träumen, wurde aber dennoch nicht gestört. Als ich schließlich erwachte, bemerkte ich, dass ich in eine schleimige Fläche höllisch schwarzen Sumpflandes gesogen worden war, das sich um mich in eintönigen Wellen erstreckte, so weit mein Blick reichte, und auf dem in einiger Entfernung mein Boot gestrandet lag.

Obgleich man wohl meinen würde, meine erste Empfindung sei die des Erstaunens über eine so wundersame und unerwartete Verwandlung meiner Umgebung gewesen, war ich in Wirklichkeit eher entsetzt als verdutzt, denn in der Luft und im vermodernden Erdreich lag etwas Finsteres, das mich bis ins Mark erschaudern ließ. Die Gegend war voller verwesender Fische und anderer nicht zu beschreibender Dinge, die ich aus dem widerlichen Schlamm der unendlichen Ebene herausragen sah. Vielleicht sollte ich nicht darauf hoffen, mit bloßen Worten die unaussprechliche Scheußlichkeit vermitteln zu können, die in einer solchen absoluten Stille und Unermesslichkeit liegt. Es gab nichts zu hören, und man sah nichts außer einer gewaltigen Ausdehnung schwarzen Schleims; und doch lastete diese völlige Lautlosigkeit und die Einförmigkeit der Umgebung mit ekelerregender Furcht auf mir.

Die Sonne flammte aus einem Himmel herab, der mir in seiner wolkenlosen Grausamkeit beinahe schwarz erschien, als spiegle er den tiefschwarzen Morast unter meinen Füßen wider. Als ich in das gestrandete Boot kroch, wurde mir klar, dass nur eine Theorie meine Lage erklären konnte: Durch ein beispielloses vulkanisches Aufbäumen musste ein Teil des Meeresbodens an die Oberfläche gestiegen sein, wodurch Regionen ans Licht kamen, die seit unzähligen Jahrmillionen unter unermesslichen Wassermassen verborgen gewesen waren. So groß war die Ausdehnung des unter mir erstandenen neuen Landes, dass ich nicht das leiseste Geräusch des brandenden Meeres ausmachen konnte, so sehr ich meine Ohren auch anstrengen mochte. Ebenso wenig gab es irgendwelche Seevögel, die von den toten Wesen zehrten.

Mehrere Stunden saß ich grübelnd und brütend im Boot, das auf der Seite lag und ein wenig Schatten spendete, während die Sonne über das Himmelszelt zog. Im Laufe des Tages verlor der

Boden ein wenig von seiner Klebrigkeit, und er schien in kurzer Zeit genügend zu trocknen, um sich darauf fortbewegen zu können. In jener Nacht schlief ich nur wenig, und am nächsten Tag machte ich mir ein Bündel mit Nahrung und Wasser zurecht und bereitete mich auf eine Reise über das Land vor, auf der Suche nach dem verschwundenen Meer und einer möglichen Rettung.

Am dritten Morgen fand ich den Erdboden trocken genug, um ohne Mühe darauf gehen zu können. Der Gestank der Fische trieb mich fast in den Wahnsinn, doch war ich mit wichtigeren Dingen beschäftigt und ich machte mich tapfer auf, ein unbekanntes Ziel zu erreichen. Den ganzen Tag kämpfte ich mich vorwärts nach Westen, geleitet von einem weit entfernten Hügel, der sich höher als alles andere über die ausgedehnte Wüstenei erhob.

In der Nacht lagerte ich, und am folgenden Tag wanderte ich weiter in Richtung des Hügels, wenngleich dieser kaum näher zu sein schien als zu dem Zeitpunkt, da ich ihn zum ersten Mal erblickt hatte. Am vierten Abend erreichte ich den Fuß des Hügels, der sich als viel höher herausstellte, als er aus der Entfernung erschienen war, und ein dazwischen liegendes Tal grenzte ihn scharf von der übrigen Oberfläche ab. Zu müde zum Aufstieg, schlief ich im Schatten des Hügels.

Ich weiß nicht, weshalb meine Träume in jener Nacht so wild waren; doch noch ehe der abnehmende und fantastisch gekrümmte Mond sich weit über der östlichen Ebene erhoben hatte, erwachte ich in kaltem Schweiß und beschloss, nicht weiterzuschlafen. Die Visionen, die ich erlebt hatte, waren zu viel, als dass ich sie hätte erneut ertragen können. Und im Schein des Mondes erkannte ich, wie unklug es von mir gewesen war, bei Tag zu wandern. Ohne die Glut der sengenden Sonne hätte meine Reise mich weniger Kraft gekostet, und tatsächlich fühlte ich mich nun dazu bereit, den Aufstieg vorzunehmen, der mich bei Sonnenuntergang noch so abgeschreckt hatte. Ich ergriff mein Bündel und machte mich auf zum Kamm der Anhöhe.

Ich habe gesagt, dass die ungebrochene Eintönigkeit der dahinwogenden Ebene ein Quell vagen Entsetzens für mich war; doch ich glaube, mein Entsetzen war größer, als ich den Gipfel des Hügels erreichte und auf der anderen Seite in einen unermesslichen Abgrund oder Felskrater hinabstarrte, dessen schwarze Winkel der Mond nicht erleuchten konnte, weil er noch nicht hoch genug am Himmel stand. Ich hatte das Gefühl, am Rande der Welt zu stehen und in ein bodenloses Chaos ewiger Nacht zu spähen. In meinem Entsetzen erinnerte ich mich merkwürdigerweise an das *Verlorene Paradies* und Satans schrecklichen Aufstieg durch das ungeformte Reich der Finsternis.

Als der Mond höher am Himmel stand, konnte ich erkennen, dass die Flanken des Tales nicht ganz so senkrecht abfielen, wie ich angenommen hatte. Felsvorsprünge boten leidlich gute Fußstützen beim Abstieg, während nach ein paar Hundert Metern der Abhang allmählich weniger steil verlief. Getrieben von einem Impuls, den ich nicht näher erklären kann, kletterte ich mit viel Mühe den Fels hinunter, kam auf dem sanfteren Abhang zum Stehen und blickte in den stygischen Abgrund, wohin noch kein Licht gedrungen war.

Sogleich wurde meine Aufmerksamkeit von einem gewaltigen und einzigartigen Gegenstand auf dem gegenüberliegenden Hang gefesselt, der sich ungefähr hundert Meter vor mir steil erhob; einem Gegenstand, der im Licht des aufsteigenden Mondes weißlich schimmerte. Schon bald machte ich mir klar, dass es sich dabei lediglich um ein gigantisches Stück Stein handelte; doch seine Konturen und seine Lage konnten nicht das Werk der Natur sein. Eine nähere Betrachtung erfüllte mich mit Empfindungen, denen ich keinen Ausdruck verleihen kann, denn trotz seiner enormen Größe und seines Standortes in einem Krater, der am Boden des Meeres geklafft hatte, seit die Welt jung war, erkannte ich ohne Zweifel, dass dieser sonderbare Gegenstand ein wohlgeformter Monolith war, dessen gewaltige Masse die Kunstfertigkeit und vielleicht auch die Verehrung lebender und denkender Geschöpfe erlebt hatte.

Verwirrt und verängstigt, obschon nicht ohne den gewissen Kitzel eines Wissenschaftlers oder Archäologen zu verspüren, untersuchte ich meine Umgebung etwas näher. Der Mond, der sich nun dem Zenit näherte, schien unheimlich und lebhaft auf die sich türmenden Steilhänge, die den Abgrund umsäumten, und offenbarte, dass ein breites Gewässer über den Boden strömte, welches sich in beiden Richtungen dem Blick entzog und mir fast an den Füßen leckte, als ich auf dem Hang stand. Auf der anderen Seite des Abgrundes umspülten die kleinen Wellen den Fuß des zyklopischen Monolithen, auf dessen Oberfläche ich nun sowohl Inschriften als auch krude Skulpturen erkennen konnte. Die Schrift bestand aus hieroglyphischen Zeichen, die mir nicht bekannt waren und nichts glichen, was ich je in Büchern gesehen hatte. Zum größten Teil bestanden sie aus vereinfachten Sinnbildern des Meeres wie etwa Fischen, Aalen, Kraken, Krustentieren, Mollusken, Walen und so weiter. Einige Schriftzeichen stellten offensichtlich Meerestiere dar, die der heutigen Welt nicht bekannt sind, deren verwesende Leiber ich aber auf der aus dem Meer erstandenen Oberfläche gesehen hatte.

Es waren jedoch die gemeißelten Bildwerke, die mich am meisten in ihren Bann zogen. Über das dazwischen liegende Gewässer hinweg war wegen ihrer gewaltigen Größe eine Reihe von Flachreliefs zu sehen, deren Anblick den Neid eines Doré erregt hätte. Ich glaube, diese Dinge sollten Menschen darstellen – zumindest eine gewisse Art von Menschen, wenngleich die Geschöpfe gezeigt wurden, wie sie sich Fischen ähnlich im Wasser einer Meeresgrotte tummelten oder einen monolithischen Schrein anbeteten, der ebenfalls unter Wasser zu sein schien. Von ihren Gesichtern und Gestalten wage ich nicht, im Einzelnen zu sprechen, denn die bloße Erinnerung daran raubt mir den Verstand. Grotesk und die Fantasie eines Poe oder Bulwer übertreffend, wirkten ihre groben Umrisse verdammt menschlich, trotz der Schwimmhäute an Händen und Füßen, bestürzend großer und schwammähnlicher Lippen, glasiger, hervortretender Augen und weiterer Eigenheiten, an die ich mich nicht erinnern möchte. Merkwürdigerweise schienen sie völlig unproportioniert gegenüber dem landschaftlichen Hintergrund gemeißelt zu sein, denn eine der Kreaturen wurde bei der Tötung eines Wals gezeigt, der kaum größer als sie selbst war. Ich bemerkte also wie gesagt ihre groteske Gestalt und sonderbare Größe, doch entschied ich, es müsse sich um die fantastischen Götter eines primitiven Stammes von Fischern oder Seefahrern handeln; eines Stammes, dessen letzter Abkömmling lange vor dem ersten Ahnen des Piltdown-Menschen oder Neandertalers von der Erde verschwunden war. Voller Ehrfurcht über diesen unerwarteten Blick in eine Vergangenheit, die das Fassungsvermögen des kühnsten Anthropologen weit hinter sich ließ, stand ich sinnend da, während der Mond einen merkwürdigen Widerschein auf den stillen Kanal vor mir warf.

Dann plötzlich sah ich es. Mit nur einem leichten Schäumen des Wassers, das seinen Aufstieg an die Oberfläche kennzeichnete, glitt das Ding über dem finstren Gewässer in mein Blickfeld. Gewaltig wie Polyphemos und widerwärtig wie ein riesiges Ungeheuer aus einem Albtraum schoss es den Monolithen hoch, um den es seine gigantischen, schuppenbedeckten Arme schlang, während es sein scheußliches Haupt neigte und rhythmische Laute ausstieß. Ich glaube, in diesem Augenblick wurde ich wahnsinnig.

Von meiner panischen Flucht über Abhang und Klippe und meiner fieberhaften Reise zurück zum gestrandeten Boot weiß ich nur noch wenig. Ich glaube, ich sang sehr viel und lachte sonderbar, wenn ich nicht mehr singen konnte. Ich habe undeutliche Erinnerungen an einen großen Sturm, einige Zeit nachdem ich das Boot erreicht hatte; jedenfalls hörte ich Donnerschläge und andere Geräusche, welche die Natur nur im Zorne von sich gibt.

Als ich aus den Schatten erwachte, befand ich mich in einem Krankenhaus in San Francisco, wohin mich der Kapitän des amerikanischen Schiffes gebracht hatte, das mich in meinem Boot mitten auf dem Ozean aufgelesen hatte. In meinem Delirium habe ich viel gesprochen, aber man schenkte meinen Worten nur geringe Aufmerksamkeit. Von einer aufgetauchten Insel im Pazifik wussten meine Retter nichts, und ich erachtete es nicht für nötig, sie von etwas überzeugen zu wollen, das sie nicht glauben würden. Einmal suchte ich einen berühmten Völkerkundler auf und amüsierte ihn mit sonderbaren Fragen über Dagon, den antiken Fischgott der Philister, doch erkannte ich bald, dass er hoffnungslos konventionell geprägt war, und bedrängte ihn nicht mit weiteren Fragen.

Des Nachts, besonders wenn der Mond gekrümmt und im Abnehmen begriffen ist, sehe ich das Ding. Ich habe es mit Morphium versucht, doch verschaffte die Droge mir nur flüchtige Erleichterung und riss mich als hoffnungslosen Sklaven in ihre Klauen. Und nun, da ich kurz davorstehe, alldem ein Ende zu machen, habe ich einen ausführlichen Bericht zur Mahnung oder zum höhnischen Vergnügen meiner Mitmenschen geschrieben.

Ich stelle mir häufig die Frage, ob es nicht alles nur ein Schemen war – ein bloßer Fiebertraum, als ich nach meiner Flucht von dem deutschen Kriegsschiff mit einem Sonnenstich und fantasierend im offenen Boot lag. Dies frage ich mich, doch jedes Mal taucht zur Antwort eine entsetzlich lebhafte Vision auf. Ich kann nicht an die tiefe See denken, ohne über die namenlosen Dinge zu erschaudern, die vielleicht gerade in diesem Augenblick auf ihrem schleimigen Grund kriechen und zappeln, um ihre uralten Steingötzen zu verehren und ihre abscheulichen Abbilder in unterseeische Obelisken aus wasserumspültem Granit zu kratzen. Ich träume von dem Tag, da sie aus den Wogen steigen werden, um mit ihren stinkenden Krallen eine kümmerliche, vom Krieg geschwächte Menschheit hinabzureißen – dem Tag, da alles Land untergehen und der dunkle Meeresgrund inmitten eines allumfassenden Pandämoniums heraufsteigen wird.

Das Ende ist nahe. Ich höre ein Geräusch an der Tür, als drücke ein gewaltiger, glitschiger Leib dagegen. Es soll mich nicht finden. Gott, *diese Hand!* Das Fenster! Das Fenster!

NYARLATHOTEP
Nyarlathotep

Auch ›Nyarlathotep‹ (wohl im Herbst 1920 verfasst) geht auf einen Traum Lovecrafts zurück, dessen genaues Datum wir leider nicht wissen. »Der erste Abschnitt wurde niedergeschrieben, noch bevor ich völlig aufgewacht war« (Brief an Rheinhart Kleiner vom 14. Dezember 1920). Trotz dieser tiefen Verwurzelung im Unbewussten des Autors ist das Prosagedicht ›Nyarlathotep‹ eine der eindrücklichsten Parabeln Lovecrafts auf den Niedergang der Zivilisation und in vieler Hinsicht ein Schlüsseltext zu seinem Werk.

Das Vorbild des wandernden Illusionisten und Wissenschaftlers »Nyarlathotep« ist vielleicht der exzentrische kroatische Physiker Nikola Tesla (1856–1943) gewesen, auf den Lovecraft schon im Jahr 1900 aufmerksam geworden war – als Tesla behauptete, Signale einer Zivilisation vom Mars empfangen zu haben. Tesla war ein bedeutender Erfinder (u. a. des Tesla-Transformators und des Drehstrommotors; er ist in manchem der Vater des Radios), aber auch ein geschäftstüchtiger Showman, der unter anderem behauptete, »Todesstrahlen« erfunden zu haben, mit denen man die ganze Erde in Schutt und Asche legen könne. Einem kleinen Kreis ergebener Anhänger galt er zeitweise als Verkörperung einer außerirdischen Intelligenz. Man muss auch an die abstrusen elektrischen Fantasieobjekte in den oft nur wenige Minuten langen Science Fiction-Filmen der Jahre zwischen 1900 und 1920 denken, um das zeitgeschichtliche Kolorit des Textes zu verstehen, welches direkt in Lovecrafts Kindheit in Providence führt.

Interessant ist weiter, dass Lovecraft auch den Namen Nyarlathotep (der wohl ein afrikanisches Element Nyarlat- mit der bekannten ägyptischen Endung -hotep verbinden soll) zuerst in diesem Traum gehört haben will. Gedruckt zuerst United Amateur, November 1920, erschien das Prosagedicht zu Lovecrafts Lebzeiten nicht in einer Publikation mit größerer Auflage.

Die Querverbindungen zu anderen Texten Lovecrafts sind zum Teil etwas mühsam zu entdecken (vor allem zu dem Roman ›The Dream-Quest of Unknown Kadath‹ und zu dem faszinierenden Gedicht ›Nyarlathotep‹ aus dem Zyklus ›Fungi from Yuggoth‹), aber dann sehr aufschlussreich. Nyarlathotep bringt das Ende der Zivilisation durch einen Akt der Erleuchtung. Das Zerbröckeln der abendländischen Kultur (von Lovecraft in eindrücklichen Bildern eingefangen), die apokalyptische

Stimmung, der Übergang zwischen »Realität« und Vision werden durch den Psychopompen Nyarlathotep schließlich zu einer Konfrontation mit der Mitte der Universums. Dort aber lebt kein sinnverheißender »Gott«, sondern das amorphe Chaos Azathoth (dessen Bedeutung in diesem Sinn dann erst in der späten Novelle ›The Haunter of the Dark‹ ganz deutlich wird).

NYARLATHOTEP

Nyarlathotep ... das kriechende Chaos ... Ich bin der letzte ...
Ich werde es der lauschenden Leere verkünden ...

Ich kann mich nicht mehr genau erinnern, wann es begann,
doch es ist Monate her. Die allgemeine Anspannung war schrecklich. Zu einer Zeit politischen, gesellschaftlichen Umbruchs trat
noch eine sonderbare und lauernde Vorahnung von einer
abscheulichen, fassbaren Gefahr, einer ausgedehnten und allumfassenden Gefahr, wie man sie sich nur in den schrecklichsten
Nachtgespinsten vorzustellen vermag. Ich weiß noch, dass die
Menschen mit bleichen, sorgenvollen Gesichtern umhergingen
und Warnungen und Prophezeiungen wisperten, die niemand
bewusst zu wiederholen oder sich auch nur einzugestehen trau-
te, dass er sie überhaupt vernommen hatte. Ein ungeheuerliches
Schuldgefühl lastete auf dem Land, und aus den Abgründen zwischen den Sternen tasteten eisige Ströme, die die Menschen an
dunklen und einsamen Orten erschaudern ließen. Es gab eine
dämonische Veränderung in der Abfolge der Jahreszeiten – die
herbstliche Hitze hielt entsetzlich lange an, und alle spürten,
dass die Welt und vielleicht sogar das Universum nicht länger
der Kontrolle der bekannten Götter oder Mächte unterlag,
sondern der von Göttern oder Mächten, die unbekannt waren.

Und das war der Zeitpunkt, als Nyarlathotep aus Ägypten kam.
Wer er war, konnte niemand sagen, doch er stammte aus altem,
verwurzelten Geschlecht und sah aus wie ein Pharao. Die Fella-
chen knieten nieder, wenn sie ihm begegneten, doch einen
Grund dafür konnten sie nicht angeben. Er behauptete, aus der
Finsternis von siebenundzwanzig Jahrhunderten auferstanden
zu sein und dass er Botschaften von Orten vernommen habe, die
nicht von dieser Welt seien. In die Länder der Zivilisation kam
Nyarlathotep, dunkelhäutig, schlank und finster, und stets erwarb
er seltsame Instrumente aus Glas und Metall und setzte diese zu
Instrumenten zusammen, die noch seltsamer waren.

Er sprach viel von den Lehren der Elektrizität und der
Psychologie und er gab öffentliche Kostproben seiner Macht,
die seine Zuschauer sprachlos zurückließen und dennoch dafür sorgten, dass sein Ruhm ins Unermessliche anwuchs. Die

Menschen rieten einander, sich Nyarlathotep anzusehen, und dann erschauderten sie. Und wohin Nyarlathotep auch kam, waren Ruhe und Frieden dahin, denn die frühen Morgenstunden wurden von albtraumhaften Schreien zerrissen. Niemals zuvor hatten die Schreie solcher Angstträume ein offenkundiges Problem dargestellt, doch nun wünschten die weisen Männer geradezu, sie könnten den Schlaf in den frühen Morgenstunden verbieten, damit das grausige Gekreisch der Städte den fahlen, mitleidsvollen Mond nicht mehr stören möge, wenn er auf den unter Brücken hindurchfließenden grünen Gewässern schimmert und auf alten Kirchtürmen, die vor einem blassen Himmel vor sich hin bröckeln.

Ich erinnere mich daran, als Nyarlathotep in meine Stadt kam – die große, die alte, die abscheuliche Stadt ungezählter Verbrechen. Mein Freund hatte mir von ihm erzählt, von der eindringlichen Faszination und Verlockung seiner Offenbarungen, und ich brannte vor Eifer, seine tiefsten Geheimnisse zu erkunden. Mein Freund sagte, sie seien grausiger und beeindruckender als alles, das ich mir in meinen heftigsten Fieberfantasien auch nur vorzustellen vermag. Was dann in dem verdunkelten Raum auf die Leinwand projiziert wurde, war eine Prophezeiung von Dingen, die außer Nyarlathotep alleine niemand zu verkünden wagte, und im Sprühen seiner Funken wurde von den Menschen das genommen, was nie zuvor von ihnen genommen worden war und sich nur in den Augen offenbarte. Und von überall hörte ich Andeutungen, dass diejenigen, die Nyarlathotep kennen, Dinge erblicken, die für andere unsichtbar bleiben.

Es war im heißen Herbst, dass ich mit der aufgeregten Menge durch die Nacht zog, um Nyarlathotep zu sehen – durch die stickige Nacht, eine endlose Treppe hinauf in einen Raum, in dem man kaum Luft bekam. Und als Schatten auf der Leinwand sah ich verhüllte Gestalten inmitten von Ruinen, und gelbe, bösartige Gesichter, die hinter umgestürzten Gedenksteinen hervorspähten. Und ich schaute zu, wie die Welt gegen die Finsternis focht, gegen die Wellen der Vernichtung aus dem äußersten Weltraum, wirbelnd, schäumend und kämpfend rund herum um die dunkler werdende, abkühlende Sonne. Dann begann das wundersame Funkenspiel über den Köpfen der Betrachter, und allen standen die Haare zu Berge, weil Schatten, die grotesker waren als ich sie zu beschreiben vermag, hervorströmten und sich auf die Köpfe kauerten. Und als ich, gefasster und mit mehr wissenschaftlichem Interesse als die anderen, etwas zitternd einen Protest murmelte über »Täuschung« und »statische Elektrizität«, jagte Nyarlathotep uns alle hinaus, die schwindelerregenden Stufen hinab auf die feuchten, heißen, einsamen mitternächtlichen Straßen. Ich schrie laut, dass ich keine Angst hätte, dass ich niemals Angst haben werde, und andere schrien zum Trost mit mir. Wir schworen einander, dass die Stadt nach wie vor genau dieselbe sei und immer noch lebendig; und als dann die elektrischen Lichter zu verlöschen begannen, verfluchten wir wieder und wieder die Stromgesellschaft und lachten über die merkwürdigen Grimassen, die wir dabei zogen.

Ich glaube, wir spürten, dass etwas vom grünlichen Monde herabwirkte, denn als wir uns auf sein Licht verlassen mussten, nahmen wir unwillkürlich Marschformation ein und schienen unser Ziel genau zu kennen, obwohl wir nicht einmal wagten, daran zu denken. Als wir aufs Straßenpflaster hinabschauten, bemerkten wir, dass die Steinplatten lose und vom Gras durchbrochen waren. Es war kaum noch eine rostige Eisenschiene zu finden, die den Verlauf der Straßenbahn anzeigte. Und dann wieder sahen wir einen Straßenbahnwagen, einsam, ohne Fensterscheiben, verfallen, beinahe auf der Seite liegend. Als wir zum Horizont spähten, konnten wir den dritten Turm am Fluss nicht finden, und stellten fest, dass die Silhouette des zweiten Turmes oben an der Spitze zerfetzt war. Wir formierten uns jetzt zu schmalen Gruppen, von denen jede anscheinend in eine andere Richtung gezerrt wurde. Eine verschwand links in einer engen Gasse, hinterließ bloß den Widerhall eines entsetzlichen Stöhnens. Eine zweite marschierte in den von Unkraut überwucherten Eingang zu einer U-Bahn-Station hinein und heulte mit irrem Lachen.

Mein eigener Trupp wurde aufs offene Land hinausgetrieben, und schon bald verspürte ich ein Frösteln, das nicht von dieser heißen Herbstnacht verursacht wurde, denn während wir ins dunkle Moor hineinschritten, zeigte sich um uns her das höllische Mondglitzern des unheilvollen Schnees. Unberührter, rätselhafter Schnee, der nur in eine Richtung geweht wurde, hin zu einer Schlucht, die durch die sie umgebenden glitzernden Wände in noch tieferes Schwarz getaucht wurde. Der so kümmerlich wirkende Trupp trottete schlafwandlerisch in diese Schlucht hinein. Ich zögerte, blieb zurück, denn der schwarze Spalt in dem grün beleuchteten Schnee jagte mir grässliche Angst ein und ich glaubte, das Echo eines beunruhigenden Klagens zu hören, als meine Begleiter verschwanden. Meine Widerstandskraft war jedoch gering. Als hätten mich die, die vorangegangen waren, weitergelockt, schwebte ich geradezu zwischen den gewaltigen Schneedriften umher, zitternd und voller Furcht, immer weiter in den lichtlosen Strudel des Unvorstellbaren.

Schreiendes Bewusstsein, fiebernder Stumpfsinn – nur die Götter, die dort verweilten, können es erklären. Ein ausgemergelter, empfindsamer Schatten ringelt sich in Händen, die keine Hände sind, wirbelt blindlings vorbei an grausigen Mitternächten verwesender Schöpfung, die Leichen toter Welten, bedeckt mit Geschwüren, die einstmals Städte gewesen sind. Leichenhauswinde, die an den bleichen Sternen entlangstreifen und sie flackern lassen. Hinter den Welten undeutliche Spukgestalten monströser Dinge: halb sichtbare Säulen von lästerlichen Tempeln, die auf unbeschreiblichen Felsen unter dem All ruhen und hinaufreichen bis in den schwindelerregenden luftleeren Raum über den Sphären von Licht und Finsternis. Und durch dieses widerwärtige Grab des Universums dröhnt das gedämpfte, in den Wahnsinn treibende Schlagen von Trommeln und das dünne, monotone Wimmern blasphemischer Flöten aus unfassbaren, unerleuchteten Kammern jenseits der Zeit. Zu diesem abscheulichen Getrommel und Gepfeife tanzen langsam, unbeholfen und grotesk die gigantischen, düsteren, allerletzten Götter der blinden, stummen, blöden Scheusale, deren Seele Nyarlathotep ist.

STADT OHNE NAMEN
The Nameless City

Diese auf einem Traum Lovecrafts beruhende Erzählung stammt vom Januar 1921 und erschien noch im November des gleichen Jahres in der amateurjournalistischen Zeitschrift *The Wolverine* 11 (danach erst wieder 1936 in den halbprofessionellen *Fanciful Tales* 1/1; mehrere große Magazine hatten den Text abgelehnt). Einöden, Wüsten, leere Räume haben es Lovecraft immer angetan. Sie sind Gegenpole zur heimeligen, überschaubaren Welt der Zivilisation. Der »Epikuräer des Schreckens« (ein Begriff aus Lovecrafts Erzählung ›The Picture in the House‹), den Lovecraft immer ganz autobiografisch nach seinen eigenen Interessen und Vorlieben gestaltet, sucht in der Einöde des südlichen Arabien die Konfrontation mit dem dunklen Geheimnis, mit den Relikten einer anderen Welt, die dem Menschen die Relativität seiner Standpunkte und Werte vor Augen führt. Der Erzähler ist hier, wie fast immer bei Lovecraft, ein Einzelgänger, ein Suchender, der mehr findet, als er gesucht hat, und den Preis seines verbotenen Wissens zahlen muss. Autobiografische Bezüge liegen wie gesagt auf der Hand, obwohl Lovecraft sich große Reisen nie leisten konnte (nur in den USA und Kanada ging er, wann immer er konnte, auf Spurensuche nach der Vergangenheit).

Die extremen Unwahrscheinlichkeiten und Inkonsequenzen von ›The Nameless City‹ werden nur verständlich, wenn der fundamentale Traumcharakter der Geschichte in Erinnerung bleibt. Von den arabischen Überlieferungen über untergangene Städte wusste Lovecraft einmal aus den Erzählungen aus *Tausendundeiner Nacht,* die ihm seit seiner frühesten Kindheit vertraut waren, aber auch aus den vielen Nachschlagewerken, die er sammelte, so namentlich seiner geerbten 24-bändigen *Encyclopaedia Britannica* (9. Aufl., Chicago 1896), einer wichtigen Quelle seiner mannigfaltigen Bildung. In seinem literarischen Notizbuch (›Commonplace Book‹) hat sich Lovecraft lange Passagen über das vorislamische Arabien und seine Geschichte abgeschrieben. Von Irem (eigentlich südarabisch Iram), der Stadt der Säulen, redet schon der Koran (Sura 89, 6); bei den arabischen Historikern (Masudi, IV, 88ff. ed. C. Barbier de Meynard etc.) wird ihr Geschick dann ausführlich erzählt: Ihr König wollte eine Stadt bauen, die schöner als das Paradies sei; eben Irem. Dieses – Inbegriff menschlicher Hybris – aber wird von einem Sandsturm völlig vernichtet. Die »namenlose Stadt« selbst ist nun aber nicht dieses Irem der arabischen Sage, sondern ein prähistorischer, auch von der Sage vergessener Ort, wo vielleicht schon (wie die Geschichte erzählt) die Bewohner Irems namenlosem Grauen gegenüberstanden. Lovecraft bemüht sich also, die Örtlichkeiten der Sage und des Mythos an Fremdartigkeit und Alter noch einmal zu transzendieren (man beachte auch die evokative Funktion der Namenlosigkeit).

Zwar ist die Idee, in einer Ruinenstadt in der Wüste hätten archaische Monstren überlebt, in den Pulp-Magazinen sehr verbreitet – so greifen Edmond Hamilton, in ›The Monster-God of Mamurth‹ (*Weird Tales, August 1926*), oder Clark Ashton Smith, ›The Vaults of Yoh-Vombis‹ (*Weird Tales,* Mai 1932) diese Idee wenig später auf –, aber Lovecraft schafft daraus etwas sehr Eigenes, nicht zuletzt durch eine unerreichte sprachliche Verdichtung und Sublimierung, die das Interesse des Lesers ganz auf die Atmosphäre und die Fremdartigkeit der reptilischen Überlebenden unter dem Boden der Wüstenstadt lenkt (was dabei aus dem menschlichen Beobachter wird, ist geradezu gleichgültig).

›The Nameless City‹ enthält eine ganze Reihe von literarischen Anspielungen, die hier nicht vollständig erklärt werden können. Die ›Image du Monde‹ ist ein realer altfranzösischer Text des 13. Jahrhunderts. Das Gleiche gilt für den spätantiken oder frühbyzantinischen Damascius (der aber mit dem großen Neuplatoniker gleichen Namens wohl nicht identisch ist: deshalb bei Lovecraft »apokryph«), welcher dem Vernehmen nach Bücher »Über Wunderbare Geschichten«, »Über Dämonen«, »Über Totenerscheinungen« und »Über rätselhafte Erscheinungen« schrieb (nichts davon ist erhalten). Hauptquelle für diesen Mirabilienautor (sc. Sammler kurioser und rätselhafter Geschichten) ist die sogenannte Bibliothek des Patriarchen Photios, Codex 130 (von Lovecraft in seinem ›Commonplace Book‹, Nr. 121 zitiert).

Die Worte Lord Dunsanys entstammen dem Schlusssatz einer Erzählung dieses großen irischen Fantastikautors ›The Probable Adventure of the Three Literary Men‹ (in: *The Book of Wonder,* 1912). Die Lektüre dieser Geschichte soll den Traum Lovecrafts ausgelöst haben, dem sich ›The Nameless City‹ verdankt, wie der Autor mehrfach Freunden geschrieben hat.

Die rätselhaften Sätze über Afrasiab (König von Turan), der mit dämonischen Begleitern den Oxus (den heutigen Amu-Darja) hinabtreibt, stammen aus Edgar Allan Poes Kurzgeschichte ›The Premature Burial‹ sowie letztlich aus Firdausis *Shahname* (dem persischen Nationalepos). Und so weiter ...

Das Verifizieren von Lovecrafts Anspielungen hat sich zu einer eigenen kleinen Wissenschaft entwickelt, die sich in einer reichen Sekundärliteratur niedergeschlagen hat. Eine ganz eigene Karriere sollte der

Zweizeiler »That is not dead which can eternal lie / And with strange aeons even death may die« des »verrückten Arabers Abdul Alhazred« machen. Diesen Namen hatte ein Freund der Familie Lovecraft gegeben, als dieser in kindlichem Alter die Märchen aus *Tausendundeiner Nacht* nachspielte; man sieht den Zug augenzwinkernder Autobiografie. Korrektes Arabisch ist das übrigens nicht; der Name müsste Abd al-Hazred oder Abdul Hazred heißen. Doch Lovecraft hatte nur oberflächliche Kenntnisse der Sprache. Von dem legendären Buch, welchem diese Zeilen entstammen (dem *Necronomicon*), ist dann zuerst in ›The Hound‹ die Rede.

›The Nameless City‹ bleibt interessant als Keimzelle späterer und größerer literarischer Schöpfungen Lovecrafts, wobei vor allem an den Roman ›At the Mountains of Madness‹ zu denken ist. Für Lovecrafts hier erst im Entstehen begriffene Mythologie bleibt wichtig, dass diese nicht nur Wesen, sondern auch Orte umfasst, mythische Räume, die keineswegs alle in der Ferne liegen, sondern im Gegenteil meistens vor der Haustür des Autors. Aber diesen mythischen Orten werden wir in diesem Band noch ausführlich begegnen.

STADT OHNE NAMEN

Als ich mich der Stadt ohne Namen näherte, wusste ich, dass sie verflucht ist. Ich reiste im Mondschein durch ein ausgedörrtes und grässliches Tal, und in der Ferne sah ich die Stadt schaurig aus den Dünen ragen, so, wie Leichenteile aus einem hastig geschaufelten Grab ragen mögen. Die zeitzerfressenen Steine dieser altersbleichen Überlebenden der Sintflut, dieser Ururahnin der ältesten der Pyramiden, verhießen Furcht – und eine unsichtbare Aura stieß mich ab und gebot mir, vor diesen uralten und Unheil drohenden Geheimnissen zu fliehen, die kein Mensch je erschauen sollte und die auch kein Mensch außer mir jemals zu erschauen wagte.

Tief im Inneren der Arabischen Wüste liegt die Stadt ohne Namen, verfallen und stumm, ihre niedrigen Mauern beinah versunken im Sand nie gezählter Zeitalter. So muss es bereits gewesen sein, ehe der Grundstein zu Memphis gelegt wurde, und als die Ziegel Babylons noch nicht gebrannt waren. Keine Legende ist alt genug, um ihr einen Namen zu geben oder eine Erinnerung daran zu wahren, dass jemals Leben in ihr herrschte; doch wird an Lagerfeuern über sie geflüstert und von greisen Frauen in den Zelten der Scheichs über sie geraunt, sodass sämtliche Stämme sie meiden, ohne genau zu wissen, weshalb. Dieser Ort war es, von dem Abdul Alhazred, der wahnsinnige Dichter, in den Nächten träumte, ehe er seinen rätselvollen Zweizeiler sang:

> Es ist nicht tot, was ewig liegt,
> Und in fremder Zeit wird selbst der Tod besiegt.

Ich hätte wissen müssen, dass die Araber guten Grund hatten, diesen Ort zu meiden, jene Stadt ohne Namen, von der seltsame Geschichten erzählt werden, die aber noch nie ein lebender Mensch gesehen hat, und dennoch setzte ich mich darüber hinweg und zog mit meinem Kamel in die unbetretene Öde hinaus. Nur ich allein habe sie gesehen, und deshalb ist kein anderes Gesicht so abscheulich von Angst gezeichnet wie das meine; deshalb zittert kein anderer Mensch so erbärmlich wie ich, wenn der Nachtwind an den Fensterläden rüttelt. Als ich sie in der schrecklichen Stille endlosen Schlafes erreichte, sah sie mir kühl unter den Strahlen eines kalten Mondes inmitten der Wüstenhitze entgegen. Und als ich ihren Blick erwiderte, vergaß ich meinen Triumph über ihre Entdeckung und stieg von meinem Kamel ab, um auf die Morgendämmerung zu warten.

Ich harrte Stunden aus, bis sich der Osten endlich grau färbte und die Sterne verblassten, und das Grau zu einem zartroten Leuchten wurde, umsäumt von Gold. Ich hörte ein Seufzen und sah, wie ein Sandsturm zwischen den uralten Steinen aufstieg, wenngleich der Himmel klar war und der endlose Wüstenraum ruhig. Dann erhob sich unvermittelt der grelle Rand der Sonne über dem fernen Horizont der Wüste, flirrend hinter dem kleinen, davonziehenden Sandsturm, und in meinem fiebrigen Zustand glaubte ich, aus irgendeiner unendlichen Tiefe eine Musik metallener Instrumente heraufschallen zu hören, um die glühende Scheibe zu grüßen, so wie Memnon sie von den Ufern des Nils aus begrüßt. Meine Ohren hallten und meine Fantasie stand in Flammen, als ich mein Kamel langsam über den Sand zu dem schweigenden Ort führte; jener Stätte, die von allen lebenden Menschen nur ich allein erblickte.

Ziellos wanderte ich inmitten der formlosen Grundmauern von Häusern und Plätzen umher, ohne auf ein einziges in Stein gemeißeltes Zeugnis oder eine Inschrift zu stoßen, die von den Menschen kündete, die diese Stadt vor so langer Zeit erbaut und bewohnt hatten – falls es denn Menschen waren. Das sagenhafte Alter des Ortes war unerträglich, und ich sehnte mich danach, ein Schriftzeichen oder ein künstlerisches Werk zu finden, die bewiesen, dass diese Stadt tatsächlich von Menschenhand erbaut worden war, denn die Ruinen wiesen gewisse *Größenverhältnisse* und *Ausmaße* auf, die mir nicht behagten.

Ich trug eine Menge an Gerätschaften mit mir und führte zahlreiche Ausgrabungen in den verwitterten Bauten durch; doch kam ich nur langsam voran und entdeckte nichts von Belang. Als die Nacht und der Mond wiederkehrten, setzte ein kalter Wind ein, der neue Furcht mit sich brachte, sodass ich es nicht wagte, noch länger in der Stadt zu bleiben. Als ich die alten Mauern verließ, um mich schlafen zu legen, entstand hinter mir ein kleiner, seufzender Sandsturm und fegte über die grauen Steine, obwohl der Mond hell leuchtete und über der Wüste ansonsten alles ruhig lag.

Genau bei Tagesanbruch erwachte ich aus einer Abfolge schrecklicher Träume und meine Ohren dröhnten wie von dem Schall metallischer Instrumente. Ich sah die Sonne rötlich durch die letzten Verwehungen eines kleinen Sandsturms äugen, der über der Stadt ohne Namen hing, während die übrige Landschaft völlig ruhig schien. Abermals wagte ich mich zwischen die brütenden Ruinen, die sich unter den Dünen abhoben wie ein Zyklop unter einem Tuch, und grub wiederum vergebens nach den Überresten einer verschollenen Rasse. Gegen Mittag legte ich eine Rast ein und am Nachmittag verbrachte ich viel Zeit damit, den Mauern und den ehemaligen Straßen und den Umrissen der fast entschwundenen Gebäude nachzuspüren. Ich erkannte, dass die Stadt in der Tat einst gewaltige Dimensionen aufgewiesen hatte, und fragte mich, woher diese Größe gerührt haben mochte. Ich malte mir die ganze Pracht einer Epoche aus, die so lange zurücklag, dass die Chaldäer sich ihrer nicht entsannen, und dachte an die Stadt Sarnath, die Verdammte, die sich im Lande Mnar erhoben hatte, als die Menschheit noch jung war, und an Ib, die aus grauem Stein gehauen worden war, bevor das Menschengeschlecht erstand.

Ganz unverhofft stieß ich auf eine Stelle, wo das Grundgestein durch den Sand brach und einen niederen Felshang bildete; und hier traf mein Blick erfreut auf etwas, das weitere Spuren jener vorsintflutlichen Rasse verhieß. Grob in die Vorderflanke des Felsens hineingehauen, boten sich unverkennbar Fassaden diverser kleiner, niedriger Felsenhäuser oder Tempel dar. Ihre Innenräume mochten womöglich mannigfache Geheimnisse aus Zeitaltern bewahrt haben, die so weit zurücklagen, dass sie sich jeder Datierung entzogen, obgleich Sandstürme längst schon alle Bildhauerarbeiten, die vielleicht einst die Außenwände bedeckten, getilgt hatten.

Die vielen dunklen Öffnungen in meiner Nähe waren alle sehr niedrig und vom Sand verstopft, doch ich schaufelte eine davon mit dem Spaten frei und kroch hindurch, in der Faust eine Fackel, um jedwedes Geheimnis zu erhellen, das sich hier möglicherweise verbarg. Sobald ich ins Innere vorgedrungen war, erkannte ich, dass die Höhle wirklich einen Tempel darstellte und deutliche Spuren jener Rasse aufwies, die hier gelebt und ihre Riten vollzogen hatte, ehe die Wüste eine Wüste ward. Primitive Altäre, Säulen und Nischen, alle sonderbar niedrig angelegt, fehlten nicht; und obwohl ich keine Skulpturen und Fresken sah, gab es doch zahlreiche eigentümliche Steine, die mit künstlichen Mitteln zu symbolischen Objekten gestaltet worden waren.

Die geringe Höhe der ausgehauenen Kammer war überaus befremdlich, denn ich konnte kaum aufrecht knien, und doch war ihre Ausdehnung so groß, dass meine Fackel immer nur einen Teil vor mir enthüllte. In einigen der entlegeneren Winkel überrann mich ein sonderbarer Schauder, denn manche Altäre und Steine ließen an vergessene Riten furchtbarer, abstoßender und unerklärlicher Art denken und weckten die Überlegung in mir, welche Sorte Mensch einen solchen Tempel geschaffen und benutzt haben könnte. Sobald ich alles gesehen hatte, was der Ort enthielt, kroch ich wieder nach draußen, begierig darauf, herauszufinden, was die übrigen Tempel wohl noch preiszugeben hatten.

Die Nacht war jetzt nah, und doch vertrieben die greifbaren Dinge, die ich gesehen hatte, die Furcht, und meine Neugier siegte. Deshalb floh ich nicht vor den langen Schatten, die das Mondlicht warf und die mich mit Angst erfüllt hatten, als ich die Stadt ohne Namen zum ersten Mal erblickt hatte. Im Zwielicht schaufelte ich die nächste Öffnung frei, kroch mit einer frischen Fackel hinein und fand weitere fragwürdige Steine und Symbole vor, jedoch nichts von größerer Aussagekraft als im ersten Tempel. Der Innenraum war ebenso niedrig, aber viel schmaler, und er endete in einem winzigen Durchgang, der mit rätselhaften und kryptischen Schreinen verstellt war. Ich schaute mir diese Schreine gerade genauer an, als das Heulen des Windes und meines Kamels die Stille durchfuhren und mich hinausriefen, um zu ergründen, was das Tier so verängstigte.

Der Mond strahlte hell über den urtümlichen Ruinen und beleuchtete eine dichte Sandwolke, die scheinbar von einem heftigen, aber abflauenden Wind aus irgendeiner Ecke der Felsflanke vor mir aufgewirbelt wurde. Ich wusste, dass es dieser kalte sandkörnige Wind war, der das Kamel aus der Ruhe gebracht hatte, und wollte es gerade an eine besser geschützte Stelle führen, als ich zufällig aufblickte und sah, dass oberhalb der Felszinnen gar kein Wind blies. Dies verblüffte mich und weckte neue Furcht in mir, doch sogleich entsann ich mich der plötzlich aufspringenden Winde an diesem Ort, die ich bereits bei Sonnenaufgang und Sonnenuntergang gesehen und gehört hatte, und tat es als natürliche Erscheinung ab. Ich kam zu dem Schluss, dass der Wind aus dem Spalt irgendeiner Felshöhle dringen müsse, und beobachtete den tanzenden Sand, um ihn zu seinem Ursprung zurückzuverfolgen; kurz darauf erkannte ich, dass er der schwarzen Öffnung eines Tempels weitab südlich von mir entwich, die aus meiner Entfernung schon fast nicht mehr zu sehen war.

Ich stemmte mich gegen die erstickende Sandwolke und stapfte auf diesen Tempel zu, der beim Näherkommen größer aufragte als die anderen und einen Eingang aufwies, der weit weniger mit verbackenem Sand gefüllt war. Ich wäre hineingestiegen, hätte nicht die fürchterliche Macht des eisigen Windes beinahe meine Fackel zum Erlöschen gebracht. Er brauste dämonisch aus der dunklen Pforte heraus und seufzte schaurig, als er den Sand verwehte und zwischen den unheimlichen Ruinen verteilte. Bald wurde er schwächer und der Sand kam mehr und mehr zur Ruhe, bis er sich schließlich wieder gelegt hatte; doch etwas Beseeltes schien zwischen den geisterhaften Steinen der Stadt umzugehen, und als ich den Mond ansah, schien er zu zittern, als spiegelte er sich in bewegten Wassern. Ich empfand mehr Furcht als ich in Worte fassen kann, doch nicht genug, dass es mein Verlangen gedämpft hätte, in den Genuss des Entdeckens zu kommen; und kaum war der Wind restlos erstorben, überschritt ich die Schwelle zu jener dunklen Kammer, aus der er gedrungen war.

Wie ich schon von außen vermutet hatte, war dieser Tempel größer als die beiden, die ich bereits besucht hatte; und er war vermutlich eine von der Natur geschaffene Höhle, da er Winde aus unterweltlichen Gefilden gebar. Hier in seinem Innern konnte ich bequem aufrecht stehen, doch wie ich erkannte, waren die Steine und Altäre ebenso niedrig wie die in den anderen Tempeln. An den Wänden und der Decke gewahrte ich erstmals einige Spuren der Malkunst der alten Rasse, eigentümlich gekrümmte Farbstriche, die nahezu verblichen oder abgeblättert waren; und an zweien der Altäre erblickte ich mit wachsender Erregung eine Reihe kunstvoll ausgeführter, krummliniger Steinmeißelungen. Als ich meine Fackel hob, kam es mir vor, als sei die Form der Höhlendecke zu ebenmäßig, um natürlichen Ursprungs zu sein, und ich fragte mich, was die prähistorischen Steinmetze wohl zuerst bearbeitet hatten. Ihre technischen Fähigkeiten mussten immens gewesen sein.

Dann enthüllte mir ein helles Aufflackern der unwirklichen Flamme das, wonach ich gesucht hatte: eine Öffnung zu jenen entlegenen Abgründen, aus denen der plötzliche Wind hervorgebraust war. Mir wurde schwach, als ich erkannte, dass es sich um eine kleine und fraglos künstlich angelegte Pforte handelte, die in den natürlichen Fels gehauen war.

Ich schob meine Fackel hindurch und erblickte einen schwarzen Tunnel, dessen Decke sich niedrig über einer unebenen Flucht winziger, zahlreicher und abschüssiger Stufen wölbte. Ich werde diese Stufen auf ewig in meinen Träumen sehen, denn ich erfuhr bald, was sie bedeuteten. In jenem Augenblick wusste ich kaum, ob ich sie als Stufen oder als bloße Felssprossen bezeichnen sollte, die da steil hinabführten. Mein Hirn schwirrte vor wahnwitzigen Gedanken, und die Worte und Warnungen arabischer Seher schienen über die Wüste hinweg aus den Ländern, die der Mensch kennt, bis hin zur Stadt ohne Namen, die kein Mensch zu kennen wagt, zu dringen. Dennoch zögerte ich nur einen Moment lang, bevor ich durch das Portal vordrang und vorsichtig den steilen Schacht hinabzuklettern begann, rücklings und mit den Füßen voran, wie auf einer Leiter.

Allenfalls in den furchtbaren Trugbildern des Drogenrauschs oder Fieberwahns vermag irgendein Mensch, einen solchen Abstieg zu erleben wie ich. Der enge Schacht führte endlos hinab wie ein beängstigender, verhexter Brunnen, und die Fackel, die ich über den Kopf hielt, erhellte kaum die unbekannten Tiefen, denen ich entgegenkroch. Ich verlor jedes Zeitgefühl und vergaß, auf meine Uhr zu sehen, obwohl ich Angst verspürte, wenn ich an die Strecke dachte, die ich vermutlich zurücklegte. Richtung und Gefälle meines Abstiegs variierten; und einmal gelangte ich an einen langen, niedrigen, waagerechten Stollen, über dessen felsigen Untergrund ich mich bäuchlings schlängeln musste, mit den Füßen voran und die Fackel auf Armeslänge hinter den Kopf haltend. Die Höhe reichte nicht aus, um auch nur zu knien. Danach folgten weitere steile Stufen, und ich krabbelte noch immer endlos nach unten, als meine glimmende Fackel erlosch. Ich glaube, ich bemerkte es zunächst gar nicht, denn als es mir auffiel, hielt ich die Fackel nach wie vor über mich, so als brenne sie immer noch. Offenbar war ich arg aus dem seelischen Lot gebracht durch meinen Drang zum Außergewöhnlichen und Unbekannten, der mich durch die Welt wandern ließ als Jäger ferner, alter, verbotener Stätten.

Im Dunkeln blitzten vor meinem inneren Auge Bruchstücke meines gehüteten Wissens dämonischer Gelehrtheit auf; Zitate von Alhazred, dem wahnsinnigen Araber, Absätze aus den apokryphen Albträumen des Damascius und ruchlose Zeilen aus dem fiebergeborenen *Image du Monde* von Gauthier de Metz. Ich sagte sonderbare Auszüge auf und wisperte von Afrasiab und den Dämonen, die mit ihm den Oxus hinabtrieben; später sang ich wieder und wieder einen Satz aus einer der Erzählungen Lord Dunsanys vor mich hin – »Die echoleere Schwärze des Orkus«. Einmal, als der Abstieg aberwitzig steil wurde, leierte ich etwas aus Thomas Moores Dichtungen herunter, bis die Furcht mich abhielt, noch mehr davon wiederzugeben:

Ein Pfuhl voll Finsternis, tiefschwarz
Als sei's ein Tiegel, darin Gifte kochen
Aus Blumen, im Mondlicht von Hexen gebrochen.
Ins Dunkel spähend, ob ich fände
Den Weg hinab, bohrte mein Blick
Sich in den Schlund und fiel direkt
Auf steile, glitschig glatte Wände
Welche mit zähem Schleim bedeckt,
Pechfinster, wie auch jener Schlick
Der an des Totenozeans Ufern leckt.

Zeit besaß keine Bedeutung mehr für mich, als meine Füße wieder ebenen Boden erspürten und ich mich an einem Ort befand, der nur wenig höher war als die Räume in den beiden kleineren Tempeln, die nun so unermesslich weit über mir lagen. Stehen konnte ich nicht, aber doch aufrecht knien, und in der Finsternis rutschte und kroch ich aufs Geratewohl mal hier-, mal dorthin. Bald wurde mir klar, dass ich mich in einem engen Gang befand, an dessen Wänden sich Holzkästen reihten, die mit Glasfronten versehen waren. Dass ich an diesem paläozoischen und unterweltlichen Ort Dinge wie poliertes Holz und Glas ertastete, ließ mich erschaudern angesichts der Andeutungen, die darin lagen. Die Kästen standen anscheinend in regelmäßigen Abständen entlang der beiden Seitenwände des Gangs, und sie waren länglich gebaut und waagerecht gelagert, wodurch sie nach Form und Größe schauderhaft an Särge gemahnten. Als ich zwecks weiterer Untersuchungen probierte, zwei oder drei davon zu verrücken, bemerkte ich, dass sie fest verankert waren.

Wie ich erkannte, besaß der Gang eine beträchtliche Länge, und ich kroch auf allen vieren in geducktem Lauf voran, was grauenvoll gewirkt hätte, wäre es in der Schwärze beobachtet worden; dabei wechselte ich ab und an von einer Seite zur anderen, um meine Umgebung zu ertasten und mich zu vergewissern, dass die Wände und Kastenreihen sich weiter dahinzogen. Der Mensch ist das visuelle Denken so sehr gewöhnt, dass ich die Finsternis fast vergaß und mir den endlosen Korridor aus Holz und Glas in seiner niedrigen Einförmigkeit so lebhaft vorstellte, als könnten meine Augen ihn sehen. Und dann, in einem Augenblick unbeschreiblicher Erregung, sah ich ihn wirklich.

Wann genau meine Vorstellung zu realem Sehen wurde, kann ich nicht sagen; doch von vorne wuchs allmählich ein Glühen heran, und mit einem Mal erkannte ich, dass ich die düsteren Umrisse des Korridors und der Kästen erblickte, enthüllt von irgendeiner unbekannten unterirdischen Phosphoreszenz. Eine kurze Weile lang sah alles genau so aus, wie ich es mir ausgemalt hatte, denn das Glühen war sehr schwach; doch als ich unwillkürlich weiter voran auf das stärkere Licht zurobbte, wurde mir klar, dass meine Vorstellung nur sehr ungenau gewesen war. Diese Halle war kein rudimentäres Relikt wie die Tempel der Stadt weit über mir, sondern ein Monument der großartigsten und exotischsten Kunst. Üppige, lebendige und kühn-fantastische Ornamente und Bildnisse ergaben eine geschlossene Anordnung von Wandmalereien, deren Linien und Farben nicht zu beschreiben sind. Die Gehäuse der Kästen bestanden aus einem sonderbaren goldfarbenen Holz, ihre Vorderseiten hingegen aus erlesenem Glas, und sie enthielten die mumifizierten Hüllen von Lebewesen, deren Groteskheit die aberwitzigsten Träume der Menschen überboten.

Irgendeine Vorstellung von diesen Monstrositäten zu vermitteln ist unmöglich. Sie gehörten der reptilischen Gattung an, wobei ihre Körperformen zuweilen an ein Krokodil, dann wieder an einen Seehund erinnerten, häufiger jedoch an nichts, wovon der Zoologe wie auch der Paläontologe jemals gehört haben. Ihre Größe reichte an die eines kleinen Menschen heran und ihre Vorderbeine liefen in zartgliedrige und offenkundige Füße aus, die menschlichen Händen und Fingern eigentümlich ähnelten. Doch am sonderbarsten von allem waren ihre Köpfe, die eine Form aufwiesen, die sämtlichen bekannten biologischen Prinzipien Hohn sprach. Nichts lässt sich etwas Derartigem passend gegenüberstellen – blitzartig schossen mir so verschiedenartige Vergleiche wie zur Katze, zur Bulldogge, zum sagenhaften Satyr und zum Menschen durch den Sinn. Sogar Jupiter selbst besaß keine solch mächtige, vorspringende Stirn, zugleich jedoch verwiesen die Hörner, die fehlenden Nasen und die alligatorartigen Kiefer diese Organismen jenseits aller anerkannten Kategorien. Kurzfristig zweifelte ich an der Echtheit der Mumien und hegte fast den Verdacht, es handele sich um künstliche Götzenbilder; aber schon bald entschied ich, dass sie tatsächlich irgendeiner paläogenen Spezies angehörten, die gelebt hatte, als die Stadt ohne Namen noch bevölkert gewesen war. Um ihre Groteskheit zu krönen, waren die meisten von ihnen in prächtige Roben aus den kostbarsten Stoffen gehüllt und verschwenderisch mit Schmuck aus Gold, Juwelen und unbekannten glänzenden Metallen behangen.

Die Bedeutung dieser kriechenden Geschöpfe musste immens gewesen sein, denn sie spielten die Hauptrolle in den furiosen Darstellungen der Wand- und Deckenfresken. Mit unerreichtem Können hatte der Künstler sie in ihrer eigenen Welt gemalt, mit Städten und Gärten, die ihren Körpermaßen entsprechend angelegt waren; und ich konnte nicht umhin, zu vermuten, dass ihre in Bildern aufgezeichnete Geschichte allegorisch aufzufassen sei und womöglich die Entwicklung jener Rasse darstellte, die ihnen huldigte. Diese Wesen, so sagte ich mir, waren für die Bewohner der Stadt ohne Namen etwa das, was die Wölfin für Rom war, oder was irgendein Totemtier für einen Indianerstamm ist.

Von dieser Sichtweise ausgehend, vermochte ich im Groben ein wunderbares Epos der Stadt ohne Namen nachzuvollziehen; die Geschichte einer mächtigen Küstenmetropole, die über die Welt herrschte, bevor Afrika aus den Wogen stieg, und ihres Überlebenskampfs, als das Meer zurückwich und die Wüste sich in das fruchtbare Tal ausbreitete, das die Stadt umschloss. Ich sah ihre Kriege und Siege, ihre Aufstände und Niederlagen, und schließlich ihren furchtbaren Kampf gegen die Wüste, als Tausende ihrer Bewohner – hier allegorisch verkörpert von den grotesken Reptilwesen – gezwungen waren, sich auf wunderbare Weise ihren Weg durch den Fels hinabzuwühlen in eine andere Welt, von der ihre Propheten ihnen geweissagt hatten. All das war eindrucksvoll unheimlich und realistisch, und die Ähnlichkeit mit dem grauenvollen Abstieg, den ich bewältigt hatte, war unübersehbar. Ich erkannte sogar einzelne Gänge wieder.

Als ich durch den Korridor weiter dem helleren Licht entgegenkroch, sah ich die späteren Stadien des gemalten Epos – das Abschiednehmen der Rasse, die die Stadt ohne Namen und das sie umgebende Tal mehr als zehn Millionen Jahre lang bewohnt hatte; der Rasse, deren Seelen nicht scheiden wollten von den Schauplätzen, an denen ihre Körper so lange verweilt hatten, wo sie als die Erde noch jung war, als Nomaden sesshaft geworden waren und jene urtümlichen Schreine in den jungfräulichen Fels schlugen, die anzubeten sie nie aufhörten.

Nun, im besseren Licht, betrachtete ich die Bilder genauer, und eingedenk dessen, dass die seltsamen Reptilien stellvertretend für die unbekannten Menschen stehen mussten, grübelte ich über die Bräuche der Stadt ohne Namen. Viele Dinge waren außergewöhnlich und unerklärlich. Die Zivilisation, die über eine Schriftsprache verfügte, hatte offenbar eine höhere Stufe erklommen als jene unermesslich jüngeren Kulturen der Ägypter und Chaldäer, und doch gab es sonderbare Lücken. Zum Beispiel konnte ich keinerlei Darstellungen über den Tod oder über Bestattungsbräuche finden, außer solchen, die mit Krieg, Gewalt oder Seuchen zusammenhingen; und ich wunderte mich über die Scheu, die sie vor Abbildungen mit Bezug auf den natürlichen Tod zeigten. Es war, als habe man ein Unsterblichkeitsideal als eine schöne Illusion gepflegt.

Noch näher am Ende des Ganges waren Szenen von äußerster Pittoreskheit und Übertreibung an die Wände gepinselt; gegensätzliche Ansichten der Stadt ohne Namen: einerseits in ihrer Verlassenheit und ihrem Verfall, andererseits als das fremdartige neue Paradies, zu dem hinab die Rasse sich ihren Weg durch den Stein gehämmert hatte. In diesen Ansichten waren die Stadt und das Wüstental stets bei Mondlicht abgebildet, ein goldener Schein schwebte über den eingefallenen Mauern und entschleierte nur halb ihre herrliche Vollkommenheit in früheren Zeiten, vom Künstler geisterhaft und vage ins Bild gesetzt. Diese paradiesischen Szenen – sie zeigten eine verborgene Welt ewig währenden Tages voller herrlicher Städte und überirdischer Hügel und Täler – waren fast zu überzogen, um glaubwürdig zu sein.

Ganz zum Schluss vermeinte ich Anzeichen eines künstlerischen Rückschritts auszumachen. Die Malereien waren weniger kunstfertig und weitaus bizarrer als sogar die abenteuerlichsten der früheren Szenen. Sie schienen einen langsamen Niedergang des alten Geschlechtes widerzuspiegeln, gepaart mit einer zunehmenden Grausamkeit gegenüber der Außenwelt, aus der die Wüste es verdrängt hatte. Die Gestalten der Menschen – stets stellvertretend verkörpert von den heiligen Reptilien – schienen schleichend zu verkümmern, obwohl ihr Geist, der im Mondenschein über den Ruinen schwebte, im gleichen Verhältnis an Größe gewann. Abgezehrte Priester, dargestellt als Reptilwesen in reich verzierten Roben, verfluchten die Luft der Oberwelt und alle, die sie atmeten; und eine schreckliche Abschlussszene zeigte einen primitiv aussehenden Mann, vielleicht einen Pionier des vorzeitlichen Irem, der Stadt der Säulen, wie er von Angehörigen der älteren Rasse in Stücke gerissen wird. Ich weiß, wie sehr die Araber die Stadt ohne Namen fürchten, und war froh, dass die grauen Wände und die Decke nach dieser Stelle unbemalt waren.

Während ich den Prunk dieser geschichtlichen Wandgemälde betrachtete, näherte ich mich dem Ende der niedrigen Halle und gewahrte ein Tor, durch das all die phosphoreszierende Helligkeit hereinströmte. Als ich zu ihm emporkroch, entfuhr mir ein Ausruf höchsten Staunens angesichts dessen, was dahinter lag – denn statt weiterer und hellerer Räume dehnte sich dort eine endlose Leere gleichförmigen strahlenden Glanzes, wie man es vielleicht sieht, wenn man vom Gipfel des Mount Everest auf ein Meer sonnenbestrahlten Nebels hinabblickt. Hinter mir befand sich ein Gang, der so niedrig war, dass ich darin nicht einmal aufrecht stehen konnte, und vor mir erstreckte sich eine Unendlichkeit unterirdischen Leuchtens.

Vom Gang führte eine steile Treppe in den Abgrund hinab – kleine zahlreiche Stufen, wie in den dunklen Schlünden, die ich durchwandert hatte –, doch schon nach wenigen Metern wurde alles von den leuchtenden Schwaden verhüllt. An der linken Wand des Ganges lehnte weit aufgestoßen eine Tür aus massivem Messing, unglaublich dick und verziert mit fantastischen Basreliefs, die, falls man sie schloss, die gesamte unterirdische Welt aus Licht von den Gewölben und Felsgängen abschneiden konnte. Ich schaute zu den Stufen, wagte es aber nicht, sie zu betreten, und berührte die offen stehende Messingtür, vermochte jedoch nicht sie zu bewegen. Dann sank ich ausgestreckt auf den Steinboden nieder, mein Verstand entflammt von einzigartigen Überlegungen, die selbst meine todesähnliche Erschöpfung nicht zu bannen vermochte.

Als ich ruhig mit geschlossenen Augen dalag, frei meinen Gedanken nachhängend, drängten zahlreiche Dinge, die ich an den Fresken nur beiläufig bemerkt hatte, voll neuer und schrecklicher Bedeutung in mein Bewusstsein zurück – Szenen, die die Stadt ohne Namen in ihrer Glanzzeit zeigten, die Vegetation des umliegenden Tales und die fernen Länder, mit denen ihre Kaufleute Handel trieben. Die Allegorie der kriechenden Wesen verwirrte mich in ihrer Hartnäckigkeit, und ich wunderte mich, dass sie in einer geschichtlichen Überlieferung von solch enormer Bedeutung derart unbeirrt durchgehalten wurde.

Die Fresken hatten die Stadt ohne Namen in Größenverhältnissen gezeigt, die zu den Reptilien passten. Ich fragte mich, wie groß und prächtig ihre Bauten wirklich gewesen sein mochten, und verweilte in Gedanken einen Moment lang bei den Seltsamkeiten, die mir an den Ruinen aufgefallen waren. So zerbrach ich mir den Kopf darüber, weshalb der urtümliche Tempel und der unterirdische Gang so niedrig waren. Zweifellos waren sie aus Ehrerbietung gegenüber den reptilischen Gottheiten, denen dort gehuldigt wurde, so aus dem Fels geschlagen worden, obgleich dies die Huldiger notgedrungen zum Kriechen niederzwang. Vielleicht verlangten die Riten, die hier begangen wurden, ein Kriechen in Nachahmung der verehrten Geschöpfe. Keine religiöse Theorie hingegen vermochte zu erklären, warum die ebenen Gänge jenes furchtbaren Abstiegs ebenso niedrig sein mussten wie die Tempel – niedriger sogar, da man darin noch nicht einmal knien konnte. Als ich an die kriechenden Wesen dachte, deren schreckliche mumifizierte Körper mir so nahe waren, spürte ich erneut das Pochen der Angst. Gedankenverknüpfungen sind zuweilen sonderbar, und ich schauderte angesichts der Vorstellung, dass – abgesehen von dem bedauernswerten primitiven Mann, der auf dem letzten Bild zerfleischt wurde – inmitten dieser zahllosen Relikte und Symbole uranfänglichen Lebens ich allein eine menschliche Gestalt besaß.

Doch wie bisher stets in meinem eigenartigen Wanderleben vertrieb bald Neugier die Furcht; denn der leuchtende Abgrund und was er enthalten mochte stellten ein Rätsel dar, würdig des größten Entdeckers. Dass am Ende jener langen Abwärtsflucht befremdlich kleiner Stufen eine unheimliche Welt der Geheimnisse wartete, bezweifelte ich nicht und hoffte dort unten jene menschlichen Spuren zu finden, die die Malereien des Korridors vermissen ließen. Die Fresken hatten unglaubliche Städte und Täler dieser Unterwelt offenbart, und meine Fantasie schwelgte in den gewaltigen und prächtigen Ruinen, die auf mich warteten.

Meine Ängste galten eher der Vergangenheit als der Zukunft. Selbst der körperliche Schrecken meiner Lage in diesem klaustrophobischen Gang voller toter Reptilwesen und vorsintflutlicher Fresken, Kilometer unterhalb der mir bekannten Welt und eine weitere Welt schaurig leuchtenden Nebels verheißend, konnte es nicht mit der tödlichen Furcht aufnehmen, die ich vor dem abgrundtiefen Alter des Ortes und seiner Seele empfand. Ein Alter, so unermesslich, dass Maßstäbe nichts mehr galten, schien von den Steinen und Felsentempeln der Stadt ohne Namen herabzuschielen, während die jüngsten der staunenswerten Landkarten auf den Fresken Meere und Kontinente zeigten, die der Mensch vergessen hat und die nur hie und da einen

vage vertrauten Umriss aufwiesen. Was sich im Lauf jener Erd-
alter ereignet haben mochte seitdem die Malereien aufhörten
und die den Tod verabscheuende Rasse sich unwillig dem
Niedergang ergab, weiß kein Mensch. Einst hatten diese Höhlen
und das darunterliegende lichterfüllte Reich vor Leben gewim-
melt; nun jedoch war ich allein mit den vielsagenden Relikten
und ich zitterte beim Gedanken an die ungezählten Zeitalter, in
deren Verlauf sie stumm und einsam Wacht gehalten hatten.

Plötzlich überkam mich erneut jene heftige Angst, die mich in
Abständen immer wieder befallen hatte, seit ich das schreckliche
Tal und die Stadt ohne Namen im Licht des kalten Mondes zum
ersten Mal gesehen hatte. Trotz meiner Erschöpfung sprang ich
wie gepeitscht in eine sitzende Haltung und starrte durch den
schwarzen Korridor zurück in Richtung der Schächte, die zur
Außenwelt hinaufstrebten. Meine Empfindungen glichen
denen, die mich die Stadt ohne Namen bei Nacht hatten meiden lassen, und sie waren ebenso unerklärlich wie ausgeprägt.

Im nächsten Augenblick jedoch ereilte mich ein noch heftige-
rer Schock, und zwar in Form eines deutlichen Geräuschs – des
ersten, das die vollkommene Stille dieser Grabestiefen durch-
brach. Es handelte sich um ein tiefes, schwaches Stöhnen, wie
von einer fernen Horde verdammter Seelen. Es rührte aus der
Richtung, in die ich starrte. Die Lautstärke schwoll rapide an, bis
es bald fürchterlich durch den niederen Gang widerhallte, und
zugleich bemerkte ich einen zunehmenden, kalten Luftzug, der
aus den Schächten und ebenso aus der Stadt herblies. Die
Berührung dieser Luft schien mich wieder zur Besinnung zu
bringen, denn augenblicklich erinnerte ich mich an die Wind-
stöße, die sich jedes Mal bei Sonnenuntergang und Sonnenaufgang um die Mündung des Abgrundes erhoben hatten und
von denen mir einer die verborgenen Schächte offenbart hatte.
Ich blickte auf die Uhr und erkannte, dass der Sonnenaufgang
bevorstand, also riss ich mich zusammen, um dem Sturmwind zu
trotzen, der nun in seine Höhlenheimat hinabfegte wie er am
Abend zuvor daraus hervorgefegt war. Meine Furcht ließ wieder
nach, da ein natürliches Phänomen dazu neigt, Grübeleien über
das Unbekannte zu vertreiben.

Immer und immer wahnsinniger regnete der kreischende,
heulende Nachtwind in die Tiefen des Erdschoßes hinab. Ich

legte mich wieder flach auf den Boden und verkrallte mich vergeblich in den Fels, aus Angst, mit Haut und Haar durch das offene Tor in den phosphoreszierenden Schlund hinuntergefegt zu werden. Eine solches Wüten hatte ich nicht erwartet, und als ich bemerkte, dass mein Körper wirklich auf den Abgrund zurutschte, befielen mich Tausende neue schreckliche Ahnungen. Die Bösartigkeit des Sturmwinds weckte unnennbare Wahnvorstellungen in mir; nicht zum ersten Mal verglich ich mich erschaudernd mit dem Bildnis des einzigen Menschen in jenem grässlichen Korridor, mit dem Mann, der von der namenlosen Rasse in Stücke gerissen wurde, denn im teuflischen Zerren der tosenden Luftstrudel schien ein rachgieriger Zorn umso wütender zu walten, als er nahezu machtlos war. Ich glaube, zum Schluss schrie ich wie irrsinnig – ich verlor fast den Verstand – ins Heulen der Windgeister. Ich versuchte, gegen den mörderischen, unsichtbaren Luftstrom anzukriechen, doch konnte ich mich noch nicht einmal auf der Stelle halten und wurde langsam und unerbittlich in Richtung der unbekannten Welt gepresst. Schließlich muss ich völlig durchgedreht sein, denn ich faselte wieder und wieder jenen unergründlichen Zweizeiler des wahnsinnigen Arabers Abdul Alhazred, der von der Stadt ohne Namen träumte:

Es ist nicht tot, was ewig liegt,
Und in fremder Zeit wird selbst der Tod besiegt.

Nur die grimmen, brütenden Wüstengötter wissen, was wirklich geschah – wie unbeschreiblich ich mich in der Finsternis wehrte und mich wälzte und welcher Engel der Hölle mich ins Leben zurückführte, sodass ich mich immer erinnern werde und im Nachtwind schaudern muss, bis einmal das Vergessen – oder Schlimmeres – mich umfängt. Monströs, unnatürlich, gigantisch war die Begegnung – zu weit jenseits aller menschlichen Begriffe, um geglaubt zu werden, außer in den verfluchten frühen Morgenstunden, wenn der Schlaf nicht kommt.

Ich sagte, dass die Wut des dahinfauchenden Sturms infernalisch war – kakodämonisch – und dass seine Stimmen grässlich waren, voll der aufgestauten Rachgier trostloser Ewigkeiten. Plötzlich schienen diese Stimmen, die offenbar noch immer chaotisch klangen, in der Wahrnehmung meines hämmernden Hirns immer mehr sprachlichen Lauten zu ähneln; und tief im Grab ungezählter, seit Äonen versunkener Altertümer, klaftertief unterhalb der morgendämmernden Menschenwelt, vernahm ich das schaurige Geifern und Knurren fremdzüngiger Bestien.

Als ich mich umdrehte, sah ich klar abgezeichnet gegen den leuchtenden Dunst des Abgrunds, was vor dem düsteren Hintergrund der Korridors nicht sichtbar gewesen war – eine Albtraumhorde heranspringender Teufel; hassverzerrte, grotesk herausgeputzte, halb durchsichtige Teufel einer Rasse, die kein Mensch verwechseln kann – die kriechenden Reptilwesen der Stadt ohne Namen.

Und als der Wind erstarb, wurden die Eingeweide der Erde um mich herum in ghoulische Finsternis getaucht; denn hinter der letzten der Kreaturen schlug die mächtige Messingtür mit einem ohrenbetäubenden Donnern metallischer Musik zu und ihr schallendes Echo dröhnte hinaus in die ferne Welt, um die aufgehende Morgensonne zu grüßen, so wie Memnon sie von den Ufern des Nils aus begrüßt.

DIE MUSIK DES ERICH ZANN
The Music of Erich Zann

Lovecraft war nie in Paris. Tatsächlich war er überhaupt nie in Europa: Sein schmaler Geldbeutel hat eine solche Reise, die er sich ein Leben lang vergeblich gewünscht hat, unmöglich gemacht. Aber er hat von den Metropolen Europas geträumt, und gelesen, was er darüber finden konnte. Etwa im Dezember 1921 versucht er sich an einer Evokation von Paris (freilich wird der Name der Stadt nicht genannt): ›The Music of Erich Zann‹. Zugleich ist dies seine bemerkenswerteste Geschichte über die Macht der Musik. Lovecraft, der als Junge Geigenstunden genommen hatte, konnte auch etwas Klavier spielen und besaß eine gute Gesangsstimme (Tenor). Als 11-Jähriger spielte er in der Blackstone Military Band »Zobo«, eine Art Mischung aus Mundharmonika und Mirliton. Seine musikalischen Freunde schätzten ihn dabei wegen seines präzisen Rhythmusgefühls. Zumindest einmal (September 1920) hat er auch öffentlich auf einer Tagung ein Lied vorgetragen, wie man ihn sich in seinem Auftreten überhaupt nicht »verklemmt« vorstellen darf. Was er von dem alten Deutschen Erich Zann imaginiert, ist aber eine ganz andere Musik, eine ins Irdische hereingeholte Musik der Sphären (die zu hören nach alter Überzeugung Wahnsinn und Tod bedeutet).

Der Leser wüsste wahrlich gerne, was jene verlorenen Blätter Zanns zu offenbaren gehabt hätten ... Der Name Rue d'Auseil ist vielleicht symbolisch (von au seuil, also »Straße der Schwelle, des Übergangs«). Dies ist einer der letzten Texte Lovecrafts, die erzähltechnisch noch stark an Poe orientiert sind.

Die Geschichte erschien in *The National Amateur* 44, Nr. 4, März 1922, und drei Jahre später in *Weird Tales,* Mai 1925.

DIE MUSIK DES ERICH ZANN

Ich habe die Stadtpläne mit größter Sorgfalt untersucht, doch die Rue d'Auseil nie wiedergefunden. Und es waren nicht nur moderne Pläne, die ich zurate zog, denn mir ist bewusst, dass Straßennamen sich oft ändern. Ganz im Gegenteil, ich bin tief in die Geschichte der Stadt eingetaucht und habe persönlich jede Gegend, gleich welchen Namens, erforscht, in der möglicherweise die Straße zu finden ist, die ich als Rue d'Auseil kenne. Doch ungeachtet all meiner Bemühungen bleibt die demütigende Tatsache bestehen, dass ich weder das Haus noch die Straße oder auch nur die Umgebung zu finden vermag, wo ich in den letzten Monaten meines Hungerlebens als Student der metaphysischen Wissenschaften die Musik des Erich Zann hörte.

Dass meine Erinnerung gelitten hat, verwundert mich nicht; denn im Laufe meines Aufenthalts in der Rue d'Auseil wurde meine Gesundheit körperlich wie geistig schwer erschüttert, und ich entsinne mich nicht, jemals einen meiner wenigen Bekannten dorthin mitgenommen zu haben. Doch dass ich diesen Ort nicht wiederzufinden vermag, ist so eigenartig wie verwirrend; denn er lag nur eine halbe Stunde Fußweg von der Universität entfernt und unterschied sich durch einige Eigentümlichkeiten so sehr von anderen Orten, dass kaum jemand, der dort gewesen ist, ihn vergessen könnte. Allerdings bin ich nie einem Menschen begegnet, der die Rue d'Auseil gekannt hätte.

Die Rue d'Auseil lag auf der anderen Seite eines finstren, von baufälligen Lagerhäusern gesäumten Flusses, den eine massige Brücke aus dunklem Stein überspannte. Es war stets dämmrig an diesem Fluss, als wehre der Rauch der umliegenden Fabriken die Sonne fortwährend ab. Überdies stiegen vom Fluss üble Gerüche auf, die ich nirgends sonst gerochen habe und die mir eines Tages vielleicht dabei helfen, ihn zu finden, da ich sie sofort wiedererkennen würde. Jenseits der Brücke lagen enge, gepflasterte Straßen mit Eisengeländern; dann kam ein erst mählicher und dann unglaublich steiler Anstieg, ehe man die Rue d'Auseil erreichte.

Ich habe noch keine so enge und steile Straße wie diese gesehen. Sie glich fast einer Klippe, war für alle Fahrzeuge gesperrt, bestand an mehreren Stellen aus Treppenfluchten, und am oberen Ende schloss eine hohe efeubewachsene Mauer sie ab. Das Pflaster war unregelmäßig, bestand mal aus Steinplatten, mal aus Kopfsteinen, und manchmal nur aus nackter Erde, auf der eine zähe grünlich graue Vegetation wuchs. Die Häuser waren hoch, von Spitzdächern gekrönt und unglaublich alt; sie neigten sich auf verrückte Weise nach hinten, nach vorn und zur Seite. Zuweilen schienen zwei gegenüberliegende Häuser, die beide nach vorn geneigt waren, sich wie ein Bogen über der Straße zu vereinen; auf jeden Fall tauchten sie dadurch die Straße in Dunkelheit. An einigen Stellen verbanden hohe, über die Straße gespannte Brücken die Häuser miteinander.

Die Einwohner dieser Straße hinterließen bei mir einen eigenartigen Eindruck. Zuerst schrieb ich das der Tatsache zu, dass sie alle sehr still und zurückhaltend waren; doch später kam ich zu dem Schluss, dass es an ihrem hohen Alter liegen müsse. Ich weiß nicht, wie ich dazu kam, in einer solchen Straße zu wohnen, aber ich war nicht ich selbst gewesen, als ich dorthin zog. Ich hatte in vielen armen Gegenden gelebt und war stets wegen Geldmangels an die Luft gesetzt worden, bis ich schließlich auf jenes wacklige Haus in der Rue d'Auseil stieß, das von dem volltrunkenen Blandot unterhalten wurde. Es war vom oberen Ende aus gesehen das dritte Haus der Straße und mit Abstand das größte von allen.

Mein Zimmer befand sich in der fünften Etage und war in diesem Stockwerk der einzig bewohnte Raum, denn das Haus stand so gut wie leer. In der Nacht, in der ich einzog, hörte ich eine sonderbare Musik aus der Mansarde über mir, und am nächsten Tag erkundigte ich mich deswegen bei dem alten Blandot. Er erzählte mir, die Musik stamme von einem alten deutschen Violinenspieler, einem merkwürdigen stummen Mann, der mit dem Namen Erich Zann unterschrieb und des Abends in einem billigen Theaterorchester geigte; er fügte hinzu, dass Zanns Wunsch, nachts nach seiner Rückkehr aus dem Theater zu spielen, der Grund dafür sei, dass er dieses hoch gelegene und abgeschiedene Mansardenzimmer für sich gewählt habe, dessen Giebelfenster die einzige Stelle in der Straße sei, von der aus man über die Mauer hinweg auf den Abhang und das Panorama dahinter blicken könne.

So hörte ich dann Zann jede Nacht, und obwohl er mich damit wachhielt, war ich von der Unheimlichkeit seiner Musik fasziniert. Ich wusste von dieser Kunst nur wenig und war mir dennoch sicher, dass keine seiner Harmonien mit irgendeiner Art Musik verwandt war, die ich zuvor gehört hatte; ich gelangte zu dem Schluss, er sei ein Komponist von höchsteigenem Genie. Je länger ich ihm lauschte, desto größer wurde meine Faszination, bis ich mich nach einer Woche entschloss, die Bekanntschaft des alten Mannes zu machen.

Eines Nachts, als er gerade von seiner Arbeit heimkehrte, hielt ich Zann im Korridor auf und sagte ihm, ich würde ihn gern kennenlernen und ihm Gesellschaft leisten, wenn er spielte. Er war ein kleiner, magerer, vornübergebeugter Mann in schäbiger Kleidung; er hatte blaue Augen, ein groteskes Satyrgesicht und einen fast kahlen Kopf. Zunächst schienen ihn meine Worte sowohl zu erzürnen als auch zu ängstigen, aber meine offensichtliche Freundlichkeit brachte das Eis schließlich zum Schmelzen, und er bedeutete mir verdrießlich, ihm die dunkle, knarrende und wacklige Dachtreppe hinauf zu folgen. Sein Zimmer, eins von nur zweien in der hochgiebeligen Dachstube, befand sich an der Westseite und lag somit der hohen Mauer gegenüber, die das obere Ende der Straße bildete. Der Raum war sehr groß und erschien umso größer durch seine außergewöhnliche Kahlheit und Verwahrlosung. An Mobiliar gab es nur ein schmales eisernes Bett, einen schäbigen Wäscheständer, einen kleinen Tisch, ein großes Bücherregal, einen eisernen Notenständer und drei altmodische Stühle. Notenblätter stapelten sich ungeordnet auf dem Boden. Die Wände bestanden aus nackten Brettern, die wahrscheinlich nie einen Verputz gesehen hatten, während das Übermaß an Staub und Spinnweben den Raum eher verlassen als bewohnt erscheinen ließ. Offensichtlich lag Erich Zanns Welt der Schönheit in einem entlegenen Kosmos der Fantasie.

Der stumme Mann wies mir einen Platz an, schloss die Tür, legte den großen hölzernen Riegel vor und entzündete eine Kerze. Nun entnahm er seine Violine der mottenzerfressenen Schutzhülle und ließ sich damit auf dem unbequemsten der drei

Stühle nieder. Er machte keine Verwendung von dem Noten-ständer, fragte mich auch nicht nach meinen Wünschen, sondern spielte aus dem Gedächtnis, wobei er mich über eine Stunde lang mit Weisen bezauberte, die ich nie zuvor vernommen hatte; Melodien, die er selbst ersonnen haben musste. Ihr genaues Wesen zu beschreiben ist unmöglich für jemanden, der in der Musik unbewandert ist. Sie bildeten eine Art Fuge mit wieder-kehrenden Themen der ergreifendsten Art, doch mir fiel auf, dass jene unheimlichen Klänge fehlten, die ich bei anderen Gelegenheiten in meinem Zimmer gehört hatte.

Diese quälenden Melodien waren mir im Gedächtnis geblie-ben, und ich hatte sie oftmals ungenau vor mich hingesummt und -gepfiffen, und als der Musiker schließlich seinen Bogen niederlegte, fragte ich ihn, ob er mir nicht etwas davon vorspielen möge. Als ich meine Bitte vorbrachte, verlor das satyr-ähnliche Gesicht die gelangweilte Gelassenheit, die es während des Spiels gezeigt hatte, und schien wieder derselben merkwür-dige Mischung von Zorn und Angst Platz zu machen, die mir aufgefallen war, als ich den alten Mann eingangs angesprochen hatte. Einen Augenblick lang dachte ich daran, meine Über-redungskünste zu gebrauchen, da ich die Launen des Alters auf die leichte Schulter nahm; ich versuchte sogar, die unheimliche Stimmung meines Gastgebers dadurch wiederzuerwecken, indem ich ein paar der Melodien pfiff, denen ich in der Nacht zuvor gelauscht hatte. Doch das ließ ich bald schon bleiben, denn als der stumme Musikant die Weisen erkannte, verzerrte sich sein Gesicht plötzlich auf unbeschreibliche Weise, und seine lange, kalte, knochige Rechte streckte sich mir entgegen, um mir Einhalt zu gebieten und die krude Nachahmung ver-stummen zu lassen. Gleichzeitig stellte er seine Verschrobenheit unter Beweis, indem er verwirrt auf das verhangene Fenster blickte, als fürchtete er einen Eindringling – ein doppelt absur-des Vorgehen, ragte die Dachstube doch hoch und unzugänglich über alle anliegenden Dächer hinaus und war, wie der Concierge mir erzählt hatte, die einzige Stelle in der Straße, von der aus man über die Mauer an ihrem Ende spähen konnte.

Der Blick des Alten rief mir Blandots Bemerkung in Erin-nerung, und mit einer gewissen Launenhaftigkeit verspürte ich den Wunsch, selbst einmal das weite und schwindelerregende

Panorama mondbeschienener Dächer und städtischer Lichter jenseits der Hügelspitze zu sehen, das von allen Bewohnern der Rue d'Auseil einzig dieser halsstarrige Musiker betrachten konnte. Ich trat auf das Fenster zu und wollte den unbeschreiblichen Vorhang gerade wegziehen, als Zann mich mit noch größerer Verärgerung als zuvor handgreiflich davon abhielt; er deutete mit dem Kopf zur Türe, während er hektisch versuchte, mich mit beiden Händen dorthin zu zerren. Nun hatte ich endgültig genug von meinem Gastgeber, befahl ihm, mich loszulassen, und sagte, ich würde unverzüglich gehen. Seine Umklammerung lockerte sich, und als er meine Abscheu und Kränkung sah, schien sein Zorn nachzulassen. Er verstärkte seinen Griff wieder, doch dieses Mal auf freundliche Weise, um mich auf einen Stuhl zu drängen; dann schritt er mit einem wehmütigen Ausdruck zu dem unaufgeräumten Tisch, wo er mit einem Bleistift viele Worte in dem umständlichen Französisch, wie es Ausländer verwenden, auf ein Blatt Papier schrieb.

Die Mitteilung, die er mir schließlich überreichte, war eine Bitte um Nachsicht und Vergebung. Zann schrieb, er sei alt, einsam und leide unter seltsamen Ängsten und nervlichen Anspannungen, die mit seiner Musik und anderen Dingen in Zusammenhang stünden. Er habe es genossen, mir vorzuspielen, und wünsche, ich würde wiederkommen und mich an seinen Verschrobenheiten nicht stören. Doch vor einem anderen könne er seine unheimlichen Harmonien nicht spielen und könne es auch nicht ertragen, sie von einem andern zu hören; ebenso würde er nicht dulden, dass irgendjemand in seinem Zimmer etwas anfasse. Er habe bis zu unserem Gespräch im Korridor nicht gewusst, dass ich in meinem Zimmer seiner Musik lauschen könne, und bat mich nun darum, mit Blandot Vorkehrungen zu treffen, ein weiter unten gelegenes Zimmer zu nehmen, wo ich ihn des Nachts nicht würde hören können. Er würde, so schrieb er, für die Differenz in der Miete aufkommen.

Während ich dasaß und das scheußliche Französisch entzifferte, verspürte ich mehr Nachsicht gegenüber dem alten Mann. Er war Opfer eines körperlichen und nervlichen Leidens, so wie auch ich; und meine metaphysischen Studien hatten mich Güte gelehrt. In der Stille kam ein leises Geräusch vom Fenster – der

Laden musste im Nachtwind geklappert haben, und aus irgendeinem Grunde erschrak ich fast ebenso heftig darüber wie Erich Zann. Als ich zu Ende gelesen hatte, schüttelte ich die Hand meines Gastgebers und verabschiedete mich als Freund.

Am nächsten Tag gab Blandot mir ein kostspieligeres Zimmer in der dritten Etage zwischen der Unterkunft eines alten Geldverleihers und dem Raum eines ehrbaren Polsterers ... In der vierten Etage wohnte niemand.

Es dauerte nicht lange, bis ich bemerkte, dass Zann an meiner Gesellschaft nicht so viel lag, wie es den Anschein gehabt hatte, als er mich überredete, aus der fünften Etage auszuziehen. Er bat mich nicht um meinen Besuch, und wenn ich bei ihm war, erweckte er einen angespannten Eindruck und spielte teilnahmslos. Die Treffen fanden immer des Nachts statt – tagsüber schlief er und empfing niemanden. Meine Zuneigung zu ihm wuchs dadurch nicht gerade, obwohl das Dachzimmer und die sonderbare Musik eine eigentümliche Faszination auf mich auszuüben schienen. Ich verspürte ein merkwürdiges Verlangen, aus jenem Fenster zu blicken, über die Mauer und den unsichtbaren Abhang hinweg auf die schimmernden Dächer und Türme, die sich dort ausbreiten mussten. Einmal stieg ich die Treppe zur Dachstube hoch, als Zann im Theater weilte, doch die Tür war verschlossen.

Mir gelang es allerdings, das nächtliche Spiel des stummen Alten zu belauschen. Zu Anfang stieg ich auf Zehenspitzen hinauf zu meinem alten Zimmer im fünften Stock, dann wurde ich kühner und erklomm die knarrende Treppe zur Dachstube. Dort im engen Korridor vor der verriegelten Tür mit dem abgedeckten Schlüsselloch hörte ich oft Laute, die mich mit einem unerklärlichen Grauen erfüllten – dem Grauen unbestimmter Wunder und brütender Geheimnisse. Nicht, dass die Töne scheußlich gewesen wären, denn das waren sie nicht; doch ihre Schwingungen deuteten etwas an, das nicht von dieser Welt stammte. Hin und wieder erreichten sie eine symphonische Qualität, für die schwerlich ein einzelner Musiker verantwortlich sein konnte. Gewiss war nur, dass es sich bei Erich Zann um ein Genie voll ungezähmter Kraft handelte. Im Laufe der Wochen wurde sein Spiel immer wilder, während der alte Musiker immer abgezehrter wirkte, dass es einen erbarmen musste. Er weigerte sich nun beharrlich, mich einzulassen, und wich mir aus, wenn wir einander auf der Treppe begegneten.

Dann, als ich eines Nachts an der Türe horchte, vernahm ich, wie das Kreischen der Violine zu einer chaotischen, babylonischen Klangverwirrung anschwoll, zu einem Pandämonium, das mich an meiner ohnehin erschütterten geistigen Gesundheit hätte zweifeln lassen, wäre durch die verschlossene Tür nicht der elende Beweis gedrungen, dass das Grauen allzu wirklich war – der scheußliche, unartikulierte Schrei, den einzig ein Stummer von sich geben kann und der nur in Augenblicken der entsetzlichsten Furcht oder Pein zu hören ist. Ich klopfte wiederholt an die Tür, erhielt aber keine Antwort. Danach wartete ich im finsteren Korridor, zitternd vor Kälte und Angst, bis ich den schwachen Versuch des armen Musikers hörte, sich an einem Stuhl vom Boden hochzuziehen. Ich glaubte, er habe nach einem Ohnmachtsanfall gerade das Bewusstsein wiedererlangt, und klopfte erneut, wobei ich meinen Namen rief, um Zann zu beruhigen. Ich hörte, wie Zann zum Fenster schlurfte, den Laden schloss und den Vorhang zuzog; dann stolperte er zur Tür, die er zögerlich entriegelte, um mich einzulassen. Dieses Mal schien seine Freude, mich zu sehen, aufrichtig zu sein, denn sein verzerrtes Gesicht strahlte vor Erleichterung, während er sich an meinen Mantel klammerte, wie ein Kind sich am Rock seiner Mutter festhält.

Der jämmerlich zitternde Alte drängte mich, auf einem Stuhl Platz zu nehmen, und ließ sich auf einen anderen fallen, neben dem seine Violine und der Bogen unachtsam auf dem Boden lagen. Eine Zeit lang saß er untätig da, nickte merkwürdig, erweckte aber den paradoxen Anschein, angestrengt und angsterfüllt auf etwas zu lauschen. Dann schien er befriedigt zu sein und ging zum Tisch, wo er eine kurze Notiz schrieb, sie mir gab und wieder an den Tisch zurückkehrte, wo er mit einer raschen und unablässigen Niederschrift begann. Die Notiz ersuchte mich, im Namen der Barmherzigkeit – oder um meiner Neugier willen – hier zu warten, während er auf Deutsch einen vollständigen Bericht über all die Wunder und Schrecken verfasste, die ihn heimsuchten. Ich wartete, und der Bleistift des Stummen flog übers Papier.

Es war vielleicht eine Stunde später, während ich noch immer wartete und die fieberhaft beschrifteten Blätter des alten Musikers sich immer höher anhäuften, als ich sah, dass Zann wie vom Schlag gerührt zusammenzuckte. Unzweifelhaft sah er zum Fenster hin und lauschte zitternd. Dann bildete ich mir ein, selbst einen Klang zu hören; doch war es kein entsetzliches Geräusch, sondern vielmehr eine außerordentlich tief tönende, unendlich ferne Melodie, die aus einem der Nachbarhäuser oder von jenseits der hohen Mauer zu kommen schien. Der Effekt auf Zann war grauenhaft, denn er ließ den Bleistift fallen, erhob sich ruckartig, ergriff seine Violine und ging daran, die Stille der Nacht mit der wilden Musik zu zerreißen, die ich bislang nur gehört hatte, wenn ich an der verriegelten Türe lauschte.

Es wäre sinnlos, Erich Zanns Spiel in jener schrecklichen Nacht beschreiben zu wollen. Es war entsetzlicher als alles, was ich je zufällig gehört hatte, weil ich nun den Ausdruck auf seinem Gesicht sehen und erkennen konnte, dass diesmal nackte Furcht sein Beweggrund war. Er versuchte, irgendeinen Lärm zu erzeugen, um etwas abzuwehren oder zu übertönen – doch was, das vermochte ich mir nicht auszumalen, wenngleich ich spürte, dass es etwas Grauenhaftes sein musste. Sein Spiel wurde unwirklich, rasend und hysterisch, bewahrte sich indes bis zum Schluss die Eigenschaft eines erhabenen Genies, das, wie ich wusste, diesem seltsamen alten Mann zu eigen war. Ich erkannte die Weise – es war ein wilder ungarischer Tanz, der in den Theatern beliebt war, und einen Augenblick lang dachte ich darüber nach, dass dies das erste Mal war, dass ich Zann das Werk eines anderen Komponisten spielen hörte.

Immer lauter und immer wilder stieg das Kreischen und Wimmern der rasenden Violine an. Der Musiker war auf unheimliche Weise in Schweiß gebadet und zuckte wie ein Affe, wobei er stets panische Blicke auf das verhangene Fenster warf. In seinen irren Melodien sah ich geradezu Satyrn und Bacchantinnen, wie sie wahnsinnig durch brodelnde Abgründe voller Wolken und Rauch und Blitze tanzten und wirbelten. Und dann glaubte ich, einen schrilleren, stetigeren Ton zu hören, der nicht von der Violine herrührte; ein ruhiger, besonnener, entschlossener, höhnischer Ton von weit her aus dem Westen.

In diesem Augenblick begann der Fensterladen, in dem

heulenden Nachtwind zu klappern, der sich draußen wie zur Antwort auf das irre Spiel im Zimmer erhoben hatte. Zanns kreischende Violine übertraf sich nun selbst darin, Klänge zu erzeugen, von denen ich nie geglaubt hätte, dass ein solches Instrument sie zu erzeugen vermöge. Der Fensterladen klapperte lauter, riss sich los und fing an, gegen das Fenster zu schlagen. Dann barst das Glas schauerlich unter den beständigen Schlägen, und der eisige Wind stürmte herein, ließ die Kerzen flackern und die Papierbögen auf dem Tisch rascheln, wo Zann mit der Niederschrift seines grausigen Geheimnisses begonnen hatte. Ich blickte zu Zann hinüber und sah, dass er nicht mehr bei vollem Bewusstsein war. Seine blauen Augen traten glasig und blind hervor, und das frenetische Spiel war zu einer unbewussten, mechanischen und unkenntlichen Orgie geworden, die keine Feder je auch nur andeuten könnte.

Ein plötzlicher Windstoß, stärker als die vorangegangenen, ergriff die beschriebenen Seiten und fegte sie zum Fenster. Verzweifelt griff ich nach ihnen, doch sie waren fort, ehe ich die zerbrochenen Fensterscheiben erreicht hatte. Dann entsann ich mich meines alten Wunsches, aus diesem Fenster zu blicken, dem einzigen Fenster in der Rue d'Auseil, von dem aus man den Abhang jenseits der Mauer und die sich darunter ausbreitende Stadt sehen konnte. Es war sehr finster, doch die Lichter der Stadt brannten nachts schließlich immer, und ich erwartete, sie inmitten von Regen und Wind zu erblicken. Doch als ich aus diesem höchsten aller Giebelfenster sah, während die Kerzen flackerten und die wahnsinnige Violine gemeinsam mit dem Nachtwind heulte, erblickte ich keine Stadt, die sich unter mir erstreckte und in der freundliche Lichter in vertrauten Straßen brannten, sondern allein die Schwärze eines grenzenlosen Raumes; eines unvorstellbaren Raumes, von lebendiger Regung und Musik erfüllt und mit nichts auf Erden zu vergleichen. Wie ich dastand und voller Entsetzen hinaussah, blies der Wind die beiden Kerzen in jener uralten Mansarde aus und ließ mich zurück in grausamer und undurchdringlicher Dunkelheit; vor mir das dämonische Chaos und hinter mir der Irrsinn der Geige, die in die Nacht hinausschrie.

Ich taumelte in der Finsternis zurück, ohne die Möglichkeit, ein Licht anzuzünden, stieß gegen den Tisch, warf einen Stuhl um und tastete mich schließlich zu der Stelle, wo in der Dunkelheit die erschütternde Musik kreischte. Ich wollte mich und Erich Zann retten, musste es zumindest versuchen, welche Kräfte sich mir auch immer entgegenstellen mochten. Einmal glaubte ich, etwas Kaltes streife mich, und ich schrie auf, doch ging mein Schrei in der scheußlichen Musik der Violine unter. Plötzlich traf mich aus der Dunkelheit der wie toll sägende Bogen, und ich wusste, ich war dem Spielenden nahe. Ich tastete mich vorwärts, berührte die Rückenlehne von Zanns Stuhl und fand dann seine Schulter, die ich schüttelte, um ihn wieder zur Besinnung zu bringen.

Er reagierte nicht darauf, und die Violine kreischte ohne Unterlass weiter. Ich legte ihm die Hand auf den Kopf und konnte seinem mechanischen Nicken Einhalt gebieten; ich schrie ihm ins Ohr, dass wir beide vor den unbekannten Wesen der Nacht fliehen müssten. Doch weder antwortete er mir, noch ließ die Raserei seiner unbeschreiblichen Musik nach, während in der ganzen Mansarde sonderbare Windströme in der Finsternis zu tanzen und zu flüstern schienen. Als ich mit der Hand sein Ohr berührte, erschauderte ich, obwohl ich nicht wusste, warum – bis ich sein starres Gesicht ertastete; das eiskalte, reglose Gesicht, dessen glasige Augen sinnlos ins Leere glotzten. Dann fand ich wie durch ein Wunder die Tür und stürzte panisch fort von diesem glasäugigen Ding in der Finsternis und dem teuflischen Geheul jener verfluchten Violine, deren rasendes Wüten sich bei meiner Flucht noch zu steigern schien.

Ich rannte, sprang, flog die endlosen Treppenfluchten des dunklen Hauses hinunter; raste besinnungslos hinaus auf die enge, steile und uralte Straße voller Stufen und gebrechlicher Häuser; rannte über Treppen und Pflastersteine zu den tiefer gelegenen Straßen und dem faulig riechenden Fluss mit seinen Kais; hetzte keuchend über die finstere Brücke hin zu den breiteren, gesünderen Straßen und Boulevards, die wir alle kennen. Das sind grauenhafte Eindrücke, die mich nicht mehr loslassen. Und ich erinnere mich, dass dort kein Wind ging, dass der Mond am Himmel stand und dass alle Lichter der Stadt funkelten.

Ungeachtet meiner überaus sorgfältigen Nachforschungen und Untersuchungen bin ich seither nicht mehr in der Lage gewesen, die Rue d'Auseil zu finden. Doch das bereue ich nicht sehr; weder das noch den Verlust der eng beschriebenen Blätter, die allein die Musik des Erich Zann hätten erklären können und von undenkbaren Abgründen verschlungen wurden.

DAS FEST
The Festival

Am 17. Dezember 1922 besucht Lovecraft zum ersten Mal das Hafenstädtchen Marblehead, wenige Kilometer nördlich von Boston gelegen. An seinen Freund James Ferdinand Morton schreibt er einige Jahre später über diesen Besuch: »Gott! Werde ich jemals meinen ersten überwältigenden Blick auf MARBLEHEADS gedrängte und altertümliche Häuser vergessen, wie ich sie im Schnee im Licht eines irrwitzigen Sonnenunterganges gesehen habe, an jenem 17. Dezember 1922, 4 Uhr nachmittags!!! Eine Stunde zuvor habe ich nicht gewusst, dass ich jemals einen solchen Ort erblicken würde, und bis zu jenem Augenblick selbst war mir das schiere Ausmaß des Wunders nicht bewusst, vor dem ich stehen würde. Ich zähle diesen Moment – 4.05 Uhr bis 4.10 Uhr am Nachmittag des 17. Dezember 1922 – als die emotional bewegendste Klimax meines bald vierzigjährigen Lebens. Blitzlichtartig schlug die gesamte Vergangenheit Neuenglands – die gesamte Vergangenheit des alten England – die gesamte Vergangenheit der Angelsachsen und der westlichen Welt – über mir zusammen und identifizierte mich mit der stupenden Totalität aller Dinge, in einer Weise, wie es nie zuvor geschehen war und niemals wieder geschehen wird. Das war der Höhepunkt meines Lebens. Ich war damals 32 – und seitdem gab es nur ein Regredieren zu einer zahmen Senilität; nur noch den Versuch, die Wunder der Offenbarung und Andeutung und kosmischen Identifikation wiederzugewinnen, die der Anblick damals in mir geweckt hat. [...]« (vom 12.3.1930).

Was Lovecraft hier beschreibt, ist eine echte mystische Erfahrung, eine Schau von Ganzheit und Totalität, von Konfrontation mit einer Geschichte der eigenen Kultur, welche für ihn zu einem prägenden Schlüsselerlebnis werden sollte, und zwar nicht so sehr wegen des emotionalen Gehaltes der Erfahrung (das ist das Missverständnis jener, die niemals etwas Vergleichbares erlebt haben), sondern wegen des Inhaltes, dessen, wessen er in der Schau Marbleheads ansichtig geworden war.

In der Kurzgeschichte ›The Festival‹ vom Oktober 1923 hat Lovecraft nun diese Erfahrung aus dem Vorjahr umgesetzt, aber in etwas völlig Neues verfremdet. Nicht mehr die Geschichte der Zivilisation steht im Mittelpunkt, sondern ihr Verfall, ihre Abgründigkeit, ihr »Kellergeschoss«. Aus Marblehead wird »Kingsport«, ein Name, den er freilich schon in ›The Terrible Old Man‹ (1920) benutzt hatte (bevor er Marblehead kannte).

Aber die Atmosphäre ist doch erkennbar, und Lovecraft hat den Zusammenhang zwischen dem fiktiven und dem realen Ort später immer wieder in Briefen erwähnt.

Wie so oft geht es um die Konfrontation mit der Vergangenheit: »Nur die Armen und Einsamen erinnern sich«. Der Erzähler begegnet der Vergangenheit seiner Familie; der Schluss scheint nahezulegen, dass das ganze als eine Vision zu sehen ist.

Die in ›The Festival‹ erwähnte unheimliche Kirche hat Lovecraft in Briefen auch identifiziert: Es ist die sehr malerische St. Michael's Episcopal Church in Marblehead (Frog Lane), 1714 erbaut und 1754 um den Glockenturm erweitert, die älteste Kirche am Ort. Das unterirdisch-chthonische Totenreich, in das der Erzähler durch seine Evokation der Vergangenheit gerät, gibt ihn nur im letzten Augenblick frei: Lovecraft lässt dem Leser die Freiheit, das ganze Erlebnis bis zum Sturz in den winterlichen Ozean als suizidale Fantasie zu interpretieren. Man beachte auch Lovecrafts Remythologisierung des Weihnachtsfestes (das ja in der Tat in vielen Punkten – nicht zuletzt im Datum – auf vorchristliches römisches Brauchtum zurückgeht). Das Motto der Erzählung stammt von dem lateinischen Kirchenvater Lactantius (ca. 250 – ca. 325 n. Chr.) und heißt übersetzt: »Die Dämonen bewirken, dass sie Dinge, die nicht existieren, die aber gewissermaßen sein könnten, vor den Menschen als Anschauung erscheinen lassen« (Lovecraft übernimmt das Zitat aus Cotton Mather, *Magnalia Christi Americana,* London 1702, S. 64; ein Buch, das er selbst besaß).

›The Festival‹ erschien zuerst in *Weird Tales,* Januar 1925 und noch einmal im Oktober 1933.

DAS FEST

Efficut Daemones, ut quae non sunt, sic tamen quasi sint,
conspicienda hominibus exhibeant.

– Lactantius

Fern weilte ich von zu Hause, und das Meer des Ostens hatte
mich in seinen Bann gezogen. In der Dämmerung hörte ich es
gegen die Klippen branden und ich wusste, dass es unmittelbar
hinter der Anhöhe lag, wo die krummen Weiden sich vor dem
klaren Himmel und den ersten Abendsternen bogen. Und weil
meine Ahnen mich zu der alten Stadt an der Meeresküste
gerufen hatten, eilte ich durch den dünnen, frisch gefallenen
Schnee auf der Straße voran, die einsam den Hügelkamm
erklomm, wo zwischen den Bäumen Aldebaran blinzelte; jener
uralten Stadt entgegen, die ich nie gesehen, doch von der ich so
häufig geträumt hatte.

Es war die Zeit des Julfestes, das die Menschen Weihnachten
nennen, wenngleich sie tief in ihren Herzen wissen, dass es älter
ist als Bethlehem und Babylon, älter als Memphis und die ganze
Menschheit. Es war die Zeit des Julfestes und ich war endlich in
die alte Küstenstadt gekommen, wo die Meinen ehedem gelebt
und das Fest begangen hatten, als das Fest verboten gewesen
war; wo sie auch ihre Söhne bestimmt hatten, das Fest einmal in
jedem Jahrhundert zu feiern, auf dass die Erinnerung an uralte
Geheimnisse nicht in Vergessenheit gerate. Meine Vorfahren
waren ein altes Geschlecht, das bereits alt gewesen war, als dieses
Land vor dreihundert Jahren besiedelt wurde. Und sie waren
wunderlich, denn sie waren als ein dunkler, verstohlener
Menschenschlag aus berauschend duftenden Orchideengärten
des Südens gekommen und hatten eine fremde Sprache gesprochen, ehe sie die Sprache der blauäugigen Fischer erlernten.
Und jetzt lebten sie weit versprengt und teilten nur noch die
geheimnisvollen Riten miteinander, die kein Lebender zu
verstehen vermag. Ich war der Einzige, der während jener Nacht
in die alte Hafenstadt zurückkehrte, wie es die Legende gebot,
denn nur die Armen und die Einsamen bewahren die Erinnerung.

Dann erblickte ich jenseits der Hügelkuppe Kingsport frostkalt hingebreitet in der Dämmerung, das verschneite Kingsport mit seinen alten Wetterfahnen und Kirchturmspitzen, Firstbalken und Kaminkronen, Hafenmolen und schmalen Brücken, Trauerweiden und Friedhöfen; mit seinen endlosen Irrgärten aus steilen, engen, krummen Gassen und seinem schwindelerregend aus der Ortsmitte ragenden Kirchhügel, den die Zeit nicht anzutasten wagte; mit seinen unendlichen Labyrinthen aus Häusern der Kolonialzeit, die kreuz und quer, untereinander und übereinander hingewürfelt schienen gleich den verstreuten Bauklötzen eines Kindes; mit seiner Aura des Alters, die auf grauen Schwingen über winterlich weißen Giebeln und Walmdächern schwebte; mit seinen fächerförmigen Oberlichten über den Hauseingängen und den kleinformatigen Fensterscheiben in den Häusermauern, die eins nach dem andern in den kalten Nachtbeginn hinausleuchteten, um sich Orion und den Äonen alten Sternen beizugesellen. Und gegen die morschen Molen brandete das Meer; das geheimnisvolle, unvordenkliche Meer, aus dem meine Ahnen in alter Zeit emporgestiegen sind.

Neben dem Scheitelpunkt der Straße ragte ein noch höherer Bergzacken auf, trist und windumtost, und ich sah, dass es ein Totenacker war, wo schwarze Grabsteine ghoulisch aus dem Schnee stachen wie die verfaulten Fingernägel eines riesigen Leichnams. Die fährtenlose Straße war sehr einsam und zuweilen meinte ich, von fern das schreckliche Knarren eines Galgens im Wind zu vernehmen. Im Jahre 1692 waren vier meiner Ahnen wegen Hexerei gehängt worden, aber wo genau, das wusste ich nicht.

Sobald sich die Straße die meerwärts gelegene Hügelflanke hinabschlängelte, lauschte ich nach den fröhlichen Klängen einer abendlichen Gemeinde, doch ich hörte keine. Dann gedachte ich der Jahreszeit und sagte mir, dass dieses alte Puritanervolk sehr wohl Weihnachtsbräuche pflegen mochte, die mir fremd waren, erfüllt von stummen Gebeten am heimischen Herd. Daher lauschte ich nicht länger nach Frohsinn und hielt keine Ausschau nach Wanderern, sondern schritt weiter bergab, vorbei an den stumm erhellten Bauernhäusern und schattigen Steinmauern, an denen die Schilder altertümlicher Kaufläden und Fischerkneipen in der salzgetränkten Meeresbrise knarrten und die grotesken Klopfer säulengeschmückter Hauseingänge im Lichtschein kleiner, verhängter Fenster aufglänzten, die die menschenleeren, ungepflasterten Gassen beiderseits säumten.

Ich hatte Straßenpläne der Stadt gesehen und wusste, wo das Haus meiner Angehörigen zu finden war. Man hatte mir versichert, dass man mich erkennen und willkommen heißen würde, denn Dorflegenden sind zählebig. Daher eilte ich durch die Back Street zum Circle Court und über den frischen Schnee auf dem einzigen durchgehenden Stück Straßenpflaster des Ortes zur Einmündung der Green Lane hinter dem Market House. Die alten Stadtpläne stimmten noch und ich fand mich leicht zurecht; allerdings mussten sie in Arkham gelogen haben mit ihrer Behauptung, die Straßenbahn fahre bis hierher, denn ich sah nicht eine einzige Oberleitung. Ohnehin wären die Schienen unter dem Schnee verborgen gewesen. Ich war froh, mich für den Fußweg entschieden zu haben, denn die schneeweiße Stadt hatte vom Bergrücken aus einen wunderschönen Anblick geboten; und nun konnte ich es kaum erwarten, an die Tür meiner Verwandten zu pochen, am siebten Haus auf der linken Seite der Green Lane mit seinem altertümlichen Spitzdach und vorspringenden zweiten Stock, samt und sonders noch vor 1650 erbaut.

Das Haus war von innen erhellt, als ich näher kam, und an den rautenförmig unterteilten Scheiben erkannte ich, dass man es fast in seinem urtümlichen Zustand belassen haben musste. Der obere Teil überragte die schmale grasbewachsene Straße und berührte beinah das vorspringende Stockwerk des gegenüberliegenden Gebäudes, sodass ich mich geradezu in einem Tunnel befand und die niedrige steinerne Türschwelle von Schnee völlig frei war. Einen Gehsteig gab es nicht, doch besaßen viele Häuser hoch gelegene Eingänge, die über Doppeltreppen mit Eisengeländern erreichbar waren. Es war eine eigentümliche Szenerie, und weil ich Neuengland nicht kannte, hatte ich dergleichen nie zuvor gesehen. Obschon es mir gefiel, wäre mir wohler dabei gewesen, hätte es Fußspuren im Schnee und Passanten in den Straßen gegeben und ein paar Fenster ohne zugezogene Vorhänge.

Als ich den uralten eisernen Türklopfer benutzte, fürchtete ich mich ein wenig. Eine unbestimmte Angst war in mir aufgestiegen, vielleicht wegen meiner fremdartigen Abstammung und der Tristesse des Abends und der wunderlichen Stille in dieser alten Stadt sonderbaren Brauchtums. Und als man auf mein Klopfen reagierte, fürchtete ich mich erst recht, denn ich hatte keinerlei Schritte gehört, ehe die Tür knarrend aufschwang. Doch währte meine Furcht nicht lange, denn der alte Mann, der in Schlafrock und Pantoffeln im Türrahmen stand, besaß ein gütiges Gesicht, das meine Befürchtungen besänftigte; und obwohl er mit Gesten zu verstehen gab, dass er stumm war, schrieb er mir doch mithilfe des Griffels und der Wachstafel, die er bei sich trug, einen geschraubten und altväterlichen Willkommensgruß auf.

Er winkte mich in einen niedrigen, von Kerzen erhellten Raum mit mächtigen, frei liegenden Deckenbalken und wenigen dunklen, strengen Möbeln aus dem siebzehnten Jahrhundert. Hier war die Vergangenheit lebendig, denn nicht ein Merkmal fehlte. Es gab einen grottenartigen Kamin und ein Spinnrad, an dem eine gebeugte alte Frau in einem weiten Überwurf und einer tief gezogenen Schutenhaube mit dem Rücken zu mir saß und trotz des Festtags stumm die Spindel schnurren ließ. Eine undefinierbare Feuchtigkeit schien im Hause zu herrschen und ich wunderte mich, dass im Kamin kein Feuer brannte. Die hochlehnige Zimmerbank stand gegenüber der Reihe verhängter Fenster zur Linken und sie schien besetzt zu sein, doch sicher war ich mir dessen nicht. Mir gefiel nicht alles, was ich um mich herum sah, und wieder beschlich mich die Angst. Sie wurde durch eben das verstärkt, was sie zuvor gemildert hatte, denn je länger ich das freundliche Gesicht des alten Mannes betrachtete, desto mehr versetzte gerade diese Freundlichkeit mich in Schrecken. Die Augen bewegten sich nicht und die Haut war allzu wächsern. Schließlich glaubte ich fest, dass es überhaupt kein Gesicht war, sondern eine teuflisch schlaue Maske. Doch die schlaffen, seltsam behandschuhten Hände schrieben freundlich auf die Wachstafel und ließen mich wissen, dass ich mich eine Zeit lang gedulden müsse, ehe ich zum Festplatz geführt werden könne.

Indem er auf einen Stuhl, einen Tisch und einen Stapel Bücher deutete, verließ der alte Mann jetzt das Zimmer; und als ich mich zum Lesen niedersetzte, sah ich, dass die Bücher von Alter grau und schimmlig waren und dass sich unter ihnen des alten Morryster gewagte *Marvells of Science* befanden, das schreckliche *Saducismus Triumphatus* von Joseph Glanvil, veröffentlicht 1681, die schockierende *Daemonolatreia* des Remigius, gedruckt 1595 zu Lyon, und, schlimmer noch, das unnennbare *Necronomicon* des wahnsinnigen Arabers Abdul Alhazred in Olaus Wormius' verbotener lateinischer Übersetzung; ein Werk, das ich nie zuvor gesehen hatte, über das jedoch monströse Dinge geflüstert wurden.

Niemand redete mit mir, doch drang von draußen das Knarren von Schildern im Wind an mein Ohr und das Schnurren des Spinnrades, während die alte Frau mit der Haube wortlos weiterspann und spann. Ich fand das Zimmer und die Bücher und die Leute höchst morbide und beunruhigend, doch weil eine alte Überlieferung meiner Vorväter mich zu sonderbaren Festlichkeiten gerufen hatte, fügte ich mich der Erwartung wundersamer Dinge. Ich versuchte zu lesen und fand mich bald furchtvoll von etwas in den Bann gezogen, auf das ich in jenem fluchwürdigen *Necronomicon* stieß, ein Gedanke und eine Legende, zu grässlich für einen gesunden Verstand oder das Bewusstsein; und es wollte mir nicht behagen, als ich zu hören glaubte, dass eines der Fenster geschlossen wurde, die der Sitzbank gegenüberlagen, so als sei es zuvor heimlich geöffnet worden. Dem Anschein nach war dem Geräusch ein Schwirren vorausgegangen, das nicht vom Spinnrad der alten Frau herrührte. Dies musste jedoch nicht viel bedeuten, denn die Alte spann überaus emsig und soeben hatte die alte Pendeluhr geschlagen.

Nun verließ mich das Gefühl, dass Leute auf der Bank saßen, und schaudernd vertiefte ich mich in meine Lektüre, als der alte Mann zurückkehrte, in Stiefeln und in ein weites altmodisches Gewand gekleidet, und auf der Sitzbank Platz nahm, sodass ich ihn nicht mehr zu sehen vermochte. Es folgte eine fraglos nervenzerrende Warterei, und das blasphemische Buch in meinen Händen verschlimmerte es noch. Als jedoch die elfte Stunde schlug, stand der alte Mann auf, glitt zu einer wuchtigen beschnitzten Truhe in einer Ecke und entnahm ihr zwei Kapuzenumhänge; in einen schlüpfte er selbst, den anderen legte er der alten Frau um, die ihr monotones Spinnen eingestellt hatte. Dann gingen beide zur Haustür; die alte Frau lahm dahinschlurfend und der alte Mann eben jenes Buch ergreifend, worin ich gelesen hatte. Er winkte mir, ihnen zu folgen, und streifte die Kapuze über seine reglose Miene oder Maske.

Wir traten hinaus in das mondlose und verschlungene Gassennetz jener unvorstellbar alten Stadt; traten hinaus, als die Lichter hinter den verhängten Fenstern eins nach dem andern erloschen und der Hundsstern auf das Gewühl der kuttenumwallten, kapuzenverhüllten Gestalten herabglotzte, die lautlos aus jedem Hauseingang strömten und in ungeheuren Prozessionen Straße um Straße hinaufzogen, vorbei an den knarrenden Schildern und vorsintflutlichen Giebeln, den strohgedeckten Dächern und rautenförmigen Fensterscheiben; sie schlängelten sich durch steile Gassen, wo baufällige Häuser aneinanderlehnten und ineinandersanken, glitten über offene Plätze und Kirchhöfe, und die schwankenden Laternen in ihren Händen reihten sich zu gespenstisch trunkenen Spalieren.

Inmitten dieses schweigenden Gewimmels blieb ich hinter meinen stummen Führern; getrieben von Ellbogen, die widernatürlich weich anmuteten, und bedrängt von Oberkörpern und Bäuchen, die unnatürlich schwammig erschienen; doch ohne auch nur ein einziges Gesicht zu erblicken oder ein einziges Wort zu vernehmen. Empor, empor, empor krochen die gespenstischen Kolonnen, und ich beobachtete, dass die Pilgerschar zusammenrückte, als sie einer Art Knotenpunkt aus windschiefen Gassen entgegenströmte, die den Scheitel eines hohen Hügels im Stadtzentrum erklommen, auf dem eine große weiße Kirche kauerte. Ich hatte sie von der Straßenkuppe aus gesehen, als ich im frühen Abendzwielicht auf Kingsport hinunterblickte, und ein Schauder durchrieselte mich, weil einen Augenblick lang Aldebaran den Anschein erweckte, als balancierte er auf der geisterhaften Kirchturmspitze.

Ein Freiraum umgab die Kirche; er war zum Teil ein Kirchhof mit gespenstischen Totensteinen, zum Teil ein halb gepflasterter Platz, vom Wind beinahe schneefrei gefegt und gesäumt von ungesunden altertümlichen Häusern mit spitzen Dächern und überhängenden Giebeln. Totenlichter tanzten auf den Gräbern und schufen schaurige Bilder, obwohl sie keinerlei Schatten warfen. Jenseits des Kirchhofs, wo keine Häuser standen, konnte ich über den Hügelrücken hinausblicken und das Funkeln der Sterne im Hafenbecken betrachten, wenn auch die Stadt selbst unsichtbar in der Dunkelheit lag. Hie und da schwankte eine Laterne schaurig durch die gewundenen Gassen, um zur Menge aufzuschließen, die jetzt wortlos in die Kirche schlüpfte. Ich wartete, bis sämtliche Gestalten durch das Portal geströmt und auch die Nachzügler in seinem schwarzen Schlund verschwunden waren. Der alte Mann zog mich am Ärmel, aber ich war fest entschlossen, als Letzter zu gehen.

Als ich über die Schwelle in den wimmelnden Tempel unerahnbarer Finsternis eintrat, wandte ich ein letztes Mal den Kopf, um einen Blick auf die Außenwelt zu werfen, wo der Kirchhof im Flackerschein der Totenlichter ein kränkliches Glühen über das Pflaster der Hügelkuppe goss. Ich erschauderte, denn obwohl der Wind nur wenig Schnee zurückgelassen hatte, waren ein paar Stellen auf dem Weg neben dem Kirchenportal liegen geblieben; und während jenes flüchtigen Blicks über die Schulter kam es meinen entgeisterten Augen vor, als wiesen die Schneeflecken keinerlei Fußspuren auf, selbst meine eigenen fehlten.

Das Kircheninnere war kaum erhellt von all den Laternen, die hereingefunden hatten, denn der größte Teil der Menge war bereits verschwunden. Sie waren den Mittelgang zwischen den hohen Kirchenbänken zur Falltür der Grabgewölbe hinaufgeströmt, die direkt vor der Kanzel widerlich gähnend offen stand, und schlängelten sich nun lautlos hinein. Stumm folgte ich ihnen über die ausgetretenen Stufen in die dunkle stickige Krypta. Das Ende dieser dahinkriechenden Schlange von Nachtpilgern kam mir ganz entsetzlich vor, und als ich sah, dass sie in eine altehrwürdige Grabkammer hineinglitten, erschienen sie noch furchtbarer.

Dann gewahrte ich, dass der Boden der Grabkammer eine Öffnung aufwies, durch die die Schar nun in die Tiefe zog, und im nächsten Augenblick stiegen wir alle einen beklemmenden Treppenschacht aus roh behauenen Steinen hinab; einen engen, gewendelten Treppenschacht, feucht und von einem unsäglichen Geruch erfüllt, der sich endlos in die Eingeweide des Hügels hinabschraubte, durch immer gleiche Wände aus tropfenden Steinquadern und bröckelndem Mörtel. Es war ein stiller schockierender Abstieg und nach einer schrecklichen Zeitspanne bemerkte ich, dass die Wände und Stufen ihre Beschaffenheit änderten, so, als seien sie aus dem gewachsenen

Fels geschlagen. Was mich am meisten besorgte, war, dass die Myriaden von Schritten keinerlei Geräusche verursachten und keinerlei Echos hervorriefen.

Nach weiteren Äonen des Abstiegs sah ich einige Seitengänge oder Tunnel aus unbekannten Kavernen der Finsternis in diesen Schacht nächtlicher Geheimnisse münden. Bald wurden es unglaublich viele, gleich gottlosen Katakomben namenloser Bedrohungen; und ihr beißender Verwesungsgestank wurde nahezu unerträglich. Ich wusste, wir mussten quer durch den ganzen Berg bis unter die Erde von Kingsport selbst hinabgestiegen sein, und es jagte mir einen Schauder über den Rücken, dass eine Stadt dermaßen alt sein konnte und madenzerfressen vom bodenlos Bösen.

Dann sah ich ein geisterhaftes Glimmen fahlen Lichtes und hörte das tückische Platschen sonnenloser Wasser. Abermals überkroch mich ein Schauder, denn mir gefielen die Dinge nicht, die die Nacht gebracht hatte, und ich wünschte bitterlich, keiner meiner Vorfahren hätte mich zu diesem uralten Ritual gerufen. Als die Stufen und der Schacht breiter wurden, vernahm ich ein neues Geräusch, das dünne, spöttische Winseln einer leisen Flöte; und plötzlich erstreckte sich vor meinen Augen das grenzenlose Panorama einer unterirdischen Welt – ein weites, pilzbefallenes Ufer, erhellt von einer speienden Säule kränklich grünen Feuers und durchschwappt von einem breiten öligen Fluss, der aus furchtbaren und unerahnten Abgründen hervorquoll, um sich mit den schwärzesten Tiefen eines unvordenklichen Ozeans zu vermählen.

Einer Ohnmacht nahe und nach Luft ringend, blickte ich auf den unheiligen Erebus titanischer Giftpilze, leprösen Feuers und schleimigen Wassers, und sah zu, wie die kapuzenverhüllte Menge einen Halbkreis um die flammende Säule bildete. Es war der Julbrauch, älter als der Mensch und bestimmt, ihn zu überdauern; der uranfängliche Brauch der Sonnenwende und der Verheißung des Frühlings nach der Zeit des Schnees; der Brauch von Feuer und Immergrün, von Licht und Musik. Und in jener stygischen Grotte sah ich sie den Brauch begehen; sah sie zu der ungesunden Flammensäule beten; sah sie Hände voll der ausgerupften, klebrigen Vegetation ins Wasser werfen, die im fahlen Feuerschein grünlich schimmerte.

Dies sah ich, und ich sah etwas konturlos Missgeformtes, das weit vom Licht entfernt dahockte und ekelhaft auf einer Flöte blies; und während das Ding spielte, glaubte ich, gedämpftes widerliches Geflatter in der stinkenden Finsternis zu hören, in der ich nichts sehen konnte. Doch was mich am meisten in Furcht versetzte, war jene flammende Säule, die lavagleich aus abgründigen unlotbaren Tiefen heraufschoss und das salpetrige Gestein mit einem üblen giftigen Grünspan übergoss – dabei warf sie keine Schatten wie eine gesunde Flamme. In dieser ganzen kochenden Feurigkeit lag auch keine Wärme, sondern einzig und allein die Feuchtigkeit von Tod und Fäulnis.

Der Mann, der mich hergebracht hatte, drängte jetzt zu einer Stelle unmittelbar neben der grässlichen Flamme und vollführte steife zeremonielle Gesten vor dem Halbkreis, dem er gegenüberstand. Bestimmte Stadien des Rituals begleitete die Menge mit unterwürfigen Huldigungen, besonders wenn er das grauenerweckende *Necronomicon* über den Kopf hielt, das er mitgebracht hatte; und ich fiel in sämtliche der Huldigungen ein, da ich schriftlich von meinen Ahnen zu diesem Fest berufen worden war. Anschließend gab der alte Mann dem schattenverhüllten Flötenspieler in der Dunkelheit ein Zeichen, woraufhin der Spieler sein schwaches Jaulen zu einem etwas lauteren Gejaule in einer tieferen Tonart steigerte. Dieses Vorgehen beschwor ein unvorstellbares, ungeahntes Grauen herauf, das mich beinahe auf den moosbedeckten Boden sinken ließ, erstarrt in einer Furcht, die nicht von dieser Welt noch von irgendeiner anderen kam, sondern einzig und allein aus der verrückten Leere zwischen den Sternen.

Aus der unvorstellbaren Schwärze jenseits des brennenden Strahlens jener kalten Flamme, aus den Tartaruskliften, durch die sich die öligen Fluten unheimlich, tonlos und unbeschreiblich dahinwälzten, flatterte rhythmisch eine Horde zahmer, abgerichteter, schwingenschlagender Mischwesen heran, die kein gesundes Auge je gänzlich erfassen, kein gesundes Hirn je gänzlich erinnern könnte. Sie waren weder Krähen noch Maulwürfe, noch Bussarde, noch Insekten, noch Vampirfledermäuse oder verweste Menschenleiber; sondern etwas, das ich mir weder in Erinnerung rufen kann noch darf. Sie flatterten lahm einher, teils mittels ihrer Schwimmfüße und teils mittels ihrer häutigen Schwingen; und als sie die Menge der Zelebranten erreichten, hielten die kapuzenverhüllten Gestalten sie fest, saßen auf und ritten eine nach der anderen über jenem lichtlosen Flusslauf entlang, hinein in Schlünde und Durchbrüche des Grauens, wo giftige Quellen entsetzliche und unauffindbare Wasserfälle speisen.

Die alte Spinnerin war mit der Menge auf und davon, und auch der alte Mann blieb nur zurück, weil ich mich geweigert hatte, auf sein Winken hin eines der Tiere zu ergreifen und den andern nachzufliegen. Als ich mich wieder auf die Füße kämpfte, sah ich, dass der formlose Flötenbläser außer Sicht gekrochen war, dass aber noch immer zwei der Kreaturen geduldig auf uns warteten.

Ich sträubte mich weiter, da zückte der alte Mann Griffel und Tafel und schrieb, dass er wirklich der ermächtigte Sendbote meiner Ahnen sei, welche die Julverehrung an diesem uralten Ort begründet hatten, dass meine Rückkehr befohlen worden sei und dass die geheimsten der Mysterien noch nicht vollzogen seien. Er schrieb dies in einer überaus altertümlichen Handschrift, und als ich noch immer zögerte, brachte er aus seiner weiten Robe einen Siegelring und eine Uhr zum Vorschein, beide mit dem Wappen meiner Familie geschmückt, um sich als derjenige auszuweisen, für den er sich ausgab. Doch es war ein scheußlicher Beweis, denn ich wusste aus alten Schriften, dass diese Uhr anno 1698 meinem Urururugroßvater mit ins Grab gelegt worden war.

Daraufhin strich der alte Mann seine Kapuze zurück und deutete auf die Familienähnlichkeit in seinen Gesichtszügen, doch mich packte nur ein Schauder, denn ich hegte keinen Zweifel, dass dieses Gesicht lediglich eine teuflische Wachsmaske war. Die flatternden Tiere scharrten jetzt ungeduldig auf dem bemoosten Boden und ich erkannte, dass der alte Mann fast ebenso ungeduldig war. Als eines der Viecher loswatschelte und Anstalten machte, sich davonzustehlen, fuhr er rasch herum, um es aufzuhalten.

Doch durch die Plötzlichkeit der Bewegung verrutschte seine Maske – und legte das frei, was sein Kopf hätte sein sollen. Ich jedoch, da dieser entblößte Albtraum den Weg zum Treppenschacht versperrte, über den wir herabgelangt waren, warf mich in den öligen Unterweltfluss, der auf unergründlichen Pfaden den Grotten des Meeres entgegengurgelte; warf mich in die ranzige Brühe unterirdischer Schrecken, bevor der Wahnsinn meiner Schreie all die Leichenhaus-Legionen auf mich herabrief, die in diesen Pesthöhlen lauern mochten.

Im Krankenhaus erzählte man mir, ich sei beim Morgengrauen halb erfroren aus dem Hafen von Kingsport gefischt worden, an eine dahintreibende Spiere geklammert, die der Zufall zu meiner Rettung gesandt hatte. Man erzählte mir, ich hätte am Abend zuvor die verkehrte Gabelung der Hügelstraße genommen und sei bei Orange Point über die Klippen gestürzt; eine Schlussfolgerung, die man aus im Schnee gefundenen Fußspuren gezogen hatte.

Darauf wusste ich nichts zu erwidern, da einfach nichts mehr stimmte. Nichts stimmte überein mit den hohen, breiten Fenstern, die den Blick auf ein Meer von Dächern gewährten, von denen nur etwa jedes fünfte wirklich alt war, und mit dem Lärm der Straßenbahnen und der Motoren in den Straßen darunter. Meine Betreuer beharrten darauf, dass dies Kingsport sei, und ich konnte es nicht abstreiten.

Als ich einen Nervenzusammenbruch erlitt, weil ich hörte, das Krankenhaus stehe in der Nähe des alten Friedhofs auf dem Central Hill, verlegte man mich ins St. Mary's Hospital von Arkham, wo ein Fall wie der meine besser behandelt werden konnte. Mir gefiel es dort, denn die Ärzte waren aufgeschlossen und ließen sogar ihren Einfluss spielen, um mir das sorgsam gehütete Exemplar von Alhazreds verfluchtem *Necronomicon* aus der Arkhamer Universitätsbibliothek auszuleihen. Sie sprachen von einer »Psychose« und stimmten mir zu, dass es besser sei, wenn ich mein Gehirn von jedweden quälenden Zwangsvorstellungen befreite.

So las ich also jenes verabscheuenswerte Kapitel und verspürte einen doppelten Schauder, denn es war mir in der Tat nicht neu. Ich hatte es bereits gelesen, da mögen irgendwelche Fußspuren sonst was bekunden; doch wo ich es gelesen habe, soll lieber vergessen sein. Es gab niemanden, der mich in meinen wachen Stunden daran erinnern konnte, doch meine Träume sind erfüllt von Schrecken, wegen der Sätze, die ich nicht zu zitieren wage. Ich wage nur einen einzigen Absatz wiederzugeben, den ich so gut ins Englische übertrage, wie ich es aus dem holprigen Latein vermag.

»Die allertiefsten Höhlen«, schrieb der wahnsinnige Araber, »sind der Auslotung durch schauende Augen entrückt; denn ihre Wunder sind befremdlich und furchtbar. Verflucht ist der Boden, wo tote Gedanken neuerlich Fleisch werden in grotesker Gestalt, und verdorben der Geist, der keinen Kopf bewohnt. Weisheit spricht aus Ibn Schacabaos Wort, dass glücklich jenes Grab, in dem nie ein Zauberer geruht, und glücklich die Stadt bei Nacht, deren Zauberer allesamt Asche sind. Denn es heißt seit alters her, die Seele, die des Teufels Lohn, dürstet nimmer nach der Lösung von dem Leib des Toten, sondern füttert und lehrt *jenen einen Wurm, der nagt;* denn die Fäulnis gebiert gräuliches Leben, und die trägen Aasfresser des Erdreichs wachsen tückisch, es zu quälen, und wuchern grässlich, es zu schinden. Gewaltige Löcher werden insgeheim gegraben, wo die Poren der Erde genügen sollten, und Dinge haben zu gehen gelernt, denen zu kriechen gebührt.«

DER RUF DES CTHULHU
The Call of Cthulhu

Die Grundgedanken für ›The Call of Cthulhu‹ schrieb Lovecraft am 12./13. August 1925 nieder (einen Tag nach dem Abschluss der Erzählung ›He‹), aber für die tatsächliche Niederschrift ließ er sich bis zum August oder September 1926 Zeit. In diesem Jahr fand sein kurzer Aufenthalt in New York (1924–1926) sein Ende: Lovecraft hatte begriffen, dass er für sein seelisches Gleichgewicht die Umgebung seines geliebten Providence, Rhode Island benötigte, und die Metropole nur besuchsweise ertragen konnte. Das Jahr nach seinem Weggang aus New York war das kreativste in seinem ganzen Leben; Geschichte um Geschichte floss aus seiner Feder.

›The Call of Cthulhu‹ ist in vielerlei Hinsicht ein Schlüsseltext des Autors. Gerade für jene seiner Erzählungen, in denen seine artifizielle Mythologie eine zentrale Rolle spielt, hat sich ja der (freilich wenig glückliche) Begriff »Cthulhu-Mythos« eingebürgert. In der Tat tritt hier nun eine gewaltige, künstliche Mythologie in die erzählerische Mitte einer Novelle, wie es zuvor bei Lovecraft so noch nicht der Fall gewesen war. ›The Call of Cthulhu‹ gibt sich als Zusammenstellung einiger von Hause aus beziehungsloser Dokumente, deren scheinbar zufälliges Zusammentreffen eine schreckliche Erkenntnis ermöglicht, ein blitzlichtartig aufleuchtendes Wissen um die akzidentielle Stellung des Menschen in der Welt und sein letztendliches Schicksal.

Die Perspektive der Erzählung ist die zweier sich ergänzender Protagonisten. Professor George Gammell Angell ist ein fiktiver Emeritus für semitische Sprachen an der (realen) Brown University, an der zu studieren Lovecraft verwehrt, mit der er aber trotzdem verbunden war und auf deren Grund und Boden er zuletzt wohnte. Francis Wayland Thurston, der Neffe Angells, der eigentliche fiktionale »Herausgeber«, wird nur in der ersten Überschrift namentlich genannt (die in älteren Drucken seltsamerweise fehlt). Professor Angell hatte schon mehrere dieser Dokumente gesammelt: einen Polizeibericht aus den Sümpfen von New Orleans, die Traumberichte eines jungen, extravaganten Bildhauers namens Henry Anthony Wilcox, schließlich die Erinnerungen eines Anthropologen von einer Expedition zu den Eskimos (tornasuk »Geist, Dämon« und angekok »Magier, Schamane« sind genuine Begriffe aus dem eskimo-aleutischen Sprachraum, die Lovecraft aus der ethnologischen Literatur kannte).

Die Episode um Wilcox' aus einem Traum heraus geschaffenes

Basrelief geht auf einen echten Traum von 1919 zurück, in welchem Lovecraft sich selbst als Bildhauer sah. Thurston ergänzt den Bericht des Seemannes Johansen, der zufällig Zeuge des Erwachens Cthulhus auf seiner vom Meeresgrund heraufgekommenen Insel wird, den Tod seiner Kameraden miterleben muss, und schließlich durch einen mutigen Akt Cthulhu für einige Zeit wieder in sein Gefängnis bannen kann. Zwischen den Zeilen erfahren wir, dass sowohl Angell und Johansen als auch Thurston auf geschickte Weise von den Anhängern eines Kultes aus dem Weg geräumt wurden, der die apokalyptische Wiederkunft Cthulhus und das Ende der menschlichen Zivilisation vorbereitet. Mit dieser Erzählung ist die Keimzelle dessen gelegt, was sich dann weiter als eigene Mythologie entfalten sollte.

Ein Prototyp für Cthulhu ist Dagon in der gleichnamigen Erzählung aus dem Jahr 1917. Man erkennt hier gut die Entwicklung von Lovecrafts erzählerischer Begabung. In ›The Call of Cthulhu‹ steht nicht mehr das bedrohte Individuum im Mittelpunkt, sondern die Menschheit als Ganze. Das Verhältnis Dagon – Cthulhu zeigt sehr genau, wie sich Lovecrafts Götter in seiner Fantasie gebildet und entwickelt haben. Interessant sind die polypenhaften und amorphen Züge Cthulhus. Lovecraft hat hier wenig später einen berühmten Epigonen gefunden: Abraham Merritt verwendet 1931 in seinem Roman *Dwellers in the Mirage* einen Dämon Khalk'ru, der offensichtlich von Cthulhu beeinflusst ist. Umgekehrt stammt die Szene mit der sich öffnenden gewaltigen Tür in R'lyeh geradewegs aus Merritts Novelle ›The Moon-Pool‹ (1918; von Merritt später zu einem Roman ausgebaut), die auf der Südseeinsel Ponape mit ihren rätselhaften vorzeitlichen Steinbauten spielt.

»Polypenhaft« heißt ja: lauernd, nicht jagend und kämpfend, sondern wartend und einfangend, mit einer unmenschlichen Kraft des Festhaltens versehen. Man darf natürlich nicht an die kleinen und harmlosen Polypen des Mittelmeeres denken, sondern an den unheimlichen und gigantischen Kraken der nordischen Seemannssage. Die Erzählungen William Hope Hodgsons (1877–1918), in denen krakenhafte Ungeheuer eine große Rolle spielen, hatte Lovecraft freilich erst 1934 für sich entdeckt; sie können daher nicht als Quellen gelten. Es ist auch gar nicht erforderlich, nach einer »Quelle« für Cthulhu zu suchen: Zu vollkommen entspricht er spezifischen Ideen und Bildern des Lovecraftschen Universums des Schreckens. Cthulhu ist aber weit mehr als ein riesiger außerirdischer Krake; dieser ist sozusagen nur seine ikonografische Vergegenwärtigung, während Cthulhu selbst so fremdartig bleibt wie das Schicksal, das er dermaleinst der Erde bereiten wird.

Während in ›The Shadow over Innsmouth‹ (1931) die Bedrohung aus

dem Meer etwas Leises, Schleichendes hat und ihre Opfer nicht schlagartig vernichtet, sondern dekadent macht, ist Cthulhu dezidiert eine
apokalyptische Größe. Sein Erwachen signalisiert den Zusammenbruch
aller menschlichen Kultur. Die orgiastischen Kulte, die Cthulhu verehren,
hoffen zwar auf eine Fortsetzung und Steigerung ihrer Feste: »Dann
würden ihnen die Großen Alten neue Wege zu brüllen, zu töten, zu
schwelgen und zu genießen zeigen, und die Erde würde in Vernichtung,
Ekstase und Freiheit flammen«. Die orgiastische Anarchie der Anhänger
des Cthulhu-Kultes ist aber doch auch nur eine menschliche Interpre-
tation der völligen Umwertung aller Werte, die das Wiedererwachen
Cthulhus mit sich bringt. Mit einer genialen Metaphorik des Amorphen
gelingt es Lovecraft, das Kommen Cthulhus als den Siegeszug einer
völligen Auflösung des dem Menschen verstehbaren Universums anzudeuten (auch seine primitiven Anhänger »verstehen« Cthulhu nicht,
sondern machen ihn sich nach ihrer Manier zurecht!).

Die »falsche Geometrie«, die auf der Insel R'lyeh herrscht, erinnert auf
den ersten Blick an die Evokation des Wahns durch den konsequenten
Verzicht auf rechte Winkel und »normale« Perspektiven in dem Robert-
Wiene-Film *Das Cabinet des Dr. Caligari* (1919). Aber Lovecraft will nicht
so sehr eine schizoide, wahnhafte Sehweise evozieren, sondern unser
alltägliches Bild von Raum und Zeit und ihren Gesetzen hinterfragen.
Weder seine Anhänger noch der Erzähler können letztlich sagen, was
Cthulhu ist.

Wie wenige andere Geschichten Lovecrafts ist ›The Call of Cthulhu‹
von der numinosen, schrecklichen Präsenz eines Numens, eben Cthulhus,
beherrscht. Hier steht tatsächlich ein Gott im Mittelpunkt, wenn man
Cthulhu so verstehen will. Allerdings nicht ein Gott einer tröstlichen oder
sonst wie humanen Religion, sondern einer unmenschlichen Andersartig-
keit, die unsere Zivilisation nur hinwegfegen kann. Lovecraft gelingt es,
in der Gestalt Cthulhus eine mythische Chiffre zu schaffen, die gerade
die Infragestellung all dessen bedeutet, was dem Menschen lieb und
wert zu sein pflegt. Dabei ist Cthulhu nicht böse: Er ist ganz und gar kein
Dämon; wenn er von primitiven Kulten so verstanden (und verehrt) wird,
liegt das an deren begrenzten Verständnismöglichkeiten. Lovecraft
versucht hier bereits anzudeuten, was ihm dann in ›The Colour Out of
Space‹ (abgeschlossen März 1927) unüberbietbar gelungen ist: die
Manifestation des Numens zum Symbol für die angesichts der Fremdartigkeit des Kosmos zerbrechende Rationalität zu machen.

Obwohl Cthulhu im Meer wohnt, ist er doch kein »Meeresgott« wie
Poseidon, Neptun oder Aegir. Nirgends beherrscht er das Meer wie ein
Elementarnumen; viel wichtiger ist seine Gewalt über die Träume, durch

die er Menschen als seine Diener anwirbt – und über das Vehikel des Unbewussten nach ihnen greift. Doch ist Cthulhus Aufenthalt in den Tiefen des Meeres natürlich nicht beliebig: Das Meer ist der Bereich der Erde, der am ehesten zum Träger des Unbekannten werden kann, und das in fast allen symbolischen Bezügen am ehesten in Affinität zum Unbewussten des Menschen tritt. Cthulhu ist aber gewiss nicht einfach eine Chiffre für ein bedrohliches, übermächtiges Es in einem Freudschen oder Jungschen Sinn und seine mögliche destruktive Wirkung: Lovecrafts Schöpfung ist primär als kosmologisches, nicht als psychologisches Symbol zu interpretieren.

Die Zahl der erklärungswürdigen Anspielungen in ›The Call of Cthulhu‹ ist Legion; ich kann nur Beispiele auswählen. Eine einzige Gestalt aus der Untergrundreligion Cthulhus wird etwas näher profiliert, der »alte Castro«. Früher dachte man (auch ich habe diese Ansicht seinerzeit vertreten), Lovecraft habe hier seinem jüdisch-polnischen Korrespondenten Gustav Adolf Danzinger (1859–1959), der es im Zuge der amerikanischen Feindschaft gegen Deutschland vorzog, sich Adolphe de Castro zu nennen, ein witziges und skurriles Porträt geschaffen. Aber diese These ist mittlerweile widerlegt, da Lovecraft de Castro erst nach Abschluss der Erzählung kennenlernte. Der alte Castro, »der behauptete, er sei in fremde, ferne Häfen gesegelt und habe in den Gebirgen Chinas mit den todlosen Führern des Kults gesprochen«, ist auch ohne erkennbares Vorbild eine plausible Gestalt, in der Lovecraft nicht zuletzt ein Stück zeitgenössischen Okkultismus karikiert. Man wird sich daran erinnern, dass mehrere bedeutende okkulte Vereinigungen der Jahrhundertwende behaupteten, mit geheimnisvollen unsichtbaren Führern in Verbindung zu stehen bzw. von diesen gegründet worden zu sein. Vor allem ist hier an die Theosophen zu denken, auf die vielfach in ›The Call of Cthulhu‹ angespielt wird (schon in den berühmten Eingangssätzen). Aber während die Evokation unvordenklicher Vergangenheiten und gewaltiger Zeiträume in der Theosophie Helena Blavatskys (1831–1891) einen optimistischen Grundton aufweist, will ›The Call of Cthulhu‹ diesen gerade ad absurdum führen. Das wichtigste theosophische Buch, welches Lovecraft aus eigener Lektüre kannte und in ›The Call of Cthulhu‹ ja auch explizit nennt, ist W. Scott-Elliots *The Story of Atlantis & The Lost Lemuria* (1896 und 1904, 1925 in einem Band zusammengefasst und von Lovecraft so benutzt), ein theosophisches Konglomerat über angebliche dem Menschen auf der Erde vorangegangene intelligente Lebensformen und ihre evolutionäre Entwicklung. ›The Call of Cthulhu‹ ist eine antitheosophische Vision, welche deren Ideen noch einmal steigert, dabei aber auch in ihr Gegenteil verkehrt. Man beachte vor allem, dass es nicht um ein Gut-versus-Böse-Szenario geht. Narrativ nicht völlig befriedigend (warum geht R'lyeh noch einmal unter?), hat die Novelle doch die Fantasie unzähliger Leser beflügelt. Erschienen ist sie zuerst in *Weird Tales,* Februar 1928.

Auch an regionalen Anspielungen mangelt es nicht. So wohnt der hellsichtige Künstler Henry Anthony Wilcox (der Erschaffer einer Statue Cthulhus im Traum) im Fleur-de-Lys-Building (in der Nähe der Rhode Island School of Design). Dieses farbenprächtige Gebäude im bretonischen Stil (7 Thomas Street in Providence), das 1885 von Sydney R. Burleigh als Studio erbaut worden war, muss Lovecraft auf seinen Spaziergängen stets aufs Neue interessiert haben (obwohl er die Architektur der viktorianischen Epoche im Allgemeinen ablehnte), zumal es eigentümlich rätselhafte Froschfiguren als Verzierung trägt. Direkt gegenüber befindet sich die First Baptist Church von 1775 mit ihrem eleganten weißen Kirchturm, den Lovecraft für den schönsten in Neuengland hielt und auf deren Orgel er 1923 ›Yes, We Have No Bananas‹ (einen Schlager) zu spielen versuchte ... Das schiere Maß autobiografischer topischer Anspielungen geht weit über das hinaus, was bei den meisten Schriftstellern in der einen oder anderen Weise dezent angedeutet wird. Tatsächlich ist Lovecrafts neuenglische Topografie nicht weniger ein augenzwinkerndes Insider-Spiel mit dem Leser als seine artifizielle Mythologie.

Last not least ein Wort zur Aussprache des Wortes Cthulhu. In einem Brief vom 23. Juli 1934 an Duane W. Rimel schreibt Lovecraft auf dessen Frage: »Das Wort soll den mühsamen menschlichen Versuch ausdrücken, die Phonetik eines absolut nicht-menschlichen Wortes zu artikulieren. [...] Die Silben sind nicht für unsere physiologischen Voraussetzungen geschaffen, daher können sie auch nicht fehlerfrei von einer menschlichen Kehle ausgesprochen werden. Der Klang [...] kann etwa durch Khlûl'-hloo wiedergegeben werden, wobei die erste Silbe guttural und sehr schwer klingt. Das U ist wie in full zu sprechen, und die erste Silbe ähnelt im Klang etwas klul, d. h., das H repräsentiert den gutturalen Tonfall.« Donald Wandrei, der Lovecrafts eigene Aussprache gehört hat, transkribiert sie als K-Lütl-Lütl, Robert H. Barlow als Koot-u-lew. Dies alles phonetisch umzusetzen, überlasse ich getrost dem werten Leser.

DER RUF DES CTHULHU

Dass jene großen Mächte oder Wesen überlebt haben, ist vorstellbar ... ein Überleben aus einer ungeheuer fernen Zeit, als ... Bewusstsein sich bildete, vielleicht in Formen, die lange vor dem Heraufdämmern der Menschheit wieder verschwanden ... Formen, von denen einzig Dichtung und Sage eine nebulöse Erinnerung bewahrt haben und die Götter, Monstren, mythische Wesen aller Art genannt wurden.

Algernon Blackwood

I. Der Schrecken im Lehm

Ich glaube, die größte Barmherzigkeit dieser Welt ist die Unfähigkeit des menschlichen Verstandes, alles sinnvoll zueinander in Beziehung zu setzen. Wir leben auf einer friedlichen Insel der Ahnungslosigkeit inmitten schwarzer Meere der Unendlichkeit, und es war nicht vorgesehen, dass wir diese Gewässer weit befahren sollen. Die Wissenschaften steuern alle in völlig verschiedene Richtungen, und sie haben uns bislang nur wenig Schaden zugefügt, doch eines Tages wird uns das Aneinanderfügen einzelner Erkenntnisse so erschreckende Perspektiven der Wirklichkeit und unserer furchtbaren Aufgabe darin eröffnen, dass diese Offenbarung uns entweder in den Wahnsinn treibt oder uns aus der tödlichen Erkenntnis in den Frieden und den Schutz eines neuen dunklen Zeitalters flüchten lässt.

Die Theosophen erahnten die schreckliche Größe des kosmischen Zyklus, in dem unsere Welt und das Menschengeschlecht nur flüchtige Zufälle darstellen. Sie haben das Überleben von etwas Fremdem in Worten angedeutet, die das Blut gefrieren ließen, wären sie nicht hinter milderndem Optimismus verborgen. Doch nicht aus jenen Worten kam der flüchtige Blick auf verbotene Äonen, der mich frösteln lässt, wenn ich daran denke, und der mich wahnsinnig macht, wenn ich davon träume. Jener Blick, wie jeder furchtbare Blick auf die Wirklichkeit, blitzte aus einem zufälligen Zusammenspiel verschiedener Dinge auf – in diesem Fall ein alter Zeitungsbericht und die

Aufzeichnungen eines verstorbenen Professors. Ich hoffe, dass niemand sonst dieses Zusammenspiel vollenden wird; jedenfalls werde ich, so ich denn überlebe, niemals wissentlich ein Glied zu einer so entsetzlichen Kette liefern. Ich glaube, dass auch der Professor die Absicht hatte, hinsichtlich seines Wissens Schweigen zu bewahren, und dass er seine Aufzeichnungen vernichtet hätte, wäre er nicht unvermutet verstorben.

Ich nahm zum ersten Mal Kenntnis von diesem Ding im Winter 1926/27, als mein Großonkel George Gammell Angell, emeritierter Professor für semitische Sprachen an der Brown University in Providence, Rhode Island, starb.

Professor Angell war weithin als Autorität auf dem Gebiet alter Inschriften bekannt und häufig von den Leitern berühmter Museen zurate gezogen worden; daher werden sich wohl viele an sein Verscheiden im Alter von zweiundneunzig Jahren erinnern. Die unklaren Umstände seines Todes verstärkten in der Umgebung das Interesse. Es geschah, als der Professor von einer Reise nach Hause zurückkehrte und gerade von der Newport-Fähre an Land gestiegen war; wie Zeugen berichteten, sei er plötzlich hingefallen, nachdem ihn ein Neger in Matrosenkleidung angerempelt hatte – der Mann sei aus einem der finstern Höfe an der abfallenden Seite des Hangs gekommen, der eine Abkürzung vom Hafenviertel zur Wohnung des Verstorbenen in der Williams Street bildete.

Die Ärzte konnten keinerlei Verletzungen feststellen und kamen nach einer verwirrten Debatte zu dem Schluss, dass ein versteckter Herzfehler, ausgelöst durch die rasche Besteigung des steilen Hügels durch den so alten Mann, für sein Ende verantwortlich sei. Zu jener Zeit sah ich keinen Grund, diesem Urteil nicht zuzustimmen, doch neuerdings neige ich dazu, es anzuzweifeln – und mehr als das.

Als Erbe und Testamentsvollstrecker meines Großonkels – denn er starb als kinderloser Witwer – wurde von mir erwartet, mit einiger Sorgfalt seine Unterlagen durchzusehen, und zu diesem Zweck brachte ich seine gesamten Akten und Kästen in meine Wohnung nach Boston. Ein Großteil des von mir überprüften Materials wird später von der Amerikanischen Archäologischen Gesellschaft veröffentlicht werden, doch es war ein Kästchen darunter, das ich äußerst mysteriös fand und das ich nur mit größtem Widerwillen anderen gezeigt hätte. Es war verschlossen, und ich konnte den Schlüssel nicht finden, bis mir der Gedanke kam, den persönlichen Schlüsselbund zu untersuchen, den der Professor in der Tasche getragen hatte. So gelang es mir tatsächlich, die Schatulle zu öffnen, doch anschließend schien ich lediglich einer größeren und besser versiegelten Barriere gegenüberzustehen. Denn was konnten das sonderbare tönerne Flachrelief und die zusammenhangslosen Skizzen, wirren Notizen und Ausschnitte nur bedeuten, die ich fand? War mein Onkel in seinen letzten Lebensjahren einem dummen Schwindel aufgesessen?

Ich entschloss mich, den exzentrischen Bildhauer ausfindig zu machen, der offensichtlich für diese Störung des Geisteszustandes eines alten Mannes verantwortlich war.

Bei dem Flachrelief handelte es sich um ein grobes Rechteck von fast drei Zentimetern Tiefe und ungefähr fünfzehn mal achtzehn Zentimetern Durchmesser, und es war offensichtlich modernen Ursprungs. Die Darstellungen darauf waren jedoch von Stimmung und Sinngehalt her alles andere als modern, denn obschon die Extravaganzen des Kubismus und Futurismus vielfältig und heftig sind, so geben sie doch nur selten jene geheimnisvolle Gleichmäßigkeit wieder, die in vorgeschichtlichen Schriftzeichen verborgen liegt. Und die Mehrzahl dieser Figuren schien mit Gewissheit eine Art Schrift darzustellen, wenngleich meine Erinnerung mir trotz der vielen Unterlagen und der Sammlung meines Onkels in keiner Weise dabei half, diese besondere Art zu bestimmen oder auch nur ihre entfernteste Zugehörigkeit zu erahnen.

Über diesen augenscheinlichen Hieroglyphen befand sich eine Figur, die offenbar etwas darstellen sollte, obgleich ihre impressionistische Ausführung ein wirklich klares Erkennen unmöglich machte. Es schien eine Art Ungeheuer zu sein, oder ein Sinnbild für ein Ungeheuer, mit einer Gestalt, wie sie sich nur eine kranke Einbildungskraft einfallen lassen kann. Wenn ich sage, dass meine ausschweifende Fantasie zur gleichen Zeit Bilder eines Tintenfisches, eines Drachen und das Zerrbild eines Menschen hervorbrachte, so komme ich dem Geist des Dings nahe. Ein aufgeschwemmter Kopf mit Fangarmen krönte einen grotesken und schuppigen Leib, der Ansätze von Schwingen zeigte; doch es war der *allgemeine Umriss* des Ganzen, der es so bestürzend scheußlich erscheinen ließ. Hinter der Gestalt war die vage Andeutung eines architektonischen Hintergrundes von zyklopischem Ausmaß zu sehen.

Die Schreiben, die diese Merkwürdigkeit begleiteten, waren, mit Ausnahme eines Haufens Presseberichte, in Professor Angells jüngster Handschrift verfasst und erhoben keinen Anspruch auf literarischen Stil.

Das scheinbar wichtigste Dokument trug die Überschrift ›DER KULT DES CTHULHU‹ in sorgfältigen Buchstaben, um eine falsche Lesart des so fremdartigen Wortes zu vermeiden. Dieses Manuskript war in zwei Abschnitte geteilt, deren erster die Überschrift ›1925 – Traum und Traumbewältigung von H. A. Wilcox, 7 Thomas St., Providence, R. I.‹ und der zweite ›Bericht von Inspektor John R. Legrasse, 121 Bienville St., New Orleans, La., 1908 A A. S. Mtg. – Aufzeichnung darüber & Prof. Webbs Bericht‹ trug.

Bei den restlichen Manuskripten handelte es sich um kurze Notizen, manche davon Berichte über sonderbare Träume verschiedener Personen, andere Zitate aus theosophischen Büchern und Zeitschriften (vor allem aus W. Scott-Elliots *Atlantis und das verlorene Lemuria*), und der Rest von ihnen Anmerkungen über uralte Geheimgesellschaften und verborgene Kulte mit Hinweisen auf Abschnitte in mythologischen und anthropologischen Nachschlagewerken wie Frazers *Der Goldene Zweig* und Miss Murrays *Der Hexenkult in Westeuropa*. Die Zeitungsausschnitte bezogen sich hauptsächlich auf Fälle von schlimmer Geisteskrankheit und Ausbrüche von Massenhysterie und Manie im Frühjahr 1925.

Die erste Hälfte des Hauptmanuskriptes erzählte eine sehr sonderbare Geschichte. Es scheint, dass am ersten März des Jahres 1925 ein dünner dunkler Mann von neurotischem und erregtem Aussehen Professor Angell einen Besuch abstattete und dabei das eigenartige tönerne Flachrelief mitbrachte, das zu diesem Zeitpunkt noch äußerst feucht und frisch war. Seine Visitenkarte wies ihn als Henry Anthony Wilcox aus, und mein Onkel erkannte in ihm den jüngsten Sohn einer vornehmen, ihm entfernt bekannten Familie, der seit Kurzem an der Rhode Island School Of Design Bildhauerei studierte und im Fleur-de-

Lys-Gebäude in der Nähe dieser Einrichtung allein lebte. Wilcox war ein frühreifer Jüngling von bekanntem Genie, aber großer Extravaganz, und er hatte von Kindheit an durch die merkwürdigen Geschichten und sonderbaren Träume, die er zu erzählen pflegte, Aufmerksamkeit erregt. Er bezeichnete sich selbst als ›psychisch überempfindlich‹, doch die bodenständigen Menschen der alten Handelsstadt taten ihn lediglich als wunderlich ab. Er hatte sich nie viel mit seinesgleichen umgeben, sich nach und nach aus dem gesellschaftlichen Leben zurückgezogen und war nun einzig einem kleinen Kreis von Ästheten aus anderen Städten bekannt. Selbst der auf seine konservativen Werte bedachte Künstlerclub von Providence hatte ihn als völlig hoffnungslos abgestempelt.

Angelegentlich seines Besuches, so berichtet das Manuskript des Professors, habe der Bildhauer plötzlich um die Hilfe der archäologischen Kenntnisse des Gastgebers gebeten, um die Hieroglyphen auf dem Flachrelief zu entziffern. Er sprach auf träumerische, geschraubte Weise, die ihn als Poseur auswies und Missfallen erregte; und mein Onkel antwortete ihm ein wenig streng, denn die verdächtige Frische der Relieftafel wies auf eine Verwandtschaft zu allem Möglichen hin, nur nicht zur Archäologie.

Die Erwiderung des jungen Wilcox, die meinen Onkel derart beeindruckte, dass er sich an den Wortlaut erinnerte und diesen festhielt, war von einer überaus dichterischen Art, die wohl seine ganze Konversation auszeichnete und die ich nun als höchst charakteristisch für ihn erkenne. Er sagte: »Es ist neu, in der Tat, denn ich schuf es letzte Nacht in einem Traum, der von sonderbaren Städten handelte – und Träume sind älter als das brütende Tyros oder die nachdenkliche Sphinx oder das von Gärten umrankte Babel.«

Dann begann er mit jener weitschweifigen Erzählung, die auf einer Traumerinnerung aufbaute und fieberhaftes Interesse seitens meines Onkels erregte. In der Nacht zuvor hatte es ein leichtes Erdbeben gegeben, das bedeutendste, das man seit Jahren in Neuengland erlebt hatte, und das hatte Wilcox' Fantasie stark erregt. Nach dem Zubettgehen überkam ihn ein noch nie geträumter Traum von zyklopisch-großen Städten aus titanischen Blöcken und vom Himmel gefallenen Monolithen, die allesamt vor grünem Schleim troffen und finster waren von verborgenen Schrecken. Wände und Säulen seien mit Hieroglyphen bedeckt gewesen, und von einer unbestimmten Stelle aus der Tiefe sei eine Stimme gedrungen, die keine Stimme gewesen sei, eine wirre Empfindung, die einzig die Einbildung in einen Klang übertragen konnte, die er jedoch mit einem fast unaussprechlichen Wirrwarr von Buchstaben wiederzugeben versuchte: »*Cthulhu fhtagn.*«

Dieses Gestammel wirkte wie ein Schlüssel zum Interesse des Professors Angell, der immer erregter und verstörter wurde. Er fragte den Bildhauer mit wissenschaftlicher Genauigkeit aus und untersuchte mit geradezu panischer Gründlichkeit das Flachrelief, an dem der Jüngling beim Erwachen gearbeitet hatte – verkühlt und nur mit einem Nachthemd bekleidet, nachdem die Realität sich verwirrend über ihn geschlichen hatte. Mein Onkel schob es auf sein Alter, wie Wilcox mir nachher sagte, dass er nicht sofort die Hieroglyphen und die bildliche Darstellung erkannte. Viele seiner Fragen schienen dem Besucher völlig fehl am Platze zu sein, insbesonders jene, welche die Figur mit sonderbaren Kulten oder Gesellschaften in Verbindung zu bringen suchten. Wilcox verstand auch nicht die wiederholten Versprechen der Verschwiegenheit, die mein Onkel anbot, wenn er im Gegenzug eine Mitgliedschaft in einer weitverbreiteten mystischen oder heidnischen Glaubensgemeinschaft erhielte.

Als Professor Angell zur Überzeugung gelangte, dass der Bildhauer wirklich keinerlei Wissen über einen Kult oder eine Geheimlehre besaß, bedrängte er seinen Besucher mit der Forderung, ihm künftig über seine Träume Bericht zu erstatten. Dies trug bald regelmäßige Frucht, denn nach dem ersten Gespräch verzeichnet das Manuskript tägliche Besuche des jungen Mannes, während derer er verwirrende Bruchstücke nächtlicher Fantasien wiedergab, die stets schreckliche zyklopische Visionen dunkler und triefender Steine zum Inhalt hatten, mit einer unterirdischen Stimme oder Wesenheit, deren Rufe monoton und rätselhaft auf die Sinne wirkten und die man wohl als Geschnatter bezeichnen konnte. Die beiden Laute, welche wiederholt vorkamen, sind mit den Begriffen ›*Cthulhu*‹ und ›*R'lyeh*‹ wiedergegeben worden.

Am 23. März, so fuhr das Manuskript fort, erschien Wilcox

nicht, und Nachfragen in seiner Unterkunft ergaben, dass er an einem sonderbaren Fieber erkrankt und in sein Elternhaus in der Waterman Street gebracht worden war. Er hatte des Nachts geschrien und mehrere andere Künstler im Gebäude geweckt, und seit diesem Zeitpunkt vegetiere er zwischen Bewusstlosigkeit und Delirium vor sich hin.

Mein Onkel verständigte sogleich die Familie und wachte von da ab streng über den Fall; oft rief er Dr. Tobey, der mit dem Fall betraut war, in seiner Praxis in der Thayer Street an. Des jungen Mannes fieberkranker Geist drehte sich offensichtlich einzig um sonderbare Dinge, und der Arzt erschauderte zuweilen, wenn der Patient davon sprach. Es handelte sich dabei nicht bloß um eine Wiederholung der alten Träume, er sprach vor allem von etwas Gigantischem, »viele Meilen hoch«, das umherschritt oder -trampelte. Zu keinem Zeitpunkt beschrieb er das Objekt näher, doch gelegentlich stieß er panische Worte hervor, die Dr. Tobey wiederholte und die den Professor davon überzeugten, es müsse mit der namenlosen Scheußlichkeit identisch sein, die Wilcox mit seiner Traumskulptur darzustellen versucht hatte. Nach Erwähnung dieses Objektes, so fügte der Arzt hinzu, versinke der junge Mann ausnahmslos in einen lethargischen Zustand. Seine Temperatur sei merkwürdigerweise nicht sonderlich erhöht, doch stelle sein gesamter Zustand sich im Übrigen so dar, als leide er an echtem Fieber und nicht an einer Geistesverwirrung.

Am zweiten April gegen drei Uhr nachmittags verschwand auf einen Schlag jedes Anzeichen von Wilcox' Krankheit. Er saß aufrecht im Bett, war erstaunt darüber, sich im Elternhaus zu befinden, und hatte keine Ahnung, was seit der Nacht des 22. März im Traum oder in der Wirklichkeit geschehen war. Von seinem Arzt für gesund erklärt, kehrte er drei Tage später in seine Unterkunft zurück. Für Professor Angell bot er von nun an keine Unterstützung mehr; alle Spuren der sonderbaren Träume waren mit seiner Genesung verschwunden, und nachdem mein Onkel eine Woche lang seine nächtlichen und sinnlosen Berichte über völlig gewöhnliche Visionen aufgezeichnet hatte, hörte er damit auf.

Hier schloss der erste Teil des Manuskriptes, doch Verweise auf gewisse der verstreuten Notizen gaben mir weit mehr Stoff zum Nachdenken – in der Tat so viel, dass einzig meine eingefleischte Skepsis, die damals mein Weltbild bestimmte, mein beständiges Misstrauen gegenüber dem Künstler erklären kann. Die fraglichen Notizen waren jene, welche die Träume verschiedener Personen im gleichen Zeitraum behandelten, als der junge Wilcox seine sonderbaren Heimsuchungen erlebte. Mein Onkel, so hat es den Anschein, hatte rasch einen umfangreichen Fragenkatalog an fast alle Freunde gerichtet, die er, ohne unverschämt zu erscheinen, befragen konnte, und bat sie um Berichte über ihre nächtlichen Träume und die Zeitpunkte irgendwelcher bemerkenswerter Visionen in jüngster Vergangenheit. Die Reaktionen auf seine Bitte scheinen unterschiedlich ausgefallen zu sein; doch zumindest muss er mehr Antworten erhalten haben, als ein Mann ohne Hilfe eines Sekretärs hätte bearbeiten können.

Die Originalkorrespondenz hat sich nicht erhalten, doch seine Notizen stellen einen gründlichen und wahrhaft bedeutsamen Überblick dar.

Durchschnittliche Menschen aus Gesellschaft und Handelswesen – Neuenglands traditionelles »Salz der Erde« – gaben einen fast durchweg negativen Bescheid, wenngleich hie und da einzelne Fälle von beunruhigenden, aber gestaltlosen nächtlichen Eindrücken auftauchen, stets zwischen dem 23. März und dem 2. April – also dem Zeitraum des Deliriums des jungen Wilcox. Wissenschaftler waren nur wenig mehr betroffen, wenngleich vier Fälle in vagen Beschreibungen flüchtige Blicke auf merkwürdige Landschaften lieferten, und in einem Fall wird die Furcht vor etwas Abnormem erwähnt.

Die nützlichsten Antworten kamen von Künstlern und Dichtern, und es wäre wohl Panik ausgebrochen, hätten sie Gelegenheit gehabt, ihre Aufzeichnungen zu vergleichen. Da mir die Originalbriefe fehlten, vermutete ich irgendwie, dass der Bearbeiter Suggestivfragen gestellt oder die Korrespondenz editiert hatte, um das bestätigt zu sehen, was er insgeheim zu finden erwartete. Das ist der Grund, warum ich weiterhin Wilcox, der irgendwie von den alten Aufzeichnungen meines Onkels wusste, im Verdacht hatte, den betagten Wissenschaftler betrogen zu haben.

Die Antworten der Ästheten fügten sich zu einer verstörenden Geschichte. Vom 28. Februar bis zum 2. April hatte ein Großteil von ihnen von äußerst bizarren Dingen geträumt, wobei die Intensität der Träume im Zeitraum des Deliriums des Bildhauers viel stärker gewesen sei. Über ein Viertel derer, die überhaupt etwas berichteten, sprachen von Szenen und Halbklängen, nicht unähnlich denen, die Wilcox beschrieben hatte – und einige der Träumer gestanden, heftige Angst empfunden zu haben vor dem riesenhaften namenlosen Ding, das sie letztlich erblickt hatten.

Ein Fall, der in den Aufzeichnungen mit Nachdruck wiedergegeben ist, war sehr traurig. Ein weithin bekannter Architekt mit theosophischen und okkulten Neigungen wurde am gleichen Tag, an dem der junge Wilcox erkrankte, von heftigem Wahnsinn befallen und starb einige Monate darauf, nachdem er unaufhörlich nach Rettung vor einem entflohenen Bewohner der Hölle geschrien hatte. Hätte mein Onkel sich in diesen Fällen auf Namen und nicht nur auf Nummern bezogen, so hätte ich versucht, selbst einige Nachforschungen anzustellen, doch es gelang mir lediglich, einige wenige Personen aufzuspüren. All diese bestätigten die Aufzeichnungen jedoch voll und ganz. Ich habe mich oft gefragt, ob alle Personen, die vom Professor befragt wurden, sich so verwirrt fühlten wie diese Menschen. Es ist gut, dass sie dafür nie eine Erklärung erhalten werden.

Die Zeitungsausschnitte bezogen sich, wie ich bereits andeutete, auf Fälle von Panik, Manie und außergewöhnlichem Verhalten während des fraglichen Zeitraumes. Professor Angell muss ein ganzes Büro voller Mitarbeiter beschäftigt haben, denn die Anzahl der ausgeschnittenen Berichte war gewaltig, und ihre Quellen über den ganzen Erdball verstreut. Hier ein nächtlicher Selbstmord in London, wo ein einsamer Schläfer, nachdem er einen entsetzlichen Schrei ausstößt, aus dem Fenster springt; da ein wirrer Leserbrief an eine Zeitung in Südamerika, in dem ein religiöser Fanatiker aus seinen Visionen ein grässliches Zukunftsbild heraufbeschwört. Ein Meldung aus Kalifornien beschreibt, wie die Mitglieder einer theosophischen Gemeinde weiße Gewänder anlegen, für eine »glorreiche Erfüllung«, die nie kommt, während Artikel aus Indien zwischen den Zeilen ernsthafte Unruhen unter den Eingeborenen gegen Ende März schildern. In Haiti häufen sich die Voodoo-Orgien, und afrikanische Vorposten melden rätselhafte Vorgänge im Busch. Auf den Philippinen stationierte amerikanische Offiziere beobachten gewisse

Dschungelstämme, die sich aufrührerisch verhalten, und die New Yorker Polizei muss in der Nacht vom 22. zum 23. März mit hysterischen Levantinern fertig werden.

Auch der Westen Irlands ist voller wilder Gerüchte und Legenden, und ein fantastischer Maler namens Ardois-Bonnot stellt im Pariser Salon im Frühjahr 1926 eine gotteslästerliche *Traumlandschaft* aus. Die Berichte über Aufstände in Irrenhäusern sind so zahlreich, dass wohl nur ein Wunder die Ärzteschaft davon abgehalten hat, sonderbare Parallelen und verwirrende Schlussfolgerungen zu ziehen.

Ein beklemmender Haufen von Ausschnitten – und heute kann ich mir kaum mehr den abgestumpften Rationalismus erklären, mit dem ich sie beiseitelegte. Doch ich war davon überzeugt, dass der junge Wilcox von den älteren Fällen, die der Professor erwähnt hatte, gewusst haben musste.

II. *Der Bericht des Inspektor Legrasse*

Die älteren Fälle, die den Albtraum und das Flachrelief des Bildhauers für meinen Onkel so bedeutsam machten, waren Gegenstand der zweiten Hälfte seines langen Manuskriptes. Bereits zuvor, so scheint es, hatte Professor Angell die höllischen Umrisse der namenlosen Scheußlichkeit gesehen, hatte er über den fremden Hieroglyphen gegrübelt und die ominösen Silben gehört, die man nur als ›Cthulhu‹ wiedergeben kann, und all das in einem so aufwühlenden und schrecklichen Zusammenhang, dass es nicht sonderlich verwundert, wie sehr er den jungen Wilcox damit bedrängte, ihm Berichte zu liefern.

Dieses frühere Erlebnis hatte 1908 stattgefunden, siebzehn Jahre zuvor, als die Amerikanische Archäologische Gesellschaft ihr alljährliches Treffen in St. Louis abgehalten hatte. Professor Angell, wie es jemandem von seiner Autorität und Kenntnis zukam, nahm in allen Beratungen eine wichtige Rolle ein und war einer der Ersten, dem sich mehrere Außenstehende näherten, welche die Versammlung dazu nutzten, ihre Fragen und Probleme der Meinung eines Experten zu unterbreiten.

Zu den Wortführern dieser Leute, und in kurzer Zeit der Brennpunkt des Interesses der gesamten Versammlung, zählte ein gewöhnlich aussehender Mann mittleren Alters, der die lange Reise von New Orleans angetreten hatte, um spezielle Informationen zu erhalten, die er sonst nirgendwo erwarten konnte. Sein Name war John Raymond Legrasse; ein Polizeiinspektor. Er trug den Grund seines Besuches bei sich, eine groteske, abstoßende und allem Anschein nach sehr alte steinerne Statuette, deren Ursprung er nicht zu bestimmen vermochte.

Man vermute nun nicht, Inspektor Legrasse hätte sich auch nur im Geringsten für Archäologie interessiert. Im Gegenteil war sein Wunsch nach Aufklärung von rein beruflichen Erwägungen getragen. Die Statuette, Götzenbild, Fetisch oder was es auch sein mochte, war vor einigen Monaten in den dicht bewaldeten Sümpfen von New Orleans während einer Razzia bei einem mutmaßlichen Voodoo-Treffen sichergestellt worden – und so eigenartig und scheußlich waren die damit zusammenhängenden Riten, dass die Polizisten vermuteten, auf einen ihnen unbekannten finsteren Kult gestoßen zu sein, unendlich teuflischer als selbst der schwärzeste Voodoo-Zirkel Afrikas. Über den Ursprung der Figur war, abgesehen von den wirren und unglaubwürdigen Geschichten der festgenommenen Mitglieder, nichts in Erfahrung zu bringen, und daher rührte der Wunsch der Polizei nach einer Erklärung der Altertumsforscher, die ihnen dabei helfen mochte, das entsetzliche Gebilde einzuordnen und auf diese Weise gegen den Kult vorzugehen.

Inspektor Legrasse war wohl kaum auf das Aufsehen vorbereitet gewesen, das sein Mitbringsel auslöste. Allein der Anblick des Dings hatte genügt, um die hier versammelten Männer der Wissenschaft in einen Zustand angespannter Erregung zu versetzen, und sie scharten sich sogleich um ihn und betrachteten die winzige Figur, deren völlige Fremdartigkeit und Ausstrahlung uralter Herkunft den Blick auf unentdeckte und prähistorische Zeiten eröffnete. Keine bekannte Schule der Bildhauerei hatte dieses schreckliche Objekt hervorgebracht, und doch schienen Jahrhunderte oder gar Jahrtausende auf der matten und grünlichen Oberfläche des undefinierbaren Gesteins verzeichnet zu sein.

Die Figur, die schließlich langsam von Mann zu Mann gereicht wurde, um näher und sorgfältiger untersucht zu werden, war zwischen 21 und 24 Zentimeter hoch und von ausgezeichneter künstlerischer Verarbeitung. Sie stellte ein Ungeheuer von annähernd menschlicher Gestalt dar, das jedoch einen tintenfischähnlichen Kopf besaß und ein Gesicht aus einer Menge Fühler sowie einen schuppigen, gummiartigen Leib, erstaunliche Klauen an Vorder- und Hinterbeinen und lange, schmale Schwingen auf dem Rücken.

Dieses Ding, das Unterbewusstes mit einer fürchterlichen und unnatürlichen Verderbtheit zu paaren schien, war von einer irgendwie aufgeblähten Dickleibigkeit, und es hockte böse auf einem rechteckigen Block oder Sockel, der mit unentzifferbaren Schriftzeichen bedeckt war. Die Spitzen der Schwingen berührten den hinteren Rand des Blocks, das Ding selbst saß im Mittelteil, während die langen, gebogenen Klauen der gekrümmten, kauernden Hinterbeine den vorderen Rand umklammerten und sich über ein Viertel des Sockels erstreckten. Das Kopffüßerhaupt war nach vorn gebeugt, sodass die Enden der Gesichtsfühler über die Rücken der gewaltigen Vorderpfoten strichen, die um die erhöhten Knie der hockenden Gestalt geschlossen waren. Der Eindruck des Ganzen war abnormerweise lebensecht und umso schrecklicher, da man nichts über den Ursprung dieser Figur wusste. Das hohe, erstaunliche und unermessliche Alter der Figur war unverkennbar; doch keinerlei Hinweis ließ ihre Zugehörigkeit zu irgendeiner bekannten Kunstrichtung aus der Morgenröte der Zivilisation erkennen – oder aus irgendeinem anderen Zeitalter.

Ein Rätsel für sich war schon das völlig einzigartige Material, denn der seifenartige grünlich-schwarze Stein mit seinen goldfarbenen oder irisierenden Flecken und Streifen hatte mit nichts Ähnlichkeit, was den Geologen oder Mineralogen bekannt war. Die Schriftzeichen am Sockel waren gleichermaßen verwirrend; und keiner der Anwesenden konnte trotz der Tatsache, dass sie die Hälfte der Experten auf diesem Gebiet weltweit repräsentierten, auch nur im Entferntesten irgendeine sprachliche Zugehörigkeit feststellen. Die Zeichen gehörten, wie die Figur und das Material, etwas der uns bekannten Menschheit entsetzlich weit Entferntem an; etwas, das auf fürchterliche Weise alte und unheilige Lebenszyklen andeutete, an denen unsere Welt und unsere Auffassungen keinen Anteil haben.

Und doch, als die Mitglieder nach und nach die Köpfe

schüttelten und zugaben, das Problem des Inspektors nicht lösen zu können, gab es einen Mann in jener Versammlung, der eine Art bizarrer Verwandtschaft in der ungeheuerlichen Gestalt und den Schriftzeichen zu erkennen glaubte und mit einiger Schüchternheit die sonderbare Kleinigkeit erzählte, die er wusste. Bei diesem Mann handelte es sich um den mittlerweile verstorbenen William Channing Webb, Professor für Anthropologie an der Universität von Princeton, einen Gelehrten von nicht geringer Bedeutung.

Professor Webb war 48 Jahre zuvor an einer Expedition nach Grönland und Island beteiligt gewesen, auf der Suche nach Runeninschriften, die er jedoch nicht fand. Hoch oben an der Küste Westgrönlands war er einem einsamen Stamm oder einer Kultgemeinde degenerierter Eskimos begegnet, deren Glauben – eine sonderbare Form der Teufelsanbetung – ihm aufgrund ihrer gefühllosen Blutdürstigkeit und Widerlichkeit das Blut hatte gefrieren lassen. Es war dies ein Glaube, von dem andere Eskimos nur wenig wussten und von dem sie nur mit Schaudern sagten, er sei viele Äonen vor Erschaffung der Welt entstanden. Neben unsäglichen Riten und Menschenopfern gab es einen merkwürdigen überlieferten Gesang, der sich an einen höchsten älteren Teufel oder *tornasuk* richtete; und von diesem Gesang besaß Professor Webb eine sorgfältige phonetische Niederschrift, angefertigt von einem alten *angekok* oder Zauberpriester, der die Laute, so gut er konnte, in römischen Buchstaben wiedergegeben hatte. Doch für den jetzigen Fall sei der Fetisch von höchster Bedeutung, den dieser Kult anbetete und umtanzte, wenn das Nordlicht hoch über die Eisklippen kroch. Es war, so berichtete der Professor, ein sehr grob ausgeführtes steinernes Flachrelief, das eine scheußliche Darstellung und rätselhafte Schriftzeichen zeigte. Und soweit er sagen konnte, gab es eine gewisse Verwandtschaft zu den wesentlichen Merkmalen des ungeheuren Dings, das jetzt vor der Versammlung lag.

Diese Information, die von den anwesenden Mitgliedern mit Spannung und Erstaunen aufgenommen wurde, schien für Inspektor Legrasse besonders aufregend zu sein, und er fing sogleich an, seinen Informanten mit Fragen zu bestürmen. Da er ein mündliches Ritual der von seinen Männern im Sumpf festgenommenen Kultteilnehmer niedergeschrieben hatte, ersuchte er den Professor, sich so gut er vermochte, die Silben ins Gedächtnis zu rufen, die bei den teufelsanbetenden Eskimos schriftlich festgehalten worden waren. Daraufhin folgte ein gründliches Vergleichen der Einzelheiten und ein Augenblick wahrhaft erstaunten Schweigens, als der Polizist und der Wissenschaftler den Gleichlaut der Formel erkannten, die zwei höllischen Ritualen gemein war, obwohl zwischen ihnen nahezu eine Welt lag.

Was sowohl die Eskimozauberer als auch die Sumpfpriester Louisianas vor den Götzen ihres Stammes gesungen hatten, lautete ungefähr wie folgt, wobei die Worte so getrennt sind, wie es den traditionellen Pausen beim Gesang entspricht:

›Ph'nglui mglw'nafh Cthulhu R'lyeh wgah'nagl fhtagn.‹

Legrasse war Professor Webb in einer Hinsicht voraus, denn mehrere der gefangenen Mischlinge hatten ihm wiederholt, was ältere Zelebranten ihnen als die Bedeutung der Worte offenbart hätten. Dieser Text lautete ihnen zufolge ungefähr so:

›In seinem Haus in R'lyeh wartet träumend der tote Cthulhu.‹

Und nun erzählte Inspektor Legrasse in Erwiderung auf die eindringlichen Bitten so genau wie möglich von seinen Erfahrungen mit dem Kult aus dem Sumpf – eine Geschichte, der mein Onkel, wie ich bemerkte, eine tiefe Bedeutung beimaß. Sie erfüllte die wildesten Träume von Mythenschöpfern und Theosophen und enthüllte ein erstaunliches Maß an kosmischer Vorstellungskraft, die man von solchen Mischlingen und Parias wohl kaum erwartet hätte.

Am 1. November 1907 war zur Polizei von New Orleans ein panischer Hilferuf aus der Sumpf- und Lagunenlandschaft im Süden gedrungen. Die dortigen Siedler, zumeist primitive, aber gutmütige Abkömmlinge der Männer Lafittes, waren von heftiger Angst ergriffen – Angst vor etwas Unbekanntem, das des Nachts über sie gekommen war. Es hatte allem Anschein nach etwas mit Voodoo zu tun, doch von einer so schrecklichen Art, wie sie es nie zuvor erlebt hatten. Einige ihrer Frauen und Kinder waren verschwunden, seitdem die bösartige Trommel ihr unaufhörliches Schlagen tief in den schwarzen verfluchten Wäldern begonnen hatte, in die keiner der Siedler sich wagte. Irre Rufe und qualvolle Schreie seien zu hören, Seelen raubende Gesänge und zuckende Teufelsflammen; und die

Menschen, so fügte der verängstigte Bote hinzu, könnten all dies nicht länger ertragen.

Und so setzte sich am späten Nachmittag eine Mannschaft von zwanzig Polizisten in zwei Kutschen und einem Automobil mit dem zitternden Siedler als Führer in Bewegung. Am Ende der befahrbaren Straße stiegen sie aus und marschierten schweigend meilenweit durch den schrecklichen Zypressenwald, wo es niemals tagt. Widerliche Wurzeln und ekelhaft herabhängende Schlingen Spanischen Mooses bedrängten sie, und hie und da verstärkten ein Haufen feuchter Steine oder Überreste verfallenen Mauerwerks durch ihre Andeutung morbider Bewohntheit eine triste Stimmung, die jeder missgestaltete Baum und jedes Pilznest nur noch verstärkte.

Endlich erreichten sie die Siedlung, eine elende Ansammlung von Hütten, und die hysterischen Siedler rannten heraus, um sich um die Gruppe von schwankenden Laternen zu scharen. Der gedämpfte Rhythmus von Trommeln war nun weit, weit entfernt schwach hörbar, und ein schauerlicher Schrei drang in unregelmäßigen Abständen zu ihnen, sobald der Wind sich drehte. Auch schien ein rötliches Funkeln durch das fahle Unterholz jenseits des endlosen nächtlichen Waldes zu leuchten. Wenngleich sie sich fürchteten, wieder allein gelassen zu werden, weigerte sich jeder Einzelne der erschreckten Siedler ganz entschieden, auch nur einen Schritt in Richtung des Gebietes zu machen, wo die unheiligen Verehrungsrituale stattfanden. Also tauchten Inspektor Legrasse und seine neunzehn Männer ohne Führer in die schwarzen Arkaden des Schreckens, die keiner von ihnen je zuvor betreten hatte.

Das Gebiet, das die Polizisten nun betraten, hatte seit alters her einen unheilvollen Ruf und war für Weiße größtenteils unbekannt und unerforscht. Es gab Legenden über einen verborgenen See, den kein Sterblicher je erblickt habe, in welchem ein gewaltiges gestaltloses Ding mit Tintenfischarmen und leuchtenden Augen wohne; und die Siedler flüsterten von Teufeln mit Fledermausschwingen, die aus unterirdischen Höhlen fliegen, um dieses Ding zur Mitternachtsstunde zu verehren. Sie sagten, es hause hier bereits vor d'Iberville, vor La Salle, vor den Indianern, sogar noch vor den gewöhnlichen Tieren und Vögeln des Waldes. Es sei die Verkörperung des

Albtraums, und wer es erblicke, müsse sterben. Doch es bringe den Menschen Träume von sich, sodass sie genug von ihm wüssten, um ihm fernzubleiben.

Die gegenwärtige Voodoo-Orgie fand in der Tat am äußersten Rand dieser verabscheuungswürdigen Gegend statt, und es war wohl der Ort der Anbetung, der die Siedler weit mehr verängstigte als die entsetzlichen Geräusche und Vorfälle.

Nur die Dichtung oder der Wahnsinn könnten den Geräuschen gerecht werden, die Legrasses Männer hörten, als sie sich durch den schwarzen Morast pflügten, hin zu dem roten Funkeln und dem gedämpften Lärmen der Trommeln. Es gibt stimmliche Merkmale, die dem Menschen zu eigen sind, und solche, die dem Tier zu eigen sind; und es ist fürchterlich, wenn man das eine hört, wenngleich die Quelle das andere sein müsste. Tierische Raserei und orgiastische Zügellosigkeit peitschten sich hier durch Geheul und kreischende Ekstasen zu dämonischen Höhen empor, und sie hallten durch diese nächtlichen Wälder und zerrissen sie wie Peststürme aus den Tiefen der Hölle. Dann und wann verstummte das schrille Heulen, und ein wohlgeordneter Chor rauer Stimmen erhob sich zu einem Singsang jener scheußlichen rituellen Formel: ›Ph'nglui mglw'nafh Cthulhu R'lyeh wgah'nagl fhtagn.‹

Die Männer gelangten nun zu einer Stelle, wo die Bäume spärlicher standen, und plötzlich sahen sie das Spektakel vor sich. Vier von ihnen schwankten, einer verlor das Bewusstsein und zwei brachen in panische Schreie aus, die von der irren Kakofonie der Orgie glücklicherweise übertönt wurden.

Legrasse spritzte Sumpfwasser ins Gesicht des ohnmächtigen Mannes, und alle starrten sie zitternd und gebannt vor Entsetzen auf die Szenerie. In einer natürlichen Lichtung des Sumpfes ruhte eine grasbewachsene Insel von vielleicht vier Quadratkilometern Durchmesser, auf der keine Bäume standen und die einigermaßen trocken war. Auf diesem Eiland sprang und wirbelte nun eine unbeschreibliche Rotte von menschlichem Abschaum, wie ihn nur ein Sime oder Angarola hätte malen können. Bar jeder Kleidung kreischte, bellte und krümmte sich diese Mischlingsbrut um ein monströses ringförmiges Fegefeuer, in dessen Mitte sich, wie gelegentliche Risse im Flammenvorhang enthüllten, ein großer Granitmonolith von über zwei

Metern Höhe erhob. Auf dessen Spitze ruhte in widersinniger Winzigkeit die scheußliche gemeißelte Statuette. In einem weiten Kreis standen zehn Gerüste in regelmäßigen Abständen um den flammenumkränzten Monolith, und an ihnen herab hingen kopfüber die scheußlich verkohlten Leiber der hilflosen Siedler, die verschwunden waren. Innerhalb dieses Kreises sprang und brüllte der Zirkel der Verehrer, wobei sich die Bewegung der Menge von links nach rechts in einem endlosen Bacchanal zwischen dem Ring der Leichen und dem Ring aus Feuer vollzog.

Es mochte nur Einbildung oder ein Echo gewesen sein, das einem der Männer, einem leicht erregbaren Spanier, die Vorstellung eingab, antifonale Antworten auf das Ritual aus einer weit entfernten und finsteren Stelle des schrecklichen Waldes zu hören. Diesen Mann, Joseph D. Galvez, lernte ich später kennen, um ihn zu befragen, und er stellte sich als verwirrend fantasievoll heraus. Er ging sogar so weit, schwaches Schlagen großer Schwingen, ein Funkeln feuchter Augen und eine gewaltige weiße Masse weit hinter den entferntesten Bäumen anzudeuten – doch ich vermute, er hatte wohl zu viel vom Aberglauben der Einheimischen gehört.

Ziemlich schnell hatten sich die Männer wieder in der Gewalt. Zuerst kam die Pflicht ... Obwohl sich die Menge wohl aus fast einhundert Mischlingspriestern zusammensetzte, vertrauten die Polizisten auf ihre Feuerwaffen und stürzten sich entschlossen in die widerliche Meute. Das nun folgende Getöse und Chaos entzieht sich jeder Beschreibung. Man schlug und man schoss, und es gelang einigen zu fliehen; doch am Ende zählte Legrasse ungefähr siebenundvierzig störrische Gefangene, die er dazu antrieb, sich eilends anzukleiden und zwischen zwei Reihen von Polizisten aufzustellen. Fünf der Götzendiener lagen tot am Boden, und zwei Schwerverletzte wurden von ihren Mitgefangenen auf behelfsmäßigen Bahren fortgetragen. Und natürlich wurde das Götzenbild auf dem Monolithen von Legrasse vorsichtig entfernt und mitgenommen.

Nach einer äußerst anstrengenden und erschöpfenden Reise wurden die Gefangenen im Hauptquartier vernommen, wobei sie sich alle als Menschen eines sehr minderwertigen, gemischtrassigen und geistig niedrigen Typus herausstellten. Die meisten waren Matrosen und eine Mischung aus Negern und Mulatten, hauptsächlich Westinder oder Bravaportugiesen von den Kapverdischen Inseln, die dem Kult eine Spur von Voodoo beifügten. Doch noch bevor man viele Fragen gestellt hatte, wurde schon deutlich, dass etwas weitaus Tieferes und Älteres als ein negrider Fetischkult mit hineinspielte. So entartet und dumm diese Kreaturen auch waren, sie hielten mit überraschender Beharrlichkeit an der Grundidee ihres widerlichen Glaubens fest.

Sie verehrten, so sagten sie, die Großen Alten, die schon lange vor den Menschen gelebt hätten und die vom Himmel auf die junge Welt gekommen seien. Diese Großen Alten seien nun gegangen, ins Innere der Erde und unter das Meer; doch ihre toten Leiber hätten den ersten Menschen im Traum ihre Geheimnisse mitgeteilt, die daraufhin einen Kult bildeten, der nie ausgestorben sei. Dies sei der Kult, und die Gefangenen sagten, es habe ihn schon immer gegeben und es werde ihn immer geben, verborgen in fernen Wüsten und finsteren Orten auf der ganzen Welt, bis zu der Zeit, da der große Priester Cthulhu aus seinem dunklen Haus in der mächtigen Stadt R'lyeh unter den Wassern auferstehe und den Erdball wieder unter seine Gewalt bringe. Eines Tages, wenn die Sterne günstig stünden, werde er rufen, und der geheime Kult warte immerzu darauf, ihn zu befreien.

Mehr könne man nicht offenbaren. Es gab ein Geheimnis, das ihnen nicht einmal die Folter entreißen konnte. Die Menschheit war nicht völlig allein unter den bewussten Geschöpfen der Erde, denn Schemen kamen aus der Dunkelheit, um die wenigen Gläubigen heimzusuchen. Doch waren dies nicht die Großen Alten. Kein Mensch hatte je die Alten erblickt. Das gemeißelte Götzenbild stellte den großen Cthulhu dar, doch vermochte niemand zu sagen, ob die anderen so waren wie er. Niemand konnte mehr die alten Schriftzeichen entziffern, doch gab man gewisse Dinge mündlich weiter. Das gesungene Ritual war nicht das Geheimnis – davon sprach man niemals laut, nur im Flüsterton. Die Litanei bedeute lediglich: »In seinem Haus in R'lyeh wartet träumend der tote Cthulhu.«

Nur zwei der Gefangenen wurden für geistesgegenwärtig genug befunden, um gehängt zu werden, den Rest wies man in verschiedene Anstalten ein. Alle leugneten sie die Beteiligung an den Ritualmorden und behaupteten, die Opfer seien von den Schwarzgeflügelten getötet worden, die von ihren uralten Versammlungsorten im verfluchten Wald zu ihnen gekommen seien. Doch über diese geheimnisvollen Gehilfen war keine zusammenhängende Aussage zu bekommen. Was die Polizei in Erfahrung brachte, stammte hauptsächlich von einem unglaublich alten Mestizen namens Castro, der behauptete, er sei in fremde Häfen gesegelt und habe mit den unsterblichen Führern des Kultes in Chinas Bergen gesprochen.

Der alte Castro erinnerte sich an Teile einer scheußlichen Legende, welche die Theosophen erbleichen und die Menschheit und den Erdball unglaublich jung und hinfällig erscheinen ließ. Es habe Äonen gegeben, während derer andere Wesen die Welt beherrschten, und Sie hätten in großen Städten gehaust. Deren Überreste, so habe der todlose Chinese ihm gesagt, könne man noch als zyklopische Steine auf Inseln im Pazifik finden. Sie alle seien viele Zeitalter vor der Ankunft des Menschen gestorben, doch es gebe Künste, mit denen man Sie wiedererwecken könne, sobald die Sterne erneut am richtigen Platz im Kreis der Ewigkeit stünden. Sie seien nämlich selbst von den Sternen gekommen und hätten Ihre Abbilder mit sich gebracht.

Diese Großen Alten, fuhr Castro fort, seien allesamt nicht aus Fleisch und Blut. Sie hätten eine Gestalt – war nicht dieses Bildnis aus dem Sternenraum der Beweis dafür? –, doch diese Gestalt war nicht stofflich. Wenn die Sterne an der richtigen Stelle standen, konnten Sie durch das All von Welt zu Welt tauchen; standen die Sterne aber nicht günstig, konnten Sie nicht leben. Doch wenngleich Sie nicht lebten, so starben Sie doch nie wirklich. Sie alle ruhten in Steinhäusern in Ihrer großen Stadt R'lyeh, geschützt vom Bann des mächtigen Cthulhu, bis zur glorreichen Auferstehung, wenn die Sterne und die Erde wieder für Sie bereit seien. Doch zu dieser Zeit müsse eine Kraft von außen dabei helfen, Ihre Leiber zu befreien. Der Bann, der Sie unversehrt bleiben ließ, hinderte Sie gleichzeitig daran, sich zu bewegen, und so konnten Sie nur wach in der Finsternis liegen und sinnen, während unzählige Jahrmillionen vorbeizogen. Sie wussten auch weiterhin, was im Weltall vor sich ging, denn Ihre Art zu sprechen sei Gedankenübertragung. Auch jetzt sprechen Sie in Ihren Gräbern. Als nach einer Ewigkeit des Chaos' die ersten Menschen sich erhoben, sprachen die Großen Alten zu den Empfänglichen unter ihnen, indem Sie ihre Träume formten; denn nur auf diese Weise konnte Ihre Sprache den fleischlichen Verstand eines Säugetiers erreichen.

Dann, flüsterte Castro, bildeten jene ersten Menschen den Kult um die kleinen Götzenbilder, welche die Großen Alten ihnen gezeigt hatten, Götzenbilder, die in finstrer Zeit von den dunklen Sternen gekommen seien. Jener Kult würde nie aussterben, bis die Gestirne wieder günstig stünden, und die geheimen Priester würden den großen Cthulhu aus dem Grabe rufen, um seine Untertanen wiederzuerwecken und seine Herrschaft über die Erde zu erneuern. Dieser Zeitpunkt sei leicht zu bestimmen, denn dann sei die Menschheit wie die Großen Alten geworden; frei und ungezähmt und jenseits von Gut und Böse, und jedes Gesetz und jede Moral sei zur Seite gefegt, und alle Menschen würden schreien und töten und sich in Lust ergehen. Dann würden die befreiten Alten sie neue Wege lehren, wie man schreit und tötet und sich in Lust ergeht, und der ganze Erdball würde durch eine Fackel aus Ekstase und Freiheit in Flammen gesetzt. Solange müsse der Kult durch angemessene Riten die Erinnerung an jene uralten Wesen aufrechterhalten und ihre Rückkehr verkünden.

In früheren Zeiten hätten Auserwählte mit den ruhenden Alten in ihren Träumen gesprochen, doch dann sei etwas geschehen. Die große steinerne Stadt R'lyeh sei mit all ihren Monolithen und Grabmälern in den Wellen versunken; und die tiefen Wasser, erfüllt von dem einen uranfänglichen Geheimnis, welches nicht einmal Gedanken durchdringen könnten, hätten den geistigen Umgang abgeschnitten. Doch die Erinnerung stirbt nie, und die Hohepriester sagten, dass die Stadt wieder erscheinen werde, wenn die Sterne günstig stünden. Dann stiegen aus dem Erdboden die schwarzen Geister der Erde, modrig und schemenhaft und voller finstrer Andeutungen, die sie in den Höhlen unter dem vergessenen Meeresgrund aufgeschnappt hätten. Doch von ihnen wagte der alte Castro nicht zu sprechen. Er beendete hastig seinen Redefluss, und weder Überredungskunst noch List konnten ihm mehr darüber entlocken. Auch die Größe der Großen Alten weigerte er sich merkwürdigerweise zu benennen. Vom Kult selbst sagte er noch, er glaube, sein Zentrum liege inmitten der unzugänglichen Wüsten Arabiens, wo Irem, die Stadt der Säulen, verborgen und unberührt träume. Der Kult sei nicht mit dem Hexenkult Europas verbunden und sei unter dessen Mitgliedern so gut wie unbekannt. Kein Buch habe je davon gesprochen, obwohl der todlose Chinese sagte, es gäbe Doppeldeutigkeiten im *Necronomicon* des verrückten Arabers Abdul Alhazred, welche der Eingeweihte nach Belieben deuten könne, insbesondere den viel erwähnten Vers:

> *Es ist nicht tot, was ewig liegt,*
> *Und in fremder Zeit wird selbst der Tod besiegt.*

Legrasse, tief beeindruckt und nicht wenig verwirrt, hatte umsonst nach den geschichtlichen Ursprüngen des Kultes gefragt. Castro hatte allem Anschein nach die Wahrheit gesagt, als er geäußert hatte, er sei absolut geheim. Die Experten der Tulane-Universität konnten sich weder den Kult noch das Abbild erklären, und nun war der Detektiv zu den größten Autoritäten des Landes gekommen und bekam nichts anderes zu hören als die Grönlandgeschichte des Professor Webb.

Das fieberhafte Interesse, das Legrasses Bericht, bestärkt durch die Figur, bei der Versammlung erregt hatte, findet seinen Widerhall in der späteren Korrespondenz der Teilnehmer – in den offiziellen Mitteilungen der Gesellschaft wird die Sache allerdings nur knapp erwähnt.

Vorsicht ist die erste Sorge jener, die gelegentliche Scharlatanerie und Betrug gewöhnt sind. Legrasse überließ Professor Webb das Abbild für einige Zeit, doch nach dessen Tod erhielt er es zurück, und es verblieb in seinem Besitz, wo ich es vor Kurzem in Augenschein nahm. Es ist wahrlich ein entsetzliches Ding und eindeutig mit der Traumskulptur des jungen Wilcox verwandt.

Dass mein Onkel von der Geschichte des Bildhauers so aufgewühlt worden war, fand ich nun nicht verwunderlich – denn welche Gedanken müssen einem in den Sinn kommen, wenn man nach allem, was Legrasse über den Kult erfahren hatte, von einem hypersensiblen jungen Mann hört, der nicht nur die Abbildung und die genauen Hieroglyphen des im Sumpf gefundenen Bildwerks und des grönländischen Teufelsreliefs *geträumt* hatte, sondern der *in seinen Träumen* auch auf mindestens drei der Wörter der Formel gestoßen war, die gleichermaßen von den teufelsanbetenden Eskimos und den Mischlingen in Louisiana gemurmelt worden waren?

Es war mehr als natürlich, dass Professor Angell sogleich eine äußerst gründliche Untersuchung begann, wenngleich ich den jungen Wilcox verdächtigte, auf indirektem Wege von dem Kult gehört und eine Reihe von Träumen erfunden zu haben, um auf Kosten meines Onkels das Geheimnis noch interessanter zu machen. Die vom Professor gesammelten Traumberichte und Zeitungsausschnitte waren natürlich eine starke Untermauerung; doch mein rationalistischer Verstand und die Überspanntheit der ganzen Sache brachten mich zu der meiner Auffassung nach logischsten Schlussfolgerung. Nachdem ich also das Manuskript wieder und wieder gründlich studiert und die Aufzeichnungen theosophischer und anthropologischer Natur mit Legrasses Bericht über den Kult verglichen hatte, reiste ich nach Providence, um den Bildhauer aufzusuchen und ihn zur Rede zu stellen, weil er einen gelehrten alten Mann derart dreist getäuscht hatte.

Wilcox lebte noch immer allein im Fleur-de-Lys-Gebäude in der Thomas Street, einer scheußlichen viktorianischen Nachahmung der bretonischen Architektur des siebzehnten Jahrhunderts, die inmitten der hübschen Häuser im Kolonialstil auf dem alten Hügel mit ihrer Stuckfront protzte. Im Schatten des schönsten georgianischen Kirchturms Amerikas fand ich Wilcox bei der Arbeit in seinem Zimmer. Sogleich erkannte ich an den im Raum verstreuten Werken, dass sein Genie tatsächlich bedeutsam und authentisch ist. Er wird, so glaube ich, in einiger Zeit als einer der großen *décadents* bekannt werden, denn in seinen Werken aus Ton – und eines Tages wohl auch aus Marmor – spiegeln sich kristallen jene Nachtmahre und Fantasien, die Arthur Machens Prosa beschwört und Clark Ashton Smith in Vers und Bild sichtbar macht.

Dunkelhaarig, zerbrechlich und irgendwie ungepflegt anzusehen, wandte er sich bei meinem Anklopfen träge um und fragte mich nach meinem Anliegen, ohne sich zu erheben. Als ich ihm dann erzählte, wer ich bin, zeigte er ein gewisses Interesse, denn mein Onkel hatte durch die Untersuchung seiner merkwürdigen Träume seine Neugier erregt, ohne je den Grund für diese

Studien zu erklären. Ich vergrößerte sein Wissen in dieser Hinsicht nicht, sondern versuchte ihn mit einiger Spitzfindigkeit aus der Reserve zu locken.

Nach kurzer Zeit war ich von seiner vollkommenen Aufrichtigkeit überzeugt, denn er sprach in einer Weise von den Träumen, die man nicht missdeuten konnte. Diese Träume und ihr Rückhall in seinem Unterbewusstsein hatten seine Kunst stark beeinflusst, und er zeigte mir ein morbides Standbild, dessen Umrisse mich aufgrund der Macht ihrer schwarzen Andeutungen fast erbeben ließen. Er konnte sich nicht daran erinnern, das Vorbild für dieses Ding, außer auf seinem eigenen Traumrelief, irgendwo gesehen zu haben, aber die Umrisse hätten sich unmerklich unter seinen Händen von selbst geformt. Es war dies zweifelsohne die gigantische Gestalt, von der er im Delirium fantasiert hatte. Dass er wirklich nichts von dem verborgenen Kult wusste, außer dem, was meines Onkels schonungslose Fragen hervorgelockt hatten, wurde bald deutlich; und wieder suchte ich in Gedanken nach einer Möglichkeit, wie er denn die unheimlichen Eindrücke erhalten haben könne.

Er sprach von seinen Träumen auf sonderbar poetische Weise; er schilderte mit schrecklicher Lebendigkeit die feuchte zyklopische Stadt aus schleimig grünem Gestein – deren *Geometrie*, wie er seltsamerweise sagte, *völlig falsch* sei – und ich vernahm mit ängstlicher Erwartung das unaufhörliche halbgeistige Rufen aus dem Untergrund: »*Cthulhu fhtagn, Cthulhu fhtagn.*«

Diese Worte waren Teil jenes schrecklichen Rituals, das von der Traumwacht des toten Cthulhu in seiner Steingruft in R'lyeh erzählt, und ungeachtet meiner rationalen Auffassung war ich zutiefst bewegt. Wilcox, so war ich mir sicher, hatte von dem Kult auf beiläufige Weise gehört und ihn bald wieder unter der Menge seiner gleichermaßen sonderbaren Lektüre und Fantasie vergessen. Später hatte dieses Wissen aufgrund seiner schieren Eindrücklichkeit in Träumen, im Flachrelief und der schrecklichen Statue, die ich nun anblickte, unterschwelligen Ausdruck gefunden. Er hatte also meinen Onkel völlig unschuldig getäuscht. Der junge Mann war von einer Art, die ich nicht besonders mag, zugleich ein wenig affektiert und etwas arrogant; doch ich war durchaus bereit, ihm sowohl Genie als auch Aufrichtigkeit zuzugestehen. Ich verabschiedete mich freundlich von ihm und wünschte ihm all den Erfolg, den seine Begabung versprach.

Die Sache mit dem Kult faszinierte mich noch immer, und zuweilen überkamen mich Visionen, dass ich als Erster seinen Ursprung und seine Verbindungen erforschen würde und zu Ruhm gelangte. Ich reiste nach New Orleans, sprach mit Legrasse und anderen aus seiner damaligen Mannschaft, sah das fürchterliche Abbild und befragte sogar einige der gefangenen Mischlinge, die noch am Leben waren. Der alte Castro war unglücklicherweise schon vor einigen Jahren verstorben. Was ich nun so anschaulich aus erster Hand hörte, erregte mich von Neuem, wenngleich es in Wirklichkeit nicht mehr als eine detaillierte Bestätigung dessen war, was mein Onkel aufgeschrieben hatte; ich war mir sicher, einer sehr wirklichen, sehr geheimen und sehr alten Religion auf der Spur zu sein, deren Entdeckung mich zu einem Anthropologen hohen Ranges machen würde. Meine Haltung war noch immer völlig materialistisch geprägt – *wie ich mir wünsche, dass sie es heute noch sei* –, und mit fast unerklärlicher Halsstarrigkeit schenkte ich der Übereinstimmung zwischen den von Professor Angell gesammelten Traumberichten und den merkwürdigen Zeitungsausschnitten wenig Beachtung.

Eine Sache fand ich immer verdächtiger, derer ich mir *nun* gewiss bin: dass der Tod meines Onkels alles andere als natürlich war. Er fiel auf einem schmalen Hügelweg hin, nachdem ein schwarzer Matrose ihn unachtsam angerempelt hatte – der Weg führte vom alten Hafenviertel herauf, in dem es von ausländischen Mischlingen wimmelt. Ich habe die gemischtrassigen und seemännischen Teilnehmer des Kultes in Louisiana nicht vergessen, und ich wäre über geheime Methoden und Riten und Glaubensvorstellungen nicht überrascht gewesen.

Legrasse und seine Männer hat man in Frieden gelassen, das stimmt; doch ein Seemann aus Norwegen, der ihre Riten beobachtete, ist jetzt tot. Könnten die Nachforschungen meines Onkels nach der Begegnung mit dem Bildhauer finsteren Kräften zu Ohren gelangt sein? Ich glaube, Professor Angell starb, weil er zu viel wusste oder weil er auf dem Weg war, zu viel zu erfahren. Ob es mir so ergehen wird wie ihm, wird sich zeigen, denn auch ich weiß nun schon viel.

III. *Der Schrecken aus dem Meer*

Sollte der Himmel mir je eine Gunst erweisen, so soll es das völlige Vergessen jener losen Zeitungsseite sein, auf die mein zufälliger Blick fiel. Sie schien nicht von Bedeutung für meine täglichen Nachforschungen, denn sie stammte nur aus einer alten Ausgabe einer australischen Zeitschrift, des *Sydney Bulletin* vom 18. April 1925. Sie war sogar dem Pressebüro entgangen, das während des Zeitpunkts ihres Erscheinens eifrig Material für die Nachforschungen meines Onkels sammelte.

Ich hatte meine Untersuchungen über das, was Professor Angell den ›Cthulhu-Kult‹ nannte, schon so gut wie aufgegeben und besuchte einen gelehrten Freund in Paterson, New Jersey, Kurator eines örtlichen Museums und Mineraloge von Rang. Als ich eines Tages die nicht ausgestellten Stücke ansah, die in einem Hinterzimmer des Museums auf einem Depotregal lagen, fiel mein Blick auf ein sonderbares Bild auf einem der alten Zeitungsblätter, die unter den Steinen ausgelegt waren. Es handelte sich um das bereits erwähnte *Sydney Bulletin,* denn mein Freund hatte weitreichende Verbindungen in allen erdenklichen Teilen der Welt. Auf dem Bild sah man ein scheußliches Steinbildnis, das mit dem von Legrasse im Sumpf gefundenen fast identisch war.

Rasch befreite ich die Seite von ihrer kostbaren Last und überflog den Artikel, war dann aber enttäuscht zu entdecken, dass er nur wenig Informationen lieferte. Was er jedoch andeutete, war von verhängnisvoller Bedeutung für meine erlahmende Suche, und ich riss ihn vorsichtig heraus. Der Inhalt lautete wie folgt:

MYSTERIÖSES WRACK AUF SEE GEFUNDEN

Die Vigilant *läuft mit seeuntüchtiger Jacht aus Neuseeland im Schlepptau ein. An Bord fand man einen Überlebenden und einen Toten. Bericht über einen verzweifelten Kampf und Tod auf See. Geretteter Seemann weigert sich, Einzelheiten über sonderbare Geschehnisse mitzuteilen. Eigenartiges Götzenbild in seinem Besitz. Untersuchungen folgen.*

Die *Vigilant,* ein Frachter der Morrison Co., lief heute Morgen auf dem Rückweg von Valparaiso im Hafen von Darling ein, im Schlepptau die seeuntüchtig gewordene, aber schwer bewaffnete Dampfjacht *Alert* aus Dunedin, Neuseeland, die am 12. April 34°21' südlicher Breite und 152°17' westlicher Länge gesichtet wurde, mit einem Lebenden und einem Toten an Bord.

Die *Vigilant* hatte Valparaiso am 25. März verlassen und war am 2. April von außergewöhnlich heftigen Stürmen und gigantischen Brechern beträchtlich von ihrem Kurs in südliche Richtung abgetrieben worden. Am 12. April sichtete man das Wrack, das erst verlassen aussah, wie man jedoch bald feststellte, aber einen Überlebenden in halb wahnsinnigem Zustand beherbergte. Zudem fand man eine männliche Leiche, offenbar schon seit mehr als einer Woche tot. Der Überlebende hielt ein schreckliches Götzenbild aus Stein umklammert, dessen Ursprung unbekannt ist und das ungefähr 30 Zentimeter misst und über dessen Zweck Experten der Universität von Sydney, der Königlichen Gesellschaft und des Museums in der College Street sich völlig im Unklaren sind. Der Überlebende sagte, er habe es in einer Kabine der Jacht gefunden, in einem kleinen geschnitzten Kästchen.

Dieser Mann erzählte, nachdem er wieder zur Vernunft gekommen war, eine äußerst sonderbare Geschichte von Seeräuberei und Totschlag. Es handelt sich bei dem Mann um Gustaf Johansen, einen Norweger von einiger Intelligenz, zweiter Maat des Zweimastschoners *Emma* aus Auckland, der am 20. Februar mit einer Besatzung von elf Mann nach Callao gesegelt war.

Die *Emma,* sagte er, sei am 1. März vom großen Sturm aufgehalten und beträchtlich nach Süden abgetrieben worden. Am 22. März stieß sie bei 49°51' südlicher Breite und 128°34' westlicher Länge auf die *Alert,* die von einer merkwürdigen und boshaft aussehenden Besatzung von Kanaken und Mischlingen bemannt war. Deren entschiedene Aufforderung zur Umkehr lehnte Kapitän Collins ab, woraufhin die sonderbare Besatzung ohne Warnung sofort mit einem merkwürdig schweren Geschütz zu schießen begann. Die Männer der *Emma* wehrten sich, und obwohl der Schoner durch Treffer unterhalb der Wasserlinie zu sinken begann, gelang es ihnen, das feindliche Schiff zu entern. Auf Deck der Jacht kämpften sie gegen die tierische

Mannschaft und waren dazu gezwungen, alle zu töten – diese waren zwar in der Überzahl, kämpften aber auf abstoßende und ziemlich unbeholfene Weise.

Drei Mann von der *Emma,* einschließlich Kapitän Collins und dem 1. Maat Green, wurden getötet, und die überlebenden acht unter Befehl des 2. Maats Johansen segelten mit der geenterten Jacht weiter auf dem ursprünglichen Kurs, um herauszufinden, welchen Grund es gab, dass man sie an der Weiterfahrt hatte hindern wollen.

Am nächsten Tag landeten sie allem Anschein nach auf einer kleinen Insel, obwohl in diesem Teil des Meeres keine solche bekannt ist, und sechs Mann starben dort. Johansen ist merkwürdig zurückhaltend mit diesem Teil der Geschichte und sagt, sie seien in eine Felsspalte gestürzt. Später, so scheint es, kehrten er und ein Gefährte zur Jacht zurück und versuchten, sie zu steuern, wobei sie jedoch von dem Sturm am 2. April abgeschlagen wurden.

Von diesem Zeitpunkt an bis zu seiner Rettung am 12. erinnert sich der Mann nur an wenig; er weiß nicht einmal mehr, wann sein Gefährte William Briden starb. Bridens Todesursache ist nicht festzustellen und ist vermutlich auf Erregung oder Entkräftung zurückzuführen.

Telegrafische Meldungen aus Dunedin berichten, dass die *Alert* dort als Inselfrachter wohlbekannt ist und einen üblen Ruf hat. Sie gehörte einer sonderbaren Gruppe von Mischlingen, deren regelmäßige Treffen und nächtliche Ausflüge in die Wälder nicht wenig Aufmerksamkeit erregten. Das Schiff war nach dem Sturm und Erdbeben vom 1. März in großer Eile in See gestochen.

Unser Korrespondent in Auckland bestätigt der *Emma* und ihrer Besatzung einen ausgezeichneten Ruf, und Johansen wird als besonnener und achtbarer Mann beschrieben. Die Admiralität wird morgen mit einer Untersuchung der ganzen Angelegenheit beginnen, wobei man jeden Versuch unternehmen wird, Johansen zu einer ausführlicheren Aussage als bislang zu bewegen.

Dies war, abgesehen von der Abbildung des höllischen Götzenbildes, alles, doch welche Gedankengänge löste es in meinem Verstand aus! Hier waren neue Informationen über den Cthulhu-

Kult, mitsamt dem Beweis, dass es sowohl auf See als auch auf dem Festland sonderbare Interessierte gab. Welches Motiv hatte die Hybridenbesatzung, während sie mit ihrem scheußlichen Götzenbild umhersegelte, dazu bewogen, die *Emma* zurückzuhalten? Was war das für eine unbekannte Insel, auf der sechs Mann von der *Emma* gestorben waren und über die der Maat Johansen sich in Schweigen hüllte? Was hatte die Untersuchung der Vizeadmiralität ans Licht gebracht und was war in Dunedin über den widerlichen Kult bekannt? Und, am verwunderlichsten: Was war dies für eine tiefsinnige und mehr als natürliche Verkettung von Daten, die den verschiedenen, von meinem Onkel so sorgfältig aufgezeichneten Begebenheiten eine so unheilvolle und mittlerweile unbestreitbare Bedeutsamkeit verlieh?

Am 1. März – oder dem 28. Februar, je nach der Internationalen Datumslinie – hatten das Erdbeben und der Sturm stattgefunden. Aus Dunedin war die *Alert* mit ihrer widerlichen Besatzung eifrig losgesegelt, als habe ein gebieterischer Ruf es ihr befohlen, und auf der anderen Seite der Erdkugel träumten Dichter und Künstler von einer merkwürdigen feuchten, zyklopischen Stadt, und ein junger Bildhauer hatte im Schlaf die Gestalt des gefürchteten Cthulhu geformt. Am 23. März war die Mannschaft der *Emma* auf einer unbekannten Insel gelandet, auf der sechs Mann umkamen; genau zu diesem Zeitpunkt nahmen die Träume empfindlicher Menschen eine erhöhte Lebhaftigkeit an und wurden finster unter der Furcht vor einem gewaltigen Ungeheuer, während ein Architekt dem Wahnsinn anheimfiel und ein Bildhauer plötzlich im Delirium versank! Und was war mit jenem Sturm am 2. April – dem Tag, da alle Träume von der feuchten Stadt abbrachen und Wilcox unbeschadet aus den Fängen eines fremdartigen Fiebers hervorging? Was war mit all dem – und mit den Andeutungen des alten Castro über die versunkenen von den Sternen gekommenen Alten und ihre künftige Herrschaft, ihre treuen Anbeter und *ihre Gewalt über die Träume?* Wankte ich am Abgrund kosmischer Schrecken, die der Mensch nicht zu ertragen vermag? Falls ja, dann mussten es allein Schrecken des Bewusstseins sein, denn auf irgendeine Weise war am 2. April jedwede monströse Bedrohung zum Erliegen gekommen, die begonnen hatte, die Seelen der Menschen zu zermürben.

An jenem Abend verabschiedete ich mich nach einem Tag voller Telegramme und hastiger Vorkehrungen von meinem Gastgeber und nahm einen Zug nach San Francisco. In weniger als einem Monat war ich in Dunedin, wo ich jedoch herausfand, dass man wenig über die sonderbaren Kultanhänger wusste, die in den alten Hafenkaschemmen herumgelungert hatten – menschlicher Abschaum ist in Küstennähe ein viel zu häufiges Phänomen, als dass er besonderer Erwähnung bedarf. Es gab dennoch vages Gerede über einen Ausflug dieser Mischlinge ins Binnenland, währenddessen man schwaches Getrommel und rote Flammen auf den fernen Hügeln bemerkt habe.

In Auckland erfuhr ich, dass Johansen *mit vormals blondem und nun weißem Haar* nach einer ergebnislosen Befragung nach Sydney zurückgekehrt sei, dort sein Häuschen in der West Street verkauft habe, um anschließend mit seiner Frau in seine alte Heimat nach Oslo zu segeln. Von seinem aufwühlenden Erlebnis erzählte er auch seinen Freunden nicht mehr als den Beamten der Admiralität, und diese Herren konnten für mich nicht mehr tun, als mir seine Osloer Anschrift zu geben.

Danach reiste ich nach Sydney und unterhielt mich, ohne brauchbare Informationen zu erhalten, mit Seeleuten und Mitgliedern des Vizeadmiralsgerichtes. Ich besichtigte die *Alert,* die mittlerweile verkauft worden war und nun dem Seehandel diente, im Circular Quay in Sydney Cove, brachte aber nichts in Erfahrung. Das hockende Götzenbild mit seinem Tintenfischhaupt, seinem Drachenleib, Schuppenschwingen und hieroglyphenbedeckten Sockel befand sich im Museum im Hyde Park, und ich betrachtete es lange und genau, dieses Stück unheilvoller, doch vorzüglicher Handarbeit, das ebenso rätselhaft und unergründlich alt war und aus dem gleichen unirdisch fremden Material wie das kleinere Exemplar von Legrasse. Den Geologen, so erzählte der Museumsleiter mir, habe dies ein gewaltiges Rätsel aufgegeben, denn sie beteuerten, es gebe auf der ganzen Welt kein derartiges Gestein. Ich dachte mit Schaudern daran, was der alte Castro Legrasse über die Alten erzählt hatte: »Sie kamen von den Sternen, und Sie brachten Ihre Abbilder mit sich.«

Von einer nie zuvor gekannten geistigen Erschütterung erfasst, traf ich den Entschluss, den Maat Johansen in Oslo aufzusuchen. Ich segelte nach London und schiffte mich dort sogleich wieder nach der Hauptstadt Norwegens ein, und eines Tages im Herbst betrat ich einen hübschen Kai im Schatten des Egebergs.

Johansens Unterkunft befand sich, wie ich entdeckte, in der Altstadt von König Harald Schönhaar, die den Namen Oslo während all der Jahrhunderte beibehalten hatte, in denen die größere Stadt sich als ›Christiania‹ ausgegeben hatte. Ich legte die kurze Strecke in einer Droschke zurück und klopfte mit pochendem Herzen an die Tür eines schönen und alten Gebäudes mit Stuckfront.

Eine schwarz gekleidete Frau mit traurigem Gesicht öffnete mir, und ich wurde von der Enttäuschung fast zerrissen, als sie mir in stockendem Englisch mitteilte, dass Gustaf Johansen nicht mehr unter den Lebenden weile. Er hatte seine Heimkehr nicht lange überlebt, berichtete seine Frau, denn die Geschehnisse auf See im Jahre 1925 hätten ihn gebrochen. Er habe auch ihr nicht mehr als der Öffentlichkeit berichtet, doch habe er ein langes Manuskript hinterlassen – über »technische Angelegenheiten«, wie er sich ausdrückte –, auf Englisch geschrieben, allem Anschein nach, um sie, die diese Sprache kaum verstand, vor der Gefahr eines zufälligen Lesens zu bewahren.

Während eines Spazierganges durch eine schmale Gasse nahe dem Göteborg-Hafenbecken habe ihn ein aus einem Dachfenster fallender Ballen Papier zu Boden gerissen. Zwei Laskarmatrosen hatten ihm sofort aufgeholfen, doch noch ehe der Notarzt ihn erreichte, war er tot. Die Ärzte fanden keinen triftigen Grund für sein Ende und erklärten es mit einem Herzfehler und geschwächter Konstitution.

Ich fühlte nun an meinen Lebenskräften jenes dunkle Entsetzen saugen, das mich nicht mehr verlassen wird, bis auch ich ruhe – sei es durch ›Zufall‹ oder eine andere Ursache.

Ich überzeugte die Witwe davon, dass meine Beziehung zu den »technischen Angelegenheiten« ihres toten Gatten mich zum Besitz seines Manuskriptes berechtigte, nahm das Dokument mit mir und las es auf dem Schiff nach London. Es waren einfache, geschwätzige Worte – das Bemühen eines naiven Matrosen, ein nachträgliches Tagebuch zu führen –, die jeden einzelnen Tag jener schrecklichen letzten Seefahrt zu beschreiben versuchten. Ich kann es aufgrund seiner Undeutlichkeit und Langatmigkeit nicht wortwörtlich wiedergeben, doch ich werde das Wesentliche daraus berichten, um zu erklären, warum das klatschende Geräusch des Wassers gegen die Seiten des Schiffes mir so unerträglich wurde, dass ich mir Watte in die Ohren stecken musste.

Johansen wusste Gott sei Dank nicht alles, wenngleich er die Stadt und das Ding gesehen hatte, doch ich werde nie wieder ruhig schlafen beim Gedanken an das Grauen, das unablässig jenseits des Lebens in Zeit und Raum lauert ... an jene unheilige Blasphemie von den uralten Gestirnen, die unter dem Meer träumt, angebetet und verehrt von einem albtraumhaften Kult, der jederzeit bereit ist, sie wieder auf die Welt loszulassen, sobald ein neuerliches Erdbeben ihre ungeheuerliche steinerne Stadt abermals zu Luft und Licht emporhebt.

Johansens Fahrt hatte so begonnen, wie er es der Vizeadmiralität berichtet hatte. Am 20. Februar hatte die *Emma,* mit Fracht beladen, Auckland verlassen und die volle Macht des Erdbebens und Sturms zu spüren bekommen, das wohl vom Meeresgrund jene Schrecken aufgewirbelt hatte, die in die Träume der Menschen eindrangen. Als das Schiff wieder unter Kontrolle gebracht war, bewegte es sich schnell vorwärts, bis es am 22. März von der *Alert* aufgehalten wurde, und ich spürte deutlich das Bedauern des Maats, als er die Bombardierung und den Untergang beschrieb. Von den schwarzhäutigen Kultanhängern an Bord der *Alert* sprach er mit großem Grauen. Sie umgab etwas besonders Verabscheuungswürdiges, das ihre Ausrottung fast wie eine Pflicht erscheinen ließ – Johansen zeigte sich wirklich erstaunt über den Vorwurf der Unbarmherzigkeit, den man deshalb während der gerichtlichen Befragung gegenüber seiner Mannschaft erhob.

Dann, angetrieben von Neugier, segelten die Männer unter Johansens Kommando mit der gekaperten Jacht weiter. Bald erblickten sie eine große Steinsäule, die sich aus dem Meer erhob, und stießen auf 47°9' südlicher Breite und 123°42' westlicher Länge auf einen Küstenstreifen aus Schlamm, Schleim und zyklopischem Mauerwerk. Dabei muss es sich um nichts Geringeres als die greifbare Substanz des größten Entsetzens der Welt handeln – die nachtmahrische Leichenstadt R'lyeh, vor unermesslichen Äonen erbaut von den gewaltigen, widerwärtigen Gestalten, die von den finsteren Sternen herabgedrungen waren. Dort lagen der große Cthulhu und seine Horden, verborgen in grünschleimigen Gewölben, und von hier aus sandten sie nach endloser Zeit jene Gedanken aus, die in den Träumen der Empfänglichen Furcht verbreiteten und den Gläubigen geboten, sich auf eine Pilgerfahrt der Befreiung und Wiederherstellung zu begeben. All dies war Johansen völlig unbekannt, doch Gott weiß, er sah schon bald genug!

Ich vermute, dass nur eine einzige Bergspitze, die scheußliche monolithgekrönte Zitadelle, auf welcher der große Cthulhu begraben worden war, sich aus den Fluten erhob. Denke ich an das Ausmaß all dessen, was dort unten noch brüten mag, möchte ich mich am liebsten sofort umbringen.

Johansen und seine Männer standen in stummem Entsetzen vor der kosmischen Erhabenheit dieses triefenden Babels uralter Dämonen, und sie errieten wohl, dass es nicht von dieser oder irgendeiner *normalen* Welt stammen konnte. Entsetzen über die unglaubliche Größe der grünlichen Steinblöcke, über die schwindelerregende Höhe des großen gemeißelten Monolithen und die verblüffende Ähnlichkeit der kolossalen Statuen und Flachreliefs mit dem sonderbaren Götzenbild, das man in einem Schrein auf der *Alert* gefunden hatte – all das wird in jeder Zeile der Schilderung des Maats auf ergreifende Weise deutlich.

Ohne zu wissen, was der Futurismus ist, beschrieb Johansen in seinem Bericht über die Stadt etwas ganz Ähnliches, denn anstatt irgendwelche festen Strukturen oder Gebäude zu beschreiben, gibt er lediglich unklare Eindrücke gewaltiger Winkel und steinerner Flächen wieder – Flächen, die zu groß waren, um zu dieser Welt zu gehören, bedeckt mit gottlosen, schrecklichen Abbildern und Hieroglyphen. Ich erwähne sein Gerede über die Winkel aus dem Grund, weil es auf etwas hinweist, das Wilcox mir über seine scheußlichen Träume berichtet hatte. Er hatte gesagt, die Geometrie des im Traum geschauten Ortes sei abnorm gewesen, nicht euklidisch, und auf ekelerregende Weise an Sphären und Dimensionen fern der unseren gemahnend. Nun verspürte ein einfacher Seemann das Gleiche, als er die fürchterliche Wirklichkeit erblickte.

Johansen und seine Mannschaft gelangten über eine abfallende Schlammbank auf diese ungeheuerliche Akropolis und kletterten glitschige Blöcke hinauf, die für Menschen keine Stufen darstellen. Die Sonne am Himmel schien verzerrt zu sein, wenn man sie durch das polarisierende Miasma erblickte, das aus dieser von Meerwasser durchtränkten Widernatürlichkeit hervorquoll, und verschlagene Bedrohungen und Ungewissheiten lauerten lüstern in jenen auf wahnsinnige Weise trügerischen Winkeln behauenen Steins, wo ein erster Blick eine Aushöhlung entdeckte, doch ein zweiter Blick eine Wölbung.

Furcht hatte sich über alle Mitglieder der Mannschaft gelegt, noch bevor man etwas Deutlicheres als Fels und Schleim und Tang sah. Jeder Einzelne von ihnen wäre am liebsten geflohen, hätte er nicht die Verachtung der andern gefürchtet, und sie suchten nur halbherzig nach einem tragbaren Gegenstand, den sie hätten mitnehmen können – umsonst, wie sich herausstellte.

Es war der Portugiese Rodriguez, der den Sockel des Monoliths hinaufstieg und den anderen zurief, was er gefunden hatte. Der Rest folgte ihm und betrachtete neugierig das gewaltige gemeißelte Tor mit dem mittlerweile bekannten Tintenfischdrachen als Flachrelief. Es sah, laut Johansen, wie ein großes Scheunentor aus; und sie alle hielten es für ein Tor, wegen des verzierten Türsturzes, der Schwelle und der Pfosten an den Seiten, wenngleich sie nicht zu sagen vermochten, ob es flach wie eine Falltür oder schräg wie eine nach außen führende Kellertür lag. Wie Wilcox gesagt hatte, war die Geometrie dieses Ortes völlig falsch. Man konnte nicht sicher sein, dass das Meer und der Boden horizontal lagen, weshalb die mutmaßliche Lage von allem anderen auf fantastische Weise unbeständig schien.

Briden tastete das Gestein an mehreren Stellen ab, doch ohne Ergebnis. Donovan befühlte sorgfältig die Ränder und drückte dabei auf jede einzelne Stelle. Er kletterte das groteske Steingebilde unendlich weit hoch – das heißt, man hätte es Klettern nennen können, hätte das Ding tatsächlich senkrecht in die Höhe geführt –, und die Männer stellten sich die Frage, wie irgendeine Tür im Universum so gewaltig sein konnte. Dann gab der viele Quadratmeter messende Türsturz am oberen Ende sanft und langsam nach innen nach; und sie sahen, dass er ausbalanciert war.

Donovan glitt oder stürzte irgendwie den Pfosten hinab oder entlang und stieß wieder zu seinen Gefährten, und alle sahen sie zu, wie sich das ungeheuerliche gemeißelte Portal so sonderbar öffnete. In diesem Wahntraum prismatischer Verzerrung bewegte es sich abnormal auf diagonale Weise, sodass alle Gesetze der Materie und Perspektive auf den Kopf gestellt schienen.

Die Öffnung war von einer derart schwarzen Finsternis, dass diese fast stofflich zu sein schien. Diese Dunkelheit war tatsächlich von *materieller Beschaffenheit,* denn sie verdeckte jene Teile der Wände im Innern, die eigentlich hätten sichtbar sein müssen, und sie drängte aus ihrer seit Urzeiten währenden Gefangenschaft hervor wie Rauch, wobei sie die Sonne verfinsterte, als sie sich mit flatternden Membranschwingen in den zurückweichenden und gewölbten Himmel schlich. Der aus dem nun geöffneten Abgrund aufsteigende Geruch war unerträglich. Bald glaubte der feinhörige Hawkins dort unten ein ekelhaftes schlurfendes Geräusch vernommen zu haben. Alle lauschten, und sie lauschten noch immer, als ES geifernd in ihr Blickfeld kroch und tastend seine gallertartige grüne Ungeheuerlichkeit durch die schwarze Pforte zwängte, hinaus in die besudelte Luft jener giftigen Stadt des Wahnsinns.

Die Handschrift des armen Johansen versagte beinahe, als er dies beschrieb. Von den sechs Männern, die nicht mehr zum Schiff zurückkehrten, sind seiner Meinung nach zwei in jenem verfluchten Augenblick an schierer Angst gestorben.

Das Ding kann nicht beschrieben werden – es gibt keine Worte für solche Abgründe kreischenden und uralten Wahnsinns, solch grausigen Widerspruch zu aller Materie, Energie und kosmischer Ordnung. Ein Berg, der ging oder wankte. Großer Gott! War es da noch ein Wunder, dass auf der anderen Seite des Erdballs in diesem telepathischen Augenblick ein talentierter Architekt dem Wahnsinn erlag und der arme Wilcox im Fieber raste? Das Ding von den Götzenbildern, die grüne ekelhafte Brut von den Sternen war erwacht, um ihr Recht zu fordern. Die Sterne standen wieder günstig, und was ein uralter Kult nicht zu leisten vermocht hatte, hatte nun eine Gruppe nichts ahnender Matrosen versehentlich getan. Nach Vigintillionen von Jahren war der große Cthulhu wieder frei und raste vor Lust.

Drei Männer wurden von den schwammigen Klauen ergriffen, bevor jemand sich regte. Gott schenke ihnen die ewige Ruhe – sollte es im Universum so etwas wie Ruhe geben. Es handelte sich um Donovan, Guerrera und Angstrom. Parker glitt aus, während die anderen drei in panischer Hast über die endlosen Reihen grün verkrusteter Felsen zum Boot hin rannten, und Johansen schwört, dass er von einem Mauerwinkel verschluckt wurde, der nicht hätte da sein sollen; ein spitzer Winkel, der sichtbar ein stumpfer war. Und so erreichten nur Briden und Johansen das Boot, und sie ruderten verzweifelt zur *Alert*, als die riesige Monstrosität die schleimigen Steine hinabglitt und zögernd zum Wasser zappelte.

Der Dampf in den Kesseln war noch nicht völlig versiegt, auch wenn die Besatzung komplett von Bord gegangen war, und die beiden Männer brauchten nur wenige Momente fieberhaften Hin und Hers, um die *Alert* in Fahrt zu setzen. Langsam begann sie inmitten der verzerrten Schrecken jener unbeschreiblichen Szenerie das todbringende Gewässer aufzuwühlen, während auf dem Mauerwerk jener Leichenküste, die nicht von dieser Welt war, das Titanending von den Sternen geiferte und greinte wie Polyphemos, als er die fliehenden Schiffe des Odysseus verfluchte. Doch der große Cthulhu war kühner als der legendäre Zyklop, glitt schleimig ins Wasser und nahm mit gewaltigen, Wellen erzeugenden Schlägen kosmischer Urkraft die Verfolgung auf.

Briden sah zurück und wurde irre, und er lachte in regelmäßigen Abständen schrill, bis er eines Nachts in seiner Kabine den Tod fand, während Johansen fantasierend umherwanderte.

Doch Johansen hatte noch nicht aufgegeben. Er wusste, dass das Ding die *Alert* mit Sicherheit einholen würde, und er griff zu einer verzweifelten Möglichkeit: Er stellte den Motor auf Höchstgeschwindigkeit, rannte wie der Blitz an Deck und riss das Steuer herum. Es gab ein gewaltiges Wirbeln und Schäumen im widerlichen Meereswasser, der Dampfdruck stieg höher und höher, und der tapfere Norweger steuerte sein Schiff geradewegs auf das ihm nachsetzende Gallertwesen zu, das sich über dem unreinen Schaum wie das Heck einer dämonischen Galeone erhob. Der schreckliche Tintenfischkopf mit den zuckenden Fühlern reichte schon fast bis zum Bugspriet der Jacht, doch Johansen fuhr unbeirrt weiter.

Es folgte ein Bersten wie das einer explodierenden Blase, eine weiche Widerwärtigkeit wie von einem aufgerissenen Mondfisch, ein Gestank wie aus tausend geöffneten Gräbern und ein Geräusch, das der Chronist nicht auf Papier wiedergeben konnte.

Einen Augenblick lang war das Schiff besudelt durch eine ätzende und blendende grüne Wolke, und dann gab es nur noch ein giftiges Brodeln achtern, wo sich – Gott im Himmel! – die zerfetzte Gestalt jener namenlosen Sternenbrut *wieder zusammensetzte* zu ihrer entsetzlichen ursprünglichen Form, während die *Alert* an Beschleunigung gewann und sich mit jeder Sekunde weiter entfernte.

Das war alles. Danach brütete Johansen nur noch in seiner Kabine über dem Götzenbild und kümmerte sich dann und wann um Nahrung für sich und den lachenden Irren an seiner Seite. Er versuchte nicht mehr, das Schiff zu navigieren, denn das Geschehen hatte etwas aus seiner Seele gerissen.

Dann setzte am 2. April der Sturm ein, und barmherzige Wolken legten sich über sein Bewusstsein. Da war ein Gefühl von geisterhaftem Wirbeln durch Strudel der Unendlichkeit, von schwindelerregenden Flügen durch taumelnde Welten auf Kometen und von hysterischen Sprüngen aus Abgründen hoch zum Mond und vom Mond zurück in den Abgrund, und das alles wurde untermalt vom schnatternden Chor der irren, ausgelassenen alten Götter und der höhnenden Fledermausteufel des Tartarus.

Die Rettung aus diesem Traum kam durch die *Vigilant*, das Gericht der Vizeadmiralität, die Straßen von Dunedin und die lange Heimreise zum alten Haus am Egeberg. Er konnte nichts darüber berichten – man würde ihn für verrückt halten. Er wollte alles niederschreiben, was er wusste, bevor der Tod ihn ereilte, doch seine Frau durfte nichts davon auch nur erahnen. Der Tod würde eine Gnade sein, wenn er nur diese Erinnerungen auslöschte.

Dies schilderte das Dokument, das ich las, und nun liegt es in der Blechkiste neben dem Flachrelief und Professor Angells Unterlagen. Dazu kommt diese Aufzeichnung aus meiner Feder – diese Prüfung meiner eigenen Vernunft, worin all das zusammengefügt ist, was, wie ich hoffe, nie wieder jemand zusammenfügen wird. Ich habe all das erblickt, was der Kosmos an Schrecken bereithält, und selbst der Himmel im Frühjahr und die Blumen des Sommers sind hernach nur noch wie Gift für mich. Doch ich glaube, dass mein Leben nicht mehr lange währt. Wie mein Onkel und wie der arme Johansen, so werde auch ich gehen. Ich weiß zu viel, und der Kult ist noch immer lebendig.

Auch Cthulhu, so vermute ich, ist noch lebendig in jenem Abgrund aus Stein, der ihn geschützt hat, seit die Sonne jung war. Seine verfluchte Stadt ist wieder versunken, denn die *Vigilant* ist nach dem Sturm im April über die Stelle hinweggesegelt; aber seine Botschafter auf Erden brüllen und toben und morden noch immer vor mit götzengekrönten Monolithen an einsamen Orten. Er muss beim Versinken wohl in seinem schwarzen Abgrund gefangen gewesen sein, denn sonst würde die Welt jetzt vor Angst und Wahnsinn schreien.

Wer weiß, wie es enden wird? Was aufsteigt, mag wieder versinken, und was versunken ist, mag wieder auftauchen. Grässliches wartet und träumt in der Tiefe, und der Zerfall breitet sich aus in den unbeständigen Städten der Menschen. Eine Zeit wird kommen ... aber ich darf und kann nicht daran denken! Ich bete, dass – sollte ich die Fertigstellung dieses Manuskriptes überleben – meine Testamentsvollstrecker Vorsicht walten lassen und dafür Sorge tragen werden, dass kein Auge diese Zeilen je erblickt.

DIE FARBE AUS DEM ALL
The Colour Out of Space

Im März 1927 schrieb Lovecraft ›The Colour Out of Space‹ (man vergesse nur ja nicht das »u« in »colour« – Lovecraft hat immer energisch an britischen Schreibweisen festgehalten), also direkt nach ›The Case of Charles Dexter Ward‹. Dass er diese in Tonfall, Stil und Thematik so völlig andersgelagerte Erzählung unmittelbar anschließen konnte, illustriert sein gewachsenes Ausdrucksvermögen und seine gereifte Variabilität als Schriftsteller. Im Gegensatz zu manchen anderen Texten war er mit diesem recht zufrieden, und nicht wenige Leserinnen und Leser halten ›The Colour Out of Space‹ für seine an schierer Eindrücklichkeit und Suggestionskraft größte literarische Leistung. Auch Lovecraft selbst hat einmal gemeint, dies sei wohl seine beste Geschichte (Brief an Wilfred Blanch Talman vom 10. November 1936).

Lovecraft war ein Städter, aber zeit seines Lebens von der unberührten Natur, von Wäldern und Einöden fasziniert. Die Wälder, Berge und Täler Neuenglands entsprechen dabei nicht ganz dem, was wir gewöhnlich mit der »Weite« der USA assoziieren, aber sie sind eindrücklich genug, vor allem in Vermont und Maine, aber auch im Hinterland von Massachusetts und sogar im kleinen Rhode Island. ›The Colour Out of Space‹ lebt aus der Gegenwart dieser Natur, obwohl der Schrecken, mit dem wir konfrontiert werden, nicht aus der Natur stammt, ja nicht aus unserem Sonnensystem und überhaupt nicht aus unserem »System« der Dinge. Das ist es ja gerade, was den Schrecken ausmacht. Er kann nicht einmal durch einen mythologischen Namen gebannt werden. Lovecraft nannte seine Erzählung »an atmospheric study« (Brief an Clark Ashton Smith vom 24. März 1927), die auf einem »homely country setting« aufbaut (Brief an Bernard Austin Dwyer vom 26. März 1927). Dieser Hintergrund – wie üblich mit äußerstem Realismus gezeichnet – ist nötig, um das Fremde, ganz »andere« des himmlischen Besuchers im Kontrast zur Geltung zu bringen. Das gelingt äußerst überzeugend, und das Schicksal der Farmersfamilie, die allmählich ihren Lebensmut und schließlich ihr Leben verliert, ist mit starken und plausiblen Strichen gezeichnet.

Wie in ›The Case of Charles Dexter Ward‹ liegt der Schrecken auf zwei Ebenen. Was mit jener bedauernswerten Bauernfamilie geschah, ist unerfreulich genug. Aber was wird mit jenen Städten und Dörfern, die ihr Trinkwasser nun aus dem neuen Stausee beziehen? Dieser Stausee ist ganz real; Lovecraft denkt wohl an das Quabbin Reservoir, für welches die Pläne im Jahr 1926 intensiv in der Presse diskutiert wurden und für das eine Räumung der Städte Dana, Greenwich, Enfield u. a. erforderlich war. Vollendet wurde es aber erst 1939 und besteht in dieser Form noch heute. Lovecraft hat allerdings in einem Brief gesagt, die unmittelbare Idee für den Stausee verdanke er nicht den besagten Plänen im ländlichen Massachusetts, sondern dem Scituate Reservoir in Rhode Island, das 1926 errichtet wurde, jedoch deutlich kleiner ist. Lovecraft hatte es im Oktober 1926 besichtigt, als er seine Verwandtschaft in Foster, Rhode Island besuchte (Brief an Richard Ely Morse vom 13. Oktober 1935 bzw. an Frank Belknap Long vom 26. Oktober 1926). Beide Stauseen mögen ihn beeinflusst haben, der reale, den er besichtigt hatte, und der geplante, von dem er in jedem Fall gewusst haben muss. Wie auch immer: Was wird geschehen, wenn sich jene vampirische Farbe dort einschleicht, leise und lauernd, wo jetzt das neue Wasser getrunken wird? Müdigkeit, grauer Verfall, ein kaum erklärliches Schwinden der Lust am Leben in Menschen, Tieren und Pflanzen wird die Folge sein. Es dürfte nicht schwer sein, für so etwas Indizien zu finden ... ›The Colour Out of Space‹ lädt also unterschwellig den Leser ein, seine Umgebung (denn beträchtliche Teile von Neuengland trinken von diesem Wasser, insbesondere in der Großstadt Boston) in einer neurotisch-angstbesetzten Weise anzuschauen, mit einem mythologischen »Grundverdacht« – wenn auch natürlich nur spielerisch, denn wir befinden uns in der Welt der Literatur, deren Schnittflächen mit der Realität einem ständigen Wechsel unterliegen. Die Schlusssätze scheinen zu suggerieren, dass die vampirische »Farbe« auch bei dem Erzähler (der sie ja nur von Hörensagen kennt!) eine unerquickliche Wirkung zu entfalten beginnt.

In einem Brief an F. Lee Baldwin von 1934 hat Lovecraft gezeichnet, wie er sich »Blasted Heath« vorstellt; Lovecraft hat seine Briefe gerne mit kleinen Zeichnungen bereichert, die sich sonst meist auf architektonische Sehenswürdigkeiten beziehen. Der Begriff »Blasted Heath« hat eine literarische Vorgeschichte: Er steht sowohl bei Shakespeare (in der Hexenszene in *Macbeth*) als auch bei dem von Lovecraft besonders geliebten Milton (*Paradise Lost* I, 615). Welchen von beiden Lovecraft mit seinem Verweis auf einen »Dichter« meint, der den Begriff geprägt habe, ist leider nicht deutlich.

Man kann, wenn man möchte, ›The Colour Out of Space‹ als eine Parabel darauf lesen, wie sich die »Nähe« kosmischer Fremdheit, kosmischer Präsenz auf die heimelige, aber fragile Welt der Menschen auswirkt. In einer bemerkenswerten Passage lässt Lovecraft Nahum

Gardners Frau beschreiben, wie jene »Farbe«, die es in unserer Welt nicht gibt, sie beeinflusst. Lovecraft gelingt es hier, das Bild einer Sprache zu erzeugen, die nur Verben und Adjektive hat, aber sich nicht zum Substantiv, d. h. nicht zum Begriff zu verdichten vermag.

›The Colour Out of Space‹ erschien im September 1927 in dem Science-Fiction-Magazin *Amazing Stories*. Ob die Erzählung je *Weird Tales* zur Annahme vorlag, ist umstritten (Sam Moskowitz hat dies behauptet, verdankt die Information aber wohl nur dem in Sachen Gedächtnis notorisch unzuverlässigen Frank Belknap Long). Es ist immerhin aufschlussreich, dass Lovecraft sich in einem neuen Markt bewegt: *Amazing Stories* ist das erste amerikanische Magazin, das sich ausschließlich auf Science Fiction spezialisiert hatte (die »Golden Era of SF« sollte erst einige Jahre später beginnen). In einem Science-Fiction-Rahmen könnte man die Wirkung der »Farbe aus dem All« als eine Art Radioaktivität verstehen.

Doch Lovecraft veröffentlichte in *Amazing Stories* danach nie mehr, weil er, wie viele andere Autoren, mit der Unsitte des Herausgebers konfrontiert wurde, die Autoren endlos auf ihr kümmerliches Honorar warten zu lassen. Für ›The Colour Out of Space‹ erhielt Lovecraft 25 Dollar (1/5 Cent pro Wort), eine auch damals unglaublich lächerliche Summe für eines der Meisterwerke der fantastischen Literatur – und auch dieses Honorar erhielt er erst nach drei Mahnbriefen. Den Herausgeber Hugo Gernsback pflegte er danach in seinen Briefen als »Hugo the Rat« zu bezeichnen. (Lovecrafts absolut spartanische Lebenshaltung kostete damals etwa 50–60 $ pro Monat).

Obwohl Lovecraft primär für sich selbst schrieb, hat er sich über Anerkennung doch gefreut; dass die literarische Welt ihm diese zu Lebzeiten niemals hat zukommen lassen, hat ihn trotz seiner zur Schau gestellten stoischen Attitüde nicht wenig geschmerzt. Immerhin fand die Erzählung eine Erwähnung in O'Briens jährlicher Bestenlisten (»Best Short Stories of 1927«). Heute hat sich ›The Colour Out of Space‹ natürlich einen festen Platz im literarischen Pantheon erobert.

DIE FARBE AUS DEM ALL

Westlich von Arkham steigen die Hügel abrupt an; zwischen ihnen liegen Täler mit Wäldern, denen nie die Axt gedroht hat. Dort gibt es dunkle enge Schluchten, wo die Bäume sich auf wundersame Weise neigen, dünne Bäche plätschern vor sich hin, auf die nie ein Sonnenstrahl fiel. An den sanfteren Hängen stehen uralte und steingraue Bauernhöfe mit geduckten moosbedeckten Hütten, die im Windschatten großer Felsvorsprünge auf ewig über den alten Geheimnissen Neuenglands brüten; doch sie alle sind mittlerweile verlassen, die breiten Kaminschlote sind zerfallen, und die niedrigen Walmdächer mit ihren Dachschindeln hängen gefährlich durch.

Die alten Bewohner sind fortgezogen, und Fremde leben dort nicht gern. Die Frankokanadier haben es versucht, ebenso die Italiener, und auch die Polen sind gekommen und wieder gegangen – nicht wegen etwas, das man sehen oder berühren kann, sondern wegen etwas, das der Vorstellung entspringt. Der Ort ist nicht gut für die Fantasie und beschert einem des Nachts keine friedlichen Träume. Daran muss es liegen, dass die Ausländer fernbleiben, denn der alte Ammi Pierce hat ihnen nie von den Erinnerungen erzählt, die ihm aus vergangenen Tagen geblieben sind. Ammi, der im Laufe der Jahre ein wenig sonderbar geworden ist, ist der Einzige, der hier noch lebt – der Einzige, der je über jene seltsamen Tage spricht; er bringt dazu den Mut auf, weil sein Haus so nahe bei den offenen Feldern und den belebten Straßen der Umgebung von Arkham steht.

Einst führte über die Hügel und durch die Täler eine Straße, genau dort, wo sich nun die verfluchte Heide befindet; die Menschen gaben sie aber irgendwann auf, und so wurde eine neue Straße gebaut, die weit weg in südlicher Richtung verläuft. Man kann noch immer Spuren des alten Weges zwischen dem Unkraut der zurückkehrenden Wildnis entdecken, und manche dieser Spuren werden zweifellos auch dann noch zu sehen sein, wenn die Hälfte der Talsenken für den neuen Stausee geflutet wird. Dann werden die finsteren Wälder endlich abgeholzt, und die verfluchte Heide wird tief unterm blauen Wasser schlummern, dessen Oberfläche Himmel und Sonne spiegelt. Und die

Geheimnisse der seltsamen Tage werden eins sein mit den Geheimnissen der Tiefe; eins mit der verborgenen Kunde alter Meere und allen Rätseln der uralten Erde.

Als ich die Hügel und Täler aufsuchte, um Vermessungen für das neue Staubecken vorzunehmen, sagte man mir, dieser Ort sei böse. Das sagte man mir in Arkham, und da es eine sehr alte Stadt voller Hexengeschichten ist, glaubte ich, bei diesem ›Bösen‹ handele es sich um etwas, das seit Jahrhunderten Großmütter ihren Enkelkindern zuflüstern. Die Bezeichnung ›verfluchte Heide‹ erschien mir recht eigenartig und theatralisch, und ich fragte mich, wie sie in die mündliche Überlieferung eines puritanischen Volkes gelangt war. Dann erblickte ich das westwärts gelegene Gewirr von Schluchten und Hängen mit eigenen Augen, und ich wunderte mich über nichts mehr – nur noch über das dem Ort eigene uralte Rätsel. Es war Vormittag, doch auch zu dieser Zeit lauern dort beharrliche Schatten. Die Bäume wuchsen zu dicht beisammen, und ihre Stämme waren dicker als in einem gesunden neuenglischen Wald üblich. Auf den dämmrigen Pfaden zwischen den Bäumen war es viel zu still, und der Boden war zu weich von feuchtem Moos und mit uraltem Moder bedeckt.

Auf den offenen Flächen zwischen den Hügeln, die sich zumeist entlang der ehemaligen Straße erstreckten, nisteten kleine Bauernhöfe; bei einigen waren alle Gebäude noch intakt, bei anderen nur noch ein oder zwei, und manchmal war nicht mehr als ein einsamer Kaminschlot oder ein verschütteter Keller übrig geblieben. Unkraut und Dornensträucher hatten die Herrschaft angetreten, und im Gestrüpp raschelten verstohlen wilde Tiere. Über allem lag ein Schleier von Ruhelosigkeit und Bedrückung; ein Hauch des Unwirklichen und Grotesken, als sei ein wichtiger Bestandteil der Perspektive oder des Wechselspiels zwischen Hell und Dunkel missraten. Ich wunderte mich nicht mehr darüber, dass kein Fremder hier bleiben wollte; dies war keine Gegend, in der man ruhig schlafen konnte. Sie glich viel zu sehr einer Landschaft von Salvator Rosa oder einem abstoßenden Holzschnitt zu einer Schauergeschichte.

Doch all das war nicht so schlimm wie die verfluchte Heide selbst. Ich erkannte sie in dem Augenblick, als ich am Grunde eines weitläufigen Tales auf sie stieß – kein anderer Name hätte besser zu dieser Landschaft gepasst, und keine andere Landschaft zu diesem Namen. Es war, als sei die Bezeichnung ›verfluchte Heide‹ allein für diesen Landstrich geprägt worden. Als ich sie sah, hielt ich sie zuerst für das Ergebnis einer Feuersbrunst; aber weshalb war danach nichts mehr auf dieser grauen zwanzigtausend Quadratmeter großen Wüstenei gewachsen, die sich unter dem Himmel ausdehnte wie ein Fleck, den Säure in Wald und Felder gefressen hatte? Das Gebiet befand sich zum größten Teil nördlich der alten Straße, reichte aber an einer Stelle auf die andere Seite herüber. Ich fühlte mich sonderbar befangen, als ich mich dem Gebiet näherte, und tat es schließlich nur, weil mein Beruf es von mir verlangte. Auf diesem gewaltigen Landstreifen gab es keinerlei Vegetation, nur feinen grauen Staub oder Asche, die kein Wind je aufzuwirbeln schien. Die Bäume in der Nähe waren kränklich und verkrüppelt, und am Rande des Gebiets lagen und standen viele faulende, abgestorbene Stümpfe. Als ich eilig dahinschritt, sah ich zu meiner Rechten die geborstenen Ziegelsteine eines eingestürzten Kamins und eines Kellergewölbes sowie das gähnend schwarze Maul eines aufgegebenen Brunnens, über dessen abgestandenem Wasser die Luft sonderbar im Sonnenlicht flimmerte. Im Vergleich zum Aufenthalt auf der Heide erschien mir selbst die lange Kletterpartie durchs dunkle Waldgebiet angenehm, und ich wunderte mich nicht mehr über das ängstliche Geflüster der Menschen von Arkham. In der näheren Umgebung hatte ich sonst kein Haus und keine Ruine gesehen; dieser Ort musste selbst zu alten Zeiten schon einsam und entlegen gewesen sein. Später in der Abenddämmerung hätte mich nichts dazu bewegen können, dieses unheimliche Gebiet erneut zu durchqueren; lieber machte ich einen Umweg und kehrte über die neue gewundene Straße im Süden zur Stadt zurück. Ich verspürte undeutlich den Wunsch, ein paar Wolken möchten doch aufziehen, denn beim Anblick der tiefen Himmelsschluchten über mir wurde meine Seele von einer sonderbaren Angst ergriffen.

Am Abend befragte ich in Arkham einige ältere Leute über die verfluchte Heide und die Bedeutung des Ausdrucks »die seltsamen Tage«, die so viele mit Widerwillen vor sich hin flüsterten. Ich erhielt jedoch nur ausweichende Antworten, fand aber heraus, dass das ganze Rätsel wesentlich jüngeren Datums war, als ich vermutet hatte. Es beruhte überhaupt nicht auf einer alten

Legende, sondern auf etwas, das zu Lebzeiten derer passiert war, mit denen ich sprach. Es hatte sich in den Achtzigerjahren des neunzehnten Jahrhunderts zugetragen; eine Familie war entweder verschwunden oder ermordet worden. Meine Gesprächspartner wollten nicht richtig mit der Sprache heraus; sie alle sagten mir nur, ich solle den verrückten Geschichten des alten Ammi Pierce kein Gehör schenken. Genau aus diesem Grund suchte ich den Mann am nächsten Morgen auf, nachdem ich herausgefunden hatte, dass er allein in einer uralten, verfallenen Hütte wohnte, dort wo der dichte Wald begann. Es handelte sich um ein furchtbar altes Gebäude, das den schwachen Gifthauch ausströmte, der Häusern zu eigen ist, die schon seit langer Zeit stehen. Erst nach beharrlichem Anklopfen kam der Alte gemächlich herbeigeschlurft und öffnete mir. Ich erkannte, dass er über meinen Besuch nicht erfreut war. Er wirkte nicht so schwächlich, wie ich es vermutet hatte, doch seine Augen waren merkwürdig stumpf, und seine ungepflegte Kleidung und sein weißer Bart ließen ihn recht schäbig und elend erscheinen.

Da ich nicht wusste, wie ich ihn am besten dazu bewegen konnte, seine Geschichten zu erzählen, täuschte ich einen geschäftlichen Anlass für meinen Besuch vor; ich erzählte ihm von meinem Auftrag zur Landvermessung und stellte ihm allgemeine Fragen über die Gegend. Er erwies sich als wesentlich klüger und gebildeter, als von mir vermutet, und ehe ich mich versah, war er über mein Ansinnen mindestens ebenso gut im Bilde wie jeder Bewohner von Arkham, mit dem ich darüber gesprochen hatte. Er unterschied sich von allen anderen Landbewohnern, die ich in Gebieten kennengelernt hatte, in denen Stauseen entstehen sollten. Von ihm kam kein Wort der Klage über die vielen Hektar alten Waldes und Ackerlandes, die ausgelöscht werden sollten, was aber vielleicht daran lag, dass sein Heim sich nicht auf dem Gebiet des geplanten Sees befand. Er zeigte sich nur erleichtert; erleichtert, dass das Schicksal der dunklen uralten Täler besiegelt war, die er sein ganzes Leben lang durchstreift hatte. Es sei besser, dass sie überschwemmt würden – jetzt, nach den seltsamen Tagen. An dieser Stelle senkte er die Stimme, beugte sich vor und hob zitternd den rechten Zeigefinger.

Dann vernahm ich die Geschichte, und während er mit heiserer Stimme flüsterte, überlief mich trotz des Sommerwetters wieder und wieder ein Frösteln. Oft musste ich ihn zum Thema zurückbringen, wenn er zu weit davon abgewichen war, musste ihm wissenschaftliche Fragestellungen erläutern, die er nur vom Hörensagen kannte, oder Lücken ausfüllen, wenn sein Sinn für logische Zusammenhänge aussetzte. Als er fertig war, verstand ich, warum er ein wenig übergeschnappt war oder warum die Bürger Arkhams nicht gern von der verfluchten Heide sprachen. Vor Sonnenuntergang eilte ich zurück in mein Hotel, weil ich vermeiden wollte, mich im Freien aufzuhalten, wenn die Sterne aufgingen; am nächsten Tag fuhr ich heim nach Boston und kündigte meine Stellung. Ich hätte nicht wieder in diese triste Wildnis alter Wälder und Felshänge zurückkehren können, hätte auch nicht mehr den Anblick der grauen verfluchten Heide ertragen, wo neben den umgestürzten Ziegelsteinmauern der schwarze Brunnen gähnte. Der Stausee wird nun bald gebaut, und all diese alten Geheimnisse werden für immer unter Wasser ruhen. Doch selbst so würde ich diesen Landstrich nicht bei Nacht besuchen wollen – jedenfalls nicht, wenn die unheilvollen Sterne am Himmel stehen. Und nichts könnte mich dazu bewegen, das Wasser aus der neuen Versorgungsleitung von Arkham zu trinken.

Begonnen, so der alte Ammi, hatte alles mit dem Meteoriten. Davor hatte es seit den Hexenprozessen keine obskuren Legenden mehr in dieser Gegend gegeben, und selbst damals waren die Wälder hier im Westen nicht so gefürchtet wie jene kleine Insel im Miskatonic, wo neben einem eigenartigen Altarstein, der älter ist als jeder Indianerstamm, der Teufel angeblich Hof gehalten hatte. Es spukte nicht in diesen Wäldern, und ihr tiefes Dämmerlicht jagte niemandem Schrecken ein – bis zu den seltsamen Tagen. Damals war eine weiße Wolke zur Mittagsstunde am Himmel erschienen, eine Kette von Explosionen hatte sich in der Luft ereignet, und eine Rauchsäule war aus dem Tal tief in den Wäldern aufgestiegen. Und gegen Abend hatte ganz Arkham von dem großen Felsbrocken gewusst, der vom Himmel gefallen war und sich neben dem Brunnen des Anwesens von Nahum Gardner in den Boden gegraben hatte. Gardner hatte das Haus gehört, das dort gestanden hatte, wo sich bald die verfluchte Heide befinden sollte – ein gepflegtes weißes Haus inmitten von fruchtbaren Gärten und Hainen.

Nahum war in die Stadt gegangen, um den Menschen von dem Stein zu berichten, und auf dem Weg dorthin schaute er bei Ammi Pierce vorbei. Ammi war damals vierzig Jahre alt gewesen, und all die sonderbaren Geschehnisse gruben sich tief in sein Gedächtnis ein. Er und seine Frau begleiteten die drei Professoren von der Miskatonic-Universität, die am nächsten Morgen herbeieilten, um den merkwürdigen Besucher aus unbekannten Sternenräumen zu sehen, und sie fragten sich, weshalb Nahum das Ding am Tag zuvor als derart groß beschrieben hatte. Es sei geschrumpft, sagte Nahum und zeigte auf die große bräunliche Erhebung über dem aufgerissenen Erdreich und dem verkohlten Gras in der Nähe des altertümlichen Brunnens; doch die weisen Männer entgegneten ihm, dass Steine nicht schrumpfen. Der Meteorit strahlte nach wie vor Hitze aus, und Nahum erklärte, dass er nachts schwach leuchtete. Die Professoren gebrauchten ihre Geologenhämmer und stellten fest, dass das Gestein merkwürdig weich war. Tatsächlich war es so weich, dass man es für Plastik hätte halten können, und so schnitten sie eher ein Stück heraus, als dass sie es abbrachen, und nahmen es als Probe mit ins Labor der Hochschule. Sie transportierten es in einem alten Kübel, den sie sich aus Nahums Küche borgten, da selbst dieses kleine Stück einfach nicht abkühlen wollte. Auf dem Rückweg machten sie in Ammis Haus Rast, und alle wurden sehr nachdenklich, als Mrs. Pierce anmerkte, dass das Bruchstück immer kleiner werde und den Boden des Kübels verbrenne. Das Stück war wahrlich nicht groß, aber vielleicht hatten sie ja weniger mitgenommen, als sie geglaubt hatten.

Am nächsten Tag – dies alles trug sich im Juni 1882 zu – kehrten die Professoren in heller Aufregung zurück. Als sie bei Ammi vorbeikamen, erzählten sie ihm von den sonderbaren Dingen, die mit dem Probestück vorgegangen waren: Sie hatten es in ein Becherglas gegeben, und es hatte sich völlig aufgelöst. Mehr noch, auch das Becherglas war verschwunden, und die klugen Männer sprachen davon, dass das seltsame Gestein eine Affinität zu Silicium aufweise. Es hatte sich in diesem so wohlgeordneten Laboratorium geradezu unglaublich verhalten; auf das Erhitzen über Kohle hatte es überhaupt nicht reagiert, nicht einmal Gase abgesondert, der Test mit Borax war gänzlich negativ ausgefallen, und es erwies sich bei jeder erdenklichen Hitze als absolut nicht flüchtig, sogar jener des Knallgas-Lötrohrs. Auf dem Amboss zeigte es sich höchst elastisch, und im Dunkeln gab es ein deutliches Glühen von sich. Nach wie vor wollte es partout nicht abkühlen, und bald hatte es die gesamte Universität in helle Aufregung versetzt. Als man es vor dem Spektroskop erhitzte und es daraufhin leuchtende Strahlen aussandte, die keiner Farbe des gewöhnlichen Spektrums entsprachen, flüsterte man atemlos von neuen Elementen, bizarren optischen Eigenschaften und anderen Dingen, die ratlose Wissenschaftler gern im Munde führen, wenn sie etwas Unbekanntem gegenüberstehen.

So heiß, wie es war, testeten sie es in einem Schmelztiegel mit allen vorstellbaren Reagenzien. Wasser löste keine Reaktion aus. Das Gleiche galt für Salzsäure. Salpetersäure und selbst Königswasser zischten und verpufften bloß angesichts der sengenden Unverletzlichkeit des Steins. Ammi erinnerte sich an all das nur mit Schwierigkeiten, doch er erkannte einige Lösungsmittel wieder, als ich sie ihm in der üblichen Reihenfolge der Anwendung aufzählte. Ammoniak und Ätznatron, Alkohol und Äther, widerlich stinkender Schwefelkohlenstoff und ein Dutzend anderer Substanzen wurden ausprobiert; obwohl die Probe im Laufe der Zeit stetig an Gewicht verlor und auch ein wenig abzukühlen schien, konnte man in den Lösungsmitteln keine Veränderung feststellen, die darauf hindeutete, dass sie den Stein überhaupt angegriffen hatten. Es stand jedoch außer Frage, dass es sich um ein Metall handelte. Zum einen war es magnetisch, und nachdem man es den Säuren ausgesetzt hatte, schienen sich darauf ganz schwach die Widmanstätt'schen Figuren abzuzeichnen, die man auf Meteoreisen gefunden hat. Als es schließlich beträchtlich erkaltet war, führte man die weiteren Versuche in Glasgefäßen durch, und in einem Becherglas verwahrte man auch alle Splitter auf, in die man das ursprüngliche Fragment während der Untersuchung zerteilt hatte. Am nächsten Morgen waren sowohl die Splitter als auch das Becherglas spurlos verschwunden, und nur ein verkohlter Fleck auf dem Holzregal bezeichnete die Stelle, wo es gestanden hatte.

All das berichteten die Professoren Ammi, als sie an seiner Tür Pause machten, und erneut begleitete er sie zu dem steinernen Boten von den Sternen; seine Frau blieb dieses Mal zu Hause. Nun war ziemlich eindeutig erkennbar, dass das Ding kleiner wurde; nicht einmal die nüchternen Professoren konnten das noch in Zweifel ziehen. Rings um den geschrumpften braunen Klumpen neben dem Brunnen war die Erde aufgelockert; während am Vortag sein Durchmesser noch über zwei Meter betragen hatte, maß er jetzt kaum noch anderthalb. Er war noch immer heiß, und die gelehrten Männer untersuchten sein Äußeres voller Neugier, während sie mit Hammer und Meißel ein weiteres und größeres Stück entnahmen. Dieses Mal drangen sie tiefer vor, und als sie das Probestück entfernt hatten, sahen sie, dass der Kern des Dings keineswegs gleichförmig war.

Sie hatten etwas freigelegt, das aussah wie die Oberfläche einer großen farbigen Kugel, die in die übrige Substanz eingebettet war. Die Farbe, die einigen der Strahlen im sonderbaren Spektrum des Meteors glich, war kaum zu beschreiben; nur mit Mühe konnte man überhaupt von einer Farbe sprechen. Die Kugel glänzte, und durch sachtes Klopfen entdeckte man, dass sie anscheinend spröde und hohl war. Einer der Professoren versetzte ihr daraufhin einen heftigen Schlag mit dem Hammer, und mit einem kurzen, leisen Knall barst sie. Kein Gas strömte aus, das Ding war ohne jegliche Rückstände verschwunden. Es hinterließ einen kugelförmigen Hohlraum von ungefähr acht Zentimetern Durchmesser, und alle hielten es für wahrscheinlich, dass man weitere davon entdecken würde, sobald die sie umschließende Substanz dahinschwand.

Doch alle Mutmaßungen waren sinnlos, und nach einem fruchtlosen Versuch, weitere Kugeln ausfindig zu machen, fuhren die Suchenden mit ihrem neuen Probeexemplar zurück. Dieses verhielt sich im Laboratorium ebenso verwirrend wie sein Vorgänger: Es war plastikähnlich, strahlte Hitze aus, war magnetisch und leuchtete schwach, kühlte in starken Säuren ein wenig ab, besaß ein unbekanntes Farbspektrum, löste sich an der Luft allmählich auf und griff Silicium-Gegenstände so stark an, dass am Schluss nichts mehr davon übrig blieb – sonst konnte man keinerlei Zuschreibungen machen, und nach den Tests mussten die Wissenschaftler der Universität sich eingestehen, dass sie die Substanz nicht einzuordnen vermochten. Sie gehörte nicht zu dieser Welt, war ein Stück von draußen, und deshalb verfügte sie über eigene Eigenschaften und gehorchte eigenen Gesetzen.

In jener Nacht gab es ein heftiges Gewitter, und als die

Professoren am nächsten Tag wieder zu Nahum gingen, erlebten sie eine bittere Enttäuschung. Der Stein musste aufgrund seiner magnetischen Eigenschaft irgendwie elektrisch geladen sein, denn er hatte, wie Nahum es ausdrückte, mit eigenartiger Kraft »den Blitz angezogen«. Der Bauer hatte gesehen, wie binnen einer Stunde sechsmal der Blitz in die Furche in seinem Hof einschlug, und als der Sturm sich gelegt hatte, war nichts übrig geblieben als eine zerklüftete Grube neben dem alten Brunnen, halb verschüttet durch nachgerutschte Erde. Es erwies sich als sinnlos, darin zu graben; die Wissenschaftler konnten bloß noch das völlige Verschwinden des Dings feststellen. Das Gefühl des Scheiterns war überwältigend – es blieb ihnen nichts zu tun, als in das Laboratorium zurückzukehren und die Tests an dem schwindenden Bruchstück fortzusetzen, das man umsichtigerweise in Blei aufbewahrt hatte. Besagtes Bruchstück hielt noch eine Woche vor, und nach Ablauf dieser Frist hatte man nichts Erwähnenswertes in Erfahrung gebracht. Es verschwand, ohne eine Spur zu hinterlassen, und schon nach kurzer Zeit fragten die Professoren sich, ob sie denn wirklich mit wachen Augen jene rätselhafte Probe aus den unermesslichen Abgründen des Weltalls gesehen hatten – jene einsame, unheimliche Botschaft aus anderen Universen und anderen Bereichen der Materie, der Energie und des Seins.

Wie zu erwarten war, wurde in den Zeitungen Arkhams viel Aufhebens um dieses Ereignis und seine akademische Untersuchung gemacht; Reporter kamen zu Nahum Gardner und seiner Familie, um ihn zu befragen. Mindestens eine Bostoner Tageszeitung sandte ebenfalls einen Schreiberling, und bald darauf wurde Nahum zu so etwas wie einer lokalen Berühmtheit. Er war ein schlanker liebenswürdiger Mann um die fünfzig, der mit seiner Frau und drei Söhnen auf dem gemütlichen Bauernhof im Tal lebte. Er und Ammi besuchten sich häufig gegenseitig, und auch ihre Frauen waren miteinander befreundet; noch viele Jahre später war Ammi voll des Lobes über ihn. Nahum schien ein wenig stolz darauf zu sein, dass seine Heimatscholle so viel Aufmerksamkeit auf sich gezogen hatte, und auch in den nachfolgenden Wochen sprach er häufig von dem Meteorit. Der Juli und August dieses Jahres waren heiß; Nahum arbeitete schwer, um das Heu von seiner vier Quadratkilometer großen Weide gegenüber von Chapman's Brook einzuholen, und sein klappriger Wagen grub tiefe Furchen in die schattigen Wege. Diese Arbeit erschöpfte ihn mehr als in den vorangegangenen Jahren, und er gelangte zu der Ansicht, sein Alter mache sich allmählich bemerkbar.

Dann kam die Erntezeit. Die Äpfel und Birnen reiften langsam heran, und Nahum schwor, dass seine Haine so ertragreich waren wie noch nie zuvor. Die Früchte selbst waren von erstaunlicher Größe und nie gekanntem Glanz, und es waren ihrer so viele, dass zusätzliche Körbe angefordert werden mussten, um der bevorstehenden Ernte Herr zu werden. Doch mit der Ernte kam die furchtbare Enttäuschung, denn trotz des prächtigen äußeren Scheins war kein einziges Stück Obst genießbar. In den feinen Geschmack der Birnen und Äpfel hatten sich eine hinterhältige Bitterkeit und ein abstoßender Nachgeschmack eingeschlichen, sodass selbst der kleinste Bissen eine anhaltende Übelkeit zur Folge hatte. Bei den Melonen und Tomaten war es nicht anders, und Nahum erkannte bekümmert, dass seine gesamte Ernte verloren war. Rasch zählte er eins und eins zusammen und erklärte, der Meteorit habe den Erdboden vergiftet. Er dankte dem Himmel, dass die meisten seiner Felder höher neben der Straße lagen.

Der Winter kam früh und war sehr kalt. Ammi sah Nahum weniger häufig als sonst; außerdem war ihm aufgefallen, dass sein Freund seit Kurzem besorgt wirkte. Auch der Rest der Familie war wortkarg geworden; nur noch unregelmäßig besuchten sie den Gottesdienst oder nahmen an den verschiedenen gesellschaftlichen Ereignissen des Landkreises teil. Diese Zurückhaltung oder Melancholie konnte sich niemand erklären, obwohl alle Mitglieder der Familie sich gelegentlich über gesundheitliche Probleme und ein Gefühl vager Unruhe beklagten. Nahum selbst äußerte sich am deutlichsten, als er einmal bekannte, dass gewisse Fährten im Schnee ihn beunruhigten. Es handelte sich dabei um die üblichen winterlichen Spuren von Eichhörnchen, Hasen und Füchsen, doch der grüblerische Bauer wollte in ihrer Art und ihrer Anordnung etwas Unnatürliches erkennen. Er drückte sich nie genauer aus, schien aber der Meinung zu sein, die Fährten würden der Anatomie und den Gewohnheiten von Eichhörnchen, Hasen und Füchsen nicht wirklich entsprechen. Ammi hörte sich dieses Gerede ohne größeres Interesse an, bis er eines Nachts auf dem Rückweg von Clark's Corner auf dem Schlitten an Nahums Haus vorbeifuhr. Der Mond stand am Himmel, und ein Hase rannte über die Straße, und die Sprünge dieses Hasen waren länger, als es Ammi oder seinem Pferd gefallen wollte. Das Pferd wäre ihm beinahe durchgegangen, hätte er nicht die Zügel fest in der Hand gehabt. Danach schenkte er Nahums Geschichten mehr Glauben, und er fragte sich, weshalb die Hunde der Gardners jeden Morgen so verängstigt wirkten und zitterten. Es stellte sich heraus, dass sie sich kaum noch zu bellen trauten.

Im Februar gingen die Söhne der McGregors aus Meadow Hill auf die Murmeltierjagd, und unweit des Gardner-Hofes erwischten sie ein recht eigenartiges Exemplar. Die Körperproportionen schienen auf sonderbare, kaum zu beschreibende Weise verändert, und das Gesicht zeigte einen Ausdruck, den sie noch nie bei einem Murmeltier gesehen hatten. Die Burschen bekamen es mit der Angst zu tun und warfen das Ding sofort weg, weshalb die Menschen des Landkreises nur durch ihre grotesken Erzählungen von dem Tier erfuhren. Doch hatte es sich mittlerweile herumgesprochen, dass in der Nähe von Nahums Haus die Pferde scheuten, und sehr bald schon zirkulierte eine ganze Reihe abergläubischer Geschichten in der Gegend.

Die Menschen schworen, dass der Schnee auf Nahums Grundstück schneller schmolz als woanders, und Anfang März gab es in Potters Lebensmittelladen in Clark's Corner eine aufgeregte Diskussion. Stephen Rice war am Morgen an Gardners Haus vorbeigefahren und hatte einige Stinkkohlpflanzen gesehen, die unweit des Waldes auf der anderen Straßenseite aus dem Morast sprossen. Nie zuvor habe er Exemplare von solcher Größe gesehen, und sie seien von einer seltsamen Farbe, die er gar nicht beschreiben könne. Ihre Form sei monströs, und sein Pferd habe wegen eines Geruchs, der Stephen noch nie untergekommen sei, geschnaubt. An diesem Nachmittag fuhren mehrere Leute dort vorbei, um sich die abnormen Pflanzen einmal anzusehen, und sie waren sich alle einig, dass solche Gewächse in einer gesunden Welt gar nicht gedeihen dürften. Man erinnerte sich an die schlechte Ernte des letzten Herbstes, und bald ging von Mund zu Mund, dass Nahums Boden vergiftet sei. Natürlich musste das an dem Meteoriten liegen; und da man sich erinnerte, welchen Eindruck der Stein auf die Männer von der Universität gemacht hatte, wandten sich einige der Bauern an sie.

Eines Tages statteten die Wissenschaftler Nahum einen Besuch ab, doch da sie wilde Gerüchte und abergläubisches Gerede nicht liebten, machten sie bloß vage Andeutungen. Die Gewächse waren freilich sonderbar, doch schließlich ist Stinkkohl immer von mehr oder weniger sonderbarer Form und Farbe. Vielleicht war aus dem Stein eine Art Mineral ins Erdreich gedrungen, das bald wieder ausgewaschen sein würde. Und was die Fährten und die verängstigten Pferde anging – natürlich war das bloß Bauerngerede, das ein Phänomen wie der Meteorit unweigerlich auslösen musste. Gegen so hirnverbrannten Klatsch konnten seriöse Männer wenig ausrichten; schließlich gibt es nichts, was abergläubische Bauern nicht behaupten oder vermuten würden. Und so blieben die dünkelhaften Professoren während der ganzen seltsamen Tage der Gegend fern. Nur einer von ihnen, dem die Polizei anderthalb Jahre später zwei Röhrchen mit Staub zur Untersuchung übergab, erinnerte sich, dass die sonderbare Farbe des Stinkkohls den anormalen Lichtbändern geglichen habe, die das Meteorstück im Spektroskop gezeigt hatte – und der zerbrechlichen Kugel, die in dem Stein aus dem All eingebettet gewesen war. Bei der neuen Analyse strahlten die Proben erst die gleichen merkwürdigen Bänder aus, verloren aber später diese Eigenschaft.

Auf Nahums Grundstück schlugen die Bäume vorzeitig aus, und nachts wiegten sie sich unheimlich im Wind. Nahums zweitältester Sohn Thaddeus, ein Bursche von fünfzehn Jahren, schwor, dass sie sich auch hin und her wiegten, wenn es windstill war – eine Behauptung, die noch nicht einmal die Klatschmäuler glauben wollten. Eines jedoch war sicher: Unruhe lag in der Luft. Die gesamte Familie Gardner hatte sich angewöhnt, verstohlen nach etwas zu lauschen, wenngleich sie nicht sagen konnten, wonach. Dieses Horchen trat in Momenten auf, da ihnen das Bewusstsein halb zu entgleiten schien. Unglücklicherweise kamen solche Momente mit jeder verstreichenden Woche häufiger vor, bis man allgemein der Ansicht war, dass »mit Nahums ganzer Familie etwas nicht in Ordnung« sei. Als der frühe Steinbrech blühte, hatte auch er eine seltsame Farbe, zwar nicht dieselbe wie der Stinkkohl, aber doch eindeutig mit dieser verwandt und allen, die sie sahen, ebenso unbekannt. Nahum brachte einige der Blüten nach Arkham und zeigte sie dem Chefredakteur der *Gazette,* doch dieser Würdenträger schrieb bloß einen humorvollen Artikel darüber und gab damit die dunklen Befürchtungen der Bauern einem milden Spott preis. Es war Nahums Fehler gewesen, einem abgeklärten Stadtmenschen davon zu erzählen, wie sich die übermäßig großen Trauermantel-Schmetterlinge in der Nähe des Steinbrech verhielten.

Im April ergriff eine Art Hysterie die gesamte Landbevölkerung, und immer seltener wurde nun die Straße neben Nahums Grundstück benutzt, bis man sie schließlich ganz aufgab. Der Grund dafür war die Vegetation. Alle Bäume im Obstgarten erblühten in den sonderbarsten Farben, und dem steinigen Boden des Hinterhofes und den benachbarten Weiden entsprangen bizarre Gewächse, die nur noch ein Botaniker mit der eigentlichen Flora der Region in Verbindung bringen konnte. Mit Ausnahme des Grüns der Grashalme und des Laubes waren weit und breit keine gesunden Farben zu sehen, überall herrschten die hektischen und prismatischen Varianten einer verdorbenen Primärfarbe, die nicht von dieser Welt war. Die Herzblumen nahmen eine finster-bedrohliche Gestalt an, und der Blutwurz wuchs unmäßig in einer schier perversen Farbenpracht. Ammi und die Gardners glaubten in den meisten der Farbtöne etwas gespenstisch Vertrautes zu erkennen, was sie schließlich auf die Erinnerung an die zerbrechliche Kugel im Meteor zurückführten. Nahum pflügte und säte die große Weide und die Parzelle weiter oben, das Land unmittelbar am Haus aber ließ er unberührt. Er wusste, dass jede Mühe sinnlos wäre, und hoffte, die seltsamen Gewächse dieses Sommers würden dem Erdreich alles Gift entziehen. Er war mittlerweile auf alles gefasst und hatte sich an das Gefühl gewöhnt, dass etwas in seiner Nähe war, das sich ihm bemerkbar machen wollte. Dass sein Haus von den Nachbarn gemieden wurde, machte ihm natürlich zu schaffen; seine Frau aber litt darunter noch stärker. Den Jungen ging es besser, da sie jeden Tag zur Schule gingen; aber der Klatsch, den sie dort hörten, ängstigte sie. Thaddeus, ein besonders sensibler Junge, litt am meisten.

Im Mai kamen die Insekten, und Nahums Hof verwandelte

sich in einen summenden und krabbelnden Albtraum. Die meisten dieser Geschöpfe waren weder vom Aussehen noch von ihren Bewegungen her gänzlich normal. Die Gardners gewöhnten sich an, nachts nach allen Richtungen Ausschau zu halten – doch wonach, das hätten sie nicht zu sagen vermocht. Schließlich mussten sie Thaddeus recht geben, was die Bäume anbelangte. Mrs. Gardner sah es, als sie durch das Fenster die angeschwollenen Äste eines Ahorns beobachtete, die sich vor dem mondhellen Himmel abhoben. Ohne Zweifel bewegten sich die Äste, obwohl es völlig windstill war. Es musste am Saft liegen. Alles, was jetzt wuchs und gedieh, war fremdartig. Doch war keinem Mitglied von Nahums Familie die nächste Entdeckung vorbehalten; die Gewöhnung hatte sie abgestumpft, und was sie nicht sahen, das sah ein verängstigter Windmühlenbauer aus Bolton, der eines Nachts – er wusste nichts von den Gerüchten, die in diesem Landstrich umgingen – am Hof vorbeifuhr. Was er dann in Arkham berichtete, war der *Gazette* einen kurzen Artikel wert; erst dadurch erfuhren Nahum und die anderen Bauern davon. Die Nacht war dunkel gewesen und die Lichter des leichten Wagens des Geschäftsmanns nur schwach, doch um einen bestimmten Bauernhof im Tal herum – jeder wusste, dass es sich nur um den von Nahum handeln konnte – war die Dunkelheit nicht so undurchdringlich gewesen. Ein trübes, aber eindeutig erkennbares Leuchten schien von der gesamten Vegetation auszugehen – von Gras, Laub und Blüten –, und einmal löste sich ein Teil von dem Rest des Lichtschimmers, um sich auf dem Hinterhof nahe der Scheune zaghaft zu regen.

Bislang hatte man das Gras für nicht betroffen gehalten und die Kühe unbesorgt auf der Parzelle nahe dem Haus weiden lassen, doch Ende Mai fing die Milch an, schlecht zu werden. Nahum trieb die Kühe weiter die Hänge hinauf, und das Problem war gelöst. Nicht lange danach wurde die Veränderung des Grases und des Blattwerks augenfällig. Alles Grün wurde grau und darüber hinaus auf höchst eigentümliche Weise spröde. Ammi war mittlerweile der Einzige, der die Gardners noch aufsuchte, doch auch seine Besuche wurden immer seltener. Als die Schulferien begannen, waren die Gardners praktisch von der Welt abgeschnitten; manchmal betrauten sie Ammi mit ihren Besorgungen. Ihre körperliche und geistige Verfassung ließ immer stärker zu wünschen übrig, und niemand war überrascht, als die Nachricht von Mrs. Gardners Wahnsinn die Runde machte.

Es geschah im Juni, ungefähr ein Jahr nach dem Einschlag des Meteoriten. Die arme Frau schrie, sie sehe Dinge in der Luft, die sie nicht beschreiben könne. Ihre wirren Reden beinhalteten kein einziges präzises Nomen, nur Verben und Pronomen. Dinge bewegten sich angeblich, veränderten sich, flatterten herum, die Ohren klängen ihr von Schwingungen, die man nicht wirklich als Töne bezeichnen könne. Irgendetwas werde ihr weggenommen – irgendetwas zehre sie auf – irgendetwas klammere sich an sie, das nicht sein dürfe – jemand müsse es beseitigen – niemals sei es still in der Nacht – die Wände und Fenster bewegten sich. Nahum ließ sie nicht in die Irrenanstalt des Landkreises einweisen, sondern gestattete ihr, im Haus umherzuwandern, solange sie sich und den andern kein Leid zufügte. Selbst als ihr Gesichtsausdruck sich wandelte, unternahm er nichts. Doch als die Jungs Angst vor ihr bekamen und Thaddeus fast in Ohnmacht fiel, wenn sie vor ihm Fratzen schnitt, entschied er, sie in der Dachkammer einzusperren. Im Juli hörte sie zu sprechen auf und kroch auf allen vieren, und ehe der Monat vorüber war, litt Nahum unter der verrückten Vorstellung, sie würde im Dunkeln schwach leuchten – so wie er es jetzt eindeutig an der Vegetation in der näheren Umgebung wahrnahm.

Kurz vor diesem Ereignis waren die Pferde durchgegangen. Irgendetwas hatte sie eines Nachts aufgeschreckt, das Wiehern und Treten in ihrem Stall war schrecklich gewesen. Nichts half, um sie wieder zu beruhigen, und als Nahum die Stalltür öffnete, rasten sie alle heraus wie eine Schar aufgescheuchter Rehe. Es dauerte eine Woche, bis alle vier wieder eingefangen waren, aber sie erwiesen sich als unkontrollierbar und zu nichts mehr zu gebrauchen. Sie hatten anscheinend den Verstand verloren, und schließlich musste jedes der Tiere zu seinem eigenen Besten erschossen werden. Nahum borgte sich von Ammi ein Pferd, um das Heu einzuholen, doch es wollte nicht auch nur in die Nähe der Scheune. Es scheute, schlug aus und wieherte, und letzten Endes blieb Nahum nichts anderes übrig, als es auf dem Hinterhof zu lassen, während die Männer mit eigener Kraft den schweren Heuwagen zum Schober ziehen mussten, um das Heu bequem verstauen zu können. Während der ganzen Zeit wurde die Vegetation immer grauer und spröder. Selbst die Blumen mit ihren zuvor so fremdartigen Farben ergrauten nun, und die Früchte dieses Jahres waren grau, verschrumpelt und ohne jeden Geschmack. Die Astern und die Goldrute blühten grau und verkümmerten, und die Rosen, Stockrosen und Zinnien im Vordergarten sahen so gotteslästerlich aus, dass Zenas, Nahums Ältester, sie alle abschnitt. In diesem Zeitraum starben auch die sonderbar aufgedunsenen Insekten, sogar die Bienen, die ihre Stöcke verlassen hatten und in den Wald geflüchtet waren.

Im September war beinahe die gesamte Vegetation zu einem grauen Pulver zerfallen, und Nahum hegte die Befürchtung, dass seine Obstbäume sterben würden, noch ehe dem Boden das Gift entzogen war. Seine Frau hatte mittlerweile Anfälle, bei denen sie furchtbar schrie, und er und die Jungs befanden sich in einem Zustand dauerhafter nervlicher Anspannung. Sie mieden nun die Menschen, und als die Ferien zu Ende waren, gingen die Jungen nicht mehr zur Schule. Doch es war Ammi, der – bei einem seiner selten gewordenen Besuche – als Erster bemerkte, dass das Wasser aus dem Brunnen nicht mehr gut war. Es hatte einen üblen Geschmack, den man weder als richtig faulig noch als wirklich salzig beschreiben konnte, und Ammi gab seinem Freund den Ratschlag, auf höher gelegenem Gelände einen neuen Brunnen zu graben, bis der Boden sich wieder erholt habe. Nahum schenkte dem jedoch keine Beachtung, war er zu diesem Zeitpunkt doch bereits gegenüber allem Seltsamen und Unangenehmen abgestumpft. Er und die Jungens benutzten weiterhin das verdorbene Wasser, tranken es so achtlos und mechanisch, wie sie ihre kargen und schlecht gekochten Mahlzeiten aßen und während der ziellosen Tage ihre undankbare und eintönige Arbeit verrichteten. Sie alle strahlten eine stumpfe Resignation aus – so als stünden sie mit einem Fuß bereits in einer anderen Welt und bewegten sich, von namenlosen Wächtern umringt, ihrem sicheren und bereits hingenommenen Ende entgegen.

Im September wurde Thaddeus verrückt, nachdem er den Brunnen aufgesucht hatte. Er war mit einem Eimer hingegangen und kam mit leeren Händen zurück, schrie und schlug um sich, und manchmal verfiel er in ein unsinniges Gekicher und flüsterte von den Farben, »die sich da unten bewegen«. Zwei solche Fälle in der Familie zu haben war sehr schlimm, doch Nahum hielt sich tapfer. Er ließ den Jungen noch eine Woche frei herumlaufen, bis er anfing zu stolpern und sich dabei zu verletzen. Da sperrte er ihn in eine Dachkammer, die der gegenüberlag, in der sich seine Mutter befand. Es war furchtbar, wie sie sich durch die verschlossenen Türen hindurch Dinge zuschrien; besonders der kleine Merwin litt darunter, weil er glaubte, dass sie in einer schrecklichen Sprache miteinander redeten, die nicht von dieser Welt sei. Merwin entwickelte eine furchterregende Fantasie und wurde immer unruhiger, nachdem man seinen Bruder weggesperrt hatte, der ihm der liebste Spielgefährte gewesen war.

Ungefähr zur selben Zeit begann das Sterben des Viehs. Das Geflügel wurde grau und verendete rasch, und das Fleisch war trocken und roch ekelerregend, als man es zerschnitt. Die Schweine wurden unmäßig fett, dann machten sie widerliche Veränderungen durch, die sich niemand erklären konnte. Natürlich erwies sich auch ihr Fleisch als ungenießbar, und Nahum war am Ende seiner Weisheit. Kein Landtierarzt hätte freiwillig einen Fuß auf den Hof gesetzt, und der Veterinär aus Arkham war völig verblüfft. Die Schweine wurden grau und fielen regelrecht in Stücke, bevor sie starben, und an ihren Augen und Schnauzen entdeckte man eigenartige Missbildungen. Das alles war gänzlich unerklärlich, denn man hatte sie nie mit den verdorbenen Pflanzen gefüttert. Dann waren die Kühe an der Reihe. Einzelne Gliedmaße, wenn nicht gleich der ganze Körper, schrumpften oder fielen in sich zusammen, scheußliche Zusammenbrüche und Verwesung bei lebendigem Leib kamen häufig vor. Im letzten Stadium – am Ende stand immer der Tod – wurden sie, ganz wie die Schweine, grau und klapperig. All das konnte nicht auf eine Vergiftung zurückgeführt werden, denn diese Fälle trugen sich alle in einem verschlossenen und sauberen Stall zu. Auch ein durch Bisse von wilden Tieren übertragener Virus kam nicht in Frage, denn welches Tier dieser Erde konnte schon durch feste Holzwände dringen? Es musste sich also um eine natürliche Krankheit handeln – aber welche Krankheit derartige Folgen zeitigen konnte, das lag außerhalb des menschlichen Vorstellungsvermögens. Als die Erntezeit kam, war kein einziges Tier auf dem Hof mehr am Leben. Vieh und Geflügel waren tot, und die drei Hunde waren eines Nachts verschwunden und nie wieder aufgetaucht. Schon einige Zeit zuvor waren die fünf Katzen davongelaufen, doch das hatte kaum jemand zur Kenntnis genommen, da es nun keine Mäuse mehr zu geben schien und Mrs. Gardner die Einzige gewesen war, die sich um die anmutigen Tiere gekümmert hatte.

Am 19. Oktober taumelte Nahum in Ammis Haus, um ihm eine fürchterliche Nachricht mitzuteilen. Thaddeus war in seiner Dachkammer gestorben, und zwar auf eine Art und Weise, die man nicht beschreiben konnte. Nahum hatte auf dem umzäunten Grundstück, das als Familienfriedhof diente, ein Grab ausgehoben und darin das beerdigt, was er vorgefunden hatte. Es konnte keine von außen kommende Todesursache gewesen sein, das kleine vergitterte Fenster und die verriegelte Tür waren unversehrt gewesen; aber alles war dem Geschehen im Stall sehr ähnlich. Ammi und seine Frau trösteten den verzweifelten Mann, so gut sie konnten, doch dabei erschauderten sie. Blankes Grauen schien den Gardners und allem, was sie berührten, anzuhaften, und die bloße Gegenwart Nahums in ihrem Haus war wie ein Lufthauch aus namenlosen und unbeschreiblichen Regionen. Widerstrebend begleitete Ammi Nahum nach Hause, und dort gab er sein Bestes, um den hysterisch weinenden kleinen Merwin zu beruhigen. Zenas musste nicht beruhigt werden. Seit einiger Zeit tat er nichts anderes mehr, als vor sich hin zu starren und das zu tun, was sein Vater ihm auftrug – Ammi hielt dies für ein äußerst gnädiges Los. Dann und wann wurden Merwins Schreie aus der Dachkammer beantwortet, und auf Ammis fragenden Blick hin sagte Nahum, dass seine Frau immer schwächer werde. Als die Nacht anbrach, machte Ammi sich auf den Heimweg, denn keine freundschaftlichen Bande konnten ihn dazu bewegen, dort zu bleiben, wo die Vegetation unmerklich zu leuchten begann und die Bäume vielleicht auch ohne jeden Luftzug schwankten. Es war ein Glück für Ammi, dass er kein besonders fantasievoller Mensch war. Auch so trug sein Verstand leichte Schäden davon, doch wäre er in der Lage gewesen, all die unheilvollen Zeichen um ihn herum in Verbindung miteinander zu setzen und zu deuten, dann wäre er unausweichlich völlig dem Wahnsinn verfallen. Im Dämmerlicht eilte er nach

Hause, und in den Ohren hallten ihm noch die Schreie der Irren und des hysterischen Kindes.

Drei Tage danach platzte Nahum am frühen Morgen in Ammis Küche, und da dieser gerade nicht anwesend war, erzählte er Mrs. Pierce, die ihm vor Angst erstarrt zuhörte, stammelnd eine neuerliche Schreckensgeschichte. Dieses Mal ging es um den kleinen Merwin. Er war verschwunden. Spät am Abend war er mit einer Laterne und einem Eimer hinausgegangen, um Wasser zu holen, und nicht wieder zurückgekommen. Er sei schon seit Tagen überaus nervös gewesen und habe kaum gewusst, was er tat. Bei jedem Anlass habe er geschrien. Als sein Vater einen panischen Schrei vom Hinterhof gehört hatte, war er zur Tür geeilt, doch der Junge war spurlos verschwunden gewesen. Nirgends schimmerte die Laterne, die er mitgenommen hatte, und von dem Kind selbst war keine Spur zu sehen. Zu diesem Zeitpunkt glaubte Nahum, auch die Laterne und der Eimer seien verschwunden, doch als der Morgen kam und der Mann von seiner die ganze Nacht währenden Suche im Wald und auf den Feldern heimgekehrt war, hatte er in der Nähe des Brunnens sehr merkwürdige Dinge gefunden: Eine zerschmetterte und augenscheinlich geschmolzene Eisenmasse, bei der es sich gewiss um die Laterne handelte; daneben lagen ein verbogener Griff und damit verschmolzene eiserne Ösen – anscheinend die einzigen Überreste des Eimers. Das war alles. Nahum fiel nichts mehr ein, Mrs. Pierce war ratlos, und als Ammi nach Hause kam und die Geschichte hörte, wusste auch er nicht weiter. Merwin war verschwunden, und es wäre sinnlos gewesen, die Nachbarn zu unterrichten, die allesamt die Gardners mieden. Sinnlos, jemanden in Arkham zu informieren, da man dort ohnehin nur über alles lachte. Thad war nicht mehr und Merwin verschwunden. Irgendetwas kroch immer näher heran und wartete darauf, gesehen und gehört zu werden. Auch Nahum fühlte sein Ende nahen; er bat Ammi darum, sich um seine Frau und Zenas zu kümmern, sollten sie ihn überleben. Das alles musste eine Art Strafe sein, doch wofür, das vermochte er sich nicht vorzustellen, da er seines Wissens die Gebote des Herrn stets gehorsam befolgt hatte.

Mehr als zwei Wochen lang sah Ammi Nahum nicht mehr; dann machte er sich Sorgen, es könnte wieder etwas passiert sein, überwand seine Ängste und stattete dem Gardner-Hof einen Besuch ab. Aus dem großen Kaminschlot drang kein Rauch, und einen Augenblick lang befürchtete der Besucher das Allerschlimmste. Das gesamte Anwesen bot einen bestürzenden Anblick – graues verwelktes Gras und ebensolches Laub bedeckten den Boden, der Efeu löste sich zerfallend von den alten Mauern und Giebeln, und große kahle Bäume krallten sich wie böswillig in den grauen Novemberhimmel, was Ammi auf deren unheimliche Veränderung zurückführte. Doch wenigstens war Nahum noch am Leben. Geschwächt lag er auf einem Sofa in der niedrigen Küche, aber er war bei klarem Bewusstsein und konnte Zenas einfache Befehle erteilen. In dem Zimmer war es eisig kalt, und weil Ammi sichtlich zitterte, schrie der Gastgeber mit rauer Stimme nach Zenas, er solle mehr Holz nachlegen. Holz war tatsächlich etwas, das sie bitter nötig hatten: Der tiefe Kamin war kalt und leer, und eine Rußwolke tanzte in dem eiskalten Wind, der den Schlot herabwehte. Bald darauf fragte Nahum ihn, ob das zusätzliche Holz es ihm behaglicher gemacht habe, und da erkannte Ammi, was geschehen war. Der letzte starke Faden war endlich gerissen, und der Geist des unglücklichen Bauern war nun für immer gegen Kummer gefeit.

Ammi fragte vorsichtig nach, konnte aber über den offenkundig verschwundenen Zenas nichts Genaueres in Erfahrung bringen. »Im Brunnen – er wohnt im Brunnen«, das war alles, was der umnachtete Vater dazu sagen konnte. Dann fiel dem Besucher schlagartig die verrückte Frau ein, und er fragte nach ihr. »Nabby? Na, hier ist sie doch!«, war die überraschte Antwort des armen Nahum, und Ammi sah ein, dass er selbst nachsehen musste. Er ließ den harmlosen Schwätzer auf dem Sofa zurück, nahm den Schlüsselbund vom Haken neben der Tür und stieg die knarrenden Stufen zur Dachkammer hinauf. Dort oben war es sehr eng, es roch übel, und nirgends war ein Laut zu hören. Von den vier Türen, die er vorfand, war nur eine verriegelt, und an dieser probierte er die verschiedenen Schlüssel, die er mitgebracht hatte. Der dritte Schlüssel passte, und nach einigem Gerüttel stieß Ammi die niedrige weiße Tür auf.

Im Innern war es ziemlich dunkel, denn das Fenster war klein und halb von groben Holzplanken verdeckt; auf dem Boden mit den breiten Dielen konnte Ammi überhaupt nichts erkennen.

Der Gestank war unerträglich, und ehe er weitergehen konnte, musste er sich in ein Nebenzimmer zurückziehen und dort seine Lungen mit halbwegs frischer Luft füllen. Als er dann schließlich eintrat, erkannte er etwas Dunkles in der Ecke, und als er es genauer sah, schrie er laut auf. Noch während er schrie, glaubte er eine Art Wolke zu sehen, die das Fenster einen Moment lang verfinsterte, und eine Sekunde später streifte ihn so etwas wie ein widerwärtiger Dunst. Seltsame Farben tanzten ihm vor Augen; hätte ihn nicht ein unmittelbares Grauen betäubt, so hätte er an die Kugel im Meteoriten gedacht, die der Geologenhammer zerschmettert hatte, und an die kranke Vegetation, die im Frühjahr gediehen war. So allerdings dachte er nur an die blasphemische Ungeheuerlichkeit vor ihm, die nur allzu offensichtlich das entsetzliche Los des jungen Thaddeus und des Viehs geteilt hatte. Aber das Schlimmste an diesem Grauen war die Tatsache, dass es sich noch im Zerfall sehr langsam, aber sichtbar regte.

Ammi wollte mir von dieser Szene keine weiteren Einzelheiten berichten, doch die Gestalt in der Ecke kehrte in seiner Erzählung nicht mehr als sich bewegendes Objekt wieder. Es gibt Dinge, über die man nicht sprechen kann, und was man zuweilen aus reiner Menschlichkeit tut, wird manchmal vom Gesetz unnachgiebig geahndet. Ich folgerte, dass in der Dachkammer kein sich regendes Etwas zurückblieb und dass es ein ungeheuerliches Verbrechen gewesen wäre, anders zu handeln – so ungeheuerlich, dass es jedes empfindsame Wesen zur verdienten ewigen Marter verdammt hätte. Nur ein stoischer Bauer konnte all das überstehen, ohne in Ohnmacht zu fallen oder wahnsinnig zu werden. Ammi verließ bei klarem Verstand das Zimmer und schloss das verfluchte Geheimnis hinter sich ein. Jetzt würde er sich um Nahum kümmern müssen; er brauchte Essen und Pflege und musste an einen Ort gebracht werden, wo man sich seiner annahm.

Als Ammi die Treppe wieder hinunterstieg, hörte er von unten einen dumpfen Aufprall. Er glaubte sogar einen Schrei zu vernahmen, der sofort erstickt wurde, und nervös erinnerte er sich an den feuchten Dunst, der ihn in dem scheußlichen Raum dort oben gestreift hatte. Welche Wesenheit hatte er mit seinem Eintreten, mit seinem Schrei aufgescheucht? Eine vage Furcht ließ ihn innehalten, und er hörte von unten noch weitere Geräusche.

Unzweifelhaft wurde dort etwas Schweres über den Boden gezogen, und da war noch ein weiterer Laut: ein überaus widerwärtiges saugendes Geräusch. Seine Fantasie schwang sich zu fiebrigen Höhen auf, und unwillkürlich dachte er an das, was er oben gesehen hatte. Großer Gott! In welch furchtbare Traumwelt war er da bloß hineingestolpert? Er wagte keinen Schritt vor noch zurück, stand einfach zitternd in einer finsteren Ecke der Stiege. Jede Einzelheit dieses Augenblicks brannte sich in sein Gedächtnis ein. Die Geräusche, das Gefühl einer schrecklichen Vorahnung, die Dunkelheit, die steilen, schmalen Stufen und – gütiger Himmel! – das schwache, aber deutliche Leuchten aller sichtbaren Holzgegenstände: Stufen, Seitenwände, Leisten und Balken.

Dann fing Ammis Pferd draußen panisch zu wiehern an, und darauf folgte das Klappern von Hufen, das auf eine eilige Flucht schließen ließ. Im nächsten Moment waren Pferd und Wagen schon außer Hörweite, und der verängstigte Mann verharrte auf der Treppe und konnte nur vermuten, was diese Panik ausgelöst haben mochte. Doch das war noch nicht alles. Dort draußen war noch ein Geräusch gewesen. Eine Art Plätschern wie von Wasser – es musste der Brunnen gewesen sein. Ammi hatte Hero nicht angebunden und den Wagen in der Nähe des Brunnens gelassen; sicher hatte ein Wagenrad die Einfassung gestreift und einen Stein ins Wasser gestoßen. Und noch immer dieses fahle Glühen in diesem entsetzlich alten Balkenwerk. Gott, wie alt dieses Haus war! Ein Großteil war bereits vor 1670 erbaut worden und das Walmdach nicht später als 1730.

Deutlich konnte Ammi nun ein schwaches Kratzen auf dem Boden unten hören, und er umklammerte fest einen schweren Stock, den er aus irgendeinem Grund vom Dachboden mitgenommen hatte. Er atmete tief ein, stieg die Treppe ganz hinunter und schritt tapfer in Richtung der Küche. Doch er kam nicht so weit, denn das, was er dort suchte, war nicht mehr dort. Es war ihm entgegengekommen, und in gewisser Weise war es noch lebendig. Ob es gekrochen oder von jemandem oder etwas hierhin geschleppt worden war, konnte Ammi nicht feststellen; jedenfalls war es vom Tod gezeichnet. Alles hatte sich binnen der letzten halben Stunde zugetragen, aber der Verfall, das Ergrauen und die Verwesung waren bereits weit fortgeschritten.

Der Körper war fürchterlich spröde, und ausgetrocknete Stückchen lösten sich ab wie Schuppen. Ammi vermochte es nicht zu berühren, starrte nur entsetzt in die verzerrte Karikatur dessen, was früher ein Gesicht gewesen war.

»Was war es, Nahum – was war es?«, flüsterte er, und die rissigen, aufgequollenen Lippen waren gerade noch fähig, eine letzte Antwort zu geben.

»Nichts … nichts … die Farbe … sie brennt … kalt und nass, aber sie brennt … sie hat im Brunnen gelebt … ich hab's gesehn … so 'ne Art Rauch … ganz wie bei den Blumen letztes Frühjahr … der Brunnen hat nachts gestrahlt … Thad un Merwin un Zenas … alles Lebendige … hat aus allem das Leben gesaugt … in diesem Stein … es muss in diesem Stein hergekommen sein … hat alles hier in Beschlag genommen … weiß nich, was es will … dieses runde Ding, das die Männer von der Universität aus dem Stein gegraben ham … sie haben's zerschmettert … es hatte dieselbe Farbe … genau dieselbe wie die Blumen un die Pflanzen … muss mehr davon gegeben ham … Saat … Saat … sie sind gewachsen … diese Woche hab ich's zum ersten Mal gesehn … muss hart mit Zenas gekämpft ham … er war ein starker Junge, voller Leben … es erobert erst deinen Verstand, dann nimmt es dich … brennt dich aus … im Brunnenwasser … du hattest recht … böses Wasser … Zenas ist nich mehr vom Brunnen zurückgekommen … man kommt nich mehr weg … es zieht dich runter … du weißt, dass was kommt, aber es is sinnlos … ich hab's immer wieder gesehn, seit es Zenas geholt hat … wo is Nabby, Ammi? … mein Kopf is nich mehr zu gebrauchen … weiß nich mehr, wann ich ihr das letzte Mal Essen gebracht hab … es kriegt sie, wenn wir nich aufpassen … es is bloß 'ne Farbe … gegen Abend hat ihr Gesicht jetzt manchmal diese Farbe … un es brennt un saugt … es kommt von irgendwoher, wo alle Sachen anders sind als hier … einer von den Professoren hat das gesagt … er hatte recht … pass auf, Ammi, es tut noch mehr … saugt das Leben aus …«

Das war alles. Das, was sprach, verstummte, weil es völlig in sich zusammenfiel. Ammi breitete eine rot gemusterte Tischdecke über das, was noch übrig war, und taumelte zur Hintertür hinaus ins Freie. Er erklomm den Abhang zur großen Weide und stolperte über die Nordstraße und durch den Wald nach Hause. Er konnte einfach nicht an diesem Brunnen vorüber, vor dem sein Pferd fortgelaufen war. Er hatte durch das Fenster einen Blick darauf geworfen und gesehen, dass die Einfassung unbeschädigt war. Also hatte der schlingernde Wagen überhaupt keinen Stein weggerissen – das Plätschern war von etwas anderem ausgelöst worden – von etwas, das in den Brunnen gefahren war, nachdem es den armen Nahum erledigt hatte ...

Als Ammi sein Haus erreichte, sah er, dass sein Pferd mit dem Wagen vor ihm angekommen war und seine Frau in große Panik gestürzt hatte. Er beruhigte sie, ohne ihr etwas zu erklären, und machte sich sofort auf den Weg nach Arkham, um die Behörden darüber zu unterrichten, dass es die Familie Gardner nicht mehr gab. Er enthüllte keine Einzelheiten, berichtete nur von Nahums und Nabbys Tod; das Verscheiden von Thaddeus war ja bereits bekannt. Er sagte, die Ursache sei anscheinend die gleiche wie bei dem seltsamen Massensterben des Viehs. Er gab auch zu Protokoll, dass Merwin und Zenas verschwunden waren. Er wurde von der Polizei lange vernommen, und am Ende musste Ammi mit drei Polizeibeamten, dem Leichenbeschauer, dem Gerichtsmediziner und dem Veterinär, der die erkrankten Tiere behandelt hatte, zum Gardner-Hof zurückkehren. Er tat das nur überaus ungern, da der Nachmittag sich dem Ende zuneigte und er den Anbruch der Nacht an diesem verfluchten Ort fürchtete; doch es war ihm ein kleiner Trost, so viele Leute bei sich zu haben.

Die sechs Männer fuhren in einem Mannschaftswagen hinter Ammis offener Kutsche her und erreichten ungefähr um vier Uhr nachmittags den heimgesuchten Hof. Selbst die an grausame Vorfälle gewöhnten Polizisten blieben nicht ungerührt angesichts dessen, was sie in der Dachkammer und auf dem Boden im Erdgeschoss unter dem rot gemusterten Tischtuch fanden. Das Gesamteindruck des Hofs in seiner grauen Verlassenheit war schon schlimm genug, doch diese beiden zerfallenen Dinger waren jenseits von gut und böse. Niemand vermochte sie längere Zeit anzusehen, und selbst der Gerichtsmediziner konnte nur noch konstatieren, dass es nicht mehr viel zu untersuchen gab. Man konnte natürlich Proben analysieren, und so ging er daran, diese Proben zu nehmen – und dies ist der Ausgangspunkt eines äußerst verwirrenden Nachspiels im

Universitätslabor, wo die zwei Röhrchen mit Staub schließlich landeten. Unter dem Spektroskop strahlten beide Proben ein unbekanntes Spektrum aus, das genau den verblüffenden Farben glich, die der sonderbare Meteor im Vorjahr gezeigt hatte. Innerhalb eines Monats verschwand dieses Spektrum, und danach bestand der Staub hauptsächlich aus basischen Phosphaten und kohlensauren Salzen.

Ammi hätte den Männern wohl nichts von dem Brunnen erzählt, wenn er geahnt hätte, dass sie sogleich etwas unternehmen würden. Der Sonnenuntergang rückte stetig näher, und er hoffte inständig, endlich gehen zu dürfen. Doch er konnte nicht anders und musste dauernd nervös zu dem Brunnen hinsehen, und als ein Polizist ihn darauf ansprach, gab er zu, dass Nahum sich vor etwas von dort unten gefürchtet hatte – und zwar so sehr, dass er noch nicht einmal auf den Gedanken gekommen sei, da unten nach Merwin oder Zenas zu suchen. Danach gab es kein Zurück mehr, sie wollten den Brunnen unverzüglich trockenlegen und untersuchen. Und so musste Ammi zitternd warten, während Eimer um Eimer fauligen Wassers nach oben gelangte und auf den bald durchtränkten Boden ausgeschüttet wurde. Die Männer waren angewidert von der ekelhaften Flüssigkeit, und zum Schluss mussten sie sich vor der zutage kommenden Fäulnis die Nasen zuhalten. Die Arbeit dauerte nicht so lange, wie sie anfangs befürchtet hatten, da der Wasserpegel erstaunlich niedrig war. Es erübrigt sich eine allzu genaue Schilderung dessen, was sie entdeckten. Sowohl Merwin als auch Zenas wurden gefunden, zumindest teilweise, doch ihre Überreste waren fast gänzlich skelettiert. Man fand auch ein kleines Reh und einen großen Hund in einem ganz ähnlichen Zustand, außerdem eine Reihe von Kleintierknochen. Der Schlamm und Morast am Grunde des Brunnens schienen unerklärlich porös zu sein, gar zu brodeln; einer der Männer, der an den Handgriffen herabstieg, fand heraus, dass man einen langen Holzstab beliebig tief in den Schlammboden versenken konnte, ohne auf irgendeinen festen Widerstand zu stoßen.

Mittlerweile dämmerte der Abend, und man brachte aus dem Haus Laternen herbei. Als man dann erkannte, dass der Brunnen nichts mehr preisgeben würde, gingen alle ins Haus und beratschlagten sich in der alten Wohnstube, während der immer wieder von Wolken verdeckte gespenstische Halbmond die graue Einöde draußen fahl beleuchtete. Die Männer waren in diesem Fall mit ihrer Weisheit am Ende, da sie keinen überzeugenden Zusammenhang zwischen dem sonderbaren Zustand der Pflanzenwelt, der unbekannten Krankheit der Tiere und Menschen und dem unerklärlichen Tod von Merwin und Zenas am Grund des vergifteten Brunnens herzustellen vermochten. Natürlich hatten sie von den Gerüchten gehört, die im Landkreis umgingen; doch sie konnten einfach nicht glauben, dass hier etwas geschehen sein sollte, das gegen die Naturgesetze verstieß. Ohne Zweifel hatte der Meteorit das Erdreich vergiftet, aber damit ließ sich die Erkrankung von Menschen und Tieren, die nichts auf diesem Boden Gewachsenes verzehrt hatten, nicht erklären. Lag es am Brunnenwasser? Aller Wahrscheinlichkeit nach ja. Es war wohl eine gute Idee, es untersuchen zu lassen. Doch welche Art des Wahnsinns konnte die beiden Knaben dazu gebracht haben, sich in den Brunnen zu stürzen? Beide waren auf dieselbe Weise zu Tode gekommen – und ihre Überreste zeigten, dass beide an der Krankheit gelitten hatten, die alles Lebendige grau und spröde machte. Aber *weshalb* war alles so grau und mürbe?

Dem Leichenbeschauer, der neben einem Fenster saß, das den Hof überschaute, fiel das Glühen aus dem Brunnen als Erstem auf. Es war nun völlig dunkel draußen, und das gesamte scheußliche Gelände schien nicht nur von dem launenhaften Mondlicht beleuchtet zu sein. Dieses andere Licht aber war klar und deutlich zu sehen, es schien von dem schwarzen Schlund auszugehen wie ein gedämpfter Scheinwerfer und spiegelte sich schwach in den Lachen am Boden, wo die Männer das Brunnenwasser ausgeschüttet hatten. Es war von einer sehr eigenartigen Farbe, und als alle Anwesenden sich am Fenster versammelten, zuckte Ammi heftig zusammen. Die Farbe dieses seltsamen gespenstischen Lichtstrahls war ihm keineswegs unbekannt. Er hatte sie schon einmal gesehen und erschrak bei dem Gedanken an das, was sie bedeuten mochte. Er hatte sie zwei Sommer zuvor bei der zerbrechlichen Kugel in dem Meteoriten erblickt, in der verrückten Vegetation des folgenden Frühlings, und noch heute Morgen hatte er geglaubt, sie einen Augenblick lang vor dem kleinen, halb verrammelten Fenster der schrecklichen Dachkammer gesehen zu haben, wo sich Unaussprechliches abgespielt hatte. Eine Sekunde lang war sie aufgeflammt, und ein feuchter und ekelhafter Dunst hatte ihn gestreift – und dann war der arme Nahum von etwas in dieser Farbe hinweggerafft worden. Zumindest hatte er das gesagt – er hatte gesagt, es sei wie die Kugel und wie die Pflanzen. Darauf waren die Flucht des Pferdes und das Plätschern im Brunnen gefolgt – und jetzt spie dieser Brunnen einen fahlen tückischen Lichtstrahl von derselben dämonischen Farbe in die Nacht hinaus.

Es spricht für Ammis wachen Geist, dass er selbst in diesem angespannten Moment über eine Frage nachsann, die im Grunde wissenschaftlicher Natur war. Er wunderte sich darüber, dass er den gleichen optischen Eindruck sowohl bei einer Dunstschwade vor einem vom Morgenlicht erhellten Fenster wie auch jetzt in der Nacht bei einem phosphoreszierenden Nebel über der schwarzen öden Landschaft haben konnte. Das ging nicht mit rechten Dingen zu – das verstieß gegen die Natur –, und er dachte an die letzten grausigen Worte seines leidenden Freundes: »Es kommt von irgendwoher, wo alle Sachen anders sind als hier … Einer von den Professoren hat das gesagt …«

Alle drei Pferde, die draußen an der Straße an ein verkümmertes Bäumchen gebunden waren, wieherten und stampften panisch. Der Kutscher wollte zur Tür, um etwas zu unternehmen, doch Ammi legte ihm zitternd die Hand auf die Schulter. »Gehen Se nicht raus«, sagte er. »Da steckt mehr hinter, als wir wissen. Nahum sagte, dass was im Brunnen wohnt, das einem das Leben aussaugt. Er sagte, es wär aus einer der Kugeln gewachsen, die wir in dem Meteor gesehen ham, der letzten Juni einschlug. Es saugt und brennt, sagte er, und es wär bloß 'ne Farbwolke, genau wie die da draußen, die man kaum sehen kann und wo man nicht weiß, was es is. Nahum glaubte, dass es sich von allem Lebendigen ernährt und dabei immer stärker wird. Er sagte, er hätte es letzte Woche gesehen. Es muss irgendwas von ganz weit her sein, so wie's die Männer von der Universität letztes Jahr über den Meteor gesagt ham. So, wie's gemacht is und wie's sich verhält, gehört's nicht zu Gottes Geschöpfen. Es kommt von irgendwo da draußen.«

Und so verharrten die Männer unentschlossen, während das Licht aus dem Brunnen immer heller wurde und die angebundenen Pferde in steigender Panik stampften und wieherten.

Es war ein wirklich grauenhafter Moment: die Angst, die in dem uralten verfluchten Gebäude umging, die entsetzlichen Überreste vierer Personen – zwei aus dem Haus und zwei aus dem Brunnen –, die im Holzverschlag hinterm Haus lagen, und dann dieser unbekannte scheußliche Lichtstrahl aus den schleimigen Tiefen des Brunnens. Ammi hatte den Kutscher instinktiv zurückgehalten, er hatte vergessen, dass die feuchte Berührung des farbigen Dunstes in der Dachkammer ihm gar nichts angehabt hatte; gleichwohl war es vielleicht besser, dass er so gehandelt hatte. Niemand wird je wissen, was in dieser Nacht Schrecken verbreitete, und auch wenn das blasphemische Wesen bislang keinem ungeschwächten Menschen Schaden zugefügt hatte, so konnte man doch nicht wissen, was es in jenem letzten Moment vielleicht getan hätte – als es unter dem wolkenverhüllten, mondhellen Himmel all seine gesteigerte Kraft und Zielstrebigkeit zeigte.

Plötzlich entfuhr einem der am Fenster stehenden Polizeibeamten ein Keuchen. Die anderen sahen ihn an, folgten dann rasch seinem Blick zu einer Stelle, auf die er zufällig geschaut hatte. Niemand musste noch etwas sagen. Was man bislang als Bauerngeschwätz betrachtet hatte, war nun nicht mehr von der Hand zu weisen, und wegen dieses Wesens, so waren sich alle Männer der Gruppe später stillschweigend einig, würden sie in Arkham nie über die seltsamen Tage sprechen. Es ist nötig, vorauszuschicken, dass es zu diesem Zeitpunkt windstill war. Etwas später kam Wind auf, doch im fraglichen Moment regte sich kein Lüftchen. Nicht einmal die trockenen Spitzen der grauen und spröden Wegrauke oder die Fransen am Dach des Mannschaftswagens bewegten sich. Und doch – in dieser angespannten, gottlosen Stille regten sich die hohen kahlen Äste aller Bäume auf dem Hof. Krankhaft zuckten sie, griffen wie in einem epileptischen Wahn nach den Wolken und dem Mond, peitschten ohnmächtig die verpestete Luft, als wären sie unsichtbar mit unterirdischen Schreckgespenstern verbunden, die unter ihren schwarzen Wurzeln wimmelten und um sich griffen.

Mehrere Sekunden lang wagte niemand auch nur zu atmen. Dann verdeckte eine dunkle Wolke den Mond, und die Silhouetten der um sich schnappenden Äste verblassten. Da schrien alle erschrocken mit heiserer Stimme auf. Mit dem Mondlicht war das Grauen keineswegs geschwunden, denn in diesem Augenblick tiefster Dunkelheit sahen alle Anwesenden in der Höhe der Baumkronen Tausende winzige Punkte eines schwachen und unheiligen Lichtes tanzen, jeden Ast wie Elmsfeuer umgebend, oder wie die Flammen, die zu Pfingsten auf die Häupter der Apostel herabkamen. Es war eine ungeheuerliche Konstellation widernatürlichen Lichtes – wie ein übersättigter Schwarm von Glühwürmchen, die sich von Leichen genährt haben und nun teuflische Sarabanden über verfluchten Sümpfen tanzen –, und dieses Licht war von jener namenlosen, fremdartigen Farbe, die Ammi mittlerweile kannte und fürchtete. Die ganze Zeit über nahm der phosphoreszierende Lichtstrahl aus dem Brunnen an Helligkeit zu und erfüllte die dicht zusammengedrängt stehenden Männer mit einem unheilvollen und abnormen Gefühl, das alles Vorstellbare weit übertraf. Es *strahlte* nicht mehr aus dem Brunnen, es *ergoss* sich daraus, und der formlose Strom unbeschreiblicher Farbe schien geradewegs gen Himmel zu fließen.

Der Tierarzt erschauderte und ging zur Haustür, um den schweren Riegel vorzulegen. Auch Ammi zitterte, und weil er seine Stimme nicht mehr unter Kontrolle hatte, musste er seine Nachbarn am Ärmel zupfen, um sie auf das zunehmende Glühen der Bäume aufmerksam zu machen. Das Wiehern und Stampfen der Pferde hatte fürchterliche Ausmaße angenommen, doch um nichts in der Welt hätte ein Angehöriger der Gruppe sich aus dem alten Haus herausgewagt. Mit jedem Augenblick nahm das Strahlen der Bäume zu, und ihre rastlosen Äste schienen sich immer gerader in den Himmel zu strecken. Der Brunnenschwengel strahlte nun ebenfalls, und bald darauf wies einer der Polizisten wortlos auf einige Holzverschläge und Bienenkörbe neben der westlich gelegenen Steinmauer. Auch sie begannen zu leuchten; die Fahrzeuge der Besucher schienen jedoch noch nicht betroffen zu sein. Dann waren auf der Straße ein wilder Tumult und heftiges Stampfen zu hören, und als Ammi eine Laterne verdunkelte, um besser sehen zu können, erkannten sie, dass das Grauschimmelgespann sich in seiner Panik vom Baum losgerissen hatte und mitsamt dem Mannschaftswagen geflüchtet war.

Nach diesem Schock lösten sich die Zungen wieder, und die Männer flüsterten verstohlen miteinander. »Es breitet sich auf alles Organische aus, das sich in seiner Nähe befindet«, murmelte der Gerichtsmediziner. Niemand gab eine Antwort darauf, doch der Mann, der in den Brunnen hinabgestiegen war, vermutete, dass er mit seiner Stange etwas Ungreifbares aufgerüttelt haben müsse. »Es war schrecklich«, fügte er hinzu. »Da war überhaupt kein fester Boden. Einfach nur Schleim und Blasen. Ich hatte das Gefühl, dass dort unten irgendetwas lauert.« Noch immer stampfte Ammis Pferd draußen auf der Straße und wieherte so ohrenbetäubend, dass es die schwache, bebende Stimme seines Besitzers beinahe übertönte, als er seinen unzusammenhängenden Gedanken Luft machte: »Es kam aus dem Stein – es is dort unten gewachsen – es hat sich alles Lebendige genommen – es hat sich davon ernährt, von Leib und Seele – von Thad un Merwin, Zenas un Nabby – Nahum war der Letzte – sie ham alle von dem Wasser getrunken – es hat sie erledigt – es kommt von weit her, wo nichts so ist wie hier – jetzt geht's wieder heim.«

In diesem Augenblick flackerte die Lichtsäule plötzlich stärker auf und verwob sich zu fantastischen undeutlichen Formen, die jeder Betrachter anders beschrieb. Der arme angebundene Hero gab in diesem Moment einen Laut von sich, den weder davor noch danach jemand von einem Pferd gehört hat. Jeder in dem niedrigen Wohnzimmer hielt sich die Ohren zu, und Ammi wandte sich voller Grauen und Ekel vom Fenster ab. Worte vermochten es nicht zu schildern. Als Ammi wieder aus dem Fenster blickte, lag das unglückliche Tier reglos zwischen den zersplitterten Balken der kleinen Kutsche auf dem mondbeschienenen Boden. Am nächsten Morgen begruben sie Hero, doch im Augenblick blieb keine Zeit zur Trauer, denn fast im selben Moment machte einer der Polizisten die anderen stumm darauf aufmerksam, dass sich bei ihnen im Raum etwas Schreckliches abspielte. Ohne das Licht der Lampe war deutlich ein schwaches Phosphoreszieren erkennbar, das sich im gesamten Zimmer auszubreiten schien. Es glühte auf den breiten Bodendielen und dem Flickenteppich, es schimmerte auf den Rahmen der kleinen Fenster. Es strömte an den frei liegenden Stützbalken entlang, funkelte am Wandschrank und am Kamin und griff auf die Türen und das Mobiliar über. Mit jeder Minute nahm es zu, und endlich wurde allen klar, dass sie dieses Haus sofort verlassen mussten.

Ammi zeigte ihnen die Hintertür und wies ihnen den Weg über die Felder hinauf zur großen Weide. Wie benommen liefen und stolperten sie, und sie wagten sich nicht umzudrehen, ehe sie nicht weit oben auf dem höher liegenden Feld angelangt waren. Sie waren froh, dass sie diesen Weg nehmen konnten, denn unter keinen Umständen wären sie am Brunnen vorbeigelaufen. Es war schon schlimm genug, die glühenden Schober und Scheunen passieren zu müssen und die strahlenden Obstbäume mit ihren verwachsenen, teuflischen Konturen; dem Himmel sei Dank zuckten nur die Baumkronen so schrecklich. Der Mond verschwand hinter einigen pechschwarzen Wolken, als die Männer gerade auf einer Holzbrücke den Chapman's Brook überquerten, und von da bis zu den offenen Weiden mussten sie sich blindlings vorantasten.

Als sie schließlich in das Tal und auf den nun fernen Gardner-Hof zurücksahen, bot sich ihnen ein grauenhafter Anblick. Der gesamte Hof erstrahlte in der scheußlichen unbekannten Farbe: Bäume, Gebäude und sogar das spärliche Gras und Laub, das noch nicht gänzlich dem tödlichen grauen Zerfall erlegen war. Alle Äste waren himmelwärts gerichtet und von widerwärtigen Flammenzungen umgeben, und flackernde Rinnsale desselben ungeheuerlichen Feuers krochen um die Firstbalken des Hauses, der Scheunen und Schober. Es war ein Anblick wie auf einem Gemälde Füßlis, die ganze Umgegend wurde beherrscht von diesem unförmigen Leuchten, diesem fremdartigen und undimensionierten Regenbogen rätselhaften Giftes aus dem Brunnen – brodelnd, tastend, übergreifend, funkelnd, sich ausdehnend und boshaft blubbernd in seinem kosmischen und unbestimmbaren chromatischen Spektrum.

Ohne jede Vorwarnung schoss das scheußliche Ding dann wie eine Rakete oder ein Meteor senkrecht in den Himmel, ließ keinerlei Spur zurück und verschwand durch ein rundes, seltsam gleichmäßiges Loch in den Wolken, noch ehe einer der Männer Luft holen oder schreien konnte. Niemand, der dabei zusah, vermochte je diesen Anblick zu vergessen. Ammi starrte wie benommen auf das Sternbild des Schwans, und der Deneb funkelte über den anderen Sternen, wo die unbekannte Farbe mit der Milchstraße verschmolzen war. Doch schon im nächsten Moment wurde seine Aufmerksamkeit rasch wieder zurück zur

Erde gelenkt – durch ein lautes Knistern im Tal. Mehr war es nicht: nur ein hölzernes Knirschen und Knistern, keineswegs eine Explosion, wie die anderen Mitglieder des Trupps behaupteten. Es lief jedoch auf dasselbe Ergebnis hinaus, denn in einem fieberhaften, kaleidoskopischen Augenblick verschwand der verfluchte Hof in einem flirrenden Ausbruch unnatürlicher Funken und Substanzen. Diese Eruption blendete die wenigen Zuschauer und sandte einen Bombenhagel fantastisch gefärbter Fragmente, die in unserem Weltall keinen Platz haben konnten, zum Zenit empor. Durch rasch sich verflüchtigende Dämpfe folgten sie der Ungeheuerlichkeit, die bereits verschwunden war; in der nächsten Sekunde waren auch sie fort. Nun war alles in eine Finsternis getaucht, in der die Männer sich nicht zum Haus zurückzugehen trauten, und ein heftiger Wind kam auf, dessen schwarze, eisige Böen geradewegs aus dem All zu wehen schienen. Er schrie und heulte, peitschte die Felder und die verkümmerten Wälder in irrer, kosmischer Raserei, bis die zitternden Männer schließlich einsahen, dass es nutzlos war zu warten, bis der Mond ihnen zeigen würde, was dort unten von Nahums Anwesen übrig geblieben war.

Die sieben Männer waren zu erschüttert, um über eine mögliche Erklärung für das Vorgefallene zu spekulieren, und trotteten über die Nordstraße zurück nach Arkham. Ammi ging es schlechter als seinen Gefährten, und er bat sie, ihn noch in seine Küche zu begleiten, anstatt direkt weiter in Richtung Stadt zu gehen. Er wollte die verfluchten windgepeitschten Wälder auf dem Weg zu seinem Haus an der Hauptstraße nicht allein durchqueren, war ihm doch eine zusätzliche Erschütterung zuteilgeworden, die den anderen erspart geblieben war, ihn aber mit einer lauernden Furcht geschlagen hatte, über die er viele Jahre lang nicht zu sprechen wagte. Als die anderen Männer auf dem sturmumtosten Hügel ihr Gesicht starr der Straße zugewandt hatten, hatte Ammi einen kurzen Blick zurück auf das umschattete, unwirtliche Tal geworfen, das die Heimat seines unglücklichen Freundes gewesen war. Er hatte gesehen, wie an diesem verfluchten entlegenen Fleck sich etwas zaghaft erhob und dann dort wieder versank, von wo aus das große formlose Grauen in den Himmel geschossen war. Es war bloß eine Farbe gewesen – aber eine Farbe, die nicht auf unsere Erde und nicht an unseren

Himmel gehörte. Und weil Ammi diese Farbe erkannt hatte und ihm klar wurde, dass dort unten im Brunnen noch ein letzter schwacher Überrest lauern musste, ist ihm seither nicht mehr richtig wohl gewesen.

Ammi sollte nie wieder in die Nähe dieses Ortes gehen. Es sind nun vierundvierzig Jahre verstrichen, seit das Grauen sich zutrug, doch er war seither nicht mehr dort und ist froh, wenn das neue Staubecken alles unter sich begraben wird. Auch ich werde darüber froh sein, denn mir hat nicht gefallen, wie das Sonnenlicht über dem Brunnenloch die Farbe wechselte, als ich daran vorbeikam. Ich hoffe, dass der Wasserstand immer sehr hoch sein wird – doch so oder so werde ich nie davon trinken. Ich glaube nicht, dass ich den Landkreis Arkham noch einmal aufsuchen werde. Drei der Männer, die Ammi begleitet hatten, kehrten am folgenden Morgen zurück, um sich die Ruinen im Licht des Tages anzusehen, aber es gab keine wirklichen Ruinen. Nur die Ziegelsteine des Kaminschlots, die Reste der Kellermauern, hier und da etwas mineralische und metallische Streu – und die Einfassung des abscheulichen Brunnens. Mit Ausnahme von Ammis totem Pferd, das sie fortschafften und vergruben, und seinem Einspänner, den sie ihm bald darauf zurückbrachten, war alles von hier verschwunden, was lebte oder je gelebt hatte. Zwanzigtausend grässliche Quadratmeter graue Staubwüste waren alles, was geblieben war, und seitdem ist dort auch nichts mehr gewachsen. Bis zum heutigen Tag breitet sie sich unter freiem Himmel aus wie ein großer Fleck, den Säure in die Wälder und Felder gebrannt hat, und die wenigen, die es ungeachtet der bäuerlichen Erzählungen gewagt haben, einen Blick darauf zu werfen, haben sie die »verfluchte Heide« getauft.

Diese Geschichten der Bauern sind sehr sonderbar. Sie wären noch viel sonderbarer, kämen Städter und Chemiker von der Universität auf die Idee, das Wasser aus dem unbenutzten Brunnen oder den grauen Staub, den kein Wind je verweht, zu analysieren. Auch sollten Botaniker einmal die verkümmerte Flora an den Rändern dieses Flecks untersuchen, denn so könnten sie vielleicht die Wahrheit über das landläufige Gerücht entdecken, dass der Fluch sich ausbreite – ganz allmählich, vielleicht wenige Zentimeter pro Jahr. Die Menschen sagen, dass die Farben der Pflanzen in der näheren Umgebung im Frühjahr nicht ganz natürlich erscheinen und dass das Wild im Winter sonderbare Spuren auf der Schneedecke hinterlässt. Auf der verfluchten Heide liegt nie so viel Schnee wie anderswo. Pferde – die wenigen, die im Zeitalter des Automobils noch benutzt werden – scheuen in dem stillen Tal; Jäger können sich in der Nähe der grauen Staubfläche nicht auf ihre Hunde verlassen.

Es heißt auch, dass es üble mentale Einflüsse gebe; einige Leute wurden in den Jahren nach Nahums Tod wunderlich, und lange Zeit fehlte es ihnen an Kraft, um fortzugehen. Dann verließen alle geistig stärkeren Menschen die Region, und nur Ausländer versuchten noch, in den zerfallenden alten Häusern zu wohnen. Doch sie konnten nicht bleiben, und man mag sich fragen, welche Einsichten sie aufgrund ihrer eigenen unheimlichen Überlieferungen voller Aberglauben und Hexenwahn wohl gewonnen hatten. Sie beklagten sich, dass ihre nächtlichen Träume in diesem grotesken Land fürchterlich seien; allein der Anblick dieser finsteren Wüste reicht ja schon aus, um morbide Fantasien zu nähren. Kein Wanderer in diesen sonderbaren Schluchten konnte sich je einem Gefühl der Fremdartigkeit entziehen, und Künstler erschaudern, wenn sie die dichten Wälder voller sichtbarer und unsichtbarer Rätsel malen. Ich selbst hegte merkwürdige Empfindungen auf meinem einsamen Spaziergang, noch ehe Ammi mir seine Geschichte erzählt hatte. Als die Abenddämmerung anbrach, hatte ich mir gewünscht, Wolken würden aufziehen, denn eine eigenartige Furcht vor dem weiten Himmelszelt über mir hatte sich in meine Gedanken geschlichen.

Fragen Sie mich nicht nach meiner Meinung. Ich weiß es nicht – und das ist alles. Ich konnte außer Ammi keinen Menschen befragen, denn die Bewohner von Arkham reden nicht über die seltsamen Tage, und die drei Professoren, die damals den Meteoriten und die farbige Kugel sahen, sind alle verstorben. Es gab noch weitere Kugeln – dessen können wir sicher sein. Eine musste überdauert haben und entkommen sein, und wahrscheinlich gab es eine weitere, die später hinzukam. Ohne Zweifel ist sie immer noch unten im Brunnen – ich weiß, dass mit dem Sonnenlicht an dem übel riechenden Brunnenloch etwas nicht in Ordnung war. Die Bauern behaupten, die Pest würde sich mit jedem Jahr zentimeterweise ausbreiten, also gibt es vielleicht noch eine Art Wachstum. Doch welche dämonische Brut da auch sein mag, sie muss an irgendetwas gebunden sein, sonst würde sie sich rascher ausbreiten. Ist sie an die Wurzeln der Bäume gekettet, deren Äste wie Krallen in die Luft greifen? In Arkham geht derzeit eine Geschichte von großen Eichen um, die in der Nacht strahlen und sich bewegen, wie sie es eigentlich nicht tun sollten.

Was das alles ist, weiß nur Gott allein. In materiellen Begriffen könnte man das, was Ammi beschrieb, wohl eine Art Gas nennen, doch ist dieses Gas anderen Gesetzen als jenen unseres Kosmos unterworfen. Es war nicht die Frucht solcher Welten und Sonnen, die in den Teleskopen und auf den Fotografien unserer Sternwarten erstrahlen. Es war kein Hauch aus den Himmeln, deren Regungen und Dimensionen von unseren Astronomen gemessen werden – oder die sie für zu groß erachten, um sie zu messen. Es war nur eine Farbe aus dem All – ein fürchterlicher Sendbote aus ungestalten Reichen der Unendlichkeit fernab der Natur, wie wir sie kennen; aus Reichen, deren bloße Existenz unseren Verstand überfordert, aus schwarzen außerkosmischen Abgründen, die sich vor unserem ängstlichen Blick auftun.

Ich bezweifle sehr, dass Ammi mich bewusst angelogen hat, und ich bin nicht der Ansicht, seine Erzählung sei das Hirngespinst eines Irren, wie es mir die Städter zuvor gesagt hatten. Mit jenem Meteor kam etwas Schreckliches in die Hügel und Täler, und etwas Schreckliches ist noch immer dort, auch wenn ich sein Ausmaß nicht kenne. Ich bin froh, dass das Wasser alles überfluten wird. In der Zwischenzeit hoffe ich, dass Ammi nichts zustößt. Er hat das Ding so oft gesehen – und es hatte einen so heimtückischen Einfluss. Weshalb ist es ihm nie gelungen, von dort fortzuziehen? Wie deutlich er sich an Nahums letzte Worte erinnerte – »man kommt nich mehr weg – es zieht dich runter – du weißt, dass was kommt, aber es is sinnlos«. Ammi ist ein so gutmütiger alter Mann – wenn die Baukolonne am Staubecken ihre Arbeit aufnimmt, muss ich dem Chefingenieur schreiben, dass er ein wachsames Auge auf ihn wirft. Nichts finde ich abscheulicher als die Vorstellung, er könne zu der grauen, verkümmerten, ausgetrockneten Monstrosität werden, die mich immer häufiger im Schlaf heimsucht.

GESCHICHTE DES NECRONOMICONS
History and Chronology of the Necronomicon

Das Necronomicon ist eine der wohl berühmtesten von Lovecrafts Schöpfungen geworden. Unzählige Okkultisten haben versucht, es ausfindig zu machen, sogar schon zu Lovecrafts Lebzeiten, obwohl dieser selbst immer wieder in Briefen und Gesprächen mit Freunden betont hat, dass dieses sozusagen archetypische »verbotene Buch« nur eine, und zwar seine Erfindung sei. Immerhin hat sich Lovecraft das Vergnügen erlaubt, eine fiktive Geschichte für sein bevorzugtes verbotenes Buch zu ersinnen. Im Hintergrund stand wohl das ganz pragmatische Bedürfnis, die diversen Anspielungen in seinen Geschichten nicht etwa in Widerspruch miteinander geraten zu lassen. Das Autograf des folgenden Textes steht auf der Rückseite eines Briefes, den William L. Bryant, der Direktor eines Museums in Providence, am 27. April 1927 an Lovecraft geschrieben hatte.

Lovecraft erwähnt das Necronomicon zum ersten Mal in ›The Hound‹ (geschrieben Sept. 1922), dort eher beiläufig. Doch sollte sich diese Schöpfung Lovecrafts sehr eigentümlich von ihrem Autor emanzipieren (der Name Abdul Alhazred erscheint unabhängig schon in ›The Nameless City‹). Lovecraft wusste sehr genau, dass sich die »tatsächlichen« Zauberbücher durch geistige Monotonie, hohle Versprechungen und halb verdautes Wissen aus dem kulturellen Strandgut vieler Epochen auszeichnen. Darum schuf er sein eigenes magisches Buch, wenn auch nur als Fiktion.

Den arabischen Titel »Al Azif« (arabisch: »das Heulen« oder »Pfeifen«, sc. der Dämonen in der Wüste) verdankt Lovecraft, wie schon lange bekannt, den gelehrten Anmerkungen von Samuel Henley zu Beckfords fantastisch-orientalisierendem Roman *Vathek* in der (von Beckford nicht autorisierten) Ausgabe London 1786 (ein zentrales Buch in den Annalen der fantastischen Literatur). Der Titel der (nicht weniger fiktiven) griechischen Übersetzung »Necronomicon« bedeutet »an image (or picture) of the Law of the Dead« (Brief an Harry O. Fischer, Febr. 1937) (zu nekrós »tot«, nómos »Gesetz« und eikón »Bild«); jedenfalls sollte er das nach Lovecrafts eigener Auffassung heißen. Lovecrafts Erklärung ist allerdings fehlerhaft (S. T. Joshi übersetzt auch nicht völlig befriedigend als »an examination or classification of the dead«). Die Form des Titels erinnert in jedem Fall an klassische Werke wie das *Astronomicon* des Manilius, das Lovecraft natürlich kannte.

Eine (nicht weniger fiktive) englische Übersetzung des John Dee hat zuerst Frank Belknap Long erfunden (u. a. in der Erzählung ›The Space-Eaters‹, *Weird Tales*, Juli 1928); Lovecraft hat diese Idee dann in ›The Dunwich Horror‹ übernommen. John Dee ist natürlich der berühmte Renaissance-Magus (1527–1608), historisch ein hochgebildeter, aber ziemlich wichtigtuerischer, leichtgläubiger und nicht rundherum erfreulicher Zeitgenosse von Königin Elisabeth I. In den letzten Jahren gab es eine Flut von Textveröffentlichungen von und über ihn, die Lovecrafts und Longs Interesse an seiner Gestalt einsichtig machen können. Für Lovecraftfreunde dürfte interessant sein, dass sich auch Montague Rhodes James mit Dee beschäftigt hat. 1921 erschien in Oxford sein *List of Manuscripts Formerly Owned by Dr. John Dee,* ein schmales Bändchen von vierzig Seiten, das leider keine lovecraftianischen Überraschungen bietet. Lovecraft hat die Bemerkung über Dee später in seinen Text eingefügt; die Verbindung mit dem Necronomicon war ja erst eine Idee F. B. Longs gewesen. Lovecraft hatte Longs Erzählung ›The Space Eaters‹ im September 1927 zugeschickt bekommen: Also ist ›History and Chronology of the Necronomicon‹ wohl zwischen Ende April und Anfang September 1927 entstanden.

Schwieriger ist es mit Lovecrafts Bezugnahme auf eine angebliche (in Wahrheit ebenfalls fiktive) lateinische Übersetzung durch Olaus Wormius. Dieser ist alles andere als ein Unbekannter, vielmehr eine der großen Persönlichkeiten der dänischen Literaturgeschichte (dänisch Ole Worm), der sich u. a. intensiv mit dem germanischen Erbe seines Landes beschäftigt hat und zu den Ersten gehörte, die systematisch Runeninschriften gesammelt und publiziert haben. Er gilt gemeinhin als Begründer der skandinavischen Archäologie. Allerdings lebte Worm 1588–1654 (oder 55), was sich mit Lovecrafts Chronologie nicht verträgt. (Der *Codex Wormianus* ist eine nach ihm benannte Handschrift der berühmten Snorra-Edda). Auch sonst hat Worm sehr viel geschrieben: Seine Bücher sind in vielen Bibliotheken mit alten Beständen vorhanden und auch eine Edition seiner Briefe aus dem 18. Jahrhundert ist leicht zugänglich. Ich habe 1977/1978 bei zwei Aufenthalten in London durchgeblättert, was im Britischen Museum London von Worm vorhanden ist, aber nichts gefunden, was Lovecrafts Verbindung des Necronomicons mit Wormius erklären könnte. (Heute sind viele Schriften Worms als Digitalisate der Universität Straßburg an verschiedenen Stellen im Internet greifbar). Wir können aber doch immerhin etwas genauer eruieren, woher der Irrtum Lovecrafts kommt, und woher er überhaupt von Ole Worm wusste.

Bereits Lovecrafts frühes sehr kriegerisches Gedicht ›Regner Lodbrog´s Epicedium‹ (wohl 1914, veröffentlicht erst posthum 1944) geht nämlich auf einen bei Ole Worm tradierten Text zurück. Es handelt sich um eines der kuriosesten Gedichte Lovecrafts, von dessen jugendlicher Begeisterung für martialische Tugenden wir schon sprachen. Ole Worm überliefert nun in seinem Werk *De literatura Runica* ein Kriegspoem, das dann wiederum Hugh Blair in *A Critical Dissertation on the Poems of Ossian* (1763) lateinisch abdruckt und in englischer Sprache paraphrasiert. Blair (1718–1800) war presbyterianischer Pfarrer, einer der Vordenker der schottischen Aufklärung und Professor für Rhetorik und Literatur in Edinburgh; Lovecraft schätzte seine bis heute einflussreichen Vorträge über literarischen Stil (›Lectures on Rhetoric and Belles lettres‹, 1783; Lovecraft besaß einen Druck von 1829) wegen ihrer unübertroffenen Präzision und Klarheit, die in der Tat dem Werk eine Nachwirkung bis heute bescheren. Blairs Paraphrase des alten Gedichtes ist neben dem lateinischen Text selbst Lovecrafts unmittelbare Vorlage gewesen. Mit *De litteratura Runica* meint Blair genauer die *Runer seu Danica literatura antiquissima vulgo Gothica dicta luci reddita. Cui accessit de prisca Danorum poesi dissertatio* (2. Aufl. Hafniae 1651). Einige der lateinischen Zeilen zitiert Lovecraft auch noch in ›The Teuton's Battle-Song‹ (ebenfalls 1914). Schon Blair war von dem archaischen Gedicht beeindruckt. Er schreibt: »The Poem concludes with sentiments of the highest bravery and contempt of death. (...) This is such poetry as we might expect from a barbarous nation. It breathes a most ferocious spirit. It is wild, harsh, and irregular; but at the same time animated and strong; the style, in the original, full of inversions, and, as we learn of some of Olaus's notes, highly metaphorical and figured.« Genau das waren die Eigenschaften, die Lovecraft offenbar beeindruckt hatten, sodass er zu einer Nachdichtung inspiriert wurde.

Schicksalsträchtig für die moderne Horrormythologie wurde ein Missverständnis Lovecrafts in Hinsicht auf Blairs Text. Lovecraft verstand Blair nämlich so, dass Olaus Wormius ein Autor des 13. Jahrhunderts gewesen sei, was natürlich nicht stimmt (Blair behauptet das vielmehr auch nur – ganz richtig – von Saxo Grammaticus, 1140 bis etwa 1220). Lovecraft hatte in diesen frühen Jahren keinen Zugang zu einer wirklichen Forschungsbibliothek (später las er viel in der New York Public Library, kam aber offenbar nie auf die Idee, sich genauer über Ole Worm zu informieren). Lovecraft hatte also nicht viel mehr als den Namen: Aber dieser inspirierte ihn, den Dänen in die entstehende Mythologie des Necronomicons einzubauen, und damit beginnt seine überaus eigentümliche Karriere bei den modernen Fortschreibern Lovecrafts. Lovecraft wusste von Wormius mit einiger Sicherheit ausschließlich über Blairs *A Critical Dissertation on the Poems of Ossian*. Eine Beschäftigung des

Wormius mit arabischer Magie ist nicht bezeugt und sachlich unwahrscheinlich. Aber das ganze Necronomicon ist ja eine freie Erfindung Lovecrafts. Nicht verwechselt werden darf Olaus Wormius übrigens mit Olaus Magnus (1490-1557), dem großen Geschichtsschreiber und Kartografen, dem wir die erste wissenschaftlich brauchbare Karte Nordeuropas und eine faszinierende Schilderung dieser Länder verdanken (u. a. mit eingehenden Schilderungen des lappischen Schamanismus, die Lovecraft entzückt hätten – wenn er sie gekannt hätte).

Auch trotz solcher Irrtümer ist die ›History and Chronology of the Necronomicon‹ voll pikturesker Details. Abdul Alhazred war nur ein »indifferent Muslim« – jeder Kenner islamischer Kultur denkt da an die Sabier und andere kleine religiöse Gruppen im Schatten der islamischen Welt, welche oftmals das Erbe der alten heidnischen Religionen weitergetragen haben, sich im täglichen Leben aber vielfach als Muslime ausgeben mussten.

Man beachte auch wie so oft die Vernetzung mit Lovecrafts eigenen Geschichten: Ein griechisches Exemplar des Necronomicons befindet sich im Besitz der Familie Pickman – Richard Upton war also nicht das erste wunderliche Mitglied dieser alten neuenglischen Familie (s. ›Pickman's Model‹)? Auch zu anderen Autoren unheimlicher Literatur werden Bezüge geschaffen, so zu Robert W. Chambers (1865–1933), dessen *The King in Yellow* (New York 1895 mit 9 Erzählungen in der Erstausgabe; spätere Ausgaben sind oft gekürzt) explizit genannt wird, von dessen späteren Werken Lovecraft aber meist enttäuscht war.

Als verbotenes Buch steht das Necronomicon sozusagen als Chiffre für »verbotenes Wissen« an und für sich. Darüber lohnt es sich, einen Augenblick nachzudenken. Ein »Verbot« von Wissen ist denkbar als Akt einer Herrschaftselite, welche diese Herrschaft nicht angetastet wissen will, aber auch als Ausgrenzungsaktion eines bewussten Herrschaftswissens, welches die Stabilität des Bewusstseins dadurch zu erhalten versucht, dass es alles Gefährdende verbietet. Ausgegrenztes, verbotenes Wissen kann sehr verschiedene Inhalte haben. Ehemals waren diese sexueller, magischer oder religiöser Art, daneben immer schon technologischer (die alten Philister hüteten das Geheimnis der Eisenherstellung, als die Israeliten noch mit Bronzewaffen kämpften). Das erste »verbotene Wissen«, dem wir (oder zumindest vergangene Generationen) im Allgemeinen im Leben, d. h. in der Kindheit, begegnen, ist sexueller Art. Das ganze Motivfeld des »verbotenen Wissens« nährt seine Dynamik sehr nachhaltig aus solchen libidinösen Wurzeln. Merkwürdigerweise verliert die Idee des verbotenen Wissens aber auch nicht ihre Faszination, wenn wir im Großen und Ganzen alles wissen, was wir über Sex wissen wollen. Oder geht es hier doch um etwas noch Verborgeneres? Einen Aspekt, der zwar sexuelle Bezüge hat, aber darin nicht aufgeht? Verbotenes Wissen hat es sodann mit Macht zu tun, die uns »nicht zusteht«. Das gilt für vertrauliches technologisches Wissen, also z. B. für Firmengeheimnisse. Manches Kuriosum bleibt nicht aus. Oder wie sollte man sonst den Kult um die geheime Grundsubstanz von Coca-Cola erklären, die angeblich jeweils nur zwei lebende Menschen kennen? Zuletzt: Verbotenes Wissen hat mit Freiheit zu tun. Verbotenes Wissen ist erobertes Wissen, eine errungene Bewusstseinserweiterung, die Macht und Befreiung bedeuten würde (wenn man ihrer nur habhaft werden könnte).

All dieses klingt im Necronomicon an, dazu der Allmachtstraum der Magie, das elitäre Vergnügen am Geheimnis (wer hätte nicht gern ein Buch in Händen, von dem es nur fünf bekannte Exemplare auf der Welt gibt?), der Reiz des Verbotenen an und für sich, die Faszination einer alt-überlieferten (hier nun allerdings nicht heilvollen, sondern subversiven) Weisheit. Das Necronomicon steht für alle diese Dinge und hat sich über seine Anfänge in der Fantasie Lovecrafts hinaus längst verselbstständigt: Es ist als Chiffre Teil der American popular culture geworden. Doch steht bei Lovecraft ein anderer Aspekt im Vordergrund: nicht Herrschaftswissen oder magische Macht, auch nicht subversive Gegenkultur, sondern radikale Infragestellung menschlichen Selbstbewusstseins. Wer das Necronomicon gelesen hat (wie der Biologe Lake in ›At the Mountains of Madness‹), kann nie mehr naiv »anthropozentrisch« denken, kann den Menschen nie mehr als Maß aller Dinge sehen. Das verbotene Buch werden wir nicht finden (jedenfalls nicht das Necronomicon). Aber ein paar wirklich gute Geschichten darüber gibt es, und nicht die schlechtesten stammen von unserem Autor.

Einen ersten Druck erlebte der folgende Text als vierseitiges Heftchen des Verlages The Rebel Press, hrg. von Wilson H. Shepherd, Oakman, Alabama 1938 (»Limited Memorial Edition« in einer Auflage von nur 80 Exemplaren). 1948 druckte ihn dann August Derleth mit ein paar Anmerkungen in der Hauszeitschrift seines Verlages Arkham House, *The Arkham Sampler*, Heft 1, 1.

GESCHICHTE DES NECRONOMICONS

Ein knapper, jedoch vollständiger Abriss über die Geschichte dieses Buches, seinen Verfasser sowie seine verschiedenen Übersetzungen und Ausgaben von der Zeit der Entstehung des Necronomicons *(730 n. Chr.) bis zum heutigen Tage.*

Original-Titel: *Al Azif* – ›Azif‹ ist der Begriff, mit dem die Araber jenes nächtliche (von Insekten verursachte) Geräusch bezeichnen, hinter dem sie das Heulen der Dämonen vermuten.

Verfasst von Abdul Alhazred, einem wahnsinnigen Dichter aus der jemenitischen Stadt Sanaá, von dem es heißt, er habe während der Zeit des Kalifats der Omajaden, etwa 700 n. Chr., gewirkt. Er besuchte die Ruinen von Babylon und die unterirdischen Geheimnisse von Memphis und verbrachte ganz auf sich allein gestellt zehn Jahre in der großen südarabischen Wüste – die »Roba El Khaliyeh« oder »leere Weite« der Alten und die »Dahna« oder »Karminrote Wüste« der modernen Araber –, von der man glaubt, sie sei von bösen Schutzgeistern und Ungeheuern des Todes behaust. Über diese Wüste wurden viele seltsame und unglaubliche Wundergeschichten in Umlauf gebracht, von jenen, die behaupten, in sie vorgedrungen zu sein.

Seine letzten Jahre verbrachte Alhazred in Damaskus, wo er das *Necronomicon (Al Azif)* niederschrieb, und von seinem schließlichen Tod oder Verschwinden (738 n. Chr.) erzählt man sich mannigfache schreckliche und widerstreitende Dinge. Laut Ebn Khallikan (in einer Biografie aus dem 12. Jahrhundert) wurde er am helllichten Tage von einem unsichtbaren Ungeheuer gepackt und im Angesicht einer großen Zahl vor Angst erstarrter Zeugen auf grauenvolle Weise verschlungen. Über seinen Wahnsinn ist mancherlei im Schwange. Er erhob den Anspruch, das sagenhafte Irem, oder die Stadt der Säulen, gesehen zu haben, und unter den Ruinen einer gewissen Stadt ohne Namen inmitten der Wüste auf die schockierenden Chroniken und Geheimnisse einer Rasse gestoßen zu sein, die älter ist als die Menschheit. Er war seinem muslimischen Glauben nicht treu und betete zu unbekannten Wesenheiten, die er Yog-Sothoth und Cthulhu nannte.

Anno 950 wurde das *Azif,* das unter den Philosophen jener Zeit beträchtliche, wenn auch verschwiegene Verbreitung gefunden hatte, von Theodorus Philetas aus Konstantinopel unter dem Titel *Necronomicon* heimlich ins Griechische übertragen. Ein Jahrhundert lang bewog es gewisse Schwarzkünstler zu grässlichen Versuchen, bis es vom Patriarchen Michael bekämpft und verbrannt wurde. Hernach hörte man nur verstohlen von ihm, doch im späteren Verlauf des Mittelalters fertigte Olaus Wormius eine lateinische Übersetzung (1228) der griechischen Fassung an, und diese lateinische Textversion erschien zweimal im Druck – einmal im 15. Jahrhundert in Frakturschrift (offenkundig in Deutschland) und einmal im 17. Jahrhundert (wahrscheinlich spanischen Ursprungs); beide Ausgaben entbehrten der Urhebervermerke, sodass sich ihre Entstehungszeiten und -orte nur anhand des Schriftbildes bestimmen lassen. Sowohl die lateinische wie auch die griechische Übersetzung des Werkes wurde kurz nach dem Entstehen der lateinischen, die Aufmerksamkeit auf das Werk zog, im Jahre 1232 von Papst Gregor IX. verboten. Das arabische Original ging bereits zu Wormius' Zeiten verloren, wie dessen Vorbemerkung zur Übersetzung andeutet (allerdings gibt es einen vagen Bericht über ein geheimes Exemplar, das Anfang des 20. Jahrhunderts in San Francisco aufgetaucht sein soll und später verbrannte), und von einer Sichtung der griechischen Fassung – die zwischen 1500 und 1550 in Italien gedruckt worden war – gibt es keine Kunde, nachdem die Bibliothek eines gewissen Mannes aus Salem im Jahre 1692 zum Raub der Flammen wurde. Eine von Dr. Dee verfertigte Übersetzung gelangte nie zum Druck und ist nur in Bruchstücken erhalten, die aus dem ursprünglichen Manuskript gerettet werden konnten. Von den noch vorhandenen lateinischen Versionen wird bekanntermaßen eine (aus dem 15. Jahrhundert) vom Britischen Museum unter strengem Verschluss gehalten, eine andere (17. Jahrhundert) liegt in der Bibliothèque Nationale in Paris. Jeweils eine weitere Ausgabe aus dem 17. Jahrhundert befindet sich in der Widener Library in Havard, in der Bibliothek der Miskatonic University in Arkham und in der Bibliothek der Universität von Buenos Aires.

Vermutlich existieren im Verborgenen noch zahlreiche weitere Ausgaben, und eine aus dem 15. Jahrhundert ist hartnäckigen

Gerüchten zufolge Teil der Sammlung eines berühmten amerikanischen Millionärs. Ein noch unbestimmteres Gerücht schreibt der Salemer Familie Pickman die Verwahrung einer griechischen Textversion aus dem 16. Jahrhundert zu; doch falls sie sich dort erhalten hatte, verschwand sie 1926 mit dem Künstler R. U. Pickman. Das Buch wird von den Behörden fast aller Länder und sämtlichen religiösen Organisationen unterdrückt. Seine Lektüre zeitigt grässliche Folgen. Gerüchten über dieses Buch (von dem in der breiten Öffentlichkeit verhältnismäßig wenige wissen) verdankt angeblich R. W. Chambers den Einfall zu seinem frühen Roman *Der König in Gelb*.

Chronologische Übersicht

1. Das *Al Azif* wird cirka 730 n. Chr. in Damaskus von Abdul Alhazred verfasst.
2. Übersetzung ins Griechische unter dem Titel *Necronomicon* anno 950 durch Theodorus Philetas.
3. Auf Befehl des Patriarchen Michael anno 1050 verbrannt (das bezieht sich auf die griechische Textversion – die arabische ist mittlerweile verschollen).
4. Olaus Wormius übersetzt das Werk anno 1228 aus dem Griechischen ins Lateinische.
5. Die lateinischen und griechischen Ausgaben werden anno 1232 von Papst Gregor IX. unterdrückt.
6. 14. Jh.: Deutsche Frakturschrift-Ausgabe.
7. 15. Jh.: Druck der griechischen Textversion in Italien.
8. 16. Jh.: Übersetzungen der lateinischen Version ins Spanische.

DER FALL CHARLES DEXTER WARD
The Case of Charles Dexter Ward

›The Case of Charles Dexter Ward‹ ist Lovecrafts längste Erzählung. Entstanden zwischen Januar 1927 (also begonnen unmittelbar nach dem Abschluss von ›The Dream-Quest of Unknown Kadath‹) und dem 1. März 1927 (dieses Abschlussdatum gibt Lovecraft auf dem Manuskript an), wuchs ihm die geplante Kurzgeschichte unter der Hand zu einer Novelle und fast einem Roman. Zeit seines Lebens konnte er sich nicht entschließen, den handschriftlichen Text abzutippen (und das, obwohl ihn mehrfach Verleger nach einem Romanmanuskript gefragt hatten). Lovecraft, der nur mit zwei Fingern tippen konnte und nur eine uralte Schreibmaschine besaß, scheute auch sonst oft den Aufwand, Manuskripte in Reinform zu bringen (direkt an der Schreibmaschine hat er niemals einen literarischen Text verfasst). Daher fehlt eine letzte Bearbeitung Lovecrafts für die Drucklegung, die dann auch erst vier Jahre nach seinem Tod in *Weird Tales* Mai und Juli 1941 geschehen ist, und zwar in einer durch die Herausgeberin Dorothy McIlwraith stark gekürzten Fassung. Spätere Ausgaben haben dann den Originaltext wiederhergestellt.

Als Titel hatte Lovecraft zeitweise »The Madness Out of Time« erwogen, dann aber den prosaischeren Titel bevorzugt, unter dem der Text bis heute erscheint. Im Gegensatz zu der unheimlichen Fantasy-Novelle ›The Dream-Quest of Unknown Kadath‹ ist dies dem Genre nach fast ein historischer Roman, der auf zwei Zeitebenen spielt, in der unmittelbaren (zeitlichen, aber auch räumlichen) Gegenwart Lovecrafts und im 18. Jahrhundert. Ich erlaube mir, ›The Case of Charles Dexter War‹ für einen der nachhaltig befriedigendsten und bemerkenswertesten Texte unseres Autors zu halten.

Dazu trägt nun namentlich die reiche Intertextualität, die ständige Verwobenheit der Novelle mit Lovecrafts eigener Biografie, mit der Geschichte und Topografie von Rhode Island, mit anderen Erzählungen des Autors, überhaupt mit amerikanischer Geschichte bei. ›The Case of Charles Dexter Ward‹ ist sehr entschieden ein Stück »Americana«, Amerika-Literatur, und wird als solches auch im akademischen Rahmen zunehmend gewürdigt, wie eine große Zahl an Publikationen zum Text beweist. Man hat gesagt, der eigentliche Protagonist, der eigentliche »Charakter« des Buches sei nicht Charles Ward, sondern die Stadt Providence (so der bedeutende Lovecraft-Forscher Barton L. St. Armand), und das ist in vieler Hinsicht zutreffend.

Dennoch ist das Folgende eben auch eine effektive historische Horror-story. Worauf beruht dieser »Effekt«, die weniger (wie bei vielen moder-nen Texten des Genres) »verstörende«, dafür aber umso nachhaltigere Wirkung der Novelle? Ich möchte dies auf die Formel einer gelungenen Kombination von Präzision und Suggestion bringen. Lovecraft selbst nennt in einem Brief als wesentliches ästhetisches Ausdrucksmedium die Präzision: Er verstehe sich als Schriftsteller als »Prosa-Realist, des-sen primäres Anliegen der Aufbau einer Atmosphäre in der langsamen Methode des ›Fußgängers‹ ist, durch vielfaches suggestives Detail und eine düstere wissenschaftliche Wahrhaftigkeit. Was immer ich produziere, muss das dunkle Resultat einer tödlich ernsthaften Seriosität & eines geradezu pedantischen Vorgehens sein. Die ›Kunstatmosphäre‹ halte ich von meinen besseren Sachen fern – tatsächlich findet sich bei mir eine unpersönliche, humorlose, vielmehr ganz genau berichtende Qua-lität. Ich muss einen Gegenstand oder eine Szene präzise sehen, mit scharf-gestochener visueller Genauigkeit, bevor ich irgendetwas dazu schreiben kann – und dann beschreibe ich ihn wie ein Entomologe ein Insekt beschreiben würde. Prosa-Realismus steckt hinter allem von eini-ger Bedeutung, was ich verfasse – eine verdammt merkwürdige Eigen-schaft, wenn man einmal darüber nachdenkt, um in Verbindung mit einer Vorliebe für Fantasie und Vision zu existieren! Aber ich bin hierin selbst paradox – denn es gab lange Zeiten, da waren mir Astronomie, Geo-grafie, Physik, Chemie & Anthropologie wichtiger als jede Form reiner Literatur oder Ästhetik« (Brief an Clark Ashton Smith vom 19. Dezember 1929).

Das hübsche an diesem Selbstbild des Schriftstellers Lovecraft ist, dass es in offensichtlicher Weise so durchaus unzutreffend ist. Das Bemühen um absolute Präzision und Korrektheit des historischen Details ist ganz richtig hervorgehoben, aber bei aller Seriosität ist ›The Case of Charles Dexter Ward‹ offenkundig mit augenzwinkerndem Ver-gnügen und tiefer emotionaler Bewegtheit geschrieben. Beides wird der Leser vielleicht nicht beim ersten Lesen bemerken, aber es ist da, wie im Folgenden noch deutlicher werden wird.

Wir können in der Analyse des Stils aber noch weiterkommen. Wie oft ist Lovecrafts Erzählperspektive die des allwissenden, aber sich gegen seine eigene Einsicht in das Schreckliche des Geschehens sträubenden Erzählers. Eine solche komplexe und ambivalente Erzählperspektive durch einen längeren Text durchzuhalten, ist extrem schwierig; tatsäch-lich kenne ich unter den gegenwärtigen Horrorautoren niemand, der es mit Erfolg zuwege gebracht hätte. Man hat daher das merkwürdige Gefühl, dass das Ende zwar den Erzähler, aber nicht eigentlich den

Leser überrascht. Das ist ein ganz eigentümlicher Effekt, den Lovecraft noch mehrfach angewendet hat.

Suggestiv ist ›The Case of Charles Dexter Ward‹ nun in zweifacher Hinsicht. Einmal wird dem Leser suggeriert, was Curwen tut, z. B. wie er schließlich Charles Dexter Ward tötet, aber diese erste Ebene des Schreckens ist gar nicht die entscheidende, weil der Leser sie sofort versteht. Dahinter tut sich nun aber eine zweite Ebene des Schreckens auf. Das Vorfindliche – die drei Nekromanten, welche die Leichen berühmter Verstorbener stehlen, um ihnen ihr Wissen abzupressen – ist eben nur eine erste Ebene. Wozu brauchen Orne, Hutchinson und Curwen das Wissen, welches nur die Verstorbenen liefern können? »In einem Jahreslauf wird es reif seyn, die Legionen der Unterwelt zu rufen, und hernach wird dem, was unser seyn soll, keyne Grenzen gesetzt seyn«, schreibt Edward Hutchinson an Joseph Curwen. Nicht was die drei Magier tun, ist der Höhepunkt der Schrecken, sondern was sie planen.

Manches wird erst beim zweiten oder dritten Lesen deutlich: Wer ist jener bedeutende »B. F. aus Philadelphia«, dessen Überreste Simon Orne von Curwen haben will? Doch offenbar kein anderer als Benjamin Franklin. Das sind Anspielungen, die der gebildete Leser noch relativ rasch versteht. Anderes hat eher Insider-Charakter. Geradezu eine theoretische Reflexion über das Wesen unheimlicher Suggestion sind die Gedanken, die Dr. Willett durch den Kopf schießen, als er im Keller von Wards Bungalow die »unfertigen« Ergebnisse von Curwens Experimenten entdeckt. Ich muss den Passus hier nicht zitieren; er beschreibt präzise, was Lovecraft selbst mit seiner unheimlichen Schriftstellerei erreichen wollte.

Obwohl ›The Case of Charles Dexter Ward‹ auf den ersten Blick eine leicht verständliche Geschichte erzählt, erschließt sich das wahre Beziehungsgeflecht um diesen Text erst, wenn man sich auf die historischen Hintergründe, d. h. auf die Geschichte von Lovecrafts geliebter Heimatstadt Providence, Rhode Island einlässt. Es ist unumgänglich, sich dazu einige elementare Fakten über diese Stadt zu vergegenwärtigen.

Providence wurde 1636 (also im gleichen Jahr wie in Boston die Harvard University) von dem Theologen Roger Williams (1604?–1683) gegründet. Wegen seiner radikalen und ungewöhnlichen Ansichten zur Willens- und Gewissensfreiheit hatte er sich mit der Führungselite des puritanischen Massachusetts überworfen und war 1635 verbannt worden. Dabei hatte man an eine Rückkehr nach England gedacht, aus dem er nach seinem Studium in Cambridge 1631 nach Neuengland ausgewandert war, um Pfarrstellen in Boston und später an anderen Orten anzunehmen. Williams zog es aber vor, sich mit einigen Getreuen in den noch wenig zivilisierten Süden von Boston zu begeben, wo er erst am Seekonk River, später am Mooshassuc River siedelte. Dies wurde das Kerngebiet des späteren Providence. 1639 gründet er die First Baptist Church, von der er sich aber bald wieder trennte. Einen wesentlichen politischen Erfolg konnte er bei einer Reise nach England verbuchen, als er ein königliches Patent erhielt, welches den Siedlungen an der Narragansett Bay die Selbstverwaltung gestattete. Providence (übersetzt »Vorsehung«, nämlich Gottes) nannte er die neue Stadt, die zu Beginn nur wenige Dutzend Siedler mit ihm aufbauten. Anders als das exklusive Massachusetts war Providence von Anfang an für Andersdenkende offen, vor allem Quäker und auch bald schon Juden. Ausgenommen von dieser Freiheit waren selbstverständlich, wie überall auf puritanischem Gebiet, die verhassten Katholiken. Das nonkonformistische Leben des Roger Williams ist sozusagen »typisch« für den kleinen Staat Rhode Island geworden, »where people think different«, wie man bis heute in den USA sagt. Beherrschend waren die Baptisten, daneben die Quäker, aber auch die Episcopalians (also die anglikanischen Nicht-Dissenter) waren einflussreich. 1644 bzw. 1663 entstand die Charter von Rhode Island, welche die erste war, die die Religionsfreiheit in die Verfassung eines Staates aufnahm – ein Ruhm, auf den die Bürger von Rhode Island bis heute mit Recht stolz sind.

Providence wuchs nur sehr langsam: 1708 hatte die Stadt 1446, 1728 dann etwa 4000 Einwohner. Ganz Rhode Island hatte 1731 insgesamt 17 935 Einwohner (ohne die nicht sehr zahlreichen Sklaven); bei Curwens Tod 1771 waren es um die 60 000. Providence selbst hat bei einer Volkszählung 1775 genau 4231 Einwohner, darunter 68 Indianer und 303 Schwarze. Es handelt sich also um eine durchaus überschaubare Kleinstadt. Zahlreiche Namen aus diesen frühen Jahren – die auf Lovecraft eine unerschöpfliche Faszination ausgeübt haben müssen – tauchen in Erzählungen unseres Autors auf, etwa Gouverneur Stephen Hopkins und die vier Brown-Brüder (John, Joseph, Moses und Nicholas), die reichsten Bürger der Stadt. Providence hatte dabei zuerst einen bäuerlichen Charakter, wurde aber wegen seiner günstigen Lage bald auch zu einem Knotenpunkt des Handels, auch wenn es der Stadt bis heute nie ganz gelang, sich aus dem Schatten Bostons zu lösen (das heute etwa eine Stunde mit dem Auto entfernt ist, damals etwa einen halben Tag mit der Kutsche). Als Hafenstadt hat Providence im Laufe des 18. Jahrhunderts Newport und Portsmouth (die näher am Meer liegen) an Bedeutung überholt, was in ›The Case of Charles Dexter Ward‹ ja intensiv thematisiert wird. Die Schilderung des Hafenlebens in diesem Text ist ganz authentisch und von Lovecraft mit liebevoller Präzision (bis zu den langen Warenlisten) gestaltet. Die Brüder Brown, aber auch Joseph Curwen, verdanken ihren Reichtum dem Seehandel mit allen Teilen der Welt. Aber sie verwenden das Geld doch sehr unterschiedlich ...

Die von Anfang an bestehende geistige Spannung zwischen dem eher freidenkerischen Rhode Island und dem eher strikten und reglementierten Massachusetts hat Lovecraft vielfach beschäftigt und schlägt sich oft in seinen Texten nieder. »Ich kann schlechterdings nicht denselben hinterlistigen Eindruck des brütenden, lauernden Bösen in Rhode Island (oder im Süden, was das betrifft) fühlen wie in Massachusetts«, schreibt er am 5. März 1935 an Richard F. Searight. Daher wird das Böse in den großen Providence-Erzählungen Lovecrafts immer besiegt bzw. gebannt (›The Shunned House‹, ›The Case of Charles Dexter Ward‹ und ›The Haunter of the Dark‹). In einem tiefen symbolischen Sinn »kommt« Curwen aus Salem und ist in Providence ein »Zuwanderer«, der auch nach fast einem Jahrhundert ein »Fremder« geblieben ist. Das ist wohl auch der tiefere Grund für das erstaunlich vollständige »happy end« der Novelle: In Providence darf kein Rest des Grauens lauern (wie in jenem Brunnen auf der »Blasted Heath«, welchem der Leser an anderer Stelle in diesem Band begegnet).

Wir wissen aus Lovecrafts Briefen genau, was seine unmittelbare Inspiration für die Abfassung von ›Charles Dexter Ward‹ war, nämlich die Lektüre von Gertrude Selwyn Kimball, *Providence in Colonial Times,* Boston und New York 1912. Dieses wunderbare Buch, das Lovecraft im September 1925 in der New York Public Library entdeckt und gelesen hatte, erzählt detailreich und mit großem Vergnügen an allerlei personenbezogenem Klatsch die bewegte Geschichte der Stadt. Viele Anspielungen in ›Charles Dexter Ward‹ erklären sich unmittelbar, wenn man dieses Werk liest. Frau Kimball war keine professionelle Historikerin, sondern hatte einen Zugang, der demjenigen Lovecrafts ganz ähnlich war. Beide interessierten sich weniger für die großen Zusammenhänge als für das pittoreske Detail, die Menschen, Ereignisse und Gebäude, welche die Geschichte der Stadt ausmachen.

Da Bibliotheken in ›The Case of Charles Dexter Ward‹ eine wesentliche Rolle spielen (wie ja auch in Lovecrafts Leben selbst), will ich einige Sätze über die in Providence befindlichen sagen. Im 18. Jahrhundert war der Buchbesitz auch wohlhabender Bürger in Amerika noch sehr bescheiden. Von Europa aus gesehen, befinden wir uns hier immer noch in einer entlegenen Region. Ein William Harris hinterließ 1682 in Providence insgesamt 26 Bücher, wie uns sein Testament vermeldet. Das war schon viel. Der Reverend John Checkley (1680–1754), dessen sprichwörtlicher, nicht immer jugendfreier Humor und unerschöpflicher Fundus an Anekdoten Lovecraft auf die Idee bringt, ihn mit Joseph Curwen zusammenkommen und dabei seine Urbanität merklich verlieren zu lassen, besaß bereits an die 1000 Bücher. 1754 legten einige reiche Bürger Geld zusammen, ließen in England Bücher kaufen und sie im Old State House (dem sehr bescheidenen Regierungssitz) aufstellen; das waren die ersten »öffentlich zugänglichen« Bücher. Curwen hilft sie ersetzen, als sie durch ein Feuer teilweise vernichtet werden ... Eine wirkliche »Public Library«, die für alle Bürger offen stand, gab es in der Stadt erst 1878. Im Jahre 1900 – als Lovecraft 10 Jahre alt war – erhielt sie ein eigenes Gebäude. Daneben existierten in Lovecrafts Zeit natürlich schon die universitären Bibliotheken (die John Carter Brown- und die John Hay-Library, welche heute die weltgrößte Lovecraftiana-Sammlung besitzt) und private Sammlungen.

Pastor James Manning, der erste Präsident des Rhode Island College (der heutigen Brown University) und Begründer der ersten, sehr bescheidenen Universitätsbibliothek im Jahre 1767 ist es, den die Ereignisse auf Curwens Hof am stärksten in Mitleidenschaft ziehen (weil er von allen Beteiligten die stärkste Fantasie hat). An solchen Details hat nun wirklich nur der Vergnügen, der die Hintergründe kennt. Für Lovecrafts eigene Biografie sehr wichtig ist das Providence Athenäum, eine kleine, aber erlesene Bibliothek in privatem Besitz, die für ein geringes Entgelt dem Publikum offensteht und eher den Charakter eines englischen Clubs besitzt. Sie besteht noch heute und ist nur wenige Schritte von den meisten Wohnungen Lovecrafts entfernt. Der junge Charles Ward sucht diese und andere Bibliotheken auf, als er sich das Hintergrundwissen erwerben will, das er braucht, um seinen Vorfahren ins Leben zurückzubringen, muss aber nach Boston ausweichen, weil die Bestände in Providence in Sachen Magie unergiebig sind.

Aufschlussreich als eine Art Evokation der »geistigen Atmosphäre«, in der sich Joseph Curwen aufhält, ist die von Lovecraft liebevoll und detailliert gestaltete Beschreibung seiner persönlichen wissenschaftlichen und alchemistischen Bibliothek. Curwen ist kein abergläubischer Obskurantist: Seine Lektüre ist naturwissenschaftlich »auf der Höhe der Zeit«, wie Lovecraft durch Namen wie Johannes Baptista Van Helmont (1579–1644, Arzt und Paracelsist), Franciscus Sylvius (1614–1772, Arzt und Iatrochemiker, der als Erster das Wesen der Lungentuberkulose erkannte und gehirnanatomische Studien betrieb), Johann Rudolf Glauber (1604–1670, Chemiker und Pharmazeut, der Entdecker des Glaubersalzes = Na_2SO_4), Robert Boyle (1627–1691, Physiker, Chemiker, Erfinder der Luftpumpe, der sein Geld übrigens in die Übersetzung der Bibel in diverse osteuropäische und orientalische Sprachen steckte),

Hermann Boerhaave (1668–1738, Arzt, Botaniker, führender Schulmediziner seiner Zeit), Johann Joachim Becher (1635–1682, Alchemist und Merkantilist) und Georg Ernst Stahl (1660–1734, Chemiater) demonstriert, alles bedeutende Naturwissenschaftler des 17. und 18. Jahrhunderts, also Vordenker jener Wissenschaft, welche gerade (in mehreren Schritten) die Alchemie überwunden hat. Neben diesen im Rahmen der damaligen Zeit »wissenschaftlichen« Schriften sammelt Curwen nun aber auch und vor allem die Werke aller großen Magier und Thaumaturgen der Menschheit, und auch sie zählt Lovecraft exemplarisch, aber detailliert auf. Alle genannten Bücher (und Ausgaben) sind real, mit der einzigen Ausnahme des Necronomicons. »Mittelalterliche Juden und Araber waren zahlreich vertreten«; sie machen ja in der Tat einen wichtigen Anteil an der alchemistischen und magischen Tradition des Westens aus.

Auf dem verborgenen Friedhof von St. John (Benefit Street) – den der junge Charles Ward besucht – findet sich bis heute das Grabmal des Dr. John Merritt, den Lovecraft mehrfach in ›Charles Dexter Ward‹ nennt. Als einer der ersten wirklich »gebildeten« Bürger von Providence hat er den Autor vielfach beschäftigt. Um 1746 wohl aus Newport zugezogen, besaß er 1750 das erste astronomische Teleskop in Providence, was der Hobbyastronom Lovecraft auch in Briefen erwähnt (etwa vom 16. April 1935 an Richard F. Searight). Seine Farm östlich der heutigen Arlington Avenue, am Ufer des Seekonk River, war wohlorganisiert und erfolgreich; die schwarzen Sklaven wohnten in eigenen Häusern und wurden gut behandelt. Auch ihn lässt Lovecraft mit Curwen zusammentreffen, wobei er (ganz zutreffend) erwähnt, dass John Merritt die erste Kutsche in Providence besaß (freilich gab es noch kaum Straßen, die für eine solche wirklich geeignet waren). 1770 starb der Gentleman, über den es noch viele Anekdoten gibt (auch sein Testament mit Verzeichnis seiner Bücher ist erhalten, wie Testamente überhaupt eine wichtige Quelle für die Sozialgeschichte dieser Jahre sind).

Tatsächlich sind die allermeisten Personen in ›The Case of Charles Dexter Ward‹ ganz real – Curwen selbst natürlich nicht, obwohl sein Familienname in Neuengland Tradition hat. Kapitän Esek Hopkins etwa, der im letzten Augenblick zu der Rotte hinzu gerufen wird, welche Curwen ins wohlverdiente Jenseits befördert, ist auf einem berühmten Gemälde abgebildet, welches sich noch heute in amerikanischen Schulbüchern befindet: ›Sea Captains Carousing in Surinam‹ (etwa 1758 von John Greenwood gemalt, heute im St. Louis Art Museum), wo der Künstler verewigt, wie sich die Kapitäne bei einer Party auf der südostasiatischen Insel gründlich danebenbenehmen. Und Kapitän Abraham Whipple

(1733–1819), der den Überfall und die Tötung Curwens schließlich leitet, ist eine der großen Gestalten der Lokalgeschichte. Im United States Naval Academy Museum kann man sein Porträt besichtigen, welches Edward Savage 1786 malte. Am 9. Juni 1772 leitete er den Überfall auf das Zollschiff »Gaspee«, eine wichtige Etappe in dem sich zuspitzenden Konflikt zwischen England und seinen amerikanischen Kolonien. Die geheimen Vorbereitungen auf diesen Überfall (die gut bekannt sind), insbesondere die rasche Einbeziehung der Honoratioren der Stadt, haben offensichtlich das Modell für den Überfall auf Curwens Landgut geliefert, wo es freilich um sehr viel sinistrere Dinge ging (und der, wie ich nicht betonen muss, natürlich ganz fiktiv ist). Das Stephen Hopkins House, wo jene ominöse letzte Beredung über Curwen stattfindet, steht noch heute an der Ecke Benefit Street, Hopkins Street. Erbaut um 1743, ist es von bescheidener, geschmackvoller Eleganz, wie alles, was noch heute vom Providence des 18. Jahrhunderts zu sehen ist. Für Whipples tollkühnen Wagemut 1772 findet ›The Case of Charles Dexter Ward‹ eine ganz eigene Erklärung: Er will die schrecklichen Erlebnisse von 1771 hinter sich lassen …

Ansonsten war Curwens auserkorener Wohnsitz eher hinterwäldlerisch. Regelmäßigen täglichen Kutschverkehr mit Boston gab es erst ab 1767. Die erste Orgel in einer Kirche (mit 200 Pfeifen) 1771/72 erregte noch Aufsehen, zumal es die erste Orgel in einer Dissenterkirche in Amerika überhaupt war (abgesehen von derjenigen im Jersey College, der heutigen Princeton University). Besonders hübsch sind die Geschichten über den Widerstand gegen die ersten Aufführungen von fahrenden Theatergruppen, die etwa in dieselben Jahre fallen. Die erste gebührenfreie Elementarschule wurde 1769 errichtet, wo vormals das Ortsgericht seinen Sitz hatte – auch dies übrigens gegen heftige Widerstände der ärmeren Bevölkerung (deren Steuern sie ja finanzierten). Es ist also eine strenge, fleißige, aber auch enge Welt, in der sich jener Joseph Curwen ansiedelt, der später als dunkler Schatten über Charles Ward lauert. Die Schilderungen von Sklavenhandel und Schmuggel, vom Konflikt mit den britischen Zollbestimmungen und überhaupt vom Leben der Stadt im 18. Jahrhundert sind ausnahmslos in allen Details zutreffend. 1762 gründete William Goddard die erste Druckerei in Providence, die am 20. Oktober desselben Jahres die erste lokale Zeitung produzierte: die *Providence Gazette,* die von 1762 bis 1825 unter verschiedenen Namen bestand. Auch dies wird von Lovecraft geschickt in die Handlung eingebaut. Eine frühe Werbung in dieser Zeitung macht uns auch mit der ersten Buchhandlung in Providence bekannt, wo man neben allerlei Unterhaltsamem auch ein Pulver kaufen konnte »for the

Preservation of the Teeth; much esteemed by the Ladies«. Es versteht sich fast von selbst, dass ein historischer Geist wie Lovecraft nicht vergisst anzumerken, dass Curwens Geburtstag am 18. Februar 1662/3 im »old style« angegeben ist, also im julianischen Kalender; natürlich wusste er, dass die britische Regierung den gregorianischen Kalender erst am 2. September 1752 einführte (auf den dann also der 14. September »new style« folgte), übrigens gegen schärfsten Protest weiter Kreise (»Give us back our fortnight« wurde auf den Gassen Londons gebrüllt).

In der deutschen Übersetzung leider verloren gehen die sprachlichen Feinheiten, die Curwen und seine beiden Genossen noch 1771 (und dann natürlich im 20. Jahrhundert) die Sprache des 17. Jahrhunderts sprechen und schreiben lassen. Solche Subtilitäten wie die Unterschiede im Stil eines Briefschreibers von 1690 und 1770 entgehen freilich auch heutigen amerikanischen Lesern für gewöhnlich. In Lovecrafts Nachahmung der Sprache beider Jahrhunderte stimmt jedes Detail, was vor allem deshalb Hervorhebung verdient, weil heutige »fantastische Historienromane« in solchen Punkten gewöhnlich unendlich viel plumper sind.

Warum macht sich Lovecraft solche Mühe mit der geschichtlichen Präzision? Wäre ›Charles Dexter Ward‹ für ein breites Publikum »geplant« gewesen, müsste man an die didaktische Pedanterie eines schriftstellernden Schulmeisters denken. Aber wie gesagt, hat Lovecraft diesen Text ganz buchstäblich nur für sich selbst geschrieben und nie auch nur abgetippt, geschweige denn einem Verlag gezeigt. Tatsächlich steht das Manuskript zum Teil auf Rückseiten von Werbesendungen, beschriebenen Briefcouverts und Hotelschreibpapier, das er bei seinen Reisen als Werbegeschenk bekam. Also liegen die Gründe an anderer Stelle. Wir werden nicht fehlgehen, wenn wir sie in seiner tiefen, ja leidenschaftlichen Liebe zu seiner Stadt, in seiner unlöslichen Verbundenheit mit allen Aspekten der Geschichte von Providence suchen. ›The Case of Charles Dexter Ward‹ ist eine Liebeserklärung an eine Stadt, und das ist die tiefste Emotion in dem Text, der seine narrative Fülle ganz wesentlich bedingt. In einem Satz wie jenem, dass der Kirchturm der First Baptist Church von 1775 der schönste in ganz Amerika sei, spiegelt sich Lovecrafts ästhetische Bindung an seine eigene Stadt.

Dr. Marinus Bicknell Willett wohnt, wie wir aus seinem letzten Brief an Ward Senior erfahren, in 10 Barnes Street; das aber war Lovecrafts eigenen Adresse von April 1926 bis Mai 1933. (Willetts Name ist vielleicht durch den amerikanischen Freiheitshelden Colonel Marinus Willett beeinflusst, der 1777 die amerikanischen Truppen bei Fort Stanwix anführte). Hazard Weeden (Nachkomme von Curwens erbittertem Gegner

Ezra) wohnt 598 Angell Street – wo Lovecraft von 1904 bis 1924 gelebt hat! Das Familienanwesen der Wards, Charles' Elternhaus, ist – wie aus den Beschreibungen deutlich hervorgeht – 140 Prospect Street, das »Halsey Mansion«. Dieser 1801 von Colonel Thomas Lloyd Halsey erbaute feine Backsteinbau mit zwei turmartigen, runden Seitenflügeln (den man sich nicht zu großbürgerlich vorstellen darf) muss Lovecraft schon früh bei seinen Spaziergängen aufgefallen sein. Er liegt nur wenige Blocks von den diversen Wohnungen, die Lovecrafts zeit seines Lebens in Providence selbst bewohnt hat. Als er ›Charles Dexter Ward‹ schrieb, war er vom Wohnzimmer seiner Tante in 10 Barnes Street (nicht von seinem eigenen Zimmer aus) gut sichtbar. Die Vergangenheit dieses Hauses war jedem an Lokalgeschichte Interessierten vertraut. Halseys Sohn gleichen Namens (bekannt als »wild Tom Halsey«, wie Lovecraft einmal schreibt) war ab 1812 US-Konsul in Buenes Aires gewesen und zu beträchtlichem Wohlstand und einem unehelichen Sohn gekommen, dem er sein Domizil vermachte – unter der Bedingung, dass dieser nach Providence zöge und den Namen Halsey annehmen würde. Als dieser Sohn später sehr zur Verärgerung der neuenglischen Verwandtschaft Halseys tatsächlich nach Providence kam, wurde um den Besitz des Gebäudes jahrelang durch alle Instanzen prozessiert. Das klingt recht harmlos. Aber nach einem Gerücht, welches Lovecraft in einem Brief erwähnt und das ich von Henry Beckwith (der in Providence aufgewachsen ist) auch mündlich gehört habe, spukt es im Halsey Mansion ... Und zwar soll es ein unpassend zu nächtlicher Stunde Klavier spielender Geist sein, der da umgeht. Lovecraft erfuhr von diesen Geschichten im August 1925 durch seine Tante Lillian D. Clark. Auch einen nicht zu entfernenden Blutfleck soll das Haus 1912 besessen haben. Ob dieser heute noch sichtbar ist, habe ich nicht in Erfahrung bringen können (das Gebäude ist jetzt in mehrere Apartments aufgeteilt). Da Providence im Allgemeinen eine Stadt nüchterner Geschäftsleute war und ist, finden sich Geschichten über Geisterhäuser nicht eben oft. Gertrude Kimball erzählt, die Schwarzen hätten sich Anfang des Jahrhunderts nicht getraut, nachts an dem Haus vorbeizugehen und es auch am Tag um keinen Preis betreten. Diese Geschichten müssen Lovecraft mächtig gefallen haben.

Es gibt aber noch eine weit erstaunlichere Beziehung des realen »Halsey Mansion« zu unserer Novelle, auf die zuerst die Ärztin M. Eileen McNamara in einer mit S. T. Joshi zusammen verfassten Studie von 1989 aufmerksam gemacht hat. 1910 wurde in dieses Haus William Lippitt Mauran geboren, ein kränklicher, frühreifer Knabe, der rein äußerlich Charles Ward geähnelt zu haben scheint und wegen seiner kränkelnden

Konstitution mehrere Jahre von seinem Kindermädchen in einem Wagen durch die Straßen gefahren wurde (wie anscheinend auch Ward einige Zeit). Mauran musste sich lange in Butler Hospital aufhalten (wo Curwen, Wards Doppelgänger, endet). Wegen seiner Zurückgezogenheit gab es allerlei merkwürdige Gerüchte über ihn. Mehr noch, seine Familie besaß einen Bungalow in Pawtuxet – wie später Ward. Vielleicht um der Familie nicht zu nahe zu treten, ändert Lovecraft die Anschrift in 100 Prospect Street, aber das gemeinte Haus ist eindeutig. W. L. Mauran – den Lovecraft persönlich nicht näher kennengelernt zu haben scheint – wurde später freilich völlig gesund und ein angesehener Arzt.

Der Mauran-Familie verdanken wir die Kenntnis einer der skurrilsten Anspielungen Lovecrafts: Der Kapitän Manuel Arruda des spanischen Schiffes Fortaleza, welches Curwen 1770 eine grässliche Fracht liefert, trägt den Namen eines wohlbekannten Obsthändlers, der die Maurans (und natürlich auch Lovecraft und seine Tanten wenige Häuser von ihnen entfernt) 1928 als fahrender Händler belieferte! Was mag sich Lovecraft bei solchen kuriosen Affinitäten gedacht haben? Wahrscheinlich tritt hier schlicht sozusagen das schiere Vergnügen an »Anspielungen« über alle Ufer. Dagegen finde ich den literarischen Einfluss von Walter de la Mares Roman *The Return* (1910) auf ›Charles Dexter Ward‹, den S. T. Joshi so betont, nicht sehr weiterführend. Ein weiterer Text, der die Figur des Joseph Curwen ohne Frage beeinflusst hat, ist jedoch Charles M. Skinners *Myths and Legends of Our Own Land,* Philadelphia und London 1896 (2 Bände, hier Band 1, 296–298). Skinner erzählt die Lokalsage von einem Alchemisten im Salem der Zeit um 1720, der ein dämonisches Experiment zur Verlängerung des Lebens ausführt und ein böses Ende nimmt. Viele Details erinnern sehr stark an ›The Case of Charles Dexter Ward‹. Lovecraft benutzt Skinners feines Werk über amerikanische Regionalsagen auch sehr ausführlich in ›The Dunwich Horror‹, wo er ihn über einige Passagen praktisch wörtlich ausschreibt.

Joseph Curwen flieht als junger Mann aus Salem Village (dem heutigen Danvers), wo man ihn mit seinem Genossen George Burroughs in einen satanistischen Coven aufgenommen hatte. Das ist natürlich der ganze reale Reverend George Burroughs, der 1680–1682 Pfarrer in Salem Village und später in Maine gewesen war. Am 19. August 1692 wurde er als männliche Hexe gehängt (im Gegensatz zu den populären Vorstellungen über Hexenprozesse gehörten Geistliche – auch in Deutschland – recht häufig zu den Opfern, vor allem, wenn sie unbeliebt waren und merkwürdige Hobbys hatten).

Der Platz von Curwens Anwesen am unteren Ende der Olney Street in

Providence, nördlich vom Anwesen des Gregory Dexter, kann auf alten Plänen der Stadt leicht ausgemacht werden. Gregory Dexters Grundstück ist auf einem Plan von 1650 in meinem Besitz tatsächlich eingezeichnet. Andere Familiennamen auf dieser Karte (die Lovecraft kannte), welche in ›Charles Dexter Ward‹ und sonst Verwendung finden, sind Fenner, Tillinghast, Browne, Harris, Olney, Sears u. a. Diese Anspielungen haben allenfalls Lovecrafts Freunde im Blick; für ein breiteres Publikum schreibt er nur sozusagen zufällig.

Die Beschwörung des toten Joseph Curwen ist in Wahrheit eine Beschwörung der Vergangenheit von Providence bzw. (wie an der Biografie von Charles Ward ja deutlich wird) deren letzte Konsequenz. Wie oft bei Lovecraft, geht es bei dieser Beschwörung der Geschichte nicht um das absolute (für europäische Ohren ja nie besonders eindrückliche) Alter, sondern um die Kontinuität, die dem jungen Ward, aber auch Lovecraft selbst ihre Heimat geben. Das Nahe, das Vertraute, die Straßen und Plätze von Lovecrafts Kindheit, werden zum Einfalltor für etwas Fremdes, Böses, Bedrohliches, welches also nicht nur die Person selbst, sondern ihre Identität bedroht. Wie in fast allen Erzählungen Lovecrafts liegt die Verwendung autobiografischer Elemente auf der Hand. Diesen verdankt ›Charles Dexter Ward‹ vor allem den warmen, herzlichen und poetischen Tonfall, in dem Providence geschildert wird: »Auf diesem Platz blieb er immer stehen, um die verwirrende Schönheit der Altstadt in sich aufzunehmen, die die ostwärts gelegene Steilküste hinaufklettert, durchsetzt mit georgianischen Türmchen und gekrönt vom gewaltigen, neuen Christian-Science-Dom, wie London von der Paulskathedrale.« Es ist Lovecrafts eigene Jugenderinnerung, die hier spricht, ohne Frage. Wie Charles Dexter war der »gesellschaftliche Umgang« des jungen Lovecraft »recht begrenzt«, und beide haben kein College besucht.

Insgesamt lebt Charles Dexter Ward eine Jugend, wie Lovecraft sie wohl gerne gehabt hätte, aber nach dem Tod von Vater und Großvater war die Familie verarmt: Lovecrafts Hintergrund ist kleinbürgerlich, der des jungen Charles Dexter Ward großbürgerlich. Die Europareise von Charles' war Lovecrafts eigener sehnlichster Lebenswunsch, der niemals in Erfüllung gegangen ist. Die lange (nicht »handlungsrelevante«) Schilderung von Wards Bus- und Taxifahrt von New York nach Providence und dann durch die Stadt bis zu seinem Elternhaus gehört zu den Perlen amerikanischer Regionalschriftstellerei. Als 1990 die Ehrentafel für Lovecraft hinter der John Hay-Library enthüllt wurde (ich hatte das Vergnügen, bei der Zeremonie anwesend zu sein), hat S. T. Joshi eben diesen Passus gewählt, um Lovecrafts eigene Worte zu Gehör zu bringen. Der »Stallgeruch«, die regionalschriftstellerische Verwurzelung in einer bestimmten Landschaft und Stadt sind eine wesentliche Quelle für den Charme Lovecraftschen Erzählens, selbst wenn dieses im Genre des unsere Wirklichkeit unterminierenden Horrors geschieht.

Ein besonderes Interesse finden für fast alle Leserinnen und Leser der Novelle die magischen und okkulten Anspielungen. Ich beschränke mich auf einige beispielhafte Erklärungen. Im Allgemeinen sind Lovecrafts Hauptquelle für seine Kenntnis der europäischen Geheimwissenschaften die französischen Schriften des Eliphas Levi (Pseudonym des Abbé Alphonse Louis Constant, 1810–1875), die er in den englischen Übersetzungen des Arthur Edward Waite (1857–1942) kannte. Sie sind auch heute leicht zugänglich. Levi wird ja in ›Charles Dexter Ward‹ explizit genannt: »that cryptic soul who crept through a crack in the forbidden door and glimpsed the frightful vistas of the void beyond«. In einem Brief an Willis Conover vom 29. Juli 1936 empfiehlt er diesem jungen Fan (der später eines der schönsten und liebevollsten existierenden Bücher über Lovecraft publiziert hat, *Lovecraft at Last,* Arlington, Virginia 1975) denn auch die Schriften von Waite und Levi für ein erstes Eindringen in die Gedankenwelt der Magie und erwähnt beiläufig noch, dass er sich diese Bücher auch selbst ausleihen musste (sie also nicht selbst besaß). Sowohl die Beschwörungsformel als auch die änigmatische Antwort aus dem Himmel, mit der Ward an jenem unheilvollen Karfreitag 1927 zu Werk geht, stammen aus Levis *Dogme et rituel de la Haute Magie,* Paris 1856, Bd. II, Kapitel 15.

Die Liste der »verbotenen Bücher«, die sich in Curwens Besitz befinden, nennt lauter ganz reale Titel (mit der einzigen Ausnahme des Necronomicons). Die Methode des bewussten »Verstreuens« magischer Informationen, sodass der Sucher sie nicht auf einmal in die Finger bekommt, stammt aus der arabischen Tradition. Wer sich für diese Dinge interessiert, sei als erste Einführung auf das schöne Buch von Manfred Ullmann, *Die Natur- und Geheimwissenschaften im Islam* (Handbuch der Orientalistik I, 6, 2). Leiden/Köln 1972 verwiesen. Angesichts der Faszination, die diese Dinge auf manche Leserinnen und Leser ausüben, will ich zumindest eine der magischen Formeln näher erklären, die in dieser Novelle eine Rolle spielen.

»Per Adonai Eloim, Adonai Jehova,
Adonai Sabaoth, Metraton On Agla Mathon,
verbum pythonicum, mysterium salamandrae,
conventus sylvorum, antra gnomorum,
daemonia Coeli God, Almonsin, Gibor, Jehosua,
Evam, Zariatnatmik, veni, veni, veni«.

Zur Erklärung: »per Adonai Eloim« »durch Adonai Elohim« (Adonai = hebräisch »Herr«, Ersatzwort für den Gottesnamen Jahwe; Elohim = »Gott«); »Adonai Jehova« (Jehova ist die im 13./14. Jahrhundert entstandene, sachlich falsche Lesung für den alttestamentlichen Gottesnamen, der nach heutiger Lesung Jahwe gelautet hat); »Adonai Sabaoth« = »Herr der Heerscharen« (Sabaoth ist das im deutschen Sprachraum meist als »Zebaoth« transkribierte hebräische Wort, welches die himmlischen »Heerscharen«, also die Engel und Sterne meint). »Metraton« – es gibt verschiedene Schreibungen – ist in der jüdischen Überlieferung der höchste Thronengel Gottes, sozusagen sein Wesir, der mit dem biblischen Henoch identifiziert wird (bekanntlich einer der beiden Menschen, die nach biblischer Lehre niemals gestorben sind). »On« ist griechisch „der Seiende" (Gottesname), »AGLA« die in der ganzen europäischen Magie bekannte Abkürzung für hebräisch »Atta Gibor Le' Olam Adonai« = »Du bist stark in Ewigkeit, Herr« (oft als Kürzel auf magischen Schwertern etc.). »Mathon« ist ein Engelname, der öfters in Listen der »Stunden der Nacht« auftaucht (in der Magie hat jede Stunde des Tages und der Nacht eine regierende »Intelligenz«, also einen Engel, der sie beherrscht und dessen Namen bei Beschwörungen wichtig ist). »Verbum pythonicum« ist »das pythonische Wort«, wobei der Schlangen- und Dämonenname Python hier für die Wassergeister steht. »Mysterium salamandrae« ist »das Geheimnis des Salamanders«; der Salamander ist hier nicht das Tier, sondern der Elementargeist des Feuers. »Conventus sylvorum« ist »die Zusammenkunft der Sylphen«, also der Geister der Luft. »Antra gnomorum« ist »die Höhle der Gnomen«, der Erdgeister. Hier wird also die von Paracelsus stammende Lehre von den vier Elementargeistern rezipiert, deren Hilfe der Magier zu beschwören versucht. Die Begrifflichkeit ist spezifisch paracelsisch; Curwen besitzt ja auch die Schriften des großen Arztes und Okkultisten. »Daemonia Coeli« meint »Dämonen des Himmels« (das Erste eine verballhornte griechische Form, das Zweite lateinisch). »God« ist schlicht das deutsche und englische »Gott/God«. Zu »Almonsin« ist mir nicht klar, ob das ohne Frage arabische Wort eine Variante zu »Almutin, Almuden« u.ä. sein könnte, was in der Astrologie den beherrschenden Planeten des Horoskops meint (den Hylech, wenn es um die Frage der erwarteten Lebensdauer einer Person geht)? »Almousin« steht öfters in anderen Zauberformeln. »Gibor« ist hebräisch »der Starke, der Held«. »Jehosua« ist hebräisches »Jehoschua« in der Schreibung der Renaissance, also der Eigenname Jesu. »Evam« ist wohl Eva (?), »veni, veni, veni« heißt natürlich »komm, komm, komm!«. Das Ganze ist ein Versuch, Gott und die Geister der Natur dem Willen des Magiers gefügig zu machen. Wie alle Magie ist auch diese »gespielte Freiheit« eine Allmachtsfantasie, in der Gott tun muss, was der Magier will. Auf die Erklärung einiger weiterer Details der Formel verzichte ich. Eliphas Levi nennt als Quelle die *Grande Grimoire* sowie den *Dragon Rouge,* zwei durchaus wohlbekannte frühneuzeitliche Zauberbücher, die in verschiedenen Fassungen umliefen und öfters (mit fiktiven Jahreszahlen) gedruckt wurden.

Das Zitat aus Borellus (gemeint ist der französische Arzt Pierre Borel, 1620–1689; die humanistenlateinische Form Borellus wurde von mehreren Schriftstellern des 17. Jahrhunderts benutzt), welches als Motto der Novelle vornean steht, kannte Lovecraft aus Cotton Mathers *Magnalia Christi Americana* (1702), einem von ihm hoch geschätzten Buch. Allerdings variiert er den Wortlaut etwas, um den Text archaischer klingen zu lassen. Lovecraft hatte sich den Abschnitt in seinem *Commonplace Book* unter Nr. 87 notiert, nach Lovecrafts eigener Datierung 1920, da diese Datierungen aber viel später von ihm hinzugesetzt wurden und notorisch fehlerhaft sind, wird man mit David E. Schultz eine Eintragung gegen Ende 1923 anzunehmen haben (die Gründe hierfür können hier nicht diskutiert werden).

Sehr merkwürdig ist die Vorgeschichte der Antwort (Yog-Sothoths, darf man vermuten), die Ward bei seiner Beschwörung Curwens und Curwen bei seiner Beschwörung vor seinem Tod erhält: »DIES MIES JESCHET BOENE DOESEF DOUVEMA ENITEMAUS«. Nach Lovecraft ist dies das »Fragment einer verschollenen Sprache«, und tatsächlich ist der Text aus den »Quellensprachen« der europäischen Magie (lateinisch, griechisch, hebräisch, aramäisch und arabisch) nicht übersetzbar. Wir wissen aber doch einiges über seine Vorgeschichte. Lovecraft selbst nennt ja den Renaissancephilosophen und Wiedererwecker des Neuplatonismus Pico della Mirandola (1463–1494) als Fundort (»what Mirandola had denounced in shudders as the ultimate horror among black magic's incantations«). Das hat er aber mit einiger Sicherheit nur aus Eliphas Levi, der zwar Pico im angegebenen Kontext thematisiert, aber den Text eindeutig auf »die große Anrufung des Agrippa« zurückführt, also eines der Zauberbücher, die (fälschlich) unter dem Namen des Agrippa von Nettesheim umliefen. Der »echte« Heinrich Cornelius Agrippa von Nettesheim (1486–1535), dessen drei Bücher *De occulta philosophia* (Erstfassung 1510, Endfassung 1533) das Hauptwerk der Renaissancemagie sind (vgl. meine Neuedition einer deutschen Fassung Wiesbaden 2008), hat die Wendung nicht. Ich kenne aber einen sehr frühen Beleg, nämlich bei dem kaiserlichen Arzt Georg Pictorius (ca. 1500–1569), der in seiner Schrift *De illorum Daemonum, qui sub Lunari collimitio versantur, ortu, nominibus, officiis, illusionibus, potestate, vaticiniis, miraculis et quibus mediis in fugam compellantur, Isagoge* (oft auch zitiert als *Scientia ceremonialis*), Basel 1563, Kapitel 21, in einem Abschnitt, der über die Coscinomantie (die Kunst, aus Sieben die Zukunft vorherzusagen) handelt, wobei diese Worte (mit minimalen Variationen) zu sprechen seien. Dieses Buch wurde öfters mit spuriosen Agrippa-Schriften zusammen gedruckt, z. B. in Agrippas *Opera omnia* (*Lugd. apud Beringos fratres,* ohne Jahr, aber um 1600, im ersten Band) oder 1665 in London in engl. Übersetzung mit dem gefälschten IV. Buch von *De occulta philosophia* (welches unsere Formel ebenfalls nicht enthält). (Eine deutsche Fassung ist in der von mir hrg. Agrippa-Ausgabe enthalten). Vielleicht wird ein besserer Kenner dieser Überlieferungen das Ganze noch einmal genauer traditionsgeschichtlich auflösen. Lovecrafts Quelle jedenfalls war offenbar nur Eliphas Levi. Doch ist er hier nicht ganz logisch: Curwen wird getötet, Wards Beschwörung dagegen ist erfolgreich (oder besteht der Erfolg von Curwens Beschwörung darin, dass sein Geist »außerhalb« lauert, um auf die Erde zurückzukehren?). Wie auch immer, für Lovecraft ist der rätselhafte Text doch wohl nur ein magisches Versatzstück. Ein eigentlicher Kenner der okkulten Traditionen des Westens war Lovecraft nicht.

In heutiger Lektüre erinnern die »essenziellen Salze« Curwens eigentümlich an einen genetischen Code; das ist aber eher ein Zufall. Der Gedanke, aus dem Staub der Verstorbenen könnte ihr Leib zurückgeholt werden, steckt hinter allen Formen der Nekromantie (religionsgeschichtlich gesehen ist diese Totenbeschwörung eine illegitime Konsequenz der christlichen Auferstehungshoffnung, die sozusagen magisch verfügbar gemacht wird).

Es hat in Neuengland trotz (oder wegen?) der strengen puritanischen Spiritualität immer auch eine »okkulte Unterströmung« gegeben, die sich oft keineswegs verstecken musste. Die Puritaner waren fanatisch, aber durchaus nicht geistig eng. Das gilt schon für den Hexenjäger Cotton Mather, dessen Bücher die erstaunlichsten okkultistischen Informationen und Ideen enthalten. Man wundert sich dann auch nicht, dass der Sohn des Gouverneurs von Massachusetts John Winthrop (1588–1649), nämlich John Winthrop Jr. (1606–1676), ein leidenschaftlicher Alchemist gewesen ist. Das hat seine politische Karriere nicht gehindert; 1657 wurde er wie sein Vater Gouverneur, wenn auch von Connecticut (welches Amt er bis zu seinem Tod wahrnahm). Nebenher hatte er Kontakt zu dem sozialutopischen Reformer Samuel Hartlib. Er hat manches mit Curwen gemeinsam; so war er 1628/29 aus purem alchemistischen Forschungsdrang in den Orient gereist und hatte sich einige Zeit in

Konstantinopel aufgehalten. Allerdings waren seine Forschungen »praktischer« als die Curwens; 1648 gründete er auf Fishers Island eine Eisenhütte und wurde 1661 zum ersten amerikanischen Mitglied der Royal Society gewählt. Zu Lebzeiten als »Hermes christianus« und erster amerikanischer Adept berühmt, ging das Volk ihn oft um medizinische Heilmittel an, obwohl er nie Medizin studiert hatte (auch das hat er mit Curwen gemein!). Lovecraft muss von ihm außerordentlich fasziniert gewesen sein. Ich halte es für möglich, dass hier noch weitere Beziehungen der Entdeckung harren (Winthrop hatte einen Teil der Bibliothek von John Dee aufgekauft, welche mit weiteren Erwerbungen in seiner Familie bis zum Beginn des 19. Jahrhunderts vererbt wurde und eine der größten Fachbibliotheken des 17. Jahrhunderts war, dann aber verstreut wurde). Auch Winthrops Sohn Waite Still Winthrop (1642–1707) und ein Enkel waren bekannte Alchemisten. Weiter mag man sich an den nicht weniger bekannten George Starkey erinnern, der – 1608 auf den Bermuda-Inseln geboren – nach seinem Studium in Harvard Kontakt zu Winthrop hatte und unter dem Pseudonym Eirenäus Philalethes erfolgreiche alchemistische Schriften schrieb (die Entschlüsselung des Pseudonyms gelang erst vor einigen Jahren), die wenig später Newton beeinflusst haben. 1665 starb er in London, als er bei der großen Pestepidemie Kranke behandelte und sich dabei infizierte.

In diese ganze Welt passt Joseph Curwen durchaus; auch hierin ist Lovecraft völlig »authentisch«. In der Tat, manches, was in Europa nur im Verborgenen möglich war, konnte sich in Englands überseeischen Kolonien entfalten, und das gilt nicht nur für religiöse Traditionen. 1769 hat Providence auch einmal eine bescheidene Rolle in der Wissenschaftsgeschichte gespielt, als Dr. Benjamin West mit der Hilfe von Gouverneur Stephen Hopkins, Moses Brown, Dr. Jabez Bowen, Joseph Nash und John Burrough den Venusdurchgang beobachtete und wissenschaftlich dokumentierte. Lovecraft erwähnt fast alle diese Personen und widmet Dr. Wests Abhandlung über das astronomische Ereignis eine ausführliche Bemerkung in unserem Text. Erschienen im ersten Band der *Transactions of the American Philosophical Society* fand sie auch internationale Beachtung.

Kaum interpretatorische Bemühung hat bisher die strikte räumliche und zeitliche Gegenwart der Rahmenhandlung von ›The Case of Charles Dexter Ward‹ gefunden. Charles' Geschick spielt sich fiktional in genau jenen Tagen ab, an denen Lovecraft die Novelle schreibt, in Häusern, die sich nur wenige Schritte von seinem Schreibtisch entfernt befinden. Das ist durchaus ungewöhnlich. Lovecrafts »Gegenwart« wird damit in einem Ausmaß fantastisch verfremdet, wie wir es sonst nur aus dem Tagtraum kennen, kaum aus der Literatur. Auch darin spiegelt sich der tief »persönliche« Grundzug der Erzählung.

Alles in allem ist ›The Case of Charles Dexter Ward‹ (das Originalmanuskript ist erhalten und liegt in der John Hay-Library) ein Text von beträchtlicher Vielschichtigkeit, der wiederholte Lektüre lohnt und auch künftig noch Entdeckungen ermöglichen wird. 1963 hat Roger Corman wesentliche Motive und Stichworte der Novelle in seinem Film *The Haunted Palace* (mit Vincent Price, Debra Paget und Lon Chaney Jr.) aufgenommen, der im cineastischen Stil eine Fortsetzung seiner Edgar Allan Poe-Adaptionen ist (der Titel stammt aus einem Poe-Gedicht) und auch sonst mit Lovecraft nur wenig zu tun hat, obwohl er davon abgesehen keineswegs verächtlich ist.

DER FALL CHARLES DEXTER WARD

Die essenziellen Salze von Tieren können so präpariert und konser-
viert werden, dass ein kluger Mann durchaus die gesamte Arche
Noah in seinem privaten Studierzimmer aufbewahren und den
vollständigen Körper eines Tieres aus dessen Asche nach Begehr
auferstehen lassen kann; und mittels dieser Methode vermag ein
Gelehrter, ohne jede kriminelle Nekromantie, aus essenziellen Salzen
des menschlichen Staubes, zu dem der Körper zuvor zerfiel, jeden
toten Ahnen zu erwecken.

Borellus

Erstes Kapitel: Ein Befund und ein Prolog

1

Kürzlich verschwand aus einer Privatklinik für Geisteskranke in
der Nähe von Providence, Rhode Island, ein höchst eigenartiger
Mann. Er trug den Namen Charles Dexter Ward und war der
Obhut der Ärzte von seinem kummervollen Vater zögernd
anvertraut worden, nachdem der mit angesehen hatte, wie der
Wahn seines Sohnes sich von bloßer Verschrobenheit zur finsteren Manie steigerte, die sowohl zu vorstellbaren mörderischen
Absichten als auch zu einer tiefen, sonderbaren Veränderung
seines Gehirns geführt hatte. Die Ärzte selbst bekennen, dass
dieser Fall sie ziemlich erstaunte, da er sowohl körperliche als
auch seelische Anomalien aufwies.

Zuerst einmal wirkte der Patient seltsamerweise viel älter als
seine tatsächlichen 26 Jahre. Es stimmt, dass Störungen des Geistes zu raschem Altern führen können, doch das Gesicht dieses
jungen Manns hatte unterschwellige Züge angenommen, die
eigentlich nur sehr alte Menschen zeigen.

Des Weiteren zeigten seine organischen Körperfunktionen
eine eigenartige Veränderung, für die in der Medizin keine
Parallelen bekannt sind. Atmung und Herzschlag erfolgten sehr
unregelmäßig. Die Stimme hatte er fast verloren, sodass er sich
nur flüsternd mitteilen konnte. Die Verdauung war reduziert

und zog sich unglaublich lange hin. Auch die Reaktionen der Nerven auf die üblichen Reize waren völlig anders als alles, was die Wissenschaft je über gesunde oder krankhafte Menschen aufgezeichnet hat. Die Haut war greisenhaft kalt und trocken, und die Zellenstruktur des Gewebes schien extrem rau und spröde. Sogar ein großes olivenfarbenes Muttermal auf seiner rechten Hüfte war verschwunden, während sich auf seiner Brust ein eigenartiger, schwärzlicher Leberfleck gebildet hatte, von dem zuvor keine Spur zu sehen gewesen war. Grundsätzlich stimmen alle Ärzte darin überein, dass sich Wards Stoffwechsel in einem nie da gewesenen Maße retardiert hatte.

Auch in psychologischer Hinsicht war der Fall Charles Ward einzigartig. Sein Wahnsinn ließ sich mit keiner anderen Form vergleichen; selbst in den aktuellsten und detailliertesten Abhandlungen fand sich nichts Ähnliches. Seine geistige Kraft hätte aus ihm leicht ein Genie oder eine führende Persönlichkeit gemacht, hätte sie sich nicht so seltsam verzerrt. Dr. Willett, der Hausarzt der Wards, bestätigt, dass die geistigen Fähigkeiten des Patienten sich seit dem ersten Anfall noch gesteigert hatten – sie wurden anhand von Wards Reaktionen auf außerhalb der Sphäre seines Wahns gelegene Angelegenheiten gemessen. Sicherlich war Ward schon immer ein Gelehrter und Geschichtsforscher gewesen, doch selbst die brillantesten seiner frühen Arbeiten enthüllten nicht die unvergleichliche Auffassungsgabe und Einsicht, die er bei den Untersuchungen durch die Nervenärzte offenbarte.

Es war tatsächlich sehr schwierig gewesen, eine rechtliche Handhabe zur Einweisung in die Klinik zu erlangen, so klar erschien der Verstand des jungen Manns – allein aufgrund von Zeugenaussagen und der vielen seltsamen Erinnerungslücken, die zu seiner Intelligenz im Widerspruch standen, erreichte man schließlich seine Einweisung. Bis zum Augenblick seines Verschwindens war er ein Leser, der alles geradezu verschlang, und als Gesprächspartner war er großartig, trotz seiner schwächlichen Stimme. Aufmerksame Beobachter, die niemals an eine Flucht von Ward dachten, hatten offen vorhergesagt, dass er selbst sehr bald seine Entlassung erwirken würde.

Nur Dr. Willett, der schon bei Charles Wards Geburt dabei gewesen war und seither seine körperliche und geistige Entwicklung beobachtet hatte, schien beim Gedanken an dessen zukünftige Freiheit zu erschrecken. Er hatte etwas Fürchterliches erlebt und etwas so Schreckliches entdeckt, dass er es seinen skeptischen Kollegen nicht mitzuteilen wagte. Tatsächlich stellt Willett im Zusammenhang mit diesem Fall selbst ein kleines Rätsel dar. Er war der Letzte, der den Patienten vor dessen Flucht sah, und nach ihrer letzten Unterhaltung befand Willet sich in einem Zustand, der sich zu gleichen Teilen aus Grauen und Erleichterung zusammensetzte, woran sich mehrere Kollegen erinnerten, als drei Stunden später Wards Flucht entdeckt wurde.

Diese Flucht selbst stellt eines der ungelösten Rätsel in Dr. Waites Klinik dar. Ein offenes Fenster, das sich zwanzig Meter über dem Erdboden befand, kann kaum die Erklärung liefern, und doch war der junge Mann nach dem Gespräch mit Willett unzweifelhaft verschwunden. Willett selbst hat der Öffentlichkeit gegenüber keine Erklärung dafür, doch merkwürdigerweise wirkt er viel erleichterter als vor dem Ausbruch. Viele haben den Eindruck, dass er gerne mehr sagen würde, wüsste er, dass man ihm auch Glauben schenkte. Er hatte Ward noch in dessen Zimmer angetroffen, doch kurz nachdem er es verlassen hatte, klopften die Pfleger vergebens an. Als sie die Tür öffneten, war der Patient verschwunden – sie fanden nur das offene Fenster, durch das eine kühle Aprilbrise eine Wolke feinen, bläulich grauen Staubes hereinwehte, die ihnen den Atem raubte.

Die Hunde hatten zwar kurz zuvor geheult, aber das war zu der Zeit gewesen, als Willett noch bei Ward im Zimmer weilte. Die Tiere hatten jedoch nichts aufgespürt und später keinerlei Aufregung mehr gezeigt.

Wards Vater wurde unverzüglich über Telefon unterrichtet. Er schien aber eher betrübt als überrascht. Als Dr. Waite persönlich bei ihm vorbeikam, hatte er bereits mit Dr. Willett gesprochen. Beide bestritten, etwas mit der Flucht zu tun zu haben. Nur von einigen vertrauten guten Freunden von Willett und dem alten Ward gab es ein paar Hinweise, doch diese sind viel zu fantastisch, als dass man sie ernsthaft glauben könnte. Die einzige Tatsache, die bleibt, ist die, dass bis zum heutigen Zeitpunkt keinerlei Spur des vermissten Wahnsinnigen gefunden wurde.

Von Kindheit an interessierte Charles Ward sich für Altertümer, was ohne Zweifel an der ehrwürdigen Stadt lag, die ihn umgab, sowie an den Relikten der Vergangenheit, die jeden Winkel des alten Anwesens seiner Eltern oben auf dem Hügelkamm in der Prospect Street ausfüllten. Im Laufe der Jahre nahm seine Leidenschaft für alte Dinge noch zu, und schließlich verdrängten Geschichte, Genealogie und das Studium der Architektur, des Mobiliars und des Handwerks der Kolonialzeit alle anderen Interessen. Es ist wichtig, sich bei der Betrachtung seines Wahnsinns an diese Vorlieben zu erinnern; zwar bildeten sie nicht den eigentlichen Kern des Wahns, sie spielten aber eine große Rolle in dessen äußerer Gestalt.

Die Wissenslücken, die den Nervenärzten aufgefallen waren, hatten alle mit aktuellen Begebenheiten zu tun und wurden, wie sich durch geschickte Befragung zeigte, unweigerlich wettgemacht von einem entsprechend übermäßigen, wenn auch nach außen hin verheimlichten Wissen um längst Vergangenes. Man hätte sich vorstellen können, der Patient sei durch eine obskure Art der Selbsthypnose in ein früheres Zeitalter transferiert worden.

Sonderbarerweise schien Ward inzwischen kein Interesse mehr an den Altertümern zu haben, die er doch so gut kannte. Er hatte allem Anschein nach durch die übermäßige Vertrautheit die Wertschätzung dafür verloren, und konzentrierte all seine Bemühungen nun offensichtlich auf die Bewältigung der ganz gewöhnlichen Dinge der modernen Welt, die so völlig aus seinem Bewusstsein gelöscht worden waren.

Dass es zu einer solch umfassenden Löschung gekommen war, versuchte er mit allen Mitteln zu verbergen, doch allen, die ihn beobachteten, war klar, dass seine gesamte Lektüre und seine Gespräche vom verzweifelten Wunsch getragen waren, sich mehr Wissen über sein eigenes Leben und den allgemeinen und kulturellen Hintergrund des 20. Jahrhunderts anzueignen, was man aufgrund seiner Geburt im Jahre 1902 und seiner Ausbildung an den Schulen unserer Zeit als selbstverständlich vorausgesetzt hätte. Nun fragten die Nervenärzte sich, wie es dem entflohenen Patienten angesichts seines stark beeinträchtigten Wissensstandes gelingen mag, mit der komplizierten Welt von heute zurechtzukommen; die meisten glauben, dass er sich »herablässt« zu einer einfachen und anspruchslosen Tätigkeit und sich so lange verbirgt, bis er seine Kenntnis der zeitgemäßen Dinge auf einen normalen Stand gebracht hat.

Wann Wards Wahnsinn begonnen hat, ist unter den Nervenärzten eine ungeklärte Frage. Dr. Lyman, eine bedeutende Autorität aus Boston, datiert ihn auf 1919 oder 1920, das letzte Jahr
des Jungen auf der Moses Brown School. Damals gab er plötzlich
das Studium der Vergangenheit auf, um sich dem Studium des
Okkulten zu widmen. Er weigerte sich, sich weiterhin aufs
College vorzubereiten, da er persönliche Nachforschungen von
erheblich größerer Wichtigkeit anzustellen habe. Dies zeigte
sich augenscheinlich an Wards veränderten Gewohnheiten in
diesem Zeitraum, vor allem an seinen fortwährenden Recherchen in städtischen Chroniken und seiner Suche auf alten Friedhöfen nach einem bestimmten, 1771 angelegten Grab – der
Grabstätte eines Vorfahren namens Joseph Curwen. Ward
behauptete, er habe einige Dokumente von Curwen hinter der
Wandvertäfelung eines sehr alten Hauses in Olney Court auf
dem Stampers Hill gefunden, von dem man wusste, dass er es
einst bewohnt hatte. Kurz gefasst: Es ist nicht zu leugnen, dass
Ward im Winter 1919–20 eine große Veränderung durchlebte.
Er gab überraschend seine allgemeinen Altertumsforschungen
auf und betrieb zweifelhafte okkulte Nachforschungen, die er
nur für die merkwürdig beharrliche Suche nach dem Grab seines
Vorfahren unterbrach.

Diese Theorie wurde allerdings von Dr. Willett stark in Zweifel
gezogen, der sein Urteil auf seine enge und lang währende
Bekanntschaft zu dem Patienten gründete und auf einige entsetzliche Untersuchungen und Entdeckungen, die er letztend-
lich gemacht hatte. Diese haben ihn gezeichnet; seine Stimme
bebt, sobald er darüber spricht, und seine Hand zittert, wenn er
darüber zu schreiben versucht. Willett stimmt zu, dass die Veränderungen um 1919–20 herum sicherlich den Beginn eines
fortschreitenden Verfalls markieren, der seinen Höhepunkt in
der furchtbaren, traurigen und unheimlichen Entfremdung im
Jahre 1928 fand. Er glaubt aber aus persönlicher Beobachtung,
dass hier feinere Unterschiede gemacht werden müssen. Er gibt
bereitwillig zu, dass der Junge stets unter einem unausgegli-
chenen Temperament litt und auf die Umwelt ungewöhnlich
empfänglich reagierte, doch er will nicht zustimmen, dass Wards
rasche Veränderung den eigentlichen Übergang von geistiger
Gesundheit zum Wahnsinn markiert. Stattdessen betont er

Wards eigene Aussage, er habe etwas entdeckt oder wiederentdeckt, dessen Auswirkung auf das menschliche Denken wohl sehr fantastisch und tief greifend sein könne.

Der wahre Wahnsinn, davon ist Willett überzeugt, kam später, nachdem Ward das Porträt von Curwen und dessen alte Unterlagen entdeckt hatte und nachdem er eine Reise an seltsame Orte im Ausland unternommen hatte – nachdem einige schreckliche Beschwörungen unter merkwürdigen und geheimen Umständen rezitiert worden waren und nachdem auf diese Beschwörungen deutliche *Antworten* erfolgten und unter qualvollen und unerklärlichen Bedingungen ein panischer Brief geschrieben worden war – nach der Welle des Vampirismus und dem düsteren Klatsch in Pawtuxet – und nachdem das Gedächtnis des Patienten anfing, Gegenwärtiges zu vergessen, seine Stimme versagte und sein Aussehen sich so subtil veränderte, dass es später so vielen Leuten auffiel.

Erst zu dieser Zeit, so argumentiert Willett heftig, setzten die albtraumhaften Merkmale bei Ward ein. Der Arzt ist sich, auch wenn er dabei erschaudert, sicher, dass genügend überzeugende Beweise vorliegen, um die Behauptungen des jungen Mannes über seine bedeutsame Entdeckung zu belegen. Zum einen sahen zwei intelligente Arbeiter, wie die Dokumente von Joseph Curwen gefunden wurden. Zum anderen zeigte der junge Ward ihm einmal diese Unterlagen und eine Seite aus Curwens Tagebuch, und jedes dieser Dokumente schien echt zu sein. Die Stelle, an der Ward behauptete, sie gefunden zu haben, ist eine sichtbare Realität, und Willett hat einen letzten, sehr überzeugenden Blick darauf geworfen, allerdings unter Umständen, die kaum geglaubt und vielleicht nie bewiesen werden können. Dann waren da noch die Rätsel und Übereinstimmungen in den Briefen von Orne und Hutchinson und das Problem der Handschrift von Curwen sowie das, was die Ermittler über Dr. Allen herausfanden – und dazu die schreckliche Botschaft in mittelalterlicher Minuskelschrift, die Willett in seiner Tasche fand, als er nach seinem schockierenden Erlebnis das Bewusstsein wiedererlangte.

Doch am überzeugendsten von allem sind die beiden grässlichen *Ergebnisse*, die der Arzt während seiner letzten Untersuchungen mithilfe eines Formelpaares erzielte; Ergebnisse, welche die Echtheit der Unterlagen und ihre ungeheuerlichen Implikationen in ebendem Moment bewiesen, als diese Unterlagen für immer dem menschlichen Wissen entzogen wurden.

2

Man muss Charles Wards früheres Leben als etwas betrachten, das ebenso der Vergangenheit angehört wie die Altertümer, die er so innig liebte. Nachdem er bereits bei der militärischen Ausbildung seinerzeit beträchtlichen Eifer gezeigt hatte, begann er im Herbst 1918 sein erstes Jahr in der Moses Brown School, die ganz in der Nähe seines Elternhauses lag. Das alte, 1819 errichtete Hauptgebäude hatte seinen jugendlichen Sinn für Altes schon immer bezaubert, und der weiträumige Park, in dem die Hochschule liegt, sprach sein Auge für landschaftliche Schönheit an.

Seine sozialen Aktivitäten waren begrenzt, seine Zeit verbrachte er meist entweder zu Hause oder auf ausgedehnten Spaziergängen, im Unterricht und beim Exerzieren. Oft trieb ihn seine Suche nach uralten Daten für seine Ahnenforschung zum Rathaus, zum Parlamentsgebäude, zur Stadtbibliothek, zum Athenäum, zur Historischen Gesellschaft, zur John-Carter-Brown- und der John-Hay-Bibliothek an der Brown-Universität und auch zu der neu eröffneten Shepley-Bücherei in der Benefit Street. Man kann ihn sich gut vorstellen, wie er damals aussah: groß, schlank und blond, mit wissbegierigen Augen und leicht gebeugter Haltung, etwas nachlässig gekleidet. So erweckte er eher den Eindruck harmloser Unbeholfenheit, als attraktiv zu wirken.

Seine Spaziergänge waren immer Abenteuer in die Vergangenheit, auf denen es ihm gelang, aus den unzähligen Relikten der glanzvollen alten Stadt ein lebhaftes und zusammenhängendes Bild der vergangenen Jahrhunderte zu gewinnen. Sein Elternhaus war ein großer georgianischer Wohnsitz auf dem Gipfel des steil abfallenden Hügels, der sich ein wenig östlich des Flusses erhebt. Aus den rückwärtigen Fenstern der weitläufigen Seitenflügel konnte er schwärmerisch über die aneinandergedrängten Turmspitzen, Kuppeln, Dächer und hochragenden Häuser der tiefer gelegenen Stadtviertel bis hin zu den violetten Hügeln der Landschaft in der Ferne blicken. Hier war er geboren, und von der lieblichen, von zwei Erkerfenstern umgebenen klassischen Terrasse mit der Ziegelfassade aus hatte sein Kindermädchen ihn erstmals im Kinderwagen ausgefahren, vorbei an dem kleinen weißen, zweihundert Jahre alten Bauernhaus, das von der Stadt längst verschluckt worden war, und weiter in Richtung der stattlichen Hochschulgebäude an der schattigen, vornehmen Straße, die gesäumt wurde von alten, winkligen Ziegelgebäuden und kleineren Holzhäusern mit schmalen, von schweren dorischen Säulen gezierten Veranden, die behütet und allein inmitten ihrer großzügigen Höfe und Gärten vor sich hin träumten.

Man hatte ihn auch auf der verschlafenen Congdon Street ausgefahren, die sich eine Ebene tiefer auf dem steilen Hügel befand, mit ihren nach Osten gelegenen Häusern auf hohen Terrassen. Die meisten der kleinen Holzhäuser hier waren viel älter, denn die anwachsende Stadt hatte erst mit der Zeit den Hügel erklommen. Auf diese Weise hatte Ward erstmals die Stimmungen einer malerischen Kolonialstadt in sich aufgenommen.

Das Kindermädchen unterbrach die Fahrt immer, um sich auf eine der Bänke der Aussichtsterrasse zu setzen und mit einem der Polizisten zu plaudern. Eine der ersten Erinnerungen des Kindes war das große, sich nach Westen erstreckende Meer nebelumhüllter Dächer, Kuppeln, Türme und fernen Hügel, die es eines Winternachmittags von der großen, von einem Geländer umgebenen Böschung aus erblickte – alles war in Violett getaucht und hob sich mystisch ab vor einem fiebrigen, apokalyptischen Sonnenuntergang aus Rot und Gold und Purpur und sonderbaren Grüntönen. Die gewaltige Marmorkuppel des Parlamentshauses stach mit ihrer massiven Silhouette hervor, und die das Gebäude krönende Statue wurde dank einer Lücke in einer der farbigen Stratuswolken, die den Flammenhimmel bedeckten, von einem fantastischen Heiligenschein umgeben.

Als Ward älter wurde, begann er mit seinen notorischen Spaziergängen. Anfangs zog er noch sein ungeduldiges Kindermädchen mit sich, später ging er allein, in verträumter Versunkenheit. Immer weiter wagte er sich den beinahe senkrecht abfallenden Hügel hinab, und jedes Mal gelangte er in noch ältere und wunderlichere Viertel der uralten Stadt. Schüchtern schlenderte der Junge die steile Jenckes Street hinunter, vorbei an den hohen Mauern und Giebeln aus der Kolonialzeit, bis zum schattigen Beginn der Benefit Street. Dort befand sich ein steinaltes Gebäude aus Holz mit zwei von ionischen Säulen umstandenen Eingängen, daneben ein vorsintflutliches Walmdachhaus, von dessen ehemaligem Bauernhof noch Reste verblieben waren, und das große Haus des Richters Durfee mit den verfallenen Überbleibseln georgianischer Pracht. Allmählich bildete sich hier ein Elendsviertel, doch die gewaltigen Ulmen warfen ihren tröstenden Schatten über alles. Der Junge wanderte gewöhnlich in südlicher Richtung weiter, vorbei an den langen Reihen vorrevolutionärer Häuser mit ihren wuchtigen Mittelkaminen und altehrwürdigen Eingängen. Auf der Ostseite erhoben sich die Gebäude auf Fundamenten mit geländergeschmückten, doppelten Steintreppen, und der junge Charles vermochte sie sich vorzustellen, wie sie einst aussahen, als die Straße noch neu war und rote Balken und gemalte Verzierungen sich vor den Giebeln abhoben, deren Verfall nun deutlich sichtbar wurde.

Nach Westen fiel der Hügel steil ab, hinunter zur alten ›Town Street‹, die von den Gründern im Jahre 1636 am Flussufer angelegt worden war. Von hier aus verliefen zahllose kleine Gassen mit geneigten, aneinandergedrängten Häusern von ungeheuerem Alter. Charles war zwar sehr fasziniert von ihnen, doch sollte es lange Zeit dauern, bis er sich in ihre altertümlichen Winkel hineintraute, aus Angst, sie offenbarten sich als ein Traum oder ein Tor zu unbekannten Schrecken.

Weit weniger bemerkenswert gestaltete sich der Weg entlang der Benefit Street, vorbei am eisernen Gatter des verborgenen Kirchhofs von St. John, der Rückseite des 1761 erbauten Colony House und den zerbröckelnden Resten des Golden Ball Inn, in dem Washington einmal übernachtet hatte. In der Meeting Street – die zu früheren Zeiten erst Gaol Lane und dann King Street hieß – sah er hoch im Osten die gekrümmte Treppe, die die Hochstraße beim Aufstieg des Hügels ablöste, und unten im Westen das alte Ziegelgebäude der kolonialen Schule, die über das uralte Schild von *Shakespeares Haupt* auf der anderen Straßenseite lächelt, wo vor der Revolution die *Providence Gazette* und das *Country Journal* gedruckt worden waren.

Dann kam die großartige Erste Baptistenkirche aus dem Jahre 1775, die mit ihrem unübertroffenen Kirchturm von Gibbs fürstlich wirkte, der über den georgianischen Dächern und Kuppeln schwebte. Hier und weiter im Süden wurde die Gegend besser, erblühte schließlich zu einer wundervollen Gruppe früher Anwesen, aber die kleinen, uralten Gassen führten noch immer den Abhang hinab nach Westen, gespenstisch mit ihren zahllosen, archaischen Giebeln. Schließlich tauchten die Gassen in ein Chaos schillernden Verfalls ab, wo das verruchte alte Hafenviertel inmitten vielsprachiger Laster und Schäbigkeit, faulender Anlegestellen und triefäugiger Schiffsbedarfhändler und überlebter Gassennamen wie Packet, Bullion, Gold, Silver, Coin, Doubloon, Sovereign, Guilder, Dollar, Dime und Cent an die stolzen Tage des Ostindienhandels erinnert.

Als der junge Ward größer und abenteuerlustiger wurde, wagte er sich manchmal in diesen Mahlstrom aus schwankenden Häusern, zerbrochenen Querbalken, verrotteten Stufen, verbogenen Geländern, finsteren Gesichtern und unbeschreiblichen Ausdünstungen. Er wanderte von der South Main zur South Water bis zu den Docks hinab, wo nach wie vor die Dampfschiffe anlegen, und kehrte über diese tiefere Ebene nach Norden zurück, vorbei an den 1816 erbauten Lagerhäusern mit ihren Spitzdächern und dem weiten Platz an der Großen Brücke, wo die Markthalle von 1773 noch fest auf ihren uralten Bögen steht. Auf diesem Platz blieb er immer stehen, um die verwirrende Schönheit der Altstadt in sich aufzunehmen, die die ostwärts gelegene Steilküste hinaufklettert, durchsetzt mit georgianischen Türmchen und gekrönt vom gewaltigen, neuen Christian-Science-Dom, wie London von der Paulskathedrale. Am liebsten hielt er sich dort am späten Nachmittag auf, wenn die schrägen Sonnenstrahlen die Markthalle, die alten Dächer und Glockentürme des Hügels in Gold tauchen und auf den träumenden Anlegestellen schimmern, an denen einst die Indienfahrer aus Providence vor Anker lagen. Nach langer Betrachtung schwindelte ihn fast, so packte ihn die schwärmerische Liebe zu diesem Panorama. Anschließend machte er sich in der Abenddämmerung auf den Heimweg, den Hügel hinauf, vorbei an der alten weißen Kirche, durch die schmalen, steilen Gehwege, wo allmählich immer mehr gelbes Licht aus den kleinen Fenstern und

Oberlichtern schimmerte, hoch über den Doppeltreppen mit den eigentümlichen schmiedeeisernen Geländern.

Bei anderen Gelegenheiten in späteren Jahren suchte er nach lebhaften Kontrasten. Er verbrachte dann die halbe Zeit des Spaziergangs in den verfallenen Bezirken aus der Kolonialzeit nordwestlich seines Elternhauses, wo der Hügel zu der tieferen Erhebung von Stampers Hill hinabreicht, dessen Ghetto- und Negerviertel sich um den Platz scharen, wo vor der Revolution die Postkutsche nach Boston abfuhr. Die restliche Zeit des Spaziergangs nutzte er, um durch die anmutigen südlichen Viertel zu gehen, durch die George, Benevolent, Power und William Street, wo der alte Abhang beharrlich die feinen Herrenhäuser und ummauerten Gärten und die abschüssigen grünen Fußwege trägt, wo so viele duftige Erinnerungen verharrten. Diese Streifzüge sind sicher ebenso wie die sie begleitenden emsigen Studien für einen Großteil des altertümlichen Wissens verantwortlich, das schließlich die moderne Welt aus Charles Wards Geist verdrängen sollte, und offenbaren den mentalen Boden, auf dem im schicksalhaften Winter 1919–20 die Saat zu so seltsamer und schrecklicher Frucht gelegt wurde.

Dr. Willett ist davon überzeugt, dass Charles Wards Begeisterung für Altertümer bis zu diesem vorzeichenreichen Winter der ersten Veränderung nichts Morbides anhaftete. Friedhöfe zogen ihn, von ihrem malerischen und historischen Wert einmal abgesehen, nicht besonders an, und so etwas wie Gewalttätigkeit oder brutale Instinkte waren ihm völlig fremd. Schleichend entwickelte sich dann anscheinend ein kurioses Nachspiel zu einem seiner genealogischen Triumphe des Vorjahres, als er unter seinen Vorfahren mütterlicherseits einen äußerst langlebigen Mann namens Joseph Curwen entdeckt hatte. Curwen war im März 1692 aus Salem gekommen, und um ihn rankten sich eine Reihe höchst sonderbarer und verstörender Gerüchte.

Wards Ururgroßvater Welcome Potter hatte 1785 eine gewisse »Ann Tillinghast, Tochter der Frau Eliza, die Tochter des Kapitäns James Tillinghast ist« geheiratet, über deren väterliche Abstammung die Familie keine Angaben überliefert hatte. Als der junge Ahnenforscher Ende 1918 einen Band handschriftlicher Aufzeichnungen aus dem Stadtarchiv durchsuchte, stieß er auf einen Eintrag über einen rechtskräftigen Namenswechsel:

Im Jahre 1772 hatte eine Mrs. Eliza Curwen, Witwe des Joseph Curwen, gemeinsam mit ihrer siebenjährigen Tochter Ann ihren Mädchennamen Tillinghast wieder angenommen, und zwar weil »der Nam' ihres Ehegespons zu einem öffentlich Schandmal geworden, dessenthalben, was nach seinem Ableben öffentlich geworden und ein uralt weitverbreitet Gerücht bestätigt, dem ein treues Eheweib indeß keinen Glauben schenken wollt, ehe ihr's ohne jeden Zweifel bewiesen ward.«

Diesen Eintrag entdeckte er, als er zufällig zwei Seiten voneinander löste, die man sorgfältig zusammengeklebt hatte und die durch eine mühselige Neunummerierung als ein Blatt behandelt worden waren.

Charles Ward wurde sogleich klar, dass er tatsächlich einen bislang unbekannten Ururgroßvater entdeckt hatte. Diese Entdeckung löste heftige Aufregung in ihm aus, da er schon früher schleierhafte Berichte über Curwen gehört und vereinzelte Andeutungen gesehen hatte. Über diesen Mann hatten sich nur sehr wenige Berichte erhalten – abgesehen von denen, die erst in jüngster Zeit der Öffentlichkeit zugänglich wurden –, sodass man fast den Eindruck gewann, man habe sich damals verschworen, um ihn aus der Erinnerung zu tilgen. Was darüber hinaus zum Vorschein kam, war derart eigenartig und provokant, dass man gar nicht anders konnte, als sich neugierig auszumalen, was denn die Chronisten der Kolonialzeit so unbedingt verheimlichen und vergessen wollten. Der Verdacht lag nahe, dass sie für dieses Vorgehen wirklich triftige Gründe gehabt hatten.

Bis zu dieser Entdeckung hatte Ward sich in romantischer Vorstellung damit begnügt, sich den alten Joseph Curwen im Ruhestand vorzustellen. Doch jetzt, da er seine eigene Abstammung von dieser anscheinend ›vertuschten‹ Person entdeckt hatte, machte er sich daran, so systematisch wie nur möglich nach allem zu suchen, was mit Curwen in Zusammenhang stehen mochte.

Diese aufgeregte Suche führte ihn schließlich zu einem Erfolg, der seine kühnsten Erwartungen übertraf. Die alten Briefe, Tagebücher und Bündel von unveröffentlichten Erinnerungen aus Dachkammern voller Spinnweben in Providence und andernorts brachten viele erhellende Passagen zutage, die ihre Verfasser nicht der Vernichtung wert befunden hatten. Ein wichtiger Hinweis kam aus dem fernen New York, wo einige kolonialzeitliche Briefwechsel aus Providence im Fraunces Tavern Museum aufbewahrt wurden. Wirklich wesentlich allerdings wurde das, was nach Ansicht von Dr. Willett mit Bestimmtheit den Anstoß zu Wards Verderben lieferte und im August 1919 hinter der Wandvertäfelung des baufälligen Hauses in Olney Court entdeckt wurde. Dies war es, ohne Zweifel, was die schwarzen Abgründe öffnete, die bodenloser waren als jeder Bergwerksschacht.

Zweites Kapitel: Eine Vorgeschichte und ein Grauen

1

Joseph Curwen, so stellten es die weitschweifigen Legenden dar, die Ward hörte und aufspürte, war ein ebenso erstaunlich rätselhafter wie abscheulicher Mensch gewesen. Er war zu Beginn der großen Hexenpanik aus Salem nach Providence geflohen – die Zufluchtsstätte so vieler Egozentriker, Atheisten und Andersdenkenden –, da er eine Anklage wegen seiner eigenbrötlerischen Art und seiner merkwürdigen chemischen oder alchemistischen Experimente fürchtete. Er war ein durchschnittlich wirkender Mann von ungefähr dreißig Jahren, der bald als freier Bürger von der Stadt Providence aufgenommen wurde. Kurz darauf kaufte er ein Grundstück nördlich des Anwesens von Gregory Dexter, ungefähr am unteren Beginn der Olney Street. Sein Haus baute er sich auf Stampers Hill westlich der Town Street, in der Gegend, die später Olney Court genannt wurde. 1761 ersetzte er das Haus an derselben Stelle durch ein größeres, das heute noch steht.

Die erste Merkwürdigkeit, die an Joseph Curwen auffiel, war, dass er seit seiner Ankunft nicht mehr wesentlich zu altern schien. Er betätigte sich im Schiffshandel, kaufte Kaianlagen in der Nähe der Bucht von Mile-End, half 1713 beim Wiederaufbau der Großen Brücke und 1723 gehörte er zu den Gründern der Congregational Church auf dem Hügel, doch die ganze Zeit über behielt er das unauffällige Aussehen eines Mannes im Alter von etwa 30 bis 35 Jahren. Während die Jahrzehnte eines nach dem anderen verstrichen, erregte diese einzigartige Eigenheit erhebliches Aufsehen, doch Curwen erklärte es immer mit seinen robusten Vorfahren und seiner einfachen Lebensführung, die ihn nicht erschöpfe.

Wie diese Einfachheit mit dem undurchschaubaren Kommen und Gehen eines geheimniskrämerischen Händlers und der Tatsache, dass die ganze Nacht hindurch seltsame Lichter hinter allen Fenstern von Curwens Haus flackerten, in Einklang gebracht werden konnte, war den Bürgern der Stadt nicht ganz klar, und deshalb neigten sie dazu, andere Gründe für seine anhaltende Jugend und sein hohes Alter anzunehmen. Die meisten waren der Ansicht, dass Curwens dauerndes Vermischen und Kochen von Chemikalien einiges mit seiner guten Verfassung zu tun hätte. Gerüchte gingen um über die seltsamen Substanzen, die er auf seinen Schiffen aus London und Indien herbeischaffte oder in Newport, Boston und New York bestellte.

Als der alte Dr. Jabez Bowen aus Rehoboth auf der gegenüberliegenden Seite der Großen Brücke unter dem Firmenschild des Einhorns und des Mörsers seine Apotheke eröffnete, wurde unablässig über die Arzneien, Säuren und Metalle geredet, die der schweigsame Einsiedler dort fortwährend besorgte. Da die Leute davon ausgingen, dass Curwen über eine eigenartige, geheime medizinische Begabung verfügte, wandten sich viele, die an verschiedenen Gebrechen litten, um Hilfe suchend an ihn; doch obzwar er ihre Ansicht auf höfliche Weise zu ermutigen schien und ihnen auf ihre Bitten hin oft sonderbar gefärbte Tränke mitgab, fiel es bald auf, dass seine Maßnahmen sich selten als hilfreich erwiesen.

Schließlich waren seit der Ankunft des Fremden fünfzig Jahre verstrichen. Da sein Gesicht und seine Konstitution in all der langen Zeit offensichtlich nur um fünf Jahre gealtert waren, wurden die geflüsterten Unterstellungen der Menschen immer düsterer und deshalb kamen sie seinem Verlangen nach Absonderung nur zu gern entgegen. Private Briefe und Tagebücher aus dieser Zeit enthüllen auch einige andere Gründe, weshalb Joseph Curwen erst bewundert, dann gefürchtet und zuletzt wie die Pest gemieden wurde. Seine Leidenschaft für Friedhöfe, auf denen er zu allen möglichen Zeiten und unter allen möglichen Umständen gesehen wurde, war berüchtigt, obgleich niemand etwas beobachtet hatte, das als grabschänderisch bezeichnet werden könnte.

Curwen besaß eine Farm an der Pawtuxet Road, auf der er für gewöhnlich den Sommer verbrachte und wo er zu allen möglichen Tages- oder Nachtzeiten auszureiten pflegte. Als einzige sichtbaren Dienstboten, Arbeiter und Verwalter beschäftigte er dort ein verdrießliches Ehepaar vom Stamm der Narragansett-Indianer. Der Mann war stumm und sein Körper mit sonderlichen Narben übersät und seine Frau sah äußerst abstoßend aus.

In einem Anbau dieses Hauses befand sich das Laboratorium, in dem die meisten der chemischen Experimente durchgeführt wurden. Neugierige Träger und Fuhrwerker, die an der kleinen Hintertür Flaschen, Säcke oder Kisten ablieferten, berichteten über die fantastischen Glaskolben, Schmelztiegel, Destillierkolben und Brennöfen, die sie in dem niedrigen, mit Regalen gefüllten Raum gesehen hatten, und sagten furchtsam vorher, dass der schweigsame ›Chemiker‹ – womit sie *Alchemist* meinten – nicht mehr lange brauchen würde, um den Stein der Weisen zu entdecken.

Die nächsten Nachbarn – die Fenners, die ungefähr einen halben Kilometer entfernt wohnten –, erzählten noch sonderbarere Geschichten über gewisse Geräusche, die, so behaupteten sie, in den Nächten aus Curwens Haus drangen. Da höre man Schreie, sagten sie, und anhaltendes Geheul. Ihnen missfielen auch die riesigen Viehherden, die sich auf den Weiden drängten, denn so viele Tiere seien keineswegs nötig, um einen einsamen alten Mann und seine wenigen Diener mit Fleisch, Milch und Wolle zu versorgen. Der Bestand dieser Herden schien sich auch von Woche zu Woche zu verändern, denn ständig wurden neue Tiere bei den Bauern in Kingsport gekauft. Zudem hafte dem großen Nebengebäude aus Stein, das keine Fenster hatte, sondern bloß hohe, schmale Schlitze, etwas zutiefst Abstoßendes an.

Spaziergänger aus der Gegend der Großen Brücke hatten viel von Curwens Stadthaus in Olney Court zu erzählen. Weniger über den schönen Neubau, der 1761 errichtet worden war – da musste der Mann beinahe hundert Jahre alt gewesen sein –, sondern über das ältere Haus mit dem niedrigen Walmdach. Es hatte Dachkammern ohne Fenster gehabt und die Mauern waren mit Schindeln bedeckt gewesen. Nach dem Abriss hatte

Curwen sich mit besonderer Sorgfalt darum gekümmert, dass alle Holzbalken vorsichtshalber verbrannt wurden. Dieses Haus wirkte zwar weniger rätselhaft, doch die Stunden, zu denen man die Lichter brennen sah, die Heimlichtuerei der zwei dunkelhäutigen Fremden, die als einzige Dienstboten angestellt waren, das grässliche, undeutliche Gemurmel der unglaublich alten französischen Haushälterin, die gewaltigen Mengen an Lebensmitteln, die ins Haus geliefert wurden, in dem nur vier Personen lebten, und die *Eigenart* der Stimmen, die man zu höchst unchristlichen Zeiten oftmals gedämpft miteinander reden hörte – das alles vereinte sich mit dem, was über die Pawtuxet-Farm bekannt war und verlieh auch diesem Anwesen einen üblen Ruf.

In besseren Kreisen bildete das Curwen-Haus ebenfalls ein Gesprächsthema, denn da der Neuankömmling sich nach und nach am kirchlichen und kaufmännischen Leben der Stadt beteiligt hatte, verfügte er naturgemäß über viele Bekanntschaften aus der nobleren Schicht, deren Etikette und Konversation er als gebildeter Mensch durchaus genoss. Man wusste, dass er aus gutem Hause stammte – die Curwens oder Corwins aus Salem bedurften in Neuengland keiner Vorstellung. Es stellte sich heraus, dass Joseph Curwen schon als Kind viel gereist war, eine Zeit lang in England gelebt und mindestens zwei Orientreisen unternommen hatte. Seine Sprache – falls er denn überhaupt etwas äußerte – war die eines gebildeten und kultivierten Engländers.

Doch aus irgendeinem Grund machte Curwen sich nichts aus gesellschaftlichem Umgang. Er wies zwar keinen Besucher direkt ab, umgab sich aber stets mit einer Mauer der Reserviertheit, sodass nur wenigen etwas zu sagen einfiel, das nicht völlig albern klang. In seinem Verhalten schien eine kryptische, sardonische Arroganz zu lauern, als ödeten ihn alle menschlichen Wesen nur noch an, weil er sich zwischen fremdartigen und mächtigeren Wesenheiten aufgehalten hatte.

Als der berühmte, schlagfertige Dr. Checkley 1738 aus Boston die Stelle als Pfarrer der King's Church antrat, ließ er es sich nicht nehmen, jenen Mann aufzusuchen, von dem er schon so viel gehört hatte; er ging jedoch sehr rasch wieder, weil er irgendwas Finsteres in der Unterhaltung seines Gastgebers gespürt hatte. Als sie eines Winterabends über Curwen sprachen, sagte Charles Ward zu seinem Vater, er gäbe viel darum zu erfahren, was der geheimnisvolle alte Mann wohl zu dem humorvollen Geistlichen gesagt hatte, doch alle Tagebuchschreiber stimmen darin überein, dass Dr. Checkley sich stets weigerte, etwas von dem Gehörten zu wiederholen. Der gute Mann muss zutiefst schockiert gewesen sein, denn bei jeder Erwähnung von Joseph Curwen verlor er sichtlich die Lebensfreude, für die er so berühmt war.

Klarer umrissen waren dagegen die Gründe, aus denen ein anderer Mann von Geschmack und guter Herkunft den hochmütigen Einsiedler mied. 1746 zog Mr. John Merritt, ein älterer englischer Gentleman mit literarischen und wissenschaftlichen Neigungen, aus Newport in die Stadt, die so rasch zu der angeseheneren der beiden wurde, und baute sich einen eindrucksvollen Landsitz am Neck, im Herzen des Wohnviertels, das heute als das beste gilt. Er lebte in großem Stil und Komfort, verfügte über die erste Kutsche und die ersten livrierten Diener der Stadt und war sehr stolz auf sein Teleskop, sein Mikroskop und seine gut sortierte Bibliothek englischer und lateinischer Werke. Als er hörte, Curwen verfüge über die beste Bibliothek in Providence, stattete Mr. Merritt ihm bald einen Besuch ab und wurde von ihm herzlicher empfangen als die meisten anderen Gäste zuvor.

Merritts Bewunderung für die vielen Bücherregale seines Gastgebers, welche neben den griechischen, lateinischen und englischen Klassikern mit einer bemerkenswerten Reihe philosophischer, mathematischer und wissenschaftlicher Werke ausgestattet waren, darunter Paracelsus, Agricola, Van Helmont, Sylvius, Glauber, Boyle, Boerhaave, Becher und Stahl, verleitete Curwen dazu, einen Besuch auf seinem Gut und im Laboratorium vorzuschlagen. Dorthin hatte er niemanden je zuvor eingeladen. Sogleich fuhren die beiden in Mr. Merritts Kutsche dorthin.

Mr. Merritt hat stets beteuert, eigentlich nichts wirklich Erschreckendes im Farmhaus gesehen zu haben, betonte aber, dass die Titel der Bücher in der speziellen Bibliothek zu thaumaturgischen, alchemistischen und theologischen Themen, die Curwen in einem Nebenzimmer aufbewahrte, allein schon ausgereicht hätten, einen anhaltenden Abscheu in ihm freizusetzen. Vielleicht trug auch der Gesichtsausdruck des Besitzers, als er seinem Gast die Bücher zeigte, einiges zu dieser Befangenheit bei.

Diese bizarre Sammlung enthielt – neben einer Masse von Standardwerken, um die Mr. Merritt Curwen trotz seiner Bestürzung beneidete – nahezu alle der Menschheit bekannten Kabbalisten, Dämonologen und Magier, ein wahres Schatzhaus des Wissens aus den zweifelhaften Reichen der Alchemie und Astrologie. Hermes Trismegistus in der Ausgabe von Mesnard, die *Turba Philosophorum,* Gebers *Liber Investigationis* und Artephius' *Schlüssel der Weisheit* – all dies war vorhanden. Der kabbalistische *Sohar,* Peter Jammys Zusammenstellung von Albertus Magnus' Werken, Raymond Lullys *Ars Magna et Ultima* in der Zetsner-Ausgabe, Roger Bacons *Thesaurus Chemicus,* Fludds *Clavis Alchimiae* und des Trithemius' *De Lapide Philosophico* rangen um Platz mit ihnen. Auch viele mittelalterliche Schriften von Juden und Arabern waren vertreten. Mr. Merritt erbleichte, als er einen schön gestalteten Band mit dem Titel *Qanoon-e-Islam* herabnahm und entdeckte, dass es sich in Wahrheit um das verbotene *Necronomicon* des irren Arabers Abdul Alhazred handelte. Darüber hatte er ungeheuerliche Gerüchte gehört – einige Jahre zuvor, als in dem merkwürdigen kleinen Fischerstädtchen Kingsport in der Provinz Massachusetts-Bay unbeschreibliche Bräuche aufgedeckt worden waren.

Sonderbar genug war jedoch, dass der ehrwürdige Gentleman sagte, dass es ein ganz geringfügiges Detail gewesen sei, das ihn am stärksten beunruhigt habe. Auf dem großen Mahagonitisch lag aufgeschlagen eine stark abgenutzte Ausgabe von Borellus, die viele undurchschaubare Randbemerkungen und Unterstreichungen von Curwen aufwies. Das Buch war ungefähr in der Mitte aufgeschlagen, und bei einem Absatz waren die geheimnisvollen Buchstaben von derart dicken und zittrigen Tintenlinien unterstrichen, dass der Besucher der Versuchung nicht widerstehen konnte, den Text zu überfliegen. Ob es nun an dem Inhalt des Abschnittes oder an der fieberhaften Stärke der Unterstreichungen lag, vermochte er nicht zu sagen, doch irgendetwas an dieser Kombination wirkte sich sehr negativ und eigenartig auf ihn aus. Er erinnerte sich bis an sein Lebensende an diesen Wortlaut, schrieb ihn aus dem Gedächtnis in sein Tagebuch und versuchte eines Tages, ihn seinem engen Freund Dr.

Checkley vorzulesen, bis er bemerkte, wie stark er den weltge-
wandten Pfarrer damit verstörte. Der Absatz lautete:

> Die essenziellen Salze von Tieren können so präpariert
> und konserviert werden, dass ein kluger Mann durchaus
> die gesamte Arche Noah in seinem privaten Studier-
> zimmer aufbewahren und den vollständigen Körper eines
> Tieres aus dessen Asche nach Begehr auferstehen lassen
> kann; und mittels dieser Methode vermag ein Gelehrter,
> ohne jede kriminelle Nekromantie, aus essenziellen Salzen
> des menschlichen Staubes, zu dem der Körper zuvor zer-
> fiel, jeden toten Ahnen zu erwecken.

Die schlimmsten Dinge über Joseph Curwen erzählte man sich
allerdings in den Docks im südlichen Teil der Town Street.
Matrosen sind ein abergläubisches Volk, und sowohl die aus-
gefuchsten Veteranen von den zahllosen Schaluppen voller
Rum, Sklaven und Zuckerrübensirup wie auch die liederlichen
Freibeuter und die Besatzungen der großen Zweimaster der
Browns, Crawfords und Tillinghasts schlugen verstohlen Zeichen
der Abwehr, wenn sie die schlanke, täuschend junge Gestalt mit
dem gelben Haar und der leicht gebeugten Haltung sahen, die
in das Curwen-Lager in der Doubloon Street ging oder mit den
Kapitänen und Aufsehern auf dem langen Kai sprach, wo die
Schiffe von Curwen unruhig schaukelten.

Curwens eigene Angestellten und Kapitäne verabscheuten
und fürchteten ihn. Seine Matrosen waren durchweg gemischt-
rassiges Gelichter aus Martinique, St. Eustatius, Havanna oder
Port Royal. In gewisser Weise war es die Häufigkeit, mit der diese
Matrosen ausgewechselt wurden, die den größten und greifbars-
ten Teil der Angst erklärte, die diesen alten Mann umgab.
Bekam eine Mannschaft Landgang und durfte sich in der Stadt
bewegen, wurden manche der Matrosen mit diesem oder jenem
Botengang betraut – später, bei der Versammlung an Bord,
konnte man dann sicher sein, dass einer der Männer oder sogar
mehrere fehlten. Dass viele dieser Botengänge mit der Farm an
der Pawtuxet Road zusammenhingen und dass nur wenige
Matrosen von dort zurückgekehrt waren, vergaß man nicht, und
deshalb wurde es für Curwen im Laufe der Zeit immer schwieriger,

neue Männer für seine eigentümliche Mannschaft anzuheuern. Sobald die Seeleute an den Anlegestellen von Providence den Klatsch hörten, desertierten einige von ihnen. Ersatz für sie zum Einsatz auf den Westindischen Inseln zu finden, wurde für den Kaufmann schließlich zu einem beträchtlichen Problem.

Gegen 1760 war Joseph Curwen buchstäblich ein Ausgestoßener geworden. Man verdächtigte ihn unklarer Gräuel und dämonischer Pakte, die umso bedrohlicher erschienen, weil man sie weder benennen, verstehen noch beweisen konnte.

Der Tropfen, der das Fass zum Überlaufen brachte, mag wohl 1758 die Affäre um die vermissten Soldaten gewesen sein. Im März und April des Jahres hatte man zwei königliche Regimenter auf ihrem Weg nach Neufrankreich in Providence einquartiert. Durch unerklärliche Vorgänge waren sie bald weit über die durchschnittliche Anzahl von Desertion hinaus dezimiert worden. Gerüchte entstanden, dass man Curwen sehr oft im Gespräch mit den fremden Rotmänteln gesehen habe, und nachdem so viele von ihnen vermisst wurden, erinnerten sich die Menschen an die eigenartigen Gegebenheiten unter seinen eigenen Seeleuten. Was geschehen wäre, hätten die Regimenter nicht rasch den Marschbefehl erhalten, weiß kein Mensch.

Unterdessen florierten die weltlichen Geschäfte des Kaufmanns. Er besaß gewissermaßen das Monopol auf den städtischen Handel mit Salpeter, schwarzem Pfeffer und Zimt und stellte mit Leichtigkeit jede andere Reederei der Stadt beim Import von Messingwaren, Indigofarben, Baumwolle, Wollsachen, Salz, Takelage, Eisen, Papier und englischen Gütern jeder Art in den Schatten, mit Ausnahme der Browns. Viele Ladenbesitzer hingen fast völlig von Curwens Warenlieferungen ab, etwa James Green, der den *Elefanten* in Cheapside betrieb, die Russells vom *Goldenen Adler* auf der anderen Seite der Brücke oder Clark und Nightingale, die in der Nähe des neuen Kaffeehauses *Zur Bratpfann und Fisch* leiteten. Curwens Arrangements mit den örtlichen Branntweinbrennern, den Milchhändlern und Pferdezüchtern von Narragansett und den Kerzenziehern aus Newport machten ihn zu einem der wichtigsten Exporthändler der Kolonie.

So geächtet er auch war, mangelte es ihm nicht an einem gewissen Bürgersinn. Als das Colony House abbrannte, beteiligte er sich mit einer erklecklichen Summe an der Lotterie, mit deren Hilfe 1761 ein neues Ziegelgebäude errichtet werden konnte – es steht immer noch am Kopf der alten Town Street. Im selben Jahr, nach dem Oktobersturm, half er auch, die Große Brücke wieder aufzubauen. Er ersetzte viele der Bücher der Öffentlichen Bibliothek, die beim Brand des Colony House vernichtet worden waren, beteiligte sich mit beträchtlichen Summen an der Lotterie, durch deren Erlöse die schlammbedeckte Marktpromenade und die tief zerfurchte Town Street mit einem Pflaster aus großen Rundsteinen und einem Fußweg in der Mitte versehen wurde. Zur selben Zeit ließ er auch das einfache, aber exzellente neue Haus bauen, dessen Eingang bis heute ein Glanzstück der Holzschnitzerei darstellt. Als die Anhänger Whitefields sich 1743 von Dr. Cottons Kirche auf dem Hügel lossagten und auf der anderen Flussseite die Dekan-Snow-Kirche errichteten, hatte Curwen zu ihnen gehalten, auch wenn sein Eifer im Gottesdienst und die Häufigkeit seiner Besuche bald nachließen. Nun pflegte er wieder ein frommes Verhalten, als wollte er damit den Schatten abwerfen, der ihn in die Isolation getrieben hatte und bald seine Geschäfte gefährden konnte, wenn man dem nicht energisch Einhalt gebot.

2

Der Anblick dieses seltsamen, fahlen Mannes, der kaum das mittlere Alter erreicht zu haben schien, aber mit Gewissheit nicht weniger als einhundert Jahre alt war, der endlich versuchte, den Brodem von Furcht und Abscheu zu durchbrechen, der zu unklar war, um ihn zu verstehen, war erbärmlich, tragisch und verächtlich zugleich. Die Macht des Reichtums und oberflächlicher Gesten war jedoch so groß, dass die ihm offen entgegengebrachte Abneigung wirklich etwas nachließ, vor allem nachdem das rasche Verschwinden unter den Matrosen unvermittelt aufhörte. Bei seinen Streifzügen über die Friedhöfe musste er nun ebenfalls äußerst vorsichtig und heimlich gewesen sein, denn man sah ihn nie wieder bei solchen Gängen. Sogar die Gerüchte über die unheimlichen Geräusche und Vorgänge auf seiner Farm bei Pawtuxet wurden immer seltener. Das Ausmaß seines Nahrungsaufwandes und des Nachschubs an Vieh blieb jedoch abnorm hoch. Erst in unserer Zeit, als Charles Ward in der Shepley-Bibliothek eine Reihe von Curwens Konten und Rechnungen untersuchte, kam jemand – abgesehen möglicherweise von einem verbitterten jungen Mann – auf die Idee, dunkle Vergleiche anzustellen zwischen der großen Anzahl an Schwarzen aus Guinea, die Curwen bis 1766 importierte, und der erschreckend geringen Anzahl, für die er authentische Verkaufsbelege vorlegen konnte – meist an die Sklavenhändler an der Großen Brücke oder die Pflanzer auf der Narrangansett-Halbinsel. Offenbar nutzte dieser verabscheute Mensch seine geniale Schläue, sobald es nötig wurde, sie anzuwenden.

Aber natürlich war die Wirkung all dieser verspäteten Vorsichtsmaßnahmen zwangsläufig begrenzt. Curwen wurde weiterhin gemieden und voller Misstrauen beobachtet – allein schon durch die Tatsache seines immer noch jugendlichen Aussehens bei so hohem Alter. Er vermochte also abzusehen, dass am Ende sein Vermögen leiden würde. Seine ausgiebigen Studien und Experimente, welcher Natur sie auch immer gewesen sein mochten, schienen viel Geld zu erfordern, und da ein Ortswechsel ihn um alle errungenen Handelsvorteile gebracht hätte, wäre es zu diesem Zeitpunkt wenig sinnvoll gewesen, in einer anderen Gegend noch einmal von vorn zu beginnen.

Die Vernunft gebot also, dass er seine Beziehungen zu den Bürgern von Providence aufbesserte. Seine Anwesenheit durfte nicht länger Ursache des Tuschelns und für allzu offensichtliche Ausreden, man habe woanders noch zu tun, und für eine allgemeine angespannte und unbehagliche Atmosphäre sein. Die Einstellung von Angestellten bereitete ihm ebenfalls ernste Sorgen, denn mittlerweile fand er nur noch unfähiges, mitteloses Gesindel, das sonst niemand beschäftigen wollte. Seine Schiffskapitäne und Maate vermochte er nur fest an sich zu binden, indem er sich hinterlistig irgendwie Macht über sie verschaffte – durch eine Hypothek, einen Schuldschein oder durch Informationen, die für ihr weiteres Wohlbefinden entscheidend waren. In vielen Fällen, so haben Tagebuchschreiber mit einigem Erstaunen verzeichnet, zeigte Curwen geradezu die Begabung eines Hexenmeisters darin, alte Familiengeheimnisse aufzustöbern, um sie für seine fragwürdigen Zwecke zu verwenden. In den letzten Jahren seines Lebens schien es, als könne er bloß durch direkte Zwiesprache mit längst Gestorbenen an manches Wissen gelangt sein, das er dann gewandt ins Gespräch einfließen ließ.

Zu dieser Zeit verfiel der scheue Gelehrte auf ein letztes, verzweifeltes Mittel, um sein Ansehen in der Gemeinde wiederzuerlangen. Er, der bislang als kompletter Einsiedler gelebt hatte, entschied nun, eine vorteilhafte Ehe einzugehen. Zur Braut wählte er sich eine Dame, deren gesellschaftliche Stellung eine Ächtung seines Haushaltes künftig unmöglich machen sollte. Vielleicht verfolgte er noch tief greifendere Gründe, ein solches Bündnis zu suchen, Gründe so außerhalb der bekannten kosmischen Sphäre, dass man diese erst beim Fund einiger Papiere anderthalb Jahrhunderte später in Erwägung zog, doch Genaueres wird man darüber wohl nie in Erfahrung bringen.

Natürlich war Curwen sich des Schreckens und der Entrüstung bewusst, die erfolgt wären, hätte er einer Dame in üblicher Weise den Hof gemacht, also suchte er nach einer Kandidatin, auf deren Eltern er einen gewissen Druck auszuüben vermochte. Solche Kandidatinnen gab es aber nicht viele, wie er herausfand, denn er stellte bestimmte Ansprüche an Schönheit, Tüchtigkeit und gesellschaftliche Absicherung. Schließlich konzentrierte er seine Wünsche auf den Haushalt eines seiner besten und ältesten Schiffskapitäne, einen Witwer guter Herkunft und mit tadellosem Ruf namens Dutie Tillinghast, dessen einzige Tochter Eliza mit jedem erdenklichen Vorzug ausgestattet war, außer der Aussicht auf ein großes Erbe. Kapitän Tillinghast stand ganz unter Curwens Einfluss und nach einem grässlichen Gespräch in seinem kuppelgekrönten Haus auf dem Power's Lane Hill stimmte er der gotteslästerlichen Verbindung zu.

Eliza Tillinghast war damals 18 Jahre alt und so gut erzogen worden, wie es die begrenzten Mittel ihres Vaters zuließen. Sie hatte die Stephen Jackson School gegenüber dem Gerichtsgebäude besucht und war von ihrer Mutter, bevor diese 1757 den Pocken erlag, sorgsam in allen Fertigkeiten des häuslichen Lebens unterwiesen worden. Ein Tuch, das sie 1753 im Alter von neun Jahren bestickt hat, befindet sich noch heute in den Räumen des Historischen Museums von Rhode Island.

Nach dem Tode ihrer Mutter hatte Eliza, allein unterstützt von einer schon alten Negerin, den Haushalt geführt. Ihre Auseinandersetzungen mit ihrem Vater über Curwens Hochzeitspläne müssen sehr schmerzlich gewesen sein, doch es existieren darüber keine Aufzeichnungen. Fest steht nur, dass ihre Verlobung mit dem jungen Ezra Weeden, dem zweiten Maat des Crawford-Postschiffes *Enterprise*, pflichtgemäß gelöst wurde und dass ihre Vermählung mit Joseph Curwen am siebenten März 1763 in der Baptistenkirche stattfand. Die hochrangigste Gesellschaft, derer die Stadt sich rühmen konnte, war anwesend; der jüngere Samuel Winson vollzog die Zeremonie. Die *Gazette* erwähnte das Ereignis nur kurz, doch aus den meisten erhaltenen Exemplaren der Zeitung ist der Artikel scheinbar ausgeschnitten oder ausgerissen worden. Ward fand nach langer Suche in den Archiven eines bekannten privaten Sammlers eine einzige intakte Ausgabe und amüsierte sich über die banale Geziertheit der Sprache:

»Am vergangenen Montagabend wurde Mr. Joseph Curwen, Bürger dieser Stadt und Kaufmann, mit Miss Eliza Tillinghast vermählt, Tochter des Kapitäns Dutie Tillinghast und eine junge Dame von echten Vorzügen und lieblreizendem Äußeren, die so dem Ehestande Anmut verleihen und beständige Glückseligkeit gewähren wird.«

Die Sammlung der Briefe von Durfee Arnold, die Charles Ward in der Privatsammlung von Melville F. Peters aus der George Street kurz vor seinem ersten aktenkundigen Anfall entdeckte, wirft ein lebhaftes Licht auf die Empörung, die durch diese unpassende Verbindung ausgelöst wurde. Der gesellschaftliche Einfluss der Tillinghasts war jedoch offenkundig, und einmal mehr konnte Joseph Curwen Personen in seinem Haus willkommen heißen, die er ansonsten nie dazu gebracht hätte, über seine Schwelle zu treten. Völlig akzeptiert wurde er jedoch keinesfalls.

Seine Braut war die gesellschaftlich Leidtragende dieser erzwungenen Ehe, doch immerhin hatte Curwen die Mauer der völligen Ächtung ein wenig abbauen können. Im Umgang mit seiner Gemahlin verblüffte der sonderbare Bräutigam sowohl sie als auch die Gemeinde mit dem hohen Maß an Charme und

Rücksichtnahme, die er an den Tag legte. Das neue Haus in Olney Court war nun völlig frei von irgendwelchen verstörenden Phänomenen, und obwohl Curwen häufig auf seiner Farm weilte, die seine Frau nie besuchte, erschien er mehr als je zuvor in der langen Zeit seines Lebens wie ein normaler Bürger. Nur eine einzige Person blieb ihm offen feindlich gesonnen, und zwar der jugendliche Schiffsoffizier, dessen Verlobung mit Eliza Tillinghast so schlagartig abgebrochen worden war. Ezra Weeden hatte offen Rache geschworen, obwohl er eigentlich ein ruhiges, sanftes Gemüt besaß. Nun entwickelte er einen beharrlichen Hass, der für den Mann, der seine Braut geraubt hatte, nichts Gutes verhieß.

Am siebenten Mai 1765 wurde Curwens erstes und einziges Kind Ann geboren und von Reverend John Graves in der King's Church getauft. Dieser Gemeinde gehörte das Ehepaar seit der Vermählung an, um einen Kompromiss zwischen ihrem kongregationalistischen beziehungsweise baptistischen Glauben zu finden. Die Notiz dieser Geburt war ebenso wie die der Hochzeit zwei Jahre zuvor aus den meisten Ausgaben der kirchlichen und städtischen Annalen, wo sie eigentlich auftauchen sollten, entfernt worden. Doch unter großen Anstrengungen spürte Charles Ward beide auf, nachdem die Entdeckung des Namenswechsels der Witwe ihn über seine eigene Verwandtschaft mit ihr in Kenntnis gesetzt und das fieberhafte Interesse ausgelöst hatte, das in seinen Wahnsinn münden sollte. Der Geburtseintrag fand sich kurioserweise durch einen Briefwechsel mit den Nachfahren des Loyalisten Dr. Graves, der eine Abschrift des Kirchenbuches mitgenommen hatte, als er beim Ausbruch der Revolution seine Pfarrei verlassen musste. Ward hatte es bei dieser Quelle versucht, weil er wusste, dass seine Ururgroßmutter Ann Tillinghast Potter der Episkopalkirche angehört hatte.

Kurz nach der Geburt seiner Tochter, die Curwen mit einem Eifer begrüßte, der zu seiner üblichen Kälte schlecht passte, fasste er den Entschluss, ein Porträt von sich malen zu lassen. Dieses Porträt gab er bei einem sehr begabten Schotten namens Cosmo Alexander in Auftrag, der damals in Newport lebte und später als der Lehrer von Gilbert Stuart berühmt wurde. Das Bildnis wurde angeblich direkt auf eine Wandvertäfelung in der Bibliothek des Hauses in Olney Court aufgemalt, aber keines der beiden alten Tagebücher, die es erwähnen, liefern Hinweise über seinen endgültigen Verbleib.

Während dieser Zeit erschien der launische Gelehrte ungewöhnlich geistesabwesend und verbrachte so viel Zeit wie möglich auf seiner Farm. Er schien sich, so wurde behauptet, in einem Zustand unterdrückter Aufregung oder Anspannung zu befinden, als erwarte er etwas Außergewöhnliches oder als stünde er kurz vor einer außergewöhnlichen Entdeckung. Chemie oder Alchemie schienen dabei wohl eine große Rolle zu spielen, denn er nahm den Großteil der Bücher zu diesem Thema aus dem Haus mit auf die Farm.

Sein Getue um das Wohl der Gemeinde hielt an; er versäumte keine Gelegenheit, führende Persönlichkeiten wie Stephen Hopkins, Joseph Brown und Benjamin West dabei zu unterstützen, das kulturelle Niveau der Stadt zu verbessern, die damals in der Förderung der freien Künste weit unter Newport stand. Er half Daniel Jenckes 1763 bei der Gründung einer Buchhandlung und war anschließend dessen bester Kunde; ebenso half er der ums Überleben kämpfenden *Gazette,* die jeden Mittwoch im Haus *Zu Shakespeares Haupt* erschien. Politisch unterstützte er eifrig Gouverneur Hopkins gegen die Ward-Partei, die damals vor allem in Newport stark war, und seine wirklich gewandte Rede 1765 in der Hacher's Hall gegen die Etablierung von Nord-Providence als eigene Stadt und seine Stimmabgabe für Ward in der Generalversammlung trugen mehr als alles andere dazu bei, die Vorurteile ihm gegenüber abzubauen.

Doch Ezra Weeden, der ihn genau beobachtete, höhnte nur zynisch über all diese äußeren Tätigkeiten. Er schwor ganz offen, dies alles sei nur ein Deckmantel für Curwens unbeschreiblichen Verkehr mit den schwärzesten Schlünden des Tartarus. Der erbitterte junge Mann machte sich daran, Curwen und seine Unternehmungen systematisch zu studieren, sobald er sich im Hafen befand. Wenn er in den Nächten Licht in den Lagerhallen von Curwen sah, verbrachte Weeden oft Stunden an der Anlegestelle, versteckt in seinem Ruderboot, und mehrmals folgte er Curwens kleinem Boot, das sich zuweilen still und heimlich in die Bucht davonstahl. Er beobachtete auch das Gut bei Pawtuxet, so oft es ging, und einmal wurde er von den Hunden, die das alte Indianerpaar auf ihn hetzte, schlimm gebissen.

1766 vollzog sich die letzte, entscheidende Veränderung Joseph Curwens. Sie trat ganz überraschend ein und erregte bei den neugierigen Bürgern der Stadt einiges Aufsehen – gleich einem alten Mantel fiel von Curwen die Aura der Anspannung und Erwartung ab und wich flugs einer kaum verhohlenen Freude, wie über einen großen Erfolg. Curwen schien sich kaum zurückhalten zu können, öffentlich darüber zu reden, was er entdeckt oder erfahren oder geschaffen hatte, doch anscheinend war die Notwendigkeit zur Geheimhaltung größer als das Verlangen, seine Freude mit anderen zu teilen, denn eine Erklärung gab er nie ab.

Es war nach dieser Veränderung, die wohl Anfang Juli stattgefunden hatte, dass der düstere Gelehrte begann, die Menschen mit Informationen zu verblüffen, von denen eigentlich nur ihre längst verstorbenen Vorfahren etwas wissen konnten. Curwens fieberhafte geheime Aktivitäten hörten nach dieser Veränderung keineswegs auf. Im Gegenteil, sie schienen noch zuzunehmen, bis er immer größere Bereiche seiner Seehandelsgeschäfte von den Kapitänen leiten ließ, die er nun durch Einschüchterung an sich kettete. Den Sklavenhandel gab er völlig auf, weil angeblich die Einkünfte daraus ständig sanken.

Jeden verfügbaren Augenblick verbrachte er auf der Farm in der Nähe von Pawtuxet. Allerdings gab es hin und wieder Gerüchte, er sei an Orten gesehen worden, die zwar nicht direkt an Friedhöfe grenzten, ihnen aber doch nahe lagen, sodass nachdenkliche Leute sich fragten, wie grundlegend der alte Kaufmann seine Angewohnheiten denn wirklich geändert hatte.

Ezra Weeden, dessen Möglichkeiten, Curwen hinterherzuspionieren, wegen seiner Seereisen natürlich begrenzt waren, wurde von einer rachsüchtigen Beharrlichkeit getrieben, an der es den meisten der einfach gesinnten Bürger und Bauern mangelte, und er überprüfte Curwens Verhalten so sorgfältig, wie es niemand zuvor getan hatte. Viele der seltsamen Manöver auf den Schiffen des merkwürdigen Kaufmanns waren wegen der zeitbedingten Unruhen hingenommen worden, da nahezu jeder der Kolonisten entschlossen schien, die Verordnungen des ›Zuckergesetzes‹ zu umgehen, die den Handelsverkehr behinderten. Schmuggel und Korruption waren in der Bucht von Narragansett nichts Ungewöhnliches, ebenso die nächtlichen Verladungen von illegalen Frachten.

Weeden jedoch, der jede Nacht den Schiffen oder kleinen Schaluppen folgte, die sich von Curwens Lagerhallen in den Docks der Town Street davonstahlen, war sich bald sicher, dass es nicht bloß die bewaffneten Schiffe Seiner Majestät waren, denen der finstere Kaufmann nicht begegnen wollte. Vor Curwens Veränderung im Jahre 1766 hatten man mit diesen Booten meist angekettete Neger über die Bucht transportiert und sie an einer dunklen Stelle an der Küste nördlich von Pawtuxet ans Ufer gebracht – anschließend waren sie das Steilufer hinauf und übers Land zu Curwens Farm getrieben worden, wo man sie in das gewaltige Nebengebäude aus Stein einsperrte, dessen einzige Fenster aus hohen, schmalen Schlitzen bestanden.

Nun jedoch änderte sich dieses Vorgehen. Der Import von Sklaven hörte abrupt auf, und eine Weile gab Curwen seine mitternächtlichen Bootsfahrten auf. Dann, ungefähr im Frühjahr 1767, zeichnete sich eine neue Vorgehensweise ab. Wieder wurde es den Booten zur Gewohnheit, von schwarzen, stillen Docks abzulegen, und nun fuhren sie eine gewisse Strecke durch die Bucht, vielleicht bis auf die Höhe von Nanquit Point, wo sie von fremden, beachtlich großen Schiffen mit unterschiedlichem Aussehen Frachten empfingen. Curwens Matrosen löschten diese Ladung an der üblichen Stelle an der Küste und transportierten sie über Land bis zur Farm, wo sie im selben rätselhaften Steinbau verstaut wurden wie früher die Neger. Die Fracht bestand meist aus Kisten und Truhen, von denen ein Großteil länglich und schwer war und verstörend an Särge erinnerte.

Weeden beobachtete die Farm unablässig. Lange Zeit kehrte er beharrlich jede Nacht zurück und selten verstrich eine Woche, in der er keine Wacht hielt, es sei denn, auf dem Boden lag eine Schneeschicht, die seine Spuren verraten konnte. Doch selbst dann schlich er auf der Straße oder über das Eis des angrenzenden Flusses so nahe wie möglich heran, um zu prüfen, ob sich wohl Spuren von anderen finden ließen. Da seine Wachen von seinen nautischen Pflichten unterbrochen wurden, heuerte er einen Zechkumpan namens Eleazar Smith an, um die Wache während seiner Abwesenheit fortzuführen.

Die beiden hätten einige ganz außergewöhnliche Gerüchte in Umlauf bringen können. Dass sie das nicht taten, lag nur daran, dass sie wussten, dass solches Gerede ihr Opfer nur gewarnt und weitere Fortschritte verhindert hätte. Sie wollten lieber etwas Handfestes in Erfahrung bringen, ehe sie etwas unternahmen. Was sie in Erfahrung brachten, muss dann tatsächlich überwältigend gewesen sein. Charles Ward sagte mehrmals zu seinen Eltern, wie sehr er es bedaure, dass Weeden später seine Notizbücher verbrannte. Von ihren Entdeckungen ist nur bekannt, was Eleazar Smith in seinem lückenhaften Tagebuch festhielt und was andere Tagebuch- und Briefschreiber zögerlich aus den Aussagen der beiden jungen Männer zitierten. Demzufolge war die Farm nur die äußere Tarnung einer gewaltigen, schauderhaften Bedrohung – eine so profunde und abstrakte Bedrohung, dass man sie nur schattenhaft begreifen konnte.

Offenbar gelangten Weeden und Smith schon früh zu der Überzeugung, dass sich unter dem Gebäude ein fächerartiges Netz von Tunneln und Katakomben ausbreitete, in dem beträchtlich mehr Dienstboten als nur der alte Indianer und seine Frau wohnen mussten. Das Haus war ein altes spindeldürres Überbleibsel aus der Mitte des 17. Jahrhunderts, mit einem enormen Schornstein und rautenförmigen Gitterfenstern. Das Laboratorium befand sich in einem nördlichen Anbau, wo das heruntergezogene Dach beinahe den Boden berührte. Dieses Gebäude stand alleine und abseits, doch da zu unüblichen Zeiten unterschiedliche Stimmen darin gehört wurden, musste es über geheime Passagen zugänglich sein.

Vor 1766 vernahm man nur das Gemurmel und Flüstern der Neger, aber auch irrsinnige Schreie, gepaart mit befremdlichen Gesängen oder Bittgebeten. Nach dieser Zeit allerdings wurden die Stimmen viel schrecklicher: Das Spektrum reichte von dumpf dröhnender Ergebung bis zu hysterischen Ausbrüchen voller Zorn oder Schmerz, von grollendem Sprechen bis zu winselndem Flehen, von erregtem Hecheln bis hin zu Protestschreien. All dies wurde in verschiedenen Sprachen gesprochen, die Curwen alle beherrschte, und ständig war seine schnarrende Stimme zu hören, wenn er antwortete, schimpfte oder drohte.

Manchmal schien es, als hielten sich mehrere Personen in dem Haus auf: Curwen, einige der Gefangenen und deren

Wächter. Weeden und Smith hörten Sprachen, die sie nie zuvor vernommen hatten, obwohl sie schon in vielen fremden Ländern gewesen waren, und einige, die sie anscheinend der einen oder anderen Nationalität zuordnen konnten. Bei den Gesprächen schien es sich offenbar immer um Verhöre zu handeln, als entreiße Curwen seinen entsetzten oder sich widersetzenden Gefangenen irgendwelche Informationen.

Weeden hielt viele der aufgeschnappten Gesprächsfetzen wortwörtlich in seinem Notizbuch fest, da einige Sprachen, die er beherrschte – Englisch, Französisch und Spanisch – häufiger benutzt wurden, doch diese Aufzeichnungen sind nicht erhalten geblieben. Er sagte jedoch, dass, abgesehen von einigen makaberen Dialogen, die sich mit der Vergangenheit von Familien aus Providence beschäftigten, die meisten Fragen und Antworten, die er verstand, von historischer oder wissenschaftlicher Natur waren. Zuweilen bezogen sie sich auch auf weit entfernte Orte und Zeiten.

Einmal zum Beispiel wurde eine mal tobende, dann grimmige Person auf Französisch über das Massaker des Schwarzen Prinzen in Limoges im Jahre 1370 befragt, als gäbe es einen verborgenen Grund dahinter, den diese Person wisse. Curwen fragte den Gefangenen – falls es denn ein Gefangener war –, ob der Befehl, alle niederzumetzeln, erteilt wurde, weil man auf dem Altar in dem alten römischen Grabgewölbe unter der Kathedrale das Zeichen des Ziegenbockes entdeckte oder weil der Dunkle Mann aus Haute-Vienne die Drei Worte aussprach. Als keine Antwort erfolgte, griff der Fragesteller offenbar zu drastischen Mitteln, denn kurz darauf hörte man einen furchtbaren Schrei, auf den Stille, dann Geflüster und ein dumpfes Geräusch folgten.

Keines dieser Gespräche konnte beobachtet werden, da die Fenster immer durch dicke Vorhänge verhangen waren. Während einer Unterhaltung in einer unbekannten Sprache sah Weeden jedoch einmal einen Schatten auf dem Vorhang, der ihn unmäßig erschrak – er erinnerte ihn an eine der Puppen in einer Aufführung, die er im Herbst 1764 in der Hacher's Hall gesehen hatte. Ein Mann aus Germantown in Pennsylvania hatte damals eine der einfallsreichen Szenen des Puppenspiels mit folgenden Worten präsentiert: »Ansicht der berühmten Stadt Jerusalem, in der Jerusalem, der Tempel des Salomon, sein

Königsthron, die berühmten Türme und Hügel zu sehen sind, doch auch der Leidensweg unseres Heilands vom Garten Gethsemane bis hin zum Kreuz auf dem Hügel von Golgatha – ein künstlerisch-bildnerisches Werk, das alle Neugierigen gesehen haben sollten.«

Bei dieser Gelegenheit geschah es, dass der Horcher, der nahe ans Fenster des vorderen Raumes herangeschlichen war, aus dem die Stimmen drangen, durch sein Erschrecken das alte Indianerpaar aufmerksam machte, das daraufhin die Hunde auf ihn hetzte. Danach wurden im Haus keine weiteren Gespräche mehr gehört, demzufolge Weeden und Smith schlussfolgerten, dass Curwen seine Aktivitäten in Bereiche verlegt hatte, die unter dem Gebäude lagen.

Dass solche Bereiche tatsächlich existierten, schien aus vielerlei Gründen eindeutig. Auf offenem Gelände drangen hin und wieder schwache Echos von Schreien und Gewimmer aus dem scheinbar soliden Erdreich herauf und am Flussufer hinter dem Haus, wo das hohe Gelände steil ins Tal des Pawtuxet absinkt, fanden die beiden in den Büschen verborgen ein gewölbtes Eichentor in einem Rahmen aus schwerem Mauerwerk: offensichtlich der Eingang zu Höhlen im Hügel. Wann und wie diese Katakomben erbaut worden waren, konnte Weeden nicht einschätzen, er wies jedoch mehrfach darauf hin, wie einfach es für Arbeitergruppen sei, vom Fluss aus ungesehen diese Stelle zu erreichen. Joseph Curwen hatte für seine gemischtrassigen Matrosen in der Tat unterschiedlichste Verwendung gefunden!

Während der schweren Regenfälle im Frühjahr 1769 behielten die beiden Wächter das steile Flussufer genauestens im Auge. Vielleicht wurden dort irgendwelche unterirdischen Geheimnisse ans Tageslicht gespült. Ihr Eifer wurde tatsächlich belohnt: An Stellen, wo tiefe Kanäle in die Uferböschung gewaschen worden waren, tauchten viele, viele Menschen- und Tierknochen auf. Selbstverständlich gab es für solche Dinge auf der Rückseite eines Viehhofes und in einer Gegend mit zahlreichen Grabstätten der Indianer ganz natürliche Erklärungen, doch Weeden und Smith zogen ihre eigenen Schlüsse.

Im Januar 1770, als Weeden und Smith noch immer ergebnislos darüber debattierten, was sie denn in der ganzen bestürzenden Angelegenheit unternehmen sollten, trug sich der

Zwischenfall mit der *Fortaleza* zu. Ergrimmt über den Brandanschlag auf die Staatsschaluppe *Liberty* im vergangenen Sommer in Newport, hielt die Zollflotte unter Admiral Wallace strengere Ausschau nach fremden Schiffen.

Bei dieser Gelegenheit wurde eines Morgens durch den bewaffneten Schoner Seiner Majestät, die *Cygnet* unter Kapitän Harry Leshe, nach kurzer Verfolgung die Schute *Fortaleza* aus dem spanischen Barcelona abgefangen. Dem Logbuch des Kapitäns Manuel Arruda zufolge war sie von Kairo in Ägypten nach Providence unterwegs. Als das Schiff nach Schmuggelware durchsucht wurde, entdeckte man erstaunt, dass die gesamte Fracht aus ägyptischen Mumien bestand. Sie waren für den »Matrosen A. B. C.« bestimmt, dessen Identität Kapitän Arruda geschworen hatte, nicht zu enthüllen und der kurz vor Nanquit Point mit einem Leichter aufkreuzen sollte, um seine Güter zu empfangen.

Die Vizeadmiralität in Newport war ratlos, wie sie in diesem Fall verfahren sollte. Die Fracht stellte zwar keine Schmugglerware dar, war aber ungesetzlich ins Land gebracht worden. Schließlich einigte man sich auf die Empfehlung des Steuerbeamten Robinson, das Schiff freizulassen, ihm aber den Anlauf eines Hafens in Rhode Island zu untersagen. Später gab es Gerüchte, das Schiff sei im Bostoner Hafen gesehen worden, obwohl es dort offiziell nie eingelaufen ist.

Dieser ungewöhnliche Vorfall erregte großes Aufsehen in Providence, und es gab kaum jemanden, der nicht an einen Zusammenhang zwischen der Mumienfracht und dem finsteren Joseph Curwen glaubte. Seine exotischen Studien und sonderbaren chemischen Einkäufe aus dem Ausland waren weithin bekannt und seine Vorliebe für Friedhöfe erregte allgemein Argwohn; so bedurfte es keiner großen Fantasie, ihn mit der bizarren Lieferung in Verbindung zu bringen, die für niemanden sonst in der Stadt bestimmt gewesen sein konnte. Als wäre er sich dieser Vermutung bewusst, bemühte Curwen sich bei mehreren Anlässen, wie beiläufig vom chemischen Wert des in Mumien gefundenen Balsams zu sprechen – er glaubte vielleicht, dass die Angelegenheit dadurch weniger unnatürlich erscheine, doch seine Verwicklung darin gab er nie zu. Weeden und Smith hegten natürlich keinen Zweifel an der Bedeutsamkeit dieser Sache und ergingen sich in den wildesten Mutmaßungen über Curwen und seine ungeheuerlichen Forschungen.

Im folgenden Frühling gab es wie im Vorjahr starke Regenfälle, und die beiden Wächter achteten sorgfältig auf das Flussufer hinter Curwens Gut. Große Teile der Uferböschung wurden weggespült und einige Knochen entdeckt, aber von irgendwelchen unterirdischen Räumen oder Gängen fand sich keine Spur. Doch knapp zwei Kilometer weiter im Dorf Pawtuxet, wo der Fluss in Wasserfällen über Felsterrassen hinabfällt, um in einen ruhigen Binnensee zu münden, wurden Gerüchte laut. Dort, wo anmutige alte Hütten von der Brücke aus den Hügel erklommen und Fischkutter in ihren schläfrigen Docks vor Anker lagen, berichtete man von Dingen, die den Fluss herabtrieben und während des Sturzes über den Wasserfällen kurz zu sehen waren. Natürlich ist der Pawtuxet ein langer Fluss, der sich durch viele besiedelte Gebiete windet, die reich an Friedhöfen sind, und natürlich waren die Regenfälle des Frühjahres sehr heftig gewesen, doch den Fischern, die bei der Brücke lebten, hatte es gar nicht gefallen, als eines der Dinge, die über den Wasserfall in den ruhigen See hinabrutschten, wild um sich blickte und als ein anderes halb erstickt aufschrie, obwohl es den Zustand, in dem Lebewesen noch schreien können, schon weit überschritten hatte.

Durch diese Gerüchte zog es Smith eilig – Weeden befand sich zu diesem Zeitpunkt gerade auf See – zum Flussufer hinter der Farm, wo er dann auch Spuren für einen geräumigen Erdeinbruch fand. Es gab jedoch keinen Anhaltspunkt für einen Durchgang, der ins Steilufer hineinführte, denn die kleine Lawine hatte eine feste Mauer aus Erde und Gestrüpp herabgerissen. Smith begann sogar, probeweise zu graben, gab aber schnell auf, als sich kein direkter Erfolg einstellte – vielleicht aber auch aus Furcht vor einem möglichen Erfolg. Es ist eine interessante Spekulation, was der beharrliche und unversöhnliche Weeden wohl getan hätte, wäre er zu dieser Zeit vor Ort gewesen.

Im Herbst des Jahres 1770 entschied Weeden, dass es an der Zeit
sei, andere in seine Entdeckungen einzuweihen, denn er hatte
viele Fakten gesammelt, die man miteinander verbinden konnte,
und einen zweiten Augenzeugen, um sich gegen den möglichen
Vorwurf zu wehren, Eifersucht und Hass hätten seine Fantasie
entfacht. Als Ersten zog er Kapitän James Mathewson von der
Enterprise ins Vertrauen, der ihn einerseits gut genug kannte, um
nicht an seiner Aufrichtigkeit zu zweifeln, und andererseits in
der Stadt einflussreich genug war, um Gehör zu finden.

Das Gespräch fand in einem der oberen Zimmer von Sabins
Taverne in Docknähe statt, und Smith war dabei, um buchstäblich jede Aussage zu bestätigen. Es war offensichtlich, dass
Kapitän Mathewson ungeheuerlich beeindruckt war. So wie
eigentlich jeder andere Bewohner der Stadt hatte auch er seine
eigenen finsteren Mutmaßungen über Joseph Curwen, und so
bedurfte es lediglich dieser Bestätigung und faktischen Erwei-
terung, um ihn vollends zu überzeugen. Am Ende des Gesprächs
war er sehr ernst und bat die beiden jungen Männer um striktes
Stillschweigen.

Er sagte, er wolle die Informationen etwa zehn der gebildets-
ten und einflussreichsten Bürgern von Providence unter vier
Augen mitteilen, sie um ihre Meinung fragen und ihren Rat
befolgen. Verschwiegenheit sei in jedem Fall sehr wichtig, da
wohl weder die Sicherheitspolizei noch die Truppen der Stadt in
dieser Sache helfen könnten. Vor allem dürfe der leicht erreg-
bare Pöbel nichts erfahren, damit sich in dieser ohnehin schon
schwierigen Zeit nicht die schreckliche Massenpanik von Salem
wiederhole, durch die Curwen vor bald einem Jahrhundert
vertrieben wurde und hierher nach Providence flüchtete.

Seiner Ansicht nach waren die richtigen Personen, die man ins
Vertrauen ziehen konnte: Dr. Benjamin West, dessen Pamphlet
über den jüngsten Transit der Venus ihn als Gelehrten und kühnen Denker etabliert hatte; Reverend James Manning, Rektor
der Hochschule, die gerade aus Warren zugezogen und vor-
läufig im neuen Schulhaus in der King Street untergebracht war,
bis das eigene Haus auf dem Hügel über der Presbyterian Lane
fertiggestellt sei; der ehemalige Gouverneur Stephen Hopkins,

der ein Mitglied der Philosophischen Gesellschaft von Newport gewesen war und ein sehr intelligenter Mann sei; John Carter, der Herausgeber der *Gazette;* die vier Gebrüder Brown: John, Joseph, Nicholas und Moses, die anerkannt reichsten Finanzmänner der Stadt – John war zudem ein Amateurwissenschaftler; der alte Dr. Jabez Bowen, der beträchtlich belesen sei und der über Curwens merkwürdige Käufe vieles aus erster Hand berichten könne; sowie Kapitän Abraham Whipple, ein Seeräuber von phänomenaler Kühnheit und Kraft, auf den man bei eventuell notwendigen handgreiflichen Auseinandersetzungen würde zählen können. Wären diese Männer überzeugt, könne man sie zu gemeinsamen Erwägungen zusammenbringen. Bei ihnen läge dann auch die Entscheidung, ob man den Gouverneur der Kolonie, Joseph Wanton aus Newport, informieren würde, bevor man etwas unternahm.

Die Mission des Kapitäns Mathewson war erfolgreicher, als er es in seinen kühnsten Vorstellungen erwartet hatte. Obwohl ein, zwei der ausgewählten Vertrauensmänner sich etwas skeptisch gegenüber der gespenstischen Seite von Weedens Geschichte zeigten, gab es keinen, der nicht von der Notwendigkeit eines geplanten, geheimen Vorgehens überzeugt gewesen wäre.

Es war klar, dass Curwen für das Wohlergehen der Stadt und der Kolonie eine wie auch immer geartete Bedrohung darstellte, und er musste, koste es, was es wolle, ausgeschaltet werden. Ende Dezember 1770 traf sich die Gruppe der bedeutenden Bürger im Haus von Stephen Hopkins und beriet sich über denkbare Maßnahmen. Weedens Aufzeichnungen, die er Kapitän Mathewson überlassen hatte, wurden sorgfältig vorgelesen, und er sowie Smith waren hinzugebeten worden, um über die Einzelheiten auszusagen.

Etwas, das Furcht sehr nahe kam, ergriff die versammelten Männer, noch ehe das Treffen vorüber war, doch diese Furcht verband sich mit einer grimmigen Entschlossenheit, die Kapitän Whipple mit seinen schroffen Schimpfworten lautstark zum Ausdruck brachte. Den Gouverneur wollten sie nicht in Kenntnis setzen, da mehr als nur ein legales Vorgehen notwendig schien.

Da er anscheinend über verborgene Kräfte unbestimmten Ausmaßes verfügte, war Curwen kein Mann, den man ungefährdet dazu auffordern konnte, die Stadt zu verlassen. Ungeahnte

Vergeltungsmaßnahmen mochten die Folge sein, und selbst wenn die finstere Gestalt der Aufforderung nachkam, wäre es lediglich eine Verlagerung der unreinen Bürde an einen anderen Ort. Es waren gesetzlose Zeiten, und die Männer, die die Steuerbehörden des Königs seit Jahren verspotteten, schreckten auch vor schlimmeren Taten nicht zurück, wenn die Pflicht sie dazu rief.

Curwen musste auf seiner Farm in Pawtuxet von einem großen Trupp abgehärteter Seeleute überrascht werden und eine letzte, entscheidende Gelegenheit erhalten, alles zu erklären. Sollte er sich als Irrer erweisen, der sich damit vergnügte herumzubrüllen und Selbstgespräche mit verstellter Stimme in verschiedenen Sprachen zu führen, würde man ihn ordnungsgemäß einweisen lassen. Sollte etwas viel Ernsteres herauskommen und die unterirdischen Gräuel sich tatsächlich als wahr erweisen, dann mussten er und alle, die ihm halfen, sterben. Das könne ganz schnell geschehen, und nicht einmal seiner Witwe und ihrem Vater müsse man erklären, wie es dazu gekommen war.

Während man über diese ernsthaften Schritte beriet, trug sich in der Stadt ein so schrecklicher und unerklärlicher Vorfall zu, dass im ganzen Bezirk eine Weile über nichts anderes mehr gesprochen wurde. Mitten in der mondhellen Januarnacht, in der eine hohe Schneedecke das Land bedeckte, hörte man über den Fluss und den Hügel herauf mehrere schockierende Schreie gellen. Darauf tauchten an jedem Fenster verschlafene Gesichter auf. Die Bewohner der Gegend von Weybosset Point sahen etwas großes Weißes, das panisch und verzweifelt über den kaum vom Schnee befreiten Platz vor der Schenke *Zum Türkenhaupt* hetzte. In der Ferne hörte man Hunde bellen, doch das wurde bald vom Lärmen der erwachten Stadt übertönt. Gruppen von Männern mit Laternen und Musketen eilten hinaus, um zu sehen, was da vor sich ging – ihre Suche blieb zunächst aber ergebnislos.

Am nächsten Morgen jedoch fand man eine riesengroße, muskulöse Leiche. Sie lag splitternackt auf dem Eis an den südlichen Piers der Großen Brücke, wo das Lange Dock sich parallel zu Abbotts Destille ausdehnte. Über die Identität des Toten wurde endlos spekuliert und geredet. Besonders die älteren Bürger tuschelten, denn allein bei ihnen weckte das starre Gesicht der Leiche mit den vor Schreck hervorgequollenen Augen eine zögerliche Erinnerung. Ängstlich und leise flüsterten sie miteinander und sprachen schließlich voller Erstaunen und Furcht aus, dass diese steif gefrorenen, grausigen Gesichtszüge jemandem so unglaublich ähnelten, dass man fast schon an eine Identität glauben konnte – und zwar mit einem Mann, der schon ganze fünfzig Jahre zuvor gestorben war.

Ezra Weeden war bei der Auffindung zugegen, und als er sich an das Hundegebell in der vergangenen Nacht erinnerte, machte er sich auf den Weg über die Weybosset Street und über die Muddy Dock Bridge, woher es gekommen war. Er hatte dabei eine sonderbare Erwartungshaltung und war nicht überrascht, als er beim Erreichen des Siedlungsrandes, wo die Straße in die Pawtuxet Road überging, auf sehr merkwürdige Spuren im Schnee stieß. Der nackte Hüne war von Hunden und vielen gestiefelten Männern verfolgt worden, und an den Spuren der zurückkehrenden Tiere und ihrer Herren konnte deutlich abgelesen werden, dass man die Hetzjagd aufgegeben hatte, als man der Stadt zu nahe gekommen war.

Weeden lächelte grimmig und verfolgte die Spuren, bloß noch um wirklich sicher zu sein, zurück zu ihrem Ursprung. Es war das Gut von Joseph Curwen in Pawtuxet, ganz wie er es erwartet hatte, und er hätte viel darum gegeben, wäre der Hof mit weniger konfusen Spuren bedeckt gewesen. Natürlich wagte er es nicht, im Licht des Tages allzu großes Interesse zu zeigen.

Dr. Bowen, den Weeden sogleich aufsuchte, um Bericht zu erstatten, unterzog den seltsamen Leichnam einer Autopsie und entdeckte dabei Anomalien, die ihn sehr verwunderten. Der Verdauungstrakt des riesigen Mannes schien niemals gebraucht worden zu sein und seine Haut war so rau und brüchig, dass man sich das unmöglich erklären konnte.

Bestürzt über das Gerede der Älteren über die Ähnlichkeit des Leichnams mit dem lange verstorbenen Schmied Daniel Green, dessen Urenkel Aaron Hoppin als Frachtaufseher für Curwen arbeitete, stellte Weeden einige vorsichtige Fragen, bis er herausgefunden hatte, wo Green begraben worden war. Noch in derselben Nacht zog ein Trupp von zehn Mann zum alten Nordfriedhof gegenüber der Herrenden's Lane und öffnete das Grab. Sie fanden es leer vor, so wie sie es erwartet hatten.

Schon vorher hatte man mit den Postreitern eine Abmachung

getroffen, Joseph Curwens Korrespondenz abzufangen, und kurz
vor dem Vorfall mit der nackten Leiche hatte man einen Brief
eines gewissen Jedediah Orne aus Salem geöffnet, der die verschworenen Bürger zum Nachdenken brachte. Teile des Briefes
waren für die Privatarchive der Familie, wo Charles Ward ihn
entdeckte, kopiert worden und lauteten wie folgt:

»Es freut mich zu vernehmen, daß Ihr auf eignem Wege
den Alten Stoffen nacheifert, und ich meine nicht, Mr.
Hutchinson im Dorfe Salem gelänge Besseres. Es lag fürwahr nichts als blankes Grauen in dem, was H. daraus erweckte, was er nur zum Theil zu sammeln vermocht. Was
Ihr uns entsandt, gelang nicht, sei es nun, weil ihm etwas
fehlte, oder weil die Worte meiner Ansprache oder Eurer
Abschrift nicht die rechten gewesen. Alleine stehe ich auf
verlorenem Fuße. Mir fehlt es auch an der chymischen
Fertigkeit, um dem Borellus zu folgen, und ich gestehe,
daß mich das VII. Buch des *Necronomicon,* welches Ihr mir
anempfohlen, verwirrt. Doch wünscht' ich, Ihr wäret
dessen eingedenk, was uns aufgetragen worden bezüglich
dessen, wen man heraufbeschwöret, denn Ihr wisset doch,
was Mr. Mather in den *Marginalia* über - - - - schrieb, und
Ihr möget ermessen, wie wahrhaft das Gräuliche geschildert ist.

Erneut ersuch' ich Euch, nichts zu rufen, das Ihr nicht
wieder zu bannen vermöget; insonderheit mein' ich jene,
die Ihr erwecket, und die wiederum etwas gegen Euch
auszurichten vermögen, wogegen selbst Eure machtvollsten Mitthel ohnmächtig sind. Befragt die Geringeren, auf
daß nicht die Größeren Euch antworten und mehr
heraufbeschwören, als Ihr vermöget. Furcht packte mich,
da ich von Eurem Wissen darum las, was Ben Zaristnatmik
in seinem Ebenholzkästchen aufbewahrt, wußt' ich doch
gleich, von wem Ihr solcherley Kunde hattet. Und erneut
ersuch' ich Euch, mir als Jedediah und nicht als Simon zu
schreiben. In dieser Gemeinde kommt es einem Mann
nicht zustatten, zu lange zu leben, und Ihr kennet meinen
Plan, wonach ich als mein Sohn zurückkehrte. Mich
verlangt es zu erfahren, was der Schwartze Mann in jener

Gruft unter der römischen Mauer von Sylvanus Cocidius erfuhr, und wäre Euch verpflichtet, wolltet Ihr mir besagtes Manuscript zukommen lassen.«

Ein weiterer, diesmal unsignierter Brief aus Philadelphia löste ähnliche Gedankengänge aus, vor allem im folgenden Abschnitt:

»Ich werde dem Folge leisten, was Ihr bezüglich der Sendung von Rechnungen auf Euren Schiffen wünschet, kann mir indes nicht immer sicher seyn, wann diese zu erwarten sind. In besagter Angelegenheit bedarf ich nur noch eyner Sache, möchte aber sichergehn, Euch recht zu verstehen. Ihr setzt mich in Kenntniß, daß zur Erlangung der besten Wirkung kein Theil fehlen darf, doch ahnt Ihr kaum, wie schwer es ist, darin Gewißheyt zu haben. Es ist eine große Gefahr und Bürde, die gesamte Schachtel zu entwenden, und in der Stadt (also St. Peter, St. Paul, Marien- oder Christuskirche) ist dies ganz unmöglich. Doch weiß ich um die Unvollkommenheit dessen, der letzten October erweckt worden, und wie vieler lebendiger Exemplare Ihr bedurftet, ehe es im Jahre 1766 recht gelang; also werde ich mich in allem Eurer Führung anvertrauen. Voller Ungeduld harre ich Eurer Brigg und erwarte sie täglich an Mr. Biddles Kai.«

Ein dritter verdächtiger Brief war nicht nur in unbekannter Sprache, sondern sogar in einem unbekannten Alphabet verfasst. In dem von Charles Ward entdeckten Tagebuch von Smith fand sich die ungelenke Abschrift einer einzelnen, häufig wiederholten Zeichenfolge, und Autoritäten der Brown-Universität haben das Alphabet als amharisch oder abessinisch erkannt, obwohl sie das Wort nicht zu entziffern vermochten. Keines dieser Schreiben erreichte Curwen, doch dass bald darauf Jedediah Orne aus Salem verschwand, zeigt, dass die Männer aus Providence insgeheim begonnen hatten, etwas zu unternehmen. Die Historische Gesellschaft von Pennsylvania bewahrt außerdem einige kuriose Briefe an einen Dr. Shippen auf, in denen vom Aufenthalt einer unheilvollen Person in Philadelphia berichtet wird.

Doch nun lagen tief greifendere Aktionen in der Luft, und in den geheimen nächtlichen Zusammenkünften der eingeschworenen und bewährten Seeleute in den Brown-Lagerhallen ließ sich erkennen, dass Weedens Enthüllungen Früchte trugen. Langsam, aber sicher entwickelte sich der Plan zu einer Kampagne, nach der keine Spur mehr von Joseph Curwens abscheulichen Geheimnissen übrig bleiben sollte.

Trotz aller Vorkehrungen merkte Curwen offenbar, dass etwas in der Luft lag, denn man beobachtete an ihm nun ein ungewöhnlich besorgtes Aussehen. Zu allen möglichen Zeiten sah man jetzt seine Kutsche in der Stadt und auf der Pawtuxet Road, und nach und nach ließ er die übertriebene Herzlichkeit wieder fallen, mit der er in jüngster Zeit versucht hatte, die Abneigung der Bürger zu zerstreuen.

Die nächsten Nachbarn seiner Farm, die Fenners, bemerkten eines Nachts eine große Lichtsäule, die aus einer Öffnung im Dach des rätselhaften Steingebäudes mit den hohen, äußerst schmalen Fenstern zum Himmel hinaufschoss. Sie berichteten sogleich John Brown in Providence von diesem Ereignis. Mr. Brown war zum Entscheidungsträger der verschworenen Gruppe geworden, die sich Curwens Vernichtung zur Aufgabe gemacht hatte. Er hatte den Fenners zuvor schon mitgeteilt, dass bald Maßnahmen ergriffen werden würden, weil er es für nötig hielt, da es ausgeschlossen war, dass die Familie nichts von der endgültigen Offensive bemerken würde. Brown erklärte dieses Vorgehen damit, dass Curwen ein Spion der Zollbehörde in Newport sei, gegen den jeder Schiffer, Händler und Bauer von Providence offen oder heimlich die Faust ballte. Ob die Nachbarn, die schon so viele sonderbare Dinge gesehen hatten, dies nun wirklich glaubten oder nicht, ist ungewiss, jedenfalls trauten die Fenners einem Mann mit derart befremdendem Verhalten alle möglichen bösen Dinge zu. Ihnen hatte Mr. Brown die Aufgabe übertragen, Curwens Farm zu beobachten und regelmäßig über alle sich dort abspielenden Geschehnisse Bericht zu erstatten.

5

Die Wahrscheinlichkeit, dass Curwen auf der Hut war und ungewöhnliche Mittel erprobte, wie die sonderbare Lichtsäule andeutete, ließ die besorgte Gruppe der Bürger nun handeln, wie sie es schon lange geplant hatte. Laut des Tagebuches von Smith traf sich am Freitag, dem zwölften April 1771 um zehn Uhr abends, eine Gruppe von rund hundert Mann im großen Saal von Thurstons Gaststätte *Zum Goldenen Löwen* in Weybosset Point auf der gegenüberliegenden Seite der Brücke.

Vom leitenden Kern prominenter Bürger waren neben dem Anführer John Brown anwesend: Dr. Bowen mit seinem Koffer chirurgischer Instrumente; Präsident Manning, allerdings ohne die große Perücke (die größte in der ganzen Kolonie), für die er bekannt war; Gouverneur Hopkins in seinem dunklen Mantel nebst seinem Bruder Eseh, dem Seefahrer, den er mit Erlaubnis der anderen in letzter Minute eingeweiht hatte; John Carter; Kapitän Mathewson und Kapitän Whipple, der das eigentliche Kommando leiten sollte.

Diese Anführer besprachen sich erst gesondert in einem Hinterzimmer, dann trat Kapitän Whipple in den großen Raum und erteilte den versammelten Seeleuten die letzten Befehle und Anweisungen. Eleazar Smith saß bei den Anführern im Hinterzimmer, die auf die Ankunft von Ezra Weeden warteten, der Curwen im Auge behalten und die Abfahrt seiner Kutsche in Richtung Farm sofort melden sollte.

Gegen halb elf vernahm man ein lautes Rumpeln auf der Großen Brücke, gefolgt von den Geräuschen einer Kutsche draußen auf der Straße. Zu dieser Stunde bedurfte es nicht mehr der Meldung von Weeden, um zu wissen, dass der Verdammte zum letzten Mal aufgebrochen war, um seine unheiligen Zauberkünste auszuüben. Einen Augenblick später, die Kutsche klapperte in der Ferne über die Muddy Dock Bridge, erschien Weeden, und die Versammelten reihten sich auf der Straße schweigend in militärischer Formation auf und schulterten die Büchsen, Jagdflinten oder Walharpunen, die sie bei sich hatten.

Weeden und Smith zählten auch zum Trupp, und von den entscheidungstragenden Bürgern waren Kapitän Whipple, der Anführer, Kapitän Eseh Hopkins, John Carter, Präsident Manning, Kapitän Mathewson und Dr. Bowen dabei. Um elf stieß auch noch Moses Brown zu ihnen, der bei der vorangegangenen Sitzung im Wirtshaus nicht zugegen gewesen war. All diese Bürger und an die hundert Matrosen machten sich ohne weitere Verzögerung auf den langen Marsch – grimmig und ein wenig bedrückt ließen sie das Muddy Dock hinter sich und gingen die sanft ansteigende Broad Street in Richtung Pawtuxet Road entlang. Knapp hinter der Kirche von Dekan Snow wandten einige der Männer sich um, um zum Abschied noch einmal Providence zu sehen, das unter den Sternen des neuen Frühjahrs ausgebreitet lag. Kirchtürme und Giebel hoben sich dunkel und klar ab, und salzige Brisen strichen sanft aus der Bucht nördlich der Brücke. Die Wega ging über dem großen Hügel auf der anderen Seite des Gewässers auf, die Bäume auf dem Gipfel von den Dächern der unvollendeten College-Gebäude durchbrochen. Am Fuße dieses Hügels und entlang der schmalen, ansteigenden Gassen auf seiner Flanke träumte die alte Stadt vor sich hin: das alte Providence, um dessen Sicherheit und Wohlergehen willen die monströse, kolossale Blasphemie ausgelöscht werden musste.

Eine Stunde und fünfzehn Minuten später traf der Trupp wie vorab besprochen vor dem Farmhaus der Fenners ein, wo sie den letzten Bericht über ihr auserwähltes Opfer hörten. Curwen hatte seinen Hof vor mehr als einer halbe Stunde erreicht und bald darauf war wieder das seltsame Licht in den Himmel geschossen, obwohl in keinem der sichtbaren Fenster ein Licht zu sehen war. Dies sei in letzter Zeit immer so gewesen. Noch während sie darüber sprachen, streckte sich im Süden erneut ein riesiger Lichtstrahl in den Nachthimmel, und den Männern wurde bewusst, dass sie sich tatsächlich ganz nahe eines Schauplatzes fantastischer und übernatürlicher Wunder befanden.

Kapitän Whipple befahl seinen Leuten nun, sich in drei Divisionen aufzuteilen. Eine Abteilung von zwanzig Mann sollte unter dem Kommando von Eleazar Smith zum Flussufer gehen und die Anlegestelle vor einer möglichen Verstärkung für Curwen schützen und nur im Notfall durch einen Boten herbeigerufen werden. Eine zweite Abteilung von zwanzig Mann unter Kapitän Eseh Hopkins' Führung sollte sich ins Flusstal hinter der Curwen-Farm schleichen und mit Äxten oder Schießpulver die Eichenholztür in der hohen, steilen Uferböschung zerstören. Die dritte Abteilung schließlich sollte das Haus und die anliegenden Gebäude umzingeln. Von dieser Abteilung sollte sich ein Drittel von Kapitän Mathewson zu dem rätselhaften

Steingebäude mit den hohen, schmalen Fenstern führen lassen, ein zweites Drittel sollte Kapitän Whipple zum Hauptgebäude folgen und der Rest einen Kreis um die gesamte Gebäudeanlage bilden, bis er durch ein Signal herbeigerufen wurde.

Der Flusstrupp sollte auf einen einzelnen Pfiff hin die Tür in der Böschung aufbrechen, dann abwarten und alles gefangen nehmen, was aus dem Innern hervordringen mochte. Auf einen zweiten Pfiff hin sollten die Männer durch die Öffnung hineingehen und sich entweder dem Feind entgegenstellen oder sich dem restlichen Kontingent anschließen. Die Gruppe am Steingebäude sollte diese Signale in ähnlicher Weise befolgen: beim ersten sich Einlass verschaffen, beim zweiten jeglichen zu findenden Zugang in die unteren Bereiche nutzen, um in die Kämpfe einzugreifen, mit denen man in den Höhlen rechnete.

Ein drittes Signal – drei Pfiffe – war als Notsignal bestimmt, um die Reserve von ihrem Wachtdienst herbeizurufen. Diese zwanzig Männer sollten sich gleichmäßig aufteilen und über das Gutshaus und das Steingebäude in die unbekannten Tiefen vordringen. Kapitän Whipple war so absolut von der Existenz von Katakomben überzeugt, dass er keinen alternativen Plan in Erwägung zog. Er trug eine laute und schrille Pfeife bei sich und hoffte, dass es keine Verwirrung oder Missverständnisse mit den Signalen geben würde. Die letzte Reserve bei der Anlegestelle befand sich natürlich fast außerhalb der Reichweite der Pfeife, deshalb musste sie im Notfall durch einen gesonderten Boten zu Hilfe geholt werden.

Moses Brown und John Carter begleiteten Kapitän Hopkins zum Flussufer, während Präsident Manning mit Kapitän Mathewson dem Steingebäude zugeteilt wurde. Dr. Bowen blieb mit Ezra Weeden in Kapitän Whipples Gruppe, die das Hauptgebäude stürmen sollte. Der Angriff sollte beginnen, sobald einer von Kapitän Hopkins' Boten Kapitän Whipple von der Bereitschaft der Flussmannschaft in Kenntnis setzte. Der Anführer sollte dann das erste laute Signal geben, damit die verschiedenen Stoßtrupps an den drei Stellen gleichzeitig zuschlugen. Kurz vor ein Uhr morgens verließen die drei Gruppen die Farm der Fenners – eine, um die Anlegestelle zu bewachen, die zweite begab sich zur Flussböschung mit der Tür, und die dritte teilte sich auf, um sich um die Gebäude der Curwen-Farm zu kümmern.

Eleazar Smith, der dem Trupp zugeteilt war, der das Flussufer bewachte, berichtet in seinem Tagebuch von einem ereignislosen Marsch und einer langen Zeit des Wartens am Steilufer bei der Bucht. Irgendwann habe ein ferner Pfiff die Stille durchbrochen, der wohl von der Signalpfeife rührte, und etwas später drang aus derselben Richtung ein gedämpftes Wirrwarr von Gebrüll und Geschrei, dann folgte eine Pulverexplosion. Kurz darauf glaubte einer der Männer, in der Ferne Gewehrschüsse zu vernehmen, und wieder etwas später meinte Smith zu spüren, dass die höheren Luftschichten durch den Widerhall titanischer, donnernder Worte vibrierten.

Kurz vor Morgengrauen erschien ein einzelner verstörter Bote mit wildem Blick, dessen Kleidung einen scheußlichen, unbekannten Geruch verbreitete. Er sagte den Leuten, sie sollten leise in ihre Häuser zurückkehren und nie wieder von den Geschehnissen dieser Nacht und ihm, der einst Joseph Curwen gewesen sei, sprechen oder auch nur daran denken. Die Verfassung des Boten verlieh ihm eine Überzeugungskraft, die über die seiner bloßen Worte weit hinausging, denn obwohl viele der Männer diesen Matrosen gut kannten, hatte seine Seele etwas Unerklärliches aufgenommen oder verloren, das ihn für immer von ihnen trennte. So war es auch, als sie andere Gefährten wiedersahen, die den Bereich des Grauens betreten hatten. Die meisten von ihnen hatten etwas Undenkliches und Unbeschreibliches verloren oder aufgenommen. Sie hatten etwas gesehen oder gehört oder gefühlt, das für menschliche Wesen nicht bestimmt ist, und konnten es nicht mehr vergessen. Diese Männer beteiligten sich nie an dem Klatsch, denn selbst dem gewöhnlichsten Instinkt der Sterblichen sind entsetzliche Grenzen gesetzt.

Von dem einzelnen Boten übertrug sich auf die Männer am Flussufer ein namenloses Grauen, das ihre Lippen geradezu versiegelte. Kaum einer von ihnen sprach jemals über die Ereignisse. Das Tagebuch von Eleazar Smith ist die einzige Aufzeichnung, die erhalten blieb von dieser Expedition, die vom *Goldenen Löwen* aus unter dem Sternenhimmel losgezogen war.

Charles Ward entdeckte allerdings noch einen unklaren Hinweis in einem Brief der Fenners, den er in New London aufspürte, wo ein Zweig dieser Familie wohnte. Allem Anschein nach hatten die Fenners, von deren Haus aus man die verfluchte Farm in der Ferne sah, den Abzug der Männer beobachtet und sehr deutlich das wütende Anschlagen von Curwens Hunden gehört – und kurz darauf den ersten schrillen Pfiff, der den Angriff einleitete. Nach diesem ersten Pfiff war erneut eine große Lichtsäule aus dem Steingebäude aufgestiegen, und einen Moment später, nachdem das zweite Signal zur vollständigen Erstürmung erklungen war, hatte man das gedämpfte Knallen der Musketen vernommen. Es folgte ein grausiger, heiserer Schrei, den der Briefschreiber Luke Fenner in seiner Beschreibung mit den Buchstaben »Waaaahrrr – R'waaahrrr« wiedergegeben hatte.

Diesem Schrei sei aber irgendetwas zu eigen gewesen, das schriftlich nicht wiedergegeben werden könne, und der Briefschreiber erwähnt, dass seine Mutter bei diesem Geräusch in Ohnmacht gefallen sei. Später wiederholte sich dieser Schrei noch einmal, nun aber leiser, gefolgt von weiteren, gedämpfteren Schüssen, und aus der Richtung des Flusses folgte eine laute Explosion von Schießpulver. Ungefähr eine Stunde später setzten alle Hunde zu einem fürchterlichen Gebell an, und unter der Erde grollte es so stark, dass die Kerzenhalter auf dem Kaminsims wackelten.

Man bemerkte nun einen starken Schwefelgeruch, und Luke Fenners Vater behauptete, das dritte Signal der Pfeife, das nur im Notfall zum Einsatz kommen sollte, gehört zu haben, doch andere hatten es nicht vernommen. Wieder waren gedämpfte Musketenschüsse zu hören, gefolgt von einem tiefen Schrei. Dieser Schrei klang zwar weniger durchdringend als der vorangegangene, dafür aber viel schrecklicher: eine Art kehliges, ekelhaft schwabbeliges Husten oder Gurgeln, dessen Eindruck, es sei ein Schrei, eher von der langen Dauer und der psychologischen Wirkung als von der tatsächlichen akustischen Prägung herrühre.

Dann war auf einmal das flammende Licht an der Stelle zu sehen, wo das Gut von Curwen lag, und man hörte die verzweifelten Schreie verängstigter Männer. Musketenfeuer blitzten und donnerten, und das lodernde Licht sackte in sich zusammen.

Eine zweite flammende Erscheinung stieg auf, und das Geschrei von Menschen war deutlich zu hören. Fenner schreibt, er habe sogar ein paar Worte aufgeschnappt, die voller Panik gebrüllt wurden: »Allmächtiger Gott, beschütze deine Lämmer!« Es krachten weitere Schüsse, und die zweite Lichtsäule sackte nach unten.

Danach blieb es für ungefähr fünfundvierzig Minuten still, bis der kleine Bruder von Luke, Arthur Fenner, rief, er sehe einen »roten Nebel«, der von der verfluchten Farm in der Ferne zu den Sternen hinaufzieht. Niemand außer dem Jungen hat das beobachtet, doch Luke schreibt, dass in diesem Moment die drei Katzen der Familie, die sich im Zimmer befanden, gleichzeitig von krampfhafter Furcht erfasst wurden. Sie machten einen Buckel und sträubten das Fell.

Fünf Minuten später kam ein kalter Wind auf, und in die Luft mischte sich ein derart unerträglicher Gestank, dass nur die starken, frischen Meeresböen verhindert haben können, dass er von den Männern am Fluss oder einer schlaflosen Seele in Pawtuxet gerochen wurde. Dieser Gestank glich nichts, was je zuvor einer der Fenners ertragen hatte – er löste eine würgende, amorphe Angst aus, die weit schlimmer war als die vor dem Tod oder dem Leichenhaus.

Bald danach ertönte die grauenhafte Stimme, die keiner der unglücklichen Hörer je vergessen konnte. Sie donnerte wie ein Urteilsspruch vom Himmel herab. Die Fensterscheiben klirrten, als das Echo verhallte. Sie war tief und gefühlvoll, so kräftig wie die Basstöne einer Kirchenorgel, doch so böse wie die verbotenen Bücher der Araber. Was sie sagte, weiß kein Mensch, denn sie sprach in unbekannter Sprache. Luke Fenner hielt die dämonischen Töne wie folgt fest: »DEESMEES – JESHET – BONEDOSEFEDUVEMA – ENTTEMOSS.« Erst 1919 sollte es gelingen, diese krude Mitschrift mit irgendetwas aus dem Wissen der Sterblichen in Verbindung zu bringen, doch Charles Ward erbleichte, als er es als das entzifferte, was Mirandola voller Schaudern als das ultimative Grauen unter den Beschwörungen der Schwarzen Magie gebrandmarkt hatte.

Ein zweifellos menschlicher Schrei, der ähnlich wie ein tiefer Chor klang, schien von Curwens Farm aus diesem unheilvollen Mysterium zu antworten, und in den unbekannten Gestank mischte sich jetzt ein komplexer neuer, ebenso unerträglicher Geruch. Nun brach ein Gekreische aus, das ganz anders als der Schrei klang. Es zog sich in höhere und tiefere winselnde

Krämpfe hin. Zuweilen klang es beinahe verständlich, doch kein Zuhörer vermochte, bestimmte Worte herauszuhören; einmal klang es geradezu wie ein diabolisches, hysterisches Gelächter. Dem folgte ein gellendes Geschrei äußerster, nackter Furcht und schieren Wahnsinns aus Dutzenden menschlichen Kehlen; ein Geschrei, das klar und deutlich zu vernehmen war, wenngleich es aus großer Tiefe heraufdringen musste. Danach legten sich Finsternis und Stille über alles. Wirbel von beißendem Rauch stiegen auf und verdunkelten die Sterne, obgleich keine Flammen zu sehen waren und man am nächsten Tag auch keine Brandspuren in den Gebäuden fand.

Im Morgengrauen klopften zwei verängstigte Boten, deren Kleidung von ungeheuerlichen und unbeschreiblichen Gerüchen gesättigt war, an die Tür der Fenners und baten um ein Fässchen Rum, für das sie wirklich sehr großzügig bezahlten. Einer der beiden sagte der Familie, dass die Angelegenheit Joseph Curwen nun erledigt sei und dass die Geschehnisse dieser Nacht nie mehr erwähnt werden sollten. So herrisch diese Ermahnung erscheinen mochte, der Zustand des Mannes, der sie ausgesprochen hatte, ließ keinen Groll aufkommen und verlieh ihr eine grausige Überzeugungskraft. Aus diesem Grunde gibt es nur noch diese geheimen Briefe von Luke Fenner, die zu vernichten er seinen Verwandten in Connecticut beschworen hatte, die davon berichten, was gesehen und gehört wurde. Nur weil dieser Verwandte Lukes Bitte nicht nachkam und die Briefe aufhob, ist die ganze Sache vor der Gnade des Vergessens gerettet worden.

Charles Ward konnte nach mühevoller Recherche unter den Einwohnern von Pawtuxet nach Überlieferungen ihrer Vorfahren ein Detail hinzufügen. Der alte Charles Slocum aus diesem Dorf sagte, sein Großvater habe sich an ein sonderbares Gerücht erinnert: Man habe eine Woche, nachdem man den Tod Joseph Curwens öffentlich bekannt gegeben hatte, auf einem Acker eine verkohlte, verkrümmte Leiche entdeckt. Was das Gerede am Leben hielt, war die Tatsache, dass dieser Kadaver, so weit man das an dem verbrannten und verkrümmten Zustand noch erkennen konnte, weder ganz menschlich war, noch zu irgendeiner Tierart gehörte, von der die Menschen in Pawtuxet je gehört hatten.

Keiner der Männer, die an der schrecklichen Aktion teilgenommen hatten, konnte je dazu bewegt werden, auch nur ein Wörtchen darüber zu verlieren. Jedes vage Bruchstück an Information, das überlebt hat, stammt von Personen, die gar nicht zu den kämpfenden Gruppen gehörten. Es hat etwas Erschreckendes, mit welcher Sorgfalt die Männer jeden Fetzen vernichteten, der auch nur eine kleinste Andeutung über die Sache enthielt.

Acht Matrosen waren ums Leben gekommen, doch obwohl man ihre Leichen nie herausgab, fanden ihre Familien sich mit der Behauptung ab, es sei zu einem Zusammenstoß mit Zollbeamten gekommen. Die gleiche Erklärung führte man für die zahlreichen Verwundungen an, die alle allein von Dr. Jabez Brown behandelt wurden, der den Trupp begleitet hatte. Am schwersten zu erklären war der unbeschreibliche Gestank, der allen Männern anhaftete und über den noch Wochen später gesprochen wurde.

Von den Anführern waren Kapitän Whipple und Moses Brown am schwersten verwundet, und die Briefe ihrer Ehefrauen belegen das Befremden, das sie mit ihrer Verschwiegenheit und der achtsamen Abdeckung ihrer Wunden auslösten. In psychologischer Hinsicht war jeder der Teilnehmer gealtert, ernüchtert und erschüttert. Es ist ein Segen, dass es sich ausnahmslos um starke, tatkräftige und einfache Männer handelte, die der konventionellen Religion anhingen, denn mit einer Neigung zur Innerlichkeit und mehr geistiger Komplexität wäre es ihnen sicherlich schlecht ergangen. Präsident Manning war besonders verstört, doch selbst ihm gelang es, den dunkelsten Schatten zu entkommen und die Erinnerungen in Gebeten zu ersticken. Jeder dieser Anführer hatte in späteren Jahren ein wichtiges Amt zu erfüllen, und das ist vielleicht auch gut so. Kaum ein Jahr später führte Kapitän Whipple den Mob an, der das Zollschiff *Gaspee* niederbrannte, und in diesem kühnen Akt mag man den Versuch erkennen, ungesunde Erinnerungen zu bannen.

Der Witwe Joseph Curwens wurde ein seltsam aussehender, versiegelter Bleisarg überstellt, den man offensichtlich auf der Farm vorgefunden hatte. Man teilte ihr mit, darin ruhe der Leichnam ihres Gatten. Er sei, so fügte man hinzu, bei einem

Kampf mit Zollbeamten ums Leben gekommen. Näheres zu berichten, sei man aus Gründen politischer Geheimhaltung nicht befugt.

Mehr als das war aus keinem Munde je über Joseph Curwens Ende zu erfahren, und Charles Ward fand nur einen einzigen Hinweis, um eine Theorie aufbauen zu können. Dieser Hinweis war bloß eine kleine Überlegung – ein Abschnitt in Jedediah Ornes konfisziertem Brief an Curwen, der mit zittriger Hand unterstrichen war. Ezra Weeden hatte ihn teilweise abgeschrieben. Diese Abschrift befand sich im Besitz von Smiths Nachfahren, und uns obliegt die Entscheidung, ob Weeden sie seinem Kameraden gab, nachdem alles vorbei war, gewissermaßen als stummen Beleg für die geschehenen Abnormitäten, oder ob Smith sie – was wahrscheinlicher ist – schon vorher anfertigte und er selbst den fraglichen Abschnitt unterstrichen hatte, nachdem er seinen Freund geschickt ausgefragt und eigene Vermutungen angestellt hatte. Der unterstrichene Abschnitt lautet:

Erneut ersuch' ich Euch, nichts zu rufen, das Ihr nicht wieder zu bannen vermöget; insonderheit mein' ich jene, die Ihr erwecket, und die wiederum etwas gegen Euch auszurichten vermögen, wogegen selbst Eure machtvollsten Mitthel ohnmächtig sind. Befragt die Geringeren, auf daß nicht die Größeren Euch antworten und mehr heraufbeschwören, als Ihr vermöget.

Anbetracht dieses Absatzes und beim Grübeln darüber, welche unbegreiflichen Verbündeten ein erledigter Mann in seiner höchsten Not versucht haben mag herbeizurufen, fragte Charles Ward sich bestimmt, ob es wirklich ein Bürger von Providence gewesen war, der Joseph Curwen tötete.

Das bewusste Auslöschen jeder Erinnerung an den Toten aus dem Leben und den Annalen von Providence kam dank des Einflusses der Anführer jener Nacht sehr gut voran. Anfangs hatten sie wohl nicht die Absicht gehabt, so gründlich zu sein, und die Witwe, deren Vater und das Kind im Unklaren über die wahren Umstände gelassen. Doch Kapitän Tillinghast war ein scharfsinniger Mann und er deckte bald genügend Gerüchte auf, um voller Grauen zu verlangen, dass seine Tochter und Enkeltochter ihren Nachnamen ablegten. Er veranlasste auch, dass Joseph

Curwens Bibliothek und alle übrigen Unterlagen verbrannt wurden und aus dem Granitstein über dessen Grab die Inschrift getilgt wurde. Er kannte Kapitän Whipple gut, und diesem schroffen Seemann entlockte er wahrscheinlich mehr Hinweise über den Untergang des verfluchten Hexenmeisters, als sonst irgendwer erfuhr.

Von diesem Zeitpunkt an wurde das Austilgen von Curwens Existenz immer fanatischer, bis es sich nach allgemeinem Übereinkommen sogar auf die städtischen Annalen und die Archive der *Gazette* ausdehnte. Man kann diesen Fanatismus höchstens mit dem Schweigen vergleichen, das ein Jahrzehnt nach seiner Entehrung auf Oscar Wildes Namen lag, und im Ausmaß nur mit dem Los des sündhaften Königs von Runagur aus der Erzählung des Lord Dunsany, dem die Götter beschieden hatten, dass er nicht nur aufhören musste zu leben, sondern dass er nie existiert haben durfte.

Mrs. Tillinghast, wie die Witwe nach 1772 hieß, verkaufte das Haus in Olney Court und wohnte bis zu ihrem Tode 1817 im Haus ihres Vaters in der Power's Lane. Die Farm in Pawtuxet wurde von jeder lebenden Seele gemieden und moderte im Laufe der Jahre vor sich hin. Unerklärlicherweise schien sie mit besonderer Schnelligkeit zu verfallen: Um 1780 stand nur noch das Mauerwerk, und um 1800 war selbst das schon zu formlosen Geröllhaufen zusammengestürzt. Niemand wagte es, das Wirrwarr aus Gestrüpp am Flussufer zu durchdringen, hinter dem wohl die große Tür in der Böschung gelegen hatte, noch versuchte irgendwer, sich ein klares Bild von dem Schauplatz zu machen, aus dem Joseph Curwen inmitten der von ihm geschaffenen Schrecknisse gerissen worden war. Nur den robusten alten Kapitän Whipple konnten aufmerksame Zuhörer manchmal vor sich hinmurmeln hören: »Die Pocken über ihn - - - aber wieso musste er am Ende noch lachen, während er brüllte. Man hätte glauben können, der Verdammte hätt' - - - noch ein As im Ärmel gehabt. Für eine halbe Krone würd' ich sein - - - Haus abbrennen.«

Drittes Kapitel: Eine Suche und eine Beschwörung

1

Wie wir nun wissen, erfuhr Charles Ward erstmals 1918, dass er von Joseph Curwen abstammt. Dass er sogleich ein ausgeprägtes Interesse an allem zeigte, was mit diesem alten Rätsel zu tun hatte, verwundert wohl nicht, denn jedes unklare Gerücht, das er jemals über Curwen gehört hatte, stand nun in einem grundlegenden Zusammenhang mit ihm selbst, da in seinen Adern Curwens Blut floss. Kein begeisterter und aufgeweckter Genealoge hätte in diesem Falle anders gehandelt, als sich an eine eifrige und systematische Sammlung von Informationen über Curwen zu machen.

Bei Wards ersten Recherchen zeigt sich nicht der leiseste Hauch, dass er etwas geheim hielt, deshalb schwankt selbst Dr. Lyman, den Wahnsinn des jungen Manns irgendwann vor Ende 1919 zu datieren. Ward sprach über die Sache ganz freimütig mit seiner Familie – obgleich seine Mutter nicht sonderlich erfreut war, Curwen in ihrem Stammbaum zu wissen – und mit den Angestellten der verschiedenen Museen und Bibliotheken, die er aufsuchte. Wandte er sich an Familien, in deren Besitz er bestimmte Dokumente wähnte, verhehlte er seine Absicht keineswegs und er teilte sogar die amüsierte Skepsis, mit der die Berichte der alten Tagebuch- und Briefschreiber bedacht wurden. Häufig sagte er, wie sehr es ihn interessiere, was anderthalb Jahrhunderte zuvor wohl wirklich auf der Farm in Pawtuxet, nach dessen Standort er vergeblich suchte, geschehen war und wer oder was Joseph Curwen wirklich gewesen sein mochte.

Als er auf das Tagebuch von Smith und die Urkundensammlung mit dem Brief von Jedediah Orne stieß, beschloss er, nach Salem zu reisen und dort Curwens frühe Tätigkeiten und Beziehungen zu erkunden, was er dann während der Osterferien 1919 auch tat. Im Essex-Institut, das ihm von seinen früheren Reisen in die glorreiche alte Stadt voller morscher puritanischer Giebel und dicht gedrängter Walmdächer wohlbekannt war, wurde er sehr freundlich empfangen und brachte dort eine beträchtliche Menge an Informationen über Curwen zutage. Er fand heraus, dass sein Vorfahr am 18. Februar 1662 (oder

1663) im Dorf Salem, dem heutigen Danvers, elf Kilometer von der Innenstadt entfernt, geboren wurde. Mit 15 lief er von zu Hause fort, um zur See zu fahren. Erst neun Jahre später tauchte er wieder auf, mit der Ausdrucksweise, der Kleidung und den Manieren eines Engländers, und ließ sich in der Stadt Salem nieder. Damals hatte er wenig mit seiner Familie zu tun und verbrachte den Großteil seiner Zeit mit den sonderbaren Büchern, die er aus Europa mitgebracht hatte, und mit den seltsamen Chemikalien, die ihm mit Schiffen aus England, Frankreich und Holland geliefert wurden. Einige seiner Ausflüge aufs Land weckten die örtliche Neugierde und man redete darüber, dass er in den Nächten Feuer auf dem Hügel entzündet habe.

Curwens einzige enge Freunde waren ein gewisser Edward Hutchinson aus dem Dorf Salem und ein Simon Orne aus der Stadt Salem. Mit diesen Männern sah man ihn oft in der Öffentlichkeit in Gespräche vertieft, und sie besuchten einander auch häufig. Hutchinson besaß ein abgelegenes Haus draußen bei den Wäldern, das wegen bestimmter Geräusche, die dort in den Nächten erklangen, bei sensiblen Menschen einen schlechten Ruf besaß. Es hieß, er lade sich merkwürdige Gäste ein, und die Lichter hinter den Fenstern seien nicht immer von derselben Farbe. Das Wissen, das er über lange verstorbene Personen und lange vergessene Ereignisse besaß, galt als ausgemacht unheilvoll. Als die Hexenpanik aufflammte, verschwand er und man hörte nie wieder von ihm.

Zu dieser Zeit verzog auch Joseph Curwen, doch erfuhr man schon bald, dass er sich in Providence niedergelassen hatte. Simon Orne blieb bis 1720 in Salem, bis die Tatsache, dass er offensichtlich nicht alterte, Aufmerksamkeit zu erregen begann. Daraufhin verschwand er, doch dreißig Jahre später tauchte sein genaues Ebenbild auf, behauptete sein Sohn zu sein und forderte seine Erbschaft ein. Dieser Forderung wurde aufgrund von Dokumenten in der Handschrift Simon Ornes stattgegeben. Jedediah Orne wohnte bis 1771 in Salem, bis einige Briefe von Bürgern aus Providence an den Reverend Thomas Barnard und andere Einwohner seine stillschweigende Ausweisung zuwege brachten. Wohin, ist unbekannt.

Verlässliche Dokumente über all diese seltsamen Begebenheiten fanden sich im Essex-Institut, im Gerichtsarchiv und im

Handelsregister, und dazu gehörten sowohl harmlose Papiere wie Grundbucheinträge oder Kaufverträge, aber auch mehrdeutige Überbleibsel mit eher provozierenderem Inhalt. In den Unterlagen zu den Hexenprozessen gab es vier oder fünf unmissverständliche Anspielungen auf die drei Freunde, so etwa, als ein gewisser Hepzibah Lawson am zehnten Juli 1692 vor dem Gericht von Oyer und vor Richter Hathorne unter Eid schwor, dass sich »vierzig Hexen und der Schwarze Mann in den Wäldern hinter dem Hause des Mr. Hutchinson zu treffen pflegten«, und eine gewisse Amity How erklärte während einer Verhandlung am achten August vor Richter Gedney, dass »Mr. G. B. (George Burroughs) in jener Nacht der Bridget S., dem Jonathan A., dem Simon O., der Deliverance W., dem Joseph C., der Susan P., der Mehitable C. und der Deborah B. das Signum des Teuffels aufgedrückt«.

Zudem gab es ein Verzeichnis von Hutchinsons unheimlicher Bibliothek, wie man sie nach seinem Verschwinden vorfand, sowie ein unvollendetes Manuskript in seiner Handschrift, verfasst in einem Geheimcode, den niemand zu entziffern vermochte. Ward ließ eine Fotokopie von diesem Manuskript anfertigen und fing beiläufig mit der Entschlüsselung des Codes an, sobald sie ihm geliefert wurde. Nach dem folgenden August wurden seine Bemühungen, diese Geheimschrift zu entschlüsseln, intensiv und fieberhaft, und seinen Äußerungen und seinem Verhalten nach zu folgern, hat er im Oktober oder November den Code tatsächlich entziffert. Er sagte allerdings nie, ob er Erfolg gehabt hatte oder nicht.

Von größtem direkten Interesse allerdings waren die Orne-Papiere. Ward brauchte nicht lange, um mithilfe einer identischen Handschrift etwas zu belegen, was er aus dem Brief an Curwen ohnehin schon längst vermutete: die Tatsache nämlich, dass Simon Orne und sein angeblicher Sohn ein und dieselbe Person waren. Wie Orne an seinen Briefpartner geschrieben hatte, war es in Salem nicht sicher, zu lange zu leben. Deshalb hatte er sich auf eine dreißig Jahre währende Reise ins Ausland begeben und war als vermeintlicher Angehöriger einer neuen Generation zurückgekehrt, um Anspruch auf seinen Besitz zu erheben. Orne hatte offenbar sorgfältig den Großteil seiner Korrespondenz vernichtet, doch die Bürger, die 1771 zur Tat gegen ihn schritten, hatten einige wenige Briefe und Dokumente gefunden und aufbewahrt, die ihnen sehr verwunderlich erschienen. Es handelte sich dabei um rätselhafte Formeln und Diagramme in Ornes Handschrift und auch in der von anderen. Ward ließ alles sorgfältig kopieren, darunter auch ein äußerst mysteriöser Brief in einer Schrift, die er anhand von Einträgen im Handelsregister ohne jeden Zweifel als die von Joseph Curwen erkannte.

Dieser Brief von Curwen, der keine Jahreszahl trägt, war offensichtlich nicht der, auf den Orne mit seiner konfiszierten Botschaft geantwortet hatte. Anhand des Inhalts datierte Ward den Brief auf nicht viel später als 1750. Vielleicht schadet es nicht, den Text hier komplett wiederzugeben, um etwas über den Stil eines Manns zu erfahren, dessen Dasein so dunkel und schrecklich war. Der Adressat wird als ›Simon‹ angesprochen, doch der Name ist später wieder durchgestrichen worden – ob nun von Curwen oder Orne, konnte Ward nicht feststellen.

Providence, den 1. Mai

Bruder: - -

Mein verehrter alter Freund, alle Ehrerbiethung und besten Wünsche vor Ihm, dem wir um der ew'gen Macht willen unterthan sind. Eben erst bin ich auf etwas gestoßen, das Ihr wissen solltet, und zwar bezüglich der Frage der letzten Extremität und wie man diese zu lösen vermag.

Ich bin mitnichten geneigt, Euerm Beispiel zu folgen und meiner Jahre wegen fortzugehen, denn Providence ist noch nicht so scharf darin wie die Bucht, Ungewöhnliches aufzustöbern und vor den Gerichtshof zu stellen. Ich bin an meine Schiffe und Güter gebunden und könnte gar nicht so thun, wie Ihr gethan, und zudem liegt unter meinem Gut in Pawtuxet das, wovon Ihr wisst, und dies würde nicht meiner Rückkehr als ein andrer harren.

Indessen bin ich auf ein hartes Los eingestellt, wie ich Euch bereits gesagt, und habe lang an Mittel und Wegen laborieret, nach einer Niederlage eine Rückkehr zu erwirken. Letzte Nacht schlug ich jene Worte an, welche den YOGGE-SOTHOTHE hervorbringen, und schaute zum ersten Male jenes Antlitz, von dem Ibn Schacabac im - - - -

gesprochen. Und ES sprach, dass der III. Psalm im *Liber Damnatus* den Clavicus enthält. Mit der Sonne im V. Hause und dem Sathurn im Gedritt zeichnet das Pentagramm des Feuers und saget dreymal den neunten Vers. Diesen Vers wiederholet stets zur Walpurgisnacht und zu Allerseelen, und das Ding wird in den Äußeren Sphären entstehen.

Und aus der Saat des Alten soll Einer geboren werden, der zurückblicket und doch nicht weiß, wonach er suchet.

Doch wird all dies nicht fruchten, so es keynen Erben gibt und wenn die Saltze, oder die Kunde, die Saltze zu bereyten, nicht zu seyner Verfügung stehen. Und hier muß ich bekennen, daß ich weder die nötigen Schritte eingeleitet noch viel gefunden. Schwierig ist's, sich diesem Prozeß zu nähern, und es bedarf so vieler Versuchsexemplare, daß es mir schwerfällt, genügend zu beschaffen, ungeachtet der Matrosen, die ich aus Westindien hab'. Die Menschen hier werden argwöhnisch, doch vermag ich, sie fernzuhalten. Die Edelleut' sind schlimmer als der Pöbel, da sie mit ihrem Beschreiben mehr Eindrücke machen und man geneygt ist, ihnen Glauben zu schenken. Jener Pfaffe und Mr. Merritt haben, so fürcht' ich, schon einiges erzählt, doch droht bislang noch keyne Gefahr. Die chymischen Substanzen sind leichthin zu beschaffen, der guthen Chymisten sind zweye in der Stadt: Dr. Bowen und Sam Carew. Ich folge dem, was der Borellus geschrieben, und habe Hilfe in Abdool Al-Hazred und seinem VII. Buche. Was ich auch erringe, soll Euer seyn. Und unterdeß versäumet nicht, die Worthe zu gebrauchen, die ich Euch gegeben. Ich habe sie richtig wiedergegeben, doch so es Euch verlangt, IHN zu schauen, so ziehet die Schrift über das Stück von - - - - heran, welches ich Euch beylege. Saget die Verse stets zur Walpurgisnacht und zu Allerseelen auf, und so Ihr nicht wanket, *wird in ferner Zeit einer seyn, der zurückblicket und solche Saltze oder Mittel zu Saltzen gebraucht, die Ihr ihm hinterlasset.* Buch Hiob XIV, XIV.

Es freut mich, Euch wieder in Salem zu wissen, und ich hoffe, Euch alsbald wiedersehen zu können. Ich habe einen guten Hengst, und erwäge, mir eine Kutsche zu besorgen; in Providence hat alleyn Mr. Merritt eine, doch sind die Straßen schlecht. Solltet Ihr reisen wollen, stattet mir einen Besuch ab. Von Boston nehmt die Poststraße durch Dedham, Wrentham und Attleborough; in jedem dieser Städtchen findet Ihr vorzügliche Tavernen. Steyget bey Mr. Bolcom in Wrentham ab, denn seyne Betten sind feyner als jene von Mr. Hatch, doch speyset bei Letztgenanntem, da seyn Koch der beßre ist. Biegt am Wasserfall von Patucket nach Providence ab und schlagt die Straße eyn, die an der Taverne von Mr. Sayles vorbeiführet. Mein Haus lieget vis-à-vis der Taverne von Mr. Epenetus Olney jenseytig der Towne Street, das erste auf der nördlichen Seite von Olney's Court. Entfernung vom Bostoner Speicher ungefähr XLIV Meilen.

Sire, ich bin Euer alter und ergebener Freund und Diener in Almousin-Metraton.

JOSEPHUS C.

An Mr. Simon Orne,
William's-Lane in Salem.

Merkwürdig genug, dass erst dieser Brief Ward den ersten Beleg für den genauen Standort von Curwens Heim in Providence lieferte, denn keines der bislang hinzugezogen Dokumente war in dieser Hinsicht genau gewesen. Die Entdeckung war besonders verblüffend, da die Ortsangabe darauf hinwies, dass es sich bei dem neueren Curwen-Haus, das 1761 an der Stelle des alten errichtet worden war, um ein verfallenes Gebäude handelte, das noch immer in Olney Court stand und Ward von seinen Streifzügen durch Stampers Hill her wohlbekannt war. Es lag tatsächlich nur ein paar Blöcke entfernt von seinem Elternhaus auf der höheren Ebene des Hügels und wurde zurzeit von einer Negerfamilie bewohnt, die wegen ihrer gelegentlichen Hilfsdienste beim Wäschewaschen, Hausputzen und Kaminreinigen sehr geschätzt wurde.

Dass er fern in Salem so überraschend einen Beweis für die Existenz dieses verfluchten Krähenhorstes in seiner eigenen Familiengeschichte fand, machte einen sehr starken Eindruck auf Ward, und er entschied, das Haus sofort nach seiner Heimkehr zu untersuchen. Die mystischeren Inhalte des Briefes, die ihm als eine übersteigerte Art von Symbolismus erschienen, gaben ihm Rätsel auf, obwohl er, von Neugierde gepackt, feststellte, dass es sich bei der Bibelstelle, auf die angespielt wurde – Hiob 14, 14 –, um den bekannten Vers handelte: »Wenn ein Mensch stirbt, lebt er dann wieder auf? Alle Tage meines Kriegsdienstes harrte ich, bis meine Veränderung mich erlöst.«

2

Der junge Ward kam voll freudiger Erregung nach Hause und verbrachte den folgenden Samstag mit einer langen, gründlichen Untersuchung des Hauses in Olney Court. Das nun altersmorsche Gebäude war nie ein Prachtbau gewesen, sondern ein bescheidenes zweieinhalbstöckiges Stadthaus aus Holz in der für Providence typischen kolonialen Bauweise, mit einfachem Spitzdach, einem großen Hauptkamin und geschmackvoll verziertem Eingang mit aufgefächertem Oberlicht, dreieckigem Ziergiebel und hübschen dorischen Säulen. Äußerlich hatte es nur wenig gelitten. Ward hatte das Gefühl, er betrachte etwas, das den finsteren Begebenheiten seiner Suche sehr nahestand.

Die Neger, die derzeit das Haus bewohnten, kannten ihn, und der alte Asa und seine kräftige Frau Hannah führten ihn sehr höflich durchs Haus. Hier hatte sich mehr verändert, als das Äußere vermuten ließ. Ward sah voller Bedauern, dass die Hälfte der glanzvollen Stuckverzierungen mit ihren Schnörkeln und die Zierleisten mit den eingravierten Muschelmustern verschwunden waren. Ein Großteil der feinen Wandvertäfelung und des Leistenwerks war übermalt, zerschrammt und abgemeißelt oder mit billigen Papiertapeten überklebt worden. Im Großen und Ganzen erbrachte die Besichtigung nicht so viel, wie Ward erhofft hatte, doch war es immerhin aufregend, durch die alten Mauern zu gehen, in denen sein Vorfahr, der schreckliche Joseph Curwen, gewohnt hatte. Mit einem Schaudern bemerkte er, dass von dem uralten Messingtürklopfer sehr sorgfältig ein Monogramm getilgt worden war.

Von da an bis zum Ende des Schuljahres verbrachte Ward seine Freizeit mit der Kopie von Hutchinsons Geheimschrift und der Suche nach weiteren Informationen über Curwen. Ersteres erwies sich als zähe, undankbare Aufgabe, doch bei Letzterem hatte er Erfolg und erhielt so viele Hinweise auf relevante Daten, dass er sich auf eine Reise nach New London und New York vorbereitete, um dort alte Briefe durchzusehen, die sich dort befinden sollten. Diese Reise stellte sich als sehr ergiebig heraus, entdeckte er dabei doch die Briefe der Fenners mit ihrer grausigen Beschreibung der Erstürmung der Farm in Pawtuxet und die Korrespondenz zwischen Nightingale und Talbot, aus denen er von dem Porträt erfuhr, das auf eine Wandpaneele von Curwens Bibliothek gemalt worden war. Dieses Bildnis interessierte ihn besonders, da er viel darum gegeben hätte zu wissen, wie Joseph Curwen ausgesehen hatte. Deshalb entschied er, das Haus in Olney Court ein zweites Mal abzusuchen – eventuell entdeckte er unter der abblätternden Schicht späterer Übermalung oder unter den modrigen Tapeten noch irgendeine Spur der alten Gestaltung.

Diese Durchsuchung fand Anfang August statt. Ward prüfte die Wände jedes Raumes, der groß genug war, um einst die Bibliothek des boshaften Erbauers beherbergt zu haben. Besondere Aufmerksamkeit widmete er den großen Paneelen des noch vorhandenen Kaminmantels. Nach etwas mehr als einer Stunde überkam ihn eine starke Erregung, als er in einem großen Zimmer im Erdgeschoss auf einer breiten Wand an einer Stelle über dem Kamin bemerkte, dass der Untergrund, der nach dem Abkratzen mehrerer Farbschichten zutage trat, sichtlich dunkler war als eine gewohnte Innenfarbe. Nach einigen weiteren vorsichtigen Versuchen mit einem dünnen Messer wusste er, dass er auf ein Ölporträt von beträchtlichen Ausmaßen gestoßen war.

Mit kundiger Zurückhaltung riskierte der junge Mann keinen möglicherweise schädigenden Versuch, das verborgene Bild eilig mit dem Messer freizulegen, sondern verließ die Fundstelle, um sich die Hilfe eines Fachmanns zu sichern. Drei Tage später kehrte er mit einem erfahrenen Künstler namens Mr. Walter Dwight zurück, dessen Atelier sich am Fuße des College Hill befindet, und dieser fähige Gemälderestaurator machte sich sofort mit den angemessenen Methoden und chemischen Hilfsmitteln an die Arbeit. Der alte Asa und seine Frau waren wegen ihrer merkwürdigen Besucher ganz aufgeregt und wurden für die Störung ihrer häuslichen Ruhe angemessen entschädigt.

Tag für Tag machte das Werk des Restaurators Fortschritte, und Charles Ward betrachtete mit wachsendem Interesse die Linien und Schattierungen, die sich nach der langen Vergessenheit allmählich entschleierten. Dwight begann am unteren Ende, und da es sich bei dem Gemälde um ein hochgestelltes Rechteck handelte, dauerte es eine Weile, bis er zum Gesicht kam. Währenddessen erkannte man aber schon, dass der Porträtierte ein schlanker, gut gebauter Mann in dunkelblauem Anzug, mit Brokatweste, schwarzen Kniehosen aus Satin und weißen Seidenstrümpfen gewesen war. Er saß auf einem mit Schnitzereien verzierten Sessel vor einem Fenster, durch das man auf Anlegestellen und Schiffe blickte. Als der Kopf mehr und mehr zum Vorschein kam, sah man, dass er eine anmutige Albemarle-Perücke trug und ein schmales, ruhiges, unauffälliges Gesicht hatte, das sowohl dem Künstler als auch Ward irgendwie bekannt vorkam. Erst gegen Ende der Arbeiten hielten der Restaurator und sein Auftraggeber den Atem vor Erstaunen an, als sie die Einzelheiten des mageren, fahlen Antlitzes ganz erfassten und verwundert den dramatischen Trick sahen, den die Vererbung gespielt hatte. Es bedurfte eines letzten Ölbades und eines letzten Anwendens des feinen Schabers, um den Ausdruck ganz ans Licht zu bringen, den Jahrhunderte verborgen hatten – und der verblüffte Charles Dexter Ward, der in der Vergangenheit lebte, wurde auf dem Abbild seines schrecklichen Urururgroßvaters mit seinen eigenen Gesichtszügen konfrontiert.

Ward holte seine Eltern, um ihnen das Wunder zu zeigen, das er entdeckt hatte. Sein Vater beschloss unverzüglich, das Bild zu kaufen, auch wenn es auf einer zur Wandvertäfelung gehörenden Platte ausgeführt war. Obwohl der Abgebildete viel älter war, blieb die Ähnlichkeit zu dem jungen Mann überwältigend; es war offenkundig, dass die körperlichen Züge von Joseph Curwen durch einen sonderbaren Atavismus nach anderthalb Jahrhunderten ein genaues Ebenbild gefunden hatten.

Mrs. Ward wies hingegen keine ausgeprägte Ähnlichkeit zu ihrem Vorfahren auf, obwohl sie sich an Verwandte erinnern konnte, die ähnliche Gesichtszüge aufgewiesen hatten wie ihr Sohn und Curwen. Die Entdeckung behagte ihr ganz und gar nicht, und sie bat ihren Gatten, er möge das Bild doch lieber verbrennen, anstatt es nach Hause zu bringen. Sie schwor, dem

Bild hafte etwas Unheimliches an. Nicht nur dem Bild an sich, sondern auch dessen große Ähnlichkeit mit Charles.

Mr. Ward jedoch war ein praktisch veranlagter Mensch und ein einflussreicher Geschäftsmann – Baumwollfabrikant, dem zahllose Mühlen in Riverpoint im Tal von Pawtuxet gehörten –, und nicht geneigt, auf weibliche Bedenken zu hören. Das Bild machte gerade wegen der starken Ähnlichkeit zu seinem Sohn gewaltigen Eindruck auf ihn, und er war der Ansicht, dass der Junge dieses Geschenk verdient habe. Es erübrigt sich zu sagen, dass Charles dieser Ansicht natürlich beipflichtete. Wenige Tage später spürte Mr. Ward den Hauseigentümer auf – ein kleiner Mann mit Nagetiergesicht und gutturalem Akzent – und erstand zu einem schroff festgelegten Preis, der kein langes salbungsvolles Schachern zuließ, die gesamte Kaminverkleidung, die das Bild trug.

Nun mussten nur noch die Paneele entfernt und in das Haus der Wards gebracht werden, wo man Vorkehrungen zur abschließenden Restaurierung und Anbringung an eine Kaminattrappe in Charles' Arbeitszimmer im zweiten Stock treffen wollte. Charles sollte den Transport überwachen und am 28. August begleitete er zwei kundige Arbeiter des Inneneinrichtungshauses Crooker zum Haus in Olney Court, wo der Kaminmantel mit dem Porträt mit großer Sorgfalt entfernt wurde, um mit dem Lastwagen der Firma abtransportiert zu werden.

An der Stelle des Porträts blieb nun eine Fläche nackter Ziegel, die den Verlauf des Schornsteins markierte, und dort bemerkte der junge Ward eine kastenförmige Nische von ungefähr dreißig Zentimetern Durchmesser, die unmittelbar hinter dem Kopf auf dem Porträt gelegen haben musste. Neugierig, was ein solcher Hohlraum wohl enthalten mochte, spähte der junge Mann hinein und fand unter einer dicken Schicht von Staub und Ruß einige lose vergilbte Blatt Papier, ein grob gefertigtes, dickes Notizbuch und ein paar modrige Stofffetzen, die einst vielleicht das Band gewesen waren, das die Unterlagen zusammengehalten hatte. Er blies den Staub und die Asche fort, nahm das Buch heraus und schaute auf die breite Aufschrift auf dem Einband. Sie war in einer Handschrift geschrieben, die er im Essex-Institut zu identifizieren gelernt hatte, und kennzeichnete den Band als *Tagebuch und Aufzeichnungen des Jos. Curwen, Gent., aus Providence-Plantations, vormals aus Salem.*

Über die Maßen erregt durch diesen Fund zeigte Ward das Buch den beiden neugierigen Arbeitern, die an seiner Seite standen. Ihre Aussage über die Art und die Echtheit der Entdeckung ist über jeden Zweifel erhaben und Dr. Willett stützt auf sie seine Theorie, dass der junge Mann keinesfalls verrückt war, als sein exzentrisches Verhalten seinen Anfang nahm.

Die übrigen Unterlagen trugen ebenfalls Curwens Handschrift, und eine davon hatte eine besonders Unheil kündende Beschriftung: *An Ihn, der dereynst kommen wird, daß Er wisse, wie Er Zeit und Sphären überliste.* Ein weiteres Dokument war in einem Geheimcode verfasst und Ward hoffte, dass es derselbe war wie der von Hutchinson, an dessen Enträtselung er bislang gescheitert war. Ein drittes Dokument, und hier frohlockte der Entdecker, schien der Schlüssel zu dem Geheimcode zu sein, während ein viertes und ein fünftes sich jeweils an *Edw: Hutchinson, Wappenträger* und *Jedediah Orne, Esq., oder dessen Erben oder Jene, die an deren statt erscheynen* gerichtet waren. Das sechste und letzte trug die Aufschrift: *Joseph Curwen – Seyn Leben und seyne Reysen anno 1678 bis 1687; die Ländereyen, wohin er gereyset, die Orthe, da er geweylt, die Menschen, die er gesehn, und was er dabei gelernt.*

3

Wir sind nun an dem Zeitpunkt angelangt, von dem an die akademisch gesinnten Nervenärzte den einsetzenden Wahnsinn Charles Wards datieren. Gleich bei seiner Entdeckung hatte der junge Mann ein paar der Seiten des Buches und der Manuskripte in Augenschein genommen und dabei offensichtlich etwas gesehen, das starken Eindruck auf ihn machte. Als er die Titel den Arbeitern gezeigt hatte, hatte er anscheinend den Text selbst abgedeckt und sich derart verstört verhalten, dass nicht einmal der antiquarische und genealogische Wert des Fundes dafür als Erklärung gelten konnte.

Bei seiner Heimkehr verkündete er die Neuigkeit, wirkte dabei aber geradezu verlegen – als wollte er die große Bedeutung des Fundes erklären, ohne aber die Beweisstücke dafür vorweisen zu müssen. Er zeigte sie also nicht einmal seinen Eltern, sondern sagte ihnen bloß, er habe ein paar Dokumente in Joseph

Curwens Handschrift entdeckt, »größtenteils in einem Geheim-code«, der sorgfältig untersucht werden müsse, um zu ihrer wahren Bedeutung vordringen zu können. Es ist unwahrschein-lich, dass er den Arbeitern überhaupt etwas gezeigt hätte, wären sie nicht so unverblümt neugierig gewesen. So aber hatte er zweifellos versucht, keine allzu übertriebene Geheimnis-krämerei an den Tag zu legen, die ihr Interesse an der Sache nur noch angefacht hätte.

In dieser Nacht saß Charles Ward in seinem Zimmer und las das frisch entdeckte Notizbuch und die Unterlagen, und als der Tag anbrach, ließ er nicht davon ab. Als seine Mutter bei ihm anklopfte, um zu sehen, was ihm fehle, bat er darum, man möchte ihm die Mahlzeiten aufs Zimmer bringen, und auch am Nachmittag öffnete er nur kurz, um die Männer hereinzulassen, damit sie das Bildnis von Curwen über dem Kaminsims im Nebenraum seines Arbeitszimmers anbringen konnten. In der folgenden Nacht schlief er mehrmals für kurze Zeit in seinen Kleidern, ansonsten rang er fieberhaft mit der Entschlüsselung der Geheimschrift. Am Morgen sah seine Mutter, dass er an der Kopie von Hutchinsons verschlüsseltem Text arbeitete, die er ihr vorher mehrmals gezeigt hatte, doch als sie jetzt danach fragte, antwortete er, dass es ein ganz anderer Code als der von Curwen sei.

Am Nachmittag unterbrach er seine Arbeit und sah den Män-nern fasziniert dabei zu, wie sie die Anbringung des Porträts und der dazugehörigen Paneele beendeten. Sie passten das Gemälde an die Kaminattrappe an, die so an der Nordwand angebracht war, als sei dahinter ein Schornstein vorhanden; die Seiten wur-den mit Paneelen ausgestattet, die zur Vertäfelung des Raumes passten. Das Vorderpaneel mit dem Bild wurde mit Scharnieren versehen, damit man den Hohlraum dahinter als Schrank benutzen konnte. Als die Handwerker gegangen waren, verlegte er seine Arbeit ins Nebenzimmer und setzte sich vor den Kamin, den Blick mal auf die Geheimschrift und mal auf das Porträt gerichtet, das seinen Blick erwiderte wie ein Spiegel, der ihm Jahre hinzufügte und Jahrhunderte überbrückte.

Seine Eltern, die sich im Nachhinein an sein Verhalten in die-sem Zeitraum erinnerten, konnten interessante Einzelheiten über seine damaligen Vorsichtsmaßnamen berichten. Vor den

Dienstboten verbarg er nur selten die Unterlagen, an denen er gerade arbeitete, da er ganz richtig davon ausging, dass Curwens geschwungene, altertümliche Handschrift sie überforderte. Bei seinen Eltern ließ er jedoch größere Vorsicht walten, und wenn es sich bei dem fraglichen Manuskript nicht um eine Geheimschrift oder eine Anhäufung rätselhafter Symbole und unbekannter Ideogramme handelte (so wie bei jenem mit dem Titel *An Ihn, der dereynst kommen wird etc.* der Fall zu sein schien), bedeckte er es mit einem Blatt Papier, bis der Besuch wieder gegangen war. Nachts und beim Verlassen des Zimmers verschloss er die Unterlagen in einem antiken Kabinettschränkchen.

Bald danach kehrte er wieder zu seinem regelmäßigen Tagesablauf zurück und auch sein übriges Verhalten normalisierte sich wieder, nur die langen Spaziergänge und andere Interessen, die ihn aus dem Haus führten, ließen nach. Der Beginn des Schuljahres, er war nun im vierten Jahr auf der Highschool, schien ihn äußerst zu langweilen, und häufig betonte er seinen Entschluss, es gar nicht erst auf dem College versuchen zu wollen. Er habe, so sagte er, wichtigere Nachforschungen anzustellen, die ihm größeren Zugang zu Wissen und den Geisteswissenschaften verschaffen würden, als irgendeine Universität der Welt sich rühmen könne.

Naturgemäß konnte nur eine Person, die bereits zuvor mehr oder weniger bildungshungrig, exzentrisch und einzelgängerisch veranlagt gewesen war, sich über viele Tage so verhalten, ohne Aufmerksamkeit zu erregen. Ward war allerdings von Natur aus ein Gelehrter und Einsiedler, weshalb seine Eltern über seine neue Isolation und Geheimhaltung weniger überrascht als vielmehr betrübt waren. Gleichzeitig fanden sowohl sein Vater als auch seine Mutter es sonderbar, dass er ihnen kein einziges Bruchstück aus seinem Fund zeigte und ihnen auch keinen zusammenhängenden Bericht über die entzifferten Abschnitte gab. Diese Zurückhaltung erklärte er damit, dass er so lange warten wolle, bis er eine zusammenhängende Enthüllung machen könne, doch als die Wochen dahingingen, ohne dass es zu solchen Enthüllungen kam, entwickelte sich zwischen dem jungen Mann und seiner Familie eine Anspannung, die sich im Falle seiner Mutter noch dadurch verstärkte, dass sie alle tiefere Beschäftigung mit dem Fall Curwen deutlich missbilligte.

Im Oktober fing Ward wieder an, die Bibliotheken aufzusuchen, doch ging es nun nicht mehr wie zuvor um antiquarische Fragen. Nun suchte er nach Büchern zu den Themen Hexerei und Magie, Okkultismus und Dämonenkunde, und als die Quellen in Providence sich als unzulänglich herausstellten, fuhr er mit dem Zug nach Boston und zapfte den Reichtum der großen Bücherei am Copley Square, der Widener Library der Universität Harvard oder der Zion Research Library in Brookline an, wo sich einige seltene Werke zu biblischen Themen fanden. Er kaufte unzählige Bücher und brachte in seinem Arbeitszimmer zusätzliche Regale an, um die frisch erstandenen Werke über unheimliche Themen unterzubringen. Während der Weihnachtsfeiertage unternahm er mehrere Reisen, die ihn unter anderem nach Salem führten, um bestimmte Dokumente im Essex-Institut zurate zu ziehen.

Ungefähr Mitte Januar 1920 legte Ward ein triumphierendes Gebaren an den Tag, wofür er keine Erklärung gab. Er arbeitete nun auch nicht mehr an der Geheimschrift von Hutchinson. Stattdessen beschäftigte er sich jetzt mit chemischen Experimenten und dem Recherchieren in alten Archiven. Für das eine richtete er in einer unbenutzten Dachkammer des Hauses ein Laboratorium ein, für das andere vergrub er sich in allen Quellen für Personenstandsakten in Providence. Die örtlichen Lieferanten für Chemikalien und wissenschaftliches Zubehör, die später befragt wurden, lieferten erstaunliche und wirre Listen der von Ward gekauften Substanzen und Instrumente. Die Beamten im Parlamentsgebäude, dem Rathaus und den verschiedenen Bibliotheken waren sich hingegen einig, dass Ward ein klares Ziel verfolgte – er suchte intensiv und fieberhaft nach dem Grab von Joseph Curwen, dessen Name eine vorangegangene Generation so vorausschauend von dessen Grabstein getilgt hatte.

Allmählich wuchs in der Familie Ward die Überzeugung, dass etwas nicht in Ordnung sei. Charles' Interessen waren schon zuvor Launen und Änderungen unterlegen, aber diese wachsende Heimlichtuerei und Beschäftigung mit seltsamen Themen sahen ihm gar nicht ähnlich. Für die Schule tat er nur noch das absolut Nötigste; zwar fiel er bei keiner Prüfung durch, doch es war deutlich, dass der alte Fleiß völlig versiegt war. Er war nun mit anderem beschäftigt: Befand er sich mal nicht mit einem

Dutzend veralteter alchemistischer Bücher in seinem Laboratorium, fand man ihn entweder über alten Bestattungsverzeichnissen in der Innenstadt brüten oder in seinem Arbeitszimmer in seine Bücher über okkulte Lehren vergraben, wo die verblüffend ähnlichen – man meinte fast, zunehmend ähnlichen – Gesichtszüge Joseph Curwens über dem Kamin an der Nordwand leer auf ihn herabstarrten.

Ende März ergänzte Ward das Durchforsten der Archive noch durch einige ghoulische Streifzüge über die verschiedenen alten Friedhöfe der Stadt. Der Grund dafür wurde später deutlich, als man von den Angestellten des Rathauses erfuhr, dass er wohl einen wichtigen Hinweis gefunden hatte. Seine Suche wandte sich plötzlich vom Grab Joseph Curwens ab und dem eines gewissen Naphthali Field zu. Dieser Sinneswandel fand seine Erklärung, als man später die von ihm konsultierten Unterlagen durchging und dabei auf eine bruchstückhafte Eintragung über Curwens Bestattung stieß, die der umfassenden Auslöschung entgangen war und berichtete, dass der seltsame Bleisarg »10 Fuß S. und 5 Fuß W. von der Grabstätte des Naphthali Field in - - - -« verscharrt worden sei.

Das Fehlen einer Angabe des Friedhofes in dem verbliebenen Eintrag gestaltete die Suche äußerst kompliziert. Das Grab Naphthali Fields schien ebenso schwer auffindbar wie das Curwens, doch hatte es hier zumindest keine systematische Vernichtung der Eintragungen gegeben. Deshalb konnte man durchaus hoffen, auf den Grabstein zu stoßen, auch wenn die Aufzeichnungen darüber verschwunden waren. Daher diese Streifzüge – ausgenommen davon wurden nur der Kirchhof von St. John's (ehemals King's) und das alte Gräberfeld der Kongregationalisten in der Mitte des Swan-Point-Friedhofes, weil andere Quellen angaben, dass der einzige Naphthali Field († 1729), dessen Grab gemeint sein könnte, ein Baptist gewesen war.

4

Es war im Mai, als Dr. Willett auf Bitte des älteren Ward und ausgestattet mit allen Informationen über Curwen, die die Familie von Charles in der Zeit vor seiner Geheimniskrämerei erhalten hatte, mit dem jungen Mann ein Gespräch führte. Diese Unterhaltung führte zu wenig, da Willett in jedem Augenblick davon überzeugt war, dass Charles ganz Herr seiner selbst sei und mit Angelegenheiten von echter Wichtigkeit beschäftigt war; doch zumindest sah sich der junge Mann dazu gezwungen, plausible Erklärungen für sein derzeitiges Verhalten abzugeben.

Ward gehörte dem blassen, teilnahmslosen Typus an, der nicht leicht errötete, und er schien bereitwillig über seine Interessen und sein Suchen reden zu wollen, allerdings ohne ihr Ziel zu offenbaren. Er behauptete, die Dokumente seines Urahnen enthielten einige bemerkenswerte frühwissenschaftliche Erkenntnisse, größtenteils in einer Geheimschrift festgehalten, die in ihrem Ausmaß anscheinend nur mit den Entdeckungen Bacons zu vergleichen seien, ja diese vielleicht sogar übertrafen. Sie blieben allerdings bedeutungslos, sofern man sie nicht mit einer Art der geistigen Arbeit in Einklang brachte, die heute als völlig veraltet galt, weshalb ihre unverzügliche Präsentation in einer Welt, die an die moderne Wissenschaft gebunden sei, sie all ihren Eindrucks und dramatischer Bedeutung entkleiden würde. Um ihren angemessenen Platz in der Geistesgeschichte der Menschheit einnehmen zu können, müssten sie zuerst von jemandem korreliert werden, der mit dem Hintergrund vertraut sei, vor dem sie entstanden waren. Dieser Aufgabe der Korrelation widmete er sich derzeit. Er wolle sich so schnell wie möglich die vergessenen alten Künste aneignen, über die ein wirklicher Deuter der Daten über Curwen verfügen müsse, und hoffe darauf, zu gegebener Zeit eine umfassende Darstellung zu geben, die für die Menschheit und die Geisteswelt von größtem Interesse sei. Nicht einmal Einstein, so verkündete er, könnte die derzeitige Vorstellung, die wir von den Dingen hätten, derart revolutionieren.

Was seine Nachforschungen auf den Friedhöfen betraf, deren Zweck er offen zugab, obwohl er keine Einzelheiten über seine Fortschritte nannte, so vermute er, dass sich auf dem lädierten Grabstein von Joseph Curwen bestimmte mystische Zeichen befänden – gemäß den Angaben in seinem Testament gemeißelt und ignoranterweise von denen übersehen, die den Namen ausgelöscht hatten –, die eine wesentliche Rolle bei der endgültigen Lösung des rätselhaften Systems spielten. Curwen, so glaubte Ward, habe sein Geheimnis sorgsam hüten wollen und die notwendigen Angaben dazu in übermäßig eigenartiger Weise verstreut.

Als Dr. Willett darum bat, einen Blick auf die geheimnisvollen Dokumente werfen zu dürfen, zeigte Ward sich sehr verhalten und versuchte zuerst, ihn mit Dingen wie der Kopie der Geheimschrift von Hutchinson und den Formeln und Diagrammen von Orne zufriedenzustellen. Zu guter Letzt zeigte er ihm dann doch einige der Curwen-Funde – *Tagebuch und Aufzeichnungen*, die Geheimschrift (dessen Titel ebenfalls verschlüsselt war) und die mit Formeln angefüllte Botschaft *An Ihn, der dereynst kommen wird etc.* – und erlaubte dem Arzt einen Blick auf einige Buchseiten, solange sie mit obskuren Schriftzeichen bedeckt waren.

Zudem schlug er das Tagebuch auf einer Seite auf, die er aufgrund ihrer Harmlosigkeit sorgsam ausgewählt hatte, und gab Willett einen Einblick in Curwens übliche Handschrift im Englischen. Der Arzt besah sich die schlecht leserlichen und wirren Buchstaben sehr genau, und er bemerkte, dass sowohl Schrift als auch Stil stark an das 17. Jahrhundert erinnerten, obwohl der Autor bis spät ins 18. Jahrhundert hinein gelebt hatte. Schnell war er überzeugt, dass das Dokument authentisch war. Der Text selbst war vergleichsweise belanglos, und Willett erinnerte sich nur an ein Bruchstück:

»Mittw. 16. Okt. 1754. Meine Schaluppe, die *Wahefal,* kam heut' aus London mit XX neuen Männern aus Westindien, Spaniern aus Martineco und Niederländern aus Surinam. Daß die Niederländer desertieren, ist nicht undenkbar, da sie über dies Unterfangen übel Kund' vernommen, doch möcht' ich sie zu halten suchen. Für Mr. Knight Dexter vom Wirtshaus *Bucht und Buch* 120 Ballen Kamelott, 100 Ballen div. Kamelott-Imitat, 100 Ballen Schalaun, 20 Ballen blauer Düffel, 50 Ballen Kalamank, je 300 Ballen Shendsoy- und Humhum-Tuch. Für Mr. Green *Zum Elephanten* 50 Gallonen-Kessel, 20 Bratpfannen, 15 Siede-Kessel, 10 Paar Kohlenzangen. Für Mr. Perrigo 1 Satz Pfrieme. Für Mr. Nightingale 50 Ries vorzüglichstes Propatria. Letzte Nacht drey Mal das SABAOTH recitiret, doch nichts erschien. Muß weytere Kund von Mr. H. in Transsylvanien erhalten, gleichwohl er schwer zu erreychen ist; sonderlich, daß er nicht zu sagen vermag, wie das zu gebrauchen sey, was er seyt hundert Jahr so wohl gebrauchet. Simon hat seit V Wochen nicht korrespondiert, doch erwart' ich bald Neues.«

Als Dr. Willett diese Stelle erreicht hatte und die Seite umblättern wollte, gebot ihm Ward rasch Einhalt und riss ihm das Buch förmlich aus der Hand. Von der nächsten Seite hatte der Arzt nur wenige Sätze sehen können, doch blieben diese ihm merkwürdigerweise im Gedächtnis haften. Sie lauteten: »Den Vers aus dem *Liber-Damnatus* hab ich V Walpurgisnachten und IV Allerseelen recitiret, und so bin ich guter Hoffnung, daß das Ding außerhalb der Sphaeren kreißet. Es wird Eynen küren, der da kommet, so ich nur garantieren kann, daß er seyn wird und der alten Dinge gedenkt und all die Jahr zurückblicket, und für den ich die Saltze oder den Weg, derer Saltze habhaft zu werden, bereytstellen muß.«

Mehr sah Willett nicht, doch verlieh schon dieser kurze Blick den gemalten Gesichtszügen Joseph Curwens, die überm Kamin leer herabstarrten, ein neues, unbestimmtes Grauen. Nachher plagte ihn die sonderliche Vorstellung – die seine medizinische Ausbildung selbstverständlich als bloße Grille abtat –, dass die Augen auf dem Bildnis von dem Wunsch, ja dem Trieb beherrscht seien, dem jungen Charles Ward durchs Zimmer zu folgen. Ehe er ging, betrachtete er das Gemälde näher und staunte über die Ähnlichkeit zu Charles. Der Arzt prägte sich jedes noch so winzige Detail des rätselhaften, farblosen Gesichtes ein, bis hin zu einer kleinen Narbe oder Einbuchtung in der glatten Braue über dem rechten Auge. Cosmo Alexander, so lautete sein Urteil, war als Maler seiner schottischen Heimat, die Raeburn hervorgebracht hatte, würdig und ein Lehrer, der seinem berühmten Schülers Gilbert Stuart zur Ehre gereichte.

Dank der Versicherung des Arztes, dass Charles' geistige Gesundheit keineswegs gefährdet, er hingegen mit Nachforschungen beschäftigt sei, die sich als überaus wichtig erweisen könnten, zeigten sich die Wards nachgiebiger, als sie es sonst vielleicht gewesen wären, als der junge Ward im folgenden Juni seine Drohung wahr machte, nicht aufs College zu gehen. Er habe, so erklärte er, wesentlich bedeutsamere Studien zu betreiben, und deutete an, im nächsten Jahr ins Ausland zu gehen, um sich gewisse Informationsquellen zu erschließen, die in Amerika nicht vorhanden seien. Der ältere Ward lehnte diesen letzteren Wunsch zwar ab, weil ihm das für einen Jungen von gerade mal achtzehn Jahren absurd erschien, fügte sich aber in der Frage der Universität.

Und so folgte für Charles nach einem nicht gerade brillanten Abschluss an der Moses Brown School eine dreijährige Periode intensiver okkulter Studien und Besichtigungen von Friedhöfen. Er galt nun allgemein als Exzentriker, und die Freunde der Familie verloren ihn noch weiter aus den Augen als bereits zuvor schon. Ward beschäftigte sich nur mit seiner Arbeit und fuhr gelegentlich in andere Städte, um dort obskure Dokumente einzusehen. Einmal reiste er in den Süden, um sich mit einem sonderbaren alten Mulatten zu unterhalten, der in einem Sumpf hauste und über den in einer Zeitung ein skurriler Artikel erschienen war. Wiederholt suchte er ein kleines Dorf im Adirondack-Gebirge auf, über dessen merkwürdige Zeremonien berichtet worden war. Doch nach wie vor untersagten seine Eltern ihm die Reise in die Alte Welt, die ihm so am Herzen lag.

Im April 1923 wurde er volljährig, und da er kurz zuvor ein kleines Auskommen von seinem Großvater mütterlicherseits geerbt hatte, entschied Ward, nun endlich die Reise nach Europa anzutreten, die man ihm bislang verwehrt hatte. Von seinem Reiseplan sagte er bloß, dass er wegen seiner Studien viele Orte besuchen müsse, versprach seinen Eltern aber, regelmäßig und ausführlich zu schreiben. Als sie einsahen, dass sie ihn von seinem Vorhaben nicht abbringen konnten, gaben sie ihren Widerstand auf und halfen ihm nach Kräften, und im Juni schiffte der junge Mann sich nach Liverpool ein, begleitet von den Segenswünschen seiner Mutter und seines Vaters, die ihn nach Boston gebracht hatten und vom White-Star-Pier in Charlestown aus winkten, bis sein Schiff außer Sichtweite war.

Bald erfuhren sie durch seine Briefe, dass er wohlbehalten angekommen sei und sich eine gute Unterkunft in der Great Russell Street in London besorgt habe. Dort wolle er bleiben und zunächst alle Freunde der Familie meiden, bis er die Quellen des British Museum zu bestimmten Themen erschöpft habe. Von seinem Alltag schrieb er nur wenig, da es darüber nur wenig zu schreiben gäbe. Nachforschungen und Experimente nähmen seine gesamte Zeit in Anspruch. Er erwähnte auch ein Laboratorium, das er in einem seiner Zimmer eingerichtet habe. Dass er nichts von Spaziergängen durch die prächtige alte Stadt mit ihrer verlockenden Silhouette aus uralten Kuppeln und Kirchtürmen und ihrem Wirrwarr aus Straßen und Gassen schrieb, deren geheimnisvolle Windungen und plötzliche Aussichten gleichzeitig anlockten und überraschten, erschien seinen Eltern als ein verlässliches Zeichen dafür, wie sehr seine neuen Interessen seinen Geist beherrschten.

Im Juni 1924 setzte eine kurze Notiz sie über seine Abreise nach Paris in Kenntnis, wohin er schon zuvor ein- oder zweimal kurze Abstecher gemacht hatte, um in der Bibliothèque Nationale nach Material zu suchen. In den folgenden drei Monaten verschickte er bloß Postkarten, gab eine Adresse in der Rue St. Jacques an und erwähnte besondere Recherchen nach seltenen Handschriften in der Bibliothek eines ungenannten privaten Sammlers. Er mied alle Bekanntschaften, und kein Tourist konnte berichten, ihn gesehen zu haben.

Dann folgte ein längeres Schweigen, und im Oktober erhielten die Wards eine Bildpostkarte aus Prag, auf der stand, dass Charles sich in dieser alten Stadt aufhielt, um mit einem alten Mann zu sprechen, der angeblich als letzter unter den Lebenden über einige sehr sonderbare mittelalterliche Wissensbestände verfüge. Er gab eine Anschrift in der Prager Neustadt an und setzte seine Eltern bis nächsten Januar von keinem Umzug in Kenntnis, bis mehrere Karten aus Wien von seiner Durchreise in östlicher gelegene Gebiete kündeten, wohin ihn einer seiner Briefpartner, der sich ebenfalls mit dem Okkulten beschäftige, eingeladen habe.

Die nächste Postkarte kam aus Klausenburg in Siebenbürgen und berichtete von Wards Fortschritten auf dem Weg zu seinem Ziel. Er wolle einen Baron Ferenczy besuchen, dessen Anwesen in den Bergen östlich von Rakus liege, und könne zu Händen dieses Edelmanns in Rakus angeschrieben werden. Eine weitere Karte aus Rakus folgte eine Woche später – sie besagte, dass sein Gastgeber ihn mit einer Kutsche abgeholt habe und dass er nun das Dorf verlasse, um ins Gebirge zu fahren. Dies war die letzte Botschaft für einen beträchtlichen Zeitraum und er beantwortete auch keinen der vielen Briefe seiner Eltern bis in den Mai. Als er endlich schrieb, da war es nur, um seine Mutter davon abzubringen, sich mit ihm im Sommer in London, Paris oder Rom zu treffen, da die Wards nun ebenfalls nach Europa reisen wollten.

Seine Recherchen, so schrieb er, ließen es momentan nicht zu, dass er seine derzeitige Unterkunft verließ, und die Lage des Schlosses von Baron Ferenczy sei nicht dazu angetan, Besucher zu empfangen. Es stünde auf einer Felswand in den dunklen, bewaldeten Gebirgen, und die Gegend würde derart von den Landbewohnern gemieden, dass normale Menschen sich dort unbehaglich fühlen. Ansonsten sei der Baron von einem Schlage, der korrekten und konservativen Bürgern aus Neuengland wahrscheinlich nicht zusagen würde. Sein Aussehen und Auftreten wären sehr eigenartig, und sein Alter sei so hoch, dass es beunruhigend wäre. Es sei besser, so meinte Charles, wenn seine Eltern in Providence auf seine Rückkehr warteten, die in nicht allzu ferner Zukunft läge.

Diese Rückkehr fand allerdings erst im Mai 1925 statt, als der junge Wanderer nach ein paar Postkarten mit diesbezüglichen Informationen in New York von Bord der *Homeric* ging und mit einem Autobus die langen Meilen nach Providence zurücklegte. Dabei nahm er begierig den Anblick der grünen, wogenden Hügel, der duftenden, blühenden Haine und der weißen, von Türmen gekrönten Städte im frühlingshaften Connecticut in sich auf, denn seit beinahe vier Jahren hatte er das alte Neuengland nicht mehr gesehen.

Als der Bus den Pawcatuck überquerte und inmitten des Feengoldes eines Spätfrühlingsnachmittags in Rhode Island einfuhr, schlug sein Herz schneller. Die Ankunft in Providence, über die Reservoir und Elmwood Avenue, löste bei ihm trotz der Tiefen verbotener Lehren, in die er eingetaucht war, atemberaubende und wundervolle Empfindungen aus. Auf dem hoch gelegenen Platz, wo sich die Broad, Weybosset und Empire Street kreuzen, sah er im Feuer der untergehenden Sonne vor und unter sich die hübschen, vertrauten Häuser und Kuppeln und Türme der alten Stadt. Er fühlte sich merkwürdig benommen, als das Fahrzeug zur Endhaltestelle hinter dem Biltmore fuhr und er so den großen Dom und das sanfte, von Dächern gespickte Grün des uralten Hügels auf der anderen Flussseite sehen konnte: Der hohe, koloniale Glockenturm der First Baptist Church setzte sich im magischen Abendlicht rosafarben vor der frischen Frühjahrsvegetation des steilen Hügels im Hintergrund ab.

Altes Providence! Dieser Ort und die geheimnisvollen Kräfte seiner langen, fortgesetzten Geschichte hatten ihn ins Dasein gerufen und sein Interesse auf Wunder und Geheimnisse gelenkt, deren Grenzen kein Prophet ermessen konnte. Hier lagen die Heimlichkeiten, je nachdem absonderlich oder schrecklich, auf die seine jahrelangen Reisen und sein ganzer Eifer ihn vorbereitet hatten. Ein Taxi fuhr ihn rasch über den Post Office Square mit seinem Blick auf den Fluss, das alte Market House und die Mündung der Bucht, dann die steile, kurvige Waterman Street bis nach Prospect hinauf, wo die gewaltige, schimmernde Kuppel und die vom Sonnenuntergang rot gefärbten ionischen Säulen der Christian Science Church die Blicke nach Norden zogen. Nun ging es acht Blöcke an den schönen alten Villen vorbei, die schon seinen Kinderaugen bekannt gewesen waren, und den malerischen Ziegelfußwegen, über die er in seiner Jugend so oft gegangen war. Und endlich das kleine, weiße Landhaus zur Rechten, und zur Linken die klassische Adam-Veranda und die mit stattlichen Erkern versehene Fassade des großen Ziegelhauses seiner Geburt. Es dämmerte, und Charles Dexter Ward war wieder zu Hause.

5

Eine Gruppe von Nervenärzten, die eine Spur weniger akademisch als Dr. Lyman eingestellt ist, schreibt Wards Europareise dem Anfang seines echten Wahnsinns zu. Sie gehen davon aus, dass er bei seiner Abreise noch geistig gesund war, und glauben, dass sein Verhalten nach der Heimkehr einen verheerenden Wandel zeigt. Doch Dr. Willett möchte auch dieser Behauptung nicht zustimmen. Es sei, so beharrt er, erst später etwas geschehen, und das sonderbare Verhalten des jungen Mannes in diesem Zeitraum schreibt er der Ausübung von im Ausland erlernten Ritualen zu – gewiss, das sei an sich schon eigenartig genug, doch setze das auf keinen Fall eine Geisteskrankheit voraus. Ward war zwar sichtlich älter und verstockter geworden, zeigte aber nach wie vor normale Reaktionen, und bei mehreren

Gesprächen mit Dr. Willett legte er eine Ausgeglichenheit an den Tag, die kein Irrer – nicht einmal im Anfangsstadium – lange vorschützen könne.

Was den Verdacht eines schon in dieser Zeit ausgebrochenen Wahnsinns verstärkte, waren die *Geräusche,* die man zu jeder Tages- und Nachtzeit aus Wards Labor in der Dachkammer vernahm, in dem er sich meistens aufhielt. Es handelte sich um Gesänge und Liturgien und schrille Deklamationen in unheimlichen Rhythmen, und obwohl diese Laute immer in Wards Stimme vorgetragen wurden, war dieser Stimme und den von ihr gesprochenen Lauten irgendetwas zu eigen, das jedem Zuhörer das Blut in den Adern gefrieren ließ. Nig, der altehrwürdige und geliebte schwarze Kater des Hauses, sträubte sofort das Fell und machte einen Buckel, sobald diese Geräusche zu hören waren. Die Gerüche, die zuweilen aus dem Labor drangen, waren ebenfalls sehr merkwürdig. Manchmal rochen sie abstoßend, doch meistens aromatisch, erfüllt von etwas Lockendem und Flüchtigem, das anscheinend fantastische Bilder im Kopf auszulösen vermochte. Personen, die sie rochen, neigten dazu, kurzzeitig gewaltige Landschaften zu sehen, voller eigenartiger Hügel oder endloser Alleen, gesäumt von Sphinxen und Hippogryphen, die sich bis zum Horizont erstreckten.

Ward nahm seine früheren Spaziergänge nicht wieder auf, sondern widmete sich eifrig den seltsamen Büchern, die er mit nach Hause gebracht hatte, und den ebenso seltsamen Forschungen in seinen Räumen. Er erklärte, die europäischen Quellen hätten die Möglichkeiten seiner Arbeit erheblich erweitert, und versprach für die kommenden Jahre große Enthüllungen.

Die Tatsache, dass er nun älter wirkte, unterstrich in verwirrendem Maße noch die Ähnlichkeit zu dem Curwen-Porträt in seiner Bibliothek, und Dr. Willett hielt nach seinen Besuchen oft vor dem Bild inne, um das nahezu identische Aussehen zu bestaunen und darüber zu sinnen, dass sich der seit langer Zeit tote Hexenmeister nur noch durch die kleine Einbuchtung über dem rechten Auge von dem lebendigen jungen Mann unterschied. Diese Besuche Willetts, die er auf Bitten der Eltern Wards hin unternahm, waren eine kuriose Angelegenheit. Ward wies den Besucher zwar nie ab, doch war dem Arzt bewusst, dass er keinerlei Zugang zum psychologischen Innenleben des jungen Manns erhielt. Regelmäßig fielen ihm eigenartige Dinge auf, so etwa kleine groteske Wachsfigürchen auf den Regalen oder Tischen und die halb verwischten Kreide- oder Kohleüberreste von Kreisen, Dreiecken und Pentagrammen auf dem Boden in der frei geräumten Mitte des großen Zimmers. Und da in jeder Nacht diese Rhythmen und Beschwörungen durchs Haus dröhnten, gestaltete es sich schließlich äußerst schwierig, die Dienstboten zu halten oder das heimliche Gerede von Charles' Wahnsinn zu unterbinden.

Im Januar 1927 trug sich etwas Eigenartiges zu. Eines Nachts, etwa um Mitternacht, sprach Charles ein liturgisches Ritual, dessen unheimliche Kadenzen unangenehme Echos im Haus erzeugten. Auf einen Schlag erhob sich von der Bucht her ein eisiger Wind und die Erde bebte ganz leicht, was allen Nachbarn auffiel. Zur selben Zeit zeigte der Kater eine unglaubliche Angst, während im Umkreis von zwei Kilometern die Hunde anschlugen. Dies war das Vorspiel zu einem für diese Jahreszeit ungewöhnlich heftigen Gewitter, das in einen so heftigen Donnerschlag gipfelte, dass Mr. und Mrs. Ward glaubten, ein Blitz sei ins Haus eingeschlagen. Sie liefen nach oben, um nach möglichen Schäden zu sehen, doch Charles kam ihnen an der Tür zum Dachgeschoss entgegen, blass, entschlossen und Unheil kündend, mit einem Gesichtsausdruck, der sich in fürchterlicher Weise aus Triumph und Ernsthaftigkeit zusammensetzte. Er versicherte ihnen, dass der Blitz nicht ins Haus eingeschlagen und der Sturm bald überstanden sei. Sie blieben stehen, und als sie durch ein Fenster blickten, sahen sie, dass er recht hatte, denn die Blitze zeichneten sich in immer größerer Entfernung ab, und die Bäume bogen sich nicht mehr in den seltsamen, kalten Böen, die von der See her gekommen waren. Der Donner verklang zu einem dumpfen Grollen und erstarb schließlich ganz. Die Sterne kamen heraus, und die Siegesgewissheit auf Charles' Gesicht verhärtete sich zu einem ganz eigentümlichen Ausdruck.

In den folgenden zwei Monaten hielt Ward sich nicht mehr so häufig im Labor auf wie zuvor. Er legte ein kurioses Interesse für das Wetter an den Tag und stellte sonderbare Nachforschungen darüber an, zu welcher Zeit im Frühjahr der Erdboden auftaut. Eines Nachts Ende März ging er nach Mitternacht aus dem Haus und kam erst im Morgengrauen zurück, als seine Mutter, die nicht schlafen konnte, einen knarrenden Motor an der Einfahrt hörte. Gedämpfte Beteuerungen waren zu vernehmen. Mrs. Ward stand auf und ging ans Fenster, wo sie vier dunkle Gestalten sah, die auf Charles' Anweisungen hin eine lange, schwere Kiste aus einem Lastwagen hoben und durch einen Seiteneingang ins Haus trugen. Sie hörte gepressten Atem und schwere Schritte auf der Treppe und schließlich einen dumpfen Laut im Dachgeschoss, danach waren die Schritte treppab zu hören, und die vier Männer stiegen wieder in ihren Lastwagen und fuhren davon.

Am nächsten Tag nahm Charles seine strenge Zurückgezogenheit im Dachgeschoss wieder auf und ließ vor den Fenstern des Labors die dunklen Jalousien herab. Er schien an einer metallenen Substanz zu arbeiten. Er öffnete niemandem die Tür und weigerte sich, das angebotene Essen einzunehmen. Gegen Mittag war ein reißendes Geräusch, gefolgt von einem schrecklichen Schrei und einem Sturz zu hören, doch als Mrs. Ward panisch an die Tür klopfte, antwortete ihr Sohn nach einiger Zeit mit schwacher Stimme, dass alles in Ordnung sei. Der scheußliche und unbeschreibliche Gestank, der nun herausquoll, sei völlig harmlos und leider notwendig. Völlige Ungestörtheit sei nun das Wichtigste, aber er würde später zum Abendessen herunterkommen.

Nachdem an diesem Nachmittag einige zischende Laute hinter der verschlossenen Tür verklungen waren, zeigte Ward sich tatsächlich; er sah äußerst ausgezehrt aus und untersagte jedem, das Laboratorium unter irgendeinem Vorwand zu betreten. Dies bildete den Anfang einer neuen Heimlichtuerei, denn danach gestattete er keinem Menschen mehr, das rätselhafte Arbeitszimmer in der Mansarde oder die anliegende Kammer zu betreten, die er ausräumte, mit dem Notwendigsten ausstattete und seiner erhabenen Privatsphäre als Schlafraum angliederte. Hier lebte er mit den Büchern, die er aus seiner Bibliothek heraufholte, bis er sich einen Bungalow in Pawtuxet kaufte und mit allen wissenschaftlichen Utensilien dorthin übersiedelte.

Am Abend des Tages nahm Charles sich die Zeitung, bevor ein anderes Familienmitglied sie lesen konnte, und zerriss scheinbar durch Unachtsamkeit einige Teile. Später sah Dr. Willett, der das Datum durch die Aussagen mehrerer Mitglieder des Haushaltes ermittelte, ein vollständiges Exemplar im Archiv des *Journal* ein und fand heraus, dass sich in dem zerstörten Teil folgender kurzer Artikel befunden hatte:

NÄCHTLICHE RUHESTÖRER AUF DEM NORDFRIEDHOF ÜBERRASCHT

Robert Hart, der Nachtwächter des Nordfriedhofes, entdeckte heute Morgen auf dem ältesten Teil des Friedhofs eine Gruppe von mehreren Männern mit einem Lastwagen, vertrieb diese aber anscheinend, ehe sie ihr Ziel erreicht hatten.

Die Entdeckung trug sich um vier Uhr morgens zu, als Hart die Motorengeräusche vor seiner Unterkunft vernahm. Als er der Sache nachging, sah er einen großen Lastwagen auf dem Hauptweg in einiger Entfernung, konnte den Wagen aber nicht mehr erreichen, weil seine Schritte auf dem Kies sein Kommen verrieten. Die Männer platzierten eilig eine große Kiste in dem Laster und entkamen auf die Straße. Da keines der Gräber geschändet wurde, geht Hart davon aus, dass es sich bei dieser Kiste um etwas handelte, das die Männer begraben wollten.

Die Männer mussten schon lange vor ihrer Entdeckung am Werk gewesen sein, da Hart in beträchtlicher Entfernung von der Straße ein großes Loch auf dem Amosa Field fand, wo die meisten der alten Grabsteine längst verschwunden sind. Dieses Loch, das in seinen Ausmaßen einem Grab entsprach, war leer. Die Stelle ist in den Unterlagen des Friedhofes nicht als Grabstätte verzeichnet.

Wachtmeister Riley von der Zweiten Polizeiwache untersuchte den Tatort. Er vertritt die Ansicht, das Loch sei von Schmugglern ausgehoben worden, die so geschmacklos wie findig nach einem sicheren Versteck für Branntwein suchten, wo aller Wahrscheinlichkeit nach niemand danach suchen würde. Auf Nachfrage hin sagte Hart aus, er glaube, der Fluchtwagen sei in die Rochambeau Avenue eingebogen, er sei sich dessen aber nicht sicher.

In den nächsten Tagen sah Familie Ward Charles nur selten. Da er seinem Reich im Dachstuhl nun auch sein Schlafzimmer hinzugefügt hatte, blieb er dort ganz für sich und ordnete an, dass die Mahlzeiten vor der Tür abgestellt wurden, die er erst hineinholte, wenn der Diener wieder gegangen war.

Das Dröhnen der monotonen Formeln und das Herunterleiern bizarrer Rhythmen setzte in regelmäßigen Abständen wieder ein, während zu anderen Zeiten Geräusche von klirrendem Glas, zischenden Chemikalien, laufendem Wasser oder brausenden Gasflammen wahrnehmbar waren. Ausdünstungen von ganz unbeschreiblicher Art, die keinen der vorangegangenen glichen, entwichen zuweilen durch die Tür, und die Anspannung, die dem jungen Einsiedler anzusehen war, wenn er einmal kurz zum Vorschein kam, löste die kühnsten Mutmaßungen aus. Einmal unternahm er einen kurzen Ausflug ins Athenäum, um dort ein Buch zu beschaffen, das er benötigte, ein andermal heuerte er einen Boten an, um für ihn einen höchst obskuren Band aus Boston abzuholen. Die ganze Situation war von unheilvoller Spannung geprägt, und die Familie und Dr. Willett gestanden einander ein, dass sie völlig ratlos waren, was sie über Charles denken sollten oder was zu tun sei.

6

Am 15. April zeichnete sich dann eine merkwürdige Entwicklung ab. Zwar schien sich nichts wirklich verändert zu haben, aber im Ausmaß gab es einen ziemlich erschreckenden Unterschied; Dr. Willett schreibt diesem Wandel eine hohe Bedeutung zu. Dieser Tag war ein Karfreitag, worüber die Dienstboten viel Aufhebens machten, was anderen jedoch natürlich als irrelevanter Zufall erschien. Am späten Nachmittag begann der junge Ward mit der Wiederholung bestimmter Formeln mit besonders lauter Stimme, wobei er irgendeine Substanz verbrannte, deren stechende Dämpfe sich im ganzen Haus verteilten. Die Formel war auf dem Gang vor der verschlossenen Tür so deutlich vernehmbar, dass Mrs. Ward sie sich einprägte, während sie wartete und ängstlich lauschte. Auf Dr. Willetts Nachfrage hin vermochte sie sie sogar aufzuschreiben. Sie lautete wie folgt, und Dr. Willett hat von Experten erfahren, dass etwas ganz Ähnliches in den mystischen Schriften des ›Eliphas Lévi‹ zu finden ist, der rätselhaften Seele, die durch einen Spalt im verbotenen Tor kroch und dahinter die fürchterlichen Landschaften des Abgrunds sah:

> *»Per Adonai Eloim, Adonai Jehova,*
> *Adonai Sabaoth, Metraton On Agla Mathon,*
> *verbum pythonicum, mysterium salamandrae,*
> *conventus sylvorum, antra gnomorum,*
> *daemonia Coeli God, Almousin, Gibor, Jehosua,*
> *Evam, Zariathnatmik. veni, veni, veni.«*

Dies ging ohne Änderung oder Unterbrechung über zwei Stunden so weiter, bis in der ganzen Umgebung ein pandämonisches Hundegeheul einsetzte. Das Ausmaß dieses Geheuls kann an dem Platz abgelesen werden, den ihm am nächsten Tag die Zeitungen einräumten, doch für die Menschen im Hause Ward wurde selbst das durch den Geruch überschattet, der unverzüglich darauf folgte: ein scheußlicher, alles durchdringender Gestank, den niemand je zuvor oder danach gerochen hatte. Inmitten dieser mephitischen Schwaden flammte ein deutlicher Blitz wie bei einem Gewitter auf, der, wäre es nicht helllichter Tag gewesen, blendend und eindrücklich gewesen wäre. Dann war plötzlich *die Stimme* zu hören, die niemand, der sie vernommen hat, wieder vergessen kann – wegen der donnerschallenden Ferne, der unglaublichen Tiefe und der grausigen Verschiedenheit zu Charles Wards Stimme. Sie ließ das Haus erbeben und wurde von wenigstens zwei Nachbarn trotz dem Geheul der Hunde deutlich gehört.

Mrs. Ward, die voller Verzweiflung vor dem verschlossenen Laboratorium ihres Sohnes lauschte, erschauderte, als sie die teuflische Bedeutung dieser Stimme erkannte, hatte Charles ihr doch von ihrem üblen Ruf in dunklen Büchern und von der Art und Weise erzählt, wie sie laut den Briefen der Fenners in der Nacht von Joseph Curwens Vernichtung über der verdammten Farm in Pawtuxet erklungen war. Es gab keinen Zweifel daran, dass es sich um dieselbe albtraumhafte Formel handelte, denn Charles hatte sie allzu lebhaft beschrieben, damals, als er noch freimütig über seine Curwen-Recherchen gesprochen hatte. Und doch handelte es sich nur um dieses Bruchstück einer altertümlichen und verschollenen Sprache: »DIES MIES JESCHET BOENE DOESEF DOUVEMA ENITEMAUS.«

Gleich nach diesem Donnerschall verdunkelte der Tag sich für einen Moment, obwohl es bis zum Sonnenuntergang noch eine Stunde hin war, und dann quoll ein zusätzlicher Gestank auf, der sich vom ersten unterschied, aber ebenso unbekannt und ebenso unerträglich war. Charles stimmte wieder liturgische Gesänge an, und seine Mutter konnte Silben hören, die wie »Yi nash Yog Sothoth he lglb throdag« klangen und mit einem »Yah!« endeten, dessen tobsüchtige Kraft in einem ohrenbetäubenden Crescendo gipfelte. Eine Sekunde später wurden alle bisherigen Eindrücke durch einen klagenden Schrei ausgelöscht, der mit panischer Sprengkraft ausbrach und sich allmählich zu einem krampfhaften, diabolisch-hysterischen Gelächter verwandelte.

Mrs. Ward, ergriffen von Furcht und dem blinden Mut einer Mutter, kam näher und klopfte ängstlich an die alles verbergende Tür, erhielt aber keine Antwort. Sie klopfte noch mal, hielt jedoch entnervt inne, als ein zweiter Schrei erklang, der unzweifelhaft aus der Kehle ihres Sohnes drang und der *Gleichzeitig mit dem nach wie vor erschallenden Gekicher jener anderen Stimme zu hören war*. Daraufhin verlor sie die Besinnung, kann sich aber bis heute nicht an den genauen, unmittelbaren Grund dafür erinnern. Manchmal nimmt das Gedächtnis barmherzige Streichungen vor.

Am Abend kehrte Mr. Ward um Viertel nach sechs aus dem Geschäft zurück. Als er seine Frau im Erdgeschoss nicht fand, sagten die verängstigten Dienstboten ihm, dass sie wahrscheinlich vor der Tür zu Charles' Zimmer Wacht halte, aus dem seltsamere Geräusche als je zuvor gedrungen seien. Er stieg sofort die Treppe hoch und fand Mrs. Ward ausgestreckt auf dem Boden vor dem Labor liegend. Sie war ohnmächtig und er besorgte eilends ein Glas Wasser aus einer Karaffe in einer anliegenden Korridornische. Er schüttete ihr das kalte Nass ins Gesicht und war erleichtert, als sie sogleich darauf reagierte. Er beobachtete gerade, wie sie verwirrt die Augen öffnete, als ihn ein heftiger Schauder überkam und er drohte, in den selben Zustand zu fallen, aus dem seine Frau gerade erwachte. Im Labor war es nicht so still, wie es erst den Anschein gehabt hatte – es wurde vom Gemurmel einer gespannten, gedämpften

Unterhaltung erfüllt, zu leise, um die Worte zu verstehen, aber von einer Art, die angetan war, die Seele zutiefst zu verstören.

Es war natürlich nichts Neues, dass Charles Formeln vor sich hin murmelte, doch bei diesem Gemurmel handelte es sich definitiv um etwas anderes. Es war ganz deutlich ein Dialog oder die Imitation eines solchen, mit Betonungen, die Frage und Antwort, Aussage und Erwiderung andeuteten. Die eine Stimme gehörte ohne jeden Zweifel Charles, doch die andere war von einer Tiefe und Hohlheit, die der des jungen Mannes selbst beim gelungensten zeremoniellen Mimikry kaum nahegekommen wäre. Dieser Stimme war etwas Scheußliches, Blasphemisches und Abnormes zu eigen, und hätte seine erwachende Frau keinen Schrei ausgestoßen, der ihn ablenkte und seinen Beschützerinstinkt weckte, so hätte Theodore Howland Ward wohl kaum weiterhin seine stolze Behauptung aufrechterhalten können, er sei niemals in Ohnmacht gefallen. So jedoch half er seiner Frau auf und führte sie rasch nach unten, damit sie nicht die Stimmen hörte, die ihn so grässlich erschüttert hatten.

Doch er war nicht schnell genug, um nicht noch selbst etwas mitzubekommen, das ihn mit seiner Last beinahe hätte hinfallen lassen. Mrs. Wards Aufschrei war offenkundig auch von anderen gehört worden, und als Reaktion darauf waren hinter der verschlossenen Tür die ersten erkennbaren Worte des gedämpften und schrecklichen Zwiegesprächs zu hören gewesen. Es handelte sich lediglich um eine aufgeregte Ermahnung von Charles selbst, doch irgendwie enthielt diese eine Andeutung, die dem Vater eine unerklärliche Furcht bereitete. Der Befehl lautete bloß: *»Pssst! – Schreib!«*

Nach dem Abendessen beratschlagten Mr. und Mrs. Ward lange, und Mr. Ward fasste den Entschluss, sich noch an diesem Abend ernsthaft mit Charles zu unterhalten. Egal wie bedeutsam sein Vorhaben auch sein mochte, ein derartiges Verhalten würde nicht länger geduldet werden, überschritten diese jüngsten Entwicklungen doch alle Grenzen der Vernunft und bedrohten die Ordnung und das heikle Wohlergehen des gesamten Haushaltes. Der Junge musste tatsächlich von allen guten Geistern verlassen sein, da allein ausgeprägter Irrsinn solche heftigen Schreie und Selbstgespräche mit verstellter Stimme erklären konnte, die der heutige Tag mit sich gebracht hatte. Alldem musste ein Ende gesetzt werden, sonst würde Mrs. Ward krank werden und die Anstellung von Dienstboten ein Ding der Unmöglichkeit.

Nach Beendigung der Mahlzeit erhob sich Mr. Ward vom Tisch und ging die Treppe hinauf zu Charles' Labor. Im zweiten Stock hielt er jedoch inne, als er Geräusche aus der mittlerweile nicht mehr gebrauchten Bibliothek seines Sohnes vernahm. Allem Anschein nach warf jemand Bücher umher und raschelte wild mit Papieren. Als Mr. Ward an die Tür trat, sah er den jungen Mann darin, der aufgeregt einen gewaltigen Haufen Lesestoff jeder Größe und Form auf den Armen balancierte. Charles wirkte recht erschöpft und ausgezehrt, und als er die Stimme seines Vaters hörte, ließ er seine gesamte Last erschrocken fallen.

Der ältere Mann bat ihn, Platz zu nehmen, und Charles hörte sich eine Zeit lang den Tadel an, den er seit Langem verdiente. Es gab keine Szene. Am Ende der Strafpredigt gab er zu, dass sein Vater mit allem im Recht sei und seine Stimmverstellungen, sein Gemurmel, seine Beschwörungen und die chemischen Gerüche in der Tat unentschuldbare Belästigungen darstellten. Er stimmte zu, sich zukünftig leiser zu verhalten, beharrte aber darauf, dass er seine extreme Zurückgezogenheit noch aufrechthalten müsse. Ein Großteil seiner künftigen Arbeit, so sagte er, sei ohnedies reine Buchrecherche, und er könne sich ja für laute Rituale, die später vielleicht nötig wären, eine andere Unterkunft zulegen. Über die Ängste und die Ohnmacht seiner Mutter zeigte er sich deutlich zerknirscht, und er erklärte, dass die Unterhaltung, die seine Eltern belauscht hatten, Teil eines ausgeklügelten symbolischen Systems sei, um eine bestimmte geistige Atmosphäre zu kreieren. Seine Verwendung abstruser chemischer Begriffe verwirrte Mr. Ward ein wenig, doch beim Weggehen hatte er den Eindruck eines zweifellos geistig gesunden und gefassten Menschen, auch wenn dieser von einer rätselhaften Anspannung höchsten Grades erfasst war. Das Gespräch verlief also ziemlich folgenlos, und als Charles seine Bücher und Unterlagen nahm und das Zimmer verließ, wusste Mr. Ward kaum, was er von alldem halten solle. Die Angelegenheit war ebenso mysteriös wie der Tod des armen alten Nig, dessen steifen Kadaver man mit starren Augen und angstverzerrtem Maul vor einer Stunde im Keller gefunden hatte.

Von einem unbestimmten detektivischen Instinkt angetrieben warf der verwirrte Vater nun einen neugierigen Blick auf die leeren Regalfächer, um nachzusehen, was sein Sohn mit in die Dachkammer genommen hatte. Die Bibliothek des jungen Mannes war klar und streng sortiert, sodass man auf einen Blick feststellen konnte, welche Bücher – oder wenigstens welche Art von Büchern – entfernt worden waren. Bei dieser Gelegenheit fand Mr. Ward zu seiner Verblüffung, dass abgesehen von den schon früher entnommenen Bänden nichts aus dem okkulten und obskuren Bestand fehlte. Stattdessen hatte Charles Titel über moderne Themen entnommen: Geschichtswerke, wissenschaftliche Abhandlungen, Geografiebücher, literarische Handbücher, Werke der Philosophie und einige aktuelle Zeitungen und Zeitschriften.

Das war ein sehr sonderbarer Unterschied zu Charles Wards Lektüre der letzten Zeit, und den Vater beschlich ein immer stärker werdendes Gefühl der Verwirrung und allumfassender Befremdung. Diese Befremdung war so stark, dass sie ihm auf der Brust lastete, während er versuchte zu erkennen, was um ihn herum nicht stimmte. Etwas war in der Tat nicht in Ordnung, und das bezog sich aufs Greifbare ebenso wie aufs Spirituelle. Seit er diesen Raum betreten hatte, war ihm klar geworden, dass etwas nicht stimmte, und endlich dämmerte ihm, was das sein könnte.

An der Nordwand befand sich nach wie vor der uralte Zierkamin aus dem Haus in Olney Court, aber den rissigen und mühsam restaurierten Ölfarben des großen Curwen-Porträts war der Umzug nicht gut bekommen. Die Zeit und ungleiche Heizverhältnisse hatten letzten Endes ihr Werk vollbracht, und irgendwann seit der letzten Reinigung des Zimmers war das Schlimmste eingetreten. Das Bildnis des Joseph Curwen – es hatte sich heimlich, still und leise in immer kleinere Flocken vom Holzgrund abgelöst. Nun hatte es für immer seine starre Aufsicht über den jungen Mann aufgegeben, dem es so sonderbar ähnelte, und lag als feine, bläulich-graue Staubschicht auf dem Boden.

Viertes Kapitel: Eine Veränderung und ein Wahnsinn

1

In der Woche, die auf diesen denkwürdigen Karfreitag folgte, zeigte Charles Ward sich häufiger als sonst, außerdem trug er beständig Bücher zwischen seiner Bibliothek und dem Dachlaboratorium umher. Er handelte leise und vernünftig, wirkte aber irgendwie verstohlen und gehetzt, was seiner Mutter nicht gefiel, und entwickelte, wie man an seinen Anforderungen an die Köchin sah, einen unglaublich ausgeprägten Appetit.

Dr. Willett war über die Geräusche und Geschehnisse am Freitag in Kenntnis gesetzt worden, und am folgenden Dienstag unterhielt er sich lange mit dem jungen Mann in der Bibliothek, wo das Bildnis niemanden mehr beobachtete. Das Gespräch verlief wie immer ergebnislos, doch schwört Willett nach wie vor, dass Charles zu diesem Zeitpunkt noch bei klarem Verstand gewesen sei. Er machte Versprechungen einer bald folgenden Enthüllung und sprach von der Notwendigkeit, sich andernorts ein Laboratorium einzurichten. Über den Verlust des Porträts zeigte er nur wenig Bestürzung angesichts der Begeisterung, die er anfangs dafür empfunden hatte – das plötzliche Zerbröckeln schien ihn sogar mit Humor zu erfüllen.

In der zweiten Woche hielt Charles sich zunehmend über längere Zeiträume außer Haus auf, und eines Tages, als die gute alte Schwarze Hannah kam, um beim Frühjahrsputz zu helfen, erwähnte sie seine häufigen Besuche in dem alten Haus in Olney Court, wo er oft mit einem großen Koffer erscheine und im Keller sonderbare Grabungen anstelle. Ihr und dem alten Asa gegenüber sei er immer sehr freimütig, doch schien er bedrückt zu sein, was ihr großen Kummer bereitete, da sie ihn ja von Geburt an kenne.

Ein weiterer Bericht über seine Unternehmungen kam aus Pawtuxet, wo einige Freunde der Familie ihn überraschend häufig aus der Ferne gesehen hatten. Er schien den Badeort und das Bootshaus von Rhodes-on-the-Pawtuxet abzusuchen, und spätere Nachforschungen von Dr. Willett brachten heraus, dass Ward die ganze Zeit nach einem Zugang zu dem dicht von Hecken abgeschirmten Flussufer suchte, an dem entlang er immer in nördlicher Richtung lief und meistens über lange Zeit nicht wieder aufgetauchte.

Ende Mai hörte man wieder die rituellen Geräusche aus dem Dachlaboratorium, was Charles eine strenge Rüge von Mr. Ward einbrachte, woraufhin er irgendwie geistesabwesend Besserung gelobte. Das geschah eines Morgens und schien eine Art Fortsetzung der eingebildeten Unterhaltung zu sein, die man an jenem turbulenten Karfreitag vernommen hatte. Der junge Mann stritt scharf mit sich selbst und machte sich Vorwürfe, dann war eine deutlich verständliche, schallende Auseinandersetzung von zwei unterschiedlichen Stimmen zu hören, von denen die eine scheinbar etwas forderte und die andere dies ständig verweigerte. Mrs. Ward lief rasch die Treppe hinauf und lauschte an der Tür. Sie konnte nur Bruchstücke wahrnehmen, deren einzig verständlichen Worte »muss es rot halten für drei Monate« lauteten. Als sie anklopfte, verstummten sogleich alle Geräusche. Als Charles später von seinem Vater dazu befragt wurde, sagte er, es gäbe gewisse Konflikte zwischen Bewusstseinssphären, die nur durch größte Fertigkeit zu umgehen seien, die er aber auf andere Ebenen zu übertragen versuche.

Ungefähr Mitte Juni trug sich in der Nacht etwas Seltsames zu. Am frühen Abend waren aus dem Labor Lärm und dumpfes Poltern zu hören gewesen. Mr. Ward wollte schon nachsehen, was denn los sei, als alles auf einen Schlag wieder still wurde. Um Mitternacht, als die Familie sich schon zurückgezogen hatte, verschloss der Butler die Haustür für die Nacht, als nach seiner Aussage Charles irgendwie aufgelöst und unsicher mit einem großen Koffer in der Hand am Fuß der Treppe auftauchte und Zeichen gab, dass er hinauswolle. Der junge Mann sagte kein Wort, doch der pflichtgetreue Butler aus Yorkshire erhaschte einen Blick auf dessen fiebrige Augen und erschauderte ohne ersichtlichen Grund. Er öffnete die Tür und ließ den jungen Ward hinaus, doch am Morgen teilte der Butler Mrs. Ward seine Kündigung mit. Es habe, sagte er, etwas Unheiliges in dem Blick gelegen, mit dem Charles ihn angesehen hatte. Es sei nicht statthaft, dass ein junger Gentleman einen ehrlichen Mann derart anblicke, und er könne keine weitere Nacht in diesem Haus verbringen.

Mrs. Ward ließ den Mann gehen, maß seiner Aussage aber

keine größere Bedeutung bei. Es erschien ihr ziemlich lächerlich, sich Charles in dieser Nacht in einem derart grimmigen Zustand vorzustellen, denn solange sie wach gewesen war, hatte sie oben aus dem Labor leise Geräusche gehört, Geräusche wie von Schluchzen, auf und ab gehenden Schritten und ein Seufzen, das klang wie aus den bodenlosesten Tiefen der Verzweiflung. Mrs. Ward hatte sich angewöhnt, in der Nacht auf jedes Geräusch zu lauschen, denn das Rätsel um ihren Sohn ließ sie alles andere vergessen.

Am Abend schnappte Charles Ward sich – ganz wie an einem anderen Abend fast drei Monate zuvor – sehr früh die Zeitung und ließ den Hauptteil verschwinden. Daran erinnerte man sich erst später, als Dr. Willett sich daranmachte, lose Enden miteinander zu verknüpfen und hier und da nach fehlenden Bindegliedern zu suchen. Im Archiv des *Journal* fand er den Teil, den Charles beseitigt hatte, und strich zwei Artikel als möglicherweise bedeutsam an. Es handelte sich um Folgendes:

WEITERE GRABUNGSAKTIONEN AUF DEM FRIEDHOF

Heute Morgen entdeckte Robert Hart, Nachtwächter auf dem Nordfriedhof, dass auf dem ältesten Teil des Friedhofes erneut Grabschänder am Werk gewesen waren. Das Grab des Ezra Weeden, der laut seinem umgestoßenen und schwer beschädigten Granitgrabstein 1740 geboren wurde und 1824 verstarb, fand man ausgehoben und durchwühlt vor, was anscheinend mit einem aus einem anliegenden Werkzeugschuppen gestohlenen Spaten geschehen war.

Was das Grab über ein Jahrhundert nach der Bestattung noch enthalten haben mochte, war bis auf ein paar Splitter vermoderten Holzes verschwunden. Es gab keine Reifenspuren, doch die Polizei hat einzelne Fußspuren in der näheren Umgebung entdeckt und vermessen, die auf einen Mann in teuren Stiefeln hinweisen.

Hart neigt dazu, diesen Vorfall mit der verhinderten Grabungsaktion vom letzten März in Verbindung zu bringen, als eine Gruppe von Männern mit Lastwagen die Flucht ergriff, nachdem sie ein tiefes Loch gegraben hatte. Wachtmeister Riley von der Zweiten Polizeiwache hingegen verwirft diese Theorie und weist auf die erheblichen Unterschiede in den beiden Fällen hin. Die Grabung im März hatte an einer Stelle stattgefunden, an der keine Grabstätte bekannt ist, aber dieses Mal sei ein deutlich gekennzeichnetes und gepflegtes Grab offensichtlich mit Vorsatz durchwühlt worden, wobei in der Zerstörung des Grabsteins, der bis zum Vortag noch intakt gewesen war, eine bösartige Absicht zum Ausdruck komme.

Angehörige der Familie Weeden drückten Erstaunen und Bestürzen über den Vorfall aus und zeigten sich in jeder Beziehung ratlos, wer ihnen denn so feindlich gesinnt ist, dass er das Grab ihres Vorfahren schändete. Hazard Weeden aus der 598 Angell Street erinnerte sich an eine Familienüberlieferung, laut der Ezra Weeden kurz vor der Revolution in überaus merkwürdige Umstände involviert gewesen sei, die für ihn selbst nicht unehrenhaft gewesen waren, von irgendeiner Fehde oder einem Geheimnis aus jüngster Zeit weiß er jedoch nichts. Inspektor Cunningham ist mit dem Fall betraut worden und ist zuversichtlich, in naher Zukunft wertvolle Hinweise zu finden.

UNRUHIGE HUNDE IN PAWTUXET

Die Einwohner von Pawtuxet wurden heute früh um drei Uhr von einem ungewöhnlichen wilden Hundegebell aus dem Schlaf gerissen, das seinen Mittelpunkt in Flussnähe knapp nördlich von Rhodes-on-the-Pawtuxet zu haben schien. Lautstärke und Art dieses Geheuls waren nach Angaben der meisten Personen, die es zu Gehör bekamen, äußerst ungewöhnlich. Fred Lemdin, der Nachtwächter in Rhodes, behauptete, es habe sich etwas darunter gemischt, das sehr nach den Schreien eines Mannes in Todesangst und -qual geklungen habe. Ein heftiges, sehr kurzes Gewitter, das irgendwo in der Nähe des Flussufers niederging, machte der Störung ein Ende. Allgemein bringt man die seltsamen, unangenehmen Gerüche, die ihren Ursprung wahrscheinlich bei den Öltankern in der Bucht hatten, mit dem Zwischenfall in Verbindung – sie hatten vermutlich Anteil daran, die Hunde derart zu reizen.

Charles sah nun immer ausgezehrter und gehetzter aus. Im Rückblick waren alle der Ansicht, dass er in diesem Zeitraum wohl gerne eine Aussage oder Beichte gemacht hätte, wovon ihn nur die schiere Angst abhielt. Das morbide nächtliche Lauschen seiner Mutter brachte zum Vorschein, dass er im Schutz der Dunkelheit regelmäßig das Haus verließ, und die meisten der eher akademisch gesinnten Nervenärzte sind sich einig darin, dass ihm die widerwärtigen Fälle von Vampirismus anzulasten sind, über die damals die Presse so sensationslüstern berichtete, deren Täter aber bis heute nicht definitiv bestimmt werden konnte. Diese Fälle, die noch nicht lange zurückliegen und so bekannt sind, dass sie keiner detaillierten Erörterung bedürfen, betrafen Opfer jeden Alters und Geschlechts und schienen sich in zwei unterschiedlichen Gegenden zu häufen: auf dem bewohnten Hügel und dem North End in der Nähe des Hauses der Wards sowie in den Vorstadtbezirken jenseits der Cranston-Linie bei Pawtuxet. Angegriffen wurden sowohl Personen, die spät unterwegs waren, als auch solche, die bei offenem Fenster schliefen. Diejenigen, die den Angriff überlebten, berichteten übereinstimmend von einem schlanken, flinken, springenden Monster mit feurigen Augen, das seine Zähne in die Kehle oder den Oberarm schlug und gierig saugte.

Dr. Willett, der sich weigert, den Wahnsinn von Charles Ward so früh zu datieren, ist vorsichtig bei seinem Versuch, diese grausigen Vorfälle zu erklären. Er habe, so sagt er, einige eigene Theorien darüber, und beschränkt seine klaren Aussagen hierzu durch eine eigentümliche Negation. »Ich werde nicht sagen«, sagt er, »wer oder was meiner Meinung nach diese Angriffe und Morde auf dem Gewissen hat, aber ich sage, dass Charles Ward keine Schuld daran trägt. Ich habe Grund zu der Annahme, dass er den Geschmack von Blut nicht kennt, wie es ja auch sein fortgesetzter anämischer Verfall und die stetig zunehmende Blässe besser als jedes gesprochene Argument beweisen. Ward hatte sich mit schrecklichen Dingen eingelassen, aber er hat dafür bezahlt, und er war niemals ein Ungeheuer oder ein Gauner. Was seinen jetzigen Zustand angeht, so denke ich nicht gern darüber nach. Eine Veränderung ist eingetreten, und ich gebe mich mit der Vorstellung zufrieden, dass der alte Charles Ward damit verstarb. Das gilt jedenfalls für seine Seele, denn dieses wahnsinnige Fleisch, das aus Waites Klinik verschwunden ist, beherbergte eine andere.«

Willetts Wort hat Gewicht, weilte er doch häufig im Haus der Wards, weil er sich um Mrs. Ward kümmerte, deren Nerven unter der Belastung sehr litten. Ihr nächtliches Lauschen hatte bei ihr morbide Halluzinationen ausgelöst, die sie dem Arzt zögerlich anvertraute und die er beim Gespräch mit ihr ins Lächerliche zog, die ihn aber, als er allein war, schwer ins Grübeln brachten. Diese Einbildungen bezogen sich immer auf die leisen Geräusche, die sie aus dem Labor und dem Schlafraum im Dachgeschoss zu hören glaubte, und sie betonte die gedämpften Seufzer und das Weinen, das zu den unmöglichsten Zeiten zu hören war. Anfang Juli ordnete Willett an, dass Mrs. Ward auf unbestimmte Zeit nach Atlantic City zur Kur reisen solle, und ermahnte sowohl Mr. Ward als auch den ausgezehrten und undurchsichtigen Charles dazu, ihr bloß aufmunternde Briefe zu schreiben. Dieser erzwungenen, nur zögerlich angetretenen Flucht verdankt sie wahrscheinlich ihr Leben und ihre geistige Gesundheit.

2

Nicht lange nach der Abreise seiner Mutter begann Charles Ward mit den Kaufverhandlungen für den Bungalow in Pawtuxet. Es war ein schäbiger kleiner Holzbau mit einer Garage aus Beton, der hoch auf der spärlich besiedelten Böschung des Flusses ein wenig über Rhodes lag. Aus irgendeinem merkwürdigen Grunde wollte der junge Mann nichts anderes. Er ließ den Maklerbüros keine Ruhe, bis eines davon von dem eher unwilligen Eigentümer zu einem exorbitanten Preis den Zuschlag bekam. Sobald der Bungalow frei war, zog Ward im Schutz der Dunkelheit dort ein, transportierte den gesamten Inhalt seines Dachlabors – inklusive der sowohl sonderlichen als auch zeitgenössischen Bücher, die er seiner Bibliothek entnommen hatte – in einem großen, geschlossenen Lieferwagen dorthin. Diesen Wagen ließ er in den frühen Morgenstunden beladen, und sein Vater erinnert sich lediglich daran, dass er in der Nacht, als die Habseligkeiten fortgebracht wurden, verschlafen gedämpfte

Verwünschungen und laute Tritte hörte. Danach zog Charles wieder in seine Räume im zweiten Stock und suchte das Dachgeschoss nie wieder auf.

Den Bungalow in Pawtuxet behandelte Charles nun mit all der Heimlichtuerei, die er zuvor für sein Reich unter dem Dach aufgeboten hatte. Doch nun schienen zwei Personen seine Geheimnisse zu teilen: ein gewissenlos aussehendes portugiesisches Halbblut aus der South Main Street Waterfront, das ihm als Diener fungierte, und ein dünner, gelehrt aussehender Fremder mit dunkler Brille und einem struppigen Vollbart – der den Anschein erweckte, als sei er gefärbt worden –, der offensichtlich den Status eines Kollegen einnahm. Die Nachbarn versuchten umsonst, diese sonderbaren Personen in Gespräche zu verwickeln. Gomes, der Mulatte, sprach nur wenig Englisch, und der Bärtige, der seinen Namen mit Dr. Allen angab, folgte seinem Beispiel.

Ward selbst versuchte, umgänglich zu wirken, weckte aber mit seinen weitschweifigen Erklärungen über chemische Nachforschungen lediglich mehr Neugierde. Es dauerte nicht lange, da gingen seltsame Geschichten um, weil in dem Haus die ganze Nacht hindurch die Lichter brannten. Später, als die Fenster auf einmal dunkel blieben, entstanden noch seltsamere Geschichten über übermäßig große Fleischbestellungen beim Metzger und über das gedämpfte Rufen, Deklamieren, rhythmische Singen und Schreien, das angeblich aus irgendeinem tiefen Keller unterhalb des Gebäudes nach oben drang. Vor allem aber von den ehrbaren Bürgern der Umgebung wurde dem neuen und seltsamen Haushalt heftige Abneigung entgegengebracht, und es verwundert kaum, dass dunkle Andeutungen über einen Zusammenhang zwischen dem verhassten Haus und den sich häufenden vampirischen Attacken und Morden gemacht wurden, vor allem, da sich diese Plage nun ausschließlich auf Pawtuxet und die anliegenden Straßen von Edgewood zu beschränken schien.

Ward brachte den Großteil seiner Zeit in dem Bungalow zu, schlief aber gelegentlich unter dem Dach seines Vaters. Er galt offiziell immer noch als in seinem Elternhaus wohnhaft. Zweimal verließ er für mehrwöchige Reisen die Stadt, deren Ziele bisher noch nicht ermittelt werden konnten. Er wurde zusehends blasser und noch ausgemergelter als je zuvor. Als er Dr. Willett gegenüber seine alte Geschichte über essenzielle Forschungen und zukünftige Offenbarungen wiederholte, fehlte es ihm an der früheren Überzeugung. Willett passte ihn oft in seinem Elternhaus ab, da Ward Senior zutiefst besorgt und verwirrt war und den Wunsch hegte, sein Sohn solle so gründlich überwacht werden, wie das im Fall eines derart geheimniskrämerischen und unabhängigen Erwachsenen überhaupt möglich war. Der Arzt besteht nach wie vor darauf, dass sich der junge Mann selbst zu diesem späten Zeitpunkt noch geistiger Gesundheit erfreute, und erwähnt viele Gespräche, um seine Behauptung zu untermauern.

Im September ließ der Vampirismus nach, doch im darauffolgenden Januar wurde Ward beinahe in ernsthafte Schwierigkeiten verwickelt. Die nächtliche Ankunft und Abfahrt von Lastwagen beim Bungalow in Pawtuxet hatte seit einiger Zeit die Aufmerksamkeit auf sich gezogen, und nun enthüllte eine unvorhergesehene Störung das Wesen von zumindest einem Gegenstand, den diese Laster transportierten. An einer einsamen Stelle in der Nähe von Hope Valley hatten, wie es so häufig in dieser Zeit geschah, Wegelagerer dem Laster aufgelauert, die auf der Suche nach Schnapslieferungen waren, doch dieses Mal sollten die Räuber selbst den größeren Schrecken erleben. Die langen Kisten, die sie erbeuteten und öffneten, enthielten übermäßig grausige Dinge – derart grausig, dass die Bewohner der Unterwelt nicht lange darüber schweigen konnten. Die Diebe hatten das Entdeckte rasch verscharrt, doch als die Polizei Wind von der Sache bekam, wurde eine sorgfältige Suche gestartet. Ein erst kürzlich verhafteter Landstreicher stimmte nach dem Versprechen von Straffreiheit endlich zu, eine Gruppe von Polizisten zu der Stelle zu führen, und dort fand man in einem hastig gebuddelten Loch etwas überaus Scheußliches und Beschämendes. Es wäre für das nationale – und auch das internationale – Empfinden von Sitte und Anstand nicht gut, würde die Öffentlichkeit je herausfinden, was die verblüfften Männer dort entdeckten. Ein Irrtum war selbst für diese nicht besonders gebildeten Beamten ausgeschlossen, und mit fieberhafter Eile versandten sie mehrere Telegramme nach Washington.

. Die Fälle wurden mit Charles Ward und seinem Bungalow in

Pawtuxet in Verbindung gebracht, und Beamte der Staats- und Bundespolizei unterzogen ihn sogleich einem energischen und ernsthaften Verhör. Man fand ihn blass und besorgt in Gesellschaft seiner beiden merkwürdigen Kompagnons und erhielt von ihm eine scheinbar wahrheitsgemäße Aussage und Beweise für seine Unschuld. Er habe einige anatomische Muster für ein Forschungsprogramm benötigt, dessen Tiefe und Authentizität jedermann, der ihn in den letzten zehn Jahren gekannt hatte, bezeugen könne; er habe die benötigte Art und Anzahl über Vermittlungsstellen bezogen, die er in dieser Hinsicht als durchweg legal erachtet hätte. Von der *Identität* der Muster habe er absolut keine Ahnung gehabt, und er zeigte sich sichtlich schockiert, als die Ermittler die ungeheuerliche Auswirkung auf die Gefühle der Öffentlichkeit und die Würde der Nation andeuteten, die ein Bekanntwerden dieser Angelegenheit zur Folge hätte. Bei Charles' Aussage pflichtete ihm sein bärtiger Kollege Dr. Allen nachdrücklich bei, dessen sonderbar hohle Stimme noch überzeugender klang als Wards nervöser Tonfall. Letzten Endes ergriffen die Beamten keine Maßnahmen, sondern nahmen sorgfältig Namen und Anschriften aus New York auf, die Ward ihnen für eine Suche nannte, die aber zu nichts führte. Fairerweise muss gesagt werden, dass die Muster rasch und ohne jedes Aufsehen an ihren angestammten Platz zurückgebracht wurden und dass die Öffentlichkeit nie von ihrer blasphemischen Störung erfahren wird.

Am neunten Februar 1928 erhielt Dr. Willett einen Brief von Charles Ward, dem er eine außerordentliche Bedeutung beimisst und über den er häufig mit Dr. Lyman debattiert hat. Lyman ist der Überzeugung, dass dieses Schriftstück den endgültigen Beweis für einen fortgeschrittenen Fall von *Dementia praecox* liefert, Willett hingegen betrachtet ihn als die letzte gänzlich vernünftige Äußerung des unglückseligen Mannes. Er führt dabei vor allem die Normalität der Handschrift an, die zwar Anzeichen für nervliche Zerrüttung zeigt, aber dennoch ganz die von Ward ist. Der volle Text lautet:

100 Prospect St.,
Providence, R. I.,
08. März 1928.

Lieber Dr. Willett:—

Ich bin der Meinung, dass es nun endlich an der Zeit ist, Ihnen gegenüber die Enthüllungen zu machen, die ich Ihnen so lange schon versprochen habe und zu denen Sie mich so oft zu drängen versuchten. Die Geduld, die Sie beim Warten an den Tag gelegt, und das Vertrauen, das Sie in meinen Geisteszustand und meine Integrität gesetzt haben, kann ich Ihnen gar nicht hoch genug anrechnen.

Und nun, da ich zu sprechen bereit bin, muss ich voller Beschämung zugeben, dass der von mir erträumte Triumph nie mein sein wird. Statt eines Triumphes habe ich das Grauen entdeckt, und das, was ich Ihnen zu sagen habe, wird kein stolzer Siegesbericht sein, sondern ein Flehen um Hilfe und Rat, um mich selbst wie auch die ganze Welt vor einem Grauen zu bewahren, das alle menschliche Vorstellung oder Erwartung übersteigt. Sie erinnern sich an das, was in den Briefen der Fenners über die Bürgerwehr stand, die Pawtuxet stürmte. Ebendies muss wieder geschehen, und zwar rasch. Von uns hängt mehr ab, als ich in Worte fassen kann – die gesamte Zivilisation, alle Naturgesetze, vielleicht sogar das Los des Sonnensystems und des Universums. Ich habe eine ungeheuerliche Abnormität ans Licht geholt, tat es aber im Namen der Wissenschaft. Nun müssen Sie mir im Namen allen Lebens und der Natur dabei helfen, diese wieder in die Dunkelheit zurückzustoßen.

Ich habe dieses Haus in Pawtuxet für immer verlassen, und wir müssen alles ausrotten, was dort noch existiert, ob lebendig oder tot. Ich werde dort nie mehr hingehen, und Sie dürfen keiner Aussage Glauben schenken, die das Gegenteil behauptet. Ich werde Ihnen den Grund dafür sagen, wenn wir uns sehen. Ich bin für immer nach Hause gekommen und wäre glücklich, wenn Sie mich dort aufsuchen würden, sobald Sie fünf, sechs Stunden zur Verfügung haben, um sich anzuhören, was ich mitzuteilen habe. So lange wird es dauern – und glauben Sie mir, wenn ich Ihnen sage, dass Sie nie zuvor eine dringlichere Berufspflicht hatten als diese. Mein Leben und meine Vernunft sind das Geringste, was hier an seidenem Faden hängt.

Ich wage es nicht, meinem Vater davon zu berichten, da er das Ganze wohl nicht begreifen wird. Ich habe ihm aber von meiner Gefährdung berichtet, und er hat vier Männer von einer Detektei angeheuert, die das Haus beobachten. Ich weiß nicht, ob diese zu etwas gut sind, da sie es mit Kräften zu tun haben, die nicht einmal Sie sich wirklich vorstellen können. Kommen Sie also schnell, wenn Sie mich noch lebend antreffen möchten, und hören Sie, wie Sie mir dabei helfen können, den Kosmos vor der nackten Hölle zu bewahren.

Sie können jederzeit kommen – ich werde das Haus nicht verlassen. Rufen Sie mich vorher nicht an, da man nicht wissen kann, wer oder was versuchen könnte, Sie abzuhören. Und lassen Sie uns zu allen Göttern, die es geben mag, beten, dass nichts dieses Treffen unterbindet.

In äußerster Ernsthaftigkeit und Verzweiflung,

CHARLES DEXTER WARD

P. S.: Sollten Sie Dr. Allen sehen, erschießen Sie ihn *und lösen Sie seinen Körper in Säure auf. Verbrennen Sie ihn auf keinen Fall.*

Dr. Willett erhielt dieses Schreiben ungefähr um halb elf vormittags und traf unverzüglich Vorkehrungen, um den ganzen späten Nachmittag und den Abend für das wichtige Gespräch freizuhaben, und gegebenenfalls bis tief in die Nacht. Er hatte vor, um vier Uhr nachmittags zu den Wards zu gehen, und in den Stunden, die dazwischen lagen, war er derart in allen möglichen wilden Spekulationen versunken, dass er die meisten seiner Aufgaben bloß mechanisch erfüllte. So wahnsinnig der Brief für einen anderen auch geklungen hätte, Willett hatte zu viele von Charles Wards Eigenheiten mit angesehen, als dass er ihn als reinen Unfug abtun konnte. Dass irgendetwas Unterschwelliges, Uraltes und Grauenhaftes in der Luft lag, war für ihn ganz sicher, und der Auftrag in Bezug auf Dr. Allen war fast verständlich angesichts dessen, was der Klatsch von Pawtuxet über Wards rätselhaften Kollegen sagte. Willett hatte den Mann nie gesehen, doch so viel über sein Aussehen und Verhalten gehört, dass er sich fragte, was für Augen sich wohl hinter den oft erwähnten dunklen Brillengläsern verbargen.

Pünktlich um vier traf Dr. Willett bei den Wards ein, erfuhr aber zu seinem Ärger, dass Charles sich an seinen festen Entschluss, im Haus zu bleiben, nicht gehalten hatte. Die Leibwächter waren noch da, sagten aber, dass der junge Mann anscheinend einen Teil seiner Bedenken abgelegt habe. Am Morgen habe er lange telefoniert, ein von Angst und Einwänden geprägtes Gespräch, berichtete einer der Detektive. Ward habe einer unbekannten Stimme mit folgenden Phrasen geantwortet: »Ich bin völlig erschöpft und muss mich eine Zeit lang ausruhen«, »Ich kann eine Weile niemanden empfangen, Sie müssen mich entschuldigen«, »Bitte setzen Sie alle Aktionen aus, bis wir zu irgendeinem Kompromiss gelangt sind« oder »Es tut mir sehr leid, aber ich muss zu allem erst einmal Abstand gewinnen, wir sprechen später darüber«.

Anschließend habe er eine Weile nachgedacht und dabei wohl Mut geschöpft, jedenfalls sei er so lautlos aus dem Haus geschlüpft, dass niemand ihn dabei bemerkt hatte. Die Männer merkten es erst, als er gegen ein Uhr mittags zurückkehrte und ohne ein Wort zu sagen ins Haus ging. Er zog sich nach oben zurück, wo ihn wieder die Furcht gepackt zu haben schien, da man ihn, als er seine Bibliothek betrat, hoch und entsetzt aufschreien hörte, gefolgt von einem erstickten Laut. Als der Butler nach dem Rechten sehen wollte, sei Charles durchaus entschlossen an der Tür erschienen und habe den Mann auf eine Art und Weise stumm hinauskomplimentiert, die den Butler unerklärlich erschreckt habe. Dann habe Ward sich anscheinend der Neuordnung seiner Bücherregale gewidmet, da man ein lautes Klappern, Rucken und Knarren hörte. Später sei er wieder aufgetaucht und habe sogleich das Haus verlassen. Willett fragte, ob er für ihn eine Botschaft hinterlassen habe, doch dem war nicht so. Der Butler schien durch Charles' Erscheinung und Verhalten merkwürdig verstört zu sein und fragte bekümmert, ob es denn noch Hoffnung auf eine Heilung seiner Nerven gäbe.

Beinahe zwei Stunden lang wartete Dr. Willett umsonst in Charles Wards Bibliothek, betrachtete die staubigen Regale mit den großen Lücken, wo Bücher entnommen worden waren, und lächelte bitter beim Anblick des Kaminmantels an der Nordwand, wo im Vorjahr das ehrbare Gesicht des alten Joseph Curwen milde herabgeschaut hatte. Nach einer Weile ballten sich die Schatten, und die Schönheit des Sonnenuntergangs wurde von einem unbestimmten, wachsenden Grauen abgelöst, das schattengleich vor der Nacht floh.

Endlich kam Mr. Ward nach Hause. Er war äußerst überrascht und verärgert über das Verhalten seines Sohnes, nach all den Bemühungen, die man zu seinem Schutz unternommen hatte. Er hatte von Charles' Verabredung nichts gewusst und versprach, Dr. Willett in Kenntnis zu setzen, sobald der junge Mann zurückkehrte. Als er den Arzt zur Tür geleitete, erzählte er von seiner tiefen Sorge über den Zustand seines Sohnes und bat Willett, alles ihm Mögliche zu tun, um dem Jungen zu helfen. Willett war froh, die Bibliothek verlassen zu können, da darin etwas Fürchterliches, Unheiliges zu lauern schien, so, als habe das verschwundene Bild ein böses Erbe darin hinterlassen. Ihm hatte dieses Bild nie gefallen – so stark seine Nerven auch waren, nahm er selbst jetzt noch um die leeren Paneele etwas wahr, das ihn dringend dazu trieb, so schnell wie möglich an die frische Luft zu gelangen.

3

Am nächsten Morgen erhielt Willett eine Nachricht von Ward Senior, der ihm mitteilte, dass Charles noch immer nicht zurückgekehrt sei. Mr. Ward erwähnte, Dr. Allen hätte ihn angerufen und gesagt, Charles würde für eine Weile in Pawtuxet bleiben und dürfe nicht gestört werden. Dies sei notwendig, weil Allen selbst auf unbestimmte Zeit andernorts gebraucht würde und deshalb Charles die Forschungen ständig überwachen müsse. Charles sende seine besten Grüße und bedaure alle Unannehmlichkeiten, die sein abrupter Sinneswandel verursacht haben mochte. Bei diesem Anruf habe Mr. Ward zum ersten Mal Dr. Allens Stimme vernommen, und diese löste bei ihm eine unbestimmte Erinnerung aus, die er nicht zuordnen könne, aber so verstörend war, dass es ihn beinahe ängstige.

Angesichts dieser verwirrenden und widersprüchlichen Berichte wusste Dr. Willett nicht, was er unternehmen sollte. Der panische Ernst von Charles' Brief war nicht zu übersehen, doch was sollte man davon halten, dass der Verfasser seine selbst getroffenen Vorkehrungen sofort missachtete? Der junge Ward hatte geschrieben, dass seine Forschungen blasphemische und bedrohliche Ausmaße angenommen hätten, dass sie und sein bärtiger Kollege, koste es, was es wolle, beseitigt werden müssten und dass er auf keinen Fall zum Ort des Geschehens zurückkehren würde – und doch hatte er all das vergessen und befand sich wieder inmitten des rätselhaften Geschehens.

Der gesunde Menschenverstand gebot nun, dass man den jungen Mann seinen Mätzchen überlassen sollte, doch ein tieferer Instinkt ließ den Eindruck dieses panischen Briefes nicht verblassen. Willett las ihn erneut und konnte sich nicht dazu bringen, den Inhalt so leer und irrsinnig zu finden, wie die theatralische Wortwahl und die fehlende Konsequenz im Verhalten nahezulegen schienen. Das darin enthaltene Entsetzen war zu tief und zu echt, und in Verbindung mit allem, was der Arzt bereits wusste, beschwor es allzu lebhaft etwas Ungeheuerliches jenseits von Zeit und Raum herauf, um es einfach mit einer zynischen Erklärung beiseitezuwischen. Es existierten dort draußen namenlose Schrecken, und egal, wie wenig man gegen sie ausrichtete, sollte man doch zu jeder Zeit zu allem bereit sein.

Über eine Woche lang grübelte Dr. Willett über das Dilemma nach, das auf seinen Schultern lastete. Er gelangte immer mehr zu der Ansicht, dass er Charles in dessen Bungalow in Pawtuxet einen Besuch abstatten sollte. Keiner von Charles' Jugendfreunden hatte es bisher gewagt, diese tabubelegte Klause zu betreten, und selbst sein Vater kannte das Innere nur anhand der Beschreibungen, die Charles zu geben geneigt gewesen war. Willett hingegen hatte das Gefühl, dass mit seinem Patienten ein Gespräch unter vier Augen notwendig sei. Mr. Ward hatte inzwischen kurze, nichtssagende, mit der Schreibmaschine getippte Nachrichten von seinem Sohn erhalten, und berichtet, dass auch seine Frau in ihrem Kurort in Atlantic City nicht mehr erfahren habe. So fasste der Arzt schließlich den Entschluss zu handeln und machte sich tapfer auf den Weg zu dem Bungalow auf dem Steilufer über dem Fluss. Die unguten Gefühle aufgrund der alten Legenden über Joseph Curwen und der neueren Enthüllungen und Warnungen von Charles Ward unterdrückte er.

Willett kannte den Weg bereits, da er diesen Ort schon zuvor einmal aus reiner Neugierde aufgesucht hatte – dabei hatte er das Haus natürlich nicht betreten oder auch nur seine Anwesenheit zu erkennen gegeben. Eines frühen Nachmittags Ende Februar fuhr er in seinem kleinen Wagen über die Broad Street und dachte merkwürdigerweise an die finster entschlossenen Männer, die 157 Jahre zuvor genau denselben Weg eingeschlagen hatten, um eine Aufgabe zu erfüllen, die vielleicht niemand je ganz begreifen würde.

Die Fahrt durch den maroden Stadtrand war kurz, und vor ihm erstreckten sich alsbald das schmucke Edgewood und das verschlafene Pawtuxet. Willett bog nach rechts in die Lockwood Street ein und fuhr diese Landstraße so weit es ging entlang, stieg dann aus und ging in nördliche Richtung bis zu der Stelle, wo das Steilufer sich über der anmutigen Flussbiegung und den nebelbedeckten Tieflanden dahinter erhob. Hier gab es nur wenige Häuser, und der einsame Bungalow mit der Betongarage auf einem hochgelegenen Hügel links daneben war nicht zu übersehen. Willett schritt forsch über den ungepflegten Kiesweg, klopfte laut an die Tür und sprach den tückischen portugiesischen Mulatten, der die Tür nur einen Spaltbreit öffnete, ohne ein Beben in der Stimme an.

Er müsse, sagte er, Charles Ward unverzüglich sehen. Es gehe um eine Sache von höchster Dringlichkeit. Er werde keine Ausrede dulden, und eine Absage hätte zur Folge, dass er dem Vater von Charles Ward alles berichten würde. Der Mulatte zögerte noch und drückte gegen die Tür, als Willett versuchte, sie zu öffnen.

Doch der Doktor erhob jetzt die Stimme und wiederholte seine Forderungen. Dann war aus dem dunklen Hausinnern ein raues Flüstern zu hören, das dem Besucher durch und durch ging, auch wenn er nicht wusste, weshalb es ihm solche Furcht einjagte. »Lass ihn herein, Tony«, sagte die Stimme, »wir können uns auch hier unterhalten.« So verstörend das Flüstern auch war, das größere Grauen folgte erst noch. Die Bodenbretter knarrten und der Sprecher trat ins Licht – und diese seltsame und hallende Stimme gehörte niemand anderem als Charles Dexter Ward.

Die Genauigkeit, mit der Dr. Willett sich an das Gespräch an diesem Nachmittag erinnerte und mit der er es aufschrieb, ist der Bedeutung zuzuschreiben, die er dieser Begebenheit beimisst. Denn hier nun gibt er endlich zu, dass sich in Charles Dexter Wards Seelenleben ein umfassender Wandel zugetragen hatte. Er glaubt, dass der junge Mann von nun an von einem Hirn geleitet wurde, das dem Verstand völlig fremd war, dessen Entwicklung er 26 Jahre lang beobachtet hatte.

Die Kontroverse mit Dr. Lyman hat ihn zu größter Genauigkeit gezwungen, und er legt den Beginn von Charles Wards Wahnsinn definitiv in die Zeit, als die mit Schreibmaschine geschriebenen Nachrichten seine Eltern erreichten. Diese Nachrichten entsprechen nicht Wards üblichem Stil, nicht einmal dem letzten panischen Brief an Willett. Stattdessen wirken sie seltsam und altertümelnd, als habe die Tatsache, dass der Schreiber den Verstand verlor, eine Flut an Neigungen und Eindrücken ausgelöst, die er unbewusst durch die Altertumsforschung in seiner Jugend aufnahm. Es gibt offensichtlich die Bemühung, modern zu erscheinen, doch gehören der Geist und auch die Sprache der Vergangenheit an.

Die Vergangenheit lag auch in jedem Ton und in jeder Geste Wards, als er den Arzt in dem düsteren Bungalow empfing. Er verbeugte sich, bedeutete Willett, Platz zu nehmen, und fing abrupt mit dem merkwürdigen Flüstern an, das er gleich zu Anfang zu erklären suchte.

»Ich neige zur Schwindsucht«, setzte er an, »was an dieser verfluchten Flussluft liegt. Sie müssen meine Sprache entschuldigen. Ich gehe davon aus, dass mein Vater Sie gesandt hat, um zu schauen, woran es mir gebricht, und ich hege die Hoffnung, dass Sie ihm nichts mitteilen werden, was ihn zu bestürzen angetan wäre.«

Willett lauschte diesen krächzenden Lauten mit äußerster Sorgfalt, doch noch genauer studierte er das Gesicht des Sprechers. Irgendetwas war nicht in Ordnung, das spürte er. Ihm fiel ein, was die Familie ihm über die Ängste des Butlers aus Yorkshire erzählt hatte. Er wünschte, dass es nicht so dunkel wäre, bat aber auch nicht darum, dass einer der Fensterläden geöffnet wurde. Stattdessen fragte er Ward lediglich, weshalb er dem panischen Brief von vor knapp einer Woche derart zuwiderhandle.

»Das wollte ich gerade erklären«, entgegnete der Gastgeber. »Sie müssen wissen, dass ich mich nervlich in einem sehr schlechten Zustand befinde und sonderliche Dinge sage und tue, die ich mir nicht zu erklären vermag. Wie ich Ihnen schon oft sagte, stehe ich an der Schwelle zu großartigen Entdeckungen, und deren Größe lässt mich leichtsinnig werden. Jeder andere würde sich wohl von dem, was ich gefunden habe, abschrecken lassen, doch ich lasse mich nicht lange abhalten. Ich war ein Einfaltspinsel, mir diese Wächter zuzulegen und zu Hause zu bleiben, denn nun, da ich so weit gegangen bin, ist hier mein Platz. Meine neugierigen Nachbarn erzählen nichts Gutes über mich, und vielleicht glaubte ich in einem Moment der Schwäche selbst an das, was sie von mir sagen. In dem, was ich tue, liegt nichts Verwerfliches, solange ich es richtig tue. Haben Sie die Güte, noch sechs Monate zu warten, und ich werde Ihnen etwas offenbaren, das Sie für Ihre Geduld mehr als entlohnt.

Sie werden wohl schon wissen, dass ich einen Weg entdeckt habe, aus alten Dingen mehr über die Vergangenheit zu erfahren als aus Büchern, und ich überlasse Ihnen das Urteil darüber, wie bedeutsam das ist, was ich dank der Pforten, die mir offen stehen, zu Geschichte, Philosophie und Kunst beizutragen vermag. Mein Vorfahr hatte all dies gerade entdeckt, als diese hirnlosen Spanner kamen und ihn ermordeten. Ich habe es nun verstanden, oder doch zumindest einen sehr unvollkommenen Teil davon. Dieses Mal darf nichts dergleichen geschehen, und am allerwenigsten durch irgendwelche närrischen Ängste meiner selbst. Ich bitt' Sie, vergessen Sie alles, was ich Ihnen geschrieben, Sir, und fürchten Sie weder diesen Ort noch das, was sich darin befindet. Dr. Allen ist ein Mann mit edlen Absichten, und ich schulde ihm eine Entschuldigung für alles Üble, was ich über ihn sagte. Ich wünschte, ich müsste seiner hier nicht entbehren, doch gab es andernorts für ihn etwas zu tun. Sein Eifer in all diesen Angelegenheiten kommt dem meinen gleich, und ich glaube, als ich die Arbeit so überhastet fürchtete, so fürchtete ich mich auch vor ihm als meinem größten Helfer dabei.«

Ward machte eine Pause, und der Arzt wusste kaum, was er erwidern oder denken solle. Er kam sich beinahe töricht vor angesichts dieses ruhigen Widerrufes des Briefes, und doch blieb die Tatsache, dass das derzeitige Gespräch seltsam, fremdartig und ohne Zweifel vom Irrsinn geprägt war, während der Brief so tragisch den Charles Ward, den er kannte, widerspiegelte.

Willett versuchte, dem Gespräch nun eine Wendung zu früheren Geschehnissen zu geben, um dem jungen Mann so einige kürzliche Ereignisse ins Gedächtnis zu rufen und damit die alte, vertrautere Atmosphäre herzustellen – dieser Versuch brachte jedoch nur groteske Ergebnisse. Später sollte es den anderen Nervenärzten ähnlich ergehen. Wichtige Ebenen von Charles Wards Erinnerungen, vor allem diejenigen, die die Gegenwart und sein eigenes Leben betrafen, schienen auf unerklärliche Weise ausgelöscht worden zu sein. Das historische Wissen, das er in seiner Jugend angesammelt hatte, war allerdings aus dem tiefsten Unterbewusstsein hervorgequollen, um das gegenwärtige Bewusstsein und das Individuum ganz auszufüllen. Die genauen Kenntnisse des jungen Mannes über vergangene Zeiten waren sonderbar und unheimlich, und er gab sein Bestes, dies zu verbergen. Doch als Willett irgendein Lieblingsthema aus den historischen Studien des Jungen erwähnte, offenbarte Charles daraufhin mehrmals aus reinem Zufall ein Wissen, über das kein gewöhnlicher Sterblicher verfügen konnte, und der Arzt erschauderte, während die gedankenlosen Anspielungen nur so strömten.

Es war nicht normal, dass jemand so genau wusste, wie dem fettleibigen Sheriff die Perücke vom Kopf fiel, als er sich am elften Februar des Jahres 1762, einem Donnerstag, bei einer Vorstellung der Schauspiel-Compagnie von Mr. Douglass über die Tribüne lehnte; oder wie die Schauspieler den Text von Steeles *Die standhaften Liebenden* derart schlecht zusammengekürzt hatten, dass es beinahe ein Segen gewesen war, als die von den Baptisten erzwungene Gesetzesänderung das Theater zwei Wochen später schloss. Dass Thomas Sabins Kutsche nach Boston »verflucht unbequem« gewesen sei, konnte man vielleicht aus alten Briefen wissen, doch welcher normale Historiker hätte wissen können, dass das Knarren des neuen Aushängeschildes von Epenetus Olney (das mit der farbenfrohen Krone, das er anbrachte, nachdem er seine Taverne in *Kaffeehaus zur Krone* umbenannt hatte) genauso klang wie die ersten Noten des neuen Jazz-Stückes, das alle Radiosender von Pawtuxet derzeit spielten?

Ward ließ sich jedoch nicht lange auf diese Weise ausfragen. Moderne und persönliche Gesprächsthemen wischte er brüsk beiseite, während er sich von älteren Geschehnissen nun überaus gelangweilt zeigte. Ganz offensichtlich hegte er nur den Wunsch, seinen Besucher so weit zufriedenzustellen, damit dieser sich verabschiede, ohne wiederkehren zu wollen. Zu diesem Zweck erbot er sich, Willett das gesamte Haus zu zeigen, und führte den Doktor sogleich durch jeden Raum vom Keller bis zum Speicher. Willett hielt genau Ausschau. Er bemerkte, dass die sichtbaren Bücher zu wenige und zu alltäglich waren, um die breiten Lücken in Wards Regalen daheim zu erklären, und dass das dürftige sogenannte ›Laboratorium‹ ein Blendwerk der fadenscheinigsten Art war. Ganz klar befanden sich anderswo eine Bibliothek und ein Labor, doch wo genau war unmöglich festzustellen.

Da Willett auf der Suche nach etwas Benennbarem gescheitert war, kehrte er vor Anbruch der Nacht in die Stadt zurück und berichtete dem älteren Ward von allem, was er erlebt hatte. Sie stimmten überein, dass der Junge eindeutig den Verstand verloren haben musste, beschlossen aber, vorerst keine drastischen Maßnahmen zu ergreifen. Vor allem musste Mrs. Ward in einer so vollständigen Unwissenheit gehalten werden, wie es die seltsamen getippten Nachrichten ihres Sohnes zuließen.

Mr. Ward fasste nun den Entschluss, seinem Sohn persönlich einen Überraschungsbesuch abzustatten. Dr. Willett fuhr ihn eines Abends mit seinem Wagen dorthin und geleitete ihn bis in Sichtweite des Bungalows, dann wartete er geduldig seine Rückkehr ab. Die Unterhaltung dauerte recht lange, und der Vater kehrte in einem sehr betrübten und fassungslosen Zustand zurück. Er sei ganz ähnlich wie Willett empfangen worden, nur dass es überaus lange gedauert habe, bis Charles aufgetaucht sei, nachdem der Besucher sich seinen Weg ins Vorzimmer erzwungen und den Portugiesen mit einer strengen Forderung weggeschickt habe. Im Verhalten seines veränderten Sohnes ihm gegenüber habe keine Spur familiärer Zuneigung gelegen. Das Licht sei abgedunkelt gewesen, doch selbst so habe der junge Mann sich beschwert, dass es ihn fürchterlich blende. Er habe sehr leise gesprochen und behauptet, sein Hals sei entzündet, doch in seinem rauen Flüstern habe etwas derart Verstörendes gelegen, dass Mr. Ward es nicht aus seinen Gedanken verbannen könne.

Mr. Ward und Dr. Willett waren nun endgültig überzeugt, alles nur Menschenmögliche zur geistigen Rettung des jungen Mannes zu unternehmen, und sie gingen sogleich daran, jeden Fetzen Information zu sammeln, der irgendwie mit dem Fall zu tun hatte. Als Erstes untersuchten sie den Klatsch in Pawtuxet, und daran kamen sie vergleichsweise einfach, da sie beide Freunde in dieser Gegend hatten. Dr. Willett trug die meisten Gerüchte zusammen, weil die Leute sich ihm gegenüber freimütiger äußerten als dem Vater der fraglichen Person. Aus allem, was der Arzt hörte, konnte er ableiten, dass das Leben des jungen Ward sich inzwischen in der Tat in merkwürdigen Bahnen vollzog. Gewöhnliche Menschen wollten durchaus einen Zusammenhang zwischen seinem Haus und den vampirischen Attacken des vergangenen Sommers herstellen, und die nächtliche Ankunft und Abfahrt der Lastwagen löste weitere dunkle Mutmaßungen aus. Die Händler der Gegend sprachen darüber, wie sonderbar die Bestellungen seien, die der heimtückisch aussehende Mulatte bei ihnen aufgab, vor allem die übermäßigen Mengen an Fleisch und frischem Blut, die in den beiden Metzgereien in der unmittelbaren Umgebung eingekauft wurden. Für einen Haushalt von bloß drei Personen waren diese Mengen ziemlich absurd.

Dazu kamen noch die Geräusche aus der Erde. Die Berichte darüber waren schwieriger zu lokalisieren, doch in gewissen Grundaussagen stimmten diese unklaren Andeutungen überein. Es ertönten wohl Geräusche ritueller Natur, die sogar zu hören waren, wenn im Bungalow alles dunkel war. Diese konnten natürlich aus dem bekannten Keller heraufdringen, doch es hielten sich beharrlich Gerüchte, es gäbe noch weit tiefere und ausgedehntere Gewölbe. Willett und Mr. Ward nahmen besonders diesen Teil des Geredes ernst, da sie sich an die alten Geschichten über Joseph Curwens Katakomben erinnerten und davon ausgingen, dass Charles den Bungalow gerade deshalb ausgewählt hatte, weil er sich auf dem Gelände der alten Curwen-Farm befand, was er anhand der hinter dem Bild entdeckten Dokumente wusste.

Die beiden Männer suchten mehrmals, doch ohne Erfolg

nach dem Eingang in der Böschung, der in den alten Manuskripten erwähnt wurde. Was die Meinung der Leute über die drei Bewohner des Bungalows betraf, so wurde bald deutlich, dass man den Portugiesen aus Brava verabscheute, den bärtigen und bebrillten Dr. Allen fürchtete und dem fahlen jungen Gelehrten sehr misstraute. In den letzten ein, zwei Wochen hatte Charles Ward sich offenkundig stark verändert, seine Versuche aufgegeben, freundlich zu wirken, und sich bei den wenigen Gelegenheiten, da er das Haus verlassen hatte, nur durch ein raues und merkwürdig abstoßendes Flüstern verständigt.

Solcherart waren die Fetzen und Fragmente, die Mr. Ward und Dr. Willett hier und dort zusammenlasen, und sie unterhielten sich oft und lange und ernsthaft darüber. Sie versuchten, all ihre Vernunft, Urteilskraft und kreative Fantasie einzusetzen und jede bekannte Tatsache über Charles' letzte Jahre, einschließlich des panischen Briefes, den der Arzt inzwischen dem Vater gezeigt hatte, mit den spärlich dokumentierten Fakten über den alten Joseph Curwen in Beziehung zu setzen. Sie hätten viel darum gegeben, einen Blick auf die von Charles entdeckten Unterlagen werfen zu können, denn ganz eindeutig lag der Schlüssel zum Wahnsinn des jungen Mannes in dem, was er über den alten Hexenmeister und dessen Taten erfahren hatte.

4

Doch es waren nicht die Bemühungen von Mr. Ward oder Dr. Willett, die der nächsten Entwicklung in diesem eigenartigen Fall vorangingen. Der Vater und der Arzt, zurückgewiesen und verwirrt von einem Schemen, der zu gestaltlos und ungreifbar war, um ihn zu bekämpfen, kamen mit ihrer Sache nicht so recht voran, und auch die maschinegeschriebenen Nachrichten des jungen Ward an seine Eltern wurden immer seltener.

Dann kam der Erste des Monats mit den üblichen finanziellen Regelungen, und die Angestellten einiger Banken schüttelten heftig die Köpfe und telefonierten untereinander. Mitarbeiter, die Charles Ward vom Sehen kannten, gingen zum Bungalow, um nachzufragen, weshalb jede Unterschrift seiner Schecks sich als plumpe Fälschung herausstelle, und sie waren weniger beruhigt, als sie es hätten sein sollen, als der junge Mann mit rauer Stimme erklärte, er leide in letzter Zeit unter einer nervlichen Störung, die ihm das normale Schreiben unmöglich mache. Er könne, behauptete er, nur unter größten Schwierigkeiten Buchstaben bilden, was er dadurch beweisen könne, dass er gezwungen gewesen sei, alle Briefe der letzten Zeit auf einer Schreibmaschine zu schreiben, sogar die an seine Eltern, die seine Aussage belegen könnten.

Was die neugierig Gewordenen verblüffte, war weniger dieser Umstand an sich, da es sich hierbei um nichts Ungewöhnliches oder grundlegend Verdächtiges handelte. Es war nicht einmal das Gerede der Leute in Pawtuxet, das bis zu einigen von ihnen gedrungen war. Nein, es war das wirre Gefasel des jungen Mannes, das sie verwunderte, da es große Erinnerungslücken bezüglich wichtiger finanzieller Angelegenheiten aufdeckte, mit denen er sich noch vor nur ein oder zwei Monaten befasst hatte. Irgendetwas stimmte nicht, denn ungeachtet der offensichtlichen Zusammenhänge und Logik seiner Rede gab es keinen normalen Grund für diese schlecht verhehlten Gedächtnislücken in solch wichtigen Angelegenheiten.

Auch wenn keiner dieser Männer Ward gut kannte, entging doch keinem von ihnen die Veränderung seiner Sprache und seines Verhaltens. Sie hatten gehört, dass er Altertumsforscher war, doch selbst die hoffnungslosesten Fälle seiner Zunft befleißigten sich im Alltag keiner so veralteten Redewendungen und Gesten. Insgesamt bot sich mit der rauen Stimme, den gelähmten Händen, dem schlechten Gedächtnis, der veränderten Sprache und Manieren das Bild einer schweren Erkrankung, die ohne Zweifel die Grundlage der sonderbaren Gerüchte der letzten Zeit bildete. Deshalb entschieden die Bankangestellten nach ihrem Gespräch, dass es höchste Zeit sei, sich einmal mit Ward senior zu unterhalten.

So fand am sechsten März 1928 in Mr. Wards Büro eine lange und ernste Diskussion statt, nach der der aufgelöste Vater in einer Art hilfloser Resignation Dr. Willett zu sich bat. Willett sah sich die angestrengten und unbeholfenen Unterschriften auf den Schecks an und verglich sie im Geiste mit der Handschrift jenes letzten panischen Briefes. Zweifelsohne hatte eine radikale und tief greifende Veränderung stattgefunden, und doch lag in der neuen Handschrift etwas unheimlich Vertrautes. Sie wies schwer entzifferbare und merkwürdig altertümliche Eigenheiten auf und schien dem bekannten Schriftzug des jungen Mannes überhaupt nicht zu ähneln. Es war seltsam – doch wo hatte er diese Handschrift zuvor schon gesehen?

Im Großen und Ganzen war offensichtlich, dass Charles den Verstand verloren hatte. Daran gab es keinen Zweifel mehr. Und da es unwahrscheinlich erschien, dass er noch viel länger sein Eigentum verwalten oder mit der Außenwelt kommunizieren könne, musste rasch etwas unternommen werden, um ihn unter Aufsicht zu stellen und zu behandeln.

Nun wurden die Nervenärzte konsultiert, Dr. Peck und Dr. Waite aus Providence und Dr. Lyman aus Boston, denen Mr. Ward und Dr. Willett einen so detaillierten Bericht wie möglich über die Vorgeschichte des Falles gaben. Die Ärzte beratschlagten sich lang und breit in der nun unbenutzten Bibliothek ihres jungen Patienten und untersuchten seine zurückgelassenen Bücher und Unterlagen, um sich so ein besseres Bild von seiner geistigen Verfassung zu machen. Nachdem sie dieses Material sowie den Brief des jungen Mannes an Willett begutachtet hatten, fanden alle, dass Charles Wards umfangreiche Studien ausgereicht hätten, um jeden normalen Verstand aus der Fassung zu bringen oder zumindest nachteilig zu beeinflussen. Sie wollten dringend auch seine privaten Bücher und Dokumente sehen, doch ihnen war klar, dass sich dies, wenn überhaupt, nur nach einer Sicherstellung im Bungalow selbst bewerkstelligen ließe. Willett untersuchte den gesamten Fall jetzt noch einmal mit fieberhafter Energie. Er befragte nun auch die Handwerker, die Zeugen gewesen waren, als Charles die Dokumente von Curwen entdeckt hatte, und verglich die Vorfälle aus den beseitigten Zeitungsberichten, die er im Büro des *Journal* recherchierte.

Am Donnerstag, dem achten März, statteten die Doktoren Willett, Peck, Lyman und Waite in Begleitung von Mr. Ward dem jungen Mann einen folgenreichen Besuch ab. Sie verhehlten ihre Absichten keineswegs und stellten ihrem neuen Patienten sehr minutiöse Fragen.

Charles hatte zwar unmäßig lange gebraucht, um seinen Besuch zu empfangen, und roch noch nach seltsamen und abstoßenden Labordünsten, als er endlich aufgeregt auftauchte, erwies sich jedoch keineswegs als widerspenstig. Er gab offen zu, dass sein Gedächtnis und sein geistiges Gleichgewicht unter seinen abstrusen Studien etwas gelitten hätten. Er protestierte nicht, als man darauf bestand, ihn an einen anderen Ort zu bringen, und schien, abgesehen von dem Verlust seines Gedächtnisses, bei gesundem Verstand zu sein.

Sein Verhalten hätte seine Besucher verwirrt von dannen ziehen lassen, wären da nicht die ausnahmslos altertümliche Sprache und die deutliche Verdrängung moderner Vorstellungen durch ältere in seinem Bewusstsein gewesen, die ihn eindeutig als erkrankt kennzeichneten. Über seine Arbeit erzählte er den Ärzten auch nicht mehr, als er zuvor seiner Familie oder Dr. Willett anvertraut hatte, und seinen panischen Brief des Vormonats tat er als rein hysterische Nervensache ab. Er beharrte darauf, dass in diesem düsteren Bungalow weder eine geheime Bibliothek noch ein verborgenes Laboratorium existierten. Seine Argumente nahmen abstruse Züge an, als er versuchte zu erklären, wieso man im ganzen Haus keine solchen Gerüche wahrnahm, wie die, nach denen seine gesamte Kleidung rieche. Den Klatsch in der Nachbarschaft führte er auf die geistlose Erfindungsgabe wirrer Neugier zurück. Über den Verbleib von Dr. Allen dürfe er keine Angaben machen, versicherte seinen Besuchern jedoch, dass der bärtige Mann mit der Brille zurückkehren würde, wenn man ihn bräuchte.

Als er den apathischen Portugiesen aus Brava, der allen Versuchen widerstand, ihn zu befragen, auszahlte und den Bungalow abschloss, der nach wie vor von nächtlichen Geheimnissen erfüllt schien, ließ Ward keinerlei Nervosität erkennen, nur manchmal hielt er kaum merklich inne, als horche er auf ein sehr leises Geräusch. Dem Anschein nach nahm er das alles mit ruhiger, philosophischer Gelassenheit hin, als sei seine Einweisung nichts als ein beiläufiger Vorfall, der kaum Ärger verursachen würde, wenn man sich jetzt ein für alle Mal um die Sache kümmere. Offensichtlich vertraute er aufgrund seines ungetrübt scharfen Verstandes darauf, all die Peinlichkeiten zu überwinden, die ihm sein verzerrtes Gedächtnis, seine verlorene Stimme und Handschrift sowie sein geheimniskrämerisches und exzentrisches Verhalten eingehandelt hatten. Seine Mutter, so kam man überein, sollte nichts von der Änderung erfahren, deshalb würde sein Vater ihr im Namen von Charles Briefe mit der Schreibmaschine schreiben.

Charles Ward wurde in die idyllisch und malerisch gelegene Privatklinik gebracht, die Dr. Waite auf Conanicut Island in der Bucht leitete, und von allen mit dem Fall betrauten Ärzten eingehend untersucht und befragt. Dabei bemerkte man schließlich die körperlichen Merkwürdigkeiten: den erlahmten Stoffwechsel, die veränderte Beschaffenheit der Haut und die unangemessenen neuralgischen Reaktionen.

Von allen untersuchenden Ärzten war Dr. Willett der fassungsloseste, hatte er sich doch sein Lebtag lang um Charles gekümmert und konnte deshalb mit schrecklicher Klarheit das Ausmaß der physischen Veränderungen ermessen. Selbst das vertraute olivfarbene Mal auf der Hüfte war verschwunden, während sich auf der Brust ein großes schwarzes Muttermal oder eine Vernarbung zeigte, die zuvor nicht da gewesen war, sodass Willett sich fragte, ob der junge Mann mit dem ›Hexenmal‹ gebrandmarkt wurde, die man den Gerüchten nach bei gewissen unheimlichen nächtlichen Zusammenkünften an wilden und einsamen Orten erhielt. Der Doktor musste unablässig an die Abschrift eines Dokumentes über einen Hexenprozess in Salem denken, die Charles ihm einmal in den Tagen, bevor er mit der Heimlichtuerei begann, gezeigt hatte und das besagte: »Mr. G. B. hat in jener Nacht der Bridget S., dem Jonathan A., dem Simon O., der Deliverance W., dem Joseph C., der Susan P., der Mehitable C. und der Deborah B. das Signum des Teuffels aufgedrückt.«

Auch Charles Gesicht bereitete ihm Sorgen, bis er auf einmal entdeckte, weshalb es ihn so entsetzte. Über dem rechten Auge des jungen Mannes befand sich etwas, das der Arzt nie zuvor bemerkt hatte – eine kleine Narbe oder Falte, genau wie jene auf dem zu Staub zerfallenen Porträt des alten Joseph Curwen. Sie deutete vielleicht auf irgendeine scheußliche rituelle Impfung hin, der beide sich auf einer bestimmten Stufe ihrer okkulten Laufbahn ausgesetzt hatten.

Während Ward selbst alle Ärzte der Klinik in Ratlosigkeit versetzte, wurde die gesamte Post auf seinen oder Dr. Allens Namen überwacht und auf Mr. Wards Geheiß hin in das Haus der Familie geliefert. Willett hatte prophezeit, dass sich dadurch nur sehr wenig entdecken ließe, da alle wirklich wichtigen Nachrichten gewiss durch einen Boten übermittelt würden, doch Ende März kam aus Prag ein Brief an Dr. Allen an, der sowohl den Doktor als auch den Vater ins Grübeln brachte. Der Brief war in schwer leserlicher und altertümlicher Handschrift geschrieben und obwohl er eindeutig nicht von einem Ausländer verfasst worden war, wies er eine ebenso starke Abweichung vom modernen Sprachgebrauch auf wie die Sprache des jungen Ward. Er lautete wie folgt:

Kleinstraße 11,
Prager Altstadt,
11. Febr. 1928.

Bruder in Almousin-Metraton!—
Heut' erhielt ich Nennung von dem, was aus den Saltzen aufstieg, welche ich Euch gesandt. Es war falsch und besaget deutlich, daß die Grabsteyne vertauscht waren, als Barnabus mir das Exemplar verschaffte. So geschieth es häufig, wie auch Ihr wißt von jenem Etwas, das Ihr anno 1769 aus dem Friedhof der King's Chapell beschaffet, und jenes vom Alten Friedhof anno 1690, das gleichermaßen geendet. Vor nun 75 Jahren bekam ich solcherley aus Aegyptus, und davon rühret die Narbe, die der Knab' anno 1924 an mir sah. Wie ich Euch schon dazumal riet: Rufet nichts herbey, das Ihr nicht wieder wegzuschicken vermögt, ob nun aus den todten Saltzen oder den äußeren Sphaeren. Habet die Worte zur Bannung allerzeyt bereyt, und zögert nicht, so es irgend Zweyfel gibt, WEN Ihr vor Euch habt. Auf neun von zehn Kirchhöfen sind heutigen Tags die Steyne vertauscht. Man weiß es niemals sicher, ehe man nicht gefragt. Heut' hörte ich von H., der Ärger mit den Soldathen hat. Es bereytet ihm Kummer, daß Siebenbürgen von Ungarn an Rumänien übergeht, und würd' seinen Wohnort gern verlegen, hätt' er nicht sein Schloss so voll von dem, was wir kennen. Doch hat er Euch hiervon gewißlich schon geschrieben. In meyner nächsten Sendung schick' ich Euch etwas aus eynem Hügelgrabe im Orient, das Euch großes Entzücken bereyten wird. Unterdeß vergesset nicht, daß mich nach

B. F. verlangt, so Ihr ihn für mich beschaffen vermögt. Ihr kennt G. in Philadelphia besser denn ich. Nehmt ihn als erstes, so Ihr es wünscht, doch gehet ihn nicht so hart an, daß er sich zieret, denn auch ich muß schließlich noch mit ihm sprechen.

Yogg-Sothoth Neblod Zin
SIMON O.

An Mr. J. C. in
Providence.

Mr. Ward und Dr. Willett saßen nach der Lektüre dieses offensichtlichen Beweises ungezügelten Wahnsinns völlig ratlos beisammen. Erst nach und nach dämmerte ihnen, was das Schreiben anzudeuten schien. Also hatte der abwesende Dr. Allen, und nicht Charles Ward, die Führung in Pawtuxet übernommen? Das musste die grauenhafte Erwähnung und Entschlossenheit im letzten panischen Brief des jungen Mannes erklären. Und was sollte es bedeuten, dass der bärtige und bebrillte Fremde mit ›Mr. J. C.‹ angeschrieben wurde? Die Folgerung daraus entging den beiden Männern keineswegs, doch gibt es Grenzen des vorstellbaren Grauens. Wer war ›Simon O.‹? Etwa der alte Mann, den Ward vier Jahre zuvor in Prag aufgesucht hatte? Vielleicht, doch hatte es in vergangenen Jahrhunderten einen anderen Simon O. gegeben – Simon Orne alias Jedediah Orne aus Salem, der im Jahre 1771 verschwand *und dessen eigentümliche Handschrift Dr. Willett nun ohne jeden Zweifel anhand der Kopien der Orne-Dokumente wiedererkannte, die Charles ihm einst gezeigt hatte.* Welche Schrecken und Mysterien, welche Widersprüche und Übertretungen der Natur waren hier nach anderthalb Jahrhunderten zurückgekehrt, um das alte Providence mit seinen dicht gedrängten Türmen und Kuppeln abermals heimzusuchen?

Der Vater und der alte Arzt waren völlig überfragt, was sie nun denken oder tun sollten, und besuchten Charles in der Klinik, um ihn so unauffällig wie möglich über Dr. Allen, den Aufenthalt in Prag und alles, was er über Simon oder Jedediah Orne aus Salem wusste, zu befragen. Alle diese Fragen beantwortete der junge Mann höflich, aber doch ausweichend. Er gab in seinem rauen Flüstern lediglich zu verstehen, dass Dr. Allen seiner Erfahrung nach einen bemerkenswerten spirituellen Gleichklang mit gewissen Geistern der Vergangenheit aufweise und dass sein Briefpartner aus Prag wahrscheinlich ähnlich begabt sei. Als Mr. Ward und Dr. Willett ihn wieder verließen, erkannten sie zu ihrem Verdruss, dass in Wirklichkeit sie diejenigen waren, die ausgefragt worden waren – der eingesperrte junge Mann hatte den beiden, ohne selbst irgendetwas von Belang zu enthüllen, ganz geschickt alles entlockt, was der Brief aus Prag enthalten hatte.

Die Doktoren Peck, Waite und Lyman maßen der sonderbaren Korrespondenz des Gefährten des jungen Ward keine große Bedeutung bei, wussten sie doch um die Neigung von artgleichen Exzentrikern und Monomanen, sich zusammenzuschließen. Deshalb glaubten sie, dass Charles oder Allen nur einen im Ausland lebenden Gefährten aufgetrieben hatten – eine Person vielleicht, die Ornes Handschrift nur nachahmte, weil sie versuchte, sich selbst zur Wiedergeburt dieser Gestalt aus früheren Jahrhunderten zu stilisieren. Bei Allen selbst handelte es sich möglicherweise um einen ähnlich gearteten Fall; vielleicht hatte er Charles davon überzeugt, ihn als den Wiedergänger des lange verstorbenen Curwen zu akzeptieren. So etwas hatte es schon früher gegeben. Mit diesen Argumenten taten die sturköpfigen Ärzte auch Willetts wachsendes Unbehagen über Charles Wards derzeitige Handschrift ab, die er ohne Wissen des jungen Mannes anhand verschiedener Schriftproben untersuchte. Willett glaubte nämlich, endlich ihrer merkwürdigen Vertrautheit auf die Spur gekommen zu sein – er war überzeugt, dass sie der Handschrift des alten Joseph Curwen in persona glich. Die anderen Ärzte sahen darin jedoch bloß eine Phase der Nachahmung, die man bei einer Manie dieser Art durchaus erwarten könne, und lehnten es rundweg ab, diesem Umstand irgendeinen günstigen oder ungünstigen Belang beizumessen.

Als Willett sich dieser nüchternen Haltung seiner Kollegen bewusst wurde, riet er Mr. Ward, den Brief, der am zweiten April für Dr. Allen aus dem transsilvanischen Rakus eintraf, für sich zu behalten. Dieser Brief war in einer Handschrift verfasst, die derart stark und grundlegend an die Geheimschrift von Hutchinson erinnerte, dass sowohl Vater als auch Arzt bestürzt innehielten, ehe sie das Siegel erbrachen. Der Inhalt lautete wie folgt:

Lieber C:—

Eine Schwadron von 20 Milizmännern war hier, um den Gerüchten des Landvolkes nachzugehen. Muß tiefer graben und dafür sorgen, daß weniger vernommen wird. Diese Rumänen setzen mir ganz schön zu, denn sie sind beflissen und kleynlich, wo man einen Magyaren mit einem Schnaps und einem Mahl bestechen konnte.

Letzten Monath verschaffte M. mir den Sarkophag der Fünf Sphingen aus der Akropolis, wo Er, den ich heraufbeschwor'n, mir die Stelle bezeichnet, und dreimal hab' ich mit Dem gesprochen, *was* darinnen beygesetzt gewesen. Es geht geraden Weges zu S. O. nach Prag, und hernach zu Euch. Es ist unduldsam, doch wißt Ihr ja, wie Ihr damit umzugehen habt.

Ihr handelt klug, weniger als damals um Euch zu haben, denn unnötig ist's, die Wächter in Form zu halten und sie einander die Häupter fressen zu lassen, und im Falle einer Entdeckung sorgt dies für weitere Unannehmlichkeyten, wie Ihr nur allzu gut wißt. Nun könnt Ihr umziehen und andernorts arbeyten, ohne Probleme beim Tödten zu haben, obzwar ich hoffe, daß nichts Euch zu einem so unangenehmen Kurs verleyten wird.

Ich bin erfreut, daß Ihr nicht so viel Verkehr mit *Denen Da Draußen* pfleget, lag dareyn doch immerzu eine tödtlich Gefahr begriffen, und Ihr wisset wohl, was geschah, da Ihr eynen um Schutze batet, der diesen nicht zu spenden geneygt.

Ihr übertreffet mich darin, die Formeln zu beschaffen, auf daß *ein anderer* sie mit Erfolg zu sprechen vermag; alleyn Borellus vermeynte, es wäre so, so es nur die rechten Worthe seyen. Macht der Knab' häufig davon Gebrauch? Mich reut, daß er so zimperlich wird, wie ich es schon geahnt, als er für fast fünfzehn Monde bei mir war, doch bin ich guter Ding', daß Ihr wisset, wie er anzupacken sey. Ihr könnt ihn nicht mit den Formeln bannen, denn solcherley fruchtete nur bei jenen, welche durch die andern Formeln aus den Saltzen heraufbeschworen;

nichtsdestotrotz habet Ihr starke Hände, ein Messer und eine Pistole, und es ist nicht schwer, ein Grab zu schaufeln oder scharfe Säuren zu beschaffen.

O. sagt, Ihr habet ihm B. F. versprochen. Hernach muß ich ihn haben. B. geht alsbald zu Euch, und er möge Euch geben, was Ihr Euch erhofft von jenem Dunklen Ding unter Memphis. Gehet mit Sorgfalt an das, was Ihr heraufbeschwöret, und habet acht auf den Jungen.

In einem Jahreslauf wird es reif seyn, die Legionen der Unterwelt zu rufen, und hernach wird dem, was unser seyn soll, keyne Grenzen gesetzt seyn. Habet Zutrauen in meine Worte, denn Ihr kennt doch O., und mir standen 150 Jahre mehr als Euch zur Verfügung, um diese Angelegenheyten zu erkunden.

Nephreu – Ka nai Hadoth
EDW: H.

An J. Curwen, Esq.
Providence.

Mochten Willett und Mr. Ward auch davor zurückschrecken, diesen Brief den Nervenärzten zu zeigen, so ließen sie sich doch nicht davon abbringen, selbst zur Tat zu schreiten. Keine noch so aufgeklärte Spitzfindigkeit konnte die Tatsache bestreiten, dass Dr. Allen, der sonderbare bärtige Brillenträger, den Charles in seinem panischen Brief als monströse Bedrohung dargestellt hatte, eine vertraute und finstere Korrespondenz mit zwei unerklärlichen Gestalten führte, die Ward im Laufe seiner Reisen aufgesucht hatte und die unmissverständlich behaupteten, die alten Salemer Kollegen von Curwen oder deren Reinkarnationen zu sein, und dass Allen selbst sich als Wiedergeburt von Joseph Curwen betrachtete und mörderische Pläne hegte – oder doch zumindest zu diesen angestiftet wurde –, die sich gegen einen ›Knaben‹ richteten, bei dem es sich wohl nur um Charles Ward handeln konnte.

Ein organisiertes Grauen stand bevor, und egal, wer damit begonnen hatte, jetzt stand der verschollene Allen im Zentrum der Sache. Mr. Ward dankte deshalb dem Himmel dafür, dass Charles nun in der Klinik in Sicherheit war. Er betraute unverzüglich Detektive damit, so viel wie nur möglich über den rätselhaften bärtigen Doktor in Erfahrung zu bringen; sie sollten herausfinden, wo er herkam und was in Pawtuxet über ihn bekannt war, und falls es nur irgend möglich war, sollten sie seinen derzeitigen Aufenthaltsort ermitteln. Er überließ den Männern einen der Schlüssel zum Bungalow, die Charles herausgegeben hatte, und drängte sie, Allens leeres Zimmer zu durchsuchen, das identifiziert worden war, als man die Habseligkeiten des Patienten zusammengepackt hatte. Sie sollten anhand seiner Hinterlassenschaften alle Hinweise sammeln, die sich nur finden ließen.

Mr. Ward unterhielt sich in der alten Bibliothek seines Sohnes mit den Detektiven, die sich spürbar erleichtert fühlten, als sie diesen Raum endlich verlassen konnten, weil er von einer unbestimmten Aura des Bösen erfüllt zu sein schien. Vielleicht lag es daran, was sie über den berüchtigten alten Hexenmeister gehört hatten, dessen Porträt früher von der Wand über dem Kamin herabgestarrt hatte, vielleicht war es aber auch etwas anderes, Unwichtiges; jedenfalls spürten sie alle einen unbegreiflichen Krankheitsherd, der seinen Ursprung in den geschnitzten Überresten aus einem alten Gebäude zu haben schien und dessen Ausstrahlung sich zuweilen geradezu greifbar verdichtete.

Fünftes Kapitel: Ein Albtraum und eine Katastrophe

1

Und nun folgte schon bald das grausige Erlebnis, das in die Seele des Marinus Bicknell Willett ein unauslöschliches Stigma der Angst einbrannte und einen Mann, dessen Jugend ohnehin schon lange zurücklag, um ein Jahrzehnt altern ließ. Dr. Willett hatte sich lange mit Mr. Ward beratschlagt und in mehreren Punkten ein Abkommen getroffen, das die Nervenärzte jedoch, davon waren beide überzeugt, verspotten würden. Es gab, so schlussfolgerten sie, in dieser Welt eine schreckliche Bewegung, deren unmittelbare Verbindung mit einer Nekromantie, die noch älter war als die Hexerei von Salem, nicht bezweifelt werden konnte. Dass mindestens zwei lebende Männer – und ein weiterer, an den sie nicht zu denken wagten – absolute Gewalt über Seelen oder Persönlichkeiten ausübten, die bereits um

1690 oder sogar noch früher gelebt hatten, war ebenfalls eine kaum zu widerlegende Tatsache, auch wenn sie allen bekannten Naturgesetzen widersprach. Was diese schrecklichen Kreaturen – und auch Charles Ward – taten oder vorhatten, ging aus ihren Briefen sowie aus allen alten und neuen Schlaglichtern auf den Fall wohl ziemlich klar hervor. Sie plünderten die Gräber aller Epochen, darunter auch die der weisesten und größten Männer der Welt, weil sie hofften, aus der Asche alter Zeiten irgendeinen Rest des Bewusstseins und Wissens zu gewinnen, das diese Männer einst belebt und durchdrungen hatte.

Zwischen diesen albtraumhaften Ghoulen bestand ein scheußlicher Handel – die Gebeine von berühmten Persönlichkeiten wurden mit der seelenruhigen Berechnung von Schuljungen, die Bücher tauschen, hin und her gereicht und von dem, was sie dem Staub der Jahrhunderte abnötigten, erhielten sie eine Macht und eine Weisheit, die alles übertraf, was in diesem Kosmos je ein Mensch oder eine Gruppe erringen konnte. Sie hatten gottlose Mittel und Wege entdeckt, um ihre Gehirne am Leben zu erhalten, ob nun im selben Körper oder einem anderen, und offensichtlich stand ihnen ein Weg offen, das Bewusstsein der Toten, die sie sich beschafften, anzuzapfen. Der schrullige alte Borellus hatte wohl tatsächlich etwas Wahres mitgeteilt, als er sich darüber ausließ, wie man selbst aus den ältesten Überresten noch gewisse ›essenzielle Saltze‹ herzustellen vermag, aus denen man die Gestalt eines lange verstorbenen Lebewesens heraufbeschwören kann. Es gab eine Formel zur Beschwörung dieser Gestalten und eine, um sie wieder zu bannen, und diese Formeln waren mittlerweile derart perfektioniert worden, dass man sie mit Erfolg weitergeben konnte. Man musste nur vorsichtig bei den Beschwörungen sein, da die Beschriftungen alter Grabstätten nicht immer zutreffend sind.

Willett und Mr. Ward grauste es, während sie von einer Schlussfolgerung zur nächsten gelangten. Dinge – Präsenzen oder Stimmen irgendeiner Art – konnten sowohl von unbekannten Orten wie auch aus Gräbern herbeigerufen werden, und auch bei diesem Vorgang musste man Vorsicht walten lassen. Joseph Curwen hatte zweifelsohne viele verbotene Dinge erweckt, und was Charles betraf – was sollte man bloß von ihm denken? Welche Mächte »jenseits der Sphären« hatten ihn aus den Tagen des Joseph Curwen erreicht und seinen Verstand vergessenen Dingen zugewandt? Er war in bestimmte Richtungen gelenkt worden, um bestimmte Dinge zu finden, die er dann auch nutzte. Er hatte mit dem entsetzlichen Mann in Prag gesprochen und lange in Transsilvanien bei dem Geschöpf in den Bergen gewohnt. Und er musste irgendwann das Grab von Joseph Curwen entdeckt haben. Jener Artikel aus der Zeitung und das, was seine Mutter in der Nacht hörte, waren zu eindeutig, um ignoriert zu werden. Dann hatte er irgendetwas heraufbeschworen, und es muss seinem Ruf gefolgt sein. Jene gewaltige Stimme am Karfreitag und diese *anderen* Laute im verriegelten Dachlabor: Wonach klangen sie, so dunkel und dröhnend? Hatte sich hier nicht schon der gefürchtete Fremde Dr. Allen mit seiner gespenstischen Bassstimme angekündigt? Ja, *das* war es, was Mr. Ward mit wirrem Entsetzen bei seinem einzigen Gespräch mit diesem Menschen – so es denn überhaupt ein Mensch war – am Telefon verspürt hatte.

Welches teuflische Bewusstsein, welche Stimme, welcher morbide Schemen hatte auf Charles Wards geheime Riten hinter verschlossener Tür reagiert? Diese Stimmen, die man hatte streiten hören – »muss es rot halten für drei Monate« –, gütiger Gott! War das nicht kurz vor dem Auftreten der Vampirattacken gewesen? Die Schändung von Ezra Weedens uraltem Grab und die später vernommenen Schreie in Pawtuxet – wessen Verstand hatte diese Rache geplant und Curwens gemiedenen Wohnsitz vorzeitlicher Blasphemien wiederentdeckt? Und dann der Bungalow und der bärtige Fremde, die Gerüchte und die Angst.

Den endgültigen Wahnsinn von Charles vermochten sich weder der Vater noch der Arzt zu erklären, doch sie waren davon überzeugt, dass der Geist Joseph Curwens wieder auf Erden weilte und seinen früheren morbiden Gelüsten nachging. Lag die Besessenheit durch einen Dämon also doch im Bereich des Möglichen? Allen hatte etwas damit zu tun und die Detektive mussten unbedingt mehr über diese Person herausfinden, die durch ihre bloße Existenz eine Bedrohung für das Leben von Charles darstellte.

Da das Vorhandensein von gewaltigen Grabgewölben unter dem Bungalow so gut wie feststand, musste in der Zwischenzeit ein Versuch unternommen werden, sie zu finden. Da sich Willett und Mr. Ward über die skeptische Haltung der Nervenärzte im Klaren waren, entschlossen sie sich bei ihrer letzten Unterredung zu einer gemeinsamen gründlichen Erforschung; sie verabredeten sich für den nächsten Morgen am Bungalow mit bestimmten Werkzeugen und Geräten, die für die Suche und unterirdische Erforschung angemessen waren.

Der Morgen des sechsten April brachte eine klare Dämmerung, und die beiden Männer trafen um zehn Uhr am Bungalow ein. Mr. Ward hatte den Schlüssel dabei und sobald man sich im Innern befand, verschaffte man sich rasch einen Überblick. Am unordentlichen Zustand von Dr. Allens Zimmer war ersichtlich, dass auch die Detektive schon hier gewesen waren. Die beiden Männer hofften, dass sie dabei irgendeinen wertvollen Hinweis entdeckt hatten. Der Schwerpunkt ihrer Suche lag natürlich im Keller, und so stiegen sie ohne weitere Verzögerung nach unten, wobei sie erneut den Rundgang vollzogen, den jeder von ihnen schon einmal zuvor in Gegenwart des verrückten jungen Besitzers erfolglos gemacht hatte. Auf den ersten Blick wirkte alles unergründlich, jeder Zoll des Erdbodens und der Steinmauern erweckte einen so soliden und harmlosen Eindruck, dass man kaum glauben konnte, hier eine klaffende Öffnung zu entdecken. Willett überlegte, dass der ursprüngliche Keller ja ohne Kenntnis der darunterliegenden Katakomben angelegt worden war. Also konnte ein Durchbruch nur von Charles und seinen Gefährten bewerkstelligt worden sein, die nach den uralten Gewölben gesucht hatten, von denen sie keinesfalls auf bekömmlichen Wegen Kenntnis erlangt haben konnten.

Der Arzt versuchte, sich in Charles hineinzuversetzen, und überlegte, wie er seine Suche begonnen haben mochte, doch er kam mit dieser Methode auch nicht recht weiter. Dann entschied er sich für die Ausschlussmethode und überprüfte die unterirdischen Oberflächen, die vertikalen wie die horizontalen, und nahm jeden Zentimeter genau in Augenschein. Bald waren die infrage kommenden Stellen erheblich eingeschränkt, und letzten Endes blieb nichts als eine schmale Plattform vor den Waschbottichen, die er bereits zuvor umsonst untersucht hatte. Nun experimentierte er auf jede erdenkliche Weise und fand schließlich heraus, dass das obere Ende sich tatsächlich über ein Scharnier in der Ecke drehen und waagerecht wegschieben ließ.

Darunter lag eine saubere Oberfläche aus Beton mit einem eisernen Einstiegsdeckel, auf den sich Mr. Ward sofort mit Feuereifer stürzte. Der Deckel war nicht schwer zu entfernen, und als der Vater ihn noch nicht ganz zur Seite geschoben hatte, bemerkte Willett, wie sonderbar Mr. Ward auf einmal aussah. Er schwankte und nickte benommen, und in dem Hauch widerlicher Luft, die aus der schwarzen Grube heraufquoll, erkannte der Doktor sofort die Ursache dafür.

Dr. Willett trug seinen ohnmächtigen Begleiter umgehend nach oben und belebte ihn mit kaltem Wasser. Mr. Ward reagierte schwach, es war deutlich zu sehen, dass der Pesthauch aus dem unterirdischen Gewölbe ihn sehr übel erwischt hatte. Willett wollte keinerlei Risiken eingehen, eilte auf die Broad Street, um ein Taxi zu rufen, und sandte den Leidenden trotz der mit schwacher Stimme vorgebrachten Proteste nach Hause. Anschließend nahm er eine Taschenlampe, band sich ein Tuch über die Nase und stieg wieder hinab, um in die neu entdeckten Tiefen zu schauen. Die faulige Luft war nun einigermaßen abgezogen und Willett konnte einen Lichtstrahl in das stygische Loch richten. Die ersten drei Meter sah er einen steilen zylinderförmigen Schacht mit Betonwänden und eine Leiter aus Metall, darunter schien das Loch in alte Steinstufen überzugehen, die ursprünglich ein wenig südlich des derzeitigen Gebäudes an die Erdoberfläche gekommen sein mussten.

2

Willett gibt freimütig zu, dass die Erinnerung an die alten Gerüchte um Curwen ihn einen Moment davon abhielt, allein hinab in diesen stinkenden Abgrund zu steigen. Er musste an das denken, was Luke Fenner über die letzte, ungeheuerliche Nacht berichtet hatte. Dann siegte das Pflichtgefühl, und er wagte sich an den Abstieg mit einer großen Aktentasche in der Hand, falls er eventuell bedeutsame Dokumente fand und mitnehmen konnte. Langsam, wie es seinem Alter zukam, stieg er die Leiter hinab und erreichte die schleimigen Stufen darunter. Seine Taschenlampe verriet ihm, dass es sich um altes Mauerwerk handelte, und auf den triefnassen Wänden sah er den ungesunden Moosbewuchs der Jahrhunderte. Immer tiefer hinab führten die Stufen, nicht in Form einer Wendeltreppe, sondern über drei abrupte Krümmungen. Sie waren so schmal, dass zwei Männer nur mit Schwierigkeiten hindurchgepasst hätten. Er hatte ungefähr dreißig Stufen gezählt, als ein schwaches Geräusch an seine Ohren drang, und danach vermochte er sich nicht mehr darauf konzentrieren, sie weiter zu zählen.

Es war ein gottloses Geräusch – einer jener leisen, heimtückischen Frevel an der Natur, die es eigentlich gar nicht geben darf. Es als schwachsinniges Wehklagen, unheilvolles Winseln oder verzweifeltes, vielstimmiges Heulen von geschundenem Fleisch ohne Verstand zu bezeichnen, würde seiner Widerwärtigkeit und seinen seelenbetäubenden Zwischentönen nicht gerecht werden. Hatte Ward an dem Tag, als sie ihn fortgebracht hatten, nach diesen Lauten gelauscht? Es war das Schockierendste, was Willett jemals gehört hatte. Es drang aus einer nicht zu bestimmenden Richtung, als der Arzt das Ende der Treppe erreichte und das Licht der Taschenlampe auf hohe Korridorwände richtete, die zyklopisch überwölbt und von zahllosen schwarzen Bogengängen durchbrochen waren. Der Gang, in dem er stand, war bis zum Scheitelpunkt der Gewölbedecke etwas mehr als vier Meter hoch und rund dreieinhalb Meter breit. Der Boden war mit großen, regelmäßigen Steinplatten gepflastert und die Wände und die Decke bestanden aus verputztem Mauerwerk. Die Länge konnte er nicht ermessen, da er sich endlos weit in die Finsternis ausdehnte. Manche der Bogengänge enthielten Türen im alten kolonialen Stil mit sechs Paneelen, andere gar keine.

Als er das von dem Gestank und dem Geheul ausgelöste Grauen überwunden hatte, begann Willett, einen Bogengang nach dem anderen zu erkunden. Hinter ihnen fand er Räume mittlerer Größe mit Kreuzgewölbedecken, jeder davon anscheinend für einen bizarren Zweck bestimmt. Die meisten von ihnen verfügten über offene Kamine, deren Abzugsschächte zu erkunden für Ingenieure sicherlich interessant gewesen wäre. Niemals zuvor oder danach hatte Willett solche Instrumente – oder das, was er dafür hielt – gesehen, wie sie hier überall unter den Schichten von Staub und Spinnweben von anderthalb Jahrhunderten lagen, in vielen Fällen offenbar damals durch die Hände der

Angreifer zerstört. Die meisten der Kammern schienen bislang von keinem Fuß eines modernen Menschen betreten worden zu sein und gehörten sicher zur frühesten Phase von Joseph Curwens Experimenten. Schließlich stieß Willett auf einen eindeutig jünger wirkenden Raum, oder doch zumindest einen, der in letzter Zeit benutzt worden war. Hier gab es Ölöfen, Bücherregale und Tische, Stühle und Schränkchen, und einen Schreibtisch, auf dem sich uralte, aber auch neuere Papiere auftürmten. Kerzenhalter und Öllampen standen an einigen Stellen bereit, und nachdem Willett ein Päckchen Streichhölzer gefunden hatte, zündete er einige davon an.

Im helleren Licht schienen diese Räume nichts anderes als das letzte Arbeitszimmer beziehungsweise die Bibliothek von Charles Ward zu beherbergen. Viele der Bücher hatte der Doktor schon zuvor gesehen, und auch ein Großteil des Mobiliars stammte eindeutig aus dem Anwesen in der Prospect Street. Hier und da stand ein Stück, das Willett wohlvertraut war, und diese Vertrautheit wurde so mächtig, dass er den widerlichen Gestank und das Wehklagen fast vergaß, obwohl beides hier deutlicher war als am Fuß der Treppe.

Seine lang geplante erste Aufgabe bestand darin, alle möglicherweise wichtigen Papiere an sich zu nehmen – vor allem jene unheilvollen Dokumente, die Charles vor langer Zeit hinter dem Gemälde in Olney Court entdeckt hatte. Bei seiner Suche erkannte Willett, welch eine einschüchternde Aufgabe die endgültige Auswertung darstellen würde, denn Schublade um Schublade war gepfropft mit Unterlagen in merkwürdiger Handschrift und voller sonderbarer Symbole; eine gründliche Entzifferung und Beurteilung würde Monate, gar Jahre dauern. Bald fand er ein dickes Briefbündel mit Poststempeln aus Prag und Rakus, deren Handschrift sie eindeutig als Schreiben von Orne und Hutchinson enthüllte. Er steckte sie alle zu dem Packen in seiner Aktentasche, um sie mitzunehmen.

Kurz darauf entdeckte Willett in einem verschlossenen Mahagonischränkchen, das einst das Haus der Wards geschmückt hatte, die alten Papiere von Curwen. Er erkannte sie aufgrund des kurzen Blickes wieder, den Charles ihm vor so vielen Jahren zögernd gestattet hatte. Der junge Mann hatte sie offensichtlich so aufbewahrt, wie er sie gefunden hatte, da alle Überschriften, an die sich die Handwerker erinnert hatten, vorhanden waren – mit Ausnahme der an Orne und Hutchinson gerichteten Unterlagen und der Geheimschrift und ihres Schlüssels. Willett steckte das gesamte Bündel in die Tasche und durchsuchte die übrigen Schubladen.

Da Charles' derzeitiger Zustand im Augenblick das größte Problem darstellte, untersuchte er die vielen offensichtlich aktuelleren Unterlagen sehr sorgfältig. Dabei fiel ihm eine verblüffende Merkwürdigkeit auf: Es waren nur sehr wenige Papiere in Charles' üblicher Handschrift verfasst. Keines davon war übrigens älter als vor zwei Monaten datiert. Dagegen gab es eine Unmenge von Symbolen und Formeln, historischen Anmerkungen und philosophischen Kommentaren in einer altertümlichen Handschrift, die absolut identisch mit der von Joseph Curwen war, obgleich diese Arbeiten unzweifelhaft aus jüngster Zeit stammten. Offensichtlich hatte für Charles in letzter Zeit eine gewissenhafte Imitation der Schrift des alten Hexenmeisters auf dem Programm gestanden, und er hatte es darin dem Anschein nach zur erstaunlichen Meisterschaft gebracht. Von einer dritten Handschrift, die eventuell von Allen hätte stammen können, fand Willett keine Spur. Wenn dieser Mann tatsächlich die führende Rolle übernommen hatte, so musste er den jungen Ward gezwungen haben, als sein Gehilfe zu fungieren.

In diesen jüngeren Unterlagen kehrte eine bestimmte mystische Formel – oder besser gesagt ein Formelpaar – derart häufig wieder, dass Willett sie bereits auswendig kannte, ehe er seine Suche auch nur zur Hälfte vollendet hatte. Diese Formel bestand aus zwei parallel verlaufenden Spalten, deren linke mit dem altertümlichen Symbol des ›Drachenhauptes‹ überschrieben war, das in Almanachen zur Anzeige des aufsteigenden Knotens dient, die rechte hingegen mit dem entsprechenden Zeichen des ›Drachenschwanzes‹ oder absteigenden Knotens. Beinahe unbewusst erkannte der Arzt, dass es sich bei der zweiten Hälfte eigentlich nur um eine silbenverkehrte Version der ersten handelte, mit Ausnahme der abschließenden einsilbigen Wörter und des eigenartigen Namens *Yog-Sothoth*, den er im Zusammenhang mit dieser schrecklichen Angelegenheit schon in verschiedenen Schreibweisen in anderen Papieren gelesen hatte.

Die Formeln lauteten wie folgt – und zwar *genau so*, wie Willett gern und oft betont –, und die erste weckte in ihm eine unangenehme schlummernde Erinnerung, die er erst später wieder zuzuordnen wusste, als er über die Geschehnisse an jenem grausigen Karfreitag des Vorjahres nachsann.

Y'AI 'NG'NGAH,
YOG-SOTHOTH
H'EE – L'GEB
F'AI THRODOG
UAAAH

OGTHROD AI'F
GEB'L – EE'H
YOG-SOTHOTH
'NGAH'NG AI'Y
ZHRO

Die Formeln waren so gespenstisch, und der Doktor stieß so häufig auf sie, dass er sie schon gedankenlos vor sich hinmurmelte.

Endlich hatte er das Gefühl, alle Unterlagen bei sich zu haben, die sich für den Augenblick als vorteilhaft erweisen könnten, und entschied, die Suche erst dann fortzusetzen, wenn er die skeptischen Nervenärzte allesamt zu einer gründlichen und systematischeren Durchsuchung des Kellers bewegen konnte. Er musste noch das verborgene Laboratorium finden, also ließ er seine Tasche in dem beleuchteten Raum liegen und betrat erneut den schwarzen, unangenehmen Korridor, durch dessen Gewölbe unablässig das dumpfe, scheußliche Gewinsel hallte.

Die nächsten Räume, die er untersuchte, standen allesamt leer oder waren nur mit modrigen Kisten und bedrohlich aussehenden Bleisärgen gefüllt, machten aber einen starken Eindruck auf ihn, weil sie von der Größe von Joseph Curwens ursprünglichem Unterfangen kündeten. Er dachte an die verschwundenen Sklaven und Seeleute, an die Gräber, die auf jedem Erdteil geschändet worden waren, und an den Anblick, der sich den Männern damals bei der Erstürmung geboten haben musste; dann entschied er, es sei besser, überhaupt nicht mehr daran zu denken.

Einmal führte zu seiner rechten Seite eine große Steintreppe nach oben, und er vermutete, dass sie zu einem der Nebengebäude von Curwens Farm geführt haben musste – vielleicht zu dem berüchtigten Steinbau mit den hohen, schlitzartigen Fenstern –, wenn man davon ausging, dass die Treppen, die er hinabgestiegen war, zu dem Haupthaus mit dem Spitzdach geführt hatten.

Mit einem Mal schienen die Mauern vor ihm zurückzuweichen, und der Gestank und das Gewimmer wurden deutlicher. Willett erkannte, dass er in einen gewaltigen, offenen Raum gelangt war, so groß, dass seine Taschenlampe nicht alle Winkel erreichte. Als er weiterging, stieß er gelegentlich auf stämmige Pfeiler, die das Gewölbe der Decke stützten.

Nach einiger Zeit erreichte er einen Kreis von Säulen, die wie die Monolithen von Stonehenge angeordnet waren, in der Mitte ein großer, mit eingemeißelten Abbildungen verzierter Steinaltar auf einem dreistufigen Podest. Diese Darstellungen waren so eigenartig, dass er mit der Taschenlampe näher trat, um sie sich genauer anzusehen. Doch als er erkannte, was sie darstellten, wich er schaudernd zurück und machte sich nicht mehr die Mühe, die dunklen Flecken zu untersuchen, die die Oberfläche besudelten und hier und da in verhärteten Rinnsalen an den Seiten herabliefen. Stattdessen fand er die entlegene Mauer und folgte ihr in ihrer gewaltigen Biegung, die gelegentlich durchbrochen wurde von schwarzen Torbögen und Myriaden niedriger Zellen, die mit Eisengittern und Hand- und Fußfesseln ausgerüstet waren, die im Gestein der gerundeten Hinterwand befestigt waren. Diese Zellen waren leer, doch noch immer roch es schrecklich und auch das elende Gestöhne verstummte nicht, es war nun so beharrlich wie nie zuvor und wurde wiederholt von einem glitschigen, dumpfen Plätschern begleitet.

3

Jetzt konnte Willett den fürchterlichen Gestank und die unheimlichen Geräusche nicht länger ignorieren. Hier in der großen Säulenhalle war beides viel deutlicher wahrzunehmen als bisher. Beides vermittelte den unklaren Eindruck, von irgendwo tief unten zu rühren, noch tiefer als diese dunkle Unterwelt voller Rätsel.

Ehe er die dunklen Torbögen nach einer Treppe absuchte, die

noch weiter nach unten führte, ließ der Arzt den Lichtstrahl seiner Taschenlampe über die Steinplatten des Bodens gleiten. Er war nur sehr locker gepflastert, und in unregelmäßigen Abständen zeigte sich eine Platte, die mit kleinen Löchern in anscheinend willkürlicher Anordnung versehen war, und an einer Stelle lag eine ziemlich lange Leiter, die achtlos hingeworfen worden war. Eigenartig, dass ein Großteil des furchtbaren Gestanks, der alles durchdrang, von dieser Leiter auszugehen schien. Als Willett langsam um die Leiter schritt, erkannte er plötzlich, dass unmittelbar über den merkwürdig durchlöcherten Platten sowohl der Lärm als auch der Geruch am stärksten zu sein schienen, als handele es sich dabei um plumpe Falltüren, die noch tiefer hinab in irgendein Reich des Grauens führten.

Er hockte sich neben eine dieser Platten hin, rüttelte daran und bemerkte, dass er sie, wenn auch mit äußerster Mühe, bewegen konnte. Auf sein Rütteln hin wurde das Stöhnen darunter lauter. Mit gewaltiger Beklemmung gelang es ihm, den schweren Stein ganz anzuheben. Ein unbeschreiblicher Gestank wallte ihm nun von unten entgegen, und dem Doktor drehte sich der Kopf, als er die Steinplatte beiseitelegte und das Licht seiner Taschenlampe in das freigelegte Quadrat klaffender Finsternis richtete.

Sollte er eine Treppe erwartet haben, die in eine tiefe Gruft oder zu einem alles übertreffenden Grauen führte, sah Willett sich enttäuscht. Inmitten des Fäulnisgeruchs und des verlorenen Winselns erkannte er lediglich das aus Ziegeln gemauerte obere Ende eines zylinderförmigen Brunnenschachtes von etwa anderthalb Metern Durchmesser ohne Leiter oder sonstige Möglichkeit zum Abstieg. Als das Licht nach unten fiel, schlug das Gestöhne mit einem Mal in grausiges Geschrei um, das sich wieder mit diesen Geräuschen blinden, erfolglosen Umhertastens und feuchten Planschens mischte.

Der Doktor erbebte und weigerte sich, sich die Kreatur, die in diesem Abgrund lauerte, auch nur vorzustellen, doch einen Moment später brachte er genug Mut auf, um über den grob gemauerten Rand zu spähen – dazu streckte er sich der Länge nach auf dem Boden aus und hielt die Taschenlampe mit ausgestrecktem Arm nach unten, um zu erkennen, was sich dort befand. Eine Sekunde lang sah er nichts als schleimige, moosüberwucherte Ziegelmauern, die endlos in das fast greifbare Miasma von Finsternis und Fäulnis und erbärmlicher Panik hinabfielen – und dann sah er, dass etwas Dunkles am Grund des engen Schachts, ungefähr sechs bis sieben Meter unter dem Steinboden, auf dem er lag, unbeholfen und panisch auf und ab sprang.

Die Taschenlampe zitterte in Willetts Hand, doch er wagte noch einen Blick, um zu erkennen, was für ein Lebewesen dort in der Dunkelheit des eigentümlichen Brunnens eingemauert war und das der junge Ward hier dem Hungertod überließ, seit ihn vor über einem Monat die Ärzte von hier fortgebracht hatten. Es war offenkundig nur eines von unzähligen Wesen, die in ähnlichen Schächten gefangen gehalten wurden, deren durchlöcherte Steinabdeckungen den Boden des großen unterirdischen Gewölbes dicht bedeckten. Was für Kreaturen es auch waren, sie konnten sich in ihren engen Gruben nicht hinlegen und mussten in all den entsetzlichen Wochen, seit ihr Meister sie achtlos zurückgelassen hatte, dort gekauert und gewinselt haben, gewartet und kläglich umhergesprungen sein.

Marinus Bicknell Willett sollte es allerdings bereuen, dass er ein zweites Mal hinabgeschaut hatte, denn er mochte wohl ein Chirurg und ein Veteran des Seziertisches sein, doch seither ist er nicht mehr der Gleiche. Es ist schwer erklärlich, wie ein einziger Blick auf ein greifbares Objekt einen Mann derart erschüttern und verändern kann; wir können nur sagen, dass gewissen Umrissen und Erscheinungen eine symbolische, suggestive Macht innewohnt, die sich auf einen empfindlichen Denker verheerend auswirken und schreckliche Andeutungen über obskure kosmische Verbindungen und unbeschreibliche Wahrheiten jenseits der schützenden Illusionen unserer gewöhnlichen Vorstellungen erwecken können.

Bei seinem zweiten Blick sah Willett einen derartigen Umriss, eine derartige Erscheinung, denn während der nächsten Atemzüge wurde er ohne jeden Zweifel von einem Irrsinn gepackt, der dem irgendeines Insassen von Dr. Waites Privatklinik in nichts nachstand. Er ließ die Taschenlampe fallen, da die Muskeln und Nerven seiner Hand ihm nicht mehr gehorchten, und achtete nicht auf das Geräusch mahlender Zähne, das vom Los der Lampe am Grund des Brunnens kündete. Er schrie und schrie und schrie, und das mit einer Stimme, deren panisches Falsett keiner seiner Bekannten je erkannt hätte, und obwohl er nicht aufstehen konnte, kroch und wälzte er sich verzweifelt weg von dem feuchten Steinboden, wo aus Dutzenden von Tartarusschächten erschöpftes Weinen und Kreischen seinen eigenen wahnsinnigen Schreien antwortete. Er riss sich die Hände an den rauen, lockeren Steinen auf und prallte fortwährend mit dem Kopf gegen die Pfeiler, doch er kroch immer weiter.

In der undurchdringlichen Schwärze und inmitten des Gestanks kam er schließlich wieder zu Sinnen. Er hielt sich die Ohren zu, um das dröhnende Gestöhne nicht mehr hören zu müssen, zu dem die Schreie jetzt geworden waren. Schweiß lief ihm am ganzen Körper herab und er hatte keine Möglichkeit, Licht zu machen; angeschlagen und hilflos lag er in der abgrundtiefen Finsternis, zerschmettert von einer Erinnerung, die er niemals mehr würde auslöschen können. Unter ihm lebten noch Dutzende dieser Geschöpfe, und von einem der Schächte hatte er die Abdeckung entfernt. Er wusste, dass das, was er gesehen hatte, niemals die glitschigen Mauern hinaufklettern konnte, erschauderte aber bei der Vorstellung, es könne irgendwo vielleicht doch ein Halt vorhanden sein.

Um was für ein Wesen es sich handelte, sollte er nie sagen. Es ähnelte einigen der Darstellungen auf dem teuflischen Altar, aber es lebte. Die Natur hatte es nie in dieser Gestalt erschaffen, denn dafür war es doch zu *unfertig*. Die Mängel waren sehr überraschend, und die abnormen Proportionen können gar nicht in Worte gefasst werden. Willett erklärt nur so viel, dass dieses Ding eines der Wesen gewesen sein muss, die Ward aus *unvollkommenen Saltzen* erweckte und für irgendwelche Dienste oder rituelle Zwecke aufhob. Wäre ihnen nicht eine wichtige Bedeutung zugekommen, hätte man ihre Abbildungen nicht in diesen verfluchten Stein eingemeißelt. Es handelte sich nicht einmal um das schlimmste der auf diesem Altar dargestellten Wesen – doch Willett hatte bisher ja keine der anderen Gruben geöffnet.

In diesem Moment war der erste zusammenhängende Gedanke, den er fassen konnte, die Erinnerung an einen willkürlichen Abschnitt aus einem von Curwens Dokumenten, den er vor langer Zeit gelesen hatte; ein Satz, den Simon oder Jedediah Orne in dem unheilvollen, beschlagnahmten Brief an den verstorbenen Hexenmeister geschrieben hatte: »Es lag fürwahr nichts als lebendiges Grauen in dem, was H. aus dem freisetzte, was er nur zum Theil zu sammeln vermocht.«

Dann erwachte, mehr zur grausigen Illustration denn zur Verdrängung dieses Gedankens, die Erinnerung an die alten Gerüchte über ein verkohltes, verkrümmtes Wesen, das man eine Woche nach der Durchsuchung bei Curwen auf einem Feld entdeckt hatte. Charles Ward hatte dem Arzt einmal berichtet, was der alte Slocum über diese Kreatur gesagt hatte – dass sie weder ganz einem Menschen noch irgendeiner Tierart entsprochen habe, die die Bürger von Pawtuxet jemals gesehen oder über die sie etwas gelesen hatten.

Diese Worte hallten im Geist des Arztes wider, während er auf dem salpeterverkrusteten Boden kauerte und sich vor und zurück wiegte. Er versuchte, sie zu vertreiben, und wiederholte immer wieder das Vaterunser; schließlich stammelte er einen Mischmasch aus Erinnerungsbruchstücken, ganz wie Mr. T. S. Eliots modernistisches *Wüstes Land,* und kehrte am Ende zu der so häufig wiederholten Doppelformel zurück, die er eben erst in Wards unterirdischer Bibliothek entdeckt hatte: »Y'ai'ng'ngah, Yog-Sothoth« und so weiter, bis zum abschließenden »Zhro«.

Das schien ihm Trost zu spenden, und nach einer Weile stemmte er sich auf. Er beklagte bitterlich den Verlust seiner Taschenlampe und sah sich verzweifelt nach irgendeinem Lichtschimmer in der tintenschwarzen, kühlen Dunkelheit um. Nachdenken wollte er nicht, doch er sah sich angestrengt in jede Richtung um, ob er nicht einen Widerschein der hellen Beleuchtung entdeckte, die er in der Bibliothek zurückgelassen hatte. Nach einer Weile glaubte er, in unendlicher Ferne ein schwaches Licht zu erkennen, und in qualvoller Vorsicht kroch er inmitten des Gestanks und des Geheuls auf allen vieren in diese Richtung. Er tastete sich mühsam voran, damit er nicht mit einem der zahlreichen großen Pfeiler zusammenstieß oder in die abscheuliche Grube stürzte, die er geöffnet hatte.

Einmal berührten seine zitternden Finger etwas, worin er die Stufen erkannte, die zu dem teuflischen Altar führten, und schreckte voller Ekel zurück. Ein andermal stieß er auf die durchlöcherte Steinplatte, die er entfernt hatte, und an dieser Stelle nahm seine Vorsicht beinahe erbärmliche Ausmaße an, doch er ertastete die gefürchtete Öffnung nicht, noch entstieg ihr irgendetwas, um ihn aufzuhalten. Was sich dort unten auch befand, es gab keinen Laut mehr von sich und regte sich auch nicht. Offenkundig war ihm die Verdauung der elektrischen Taschenlampe nicht gut bekommen.

Jedes Mal, wenn Willetts Finger auf eine durchlöcherte Steinplatte stießen, erbebte er. Manchmal, wenn er über eine davon kroch, nahm das Stöhnen darunter zu, doch meistens löste er keinerlei Reaktionen aus, da er sich äußerst leise voranbewegte. Mehrere Male wurde der Lichtschimmer vor ihm beträchtlich schwächer, und ihm wurde bewusst, dass die verschiedenen Kerzen und Lampen, die er angezündet hatte, eine nach der anderen ausgingen. Die Vorstellung, sich in dieser unterirdischen Welt albtraumhafter Irrgärten ohne Streichhölzer in völliger Finsternis zu verlaufen, trieb ihn dazu aufzustehen und zu rennen, was er nun in einiger Sicherheit tun konnte, da er die offene Grube passiert hatte. Er wusste, war das Licht einmal erloschen, wäre seine einzige Hoffnung auf Rettung ein Suchtrupp, den Mr. Ward vielleicht nach einigem Warten losschicken würde. Bald jedoch kam er aus dem offenen Raum in den engeren Korridor und konnte den Lichtschein mit Bestimmtheit einer Tür auf der rechten Seite zuordnen. Einen Moment später hatte er sie erreicht und stand wieder in der geheimen Bibliothek des jungen Ward. Zitternd vor Erleichterung sah er das flackernde Licht der letzten noch brennenden Lampe, die ihn in die Sicherheit geleitet hatte.

4

Rasch füllte Willett die ausgebrannten Lampen mithilfe eines Ölvorrats auf, der ihm zuvor schon aufgefallen war, und als der Raum wieder hell erleuchtet wurde, sah er sich nach einer Laterne für weitere Erkundungsgänge um. Ganz egal, wie sehr das Grauen ihn gepackt hatte, noch immer überwog seine finstere Entschlossenheit, jeden Stein umzudrehen, um die entsetzlichen Gründe für Charles Wards bizarren Wahnsinn aufzudecken. Als er keine Tragelaterne fand, nahm er sich eine der kleinen Standlampen und füllte sich zudem die Taschen mit Kerzen und

Zündhölzern. Er nahm auch eine volle Kanne Öl mit, um eine Reserve zu haben, falls er hinter der schrecklichen Halle mit dem unreinen Altar und den unbeschreiblichen verschlossenen Brunnenschächten ein verborgenes Labor entdecken sollte. Um diese Halle ein zweites Mal zu durchqueren, würde er viel Kraft und Mut aufbieten müssen, doch es musste sein. Glücklicherweise befanden sich weder der fürchterliche Altar noch der offene Schacht in der Nähe der Mauer mit den vielen Zellen, die das Gebiet der Höhle umschloss und deren schwarze, rätselhafte Torbögen das nächste Ziel seiner systematischen Suche darstellten.

Und so kehrte Willett in die große Halle voller Gestank und erbärmlichem Geschrei zurück, dämpfte das Licht seiner Lampe ab, um jeden Blick auf den höllischen Altar oder die offene Grube mit der durchlöcherten Steinplatte daneben zu vermeiden. Die meisten der finsteren Torbögen führten lediglich in kleine Kammern, von denen manche leer standen und andere offensichtlich als Lager benutzt worden waren. In einigen dieser Lagerräume sah er ein paar eigenartige Anhäufungen verschiedener Utensilien – einer war vollgestopft mit modrigen, staubbedeckten Ballen ausrangierter Kleidung, und Willett schlug der Puls höher, als er sah, dass es sich augenscheinlich um Kleidung handelte, wie sie vor anderthalb Jahrhunderten getragen wurde. In einem weiteren Raum fand er zahlreiche moderne Kleidungsstücke, als habe man hier einen Vorrat angelegt, um eine große Gruppe von Männern einzukleiden.

Was ihm jedoch am meisten Unbehagen bereitete, waren die riesigen Kupferkessel, die er gelegentlich sah – sie und die dunklen Verkrustungen darauf. Sie gefielen ihm noch weniger als die mit unheimlichen Figuren bemalten Bleischüsseln, in denen irgendwelche abstoßenden Überreste klebten, die einen so widerwärtigen Geruch verströmten, dass er sogar im allgemeinen Gestank der Krypta noch deutlich zu riechen war. Als er ungefähr die Hälfte der gesamten Mauerumrundung abgesucht hatte, stieß er auf einen weiteren Korridor mit vielen Türöffnungen, der dem ähnelte, aus dem er gekommen war. Er machte sich daran, auch diese zu untersuchen, und nachdem er drei Räume mittlerer Größe ohne bedeutsamen Inhalt betreten hatte, gelangte er endlich in einen großen, lang gezogenen

Raum, der sich durch die Kanister und Tische, Brennöfen und modernen Instrumente, eine Reihe von Büchern und endlosen Fächern voller Krüge und Flaschen tatsächlich als Charles Wards lange gesuchtes Laboratorium herausstellte – und zweifellos hatte es zuvor Joseph Curwen benutzt.

Nachdem Dr. Willett die drei gefüllten Lampen, die er hier vorfand, angezündet hatte, untersuchte er den Raum und seine Einrichtung mit dem allergrößten Interesse. Anhand der großen Menge verschiedener Reagenzien auf den Regalen schloss er, dass das Hauptinteresse des jungen Ward auf einem Teilgebiet der organischen Chemie gelegen haben musste. Insgesamt aber ließ sich aus dem wissenschaftlichen Arrangement, zu dem auch ein grausig aussehender Seziertisch zählte, nur wenig in Erfahrung bringen, und so erwies der Raum sich als eine Enttäuschung. Zu den Büchern gehörte eine zerlesene alte Ausgabe des Borellus in Frakturschrift, und es war ebenso beklemmend wie interessant, dass Ward denselben Abschnitt unterstrichen hatte, dessen Hervorhebung über anderthalb Jahrhunderte zuvor den guten Mr. Merritt in Curwens Farmhaus so verstört hatte. Diese alte Ausgabe war damals bei der Erstürmung der Farm sicherlich mit Curwens restlicher okkulter Bibliothek vernichtet worden.

Drei Bogengänge führten aus dem Labor und der Arzt erkundete sie der Reihe nach. Bei seiner flüchtigen Musterung sah er, dass zwei davon wiederum in zwei kleine Abstellräume führten. Diese Räume durchsuchte er gründlich und staunte über die vielen, aufgestapelten Särge in unterschiedlichen Stadien des Verfalls. Als er einige der wenigen Namensplaketten entzifferte, vermochte er ein heftiges Frösteln nicht zu verhindern. Auch in diesen Nebenräumen lagerten große Mengen Bekleidung, zudem einige neuere, fest vernagelte Kisten, mit denen er sich jetzt nicht weiter aufhielt. Am interessantesten waren sicherlich ein paar sonderbare Apparaturen, die er als Überreste des alten Labors von Joseph Curwen einordnete. Sie waren offenbar von den eindringenden Männern zerstört worden, doch zum Teil noch als Chemikerausrüstung der georgianischen Ära zu erkennen.

Der dritte Bogengang führte zu einem ziemlich großen Raum, dessen Wände komplett mit Regalen zugestellt waren und in dessen Mitte ein Tisch mit zwei Lampen stand. Willett zündete sie an, und in ihrem hellen Schein betrachtete er die endlosen Regalfächer, die ihn umgaben. Einige der oberen Bretter waren leer, doch der Großteil der Regale war angefüllt von kleinen, merkwürdig aussehenden Bleiglasgefäßen in zwei unterschiedlichen Formen: eine hoch und ohne Henkel, wie ein altgriechischer Lekythos oder Ölkrug, die andere mit einem Henkel, in der Art eines Kruges aus Phaleron. Alle waren mit Metallverschlüssen gesichert, in die man befremdliche Symbole gekratzt hatte. Der Arzt erkannte sofort, dass diese Gefäße mit großer Sorgfalt beschriftet und angeordnet worden waren; die ohne Henkel standen alle auf einer Seite des Raumes in den Regalen mit der Aufschrift ›Custodes‹ auf einem Holzschild, während die Phalerongefäße auf der anderen Seite mit der Bezeichnung ›Materia‹ versehen waren.

Bis auf einige Gefäße in den oberen Fächern, die leer waren, trug jedes von ihnen einen angehängten Zettel mit einer Nummer, die sich anscheinend auf einen Katalog bezog; Willett fasste den Entschluss, diesen alsbald zu suchen. Im Augenblick jedoch interessierte ihn mehr das System des Ganzen, und er öffnete versuchsweise mehrere der unterschiedlichen Behälter, um sich einen ersten Überblick zu verschaffen, doch das Ergebnis war immer dasselbe. Beide Gefäßtypen enthielten eine kleine Menge feines, staubartiges Pulver von sehr geringem Gewicht in trüben, unbestimmten Farbschattierungen. Diese Farben boten die einzige Unterscheidungsmöglichkeit, doch sie waren nicht die Grundlage der Anordnung, ebenso wenig unterschied sich der Inhalt der beiden Gefäßformen. So konnte ein bläulich graues Pulver neben einem weißlich-rosafarbenem stehen, und das in einem Glas mit einem Henkel konnte sein genaues Gegenstück in einem ohne Henkel haben. Das Auffälligste an den Pulvern war die Tatsache, dass sie überhaupt nicht haften blieben, denn als Willett sich eines davon in die Hand schüttete und es wieder zurück in sein Gefäß gab, blieben auf seiner Handfläche keinerlei Rückstände zurück.

Die Bedeutung der beiden Schilder beschäftigte ihn, und er fragte sich, warum dieser Vorrat an Chemikalien so streng von denen in den Regalen des Labors getrennt wurde. ›Custodes‹ und ›Materia‹, das waren die lateinischen Begriffe für ›Wächter‹

und ›Material‹ – und dann fiel ihm plötzlich ein, wo er das Wort ›Wächter‹ schon einmal im Zusammenhang mit diesem grausigen Rätsel gesehen hatte. Es war natürlich in dem letzten Brief an Dr. Allen, der angeblich vom alten Edward Hutchinson stammte. Der Satz hatte gelautet: »Unnötig ist's, die Wächter in Form zu halten und sie einander die Häupter fressen zu lassen, und im Falle einer Entdeckung sorgt dies für weitere Unannehmlichkeyten, wie Ihr nur allzu gut wißt.«

Was mochte das bedeuten? Aber halt – gab es nicht noch *eine* *weitere* Bezugnahme auf ›Wächter‹ in dieser Angelegenheit, an die er sich beim Lesen von Hutchinsons Brief gar nicht erinnert hatte? Damals, in den Tagen bevor er so verschwiegen wurde, hatte Charles ihm von dem Tagebuch Eleazar Smiths erzählt, in dem die Beobachtung von Curwens Farm durch Weeden und Smith beschrieben wurde, und in dieser fürchterlichen Chronik war eine belauschte Unterhaltung erwähnt worden, ehe der alte Hexenmeister sich sicherheitshalber ganz unter die Erde zurückgezogen hatte. Smith und Weeden hatten geschworen, dass sie schreckliche Gespräche belauschen konnten, an denen Curwen, bestimmte Gefangene *und die Wächter dieser Gefangenen* teilgenommen hätten. Diese Wächter hatten sich also, laut Hutchinson oder dessen Avatar, die Häupter abgefressen und deshalb hatte Dr. Allen sie nicht in *der rechten Form* bewahren können. Und wenn nicht *in Form,* wie sonst als in Gestalt der ›Saltze‹, zu denen diese Hexerbande anscheinend so viele menschliche Leichen oder Knochen wie nur möglich reduzieren wollte?

Das also war der Inhalt dieser Lekythen-Gefäße: das ungeheuerliche Ergebnis unheiliger Riten und Taten, das sie anscheinend zu derartiger Gehorsamkeit zwang, dass sie ihren gotteslästerlichen Meistern zur Verfügung stehen mussten, sobald diese sie mithilfe teuflischer Beschwörungsformeln erweckten, zur Abwehr oder zur Befragung von jenen, die nicht so bereitwillig waren! Willett erschauderte bei dem Gedanken an das, was er durch seine Hände hatte rieseln lassen, und einen Augenblick lang wollte er voller Panik aus dieser Höhle voller scheußlicher Regale mit stummen, doch vielleicht lauernden Wächtern fliehen.

Er dachte an die ›Materia‹ – in den unzähligen Phaleronbehältern auf der anderen Seite des Raumes. Sie enthielten ebenfalls Salze – und wenn dies nicht die Salze von ›Wächtern‹ waren, was dann? Gott! War es möglich, dass hier die sterblichen Überreste der Hälfte der titanischsten Denker aller Epochen lagen, von den hinterlistigsten Leichenschändern aus ihren Grüften geraubt, wo die Welt sie für sicher gehalten hatte, dem Willen von Wahnsinnigen untertan, die ihr Wissen für einen noch verstiegeneren Zweck einsetzen wollten? Einen Zweck, dessen letzte Konsequenzen, wie der arme Charles in seinem panischen Brief angedeutet hatte, »die gesamte Zivilisation, alle Naturgesetze, vielleicht sogar das Los des Sonnensystems und des Universums« betreffen würden? Und Marinus Bicknell Willett hatte ihre Asche durch seine Finger rieseln lassen!

Dann bemerkte er eine kleine Tür am Ende des Raumes und beruhigte sich so weit, dass er sich ihr nähern und das grob gemeißelte Zeichen darüber untersuchen konnte. Es war nur ein Symbol, doch es erfüllte ihn mit unbestimmter spiritueller Furcht, denn ein Freund von ihm, der zu morbiden Träumen neigte, hatte es einst auf ein Blatt Papier gezeichnet und ihm ein paar der Bedeutungen enthüllt, die es in den finsteren Abgründen des Schlafes hat. Es handelte sich um das Zeichen von Koth, das die Träumenden über dem Bogengang eines gewissen schwarzen Turmes sehen, der sich einsam im Zwielicht erhebt – und Willett behagte es gar nicht, was ihm sein Freund Randolph Carter über die Macht dieses Zeichens berichtet hatte.

Einen Moment darauf vergaß er das Symbol, da er einen neuen, scharfen Geruch in der ohnehin von Gestank erfüllten Luft wahrnahm. Es handelte sich eher um einen chemischen als um einen animalischen Geruch, und er drang eindeutig aus dem Raum hinter der Tür. Es handelte sich unverkennbar um denselben Geruch, nach dem die Kleidung von Charles Ward gerochen hatte, an dem Tag, als die Ärzte ihn von hier fortgebracht hatten. Also war er hier unten bei seinen Beschwörungen unterbrochen worden? Charles hatte klüger reagiert als der alte Joseph Curwen, denn er hatte keinen Widerstand geleistet.

Willett war fest entschlossen, jedes Mysterium und jeden Nachtmahr dieses unterirdischen Reiches zu enthüllen, also ergriff er die kleine Lampe und trat über die Schwelle. Eine Welle namenloser Angst wallte ihm entgegen, doch ließ er sich nicht von dem unguten Gefühl einer schlimmen Vorahnung aufhalten. Hier gab es nichts Lebendiges, das ihm Schaden zufügte, und nichts konnte ihn davon abhalten, den grässlichen Brodem zu zerteilen, der seinen Patienten umschlang.

Der Raum hinter der Tür war mittelgroß und enthielt keine Möbel außer einem Tisch, einem einzelnen Stuhl und zwei kuriose Maschinen mit Zwingen und Rädern, die Willett nach kurzem Nachdenken als mittelalterliche Folterinstrumente erkannte. Auf einer Seite der Tür stand ein Gestell mit barbarischen Peitschen, und darüber hing ein Regal mit flachen Schalen aus Blei, deren Füße wie altgriechische Kylikes geformt waren. Auf der anderen Seite stand ein Tisch, darauf eine wuchtige Argand-Lampe, ein Schreibblock, ein Stift und zwei der verschlossenen henkellosen Gefäße aus den Regalen des anderen Raumes – alles offenbar in aller Hast abgesetzt.

Willett entzündete die Lampe und sah sich den Block an, um zu lesen, was Charles wohl aufgeschrieben hatte, bis er unterbrochen worden war. Er fand aber nur die folgenden unzusammenhängenden Kritzeleien in der schwer leserlichen Handschrift von Curwen, die den Fall an sich nicht erhellten:

»B. nicht verschieden. Flucht in die Wände, fand eynen Platz unten.« ... »Sah den alten V. das Sabaoth sagen und lernt' die Art & Weys.« ... »Beschwor dreymal *Yog-Sothoth* herauf, und am nächsten Tage war's gethan.« ... »F. strebte danach, alle die davon wußten, wie man Jene von Außen herbeyrufet, auszulöschen.«

Die starke Argandlampe erhellte nun den gesamten Raum, und der Arzt bemerkte an der Mauer gegenüber der Tür zwischen den beiden Marterwerkzeugen einige Haken, an denen mehrere formlos aussehende Roben von einer tristen, gelblich weißen Färbung hingen. Weitaus interessanter waren allerdings die beiden freien Wände, die beide über und über mit mystischen Symbolen und Formeln bedeckt waren, die man grob in den glatten Stein eingemeißelt hatte. Auch der feuchte Boden trug Meißelspuren; ohne größere Schwierigkeiten erkannte Willett ein riesiges Pentagramm in der Mitte, umgeben von einfachen Kreisen, die auf halbem Weg zwischen dem Pentagramm und jeder Ecke rund einen Meter maßen.

In einem dieser vier Kreise, dicht bei einer achtlos zu Boden geworfenen gelblichen Robe, stand eine der flachen Kylikes-Schalen aus dem Regal über dem Peitschenständer. Etwas außerhalb des Randes stand eines der Phalerongefäße aus den Regalen des anderen Raumes. Es trug ein Schildchen mit der Nummer 118, war geöffnet und erwies sich bei näherer Betrachtung als leer. Willett sah jedoch, dass die flache Kylix-Schale nicht leer war. Es lag eine kleine Menge trockenes, graugrünes Pulver darin, das aus dem Glasgefäß stammen musste. Es war nur deshalb noch nicht verwirbelt worden, weil sich in dieser einsamen Höhle kein Lufthauch regte. Willett schwankte beinahe bei den Gedanken, die allmählich auf ihn einstürzten, als er angesichts der verschiedenen Substanzen und Voraussetzungen dieser Szene eins und eins zusammenzählte. Die Peitschen und Folterinstrumente, der Staub oder die Salze aus dem Regal mit der Aufschrift ›Materia‹, die beiden Behälter aus dem ›Custodes‹-Regal, die Roben, die Formeln auf den Mauern, die Notizen auf dem Schreibblock, die Andeutungen in den Briefen und den Legenden sowie die tausend Beobachtungen, Zweifel und Befürchtungen, die seit Langem die Freunde und die Eltern von Charles Ward quälten – all das schlug in einer Welle des Grauens über dem Arzt zusammen, während er das trockene, grünliche Pulver in der bleiernen Schale auf dem Boden betrachtete.

Mit einiger Anstrengung gelang es Willett aber doch, sich zusammenzureißen, und er machte sich an die Untersuchung der in die Mauern gemeißelten Zeichen. Die fleckigen und verkrusteten Buchstaben stammten mit ziemlicher Sicherheit noch aus Joseph Curwens Zeit. Der Text selbst war für jemanden, der einen Großteil von Curwens Manuskripten kannte oder sich eingehend mit der Geschichte der Magie befasst hatte, nur vage vertraut. An einer Stelle erkannte der Arzt einen Spruch, der dem entsprach, was Mrs. Ward ihren Sohn an jenem schändlichen Karfreitag vor einem Jahr hatte singen hören. Es war ein Text, über den ein Experte Willett informiert hatte, dass es sich um eine entsetzliche Beschwörungsformel handelte, die sich an geheime Götter außerhalb der üblichen Sphären wandte. Hier war sie zwar etwas anders geschrieben, als Mrs. Ward sie aus ihrem Gedächtnis wiedergegeben hatte, und auch nicht so wie im Werk von ›Eliphas Lévi‹, dessen verbotene Seiten Willett von dem Experten gezeigt worden waren, doch die Identität war unverkennbar. Worte wie *Sabaoth, Metraton, Almonsin* und *Zariatnatmik* ließen den Arzt erbeben, hatte er doch hier unten schon so viele kosmische Scheußlichkeiten gesehen und erlitten.

Der Text befand sich an der vom Eingang her gesehenen linken Wand. Die Mauer an der rechten Seite war allerdings kaum weniger dicht mit Inschriften bedeckt. Willett schreckte zusammen, als er das Formelpaar wiedererkannte, das in den neueren Notizen in der Bibliothek so häufig aufgetaucht war. Es handelte sich um das gleiche wie in Wards Kritzeleien und beide wurden von den uralten Symbolen des ›Drachenhauptes‹ und des ›Drachenschwanzes‹ gekrönt. Allerdings unterschied sich die Schreibweise erheblich von der modernen Variante, als habe der alte Curwen mit einer anderen Methode die Laute aufgezeichnet. Vielleicht hatten auch spätere Forschungen zu einer mächtigeren, perfektionierten Version der fraglichen Beschwörung geführt. Der Arzt versuchte, die gemeißelte Variante mit der in Einklang zu bringen, die ihm nach wie vor durch den Kopf spukte, und das fiel ihm recht schwer. Wo die Handschrift, die er sich eingeprägt hatte, mit »*Y'ai'ng'ngah, Yog-Sothoth*« begann, fing diese Inschrift mit »*Aye, cngengah, Yogge-Sothotha*« an, was für ihn eine ernstliche Störung in der Silbenbildung des zweiten Wortes darstellte.

Sosehr sich der spätere Text auch in sein Gedächtnis eingebrannt hatte, so verstörend fand er diese Diskrepanz. Er ertappte sich dabei, wie er die erste der Formeln laut vor sich her sang, um ihren Klang mit den eingemeißelten Schriftzeichen in Übereinstimmung zu bringen. Seine Stimme hallte unheimlich und bedrohlich durch diesen Schlund uralter Blasphemien und sie veränderte sich zu einem dröhnenden Singsang, ob nun durch den Fluch der Vergangenheit und des Unbekannten oder durch das teuflische Vorbild des dumpfen, gottlosen Gekeifes aus den Gruben, dessen unmenschliche Kadenzen in der Ferne durch den Gestank und die Finsternis hindurch rhythmisch auf- und abschwollen.

Y'AI'NG'NGAH,
YOG-SOTHOTH
H'EE – L'GEB
F'AI'THRODOG
UAAAH!

Doch woher kam jetzt dieser kalte Wind, der gleich zu Anbeginn der Liturgie eingesetzt hatte? Die Lampen flackerten
bedrohlich, und das Licht wurde so trübe, dass man die Schriftzeichen auf den Mauern kaum noch erkennen konnte. Nun lag
auch Rauch und ein beißender Geruch in der Luft, der selbst
den Gestank aus den fernen Gruben überlagerte. Ein Geruch
wie der, den er zuvor schon gerochen hatte, doch jetzt wesentlich stärker und stechender.

Willett wandte sich von den Inschriften ab und betrachtete
den Raum mit seiner bizarren Einrichtung – und er sah, dass aus
der Schale auf dem Boden, in der das ominöse Pulver gelegen
hatte, ein dichter, grünlich-schwarzer Dunst von verblüffender
Höhe und Festigkeit strömte. Dieses Pulver – großer Gott! Es
stammte aus dem Regal der ›Materia‹ –, was geschah damit und
was hatte das ausgelöst? Die Formel, die er gesungen hatte – die
erste der beiden – das Drachenhaupt, der *aufsteigende Knoten* –,
gütiger Heiland, konnte es sein ...

Der Arzt taumelte, und in seinem Kopf rasten wild unzusammenhängende Bruchstücke von allem umher, was er während
des fürchterlichen Falles von Joseph Curwen und Charles
Dexter Ward gesehen, gehört und gelesen hatte. »Wie ich Euch
schon dazumal riet: Rufet nichts herbey, das Ihr nicht wieder
wegzuschicken vermögt ... Habet die Worte zur Bannung allerzeyt bereyt, und zögert nicht, so es irgend Zweyfel gibt, *wen* Ihr
vor Euch habt ... Dreimal hab' ich mit Dem gesprochen, *was*
darinnen beygesetzt gewesen ...« *Barmherziger Himmel, was ist das
für eine Gestalt hinter dem Rauchschleier?*

5

Marinus Bicknell Willett hegt keinerlei Hoffnung, dass außer
einigen verständnisvollen Freunden irgendwer auch nur einen

Teil seiner Geschichte glauben wird, also hat er nicht einmal versucht, sie außerhalb seines intimsten Kreises zu erzählen. Nur einige wenige Außenstehende haben sie je zu hören bekommen, und von ihnen lachen die meisten darüber und meinen, der Doktor werde tatsächlich langsam alt. Man hat ihm geraten, einen langen Urlaub zu machen und in Zukunft alle Fälle von Geisteskrankheit strikt abzulehnen.

Mr. Ward allerdings weiß, dass der bewährte Arzt nur die schreckliche Wahrheit berichtet. Hatte er nicht mit eigenen Augen die widerliche Öffnung im Keller des Bungalows gesehen? Hatte Willett ihn an diesem unheilvollen Morgen um elf Uhr nicht überwältigt und krank nach Hause geschickt? Hatte er an jenem Abend und am nächsten Tag nicht vergeblich bei dem Doktor anzurufen versucht, und war er nicht selbst am folgenden Mittag zu dem Bungalow gefahren, wo er seinen Freund besinnungslos, aber unverletzt auf einem der Betten liegend im Erdgeschoss gefunden hatte? Willett hatte röchelnd geatmet und langsam die Augen geöffnet, als Mr. Ward ihm etwas Branntwein aus seinem Auto verabreichte. Dann erschauderte Willett und schrie laut auf: »*Dieser Bart ... diese Augen ... Grundgütiger, wer sind Sie?*« Eine sonderbare Anrede an einen gepflegten, blauäugigen und glatt rasierten Gentleman, den er seit dessen Jugend kannte.

Im hellen Sonnenlicht des Mittags sah man, dass der Bungalow seit dem vorigen Morgen unverändert war. Willetts Kleidung hatte keinen Schaden davongetragen, wies nur einige Flecken und abgewetzte Stellen an den Knien auf, doch ihr schwacher, beißender Geruch erinnerte Mr. Ward daran, dass sein Sohn ebenso gerochen hatte, als er in die Klinik eingewiesen worden war. Die Taschenlampe des Arztes fehlte, aber seine Aktentasche war hier, so leer, wie er sie mitgebracht hatte.

Bevor er sich in irgendwelchen Erklärungen erging, überwand Willett sich mühevoll und schwankte taumelnd in den Keller, um an der verhängnisvollen Plattform vor den Wäschezubern zu rütteln. Sie gab nicht nach. Er ging hinüber zu seiner bislang unbenutzten Werkzeugtasche, die er am Vortag hier abgestellt hatte, nahm sich ein Stemmeisen und riss die störrischen Planken eine nach der anderen ab. Darunter war nach wie vor die glatte Betonoberfläche sichtbar, doch von einer irgendwie gearteten

Öffnung keine Spur. Keinerlei Dämpfe wölkten dem verdatterten Vater, der dem Arzt die Treppe hinabgefolgt war, dieses Mal entgegen, um ihm die Sinne zu rauben. Es war nichts als glatter Beton unter den Planken – kein unreiner Brunnenschacht, keine Welt unterirdischer Schrecken, keine geheime Bibliothek, keine Curwen-Dokumente, keine albtraumhaften Gruben voller Gestank und Geheul, kein Laboratorium, weder Regale noch gemeißelte Formeln, nein ... Dr. Willett erbleichte und ergriff den jüngeren Mann am Arm. »Gestern«, fragte er leise, »haben Sie es hier gesehen ... und gerochen?«

Und als Mr. Ward, der selbst vor Grauen und Erstaunen erstarrt war, die Kraft fand, zustimmend zu nicken, da gab der Arzt einen Laut von sich, der halb Seufzer und halb Keuchen war, und er nickte ebenfalls: »Dann will ich es Ihnen erzählen.«

Im sonnendurchflutetsten Raum, den sie im Erdgeschoss gefunden hatten, flüsterte nun also der Arzt eine Stunde lang dem erstaunten Vater seine entsetzliche Geschichte zu. Nachdem die aufdräuende Gestalt sich aus dem grünlich schwarzen Brodem aus der Schale löste, gab es nichts weiter zu berichten, und Willett war zu erschöpft, um darüber nachzudenken, was denn wirklich geschehen war.

Beide Männer schüttelten hilflos und verstört den Kopf, und einmal wagte Mr. Ward es, leise zu fragen: »Glauben Sie, es wäre sinnvoll zu graben?«

Der Doktor blieb stumm, erschien es doch höchst unangebracht für irgendein menschliches Gehirn, eine Antwort zu geben, da Mächte aus unbekannten Sphären jetzt so eindeutig auf diese Seite des Großen Abgrunds eingegriffen hatten.

Erneut fragte Mr. Ward: »Aber wo ist es hin? Es hat Sie heraufgebracht, das wissen Sie, und irgendwie das Loch versiegelt.«

Wieder antwortete Willett mit Schweigen.

Doch dies waren noch immer nicht die letzten Ereignisse in dieser Geschichte. Als Dr. Willett aufstand, um den Bungalow zu verlassen, griff er in seiner Tasche nach einem Taschentuch und bekam ein Stück Papier zu fassen, das zuvor nicht dort gewesen war. Es befand sich zwischen den Kerzen und Streichhölzern, die er in dem verschwundenen Gewölbe eingesteckt hatte. Es handelte sich um ein gewöhnliches Blatt Papier, offensichtlich von dem billigen Schreibblock abgerissen, der sich in dem mysteriösen Raum irgendwo dort unten befunden hatte, und beschriftet war es mit einem herkömmlichen Bleistift – zweifelsfrei mit dem, der neben dem Block gelegen hatte. Es war sehr grob zusammengefaltet, und außer dem schwachen, beißenden Geruch der rätselhaften Kammer haftete ihm nichts Außerweltliches an. Der Text selbst jedoch bot genügend Anlass zum Staunen, denn bei der Schrift handelte es sich nicht um die eines aufgeklärten Zeitalters, sondern um die mühseligen Striche mittelalterlicher Finsternis, dem Laien, der es nun mühsam zu lesen versuchte, kaum entzifferbar, doch voller Kombinationen von Symbolen, die auf unbestimmte Weise vertraut erschienen:

So also sah die rasch hingekritzelte Botschaft aus, und ihr Geheimnis gab den beiden erschütterten Männern eine neue Aufgabe, die nun schnurstracks hinaus zu Wards Wagen gingen und dem Chauffeur Anweisung gaben, sie zuerst in ein ruhiges Gasthaus und dann in die John Hay Library auf dem Hügel zu fahren.

In dieser Bibliothek war es ein Leichtes, gute Handbücher zum Thema Paläografie zu finden, und in diese vertieften die beiden Männer sich, bis die abendlichen Lichter am Kronleuchter aufflammten. Sie fanden schließlich, wonach sie suchten. Es waren keine erfundenen Buchstaben, sondern die üblichen Schriftzeichen eines sehr dunklen Zeitalters. Es handelte sich um die spitzen angelsächsischen Minuskeln des achten oder neunten Jahrhunderts nach Christus, und sie erinnerten den Betrachter an eine derbe Epoche, in der sich unter einer noch frischen Fassade des Christentums uralte Vorstellungen und uralte Riten im Verborgenen regten und der fahle Mond Britanniens bisweilen auf seltsame Vorgänge in den römischen Ruinen von Caerleon und Hexhaus und in den Türmen des verfallenden Hadrianswall hinabblickte. Die Worte waren in einem Latein verfasst, an das man sich in jenem barbarischen Zeitalter noch erinnern konnte – »*Corwinus necandus est. Cadaver aq(ua) forti dissolvendum, nec aliq(ui)d retinendum. Tace ut potes.*« –, was sich ungefähr so übersetzen lässt: »Curwen muss getötet werden. Die Leiche muss in *aqua fortis* aufgelöst werden, und nichts davon darf übrig bleiben. Haltet Stillschweigen nach bestem Vermögen.«

Willett und Mr. Ward waren sehr erstaunt. Sie waren auf das Unbekannte gestoßen, und sie merkten, dass es ihnen an den Emotionen fehlte, mit denen sie ihrer Ansicht nach eigentlich darauf reagieren sollten. Vor allem bei Willett war die Fähigkeit, noch weitere erstaunliche Eindrücke aufzunehmen, so gut wie erschöpft, und so saßen beide Männer stumm und hilflos da, bis die Schließung der Bibliothek sie zu gehen zwang. Sie fuhren apathisch ins Anwesen der Wards in der Prospect Street und unterhielten sich ohne Ergebnis bis tief in die Nacht. Der Doktor schlief gegen Morgen ein wenig, ging aber nicht nach Hause. Und er war auch am Samstagmittag noch anwesend, als die Detektive, die mit der Suche nach Dr. Allen betraut worden waren, sich telefonisch meldeten.

Mr. Ward, der in einen Morgenmantel gekleidet nervös im Zimmer auf und ab ging, nahm den Anruf selbst entgegen. Als er hörte, dass sie mit ihrem Bericht beinahe fertig waren, bat er die Männer, am nächsten Morgen ins Haus zu kommen. Er und Willett waren froh darüber, dass der Fall zumindest in dieser Hinsicht vorankam, denn egal woher die sonderbare Minuskelbotschaft auch stammen mochte, eines schien sicher: Der ›Curwen‹, der vernichtet werden sollte, konnte kein anderer als der Fremde mit Bart und Brille sein. Charles hatte sich vor diesem Mann gefürchtet und in seinem panischen Brief geschrieben, dass er getötet und in Säure aufgelöst werden müsse. Darüber hinaus hatte Allen von den merkwürdigen Hexenmeistern aus Europa Briefe unter dem Namen Curwen erhalten, und sich selbst eindeutig als ein Avatar des verstorbenen Nekromanten gesehen. Und nun war aus neuer und unbekannter Quelle eine Botschaft aufgetaucht, die forderte, dass ›Curwen‹ getötet und in Säure aufgelöst werden müsse. Der Zusammenhang war zu eindeutig, um gefälscht zu sein.

Und außerdem: Plante Allen denn nicht auf Anraten der Kreatur namens Hutchinson den jungen Ward zu ermorden?

Natürlich hatte der Brief, den sie gelesen hatten, den bärtigen Fremden nie erreicht, doch aus diesem Text wurde ersichtlich, dass Allen bereits Pläne für den jungen Mann gefasst hatte, sollte der sich als zu ›zimperlich‹ erweisen. Es stand außer Frage, dass Allen gefasst werden musste. Auch wenn die drastischste Mordanweisung nicht vollzogen werden würde, musste der Mann doch auf jeden Fall hinter Schloss und Riegel, damit er Charles Ward nichts antat.

An diesem Nachmittag fuhren der Vater und der Arzt zwar wider besseres Wissen, doch in der Hoffnung, irgendeinen Funken an Information über die verschlungenen Mysterien von dem Einzigen zu erhalten, der in der Lage war, sie ihnen zu geben, hinaus in Richtung Bucht und besuchten den jungen Charles in der Klinik. Willett schilderte ihm mit schlichten und ernsten Worten alles, was er entdeckt hatte, und er bemerkte, wie blass der Jüngling wurde, als jede weitere Beschreibung die Wahrheit der Entdeckungen festigte. Der Arzt griff zu starken dramatischen Effekten und achtete darauf, ob Charles zusammenzuckte, als er die abgedeckten Schächte und die unbeschreiblichen Zwitterwesen darin erwähnte. Doch Ward zuckte kein bisschen.

Willett hielt inne, und seine Stimme nahm einen empörten Klang an, als er berichtete, dass die Wesen kläglich verhungerten. Er stellte Charles mit dieser bestürzenden Unmenschlichkeit auf die Probe, und erschauderte, als er darauf nur sardonisch lachte. Charles, der inzwischen nicht mehr leugnete, dass die unterirdischen Gewölbe existierten, schien in dieser Sache einen makabren Scherz zu sehen. Er kicherte mit rauer Stimme über irgendetwas Amüsantes. Dann flüsterte er mit einem Tonfall, der aufgrund seiner gebrochenen Stimme besonders schrecklich wirkte: »Vermaledeit, sie *essen* doch, *brauchen* es aber gar nicht! Das ist das Sonderbare daran! Ein Monat, sagt Ihr, ohne Nahrung? Fürwahr, Herr, Ihr seid bescheiden! Wisst, dieser Witz geht auf Kosten des alten Whipple und seines tugendhaften Geredes! Alles vernichten wollte er? Nun, verdammt, er war halb taub ob des Lärmens von draußen, und so hörte er nichts aus den Brunnenschächten. Er vermochte sich nicht einmal, im Traume ihre Existenz auszumalen! Der Teufel hole ihn – diese verfluchten Wesen *heulen dort unten schon, seit sie Curwen vor 157 Jahren erledigten!*«

Mehr allerdings bekam Willett nicht aus dem jungen Mann heraus. Er war entsetzt, aber auch beinahe gegen seinen Willen überzeugt, und er setzte seine Erzählung fort in der Hoffnung, irgendeine Einzelheit möge seinen Zuhörer aus seiner irren Gefasstheit reißen. Wenn der Arzt das Gesicht von Charles betrachtete, erfasste ihn ein unwillkürliches Grauen über die Veränderungen, die sich in den letzten Monaten darin vollzogen hatten. Ja, der Junge hatte wirklich unbeschreibliches Grauen vom Himmel herabgerufen.

Als der Arzt den Raum mit den Formeln und dem grünlichen Staub erwähnte, zeigte Charles erstmals eine Regung. Ein skeptischer Ausdruck legte sich auf sein Gesicht, als er hörte, was Willett auf dem Schreibblock gelesen hatte. Er sagte mit milder Stimme, das seien alte Notizen, die niemand verstehe, der nicht zutiefst in der Geschichte der Magie bewandert sei. »Doch«, fügte er hinzu, »hättet Ihr die Worte gekannt, um das heraufzubeschwören, was ich in der Schale hatte, so wäret Ihr nun nicht hier, um mir davon zu künden. Es handelte sich um Nummer 118, und ich will meinen, Ihr wäret erschrecket, hättet Ihr diese Nummer auf der Liste in dem anderen Raume nachgesucht. Auch ich hab' es nie beschworen, wollte das aber an jenem Tage tun, da Ihr mich an diesen Ort hier einludet.«

Dann berichtete Willett von der Formel, die er ausgesprochen hatte, und von dem grünlich schwarzen Rauch, der daraufhin aufstieg – und jetzt sah der Arzt zum ersten Mal auf Charles Wards Gesicht echte Furcht. »Es *kam*, und Ihr seid hier und am Leben!« Als Ward diese Worte krächzte, schien seine Stimme beinahe ihre Fesseln zu sprengen und in abgrundtiefe Höhlen unheimlichen Widerhalls zu sinken.

Willett kam blitzartig eine Eingebung und er glaubte zu verstehen. Er flocht in seine Antwort eine Ermahnung aus einem Brief ein, an die er sich erinnerte: »Nr. 118, sagen Sie? Aber vergessen Sie nicht, dass *heutzutage auf neun von zehn Kirchhöfen die Steine vertauscht sind. Man weiß es niemals sicher, ehe man nicht fragt!*« Und ohne jede Warnung zückte er die Minuskelbotschaft und hielt sie dem Patienten vor die Augen. Er hätte sich keine stärkere Wirkung wünschen können, denn Charles Ward verlor das Bewusstsein.

Diese gesamte Unterhaltung fand natürlich ohne Wissen der

Nervenärzte statt, damit sie den Vater und Dr. Willett nicht beschuldigten, einen Verrückten in seinem Wahn noch zu bestärken. So hoben Willett und Mr. Ward den ohnmächtigen jungen Mann ohne fremde Hilfe auf und legten ihn aufs Sofa.

Als der Patient wieder erwachte, murmelte er mehrmals etwas von einer Nachricht, die er unverzüglich Orne und Hutchinson zukommen lassen müsse. Darum eröffnete der Doktor ihm, als er anscheinend wieder ganz bei Bewusstsein war, dass zumindest eine dieser sonderbaren Kreaturen sein erbitterter Feind sei und Dr. Allen dazu geraten habe, ihn zu ermorden. Diese Enthüllung verursachte keine sichtliche Wirkung, aber die Besucher hatten an Charles schon zuvor den Ausdruck eines gehetzten Mannes wahrgenommen.

Danach wollte Charles nichts mehr sagen, also verabschiedeten sich sein Vater und Willett von dem jungen Mann, nicht ohne ihn zuvor nochmals vor dem bärtigen Allen zu warnen. Charles entgegnete darauf nur, dass diese Person in sicherem Gewahrsam sei und niemandem Schaden zufügen könne, selbst wenn sie es wolle. Diese Aussage unterstrich er mit einem beinahe bösen Kichern, das schmerzvoll zu hören war. Willett und Mr. Ward machten sich keine Sorgen, dass Charles dem monströsen Paar in Europa irgendwelche Nachrichten zukommen lassen könne, da sie wussten, dass die Klinikleitung alle ausgehende Post begutachtete und keine seltsame oder verstiegene Botschaft durchgehen ließ.

Es gibt noch einen kuriosen Nachtrag zum Falle Orne und Hutchinson, falls es sich bei den im Exil lebenden Hexenmeistern tatsächlich um diese Männer handelte. Von einer unklaren Vorahnung inmitten des Grauens in dieser Zeit geleitet, heuerte Willett einen internationalen Pressedienst an, um ihm Ausschnitte über auffällige aktuelle Verbrechen und Unfälle in Prag und Ost-Transsilvanien zuzuschicken, und nach sechs Monaten glaubte er, unter den verschiedenen Texten, die er erhalten hatte und übersetzen ließ, zwei sehr bedeutsame Artikel gefunden zu haben. Der eine berichtete von einem nächtlichen Einsturz eines Hauses im ältesten Viertel von Prag und dem Verschwinden eines bösartigen alten Mannes mit Namen Josef Nadeh, der seit Menschengedenken der einzige Bewohner dieses Hauses gewesen war.

Der andere Artikel berichtete über eine gewaltige Explosion in den transsilvanischen Bergen östlich des Rakus und die völlige Vernichtung des übel beleumdeten Schlosses Ferenczy mitsamt all seinen Bewohnern. Der Schlossherr habe bei den Bauern und den Soldaten in einem so schlechten Ansehen gestanden, hieß es, dass er schon bald für eine ernsthafte Befragung nach Bukarest zitiert worden wäre, hätte nicht dieser Vorfall seine Lebensbahn unterbrochen, die schon so lange währte, dass sie die Erinnerung aller Anwohner überstieg.

Willett ist davon überzeugt, dass die Hand, die jene Minuskeln schrieb, auch fähig war, stärkere Waffen zu nutzen, und obwohl der Verfasser ihm Curwens Vernichtung übertrug, muss er sich imstande gefühlt haben, Orne und Hutchinson selbst aufzuspüren und mit ihnen fertigzuwerden. Wie deren Los ausgesehen haben mag, will sich der Arzt lieber nicht vorstellen.

6

Am folgenden Morgen eilte Dr. Willett ins Haus der Wards, um bei der Ankunft der Detektive anwesend zu sein. Allens Vernichtung oder Inhaftierung – oder auch die Curwens, falls man den unausgesprochenen Anspruch, dessen Reinkarnation zu sein, für bare Münze nahm – war für ihn das oberste Gebot. Diese Überzeugung teilte er Mr. Ward mit, während sie auf die Männer warteten. Dieses Mal hielten sie sich im Erdgeschoss auf, da man in letzter Zeit die oberen Räume des Hauses wegen eines eigenartigen, widerlichen Geruches mied, der über allem lag – ein Geruch, den die älteren unter den Dienstboten mit einem Fluch in Zusammenhang brachten, der auf dem verschwundenen Porträt von Curwen gelegen habe.

Um neun Uhr trafen die drei Detektive ein und erstatteten unverzüglich Bericht über alles, was sie herausgefunden hatten. Bedauernswerterweise war es ihnen nicht gelungen, den Portugiesen Tony Gomes aus Brava aufzuspüren, obwohl sie alles versucht hatten. Auch von Dr. Allens Herkunft oder derzeitigem Aufenthalt hatten sie nicht die geringste Spur entdeckt. Doch sie hatten eine beträchtliche Menge an lokalen Gerüchten und Fakten über den zurückhaltenden Fremden gesammelt. Allen war den Einwohnern von Pawtuxet von Anfang an irgendwie unnatürlich vorgekommen, und die meisten hatten die Ansicht vertreten, sein dichter, sandfarbener Bart sei entweder gefärbt oder falsch – eine Annahme, die dadurch bestätigt wurde, dass man in Allens Zimmer im Bungalow neben einer dunklen Brille einen solchen künstlichen Bart gefunden hatte. Seine Stimme, und das konnte Mr. Ward aufgrund seines Telefongespräches mit ihm bestätigen, klang so tief und hohl, dass man sie nicht wieder vergaß, und sein Blick wirkte selbst durch die dunkel getönten Gläser seiner Hornbrille hindurch böse. Im Laufe einer Kaufverhandlung hatte ein Ladenbesitzer Allens Handschrift gesehen und erklärt, sie sei ihm äußerst sonderbar und unleserlich erschienen; dies wurde durch die unklaren Bleistiftnotizen belegt, die man in seinem Zimmer fand und die der Händler als die von Allen wiedererkannte.

In Zusammenhang mit den Fällen von Vampirismus im vergangenen Sommer schrieben die meisten Leute die Täterschaft eher Allen als Ward zu. Die Detektive hatten auch Aussagen der Beamten eingeholt, die nach dem unangenehmen Zwischenfall mit dem ausgeraubten Lastwagen den Bungalow aufgesucht hatten. Sie hatten zwar weniger das Finstere an Dr. Allen bemerkt, in ihm aber die dominante Figur in der merkwürdigen, düsteren Unterkunft erkannt. Es war dort zu dunkel gewesen, um ihn genau zu betrachten, doch würden sie ihn auf jeden Fall wiedererkennen. Sein Bart habe etwas sonderbar ausgesehen, und sie glaubten, eine leichte Narbe über seinem, hinter dunklem Brillenglas versteckten, rechten Auge gesehen zu haben.

Die Durchsuchung von Allens Zimmer hatte außer dem Bart und der Brille und einigen Bleistiftnotizen in unleserlicher Schrift nichts zum Vorschein gebracht. Als Willett diese Notizen sah, erkannte er dieselbe Handschrift wie in den alten Manuskripten von Curwen und den zahlreichen Aufzeichnungen des jungen Ward aus der letzten Zeit, die er in der verschwundenen Katakombe des Grauens gesehen hatte.

Dr. Willett und Mr. Ward beschlich bei diesen nach und nach vorgebrachten Informationen eine drückende, subtile und heimtückische kosmische Furcht, und ihre Nerven bebten geradezu, als sie den unsicheren, wahnsinnigen Gedanken verfolgten, der ihnen beiden zugleich kam. Der falsche Bart und die Brille, die unleserliche Curwen-Handschrift – das alte Porträt mit der winzigen Narbe – *und der veränderte junge Mann in der Klinik mit einer ebensolchen Narbe* – die tiefe, hohle Stimme am Telefon –, hatte sich Mr. Ward nicht daran erinnert gefühlt, als sein Sohn diese erbärmlichen Töne gekrächzt hatte, die, wie er behauptete, alles waren, was er noch hervorbringen könne? Wer hatte je Charles und Allen zusammen gesehen? Ja, die Beamten einmal, aber wer später? War es nicht nach Allens Verschwinden gewesen, dass Charles schlagartig seine wachsende Furcht verlor und ganz in den Bungalow übersiedelte?

Curwen – Allen – Ward –, welche gotteslästerliche und abscheuliche Fusion waren zwei Epochen und zwei Personen eingegangen? Diese verdammenswürdige Ähnlichkeit des Gemäldes mit Charles – hatte das Bild nicht immerfort gestarrt und gestarrt, war es dem Jungen nicht beständig mit seinen Blicken gefolgt, wenn er durchs Zimmer ging? Und weshalb ahmten sowohl Allen als auch Charles die Handschrift von Joseph Curwen nach, sogar wenn sie allein und unbeobachtet waren? Und dann die fürchterlichen Taten dieser Leute – die verschollenen Gewölbe des Schreckens, die den Arzt über Nacht hatten altern lassen, die ausgehungerten Untiere in den verpesteten Schächten, die grauenhafte Beschwörungsformel, die eine so unbeschreibliche Wirkung erzielt hatte, die Botschaft in Minuskelschrift, die Willett in seiner Tasche gefunden hatte, die Papiere und die Briefe und das ganze Gerede von Gräbern und ›Salzen‹ und Entdeckungen – wohin führte das alles?

Schließlich tat Mr. Ward das einzig Folgerichtige. Er wappnete sich vor der Erkenntnis, warum er es tat, und gab den Detektiven etwas, das sie den Ladenbesitzern in Pawtuxet zeigen sollten, die den unheimlichen Dr. Allen gesehen hatten – es handelte sich um eine Fotografie seines unglücklichen Sohnes, auf die er jetzt mit Tinte sorgfältig die dunkle, schwere Brille und den schwarzen Spitzbart aufmalte, wie sie die Männer in Allens Zimmer gefunden hatten.

Zwei Stunden lang wartete er mit dem Arzt in dem bedrückenden Haus, wo sich allmählich Furcht und Miasma ansammelten, während das leere Paneel oben in der Bibliothek immer weiter ins Leere starrte und starrte und starrte. Dann kehrten die Männer zurück. Ja, *die veränderte Fotografie sei ein durchaus passables Abbild von Dr. Allen.* Mr. Ward erbleichte, und Willett wischte sich mit einem Taschentuch über die plötzlich schweißnasse Stirn.

Allen – Ward – Curwen –, es wurde allmählich zu entsetzlich, um es in einen zusammenhängenden Gedanken zu fassen. Was hatte der Junge aus dem Nichts heraufbeschworen? Was hatte es ihm angetan? Was war von Anfang bis Ende wirklich geschehen? Wer war dieser Allen, der Charles töten wollte, weil der zu ›zimperlich‹ sei, und warum hatte sein erwähltes Opfer im Postskriptum seines panischen Briefes geschrieben, Allen müsse vollständig in Säure aufgelöst werden? Und warum hatte auch die Nachricht in Minuskelschrift, über deren Herkunft niemand auch nur nachzudenken wagte, in gleicher Weise die Vernichtung von ›Curwen‹ gefordert? Was bewirkte die *Veränderung,* und wann war die letzte Phase eingetreten?

An jenem Tag, als Willett das panische Schreiben erhalten hatte – Charles war den ganzen Morgen über sehr gehetzt gewesen, doch mit einem Mal nicht mehr. Er war unbemerkt aus dem Haus geschlichen und bei seiner Rückkehr kühn an den Männern vorbeistolziert, die zu seinem Schutz angeheuert worden waren. Es war in der Zeit passiert, als er außer Haus war. Doch nein – hatte er nicht entsetzt aufgeschrien, als er sein Arbeitszimmer betrat? Was hatte er dort vorgefunden? Oder besser: *Was hatte ihn gefunden?* Dieses Blendwerk, das mit kühnem Schritt eintrat, obwohl es gar nicht fortgegangen war – war das ein fremder Schatten und ein Grauen, das sich eine zitternde Gestalt packte, die nie das Haus verlassen hatte? Hatte der Butler nicht von eigenartigen Geräuschen gesprochen?

Willett klingelte nach dem Mann und stellte ihm leise einige Fragen. Es sei auf jeden Fall heftig gewesen. Diese Geräusche – ein Schrei, ein Keuchen und Röcheln, dann ein Klappern oder Knirschen oder Klopfen, oder alles drei zusammen. Und Mr. Charles sei ganz verändert gewesen, als er wortlos aus dem Zimmer stürmte. Der Butler hatte beim Erzählen mehrmals die schwere Luft eingesogen, die aus irgendeinem offenen Fenster im Obergeschoss herabwehte.

Das Grauen hatte in diesem Hause Einzug gehalten, das war sicher, und allein den geschäftsmäßigen Detektiven schien das nicht recht bewusst zu sein. Doch auch sie waren unruhig, da in diesem Fall zu viele unklare Elemente am Werk waren, die ihnen nicht behagten. Dr. Willett dachte angestrengt nach, und seine Gedanken waren entsetzlich. Dann und wann fing er beinahe an, vor sich hinzumurmeln, während er im Geiste eine neue, grausige und immer logischere Kette albtraumhafter Ereignisse durchlief.

Mr. Ward beendete die Besprechung und alle außer ihm und dem Doktor verließen den Raum. Es war inzwischen Mittag, doch schienen Schatten wie beim Anbruch der Nacht das von Geistern heimgesuchte Anwesen zu verschlingen. Willett begann sehr ernst mit seinem Gastgeber zu sprechen, und drängte ihn, einen Großteil der zukünftigen Untersuchungen ihm zu überlassen. Er sagte vorher, dass einige scheußliche Dinge aufgedeckt werden würden, die ein Freund besser ertragen könne als ein Familienangehöriger. Als ihr Hausarzt müsse er freie Hand haben, und er bitte als Erstes, sich einige Zeit allein und ungestört in der verlassenen Bibliothek oben aufhalten zu dürfen, wo die alte Kaminverkleidung von einer Aura abstoßenden Grauens umgeben sei, die jetzt noch ausgeprägter schien als zuvor, als Joseph Curwens Gesicht von den bemalten Paneelen verstohlen herabgespäht hatte.

Mr. Ward, der von der Flut an grotesken Morbiditäten und unglaublichen irrsinnigen Andeutungen, die ihm von allen Seiten entgegenströmten, wie betäubt war, konnte nur zustimmen und eine halbe Stunde später hatte sich der Arzt in den gemiedenen Raum mit der Wandverkleidung aus Olney Court eingeschlossen. Der Vater lauschte im Flur und hörte, dass Willett herumstöberte, dann erklang ein Reißen und Knirschen, als öffne Willett eine klemmende Schranktür. Es folgte ein gedämpfter Ausruf, ein schnaubendes Würgen und ein eiliges Zuschlagen des zuvor Geöffneten. Beinahe sofort klapperte der Schlüssel im Schloss und Willett trat heraus, verstört und schaurig blass, und forderte Brennholz für den echten Kamin in der Südwand des Zimmers. Der nachgemachte Kamin reiche nicht aus, sagte er, und dessen künstliche Scheite nützen wohl kaum etwas.

Mr. Ward brannte darauf, Fragen zu stellen, wagte es aber nicht. Er gab nur die nötigen Anweisungen, und kurz darauf brachte ein Mann ein paar dicke Pinienholzscheite herauf. Als er in die unreine Luft der Bibliothek trat, um das Holz in den Kaminrost zu legen, graute es ihm. In der Zwischenzeit war Willett in das aufgegebene Laboratorium nach oben gegangen und brachte einige Habseligkeiten von dort mit, die beim Umzug im letzten Juli zurückgelassen worden waren. Sie lagen in einem abgedeckten Korb, sodass Mr. Ward nie sah, worum es sich eigentlich handelte.

Der Arzt sperrte sich wieder in der Bibliothek ein, und anhand der Rauchwolken, die draußen aus dem Schornstein stiegen und an den Fenstern vorbeistrichen, sah man, dass er ein Feuer entzündet hatte. Später, nach dem Rascheln von Zeitungen, hörte man erneut das sonderbare Reißen und Knarren, gefolgt von einem Klopfen, das keinem der Lauschenden behagen wollte. Danach schrie Willett zweimal unterdrückt auf und unmittelbar darauf ertönte ein brausendes, beklemmendes Geknister. Jetzt wurde der Rauch, den der Wind vom Schornstein herabwehte, sehr dunkel und beißend, und alle wünschten, das Wetter hätte ihnen diese erstickende und giftige Flut eigenartiger Dämpfe erspart. Mr. Ward schwirrte der Kopf, und die Dienstboten drängten sich zu einem Haufen zusammen und schauten zu, wie der schreckliche schwarze Qualm herabquoll.

Nach einer Ewigkeit des Wartens schien der Rauch heller zu werden, und hinter der verschlossenen Tür hörte man undeutliche Geräusche wie Kratzen, Kehren und andere schlichte Aktivitäten. Am Ende, nachdem eine Schranktür zuknallte, tauchte Willett endlich wieder auf – bedrückt, blass und erschüttert, in den Händen den mit einem Tuch verhüllten Korb, den er aus dem Labor mitgebracht hatte. Er hatte alle Fenster geöffnet und so strömte in diesen zuvor verwünschten Raum frische, gesunde Luft, um sich mit dem frischen Geruch von Desinfektionsmitteln zu vermischen. Die alte Kaminverkleidung war noch da, schien aber ihre böse Ausstrahlung verloren zu haben, ihre weißen Paneele wirkten stumm und feierlich, als hätten sie nie das Bildnis von Joseph Curwen getragen. Die Nacht brach an, doch dieses Mal brachten die Schatten keine schleichende Furcht, nur eine sanfte Melancholie.

Was er getan hatte, wollte Dr. Willett nie erklären. Zu Mr. Ward sagte er nur: »Ich kann keine Fragen beantworten, nur so viel: Es gibt verschiedene Arten der Magie. Ich habe eine große

Reinigung vollzogen. Alle, die in diesem Haus wohnen, werden in Zukunft viel besser schlafen.«

7

Dass Dr. Willetts ›Reinigung‹ eine ebenso nervenzerreißende Prüfung gewesen war wie sein entsetzlicher Streifzug durch die inzwischen unauffindbaren unterirdischen Gewölbe, zeigte sich in der Tatsache, dass der alte Arzt einen Zusammenbruch erlitt, als er an jenem Abend nach Hause kam. Drei Tage ruhte er sich in seinem Zimmer aus, obwohl die Dienstboten später verbreiteten, sie hätten ihn am Mittwoch nach Mitternacht gehört, wie er die Haustür sehr leise geöffnet und wieder geschlossen habe. Glücklicherweise ist die Vorstellungskraft von Dienstboten meist beschränkt, denn ansonsten hätte am Donnerstag ein Artikel im *Evening Bulletin* sicherlich ihren Argwohn erregt, der wie folgt lautete:

GRABSCHÄNDER AUF DEM NORDFRIEDHOF WIEDER AM WERK

Zehn ruhige Monate nach der schmählichen Verwüstung der Grabstätte der Weeden-Familie erspähte der Nachtwächter des Nordfriedhofes, Robert Hart, heute in den frühen Morgenstunden wieder einen nächtlichen Herumtreiber. Hart schaute gegen zwei Uhr morgens aus seinem Wachhäuschen und bemerkte dabei den Lichtschein einer Laterne oder Taschenlampe im Nordfeld des Friedhofes. Als er die Tür öffnete, erkannte er die Gestalt eines Mannes mit einem Spaten, die sich sehr deutlich vor dem Lichtschein dicht daneben abzeichnete. Der Wächter machte sich unverzüglich an die Verfolgung und sah, wie die Gestalt in Richtung Haupteingang eilte, die Straße erreichte und dort in der Dunkelheit verschwand, ehe sie eingeholt werden konnte.

Ganz so wie bei den ersten Grabschändungen im vergangenen Jahr konnte auch dieser Eindringling keinen wirklichen Schaden anrichten, ehe er bemerkt wurde. Ein unbenutzter Teil der Grabstätte der Familie Ward wies Spuren von ersten Grabungen auf, die aber keineswegs auf die Größe eines Grabes hinwiesen, und keine der übrigen Ruhestätten wurde gestört.

Hart, der den Flüchtenden nur als kleinen Mann beschreiben kann, der wahrscheinlich einen Vollbart trug, glaubt, dass ein Zusammenhang zwischen all diesen drei Vorfällen besteht. Die Beamten der Zweiten Polizeiwache glauben dies jedoch nicht, da man beim zweiten Vorfall sehr brutal vorging – damals wurde ein uralter Sarg geraubt und der dazugehörige Grabstein gewaltsam zerschlagen.

Der erste dieser Vorfälle, bei dem man davon ausgeht, dass dabei der Versuch, etwas zu vergraben, vereitelt wurde, trug sich letztes Jahr im März zu und wird allgemein Schmugglern zugeschrieben, die nach einem Versteck für ihren Branntwein suchten. Es sei möglich, sagt Wachtmeister Riley, dass dieser neue Vorfall ähnliche Motive hatte. Die Beamten der Zweiten Wache wollen sich nun besonders bemühen, endlich die für diese wiederholten Freveltaten verantwortlichen Übeltäter zu verhaften.

Den ganzen Donnerstag hindurch ruhte Dr. Willett sich aus, als erhole er sich von etwas Vergangenem oder rüste sich für etwas, das auf ihn zukam. Am Abend schrieb er einen Brief an Mr. Ward, der den Empfänger am nächsten Morgen erreichte und den noch immer benommenen Vater lange und tief grübeln ließ. Mr. Ward war seit dem Schock des vergangenen Montags mit seinen bestürzenden Berichten und der unheimlichen ›Reinigung‹ nicht mehr seiner Arbeit nachgegangen, doch im Brief des Doktors fand er etwas, das ihn beruhigte – trotz der Verzweiflung, die er offenbar vorhersagte und den neuen Rätseln, die er aufwarf.

                                          10 Barnes St.,
                                          Providence, R. I.,
                                          12. April 1928.

Lieber Theodore:—
Ich fühle, dass ich Ihnen diese Nachricht zukommen lassen muss, ehe ich tue, was ich mir für morgen zu tun vorgenommen habe. Dies wird der Schlussstrich unter dieser

schrecklichen Sache sein, die wir zusammen durchlebt haben (denn ich schätze, dass kein Spaten je wieder den grausigen Ort freilegen wird, von dem wir beide wissen), doch fürchte ich, dass Sie keine Ruhe finden können, wenn ich Ihnen hiermit nicht ausdrücklich versichere, dass es sich um einen endgültigen Schlussstrich handelt.

Sie kennen mich seit Ihrer frühesten Jugend, was mich zu der Annahme berechtigt, dass Sie mir kein Misstrauen entgegenbringen, wenn ich andeute, dass gewisse Fragen am besten offen und unbeantwortet bleiben sollten. Es ist besser, wenn Sie keine weiteren Vermutungen über Charles' Fall anstellen, und dringend erforderlich, dass Sie seiner Mutter nicht mehr enthüllen, als sie ohnehin schon ahnt.

Wenn ich Sie morgen besuche, wird Charles geflüchtet sein. Mehr muss niemand darüber wissen. Er war wahnsinnig, und er entfloh. Sie können seiner Mutter schonend nach und nach von diesem Wahnsinn erzählen, sobald Sie damit aufhören, in seinem Namen die mit Schreibmaschine verfassten Briefe an sie zu senden. Ich möchte Ihnen dazu raten, zu ihr nach Atlantic City zu fahren und sich selber auszuruhen. Gott weiß, dass Sie das nach diesem Schock nötig haben, ebenso wie ich. Ich fahre für eine Weile in den Süden, um mich zu beruhigen und wieder zu Kräften zu kommen.

Also stellen Sie mir bitte keine Fragen, wenn ich Sie besuche. Es könnte sein, dass etwas schiefgeht, doch das würde ich Ihnen mitteilen. Ich gehe jedoch nicht davon aus. Es wird nichts mehr geben, um das man sich sorgen müsste, denn Charles wird in größter Sicherheit sein. Das ist er schon jetzt – in größerer Sicherheit, als Sie ermessen können. Sie müssen sich vor Allen nicht mehr fürchten und vor dem, wer oder was er ist. Er gehört ebenso sehr der Vergangenheit an wie das Bild von Joseph Curwen, und wenn ich an Ihrer Tür läute, können Sie mit Gewissheit davon ausgehen, dass es diese Person nicht mehr gibt. Und was immer diese Minuskelbotschaft geschrieben hat, wird Sie oder die Ihren niemals behelligen.

Doch müssen Sie sich auf melancholische Zeiten vorbereiten, ebenso wie Ihre Gemahlin. Ich muss Ihnen offen sagen, dass Charles' Flucht nicht bedeutet, dass er Ihnen wiedergegeben wird. Eine eigenartige Krankheit hat ihn befallen, wie Ihnen anhand seiner körperlichen wie auch geistigen Veränderungen nicht entgangen sein wird. Sie müssen sich von der Hoffnung verabschieden, ihn jemals wiederzusehen. Ihnen bleibt jedoch dieser Trost – er war nie ein böser Mensch, nicht einmal wirklich ein Verrückter, sondern lediglich ein eifriger, gelehrsamer und neugieriger Junge, dem seine Liebe zum Geheimnisvollen und zur Vergangenheit zum Verhängnis wurde. Er stieß auf Dinge, die kein Sterblicher je wissen sollte, und erkundete weit zurückliegende Zeiten, wie es niemand je wieder wagen sollte; und aus dieser Zeit kam etwas, das ihn vernichtete.

Und nun zu der Angelegenheit, in der ich Sie besonders um Ihr Vertrauen bitten muss. Denn Charles' Los wird keineswegs im Unklaren bleiben. In etwa einem Jahr können Sie, falls Sie das wünschen, eine angemessene Erklärung für das Ende ersinnen, denn der Junge wird dann nicht mehr sein.

Sie können auf Ihrer Familiengrabstätte auf dem Nordfriedhof genau drei Meter von dem Ihres Vaters entfernt einen Grabstein für ihn aufstellen, und der wird die wahre Ruhestätte Ihres Sohnes bezeichnen. Sie müssen keinerlei Befürchtungen hegen, er bezeichne irgendeine Abnormität oder einen Wechselbalg. Die Asche in diesem Grab wird von Ihrem eigenen Fleisch und Blut sein – vom wahren Charles Dexter Ward, dessen geistige Entwicklung Sie seit seiner frühesten Kindheit wachsen sahen –, vom wahren Charles mit dem olivfarbenen Muttermal an der Hüfte und ohne das schwarze Hexenmal auf der Brust, ohne die Narbe auf der Stirn. Der Charles, der nie etwas Böses tat und der für seine ›Zimperlichkeit‹ mit dem Leben bezahlt haben wird.

Das ist alles. Charles wird entkommen sein, und in einem Jahr können Sie seinen Grabstein errichten lassen. Stellen Sie mir morgen keine Fragen. Und glauben Sie mir, dass die Ehre Ihrer altehrwürdigen Familie so makellos bleibt, wie sie es seit jeher ist.

Mit tiefster Anteilnahme und dem Wunsch nach Stärke,
Ruhe und Ergebenheit bleibe ich stets

Ihr aufrichtiger Freund,
MARINUS B. WILLETT

Am Freitagmorgen, dem 13. April 1928, betrat Marinus Bicknell Willett das Zimmer von Charles Dexter Ward in Dr. Waites Privatklinik auf Conanicut Island. Der junge Mann unternahm zwar keinen Versuch, seinem Besucher auszuweichen, gab sich aber missgelaunt und schien wenig geneigt, das Gespräch zu führen, das Willett offensichtlich suchte. Dass der Doktor die Gewölbe entdeckt und solch ungeheuerliche Erlebnisse darin erlebt hatte, stellte natürlich eine neue Quelle der Verlegenheit dar, und so zögerten beide nach dem Austausch einiger gezwungener Formalitäten.

Dann kroch ein neues Element der Hemmnis herein, als Ward hinter dem maskenhaft starren Gesicht des Doktors eine grauenvolle Entschlossenheit zu erkennen schien, die sich nie zuvor gezeigt hatte. Der Patient verzweifelte und wurde sich bewusst, dass seit dem letzten Besuch eine Veränderung stattgefunden hatte, die aus dem besorgten Hausarzt der Familie einen unbarmherzigen und unversöhnlichen Racheengel gemacht hatte.

Ward erblasste sogar, und der Doktor war der Erste, der etwas sagte: »Es wurde noch mehr herausgefunden, und ich muss Sie warnen, dass eine Abrechnung ansteht.«

»Wieder herumgebuddelt und weitere arme hungrige Schmusetierchen aufgestöbert?«, lautete die ironische Entgegnung. Offensichtlich wollte Charles bis zum Letzten den Ungerührten spielen.

»Nein«, antwortete Willett ruhig, »dieses Mal musste ich nicht graben. Wir haben Männer auf die Suche nach Dr. Allen geschickt, und sie haben im Bungalow den falschen Bart und die Brille gefunden.«

»Ausgezeichnet«, lautete der Kommentar des beunruhigten Patienten, in dem Versuch, witzig und kränkend zu sein, »und ich will meinen, dass diese besser aussahen als der Bart und die Brille, die Sie tragen!«

»Sie würden Ihnen recht gut stehen«, kam die gefasste und wohlerwogene Antwort, »*und das haben Sie ja auch schon ausprobiert.*«

Als Willett das sagte, schien es fast, als habe eine Wolke sich über die Sonne gelegt, obwohl die Schatten auf dem Boden sich nicht verändert hatten.

Ward erwiderte: »Und das soll so heißblütig nach einer Abrechnung verlangen? Meinen Sie nicht, dass ein Mann es dann und wann nützlich finden mag, zwei Identitäten zu haben?«

»Nein«, sagte Willett ernst, »Sie täuschen sich erneut. Es geht mich überhaupt nichts an, ob ein Mann nach zwei Identitäten sucht – *vorausgesetzt, er hat überhaupt ein Recht zu existieren, und vorausgesetzt, er zerstört nicht denjenigen, der ihn aus der Unendlichkeit herbeibeschwor.*«

Jetzt zuckte Ward heftig zusammen. »Nun, Herr, was habt Ihr denn gefunden, und was wollt Ihr von mir?«

Der Doktor ließ einige Zeit verstreichen, ehe er zur Antwort ansetzte, als suche er die dafür wirkungsvollsten Wörter.

»Ich habe«, verkündete er schließlich, »etwas in einem Schrank hinter einem alten Kaminmantel gefunden, wo sich früher ein Gemälde befand, und ich habe es verbrannt und die Asche dort bestattet, wo das Grab von Charles Dexter Ward sein sollte.«

Der Irre keuchte und sprang von dem Stuhl, auf dem er gesessen hatte: »Zum Teufel, wer hat's Euch verraten – und wer soll Euch Glauben schenken, dass er das nach diesen vollen zwei Monaten sein soll, da ich ja noch am Leben bin? Was wollt Ihr denn unternehmen?«

Willett war zwar ein kleiner Mann, doch strahlte er eine richterliche Majestät aus, als er den Patienten mit einer Geste zum Schweigen brachte.

»Ich habe niemandem davon erzählt. Dies ist kein gewöhnlicher Fall – es ist ein Wahnsinn aus einer anderen Zeit und ein Grauen von jenseits der Sphären. Das könnte kein Polizist, kein Anwalt, kein Richter und kein Psychiater je verstehen. Gott sei Dank ist in mir noch die Gabe der Fantasie lebendig geblieben, damit ich diese Sache zu Ende zu denken wagte. *Mich täuschst du nicht, Joseph Curwen, denn ich weiß, dass deine verfluchte Magie Wirklichkeit ist!*

Ich weiß, wie du diesen Zauber bewirkt hast, der jenseits der Zeit brütete und sich über dein Abbild, deinen Nachkommen legte. Ich weiß, wie du ihn in die Vergangenheit gezogen hast und ihn dazu brachtest, dich aus deinem abscheulichen Grab zu erwecken. Ich weiß, dass er dich in seinem Labor verborgen hielt, während du das Wissen der Moderne in dich aufnahmst und in den Nächten als Vampir umhergestreift bist, und wie du später mit Bart und Brille aufgetreten bist, damit sich niemand über deine gottlose Ähnlichkeit zu ihm wundert. Ich weiß, was du beschlossen hast, als er deine monströsen Grabschändungen in der ganzen Welt nicht mehr mitmachen wollte, *und auch das, was du für später eingefädelt hast,* und ich weiß auch, wie du es getan hast.

Du hast deinen Bart und deine Brille weggelassen und die Wächter im Haus getäuscht. Sie glaubten, er sei es, der hineinging, und sie glaubten auch, er sei es, der wieder herauskam, doch du hast ihn erwürgt und versteckt. Aber du hattest nicht mit den unterschiedlichen Psychen zweier Menschen gerechnet. Du warst ein Narr, Joseph Curwen, weil du geglaubt hast, eine einfache optische Übereinstimmung wäre überzeugend genug. Weshalb hast du nicht die Sprache, die Stimme und die Handschrift bedacht? Es hat letzten Endes nicht funktioniert, wie du jetzt siehst.

Du weißt besser als ich, wer oder was diese Botschaft in Minuskelbuchstaben schrieb, doch ich muss dich warnen: Diese Botschaft wurde nicht umsonst geschrieben. Es gibt Scheußlichkeiten und Blasphemien, die ausgelöscht werden müssen, und ich glaube, dass der Verfasser dieser Botschaft sich bereits um Orne und Hutchinson kümmert.

Eines dieser Geschöpfe schrieb dir einst: ›Ruft nichts herbei, das Ihr nicht wieder wegzuschicken vermögt.‹ Du bist schon einmal ins Verderben gelaufen, vielleicht in genau derselben Weise, und es mag sein, dass deine eigene böse Magie erneut auf dich zurückfällt. Curwen, ein Mensch darf sich nur bis zu einer gewissen Grenze an der Natur vergreifen, und jedes Grauen, das du beschworen hast, wird sich erheben, um dich auszuradieren.«

Doch hier wurde der Arzt von einem krampfartigen Schrei der Kreatur vor ihm unterbrochen. Hoffnungslos ausgeliefert, ohne Waffen und im Wissen, dass bei jedem Versuch der körperlichen Gewalt sofort ein Dutzend Pfleger zur Rettung des Doktors herbeieilen würde, nahm Joseph Curwen Zuflucht zu seinem einzigen, uralten Ausweg. Er setzte mit den Zeigefingern zu einer Reihe kabbalistischer Gesten an, während seine tiefe, hohle Stimme, die er nun nicht mehr hinter einer vorgetäuschten Heiserkeit verbarg, die einleitenden Worte einer entsetzlichen Formel herausbrüllte.

»PER ADONAI ELOIM, ADONAI JEHOVA, ADONAI SABAOTH, METRATON ...«

Aber Willett kam ihm zuvor. Gerade begannen die Hunde auf dem Hof ihr Geheul, gerade erhob sich mit einem Schlag ein eiskalter Wind aus der Bucht, da setzte der Doktor zu einer feierlichen und gemessenen Rezitation an, die er schon lange für diesen Augenblick vorgesehen hatte. Auge um Auge – Magie um Magie – sollte das Ergebnis zeigen, wie gut er die Lektionen in den Gewölben verstanden hatte!

Und so stimmte Marinus Bicknell Willett mit klarer Stimme den *zweiten* Teil des Formelpaares an, dessen erster den Verfasser der Minuskelbotschaft hatte auferstehen lassen – die kryptische Beschwörung, die unter dem Zeichen des Drachenschwanzes, des absteigenden Knotens, stand:

»OGTHROD AI'F
GEB'L – EE'H
YOG-SOTHOTH
'NGAH'NG AI'Y
ZHRO!«

Schon beim allerersten Wort aus Willetts Mund hielt der Patient abrupt mit seiner zuvor begonnenen Formel inne. Unfähig zu sprechen ruderte das Ungeheuer wild mit den Armen umher, bis auch diese erstarrten. Als der grausige Name des Yog-Sothoth erklang, setzte die abscheuliche Veränderung ein. Es handelte sich nicht einfach um eine *Auflösung,* sondern um eine *Umformung* oder *Rekapitulation,* und Willett schloss die Augen, damit er nicht die Besinnung verlor, ehe er die Beschwörung ganz ausgesprochen hatte.

Doch er wurde nicht ohnmächtig, und der Mann, der unheilige Jahrhunderte alt war und verbotene Geheimnisse kannte, sollte auf der Welt kein Unheil mehr verursachen. Der Wahnsinn aus der Zeit war versiegt, und der Fall Charles Dexter Ward beendet.

Als Dr. Willett die Augen wieder öffnete, ehe er das Zimmer wankend verließ, sah er, dass das, was er sich eingeprägt hatte,

seine Wirkung keineswegs verfehlt hatte. Es hatte, wie er vorhergesagt hatte, keiner Säure bedurft. Denn genauso wie sein
verfluchtes Porträt ein Jahr zuvor, lag nun auch Joseph Curwen
als dünne Schicht eines feinen, bläulich grauen Staubes auf dem
Boden verstreut.

DAS GRAUEN VON DUNWICH
The Dunwich Horror

Das »echte« Dunwich ist eine alte und von vielen Mysterien umgebene Stadt an der Küste Ostenglands, in der Grafschaft Suffolk. Dass Lovecraft gerade ihren Namen für eine seiner bemerkenswertesten topografischen Schöpfungen in Neuengland gewählt hat, ist schwerlich Zufall. Dunwich ist die exemplarische Stadt »am Abgrund« schlechthin, weil sie im Laufe der Jahrhunderte immer mehr vom Meer verschlungen wurde und heute große Teile unter Wasser liegen oder nur noch als verfallene Ruinen direkt an der Küste sichtbar sind. AD 630 wurde das Städtchen zum Bischofssitz (Beda nennt es »Donmoc«), den dann 866 die Dänen verwüsteten. Im Domesday Book von 1086 heißt der Ort Duneuuic; der Name setzt sich aus einer keltischen Vorsilbe zusammen, die »tiefes Wasser« bedeutet (nicht verwandt mit den meisten neuenglischen Namen, die auf Dun- beginnen), sowie einer Nachsilbe, die auf altenglisch »wic« »Hafen, Handelsplatz am Wasser« zurückgeht.

Montague Rhodes James, der unbestrittene Meister der britischen Gespenstergeschichte, den Lovecraft sehr gerne gelesen hat, schrieb 1930 in seiner regionalgeschichtlichen Studie ›Suffolk and Norfolk‹ über das britische Dunwich: »... dann, an der Küste, kommen wir nach Dunwich. Wie viel von dieser einst wohlbevölkerten Stadt mit ihren 52 Kirchen in diesem Augenblick noch vorhanden ist, weiß ich nicht. Aber die Ruine der All Saint's Church, die beiden Pforten des franziskanischen Konventes, und die normannische Apsis der St. James Hospital Chapel waren vor einiger Zeit noch zu sehen. Zu ihrer Zeit war die Stadt Bischofssitz und Hafen; im frühen 14. Jahrhundert wurde der Hafen zerstört und 400 Häuser versanken. Um 1550 waren vier der Kirchen zerstört, und der Untergang war nicht mehr aufzuhalten; ein gewaltiger Sturm im Jahr 1740 hat weitere grässliche Verwüstungen angerichtet.« Soweit James. Auch Tempelritter, Franziskaner (Grey Friars), Dominikaner (Black Friars) und ein paar Benediktiner gab es in Dunwich. In der Gilde der Fantasten erwähnt auch Arthur Machen den Ort gelegentlich, so in ›The Terror‹ (1916 geschrieben, 1917 veröffentlicht).

Lovecraft muss von dieser langsam im Meer versinkenden Stadt fasziniert gewesen sein. Da die Puritaner ihre Gründungen meist nach Namen aus der Bibel oder eben nach Städten ihrer alten britischen Heimat benannten, wählt Lovecraft für seine »dekadente« Stadt schlechthin geschickt einen Namen, der in jedem, der britischer Geschichte kundig ist, die Assoziation von Gefahr, Verfall, langsamem Untergang und der Nähe der großen Tiefe hervorrufen muss.

Allerdings liegt Lovecrafts Dunwich in den Wäldern von Massachusetts, nicht mehr am Meer. Die Schilderung des Weges nach Dunwich mit seiner aus dem Lot geratenen Natur gehört zu den großen evokativen Passagen der unheimlichen Literatur. Sie verdient, auch völlig unabhängig von der nachfolgenden »Story« gewürdigt zu werden. Was dann folgt, geht aber weit über die Beschwörung von Natur und Lokalkolorit hinaus, und ist einer der großen und intensiven Erzähltexte Lovecrafts, sozusagen eine Anti-Idylle. Geschrieben im August 1928 (nach längeren Reisen Lovecrafts), konnte ›The Dunwich Horror‹ relativ zügig in *Weird Tales,* April 1929 erscheinen, wo die Geschichte bei den Leserinnen und Lesern enthusiastische Echos auslöste. Lovecraft erhielt 240 $, die größte Summe, die ihm bis dahin je für einen Text bezahlt worden war.

Ein wesentlicher Aspekt von Lovecrafts artifizieller Mythologie des Unheimlichen ist die Vernetzung seiner Erzählungen mit denen anderer Autoren. In seinem Frühwerk ist das vor allem Lord Dunsany; hier nun ist es Arthur Machen (1863–1947). ›The Dunwich Horror‹ enthält eine beträchtliche Zahl von impliziten und expliziten Anspielungen auf das Erzählwerk des großen waliser Fantasten. Vor allem ist eine gute Kenntnis von ›The Great God Pan‹ (1890–1894) und ›The White People‹ (1899) unerlässlich, wenn man die Tiefen von ›The Dunwich Horror‹ ausloten will. Machens beide Novellen sind freilich nicht einfach und bedürfen selbst einer eingehenden Beschäftigung, um auch nur ihre Handlung wirklich zu verstehen. Dr. Armitage (der »positive« – aber ganz unheldische – »Held« unserer Erzählung, dem die Bannung des Bösen gelingt) vergleicht an einer Schlüsselstelle die Geburt Wilbur Whateleys (die vom Dorftratsch für das Ergebnis einer inzestuösen Verbindung zwischen Mutter und Großvater gehalten wird) mit Machens ›The Great God Pan‹. Dort aber geht es um die Öffnung der Imagination für Pan, den Gott der ungezähmten Natur. Durch einen Akt imaginativer Induktion – den bei Machen eine Gehirnoperation ermöglicht – wird eine junge Frau schwanger und gebiert eine Tochter, die als Vehikel dieser Kräfte Pans Tod und Verderben über ihre Umwelt bringt. Um eine parthenogenetische Schwangerschaft geht es auch in ›The White People‹ (was manche Leserinnen und Leser freilich nicht merken, so dezent ist es angedeutet), und natürlich im Christentum. Es ist sogar die These vertreten worden, ›The Dunwich Horror‹ sei sozusagen eine Travestie des Evangeliums, wofür es in der Tat einige Indizien gibt. Wilburs Zwillingsbruder stirbt auf Sentinel Hill mit der Anrufung seines übernatürlichen Vaters, wie Jesus auf Golgatha (nach Markus 15, 34; Matthäus 27, 46 und besonders

Lukas 23, 46). Anders als Jesus (Johannes 19, 30) hat der Namenlose auf Sentinel Hill aber nicht »vollbracht«, was er sich vorgenommen hatte. Diese Deutung als leise blasphemische Travestie wird von Lovecraft aber an keiner der zahlreichen Briefpassagen über diesen Text angedeutet, und scheint sich auch keinem damaligen Leser aufgedrängt zu haben, sodass sie sich vielleicht nur einem gescheiten Interpreteneinfall verdankt. Unmöglich ist sie nicht; Lovecraft war ein überzeugter Gegner des Christentums. Die Bezüge auf Arthur Machen dagegen sind explizit, vom Autor intendiert und dürfen nicht vernachlässigt werden. Die meisten (»Aklo«, »the Voorish sign«) stammen aus dem Text ›The White People‹, den Lovecraft für die zweitbeste unheimliche Erzählung hielt, die überhaupt jemals geschrieben worden sei (nach Algernon Blackwoods ›The Willows‹).

Fiktiv ist die ungeheuer provokative Passage aus dem Necronomicon (die längste, die Lovecraft jemals ersonnen hat). Ein reales Buch dagegen aber ist die *Daemonolatreia* des Remigius. Remigius ist Nicolas Rémy (1530–1612), ein berühmter Hexenjäger und Autor über Magie, dessen *Daemonolatreiae libri tres* zuerst 1595 in Lyon erschienen und besonders in ihrer deutschen Übersetzung (Frankfurt 1596/97) weiteste Verbreitung fanden. Die englische Übersetzung von E. A. Ashwin, herausgegeben und eingeleitet von Montague Summers, erschien jedoch erst 1930 in London, nach der Abfassung von ›The Dunwich Horror‹. Ich weiß nicht, ob Lovecraft das Buch je selbst (in einer älteren Ausgabe) in Händen hielt.

Der Spruch, mit dem die drei Vertreter der Miskatonic University schließlich das Böse bannen, ist ein biblischer Text. »Negotium perambulans in tenebris« (»Das Unheil, das im Dunklen umherschleicht«) ist ein Zitat aus dem 90. Psalm (in der Fassung der Vulgata, der lateinischen Übersetzung der Bibel). Dieser Psalm stellt den meistzitierten Abwehrzauber in der abendländischen magischen Tradition dar. Der Autor klassischer Gespenstergeschichten Edward Frederic Benson (1867–1940) hat unter dem Titel ›Negotium Perambulans‹ auch eine Geschichte über einen schneckenähnlichen Naturgeist geschrieben, die 1923 in seinem Band *Visible and Invisible* erschien. Das war wohl Lovecrafts unmittelbare Inspiration, den biblischen Psalm hier als Abwehrzauber zu verwenden; er hat Bensons unheimliche Geschichten und gerade ›Negotium Perambulans‹ hoch geschätzt.

Wieder sind das topografische Lokalkolorit, die Einbindung genuiner Folklore von beträchtlicher Faszination. Die Steinkreise auf »Sentinel Hill« – die weder von weißen Siedlern noch von Indianern stammen können – erinnern an Mystery Hill in Salem, New Hampshire, und ähnliche

Megalithbauten. Lovecraft hat sich immer für die wenigen rätselhaften Steinmonumente interessiert, welche von manchen als Indizien für eine Anwesenheit weißer Siedler vor den Puritanern des 17. Jahrhunderts (z. B. Wikingern) gewertet wurden. Ein schönes Stück Lokalkolorit sind die Ziegenmelker (whippoorwills), die als Psychopompe auf die Seelen der Toten lauern (aber in panischem Schrecken vor dem fliehen, was aus dem Körper Wilbur Whateleys hervortritt) und genuine neuenglische Folklore darstellen. Lovecraft lernte diese Sage kennen, als er Juli 1928 für acht Tage Gast bei der Schriftstellerin Edith Dowe Miniter (1867–1934) in ihrem Haus in Wilbraham, Massachusetts zu Gast war. Die Region um Dunwich ist nach dem Vorbild derjenigen um Wilbraham gestaltet, wie Lovecraft in diversen Briefen explizit sagt. Wie immer, mischt Lovecraft aber auch Züge anderer Landschaften ein: der Name Sentinel Hill z. B. ist sicher von Sentinel Elm Farm bei Athol, Mass. beeinflusst. Dort lebte Lovecrafts Freund W. Paul Cook (1881–1948), der 1941 den inhaltsreichsten und authentischsten Nachruf auf Lovecraft schrieb, den wir aus der Feder eines Menschen besitzen, der den Autor (schon seit 1917) persönlich kannte und ihn öfter besucht hat. Bei seinem Aufenthalt in Wilbraham hat Lovecraft die düstere Faszination der entlegenen, hinterwäldlerischen Dörfer Neuenglands in nie gekannter Weise gespürt. Soweit es ihm möglich war, hat er die Wälder und Gehöfte dieses Landstriches aufgesucht und Gespräche mit Einheimischen geführt. Lovecraft hat Edith Miniter später nach ihrem Tod einen anrührenden Nachruf gewidmet, in dem er seine Zeit in ihrem Haus eingehend beschreibt. Seine Versuche, den lokalen Dialekt in ›The Dunwich Horror‹ wiederzugeben, wirken in einer Übersetzung ein wenig unbeholfen, sind aber aus dem echten Bemühen geboren, das Flair der Landschaft und ihrer Bewohner einzufangen. Die Titel kryptografischer Bücher, deren Hilfe Dr. Armitage bemüht, sind (wie ich bedaure sagen zu müssen) nur aus Lovecrafts geerbter *Encyclopaedia Britannica* abgeschrieben. (Die Faszination in Sachen Kryptografie teilt Lovecraft bekanntlich mit Poe, der aber literarisch mehr aus dem Motiv macht). Was es mit dem Pulver des Ibn Ghazi auf sich hat, entzieht sich meiner Kenntnis.

Von anderen Geschichten Lovecrafts unterscheidet sich diese nicht zuletzt dadurch, dass sie sich eines relativ klaren und eindeutigen Gutgegen-Böse-Szenarios bedient. Dadurch ist ›The Dunwich Horror‹ immer eine der beliebteren Geschichten Lovecrafts gewesen, während andererseits S. T. Joshi sie eben deshalb scharf kritisiert hat. Die Frage, ob ›The Dunwich Horror‹ ästhetisch wertloser ist als etwa ›The Colour Out of Space‹ erlaube ich mir auf sich beruhen zu lassen. Beide stellen verschiedene Versuche Lovecrafts dar, den Einbruch von etwas völlig

Fremdem in unsere Welt in Bilder und erzählbare Geschichten zu fassen.

Wer oder was genau ist Yog-Sothoth? Das ist eine schwierige Frage. Als Numen ist er eine Art Tor oder Tür zwischen den Dimensionen, weniger ein Psychopomp als eine Art »Hüter der Schwelle«, wie ihn Edward Bulwer-Lytton in die fantastische Literatur eingeführt hat. Die Vertreter der Tradition, der stillen Gelehrsamkeit, der neuenglischen besseren Gesellschaft können das Böse noch einmal bannen. Man kontrastiere die völlige Hilflosigkeit der »dekadenten« Dörfler. Lovecrafts Klassenbewusstsein ist mit Händen zu greifen. Wer sich gerne in tiefenpsychologischen Experimenten versuchen möchte, mag sich erinnern, dass die Konstellation »mysteriöser, starker Großvater«, »blasse, anämische, psychisch labile Mutter«, »abwesender, rätselhafter Vater« und schließlich »intellektuell extrem frühreifes Kind mit eigentümlicher Konstitution« in ›The Dunwich Horror‹ genau jene ist, in der Lovecraft selbst aufgewachsen ist.

Lovecraft hat seiner Novelle – wie er es gerne tut – ein literarisches Motto vorangestellt, diesmal aus einem Essay von Charles Lamb (1775–1834), ›Witches and Other Night Fears‹. Lovecraft hat diesen geistreichen Essayisten sehr geschätzt; er besaß in seiner Bibliothek nicht nur seine gesammelten Werke, sondern auch seine Briefe. Lamb entfaltet hier so etwas wie eine Archetypenlehre: Erfundene Monster können in uns nur deshalb etwas auslösen, weil sie verborgene, altertümliche Assoziationen, ererbte Ängste in uns ansprechen. Die Schrecken der Gorgonen, Hydras und Chimären (zu denen sich dann Lovecrafts Wilbur Whateley nebst seinem dämonischen Zwillingsbruder gesellen) sind nicht körperlicher, sondern spiritueller Natur (so wörtlich Lamb). Lovecraft konnte sich mit dieser Aussage offenbar gut identifizieren. Was will sie an dieser Stelle besagen? Doch wohl, dass es in ›The Dunwich Horror‹ nicht so sehr um die körperliche Gefahr durch ein Menschen verschlingendes Monster in einem entlegenen Tal in Neuengland geht, sondern mehr noch um ein Symbol für die Macht fremder Bedrohung, die in unsere Welt einbricht und ihre rationale Ordnung, ihre überschaubare Beherrschbarkeit infrage stellt. Eben das habe ich auch mit der Gattungsbezeichnung »Anti-Idylle« zur Sprache zu bringen versucht. Lovecrafts Erzählung illustriert, was Lamb sozusagen als einen Baustein einer Fantastik-Theorie formuliert.

DAS GRAUEN VON DUNWICH

Gorgonen und Hydren und Chimären – grässliche Geschichten von Celaeno und den Harpyien – mag das Hirn des Abergläubischen hervorbringen – doch gab es sie schon vorher. Es sind dies Kopien, Muster – die Archetypen sind in uns, und ewig. Wie sonst könnte die Schilderung dessen, was wir bei wachem Verstand als falsch erachten, überhaupt eine Wirkung auf uns ausüben? Liegt es daran, dass wir von Natur aus Grauen vor solchen Dingen empfinden, wenn wir die Möglichkeit in Betracht ziehen, dass sie uns körperliches Leid zufügen könnten? Aber keineswegs! Jene Schrecken sind weit älteren Ursprungs. Sie sind älter als der Körper – *und ohne den Körper wären sie dieselben ... Dass die hier behandelte Furcht rein spiritueller Natur ist – dass sie umso stärker ist, als sie auf Erden gegenstandslos zu sein scheint, dass sie in der unschuldigen Zeit der frühen Kindheit vorherrscht – das alles sind Fragen, deren Lösung einen glaubhaften Einblick in unseren vormenschlichen Zustand, zumindest aber einen verstohlenen Blick ins Schattenland der Vorexistenz gewähren könnte.*

Charles Lamb: *Witches and Other Night-Fears*

Nimmt im nördlichen Massachusetts ein Reisender an der Kreuzung der Aylesbury-Mautstraße kurz hinter Dean's Corners die falsche Abzweigung, so kommt er in ein einsames und merkwürdiges Land. Das Gelände steigt an, und die von Rosensträuchern gesäumten Steinmauern drängen sich immer näher an die zerfurchte, staubige und kurvenreiche Straße. Die Bäume der zahlreichen Waldgebiete wirken unnatürlich groß, und die Wildsträucher, Dornengestrüppe und Gräser sind von einer Üppigkeit, wie man sie in dicht besiedelten Gebieten nicht findet. Die wenigen bestellten Felder erscheinen öde und unfruchtbar, während die spärlich verstreuten Häuser erstaunlicherweise allesamt von Alter, Verwahrlosung und Verfall gezeichnet sind.

Ohne zu wissen, warum, zögert man, die knorrigen, einsamen Gestalten, die man dann und wann auf zerfallenen Veranden oder auf den abschüssigen, steinübersäten Weiden erblickt, nach dem Weg zu fragen. Diese Leute sind so schweigsam und von einer solchen Verstohlenheit, dass einen ungewollt das Gefühl überkommt, sich etwas Verbotenem zu nähern, mit dem man besser nichts zu schaffen hat. Dieses seltsame Unbehagen verstärkt sich noch, wenn die ansteigende Straße einen Blick auf die Berge eröffnet, die die tiefen Wälder überragen. Ihre Gipfel wirken zu glatt und zu symmetrisch, um das Gefühl angenehmer Natürlichkeit geben zu können, und sonderbare Steinkreise, von denen die meisten Berge gekrönt sind, zeichnen sich bisweilen in außerordentlicher Klarheit vor dem Himmel ab.

Felsschluchten und Schründe von unergründbarer Tiefe unterbrechen den Weg, und die roh gezimmerten Holzbrücken scheinen nur zweifelhafte Sicherheit zu bieten. Die Straße führt dann wieder hinab in die Ebene und verläuft durch ein Sumpfgebiet, gegen das man eine instinktive Abneigung verspürt und das man zur Abendstunde tatsächlich fürchten lernt, wenn unsichtbare Ziegenmelker schreien und Glühwürmchen in abnormer Fülle erscheinen, um zu den heiseren, unheimlich beharrlichen Rhythmen der durchdringend quakenden Ochsenfrösche zu tanzen. Das dünne schimmernde Band des Oberlaufs des Miskatonic, der inmitten des Berglandes entspringt, windet sich schlangenähnlich zu Füßen der buckligen Hügel.

Nähert man sich diesen Hügeln, so fallen ihre bewaldeten Hänge mehr ins Auge als ihre felsgekrönten Gipfel. Sie ragen so finster und bedrohlich auf, dass man ihnen am liebsten fernbleiben würde, doch führt kein Weg um sie herum. Jenseits einer überdachten Brücke sieht man ein kleines Dorf, eingepfercht zwischen dem Fluss und dem fast senkrechten Abhang des Round Mountain. Man wundert sich über diesen Haufen faulender Walmdächer, die einem älteren Baustil angehören als die der umliegenden Ortschaften. Es ist nicht gerade beruhigend, bei näherer Betrachtung feststellen zu müssen, dass die meisten Häuser verlassen und dem Verfall preisgegeben sind und dass sich der einzige schäbige Kaufladen des Dorfes in der Kirche mit dem eingestürzten Turm befindet. Man scheut sich, der finsteren tunnelartigen Brücke sein Vertrauen zu schenken, aber man kommt nicht um sie herum. Auf der Dorfstraße schlägt einem ein schwacher übler Geruch entgegen, der dem geballten Moder und Verfall von Jahrhunderten entstammt. Es ist stets eine Erleichterung, den Ort hinter sich zu lassen und der schmalen Straße zu Füßen der Hügel in das Flachland zu folgen, bis sie sich wieder mit der Aylesbury-Mautstraße vereinigt. Später erfährt man dann, man sei in Dunwich gewesen.

Fremde besuchen Dunwich nur sehr selten, und seit einer gewissen Zeit des Grauens sind alle Straßenschilder, die auf den Ort hinwiesen, entfernt worden. Die Landschaft, beurteilt man sie nach den üblichen ästhetischen Maßstäben, ist von außerordentlicher Schönheit; dennoch ist sie nicht das Ziel von Künstlern oder Sommertouristen. Zweihundert Jahre zuvor, als das Gerede über Hexerei, Satansverehrung und sonderbare Waldwesen noch keinen Spott hervorrief, wusste man noch, weshalb man diese Ortschaft mied. In unserem rationalen Zeitalter – und seitdem das Grauen von Dunwich anno 1928 von jenen vertuscht wurde, denen das Wohlergehen des Dorfes und der Welt am Herzen lag – meiden die Menschen den Ort, ohne wirklich zu wissen, warum. Ein Grund mag darin bestehen – obwohl er nicht auf unkundige Fremde zutreffen kann –, dass die Einheimischen mittlerweile abstoßend entartet und auf dem Pfad der Rückentwicklung schon weit vorangeschritten sind, wie es in so vielen Provinznestern Neuenglands üblich ist. Sie stellen nun eine Rasse für sich dar und weisen die ausgeprägten geistigen und körperlichen Stigmata von Degenerierung und Inzucht auf. Die durchschnittliche Intelligenz dieser Leute ist erbärmlich niedrig, während ihre Annalen überquellen von unverhohlener Lasterhaftigkeit und kaum vertuschten Morden, Fällen von Inzest und Übeltaten von fast unbeschreiblicher Brutalität und Perversion. Die alte Oberschicht, bestehend aus den zwei oder drei adeligen Familien, die 1692 aus Salem hierhergekommen waren, hielt sich ein wenig über dem allgemeinen Niveau des Verfalls; doch sind etliche ihrer Angehörigen so tief in der verkommenen Bevölkerung aufgegangen, dass einzig die Namen noch auf ihre Herkunft verweisen, der sie Schande bereiten. Manche der Whateleys und Bishops schicken ihre ältesten Söhne nach wie vor nach Harvard und Miskatonic, obwohl die jungen Männer nur selten zu den modrigen Walmdächern zurückkehren, unter denen sie und ihre Ahnen geboren wurden.

Niemand weiß, was es eigentlich mit Dunwich auf sich hat;

nicht einmal diejenigen können es sagen, die Kenntnis der Fakten über die jüngsten Gräuel besitzen. Alte Legenden erzählen von unheiligen Riten und geheimen Zusammenkünften der Indianer, während derer sie verbotene Schattengestalten auf den Berggipfeln beschworen und wilde, orgiastische Anrufungen sangen, die von lautem Krachen und Rumpeln aus dem Erdinneren beantwortet wurden.

Im Jahre 1747 hielt Reverend Abijah Hoadley, der erst seit kurzer Zeit an der Gemeindekirche von Dunwich wirkte, eine denkwürdige Predigt über die nahe Gegenwart des Satans und seiner Gehilfen, in welcher er sprach:

»So muss denn gesagt werden, dass jene Blasphemien einer höllischen Schar von Daemonen eine zu weythin bekannte Angelegenheyt sind, um ihrer zu leugnen; die verruchten Stimmen derer Azazel und Buzrael, derer Beelzebub und Belial unter dem Erdboden werden nun vernommen von weyt mehr denn einem Dutzend glaubwürdiger lebender Zeugen, und ich selber hoerte vor nicht mehr als vierzehn Tagen einen deutlichen Disput boeser Mächte auf dem Huegel hinter meinem Hause; und dareyn mischte sich ein Rasseln und Rollen, Stöhnen, Kreyschen und Zischen, wie keyn Wesen der Erde sie tätigen könnt und wie sie ohnbedingt aus jenen Kavernen drangen, welche alleyn die Schwartze Magie zu entdecken und nur der Teuffel sie zu öffnen vermag.«

Mr. Hoadley verschwand sehr bald nach dieser Predigt, doch der in Springfield gedruckte Text ist noch vorhanden. Ein ums andere Jahr wird von Geräuschen im Bergland berichtet, die den Geologen und Geomorphologen nach wie vor Rätsel aufgeben.

Andere Überlieferungen berichten von fauligen Gerüchen in der Nähe der Steinkreise auf den Berggipfeln, von dahinbrausenden Luftwesen, die zu gewissen Stunden an bestimmten Stellen in den tiefen Schluchten schwach vernehmbar seien; weitere wiederum wollen eine Erklärung für den Devil's Hop Yard, den Tanzplatz des Teufels, liefern – einen kahlen, unfruchtbaren Berghang, wo kein Baum, kein Gestrüpp, nicht einmal ein Grashalm zu wachsen vermag. Überdies haben die Einheimischen eine furchtbare Angst vor den zahlreichen Ziegenmelkern, die sich in warmen Nächten vernehmen lassen. Man ist fest davon überzeugt, dass diese Vögel Psychopompen seien, die auf die Seelen der Sterbenden lauerten, und dass sie ihre unheimlichen Schreie in Einklang mit dem stockenden Atem der Leidenden ausstoßen würden. Gelänge es ihnen, die fliehende Seele einzufangen, wenn diese den Körper verlässt, so flatterten sie auf der Stelle mit einem Gekrächze davon, das dämonischem Lachen gleiche; misslänge es ihnen jedoch, verfielen sie bald darauf in enttäuschtes Schweigen.

Diese Geschichten sind selbstverständlich überholt und lächerlich, schließlich entstammen sie lang vergangenen Zeiten. Tatsächlich ist Dunwich erstaunlich alt – weit älter als alle anderen Gemeinden im Umkreis von 50 Kilometern. Südlich des Dorfes kann man noch die Kellerwände und den Schornstein des alten Hauses der Bishops sehen, das vor 1700 erbaut wurde; die Ruinen der Mühle am Wasserfall, errichtet 1806, stellen das modernste Bauwerk weit und breit dar. Fabriken fassten in der Gegend nie richtig Fuß, und die Industrialisierung des 19. Jahrhunderts hielt nicht lange vor. Am ältesten von allem sind die großen Kreise grob behauener Steinsäulen auf den Gipfeln, doch schreibt man sie in der Regel eher den Indianern als den Siedlern zu. Schädel- und Knochenfunde innerhalb der Steinringe und in der Umgebung des gewaltigen tischähnlichen Felsens auf dem Sentinel Hill untermauern die weitverbreitete Ansicht, dass es sich bei solchen Orten um Grabstätten der Pocumtuck-Indianer handele; dennoch beharren viele Ethnologen darauf, ungeachtet der Absurdität einer solchen Theorie, die Überreste seien kaukasischen Ursprungs.

II

In der Gemeinde Dunwich, in einem großen und teils unbewohnten Bauernhaus am Hang eines Hügels, sechs Kilometer vom Dorf und einen Kilometer von jeder anderen Behausung entfernt, kam Wilbur Whateley am Sonntag, dem 2. Februar 1913, um fünf Uhr morgens zur Welt. Man erinnerte sich an dieses Datum, weil es Lichtmess war, das die Menschen von Dunwich eigenartigerweise unter einem anderem Namen begehen; ferner, weil das Gepolter in den Bergen zu vernehmen war und in der vorangegangenen Nacht alle Hunde der Umgebung unaufhörlich gebellt hatten. Weniger bemerkenswert erschien die Tatsache, dass es sich bei der Mutter um eine der entarteten Whateleys handelte, eine recht unförmige, unattraktive Albinofrau von 35 Jahren, die mit ihrem alten und halb irrsinnigen Vater zusammenlebte, über den in seiner Jugend die entsetzlichsten Gerüchte, Hexerei und Zauberkunst betreffend, umgegangen waren. Niemand wusste etwas von einem Ehemann, doch Lavinia Whateley unternahm gemäß den Bräuchen der Gegend keinerlei Versuch, das Kind zu verleugnen, über dessen väterliche Abstammung das Landvolk so ausufernde Spekulationen anstellen mochte, wie es wollte – und es auch tat. Ganz im Gegenteil schien die Mutter merkwürdig stolz auf den dunklen, ziegenhaft aussehenden Säugling zu sein, der einen so starken Kontrast zu ihrem krankhaften rosaäugigen Albinismus bildete, und man hörte sie viele seltsame Prophezeiungen über seine ungewöhnlichen Kräfte und seine ungeheuerliche Zukunft dahermurmeln.

Lavinia war eine Person, von der man ein solches Verhalten erwarten würde, denn sie war ein einsames Geschöpf mit dem Hang, während stärkster Gewitterstürme in den Bergen zu wandern; außerdem versuchte sie die großen, streng riechenden Bücher zu lesen, die sich seit 200 Jahren im Besitz der Whateleys befanden und vor Alter und Wurmfraß rapide verfielen. Sie hatte nie eine Schule besucht, war aber erfüllt von unzusammenhängenden Bruchstücken uralter Lehren, die der alte Whateley ihr vermittelt hatte.

Das entlegene Bauernhaus war seit langer Zeit gefürchtet aufgrund Whateleys Ruf als Meister der schwarzen Magie, und der unaufgeklärte gewaltsame Tod von Mrs. Whateley zu der Zeit, als Lavinia zwölf Jahre alt war, hatte keineswegs dazu beigetragen, den Ort beliebter zu machen. Isoliert und seltsamen Einflüssen ausgesetzt, liebte Lavinia wilde und glorreiche Tagträume und eigenartige Beschäftigungen; auch wurde ihr Müßiggang nicht weiter durch irgendwelche häusliche Pflichten gestört, denn ihr Heim ließ schon seit Langem jedes Mindestmaß an Ordnung und Reinlichkeit vermissen.

Ein grauenhaftes Geschrei erscholl in der Nacht von Wilburs Geburt, das selbst das Lärmen in den Bergen und das Hundegebell übertönte; offenbar hatte weder ein Arzt noch eine Hebamme der Niederkunft beigewohnt. Die Nachbarn erfuhren erst eine Woche darauf von dem Kind, als der alte Whateley mit seinem Schlitten durch den Schnee nach Dunwich kam und in Osborns Gemischtwarenladen eine wirre Ansprache vor einer Gruppe von Müßiggängern hielt. In dem alten Mann schien sich ein Wandel vollzogen zu haben – seine Geheimniskrämerei ließ vermuten, dass sein umnachtetes Hirn ihn unterschwellig von einem Gegenstand der Furcht zu ihrem Opfer machte, obwohl er kein Mensch war, der sich von einem gewöhnlichen Familienereignis beirren ließ. Überdies legte er einen Stolz an den Tag, den man später auch bei seiner Tochter bemerkte, und was er über die Vaterschaft des Kindes äußerte, sollte den meisten Zuhörern noch für Jahre in Erinnerung bleiben.

»Mir isses gleich, was die Leut denken tun – wenn Lavinnys Jung wie sein Papa aussehn tät, würd er nich so aussehn, wie ihr alle meint. Ihr müsst nich denken, die Leut hier wär'n die einzigen Leut, wo's gibt. Die Lavinny hat Sachen gelesen un manch Dinger gesehn, von denen ham die meisten von euch ja keine Ahnung nich. Ich schätz ma, ihr Mann is so'n guter Ehemann wie nur irgendwer, den ma auf dieser Seit von Aylesbury finden kann; un wenn ihr so viel über die Hügel wissen tät wie ich, dann wüsstet ihr, dass ne Heirat in der Kirch auch nich besser is als ihre. Eins will ich euch sagen – *eines Tages werdet ihr Leut das Kind vonner Lavinny hör'n, wie's auf'm Gipfel vom Sentinel Hill den Namen von seinem Vater rufen tut!*«

Die einzigen Personen, die Wilbur in seinem ersten Lebensmonat zu Gesicht bekamen, waren der alte Zechariah Whateley von den unverdorbenen Whateleys und Earl Sawyers Lebensgefährtin Mamie Bishop. Mamies Besuch geschah aus reiner Neugierde, und ihre darauf folgenden Erzählungen entsprachen ihren Beobachtungen; Zechariah hingegen kam, um ein Paar Alderney-Kühe vorbeizubringen, die der alte Whateley seinem Sohn Curtis abgekauft hatte. Damit begann eine Reihe von Viehkäufen vonseiten der Familie des kleinen Wilbur, die erst im Jahre 1928 endete, als das Grauen von Dunwich kam und wieder verschwand; und doch schien der baufällige Viehstall der Whateleys nie überfüllt zu sein.

Schließlich wurden die Leute so neugierig, dass sie sich hinschlichen und die Herde zählten, die auf dem gefährlich steilen Hang über dem alten Bauernhaus weidete, und nie bekamen sie mehr als zehn oder zwölf anämische, ausgezehrt wirkende Exemplare zu Gesicht. Offenbar verursachte eine Krankheit oder ein Parasitenbefall, der vielleicht von dem ungesunden Weidegras oder den Schimmelpilzen auf den Brettern des schmutzigen Stalles herrührte, eine hohe Sterblichkeitsrate unter den Tieren der Whateleys. Eigenartige Entzündungen und Wunden, die wie Einschnitte aussahen, schienen die Rinder zu plagen; ein- oder zweimal im Laufe der ersten Monate glaubten einige Besucher, ähnliche Wunden an den Kehlen des ergrauten unrasierten Alten und seiner schlampigen kraushaarigen Albinotochter erkennen zu können.

Im Frühjahr nach Wilburs Geburt nahm Lavinia ihre gewohnten Streifzüge in den Bergen wieder auf, wobei sie das dunkelhäutige Kind in ihren missgestalteten Armen trug. Das öffentliche Interesse an den Whateleys war verebbt, nachdem die meisten Landbewohner den Säugling gesehen hatten, und niemand schien Notiz von der raschen Entwicklung zu nehmen, die der Neuankömmling an den Tag legte. Wilburs Wachstum war in der Tat phänomenal, denn innerhalb der ersten drei Monate nach seiner Geburt hatte er eine Größe und Muskelkraft erreicht, die man bei Kleinkindern unter einem Jahr gewöhnlich nicht findet. Seine Bewegungen und selbst seine Laute zeugten von einer Beharrlichkeit und Zielstrebigkeit, die für einen Säugling höchst eigenartig waren, und niemand zeigte sich wirklich überrascht, als er im Alter von sieben Monaten ohne Hilfe zu laufen begann – anfangs noch ein wenig schwankend, was aber schon einen Monat später überwunden war.

Kurz darauf – zu Halloween – wurde um Mitternacht ein großes Feuer auf dem Gipfel des Sentinel Hill gesehen, wo der alte tischähnliche Stein inmitten der Ruhestätte uralter Gebeine steht. Aufgeregtes Gerede machte die Runde, als Silas Bishop – einer der unverdorbenen Bishops – berichtete, er habe den Knaben forsch vor seiner Mutter diesen Hügel hinauflaufen gesehen, ungefähr eine Stunde bevor das Feuer bemerkt wurde. Silas war gerade auf der Suche nach einer verirrten Jungkuh, jedoch vergaß er fast sein Vorhaben, als er flüchtig zwei Gestalten im trüben Licht seiner Laterne erspähte. Sie huschten beinahe geräuschlos durch das Unterholz, und der verblüffte Beobachter glaubte, dass sie völlig nackt gewesen seien. Später war er sich hinsichtlich des Knaben nicht mehr so sicher; er mochte eine Art Fransengürtel oder ein Paar dunkler Hosen getragen haben. Seither wurde Wilbur nicht lebend oder bei Bewusstsein gesehen, ohne vollständig bekleidet und bis zum Hals zugeknöpft zu sein; es versetzte ihn stets in Wut und Bestürzung, wenn er glaubte, etwas an seiner Kleidung sei in Unordnung geraten. Bemerkenswert erschien dies im Hinblick auf seine verwahrloste Mutter und seinen schmutzigen Großvater, bis man durch das Grauen des Jahres 1928 die einleuchtendste Erklärung für sein abweichendes Verhalten erhielt.

Im Januar des folgenden Jahres zeigte der Klatsch nur mäßiges Interesse an der Tatsache, dass ›Lavinnys schwarzer Balg‹ zu sprechen begonnen hatte, und dies im Alter von nur elf Monaten. Seine Art zu sprechen war recht auffällig, weil sie sich von den gewöhnlichen Dialekten der Gegend unterschied und frei von jedem kindlichen Stammeln war, eine Leistung, auf die viele Kinder von drei oder vier Jahren hätten stolz sein können. Der Junge war nicht gerade redselig, doch wenn er sprach, schien er etwas schwer Fassbares auszustrahlen, das Dunwich und seinen Bewohnern völlig fremd war. Die Fremdartigkeit lag weder in dem, was er sagte, noch in den schlichten Redewendungen, die er benutzte; vielmehr schien sie mit seiner Intonation oder den inneren Organen zusammenzuhängen, die den gesprochenen Laut erzeugten. Auch sein Gesichtsausdruck war aufgrund seiner Reife bemerkenswert; obwohl er von seiner Mutter und seinem Großvater das fliehende Kinn geerbt zu haben schien, verliehen ihm die gerade, für sein Alter stark ausgeprägte Nase und der Ausdruck seiner großen dunklen, fast südländischen Augen eine frühreife Ausstrahlung von nahezu unnatürlicher Intelligenz. Doch obwohl er geistig so brillant wirkte, war er von außerordentlicher Hässlichkeit; seinen dicken Lippen, der großporigen, gelblichen Haut, dem dichten krausen Haar und den sonderbar spitz zulaufenden Ohren haftete etwas fast Ziegenbockartiges oder generell Animalisches an. Bald war er noch mehr verhasst als seine Mutter und sein Großvater, und alle Vermutungen über ihn wurden mit Anspielungen auf die früheren Zauberkünste des alten Whateley gewürzt – und wie damals die Berge erbebten, als der Alte inmitten eines Steinkreises stehend, ein großes aufgeschlagenes Buch in den

Händen, den schrecklichen Namen des *Yog-Sothoth* geschrien hatte. Hunde verabscheuten den Jungen, sodass er vor ihrer kläffenden Bedrohung ständig auf der Hut sein musste.

III

Die ganze Zeit über kaufte der alte Whateley Rinder an, ohne damit den Bestand seiner Herde sichtlich zu vergrößern. Außerdem schnitt er Bretter zu und ging daran, die unbenutzten Teile seines Hauses auszubessern – es handelte sich um ein geräumiges Gebäude mit Spitzdach, dessen hinterer Teil direkt in den felsigen Hang hineingebaut war; die drei am wenigsten verfallenen Räume im Erdgeschoss hatten ihm selbst und seiner Tochter stets genügt. Der alte Mann musste gewaltige Kraftreserven besessen haben, dass er solch eine harte Arbeit zu leisten vermochte; und obwohl er zuweilen noch immer verrücktes Zeugs brabbelte, zeugte seine Zimmermannsarbeit doch von vernünftiger Planung. Er hatte schon bald nach Wilburs Geburt damit begonnen, indem er unvermutet einen der Werkzeugschuppen in Ordnung brachte, mit neuen Brettern verschalte und mit einem starken Schloss versah. Bei der Wiederherstellung des verlassenen Obergeschosses des Hauses erwies er sich als nicht weniger geschickter Handwerker. Seine Besessenheit wurde nur darin deutlich, dass er sämtliche Fenster des renovierten Gebäudeteils vernagelte – wenn auch viele der Ansicht waren, die Instandsetzung sei an sich bereits eine verrückte Sache. Weniger unerklärlich erschien, dass er im Erdgeschoss ein Zimmer für seinen neuen Enkel eingerichtet hatte – ein Zimmer, das mehrere Besucher zu Gesicht bekamen, wohingegen niemand zu dem fest verschlossenen Obergeschoss Zugang erhielt. Die Kammer versah er mit hohen stabilen Regalen, in die er nach und nach, anscheinend einer wohlbedachten Reihenfolge entsprechend, all die modernden uralten Bücher und Buchfragmente stellte, die zu seiner Zeit wahllos in sonderbaren Winkeln der verschiedenen Zimmer gestapelt gewesen waren.

»Hab die wohl gut brauchen könn'«, pflegte er zu sagen, während er eine zerrissene in Frakturschrift bedruckte Seite mit Leim zu flicken versuchte, den er auf dem rostigen Küchenherd zubereitet hatte, »aber der Jung is besser dafür, se zu nutzen. Er soll se auch ham, sobald's grad geht, weil se alles sind, was er lern' soll.«

Als Wilbur im September 1914 ein Jahr und sieben Monate alt war, hatten sein Wachstum und seine Fertigkeiten fast bestürzende Ausmaße angenommen. Er war bereits so groß wie ein Kind von vier Jahren und vermochte flüssig und ungewöhnlich verständig zu reden. Er lief ungehindert auf den Feldern und Hügeln umher und begleitete seine Mutter auf all ihren Wanderungen. Zu Hause brütete er emsig über den seltsamen Bildern und Tabellen in den Büchern seines Großvaters, während der alte Whateley ihn lange, stille Nachmittage hindurch belehrte und prüfte. Zu dieser Zeit war die Renovierung des Hauses abgeschlossen, und wer es sah, wunderte sich, weshalb man eines der oberen Fenster zu einer soliden Holztür umgebaut hatte. Es handelte sich um ein Fenster am hinteren Ende des Ostgiebels nahe am Hügel; niemand konnte sich vorstellen, warum ein hölzerner Laufsteg zu ihm hinaufführte. Als die Arbeit beendet war, bemerkten die Leute, dass der alte Werkzeugschuppen, der seit Wilburs Geburt fest verschlossen und fensterlos verschalt gewesen war, nun wieder vernachlässigt wurde. Die Tür schwang nutzlos in den Angeln, und als Earl Sawyer, auf dem Rückweg von einem Viehgeschäft beim alten Whateley, neugierig den Schuppen betrat, war er fassungslos über den eigenartigen Geruch, der ihm entgegenschlug – es war ein solcher Gestank, behauptete er, wie er ihn außer in der Nähe der Indianersteinkreise auf den Bergen sein Lebtag noch nicht gerochen hätte und der von nichts Gesundem oder dieser Welt Zugehörigem stammen könne. Aber schließlich hatten sich die Häuser und Schuppen der Bewohner von Dunwich noch nie durch olfaktorische Makellosigkeit ausgezeichnet.

Die folgenden Monate über ereignete sich nichts Ungewöhnliches, außer dass jedermann davon überzeugt zu sei schien, dass die rätselhaften Geräusche in den Bergen langsam, aber stetig zugenommen hatten. In der Walpurgisnacht des Jahres 1915 kam es zu Erderschütterungen, die selbst die Bewohner von Aylesbury spürten, während man am darauffolgenden Halloween ein unterirdisches Grollen vernahm, das sonderbar synchron zu Feuerzeichen auf dem Gipfel des Sentinel Hill auftrat – »Da sin die Hexer-Whateleys dran schuld!« Wilbur wuchs weiterhin auf unheimliche Weise, sodass er wie ein Zehnjähriger aussah, als er vier wurde. Er las nun begierig und ohne Anleitung; redete aber viel weniger als früher. Er hüllte sich in tiefes Schweigen, und zum ersten Male wollten die Leute einen erwachenden Ausdruck des Bösen in seinem ziegenbockähnlichen Gesicht erkennen. Zuweilen murmelte er etwas in einem fremdartigen Kauderwelsch und sang in einer bizarren Rhythmik, die den Zuhörer mit einem unerklärlichen Grauen erfüllte. Weithin bekannt war die Abneigung der Hunde ihm gegenüber; er sah sich dazu genötigt, eine Pistole mit sich zu führen, um ungefährdet die Gegend durchqueren zu können. Dass er gelegentlich auch Gebrauch von der Waffe machte, förderte nicht gerade seine Beliebtheit unter den Besitzern von Wachhunden.

Die wenigen Besucher des Hauses fanden Lavinia oftmals allein im Erdgeschoss vor, während aus dem vernagelten oberen Stockwerk sonderbare Schreie und Schritte zu hören waren. Sie wollte nicht verraten, was ihr Vater und der Junge dort oben eigentlich taten, obwohl sie erbleichte und ungewöhnlich verängstigt wirkte, als einmal der Fischhändler aus Spaß an der verschlossenen Tür zur Treppe rüttelte. Dieser Händler erzählte den Müßiggängern in dem Ladengeschäft von Dunwich, dass er geglaubt habe, das Stampfen eines Pferdes über sich zu vernehmen. Die Bummler überlegten, dachten an die Tür und den Laufsteg, an die Rinder, die so rasch verschwanden. Dann erschauderten sie, als sie sich an die Geschichten aus der Jugend des alten Whateley erinnerten und an die seltsamen Wesen, die aus der Erde herbeigerufen werden, wenn ein Bulle zur rechten Stunde gewissen heidnischen Göttern geopfert wird. Vor einiger Zeit hatte man bemerkt, dass die Hunde mittlerweile das gesamte Anwesen der Whateleys ebenso sehr hassten und fürchteten wie zuvor nur den jungen Wilbur selbst.

Im Jahre 1917 kam der Krieg, und Richter Sawyer Whateley hatte als Vorsitzender des örtlichen Einberufungskomitees seine liebe Mühe damit, in Dunwich ein Kontingent junger Männer zu finden, die zumindest für die Ausbildung geeignet gewesen wären. Die Regierung, die sich über solche Anzeichen des Verfalls einer gesamten Region bestürzt zeigte, entsandte mehrere Offiziere und medizinische Experten, um eine Reihenuntersuchung durchzuführen, deren Ergebnisse den Zeitungslesern in Neuengland vielleicht noch gegenwärtig sind. Das Aufsehen, das diese Untersuchung erregte, brachte die Reporter auf die Spur der Whateleys, und der *Boston Globe* sowie der *Arkham Advertiser* veröffentlichten in ihren Sonntagsausgaben sensationsheischende Berichte über die Frühreife des jungen Wilbur, über die schwarze Magie des alten Whateley mit seinen Regalen voller merkwürdiger Bücher. Das verriegelte Obergeschoss des alten Bauernhauses wurde erwähnt, ebenfalls, wie unheimlich die gesamte Region wirkte, ganz zu schweigen von den mysteriösen Geräuschen in den Bergen. Wilbur war damals viereinhalb und sah aus wie ein Bursche von fünfzehn. Seine Lippen und Wangen waren von einem struppigen dunklen Flaum bedeckt, und er befand sich im Stimmbruch.

Earl Sawyer ging mit den Reportern und Fotografen beider Zeitungen zum Whateley-Haus und machte sie auf den eigentümlichen Gestank aufmerksam, der nun aus den verriegelten oberen Räumen zu dringen schien. Es handele sich dabei um denselben Geruch, behauptete er, den er in dem verlassenen Werkzeugschuppen bemerkt habe, und er ähnle den schwachen Dünsten, die er zuweilen nahe der Steinkreise auf den Bergen wahrgenommen habe. Die Bewohner von Dunwich lasen die Artikel, sobald sie erschienen, und mussten über offensichtliche Fehler grinsen. Sie fragten sich, weshalb die Autoren der Tatsache so viel Bedeutung beimaßen, dass der alte Whateley seine neu erworbenen Rinder stets mit Goldstücken überaus hohen Alters bezahlte. Die Whateleys empfingen ihre Besucher mit unverhohlenem Widerwillen, aber sie hatten es nicht gewagt, mit handfestem Widerstand oder der kompromisslosen Verweigerung des Gesprächs das öffentliche Interesse weiter anzufachen.

IV

Ein Jahrzehnt lang versinkt die Geschichte der Whateleys unmerklich im allgemeinen Leben einer morbiden Gemeinde, die sich an die merkwürdige Lebensweise der Familie gewöhnt hatte und sich mit ihren Orgien in der Walpurgisnacht und zu Allerheiligen abfand. Zweimal im Jahr entzündeten die

Whateleys ihre Feuer auf der Spitze des Sentinel Hill, wobei das Donnergrollen in den Bergen mit immer größerer Heftigkeit auftrat; das ganze Jahr hindurch herrschte ein sonderbares und unheimliches Treiben in dem einsamen Bauernhaus. Im Laufe der Zeit behaupteten einige Besucher, dass sie Geräusche aus dem verschlossenem Obergeschoss vernommen hätten, obwohl sich die ganze Familie unten aufhielt, und man fragte sich, ob eine Kuh oder ein Bulle für gewöhnlich rasch oder nur langsam geopfert wurde. Man dachte an eine Beschwerde bei der ›Gesellschaft zur Bekämpfung von Grausamkeit an Tieren‹, doch wurde daraus nichts, da die Menschen von Dunwich nie sonderlich erpicht darauf waren, die Aufmerksamkeit der Außenwelt auf sich zu ziehen.

Um das Jahr 1923, als Wilbur ein Junge von zehn war, dessen Verstand, Stimme, Körperbau und Bartwuchs den Anschein von Reife vermittelten, nahm man ein zweites Mal Ausbesserungsarbeiten an dem alten Haus in Angriff. Im vernagelten Obergeschoss wurde gearbeitet, und wegen der vor dem Haus angehäuften Holztrümmer vermuteten die Leute, dass der Junge und sein Großvater alle Zwischenwände eingerissen und sogar den Speicherboden entfernt hatten, um einen riesigen Raum zwischen dem Erdgeschoss und dem Dach zu schaffen. Sie hatten auch den großen mittleren Schornstein abgerissen und den rostigen Herd mit einem dürftigen Ofenrohr aus Blech versehen.

Im folgenden Frühjahr bemerkte der alte Whateley die wachsende Anzahl Ziegenmelker, die aus der Cold-Spring-Schlucht kamen, um des Nachts unter seinem Fenster zu zwitschern. Er schien diesem Umstand große Bedeutung beizumessen und erzählte den Müßiggängern in Osborns Laden, dass er glaube, seine Zeit sei nun gekommen.

»Nu sin se am Pfeifen im Takt mit mei'm Atem«, sagte er, »un ich glaub, se warten nur drauf, sich mein Seel zu schnappen. Wissen halt, dass se bald rausgeht, und wolln se nich verpassen. Ihr werdet's sehn, Jungs, wenn ich geh, ob se mich kriegen oder nich. Wenn se mich kriegen, dann singen se und lachen se bis morgens. Wenn se mich nich kriegen tun, dann werden se wohl eher ruhig sein. Ich denk ma, dass se mit den Seeln, die se jagen tun, manchma ziemlich heftig am Raufen sin.«

In der Nacht zum 1. August 1924 wurde Dr. Houghton aus

Aylesbury von Wilbur Whateley eilig herbeigerufen, der sein einziges verbliebenes Pferd durch die Dunkelheit gepeitscht und von Osborns Laden im Dorf aus telefoniert hatte. Der Arzt fand den alten Whateley in sehr ernstem Zustand vor, die unregelmäßigen Herztöne und sein röchelnder Atem kündeten von einem baldigen Ende. Die unförmige Albinotochter und der merkwürdige bärtige Enkelsohn standen am Bett, während man aus der leer stehenden Höhle über ihnen ein beunruhigendes gleichmäßiges Wogen oder Rauschen zu hören glaubte, als würden Wellen an einen Strand schlagen. Am meisten verstörten den Doktor jedoch die schreienden Nachtvögel draußen, eine scheinbar zahllose Schar von Ziegenmelkern, die unaufhörlich ihre Botschaft im teuflischem Einklang mit den keuchenden Atemzügen des Sterbenden schrien. Es war unheimlich und unnatürlich – ganz so, dachte Dr. Houghton, wie die gesamte Gegend, die er aufgrund des dringlichen Anrufs hin nur sehr widerwillig betreten hatte.

Gegen ein Uhr morgens erlangte der alte Whateley das Bewusstsein wieder und unterbrach sein Keuchen, um seinem Enkel ein paar halb erstickte Worte mitzuteilen.

»Mehr Platz, Willy, bald mehr Platz. Du bis am Wachsen – un *das da* wächst noch schneller. Is bald soweit, dich zu retten, Jung. Öffne die Pforten für Yog-Sothoth mit dem langen Gesang, den du auf Seite 751 *der vollständigen Ausgabe* findest, un *dann* legste Feuer ans Gefängnis. Feuer von der Erd kann's jetzt nich mehr verbrenn'.«

Er war offenbar vollkommen verrückt geworden. Nach einer Pause, während der die Schar der Ziegenmelker draußen ihre Schreie dem veränderten Tempo anpassten und aus der Ferne von den Bergen sonderbare Geräusche zu hören waren, fügte er dem noch ein oder zwei Sätze hinzu.

»Gib's zu fressen, Willy, un acht drauf, dass es genug is; aber lass es nich zu schnell wachsen weg'm Platz, denn wenn's ausbricht oder wegkommt, bevor du Yog-Sothoth geöffnet hast, dann is alles vorbei und hat kein' Sinn. Nur die von drüben können's vermehrn un arbeiten lassen ... Nur die, die Alten, die zurückkomm' woll'n ...«

Doch seine Worte wichen wieder dem Keuchen, und die Art und Weise, wie die Ziegenmelker dem Wandel folgten, ließen

Lavinia aufschreien. So ging es über eine Stunde weiter, bis das letzte kehlige Röcheln erstarb. Dr. Houghton schloss die vertrockneten Lider über den glasig werdenden grauen Augen, als der Lärm der Vögel unmerklich verstummte. Lavinia schluchzte, aber Wilbur kicherte nur, während es in den Bergen schwach grollte.

»Sie ham ihn nich kriegen könn'«, murmelte er mit seiner tiefen Bassstimme.

Wilbur war zu diesem Zeitpunkt ein Gelehrter von wahrhaft erstaunlicher, wenn auch einseitiger Belesenheit, der durch seinen heimlichen Briefwechsel vielen Bibliothekaren an fernen Orten, wo seltene und verbotene Bücher aus alter Zeit aufbewahrt wurden, bekannt war. In Dunwich hasste und fürchtete man ihn zunehmend, da mehrere Jugendliche verschwunden waren und ein vager Verdacht auf ihn fiel; doch Nachforschungen wusste er stets zum Schweigen zu bringen, weil er Furcht verbreitete oder Gebrauch von den alten Goldstücken machte, die er wie sein Großvater regelmäßig für den Vieherwerb ausgab. Er besaß nun ein erschreckend reifes Aussehen, und sein Körper, der bereits die Größe eines normalen Erwachsenen erreicht hatte, schien noch darüber hinaus wachsen zu wollen. Im Jahre 1925, als ein gelehrter Briefpartner von der Miskatonic-Universität ihn eines Tages aufsuchte und bleich und verwirrt wieder abreiste, war er fast zwei Meter groß.

All die Jahre hindurch hatte Wilbur seine missgebildete Albinomutter mit wachsender Verachtung behandelt und ihr schließlich sogar untersagt, ihn in der Walpurgisnacht und zu Halloween in die Berge zu begleiten; im Jahre 1926 klagte das arme Geschöpf gegenüber Mamie Bishop, dass sie sich vor ihm fürchte.

»Da is mehr an ihm, als ich dir sagen kann, Mamie«, erzählte sie, »un heutzutag gibt's noch mehr, was ich nich weiß, das schwör ich bei Gott. Ich weiß nich, was er will oder was er vorhat.«

An jenem Halloween war das Lärmen in den Bergen lauter als je zuvor, und wie üblich brannte ein Feuer auf dem Sentinel Hill; die Menschen aber schenkten ihre Aufmerksamkeit dem regelmäßigen Gekreisch großer Schwärme von Ziegenmelkern, die sich in der Nähe des unbeleuchteten Bauernhauses der Whateleys zu sammeln schienen. Nach Mitternacht steigerten sich ihre schrillen Schreie zu einer Art pandämonischem Gekicher, das die gesamte Region erfüllte; erst zur Morgendämmerung hin wurden sie allmählich leiser. Dann verschwanden sie, eilten gen Süden, womit sie einen ganzen Monat Verspätung hatten. Was dies bedeutete, konnte damals niemand mit Sicherheit wissen. Keiner der Landbewohner schien gestorben zu sein – doch die arme Lavinia Whateley, die verwachsene Albinofrau, wurde nie wieder gesehen.

Im Sommer 1927 reparierte Wilbur zwei Schuppen auf dem Hof und ging daran, seine Bücher und Habseligkeiten dort unterzubringen. Bald danach erzählte Earl Sawyer den Müßiggängern in Osborns Laden, dass im Hause der Whateleys erneut Umbauten im Gange waren. Wilbur versperrte alle Türen und Fenster im Erdgeschoss und schien Zwischenwände herauszunehmen, so wie er und sein Großvater es vier Jahre zuvor im Obergeschoss getan hatten. Er wohnte in einem der Schuppen und schien ungewöhnlich besorgt und ängstlich zu sein, wie Sawyer meinte. Die Leute verdächtigten ihn weithin, etwas über das Verschwinden seiner Mutter zu wissen, und nur sehr wenige trauten sich noch in die Nähe seines Grundstücks. Er war nun mehr als zwei Meter groß, und es gab kein Anzeichen dafür, dass sich sein Wachstum verlangsamen würde.

V

Im folgenden Winter ereignete sich etwas überaus Seltsames – Wilbur verließ zum ersten Mal die Gegend von Dunwich. Seine Korrespondenz mit der Widener Library in Harvard, der Bibliothèque Nationale in Paris, dem British Museum, der Universität von Buenos Aires und der Bibliothek der Miskatonic-Universität in Arkham hatte ihm nicht zu dem Buch verholfen, das er so verzweifelt gesucht hatte. So machte er sich schließlich selbst auf den Weg, schäbig, schmutzig, bärtig und einen ungehobelten Dialekt sprechend, um das Miskatonic-Exemplar zurate zu ziehen, weil es am schnellsten zu erreichen war. Nachdem es sich anlässlich der Reise einen billigen neuen Koffer in Osborns Gemischtwarenladen gekauft hatte, erschien das zweieinhalb Meter große, dunkle und ziegenbockartige Scheusal eines Tages in Arkham auf der Suche nach dem gefürchteten Band, der in der Hochschulbibliothek hinter Schloss und Riegel aufbewahrt wurde – dem scheußlichen *Necronomicon* des wahnsinnigen Arabers Abdul Alhazred in der lateinischen Übertragung des Olaus Wormius, das im 17. Jahrhundert in Spanien gedruckt worden war. Wilbur hatte noch nie zuvor eine Stadt gesehen, bahnte sich aber zielstrebig den Weg zum Universitätsgelände, wo er tatsächlich achtlos an dem großen zähnefletschenden Wachhund vorüberging, der ihm mit unnatürlicher Wut und Feindseligkeit nachbellte und wie rasend an seiner starken Kette zerrte.

Wilbur trug das kostbare, aber schadhafte Exemplar von Dr. Dees englischer Ausgabe bei sich, das sein Großvater ihm vermacht hatte. Sobald ihm die lateinische Ausgabe zugänglich war, begann er beide Texte zu vergleichen, um einen bestimmten Abschnitt zu finden, der auf Seite 751 seines beschädigten Bandes hätte stehen sollen. So viel musste er um der Höflichkeit willen dem Bibliothekar erzählen – eben jenem Gelehrten Henry Armitage (A. M. Miskatonic, Ph. D. Princeton, Litt. D. Johns Hopkins), der ihn einmal auf dem Hof besucht hatte und ihn nun, wenn auch höflich, mit Fragen bestürmte. Wilbur suchte, wie er zugeben musste, nach einer Art Formel oder Anrufung, die den schrecklichen Namen *Yog-Sothoth* enthielt, und es verwirrte ihn, Abweichungen, Wiederholungen und Zweideutigkeiten vorzufinden, die eine eindeutige Festlegung alles andere als einfach machten. Während er die Formel abschrieb, für die er sich schließlich entschieden hatte, sah Dr. Armitage unwillkürlich über seine Schulter hinweg auf die aufgeschlagenen Seiten; in der lateinischen Version befand sich auf der linken Seite folgende ungeheuerliche Bedrohung für den Frieden und die Vernunft dieser Welt:

Man sollte nicht glauben (so lautete der Text, den Armitage in Gedanken übersetzte), der Mensch sei der älteste oder der letzte der Herren der Welt, oder die gewöhnliche Masse des Lebens und der Materie könne alleine bestehen. Die Alten waren, die Alten sind und die Alten werden sein. Nicht in den Räumen, von denen wir wissen, sondern *zwischen* jenen Räumen. Sie wandeln seit Anbeginn, wohlgemut und ungehindert, nicht gesehen von unseren Augen. *Yog-Sothoth* kennt die Pforte. *Yog-Sothoth* ist die Pforte. *Yog-Sothoth* ist der Schlüssel und der Wächter der Pforte. Vergangenheit, Gegenwart, Zukunft, alle sind sie eins in *Yog-Sothoth.* Er weiß, wo die Alten einst hervorbrachen und wo Sie erneut hervorbrechen werden. Er weiß, wo Sie in irdischen Gefilden wandelten, wo Sie auch noch immer wandeln und weshalb niemand Ihr Wandeln zu schauen vermag. An Ihrem Geruch erkennen die Menschen zuweilen, dass Sie nahe sind, doch weiß kein Mensch von Ihrer Gestalt, *einzig von den Malen derer, die Sie in der Menschheit gezeugt haben;* und von jenen gibt es vielerlei Arten, deren Aussehen vom getreuesten Abbild des Menschen bis hin zu jenem Schemen ohne Bild und Körper reicht, der *Sie* sind. Sie wandeln ungesehen und faulig riechend an einsamen Orten, da die Worte gesprochen wurden und die Riten geheult zur rechten Zeit. Der Wind rauscht mit Ihren Stimmen, und die Erde grollt durch Ihren Geist. Sie beugen den Wald und zerschmettern die Stadt, doch sehen nicht Wald noch Stadt die todbringende Hand. Kadath in der kalten Wüstenei hat Sie gekannt, und was weiß der Mensch von Kadath? Die Eiswüste des Südens und die versunkenen Eilande des Ozeans bergen Steine, in die Ihr Siegel eingegraben ist, doch wer hat die tief im Eis erstickte Stadt oder den versiegelten Turm geschaut, lange schon von Seetang und Muscheln bewachsen? Der Große Cthulhu ist Ihr Vetter, und doch kann er Sie nur vage schauen. *Iä! Shub-Niggurath!* Als eine Fäulnis sollt ihr Sie kennen. Ihre Hand ist an eurer Kehle, doch seht ihr Sie nicht; und Ihre Wohnstatt ist gar eins mit eurer gehüteten Türschwelle. *Yog-Sothoth* ist der Schlüssel zur Pforte, wo die Sphären sich treffen. Der Mensch herrscht nun, wo Sie einst herrschten; bald werden Sie wieder herrschen, wo der Mensch noch herrscht. Auf den Sommer folgt der Winter, und auf den Winter der Sommer. Sie warten voller Geduld und Macht, denn hier werden Sie wieder herrschen.

Dr. Armitage brachte das Gelesene mit dem in Verbindung, was er über Dunwich und seine lauernden Wesen gehört hatte; über Wilbur Whateley und seine dunkle, scheußliche Aura, die sich von seiner zweifelhaften Geburt bis zum Verdacht des Muttermordes verdichtete. Er verspürte eine Woge der Furcht, die so greifbar war wie ein Luftzug aus der feuchten Kälte des Grabes. Der über die Bücher gekrümmte bocksartige Riese vor ihm schien die Ausgeburt eines anderen Planeten oder einer anderen Dimension zu sein; etwas, das nur zum Teil dem Menschengeschlecht angehörte und in Verbindung stand mit schwarzen Abgründen des Seins, die sich gleich gewaltigen Phantasmen jenseits aller Sphären von Energie und Materie, Raum und Zeit erstreckten. Dann sah Wilbur auf und sprach mit jener sonderbaren volltönenden Stimme, die von Organen hervorgebracht zu sein schien, die denen des Menschen in nichts ähnlich waren.

»Mr. Armitage«, sagte er, »ich schätz ma, ich muss das Buch mit heimnehm. Da sin Sachen drin, die ich unter gewissen Umständ ausprobiern muss, die ich aber hier nich hab, un es wär 'ne Todsünde, dass irgend'ne Regelung mich davon abhalten würd. Lassen Se's mich mitnehmen, Sir, un ich schwör, dass niemand was merken tut. Ich brauch Ihnen ja wohl nich zu sagen, dass ich gut drauf achtgeb. Ich war's nich, der die Dee-Ausgabe so zugerichtet hat ...«

Er verstummte, als er die entschiedene Ablehnung auf dem Gesicht des Bibliothekars sah, und Verschlagenheit mischte sich in seine ziegenbockartigen Züge. Armitage, der Wilbur beinahe erlaubt hätte, eine Abschrift der benötigten Stellen anzufertigen, wurde sich schlagartig der möglichen Konsequenzen bewusst und besann sich eines Besseren. Es wäre verantwortungslos, solch einem Geschöpf den Schlüssel zu derart gotteslästerlichen außerirdischen Sphären in die Hand zu geben. Whateley erkannte, was in seinem Gegenüber vor sich ging, und versuchte möglichst gelassen darauf zu reagieren.

»Nu, schon gut, wenn Se so drüber denken tun. Vielleicht sin se in Harvard nich so heikel, wie Sie's sin.« Und ohne ein weiteres Wort erhob er sich und verließ raschen Schrittes das Gebäude, wobei er bei jeder Tür den Kopf einziehen musste.

Armitage hörte das wilde Gejaule des großen Wachhundes und beobachtete von seinem Fenster aus, wie Whateley mit seinem gorillaähnlichen Gang den Campus überquerte. Er dachte an die wirren Gerüchte, die er gehört hatte, und erinnerte sich an die damaligen Berichte des *Advertiser;* und da gab es noch die Sagen, die er von den Bauern und Dorfbewohnern Dunwichs während seines einzigen Besuchs dort vernommen hatte. Unsichtbare grässliche Wesen, nicht von dieser Welt – oder zumindest nicht aus der dreidimensionalen Welt – jagten übel riechend durch die Täler Neuenglands und brüteten obszön auf den Gipfeln der Berge. Er hatte es schon lange geahnt. Nun empfand er die entsetzliche Gegenwart des hereinbrechenden Grauens und warf einen Blick in das schwarze Höllenreich eines uralten und einst untätigen Albtraums. Er schloss das *Necronomicon* mit einem Anflug von Ekel weg, doch war der Raum noch immer von einem unheiligen und unbestimmbaren Gestank erfüllt. »Als eine Fäulnis sollt ihr Sie kennen«, zitierte er. Ja – der Geruch war derselbe, der ihm vor weniger als drei Jahren im Bauernhaus der Whateleys Übelkeit bereitet hatte. Er dachte erneut an den ziegenbockartigen und bedrohlichen Wilbur und lachte höhnisch über die Dorfgerüchte bezüglich seiner Abstammung.

»Inzucht?«, murmelte Armitage halblaut vor sich hin. »Großer Gott, was für Einfaltspinsel! Zeige denen Arthur Machens *Großen Gott Pan,* und sie halten es für einen gewöhnlichen Dunwich-Skandal! Aber welches Etwas – welcher verfluchte, formlose Einfluss, mag er aus dieser dreidimensionalen Welt stammen oder auch nicht – war Wilbur Whateleys Vater? Geboren zu Lichtmess – neun Monate nach der Walpurgisnacht des Jahres 1912, als das Gerede über die sonderbaren Geräusche in der Erde sogar bis nach Arkham drang – was ging dort um in jener Mainacht auf den Bergen? Welches Walpurgis-Grauen wurde in halbmenschlichem Fleisch und Blut auf die Welt losgelassen?«

Während der folgenden Wochen machte Dr. Armitage sich daran, alle möglichen Angaben über Wilbur Whateley und die gestaltlosen Wesenheiten in der Gegend von Dunwich zu sammeln. Er trat in Verbindung mit Dr. Houghton aus Aylesbury, der dem alten Whateley an dessen Sterbebett beigestanden hatte, und die letzten Worte des Großvaters, die ihm der Arzt zitierte, gaben ihm viel zu denken. Ein Besuch in Dunwich ergab nicht viel Neues; doch eine nähere Untersuchung der Stellen des *Necronomicon,* nach denen Wilbur so eifrig geforscht hatte, erbrachte neue und schreckliche Hinweise auf das Wesen, die

Vorgehensweisen und die Absichten des fremdartigen Unheils, das diese Welt zu bedrohen schien. Gespräche mit mehreren Vorgeschichtskundlern in Boston und Briefe an viele weitere Gelehrte andernorts versetzten ihn in wachsende Unruhe, die sich von anfänglicher Bestürzung allmählich zu einem Zustand wahrhaft akuter spiritueller Angst entwickelte. Als der Sommer anbrach, hatte er das dumpfe Gefühl, etwas müsse gegen die lauernden Schrecken am Oberlauf des Miskatonic unternommen werden – und gegen das monströse Geschöpf, das der Menschenwelt als Wilbur Whateley bekannt war.

VI

Das Grauen von Dunwich begann zwischen dem ersten August und der Frühlings-Tagundnachtgleiche des Jahres 1928, und Dr. Armitage zählte zu jenen, die Zeuge seines schaurigen Auftaktes wurden. Er hatte in der Zwischenzeit von Whateleys grotesker Reise nach Cambridge und seinen verzweifelten Versuchen gehört, das *Necronomicon* der Widener Library ausleihen oder wenigstens teilweise abschreiben zu können. Aber seine Bemühungen waren vergeblich gewesen, da Armitage alle verantwortlichen Bibliothekare, die über das gefürchtete Buch verfügten, eindringlich gewarnt hatte. Wilbur hatte in Cambridge überaus nervös gewirkt; begierig, das Buch zu erlangen, und gleichermaßen ungeduldig darauf aus, wieder nach Hause zu kommen, als könne eine zu lange Abwesenheit böse Folgen haben.

Anfang August kam es dann zu dem Vorfall, den Dr. Armitage im Grunde bereits erwartet hatte; in den frühen Morgenstunden des 3. August wurde er von dem wilden, wütenden Bellen des Wachhundes auf dem Universitätscampus aus dem Schlaf gerissen. Darauf folgte ein furchtbares, dunkles, wahnwitziges Knurren und Grollen, das, von widerwärtig vielsagenden Pausen unterbrochen, stetig lauter wurde. Dann erscholl ein Schrei aus einer ganz anderen Kehle – ein Schrei von solcher Gewalt, dass er fast alle Bürger Arkhams aus den Betten warf und sie heute noch in ihren Träumen heimsucht –, ein Schrei, wie er von keinem Wesen dieser Welt stammen konnte.

Armitage kleidete sich hastig an und stürzte über die Straße und den Rasen hin zu den Universitätsgebäuden, sah, dass andere ihm bereits voraus waren, und hörte die Alarmglocke, die in der Bibliothek noch immer schrillte. Ein offenes Fenster klaffte schwarz im Mondlicht. Was immer es sein mochte, es hatte sich jedenfalls erfolgreich Einlass verschafft, denn das Bellen und Kläffen, das nun in leises Knurren und Jaulen überging, kam zweifellos aus dem Innern des Gebäudes. Irgendein Instinkt warnte Armitage, dass das, was dort drinnen vor sich ging, kein Anblick für unvorbereitete Augen sei, und mit seiner ganzen Autorität drängte er die Menge zurück, ehe er die Tür zur Vorhalle aufschloss. Inmitten der anderen sah er Professor Warren Rice und Dr. Francis Morgan, Männer, denen er einige seiner Mutmaßungen und Befürchtungen anvertraut hatte; und diesen beiden bedeutete er, mit ihm hineinzugehen. Die Geräusche drinnen waren bis auf das monotone Winseln des Hundes ganz verstummt, doch Armitage fuhr erschrocken zusammen, als im Gebüsch des Campus Ziegenmelker im lauten Chor ein teuflisches Pfeifkonzert begannen, in einem Rhythmus, der dem der letzten Atemzüge eines Sterbenden glich.

Das Gebäude war erfüllt von einem fürchterlichen Gestank, der Dr. Armitage nur allzu vertraut war, und die drei Männer eilten durch die Halle zu dem kleinen Leseraum der genealogischen Abteilung, aus dem das leise Winseln kam. Eine Sekunde lang wagte niemand das Licht anzuschalten, dann sammelte Armitage seinen ganzen Mut und betätigte den Schalter. Einer der drei Männer – wer, ist nicht sicher – schrie laut auf beim Anblick dessen, was vor ihnen zwischen den umgestoßenen Tischen und Stühlen lag. Professor Rice erklärt, er habe einen Augenblick lang das Bewusstsein verloren, obwohl er weder stolperte noch hinfiel.

Das Ding, das zusammengekrümmt in einer stinkenden Lache grünlich-gelben Blutes und einer teerartigen, ekelhaften Masse auf der Seite lag, war fast zwei Meter achtzig groß, und der Hund hatte ihm die gesamte Kleidung und einen Teil der Haut vom Leibe gerissen. Es war noch nicht ganz tot, sondern zuckte stumm und krampfhaft, während seine Brust sich in widernatürlichem Einklang mit dem irren Gekreisch der wartenden Ziegenmelker draußen hob und senkte. Teile von Schuhleder und Kleidungsfetzen waren im ganzen Raum verstreut, und unmittelbar unter dem Fenster lag ein leerer Leinwandsack, der dort offensichtlich fallen gelassen worden war. Neben dem Schreibtisch in der Mitte des Raums fand sich ein Revolver auf dem Boden, in dessen Lauf eine verformte Patrone klemmte, was erklärte, warum von der Waffe kein Gebrauch gemacht worden war. Doch das Ding selbst verdrängte alle anderen Eindrücke. Es klänge abgedroschen und wäre nicht ganz korrekt, wollte man sagen, dass keine menschliche Feder es beschreiben könne, doch darf man getrost behaupten, dass niemand es sich leibhaftig vorzustellen vermag, dessen Begriffe von Aussehen und Gestalt den gewöhnlichen Lebensformen dieses Planeten und der drei uns bekannten Dimensionen zu eng verhaftet sind. Es war teilweise menschlich, das stand außer Zweifel, und hatte die Hände und den Kopf eines Menschen; das ziegenbockähnliche, kinnlose Gesicht trug den Stempel der Whateleys. Doch der Rumpf und die unteren Teile des Körpers waren auf so unglaubliche Weise missgestaltet, dass nur eine vollständige Bekleidung ihm ermöglicht haben konnte, auf der Erde zu existieren, ohne angefeindet und erschlagen zu werden.

Oberhalb der Hüfte war das Ding halbwegs menschenförmig; die Brust jedoch, auf der die Pfoten des Hundes noch wachsam ruhten, wies die lederige, netzförmig gemusterte Haut eines Krokodils oder Alligators auf. Der Rücken war gelb und schwarz gescheckt und erinnerte schwach an die schuppige Haut gewisser Schlangen. Von der Hüfte abwärts jedoch wurde es entsetzlich, denn hier fehlte jede Ähnlichkeit mit einem Menschen, und ein schierer Albtraum begann. Die Haut war dicht bedeckt mit rauem schwarzen Fell, und vom Bauch hing eine Vielzahl langer grünlich-grauer Tentakel mit roten saugenden Mündern schlaff herab. Ihre merkwürdige Anordnung schien einer kosmischen Geometrie zu folgen, die auf der Erde oder in diesem Sonnensystem unbekannt ist. Auf jeder der Hüften befand sich tief in einer rosafarbenen mit Wimpern besetzten Höhle etwas, das ein rudimentäres Auge zu sein schien; anstelle eines Schwanzes wuchs dort eine Art Rüssel oder Fühler mit purpurroten ringförmigen Streifen, bei dem es sich allem Anschein nach um einen unterentwickelten Mund oder einen Hals handelte. Die Beine glichen, abgesehen vom schwarzen Fell, vage den Hinterläufen der gewaltigen prähistorischen Saurier. Sie endeten in venenüberzogenen Pfoten, die weder Hufe noch Klauen waren. Atmete das Ding, so wechselten der Schwanz und die Tentakel rhythmisch die Farbe, was wohl durch die Zirkulation seines grünlichen nichtmenschlichen Blutes verursacht wurde. Im Schwanz wich zwischen den purpurroten Ringen die gelbliche Färbung einem kränklichen Grauweiß. Es war kein richtiges Blut, sondern eine stinkende grünlich-gelbe Flüssigkeit, die sich um die klebrige Masse herum ausbreitete und den gestrichenen Boden entfärbte.

Die Anwesenheit der drei Männer störte das sterbende Wesen auf, und es begann zu murmeln, ohne den Kopf zu wenden oder anzuheben. Dr. Armitage hielt seine Äußerungen nicht schriftlich fest, versichert aber glaubhaft, dass kein englisches Wort darunter war. Zunächst wiesen die Silben keinerlei Beziehung mit einer irdischen Sprache auf, doch gegen Ende konnte man einige unzusammenhängende Wortfetzen verstehen, die offenkundig dem *Necronomicon* entstammten, jener monströsen Blasphemie, auf deren Suche das Wesen zugrunde gegangen war. Die Fragmente lauteten nach Armitages Erinnerung etwa so: *»N'gai, n'ha'ghaa, bugg-shoggog, y'hah; Yog-Sothoth, Yog-Sothoth ...«* Sie verloren sich im Nichts, während die Ziegenmelker in rhythmischem Crescendo unheiliger Vorfreude kreischten.

Dann endete das Keuchen, und der Hund hob seinen Kopf zu einem langen schwermütigen Geheul. Das gelbe ziegenbockähnliche Gesicht des niedergestreckten Wesens veränderte sich, und seine großen schwarzen Augen fielen auf widerwärtige Weise ein. Vor dem Fenster war das schrille Gekreisch der Ziegenmelker plötzlich verstummt, und über dem Murmeln der anwachsenden Menschenmenge vernahm man panisches Geflatter und Flügelschlagen. Vor dem Mond zeichneten sich große Schwärme der gefiederten Wächter ab und verschwanden auf ihrer wilden Flucht vor dem, was sie als ihre Beute betrachtet hatten.

Mit einem Mal sprang der Hund auf, bellte verängstigt und sprang aus dem Fenster, durch das er hereingekommen war. Ein Schrei erhob sich aus der Menge, und Dr. Armitage rief den Männern draußen zu, dass niemand vor Ankunft der Polizei oder des Gerichtsmediziners eingelassen werden dürfe. Er war dankbar dafür, dass die Fenster gerade hoch genug waren, um keinen Einblick zu gestatten, und zog sorgfältig die schwarzen Vorhänge zu. Mittlerweile waren zwei Polizisten eingetroffen; Dr. Morgan ging ihnen in der Eingangshalle entgegen und beschwor sie, um ihrer selbst willen den von Gestank erfüllten Leseraum nicht eher zu betreten, bis der Mediziner käme und man das am Boden liegende Ding zudecken könne.

Währenddessen gingen auf dem Boden des betreffenden Raumes entsetzliche Veränderungen vor sich. Man sollte sich die Beschreibung ersparen, *wie und in welchem Umfang* das Ding vor den Augen von Dr. Armitage und Professor Rice schrumpfte und sich auflöste, aber so viel sei gesagt, dass abgesehen von der äußeren Erscheinung des Gesichts und der Hände das menschliche Element in Wilbur Whateley äußerst gering gewesen sein muss. Als der Gerichtsmediziner kam, befand sich nur noch eine klebrige weiße Masse auf den gestrichenen Dielen, und der ungeheuerliche Geruch war fast verschwunden. Allem Anschein nach hatte Whateley weder einen Schädel noch ein Skelett besessen, jedenfalls nicht in einem greifbaren und beständigen Sinne. Er war mehr nach seinem unbekannten Vater geraten.

VII

Doch all dies war nur der Auftakt zu dem wirklichen Grauen von Dunwich. Verstörte Beamte erledigten die Formalitäten, abnorme Einzelheiten wurden wohlweislich der Presse und der Öffentlichkeit vorenthalten, und man sandte Männer nach Dunwich und Aylesbury, um die Besitzverhältnisse zu überprüfen und etwaige Erben des verstorbenen Wilbur Whateley zu benachrichtigen. Sie fanden den Landkreis in großer Aufregung vor, nicht nur wegen des zunehmenden Rumorens in den kuppelförmigen Bergen, sondern auch wegen des ungewöhnlichen Gestanks und der rauschenden, wogenden Geräusche, die in zunehmendem Maße aus der großen leeren Hülle drangen, die das vernagelte Bauernhaus der Whateleys im Grunde darstellte. Earl Sawyer, der sich während Wilburs Abwesenheit um das Pferd und die Rinder gekümmert hatte, war bedauerlicherweise an einem akuten Nervenleiden erkrankt. Die Beamten suchten nach Ausreden, um das widerliche verrammelte Haus nicht betreten zu müssen, und waren froh darüber, ihre Untersuchung auf einen Besuch der Wohnräume des Verstorbenen in dem vor Kurzem reparierten Schuppen beschränken zu können. Sie lieferten dem Kreisgericht von Aylesbury einen umständlichen Bericht ab. Die Rechtsstreitigkeiten wegen der Erbschaft sollen zwischen den zahllosen degenerierten und undegenerierten Whateleys des oberen Miskatonic-Tales noch immer fortdauern.

Ein fast endloses Manuskript, niedergeschrieben in sonderbaren Schriftzeichen in einem großen Buch, hielt man aufgrund der Abstände zwischen den Textblöcken und der Unterschiede in der Handschrift und den verschiedenfarbigen Tinten, die verwendet wurden, für eine Art Tagebuch. Es gab denen, die es auf dem alten Sekretär gefunden hatten, ein verwirrendes Rätsel auf. Nachdem man eine Woche darüber gegrübelt hatte, schickte man es mitsamt den seltsamen Büchern des Verstorbenen an die Miskatonic-Universität, um es dort untersuchen und möglicherweise übersetzen zu lassen. Jedoch mussten selbst die besten Linguisten bald erkennen, dass dieses Rätsel wohl nicht ohne Weiteres zu lösen sei. Von dem alten Gold, mit dem Wilbur und der alte Whateley stets ihre Schulden zu begleichen pflegten, fehlt bis heute jede Spur.

In der Nacht vom 9. auf den 10. September brach das Grauen los. Die Geräusche in den Bergen waren am Abend sehr deutlich zu hören gewesen, und die Hunde hatten die ganze Nacht hindurch wütend gebellt. Frühaufsteher bemerkten am Morgen des 10. einen eigenartigen Gestank in der Luft. Gegen 7.00 Uhr kam Luther Brown, der Stallbursche von George Coreys Hof, hektisch von der Ten-Acre-Weide herbeigerannt, wo er wie gewöhnlich die Kühe zu hüten hatte. Er war völlig außer sich vor Angst, als er in die Küche stürzte, und draußen auf dem Hof stampfte und brüllte erbärmlich die nicht weniger verängstigte Herde, die dem Jungen in Panik gefolgt war. Keuchend und stammelnd versuchte Luther, Mrs. Corey seine Geschichte zu erzählen.

»Da oben auffer Straße hinterm Tal, Mrs. Corey – da war was! Riecht wie der Donner, un die ganzen Büsch un kleinen Bäum sin vonner Straße weggedrückt, als wär da 'n Haus drauf gefahren. Un das is nich ma das Schlimmste, ne! Da sin *Spuren* auffer Straße, Mrs. Corey – große runde Spuren, die sin so groß wie 'n Fass, ganz tief eingesunken, als wär da 'n Elefant lang, *nur sin da viel mehr von, als vier Füße machen könn'!* Ich hab mir ein, zwei von angesehn, ehe ich gerannt bin, un ich hab gesehn, dass se alle mit Linien bedeckt sin, die alle von 'ner Stell ausgehn tun, wie die Fächer von 'nem großen Palmblatt – nur zwei- oder dreimal so groß halt –, die sin in die Straß gedrückt wor'n. Un der Geruch war furchtbar, so wie beim ollen Haus vom Hexer Whateley ...«

Hier zögerte er und wurde aufs Neue von der Angst geschüttelt, die ihn nach Hause gejagt hatte. Mrs. Corey, die ihm nichts Weiteres entlocken konnte, telefonierte dann mit den Nachbarn und verursachte dadurch jene Panik, die dem eigentlichen Grauen vorausging. Als sie Sally Sawyer erreichte, die Haushälterin bei Seth Bishop, dessen Hof dem der Whateleys am nächsten lag, war es an ihr, zuzuhören, anstatt etwas zu erzählen, denn Sallys Junge Chauncey, der nie recht gut schlafen konnte, war auf dem Hügel hinter dem Haus der Whateleys gewesen und war nach einem Blick auf das Gebäude und die Weide, wo Mr. Bishops Kühe die Nacht über gestanden hatten, voller Entsetzen zurückgelaufen.

»Ja, Mrs. Corey«, klang Sallys bebende Stimme durch den Draht, »Chauncey kam grad heim und hat erst gar nich reden könn', so 'ne Angst hat er! Er sagt, das Haus vom ollen Whateley is ganz in Stücke gegangen, un die Bretter sin überall verstreut, als wär's gesprengt worden; nur der Boden is nich durch, sondern is voll mit so 'nem Teer-Zeugs, das ganz fürchterlich riechen tut un vonnen Rändern auf'n Boden tropft, wo die Bretter anner Seite weggesprengt worden sin. Un auf'm Hof sin auch so furchtbare Spuren – große runde Spuren, größer als'n Schweinskopp un ganz klebrig mit Zeugs wie dem im kaputten Haus. Chauncey hat gesagt, dass sie hoch auffe Weide führn, wo's Gras ganz breit niedergetrampelt is, breit wie 'ne Scheun, un überall, wo die Spuren sin, sin die Steinmauern eingestürzt.

Un er sagt, Mrs. Corey, er sagt, dass er nach Seths Kühen geschaut hat, auch wenner viel Angst hatte; un er hat se auf der oberen Weide beim Devil's Hop Yard gefunden, ganz schlimm zugericht'. Die Hälft davon war einfach weg, un fast der Hälft von denen, die noch übrig waren, is alles Blut ausgesaugt worden, un se ham so Wunden gehabt wie's Vieh vom Whateley, seit Lavinnys schwarzer Balg auffer Welt is. Seth is los, um se sich mal anzusehn, aber ich schwör, dass er nich sehr nah bei'm Hexer Whateley sein Haus gehn tut! Chauncey hat nich richtig gesehn, wo die großen Spuren im Gras hinter der Weide wohl hinführn, aber er sagt, dass er glaubt, dass se auffer Talstraße zum Dorf runterführn.

Ich sag Ihnen, Mrs. Corey, da is was da draußen, was nich da sein sollt, un ich für mein' Teil glaub, dass der schwarze Wilbur Whateley damit was zu schaffen hat, auch wenn's mit ihm 'n böses Ende genommen hat; war ja auch verdient! Der war ja selber nich ganz 'n Mensch, wie ich ja immer allen gesagt hab; un ich glaub, er un der olle Whateley ham da im verrammelten Haus was rangezogen, was noch weniger was von 'nem Menschen hat als er selbst. Gab ja schon immer so unsichtbare Wesen um Dunwich rum – lebende Wesen –, die nich menschlich sin und auch nicht gut für's Menschenvolk.

Die Erd war letzte Nacht am Sprechen, un am Morgen hat Chauncey die Ziegenmelker so laut inner Cold-Spring-Schlucht gehört, dass er nimmer schlafen konnt. Und dann hat er geglaubt, was andres ganz leis drüben beim Hexer Whateley zu hörn – so als würd Holz kaputtgehn, wie'n großer Kasten oder 'ne Lattenkist, die aufgebrochen wird. Wegen all dem konnt er, bis es hell wurd, nich schlafen, un kaum war er am Morgen auf, is er rüber zu'n Whateleys, um zu schaun, was los is. Hat genug gesehn, das könn' Se glauben, Mrs. Corey! Das heißt nix Gutes, un ich mein, alle Mannskerle sollten 'n Trupp bilden un was tun. Ich weiß, da is was Grässliches, aber Gott allein weiß, wasses is. Ach, ich spür's, mit mir geht's bald zu End!

Hat Ihr Luther mal geguckt, wo denn die großen Spuren hinführn? Nein? Na, Mrs. Corey, wenn se auf der Talstraß auf unsrer Seite vom Tal sin un noch nich bei Ihr'm Haus, dann gehn se wohl in die Schlucht rein. Das würd passen. Ich sag immer, dass die Cold-Spring-Schlucht nich grad 'n guter oder angenehmer Ort is. Die Ziegenmelker un Glühwürm' da ham sich nie so aufgeführt, als seien se Geschöpfe Gottes, un dann gibt's so Leut, die sagen, se würden da unten komische Sachen inner Luft rauschen und reden hörn, wenn man an der rechten Stell is, grad da zwischen dem Felshang und der Bärengrotte!«

An diesem Nachmittag patrouillierten gut drei Viertel der Männer und Jungen von Dunwich auf den Straßen und Weiden zwischen den Ruinen des Whateley-Hauses und der Cold-Spring-Schlucht, untersuchten voller Entsetzen die monströsen Abdrücke, die verstümmelten Rinder der Bishops, die merkwürdigen, widerwärtigen Überreste des Bauernhauses und die zerstampfte und niedergewalzte Vegetation auf den Feldern und an den Straßenrändern. Was auch immer auf die Welt losgebrochen war, mit Sicherheit hatte es den Weg hinab in die tiefe, finstere Schlucht genommen, denn alle Bäume auf dem Hang waren umgestürzt oder abgeknickt, und durch das Unterholz am Rande des Abgrundes zog sich eine breite Schneise. Es sah so aus, als wäre ein Haus von einer Lawine fortgerissen worden und sei durch das dichte Gestrüpp den fast senkrechten Hang hinuntergerutscht. Von unten drang kein Laut herauf, nur ein leichter unbestimmbarer Gestank; es ist nicht verwunderlich, dass die Männer es vorzogen, am Rand der Schlucht zu bleiben und sich zu beratschlagen, anstatt hinabzusteigen und dem unbekannten zyklopischen Grauen in seinem Versteck entgegenzutreten. Drei Hunde, die den Suchtrupp begleiteten, hatten zunächst wütend gebellt, verhielten sich aber in der Nähe der Schlucht eingeschüchtert und sehr zurückhaltend. Jemand telefonierte mit dem *Aylesbury Transcript* und berichtete von den Vorfällen; der Redakteur war jedoch die abenteuerlichen Geschichten aus Dunwich gewöhnt und verfasste lediglich einen kurzen humorvollen Artikel darüber, der bald darauf von Associated Press übernommen wurde.

Am Abend gingen alle heim, und jedes Haus und jede Scheune wurde so fest wie möglich verbarrikadiert. Überflüssig zu erwähnen, dass das Vieh nicht auf den Weiden gelassen wurde. Gegen zwei Uhr morgens riss ein fürchterlicher Gestank und das wilde Bellen der Hunde die Bewohner von Elmer Fryes Farm am östlichen Rand der Cold-Spring-Schlucht aus dem Schlaf. Alle glaubten, irgendwo da draußen ein gedämpftes Rauschen oder Zischen zu hören. Mrs. Frye schlug vor, die Nachbarn anzurufen, und Elmer wollte dem gerade zustimmen, als das Krachen berstenden Holzes ihre Überlegungen gewaltsam beendete. Offenbar kam es von der Scheune her, bald darauf gefolgt vom scheußlichen Brüllen und Stampfen der Rinder. Die Hunde drängten sich geifernd an die vor Angst wie gelähmten Familienmitglieder.

Frye zündete – Macht der Gewohnheit! – eine Laterne an, wusste aber, dass es sein Tod wäre, hinaus auf den dunklen Hof zu gehen. Die Kinder und die Frauen wimmerten vor sich hin, eine obskure instinktive Regung hielt sie aber davon ab zu schreien, so als wüssten sie, dass ihr Weiterleben von ihrem Stillschweigen abhinge. Endlich wich das Gebrüll der Rinder einem jämmerlichen Stöhnen, und ein lautes Knacken, Krachen und Knistern folgte. Die Fryes drängten sich in der Stube eng aneinander und wagten sich nicht zu rühren, ehe nicht der letzte Laut tief unten in der Cold-Spring-Schlucht verhallt war. Dann wankte Selina Frye zum Telefon, während aus dem Stall das elende Stöhnen des Viehs und draußen in der Schlucht das dämonischen Pfeifen nächtlicher Ziegenmelker zu hören war, und verbreitete die Nachricht von der zweiten Phase des Grauens.

Am nächsten Tag befand sich die ganze Landbevölkerung in Panik; sie kamen in verängstigten, schweigsamen Gruppen an den Ort, wo sich die teuflische Sache ereignet hatte. Zwei gewaltige Schneisen der Zerstörung erstreckten sich von der Schlucht zum Hof der Fryes, monströse Spuren bedeckten den nackten Erdboden, und eine Seite der alten roten Scheune war vollständig eingedrückt. Nur ein Viertel der Rinder konnte gefunden werden. Einige waren völlig zerstückelt; alle überlebenden Tiere mussten erschossen werden. Earl Sawyer schlug vor, in Aylesbury oder Arkham um Hilfe zu bitten, aber die anderen behaupteten, es sei sinnlos. Der alte Zebulon Whateley, von einer Seitenlinie, die zwischen Normalität und Dekadenz schwankte, machte düstere und wirre Andeutungen über Rituale, die man auf den Berggipfeln abhalten sollte. Er entstammte einem Familienzweig, in dem die Tradition noch stark war, und dass er sich an Gesänge inmitten der großen Steinkreise erinnerte, stand in keinem Zusammenhang mit Wilbur und seinem Großvater.

Die Dunkelheit senkte sich herab auf einen schwer geprüften Landstrich, der zu kraftlos war, um wirksame Verteidigungsmaßnahmen ergreifen zu können. In einigen wenigen Fällen schlossen sich eng miteinander verwandte Familien zusammen und spähten unter einem Dach wachsam in die Finsternis hinaus; im Allgemeinen jedoch verbarrikadierte man sich wie in der Nacht zuvor und beließ es bei der sinn- und wirkungslosen Geste, die Flinten zu laden und die Mistgabeln griffbereit zu halten. Aber abgesehen von leichtem Rumoren in den Hügeln ereignete sich nichts; und als der Tag anbrach, hegten viele die Hoffnung, dass dieses neue Grauen ebenso schnell verschwunden sei, wie es gekommen war. Es fanden sich sogar einige Beherzte, die an eine offensive Erkundung der Schlucht dachten, obwohl sie der noch zögerlichen Mehrheit dann doch nicht als mutiges Beispiel vorangehen wollten.

Als es wieder Abend wurde, verbarrikadierte man sich abermals, es schlossen sich jedoch weniger Familien zusammen. Am Morgen berichteten sowohl die Fryes als auch die Leute von Seth Bishops Hof von Aufregung unter den Hunden, undeutlichen Geräuschen und üblen Gerüchen von weither, während Spähtrupps, die schon früh aufgebrochen waren, mit Grauen eine ganz frische Fährte der monströsen Spuren auf der Straße entdeckten, die um den Sentinel Hill herumführt. Wie zuvor wies das niedergedrückte Gesträuch an den Straßenrändern auf den enormen Umfang des blasphemischen Schreckens hin; die Spuren ließen darauf schließen, dass die Straße zweimal passiert worden war, als sei der wandelnde Berg aus der Cold-Spring-Schlucht gekommen und auf demselben Weg dorthin zurückgekehrt. Vom Fuß des Hügels führte eine über neun Meter breite Schneise durch das Unterholz aus jungen Bäumen steil nach oben, und die Kundschafter hielten die Luft an, als sie erkennen mussten, dass selbst die allersteilsten Abhänge von der unerbittlichen Spur nicht verschont geblieben waren. Was immer dieses Grauen auch sein mochte, es war imstande, eine glatte, fast senkrechte Felswand hinaufzusteigen; und als die Männer auf gefahrlosen Wegen den Kamm des Hügels erreichten, sahen sie, dass die Spur dort endete – oder vielmehr kehrt machte.

Hier hatten die Whateleys in der Walpurgisnacht und zu Halloween bei dem tischähnlichen Felsen ihre höllischen Feuer entfacht und ihre teuflischen Rituale vollzogen. Nun bildete eben dieser Stein das Zentrum einer von dem berggroßen Grauen eingeebneten Fläche, deren leicht nach innen gewölbter Untergrund Reste derselben zähflüssigen, faulig riechenden teerartigen Masse aufwies, die auf dem Boden des zerstörten Whateley-Hauses gefunden worden war, nachdem das Grauen dort seinen Anfang genommen hatte. Die Männer sahen sich an und flüsterten miteinander. Dann blickten sie den Hügel hinab.

Allem Anschein nach war das Grauen auf demselben Weg hinabgestiegen, den es heraufgekommen war. Mutmaßungen anzustellen war zwecklos. Vernunft, Logik und Ursachenforschung
im herkömmlichen Sinne führten zu nichts. Nur der alte
Zebulon, der nicht mit dabei war, wäre der Situation gewachsen
gewesen und hätte eine überzeugende Erklärung bieten können.

Donnerstagnacht begann ähnlich wie die Nächte zuvor, endete
aber weniger glücklich. Die Ziegenmelker im Tal hatten mit
ungewöhnlicher Ausdauer geschrien, sodass viele Leute keinen
Schlaf finden konnten, und gegen drei Uhr morgens klingelten
plötzlich alle Telefone der gemeinsamen Verbindung wie verrückt. Wer den Hörer abnahm, hörte eine vor Angst wahnsinnige
Stimme schreien: »Hilfe! Oh, mein Gott …!«, und manche
glaubten, danach ein krachendes Geräusch vernommen zu
haben. Dann folgte nichts mehr. Keiner wagte, etwas zu unternehmen, und bis zum Morgen wusste niemand, woher der Anruf
gekommen war. Dann riefen diejenigen, die ihn entgegenge-
nommen hatten, alle anderen Verbindungsteilnehmer an und
stellten fest, dass nur die Fryes sich nicht meldeten. Die Wahrheit kam eine Stunde später ans Licht, als eine hastig zusammen-
gestellte Gruppe bewaffneter Männer zum Hof der Fryes am
Eingang der Schlucht marschierte. Es war entsetzlich, aber kaum
überraschend. Wiederum fand man Schneisen in der Vegetation
und monströse Spuren vor, doch von einem Haus konnte keine
Rede mehr sein. Es war zerschmettert worden wie eine Eier-
schale, und in den Ruinen fand sich nichts Lebendes oder Totes.
Nur Gestank und eine teerartige, klebrige Masse. Elmer Fryes'
Familie war ausgelöscht worden.

VIII

In der Zwischenzeit war das Grauen hinter der verschlossenen
Türe eines von Bücherregalen gesäumten Raumes in Arkham in
ein stilleres, jedoch den Geist weitaus erschütternderes Stadium
eingetreten. Das merkwürdige Tagebuch Wilbur Whateleys, das
zwecks Übersetzung an die Miskatonic-Universität gesandt
worden war, hatte unter den Fachleuten alter und moderner
Sprachen für viel Aufregung und Erstaunen gesorgt; allein

schon das benutzte Alphabet war, abgesehen von einer oberflächlichen Ähnlichkeit mit dem im Zweistromland gebräuchlichen unreinen Arabisch, keiner der Autoritäten auf diesem Gebiet bekannt. Die Schlussfolgerung der Linguisten lautete, dass der Text in einem künstlichen Alphabet geschrieben, also in einer Geheimschrift abgefasst worden war; keine der üblichen Entschlüsselungsmethoden war erfolgreich, nicht einmal, wenn man sie auf der Grundlage jeder Sprache anwandte, die der Verfasser hätte benutzen können. Die alten Bücher aus Whateleys Besitz waren zwar über alle Maßen interessant und schienen in mehreren Fällen neue und schreckliche Anstöße für die Forschung der Philosophen und Wissenschaftler zu versprechen, in dieser Angelegenheit boten sie allerdings keinerlei Hilfe. Eines der Bücher, ein schwerer Band mit eiserner Schließe, war in einem weiteren unbekannten Alphabet verfasst, das allerdings von ganz anderer Art war als das im Manuskript verwendete; es ähnelte am ehesten dem Sanskrit. Das Tagebuch wurde schließlich Dr. Armitage anvertraut, nicht nur wegen seines besonderen Interesses an dem Fall Whateley, sondern auch wegen seines umfassenden linguistischen Wissens und seiner Fähigkeiten auf dem Gebiet der mystischen Formeln des Altertums und des Mittelalters.

Armitage vertrat die Ansicht, dass dieses Alphabet dazu diente, esoterisches Wissen zu vermitteln; genutzt wurde es von gewissen verbotenen Kulten, deren Ursprünge tief in die Vergangenheit zurückreichten und die viele Methoden und Überlieferungen von den Hexenmeistern der sarazenischen Welt übernommen hatten. Doch er hielt das Wissen um die Herkunft der Symbole für unwesentlich, da diese vermutlich zur Chiffrierung einer modernen Sprache verwendet worden waren. Er nahm an, dass Whateley angesichts des umfangreichen Textes sich wohl kaum die Mühe gemacht hätte, eine andere Sprache als seine eigene zu benutzen, ausgenommen vielleicht bei gewissen besonderen Formeln und Anrufungen. Demgemäß nahm er sich das Manuskript unter der Voraussetzung vor, dass ein Großteil davon in Englisch verfasst sein musste.

Da seine Kollegen mehrfach daran gescheitert waren, war sich Dr. Armitage bewusst, dass er es hier mit einem tiefgründigen und komplexen Rätsel zu tun hatte und dass kein simpler

Lösungsweg auch nur den Versuch lohnen würde. Die ganze zweite Augusthälfte hindurch bereitete er sich mittels zahlreicher kryptografischer Fachbücher vor, schöpfte aus den tiefsten Quellen seiner eigenen Bibliothek und watete Nacht für Nacht durch die Geheimnisse der *Poligraphia* des Trithemius, durch Giambattista Portas *De Furtivis Literarum Notis*, De Vigeneres *Traite des Chiffres*, Falconers *Cryptomenysis Patefacta*, die Abhandlungen von Davys und Thickness aus dem 18. Jahrhundert und die Schriften eher zeitgenössischer Autoritäten wie Blair, von Marten und Klüber. Bald gelangte er zu der Überzeugung, dass es sich hier um eine jener überaus subtilen und raffinierten Geheimschriften handelte, in denen zahlreiche Kolonnen einander entsprechender Buchstaben wie in einer Multiplikationstabelle angeordnet sind und deren Botschaft sich nur dem Eingeweihten erschließt, der Kenntnis von den willkürlich gewählten Schlüsselworten hat. Die älteren Werke schienen hilfreicher zu sein als die neueren Datums, und Armitage zog daraus den Schluss, dass es sich bei dem Code des Manuskriptes um eine Geheimschrift hohen Alters handeln musste, die ohne Zweifel über mehrere Generationen experimentierfreudiger Mystiker weitergereicht worden war. Mehrere Male schien er fast am Ziel zu sein, nur um von einem unvorhergesehenen Hindernis zurückgeworfen zu werden. Anfang September lichtete sich der Nebel langsam. Gewisse Buchstaben traten an bestimmten Stellen des Manuskriptes klar und unmissverständlich hervor, und es zeigte sich, dass der Text tatsächlich in Englisch verfasst war.

Am Abend des 2. September nahm Dr. Armitage die letzte größere Hürde und las zum ersten Male einen zusammenhängenden Abschnitt aus den Aufzeichnungen Wilbur Whateleys. Es handelte sich tatsächlich um ein Tagebuch, wie alle es vermutet hatten, und es war in einem Stil abgefasst, der deutlich die okkulte Belesenheit und allgemeine Unwissenheit des sonderbaren Wesens zeigte, das sein Verfasser war. Schon die erste längere Passage, die Armitage entziffern konnte, ein Eintrag vom 26. November 1916, erwies sich als höchst verwirrend und verstörend. Geschrieben hatte sie, wie Armitage sich erinnerte, ein Kind von dreieinhalb Jahren, das aussah wie ein Bursche von zwölf oder dreizehn. Der Text lautete wie folgt:

Heute das Aklo für den Sabaoth gelernt, mocht es aber nicht, weil vom Hügel geantwortet wird und nicht aus der Luft. Das im Obergeschoss ist mir weiter voraus, als ich gedacht hab, und es hat sicher nicht viel Erdenhirn. Hab Jack, den Collie von Elam Hutchins, erschossen, als er mich beißen wollte, und Elam sagt, er würd mich töten, wenn er könnte. Glaub, er wird's nicht tun. Großvater hat mich letzte Nacht die Dho-Formel immer wieder aufsagen lassen, und ich glaub, ich hab die innere Stadt bei den zwei Magnetpolen gesehen. Ich werd zu den Polen gehn, wenn die Erde erledigt ist, sollt ich mit der Dho-Hna-Formel nicht durchkommen. Die aus der Luft haben mir am Sabbat gesagt, dass es noch Jahre dauern wird, bis ich die Erde bezwingen kann, und ich nehm an, Großvater ist dann schon tot, und so muss ich all die Winkel der Ebenen und alle Formeln zwischen dem Yr und dem Nhhngr lernen. Die von draußen werden helfen, aber sie können ohne menschliches Blut nicht Gestalt annehmen. Das im Obergeschoss sieht aus, als wär es geeignet. Ich kann es ein wenig sehen, wenn ich das voorische Zeichen mach oder das Pulver von Ibn Ghazi darüber blase; es ähnelt denen in der Walpurgisnacht auf dem Hügel. Das andere Gesicht wird mit der Zeit wohl weggehen. Ich frag mich, wie ich aussehen werde, wenn die Erde gereinigt ist und es keine irdischen Wesen mehr darauf gibt. Er, der mit dem Aklo-Sabaoth kam, sagte, ich könnte verwandelt werden, da draußen noch viel Arbeit wartet.

Der Morgen fand Dr. Armitage in kaltem Angstschweiß gebadet, im Wahn überwacher Konzentration. Er war die ganze Nacht über nicht von dem Manuskript gewichen, sondern hatte am Tisch unter dem elektrischen Licht gesessen und mit zitternder Hand eine Seite nach der andern umgeblättert, so rasch er den kryptischen Text zu entziffern vermochte. Nervös hatte er seine Frau angerufen, um ihr zu sagen, dass er nicht nach Hause käme; und als sie ihm von daheim das Frühstück brachte, konnte er kaum einen Happen zu sich nehmen. Den ganzen Tag hindurch las er weiter, musste aber dann und wann entnervt die Lektüre unterbrechen, wenn die erneute Anwendung des komplizierten

Übersetzungsschlüssels notwendig wurde. Mittagessen und Abendbrot wurden ihm gebracht, doch er aß so gut wie nichts. In der folgenden Nacht döste er auf seinem Stuhl ein, erwachte aber bald aus einem Gewirr übler Träume, die fast so abscheulich waren wie die Wahrheit, die er aufgedeckt hatte, die Gefahr, die der Menschheit drohte.

Am Morgen des 4. September bestanden Professor Rice und Dr. Morgan auf einer kurzen Unterredung; zitternd und aschfahl verließen sie danach das Studierzimmer. An jenem Abend ging Armitage zu Bett, schlief jedoch nur unruhig. Am folgendem Tag, einem Mittwoch, saß er wieder über dem Manuskript und machte sich umfangreiche Notizen zu dem bereits entzifferten Text und den Passagen, die er noch in Arbeit hatte. In den frühen Morgenstunden schlief er ein wenig in dem Lehnstuhl in seinem Büro, beschäftigte sich aber noch vor Sonnenaufgang wieder mit dem Manuskript. Vormittags kam Dr. Hartwell, sein Arzt, vorbei und drängte ihn, endlich mit der Arbeit aufzuhören. Armitage lehnte ab und gab zu verstehen, dass es für ihn von größter Bedeutung sei, die Lektüre des Tagebuches fortzusetzen; zu gegebener Zeit würde er alles erklären. An jenem Abend, gerade als die Dämmerung anbrach, beendete er seine fürchterliche Beschäftigung und sank erschöpft zurück. Seine Frau, die ihm das Abendessen brachte, fand ihn in einem halb komatösen Zustand vor; doch war er noch so weit bei klarem Bewusstsein, um sie mit einem gellenden Schrei davon abzuhalten, sich seine Unterlagen näher anzusehen. Schwach erhob er sich, sammelte die bekritzelten Blätter ein und versiegelte sie in einem großen Umschlag, den er unverzüglich in der Innentasche seines Mantels verstaute. Er war noch kräftig genug, um nach Hause zu gelangen, benötigte jedoch eindeutig ärztliche Hilfe, sodass Dr. Hartwell schnellstens herbeigerufen wurde. Als der Arzt ihn zu Bett brachte, konnte er nur wieder und wieder murmeln: »*Aber was in Gottes Namen können wir tun?*«

Dr. Armitage schlief, fantasierte jedoch am nächsten Tag zeitweise. Er gab Hartwell keine Erklärung, sprach in ruhigeren Momenten indes von der unumgänglichen Notwendigkeit einer längeren Unterredung mit Rice und Morgan. Seine wilden Fieberreden waren in der Tat sehr verwirrend und beinhalteten die verzweifelte Forderung, etwas in einem mit Brettern vernagelten

Bauernhaus zu vernichten, sowie fantastische Andeutungen eines Planes zur Ausrottung des gesamten Menschengeschlechtes und allen tierischen und pflanzlichen Lebens auf der Erde durch eine schreckliche ältere Rasse von Lebewesen aus einer anderen Dimension. Er schrie, die Welt sei in Gefahr, da die Alten Wesen sie zu reinigen und aus dem Sonnensystem und dem stofflichen Kosmos heraus in eine andere Ebene oder auf eine andere Daseinsstufe zu ziehen wünschten, aus der sie einst, vor Vigintillionen von Äonen, herabgefallen war. Andere Male rief er nach dem gefürchteten *Necronomicon* und der *Daemonolatreia* des Remigius, in denen er irgendeine Formel zu finden hoffte, um die von ihm beschworene Gefahr in Schach zu halten.

»Haltet sie auf, haltet sie auf!«, rief er immer wieder. »Diese Whateleys wollten sie hereinlassen, und das Schlimmste von allen ist noch übrig! Sagen Sie Rice und Morgan, dass wir etwas unternehmen müssen – man kann es nicht sehen, doch ich weiß, wie man das Pulver herstellt ... Es ist seit dem zweiten August nicht mehr gefüttert worden, seit Wilbur hier zu Tode kam, und in diesem Falle ...«

Armitage verfügte indes trotz seiner 73 Jahre über eine gute körperliche Gesundheit und schlief in jener Nacht seine Erkrankung aus, ohne wirkliches Fieber zu entwickeln. Am späten Freitagmorgen erwachte er mit klarem Kopf, wiewohl ernüchtert durch eine nagende Furcht und die gewaltig auf ihm lastende Verantwortung. Am Samstagnachmittag fühlte er sich dazu in der Lage, in die Bibliothek zu gehen und Rice und Morgan zu einer Konferenz einzuberufen; für den Rest des Tages und den gesamten Abend über marterten die drei Männer ihre Hirne mit den verstiegensten Mutmaßungen und den verzweifeltsten Debatten. Eine große Anzahl sonderbarer und schrecklicher Bücher wurden den Regalen und sicheren Aufbewahrungsorten entnommen; Diagramme und Formeln wurden in fieberhafter Eile und in erstaunlichem Umfang kopiert. Skepsis gab es nicht. Alle drei hatten die Leiche Wilbur Whateleys auf dem Boden eines Zimmers in ebendiesem Gebäude gesehen, daher verspürte keiner von ihnen auch nur die leiseste Neigung, das Tagebuch als die Ergüsse eines Wahnsinnigen zu erachten.

Die Meinungen gingen auseinander in der Frage, ob man die

Massachusetts State Police unterrichten sollte, wobei man sich letztlich dagegen entschied. Es waren Dinge mit im Spiel, die Personen, die nicht bereits einen Eindruck davon bekommen hatten, einfach unglaubwürdig erscheinen mussten, wie sich im Laufe gewisser folgender Untersuchungen auch tatsächlich herausstellen sollte. Spät in der Nacht wurde die Versammlung aufgelöst, ohne einen bestimmten Plan entwickelt zu haben, doch den ganzen Sonntag über war Armitage damit beschäftigt, Formeln zu vergleichen und aus dem Labor der Hochschule mitgebrachte Chemikalien zu mischen. Je mehr er über das höllische Tagebuch nachdachte, desto mehr neigte er dazu, die Wirksamkeit jedweden Mittels bei der Auslöschung des Dinges anzuzweifeln, das Wilbur Whateley zurückgelassen hatte – das die Welt bedrohende Wesen, das, was Armitage nicht wusste, in wenigen Stunden ausbrechen und zum unvergesslichen Grauen von Dunwich werden sollte.

Der Montag stellte für Dr. Armitage eine Wiederholung des Sonntags dar, denn die bevorstehende Aufgabe setzte unendlich viele Nachforschungen und Experimente voraus. Weitere Konsultationen des ungeheuerlichen Tagebuches zogen verschiedene Änderungen des Planes nach sich, und er wusste, dass letzten Endes ein großes Maß an Ungewissheit bleiben musste. Am Dienstag hatte er eine bestimmte Handlungsabfolge skizziert und war der Ansicht, binnen einer Woche nach Dunwich reisen zu können. Am Mittwoch kam dann die große Erschütterung. Unauffällig in einer Spalte des *Arkham Advertiser* versteckt, fand sich ein scherzhafter kleiner Bericht von Associated Press, der von einem rekordverdächtigen Monster handelte, das der schwarzgebrannte Whiskey in Dunwich heraufbeschworen habe. Der halb betäubte Armitage rief Rice und Morgan an. Die Konferenz dauerte bis spät in die Nacht, und am nächsten Tag befanden sich die Männer mitten im Wirbelwind der Vorbereitungen. Armitage war sich darüber im Klaren, mit welch schrecklichen Mächten er sich einlassen würde, doch ihm war bewusst, dass es keine andere Möglichkeit zur Beseitigung des Übels gab, das andere vor ihm durch tief greifende und bösartige Pfuscherei heraufbeschworen hatten.

IX

Am Freitagmorgen machten sich Armitage, Rice und Morgan mit einem Auto auf den Weg nach Dunwich, und gegen ein Uhr mittags kamen sie in dem Dorf an. Es war ein angenehmer Tag, doch selbst im hellsten Sonnenschein schien eine Art stiller Bedrohung, ein böses Omen über den sonderbar gewölbten Hügeln und den tiefen, schattigen Schluchten der heimgesuchten Region zu schweben. Hier und da zeichnete sich auf dem Gipfel eines Berges ein kahler Steinkreis vor dem Himmel ab. Die Atmosphäre verschwiegener Furcht, die in Osborns Laden herrschte, ließ sie vermuten, dass sich etwas Fürchterliches zugetragen haben musste, und schon bald erfuhren sie von der Vernichtung des Hauses Elmar Fryes und seiner Familie. Den ganzen Nachmittag über fuhren sie in Dunwich umher, befragten die Einheimischen zu allem, was mit dem Geschehenen in Zusammenhang stand, und sahen mit wachsendem Entsetzen die tristen Ruinen des Frye-Hauses, die Reste der teerartigen, klebrigen Substanz, die blasphemischen Spuren im Hof, die verwundeten Rinder Seth Bishops und an verschiedenen Stellen die gewaltigen Schneisen in der Vegetation. Der Spur, die den Sentinel Hill hinauf- und wieder herunterführte, schien Armitage eine enorme Bedeutung zuzumessen, und er sah sich lange den unheimlichen altarähnlichen Stein auf dem Gipfel an.

Nachdem die Besucher erfahren hatten, dass eine Gruppe Polizisten, die man wegen der Frye-Tragödie aus Aylesbury gerufen hatte, an jenem Morgen im Ort eingetroffen war, entschieden sie sich, die Beamten aufzusuchen und deren Aufzeichnungen mit den ihren zu vergleichen, soweit das möglich war. Dies war indes leichter gesagt als getan, da man nirgendwo eine Spur der Polizisten ausmachen konnte. Fünf Beamte waren in einem Wagen gekommen, doch dieser stand nun verlassen in der Nähe der Ruinen auf dem Hof der Fryes. Die Einheimischen, die mit den Polizisten gesprochen hatten, waren zunächst ebenso ratlos wie Armitage und seine Begleiter. Dann aber fiel dem alten Sam Hutchins etwas ein; er wurde bleich, stieß Fred Farr an und wies auf die feuchte, tiefe Senke, die ganz in der Nähe gähnte.

»Gott«, keuchte er, »ich hab denen doch gesagt, sie soll'n nich runter ins Tal gehn! Ich hätt nie gedacht, dass so was jemand machen tät, mit diesen Spuren un dem Geruch un dem Gekreisch vonnen Ziegenmelkern da unten, wo's am helllichten Mittag dunkel is …«

Ein kalter Schauer überlief Einheimische wie Besucher, und alle spitzten instinktiv ihre Ohren. Armitage, der nun dem Grauen und seinem ungeheuerlichen Tun tatsächlich gegenüberstand, zitterte unter der Last der Verantwortung, die er als die seine begriff. Bald würde die Nacht anbrechen und die bergartige Blasphemie den grausigen Pfad entlangtrampeln.

Negotium perambulans in tenebris … Der alte Bibliothekar sagte im Geist die Formel auf, die er auswendig kannte, und seine Finger verkrampften sich um das Stück Papier, auf dem die andere, nicht auswendig gelernte stand. Er prüfte, ob seine elektrische Taschenlampe funktionstüchtig war. Neben ihm nahm Rice aus einem Koffer einen metallenen Zerstäuber, wie man ihn zur Insektenvertilgung benutzt; Morgan packte unterdes das Großwildjagdgewehr aus, auf das er sein Vertrauen setzte, wenngleich seine Gefährten ihn gewarnt hatten, dass keine materielle Waffe von Hilfe sein würde.

Armitage wusste dank der Lektüre des scheußlichen Tagebuchs nur allzu gut, welche Art von Manifestation zu erwarten war; doch vermied er es, durch Andeutungen oder Hinweise die Ängste der Bewohner von Dunwich noch zu verstärken. Er hoffte, dass das Übel besiegt werden könnte, ohne der Welt offenbaren zu müssen, welches monströse Wesen auf sie losgelassen worden war. Als es dämmerte, eilten die Einheimischen zu ihren Häusern, um sich darin zu verbarrikadieren, ungeachtet der Tatsache, dass alle Riegel und Schlösser von Menschenhand nutzlos angesichts einer Macht waren, die nach Belieben Bäume umknicken und Häuser zerschmettern konnte. Sie schüttelten die Köpfe über das Vorhaben der Besucher, bei den Ruinen nahe des Tales Wache zu stehen; und als sie die drei Männer verließen, hatten sie wenig Hoffnung, sie je wiederzusehen.

In jener Nacht grollte es in den Hügeln, und die Ziegenmelker pfiffen bedrohlich. Dann und wann mischte der aus der Cold-Spring-Schlucht heraufwehende Wind einen unbeschreiblichen Gestank in die schwere Nachtluft; ein Gestank, wie ihn die drei Wächter schon einmal gerochen hatten, als sie vor einem sterbenden Wesen standen, das fünfzehneinhalb Jahre als Mensch gegolten hatte. Doch der erwartete Schrecken blieb aus. Was sich auch immer dort unten in der Schlucht befand, es wartete seine Stunde ab; und Armitage sagte seinen Kollegen, dass es selbstmörderisch wäre, es im Dunkeln angreifen zu wollen.

Ein fahler Morgen brach an, und die Geräusche der Nacht verstummten. Es war ein grauer, trister Tag, an dem es gelegentlich nieselte und immer schwerere Wolken sich jenseits der Hügel im Nordwesten aufzutürmen schienen. Die Männer aus Arkham waren unentschlossen, was zu tun sei. Nachdem sie in einem der wenigen unzerstörten Nebengebäude des Frye-Hofes vor dem immer stärkeren Regen Schutz gefunden hatten, erörterten sie, ob es klüger sei, abzuwarten oder aber die Initiative zu ergreifen und auf der Suche nach ihrer namenlosen monströsen Jagdbeute in die Schlucht hinabzusteigen.

Der Niederschlag wurde immer heftiger, und in der Ferne vernahm man Donnern. Das Wetterleuchten flackerte, dann flammte ein gezackter Blitz in unmittelbarer Nähe auf, als sei er in der verfluchten Schlucht eingeschlagen. Der Himmel wurde sehr finster, und die Wächter hofften, dass der Sturm sich als kurz und heftig erweisen würde und das Wetter bald wieder aufklarte.

Es war nach wie vor grauenhaft dunkel, als kaum eine Stunde später ein babylonisches Stimmengewirr von der Straße her erklang. Einen Moment darauf kam eine verängstigte Gruppe von mehr als einem Dutzend Männern in Sicht, die durcheinander rannten, dabei schrien oder sogar hysterisch wimmerten. Einer von ihnen stammelte schluchzend einige unverständliche Worte, und die Männer aus Arkham erschraken heftig, als ihnen der Sinn der Botschaft aufging.

»Oh, mein Gott, mein Gott«, brachte der Mann halb erstickt heraus. »Es geht wieder um, *un diesma am Tag!* Es is draußen – is draußen un kommt jetzt grad, un nur Gott allein weiß, wann es uns alle holen tut!«

Der Sprecher hielt keuchend inne, doch ein anderer sprach für ihn weiter.

»Vor fast 'ner Stunde hat Zeb Whateley hier das Telefon schellen gehört, un es war Mrs. Corey, die Frau vom George; die wohnen unten anner Kreuzung. Sie sagt, ihr Stallbursch Luther wär draußen gewesen un hätt' nach dem großen Blitz das Vieh vorm Sturm reingetrieben, als er sieht, wie sich am anderen Rand vonner Schlucht alle Bäume umgebogen ham; un er riecht denselben scheußlichen Geruch wie Montagmorgen, als er die großen Spuren gefunden hat. Un sie hat gesagt, er hätt' erzählt, da wär so'n raschelndes, plätscherndes Geräusch gewesen, lauter als das, was die geknickten Bäum un Büsch gemacht hätten, und mit einem Schlag wär'n die Bäum am Rand vonner Straß auf die Seite gedrückt worden, und da war 'n furchtbares Stampfen un Platschen im Matsch. Aber stellen Se sich mal vor, der Luther hat überhaupt gar nix gesehn, nur die geknickten Bäum und Büsch.

Dann, weiter vorn, wo die Straß über'n Bishop's Brook drübergeht, hat er 'n fürchterliches Knirschen un Knacken auf der Brücke gehört, un er sagt, das wär das Geräusch vom Holz gewesen, das langsam geborsten un zersplittert wär. Un die ganze Zeit über hat er nix gesehn, nur wie die Bäum un Büsch umgeknickt worden sin. Un als das Rascheln viel weiter weg war – auf der Straß zu den Hexer-Whateleys un dem Sentinel Hill –, da hat der Luther sich getraut, da hinzugehn, wo er's zuerst gehört hat, um sich mal den Boden anzuschaun. Da war alles voll Matsch un Wasser, un der Himmel war dunkel, un der Regen hat alle Spuren, haste nich gesehn, ausgelöscht; aber am Anfang vonner Schlucht, wo die Bäume sich bewegt ham, da war'n noch 'n paar von den furchtbaren Abdrücken, groß wie Fässer, wie er se am Montag gesehn hat.«

Jetzt fiel ihm der erste aufgeregte Sprecher ins Wort: »Aber *das* is jetzt nich das Problem – das war nur der Anfang. Zeb hier hat die Leut angerufen, un alle ham zugehört, als ein Anruf von Seth Bishop dazukam. Seine Haushälterin Sally is fast gestorben vor Angst – sie hatt grad gesehn, wie sich die Bäum am Straßenrand geknickt ham, un sie hat gesagt, da wär so 'ne Art breiiges Geräusch, als würd 'n Elefant durch 'n Schlamm aufs Haus zulaufen. Dann hat se von 'nem fürchterlichen Geruch gesprochen un gesagt, ihr Junge Chauncey würd rufen, das wär derselbe Geruch wie in den Ruinen vom Whateley-Haus am

Montagmorgen. Un die Hunde war'n alle schrecklich am Kläffen un am Winseln.

Un dann hat se ganz entsetzlich geschrien un hat gesagt, die Hütte unten an der Straße wär eingestürzt, als hätt der Sturm se umgeblasen, nur dass der Wind dazu gar nich stark genug war. Alle ham zugehört, un wir konnten ne Menge Leut anner Leitung die Luft anhalten hörn. Plötzlich hat die Sally wieder geschrien un gesagt, der Holzzaun vorne wär grad eingeknickt, obwohl man nich sehen könnt, was das gemacht hätt. Dann konnten alle anner Leitung auch den Chauncey un den alten Seth Bishop schreien hörn, un die Sally hat gekreischt, dass was Schweres das Haus getroffen hätt – kein Blitz oder so, sondern was Schweres an der Vorderseite, das sich immer wieder dagegen warf, obwohl man aus den Vorderfenstern nix sehn konnt. Un dann … un dann …«

Angst zerfurchte die Gesichter der Männer; Armitage war so erschüttert, dass er kaum die Kraft aufbringen konnte, den Mann zum Weitersprechen anzuhalten.

»Un dann … dann hat die Sally geschrien: ›Oh, Hilfe, das Haus stürzt ein!‹ … un durch de Leitung konnten wir 'n schreckliches Krachen un 'ne Menge Geschrei hörn … ganz so wie in Elmer Fryes Haus, nur schlimmer …«

Der Mann verstummte, und ein anderer aus der Gruppe sprach weiter: »Das is alles – danach kam kein Laut un kein Pieps mehr übers Telefon. War völlig still. Wir, die wir's gehört ham, sin raus in die Autos und Kutschen un ham beim Corey so viele kräftige Männer wie möglich zusammengetrommelt un sin dann hergekommen, um Sie zu fragen, was Se für das Beste halten. Ich glaub ja, es is die Strafe des Herrn für unsre Sünden, un die kann kein Sterblicher je aufheben.«

Armitage erkannte, dass die Zeit zum Handeln gekommen war, und sprach entschlossen zu der zaudernden Gruppe verängstigter Landbewohner.

»Wir müssen es verfolgen, Leute!« Er verlieh seiner Stimme einen möglichst beruhigenden Klang. »Ich glaube, es gibt eine Chance, es auszuschalten. Ihr Männer wisst, dass die Whateleys Zauberer waren – nun, bei dieser Sache handelt es sich um Hexenwerk, und wir müssen sie mit denselben Mitteln bekämpfen. Ich habe Wilbur Whateleys Tagebuch und einige der sonderbaren alten Bücher gelesen, die früher seine Lektüre waren; ich glaube, die angemessene Art von Bannspruch zu kennen, den man rezitieren muss, um das Ding verschwinden zu lassen. Natürlich kann man sich nicht sicher sein, aber versuchen können wir es allemal. Es ist unsichtbar – so viel wusste ich schon –, doch in diesem weitreichenden Zerstäuber ist ein Puder enthalten, das es eine Sekunde lang sichtbar machen könnte. Wir werden es später versuchen. Es ist ein fürchterliches Ding, doch ist es nicht so schlimm wie das, was Wilbur hereingelassen hätte, hätte er länger gelebt. Wir werden nie wissen, was der Welt erspart geblieben ist. Nun müssen wir nur dieses eine Wesen bekämpfen, und es kann sich nicht vermehren. Es kann jedoch eine Menge Unheil anrichten; und daher dürfen wir nicht zögern, die Gemeinde davon zu befreien.

Wir müssen ihm folgen – und um damit zu beginnen, müssen wir an den Ort, der gerade erst verwüstet wurde. Jemand soll den Weg weisen – ich kenne eure Straßen nicht sehr gut, aber ich kann mir vorstellen, dass es viele Abkürzungen gibt. Also, wie steht's?«

Die Männer scharrten einen Augenblick lang verlegen mit den Füßen, dann ergriff Earl Sawyer das Wort und wies mit einem schmutzigen Finger in den stetig nachlassenden Regen: »Ich glaub, Sie kommen am schnellsten zum Haus vom Seth Bishop, wenn Se hier über die tiefer gelegenen Weiden gehn, anner Furt durch'n Bach waten un über die Felder von den Carriers un durchs Wäldchen dahinter gehn. Dann kommen Se auf der oberen Straß ganz in der Nähe vom Seth raus – is'n bisschen weiter dann auffer anderen Seite.«

Armitage ging mit Rice und Morgan in die bezeichnete Richtung, und die meisten der Einheimischen folgten ihnen nach einem gewissen Zögern. Der Himmel klarte sich langsam auf, und es gab Anzeichen dafür, dass der Sturm sich erschöpft hatte.

Als Armitage versehentlich die falsche Richtung einschlug, warnte Joe Osborn ihn und übernahm die Führung. Mut und Selbstvertrauen nahmen zu, wenngleich das Zwielicht des fast senkrechten bewaldeten Hügels, der am Ende ihrer Abkürzung lag und zwischen dessen bizarren uralten Bäumen sie hinaufklettern mussten, diese Tugenden einer schweren Prüfung unterzog.

Endlich gelangten sie auf eine schlammbedeckte Straße und

sahen die Sonne hervorkommen. Sie befanden sich ein wenig jenseits des Hauses von Seth Bishop, doch geknickte Bäume und grauenhaft unmissverständliche Spuren zeigten, was hier vorbeigestampft war. Nur wenig Zeit wurde auf die Untersuchung der Ruinen hinter der Wegbiegung verwendet. Es war eine Wiederholung des Vorfalls bei den Fryes, und nichts Totes oder Lebendiges war mehr zu finden in den zusammengebrochenen Trümmern, die einstmals Haus und Scheune der Bishops gewesen waren. Niemand mochte dort inmitten des Gestanks und der teerartigen klebrigen Masse verweilen, sondern alle wandten sich instinktiv der Spur aus schrecklichen Abdrücken zu, die in Richtung des verwüsteten Bauernhauses der Whateleys und des altargekrönten Gipfels des Sentinel Hill verlief.

Als die Männer an Wilbur Whateleys Haus vorbeikamen, erschauderten sie sichtlich, und ihr Eifer erlitt einen weiteren Dämpfer. Es war kein Spaß, etwas zu verfolgen, das so groß wie ein Haus und unsichtbar war, aber über die bösartige Feindseligkeit eines Dämons verfügte. Am Fuße des Sentinel Hill verließen die Spuren die Straße, und auf den breiten Schneisen, die das Monster zuvor zurückgelassen hatte, waren frisch geknickte und zerdrückte Pflanzen zu sehen.

Armitage zog ein Taschenfernrohr von beträchtlicher Reichweite hervor und suchte den steilen grünen Hang des Hügels ab. Dann überreichte er das Instrument an Morgan, der über schärfere Augen verfügte. Nach einem Moment des Spähens schrie Morgan laut auf, reichte das Fernrohr an Earl Sawyer weiter und wies mit dem Finger auf eine bestimmte Stelle am Abhang. Sawyer fummelte eine Weile mit dem Ungeschick eines Menschen herum, der nicht an solche Sehhilfen gewöhnt ist; schließlich gelang es ihm jedoch mit Armitages Hilfe, die Linsen schärfer einzustellen. Sein Schrei war noch weniger beherrscht als der Morgans.

»Allmächtiger Gott, das Gras un die Büsch tun sich bewegen! Es steigt hoch – ganz langsam – es is am Kriechen – rauf auffen Gipfel, der Himmel weiß, warum!«

Jetzt schien die Saat der Panik inmitten der Suchenden aufzugehen. Es war eine Sache, das namenlose Wesen zu verfolgen, doch eine gänzlich andere, es auch zu finden. Bannflüche gut und schön – doch was, wenn sie nicht wirkten? Man fing an,

Armitage darüber zu befragen, was er über das Ding wusste, und keine Antwort schien befriedigend zu sein. Jedermann spürte die unmittelbare Nähe zu gänzlich verbotenen Erscheinungsformen der Natur und des Seins, die völlig außerhalb der normalen menschlichen Erfahrung lagen.

X

Am Ende erklommen die drei Männer aus Arkham – der alte, weißbärtige Dr. Armitage, der untersetzte eisengraue Professor Rice und der schlanke jugendlich aussehende Dr. Morgan – allein den Berg.

Nach vielen geduldigen Erklärungen, wie man damit umzugehen habe, überließen sie das Fernrohr der verängstigten Gruppe, die auf der Straße zurückblieb; während sie hochkletterten, wurden sie genauestens von den Männern beobachtet, die das Fernrohr vom einen zum anderen weiterreichten. Es war ein mühsamer Aufstieg, und Armitage musste mehr als einmal Hilfe in Anspruch nehmen. Hoch über der sich abplagenden Truppe wälzte sich das teuflische Wesen mit schneckengleicher Bedächtigkeit die Schneise hinauf. Schließlich wurde es offensichtlich, dass die Verfolger aufholten.

Curtis Whateley – aus dem undegenerierten Zweig der Familie – hielt gerade das Fernrohr, als der Trupp aus Arkham die Schneise weitläufig umging. Er teilte den anderen mit, dass die Männer anscheinend versuchten, zu einem Seitengipfel zu gelangen, der beträchtlich höher lag als die Stelle, wo das Strauchwerk gerade eingeknickt wurde. Dies traf tatsächlich zu; man sah, wie der Trupp die Anhöhe erreichte, kurz nachdem die unsichtbare Blasphemie sie passiert hatte.

Dann schrie Wesley Corey, der das Fernrohr genommen hatte, dass Armitage sich an dem von Rice gehaltenen Zerstäuber zu schaffen machte und dass gleich etwas geschehen müsse. Die Einheimischen wanden sich unbehaglich und erinnerten sich, dass dieser Zerstäuber dem unsichtbaren Grauen einen Augenblick lang Gestalt verleihen sollte. Zwei oder drei Männer schlossen die Augen, doch Curtis Whateley riss das Fernrohr an sich und strengte seine Augen aufs Äußerste an. Er sah, dass sich Rice von dem Aussichtspunkt der Truppe aus eine ausgezeichnete Chance bot, das wirksame Pulver effektiv zu verteilen.

Diejenigen, die kein Fernrohr zur Verfügung hatten, sahen knapp unterhalb des Berggipfels einen Augenblick lang bloß eine graue Wolke von der Größe eines mehrstöckigen Gebäudes. Curtis, der das Instrument hielt, ließ es mit einem gellenden Schrei in den knöcheltiefen Schlamm der Straße fallen. Er wankte und wäre zu Boden gestürzt, hätten nicht zwei oder drei andere ihn gepackt und festgehalten. Er konnte nur noch halblaut stöhnen: »Oh, oh, großer Gott … das … das …«

Ein Pandämonium an Fragen stürmte auf ihn ein, und einzig Henry Wheeler dachte daran, das Fernrohr aufzuheben und vom Schlamm zu säubern. Curtis vermochte keinen zusammenhängenden Satz mehr zu sagen, und selbst seine fragmentarischen Antworten waren fast schon zu viel für ihn.

»Größer als 'ne Scheun … besteht ganz aus wimmelnden Strängen … das ganze Ding is wie'n Hühnerei geformt, größer als alles andere un mit Dutzenden von Beinen wie große Fässer … nix daran is fest – alles is wie Gelee un aus verschiedenen wackelnden Strängen, die eng zusammengeschnürt sin … große Glupschaugen überall … zehn oder zwanzig Mäuler oder Rüssel, die aus'n Seiten rauskommen, so groß wie Ofenrohre, un die flattern un sich öffnen un schließen … alle sin se grau, mit 'ner Art blauer oder purpurroter Ringe … *und Gott im Himmel – dieses halbe Gesicht obendrauf …!*«

Die Erinnerung an was auch immer er gesehen haben mochte erwies sich als zu viel für den armen Curtis; er brach komplett zusammen, ehe er ein weiteres Wort sagen konnte. Fred Farr und Will Hutchins trugen ihn zum Straßenrand und legten ihn aufs feuchte Gras. Henry Wheeler richtete das gesäuberte Fernrohr zitternd auf den Berg. Durch die Linsen waren drei winzige Gestalten erkennbar, die allem Anschein nach so schnell zum Gipfel hinrannten, wie es der Steilhang gestattete. Nur dies – sonst nichts. Dann bemerkten alle einen eigenartigen Lärm im tiefen Tal hinter dem Sentinel Hill und im Unterholz des Berges selbst. Es war das Pfeifen zahlloser Ziegenmelker, und in ihrem schrillen Chorgesang schien ein Unterton angespannter und bösartiger Vorfreude zu lauern.

Earl Sawyer nahm jetzt das Fernrohr und berichtete, dass die drei Gestalten auf dem obersten Hügelkamm standen, auf Höhe des Altarsteins, aber noch ein gutes Stück davon entfernt. Einer von ihnen, sagte er, schien in gleichmäßigen rhythmischen Abständen die Hände über den Kopf zu heben; und als Sawyer diesen Umstand erwähnte, meinte die Menge aus der Entfernung ein schwaches Geräusch zu vernehmen, als würde ein lauter Gesang diese Gesten begleiten. Die sonderbare Silhouette auf jenem entlegenen Gipfel muss einen unendlich grotesken und beeindruckenden Anblick geboten haben, doch war keiner der Betrachter in der Stimmung, ästhetische Werturteile abzugeben.

»Ich wett, er sagt jetzt den Bannspruch«, flüsterte Wheeler, als er das Fernrohr wieder an sich riss. Die Ziegenmelker kreischten wie verrückt in einem eigentümlich unregelmäßigen Rhythmus, der so gar nicht zu dem Ritual passen wollte.

Mit einem Male schien das Sonnenlicht zu verblassen, ohne dass eine Wolke aufgezogen wäre; ein sehr merkwürdiges Phänomen, das von allen deutlich bemerkt wurde. Ein grollendes Geräusch schien aus den Hügeln zu ertönen und vermischte sich eigenartig mit einem ähnlichen Grollen, das eindeutig vom Himmel kam. Hoch oben leuchtete ein Blitz auf, und die erstaunte Menge suchte umsonst nach den Anzeichen eines Gewitters. Das Singen der Männer aus Arkham war nun nicht mehr zu überhören, und Wheeler sah durch das Fernrohr, dass sie alle zu der Anrufung die Arme hoben und senkten. Von einem weit entfernten Bauernhaus drang das wütende Bellen der Hunde herüber.

Das Tageslicht veränderte sich zusehends, und die Menge spähte verblüfft zum Horizont. Eine purpurartige Finsternis, eine spektrale Verstärkung des Blaus des Himmels, legte sich schwer auf die grollenden Hügel. Dann blitzte es wieder, diesmal etwas heller als zuvor, und die Menge glaubte, um den Altarstein auf der fernen Höhe eine Art Nebel erkannt zu haben. Niemand hatte jedoch in diesem Augenblick das Fernrohr benutzt. Die Ziegenmelker setzten ihren unregelmäßig an- und abschwellenden Gesang fort, und die Männer von Dunwich wappneten sich mit aller Kraft gegen eine unwägbare Bedrohung, mit der die Atmosphäre gesättigt schien.

Ohne Vorwarnung erschollen jene tiefen, gebrochenen, heiseren Laute, die keiner der heimgesuchten Männer je vergessen wird. Aus keiner menschlichen Kehle drangen diese Laute, denn die Stimmbänder eines Menschen vermögen solche akustischen Perversionen nicht hervorzubringen. Eher hätte man meinen können, sie kämen aus dem Abgrund selbst, wäre ihr Ursprung nicht so unzweifelhaft der Altarstein auf dem Gipfel gewesen. Im Grunde genommen ist es falsch, sie überhaupt als *Laute* zu bezeichnen, da das grauenhafte basstiefe Timbre dunkle Schichten des Bewusstseins ansprach, die weit empfindlicher sind als das Ohr; doch muss man es tun, da sie unbestreitbar, wenn auch vage, von der Art halbartikulierter *Worte* waren. Sie waren laut – so laut wie das Grollen und der Donner am Himmel, dem sie antworteten –, und doch stammten sie von keinem sichtbaren Wesen. Und weil die Vorstellungskraft einen Ursprung in der Welt der unsichtbaren Wesen annahm, rückte die Menge noch enger zusammen und erbebte wie in Erwartung eines Schlages.

»*Ygnaiih ... ygnaiih ... thflthkh'ngha ... Yog-Sothoth ...*«, erscholl das scheußliche Krächzen aus dem Kosmos. »*Y'bthnk ... h'ehye – n'grkdl'lh ...*«

Der Sprechimpuls schien hier zu stocken, als ginge ein fürchterlicher seelischer Kampf vor sich. Henry Wheeler strengte die Augen an, sah durchs Fernrohr indes nur die drei grotesken menschlichen Silhouetten auf dem Gipfel, die alle die Arme in sonderbaren Gesten heftig bewegten, während ihre Anrufung sich dem Höhepunkt näherte. Aus welchen schwarzen Quellen acherontischer Furcht, aus welchen unergründeten Schlünden außerkosmischen Bewusstseins oder obskurer, lange verschütteter Erbmasse speisten sich jene halb artikulierten donnernden Krächzlaute? Alsbald sammelten sie neue Kraft und ertönten in blanker, äußerster, höchster Wut: »*Eh-ya-ya-ya-yahaah – e'yayayayaaa ... ngh'aaaaa ngh'aaa ... h'yuh ... h'yuh ...* HILFE! HILFE! ... *vv – vv – vv –* VATER! VATER! YOG-SOTHOTH ...!*«

Das war alles. Die bleiche Gruppe auf der Straße, die noch immer fassungslos war angesichts der *unbestreitbar englischen* Silben, die sich heiser und donnernd aus der wütenden Leere neben jenem scheußlichen Altarstein ergossen hatten, würde solche Silben niemals wieder vernehmen. Stattdessen fuhren sie bei der entsetzlichen Entgegnung der Hügel heftig zusammen;

einem betäubenden, erschütternden Donnern, von dem niemand mit Sicherheit sagen konnte, ob es aus der Erde oder vom Himmel kam. Ein einzelner Blitz schoss aus dem purpurnen Zenit herab auf den Altarstein, und eine gewaltige Flutwelle unsichtbarer Kraft und unbeschreiblichen Gestanks ergoss sich vom Hügel über das ganze Umland. Bäume, Gräser und Unterholz wurden wie wild gepeitscht; und die verängstigte Gruppe am Fuße des Berges, geschwächt vom tödlichen Gestank, der sie zu ersticken drohte, wurde beinahe von den Füßen gerissen. Hunde heulten in der Ferne, Gras und Laub welkte zu einem eigenartigen widerlich gelblichen Grau, und über Feld und Wald regneten die Körper toter Ziegenmelker.

Der Gestank ließ rasch nach, doch die Vegetation erholte sich nie mehr. Bis zum heutigen Tage ist dem Pflanzenbewuchs auf diesem gefürchteten Hügel und seiner Umgebung etwas Sonderbares und Unheiliges zu eigen. Curtis Whateley erlangte gerade das Bewusstsein wieder, als die Männer aus Arkham im strahlenden und ungetrübten Sonnenlicht langsam den Berg herabstiegen. Sie waren ernst und still und schienen von Erinnerungen und Gedanken erschüttert, die noch schrecklicher waren als jene, die die Einheimischen in einen ängstlich zitternden Haufen verwandelt hatten.

Als Erwiderung auf die durcheinanderschwirrenden Fragen schüttelten sie nur die Köpfe und bekräftigten eine äußerst wichtige Tatsache: »Das Ding ist für immer fort«, sagte Armitage. »Es wurde in die Bestandteile zersprengt, aus denen es ursprünglich geformt war, und kann niemals wieder existieren. Es war eine Unmöglichkeit in einer normalen Welt. Nur der geringste Teil davon war tatsächliche Materie in einem uns bekannten Sinne des Wortes. Es war wie sein Vater – und das meiste von ihm ist in ein entlegenes Reich oder eine Dimension außerhalb unseres stofflichen Universums zurückgekehrt; in einen vagen Abgrund, aus dem nur die verdammenswertesten Riten menschlicher Gotteslästerung es einen Augenblick lang auf den Hügel hatten rufen können.«

Für kurze Zeit schwiegen alle, und in dieser Pause fügte sich der zerstreute Verstand des armen Curtis Whateley allmählich wieder zusammen; der Mann griff sich stöhnend an den Kopf. Seine Erinnerung schien dort wieder einzusetzen, wo sie abgebrochen war, und das Grauen, das ihn niedergestreckt hatte, stürmte wieder auf ihn ein.

»Oh, oh, mein Gott, das halbe Gesicht – das halbe Gesicht obendrauf ... dieses Gesicht mit den roten Augen un dem krausen Albinohaar, un kein Kinn hat's gehabt, wie die Whateleys ... Es war so 'ne Art Tintenfisch, 'n Tausendfüßler oder 'ne Spinne, aber da war'n halbes Menschengesicht drauf, un es hat ausgesehn wie das vom Hexenmeister Whateley, nur war's viel größer ...«

Erschöpft hielt er inne, und die ganze Gruppe starrte ihn verwirrt an, von neuem Entsetzen ergriffen. Nur der alte Zebulon Whateley, der sich vage an uralte Dinge erinnern konnte, bislang aber geschwiegen hatte, erhob die Stimme.

»Fünfzehn Jahr isses her«, redete er drauflos, »da hab ich den ollen Whateley sagen hörn, dass wir eines Tags 'n Kind vonner Lavinny hörn würden, wie's den Namen von seinem Vater auf'm Gipfel vom Sentinel Hill rufen tut ...«

Doch Joe Osborn unterbrach ihn, um die Männer aus Arkham weiter auszufragen: *»Was war das denn überhaupt,* und wie konnt der junge Hexer Whateley es aus der Luft rufen, wo's herkam?«

Armitage wählte seine Worte mit großer Sorgfalt. »Es war – nun, es war größtenteils eine Art Kraft, die nicht in unseren Teil des Alls gehört; eine Art Kraft, die nach anderen Gesetzen als denen unserer Natur handelt und wächst und Gestalt annimmt. Es ist uns nicht gestattet, solche Dinge von draußen herbeizurufen, und einzig überaus verruchte Menschen und Sekten haben dies je versucht. Ein Teil davon war in Wilbur Whateley selbst – genügend, um einen Teufel, ein frühreifes Ungeheuer aus ihm zu machen und ihm ein ziemlich grausiges Aussehen zu geben. Ich werde sein verfluchtes Tagebuch verbrennen, und wenn ihr Männer klug seid, so sprengt ihr jenen Altarstein dort oben in die Luft und reißt auch auf den übrigen Hügeln alle Steinkreise nieder. Diese Dinge haben die Wesen hergebracht, die den Whateleys so nahestanden – die Wesen, die sie in körperlicher Gestalt hereinlassen wollten, um das Menschengeschlecht auszulöschen und die Welt zu einem namenlosen Zweck an einen namenlosen Ort zu zerren.

Doch was dieses Ding betrifft, das wir gerade zurückgesandt haben – die Whateleys zogen es auf, um eine schreckliche Rolle bei dem zu spielen, was geplant war. Es wurde so groß aus dem gleichen Grund, weshalb Wilbur so schnell wuchs – doch es übertraf ihn, weil es einen größeren Anteil der *Fremdartigkeit* in sich trug. Ihr braucht nicht fragen, auf welche Weise Wilbur es aus der Luft gerufen hat. Das hat er nicht getan. *Es war sein Zwillingsbruder, doch glich es mehr dem Vater als er.*«

Der Flüsterer im Dunkeln
The Whisperer in Darkness

›The Whisperer in Darkness‹ ist eine Novelle von fieberhafter Intensität. Kein anderer Text Lovecrafts dürfte so massiv den Ton neurotischer Verschwörungs- und Verfolgungsängste treffen. Sowohl Wilmarth (der Erzähler) als auch Akeley verhalten sich völlig neurotisch, ja teilweise geradezu absurd. Dennoch ist die erzählerische Dichte so groß, dass man in ihre seelische Verfassung derart mit hineingezogen wird, dass man als Lesender für einen Augenblick sozusagen selbst ein wenig neurotisch wird. Eigentümlich ist der Rationalismus des Erzählers, der lange (wenn auch natürlich fiktional) gegen besseres Wissen durchgehalten wird. Wir sind diesem Stilmittel schon in ›The Case of Charles Dexter Ward‹ begegnet. Rationalismus erscheint hier als Verdrängung, als Ausblendung gegen besseres Wissen. Das ist eine Grundidee des Lovecraftschen Oeuvres. Sie berührt uns insofern merkwürdig, als Lovecrafts bewusste und offensiv vertretene Weltanschauung ja gerade strikt rationalistisch, positivistisch, materialistisch und atheistisch gewesen ist. Der Autor umspielt und unterwandert in seiner Geschichte also seine eigene Weltanschauung; Lovecrafts Erzählungen sind gegenüber seiner bewussten Philosophie in manchem geradezu antithetisch-komplementär. Dieses ist eine psychologische Wunderlichkeit, die Beachtung verdient.

Die Motive der Verfolgungsängste in ›The Whisperer in Darkness‹ stammen aus den viel gelesenen Büchern von Charles Hoy Fort (1874–1932), dem großen Sammler von Fakten, welche der jeweilige wissenschaftliche Diskurs ausblendet. Lovecraft hatte ihn schon in ›The Descendant‹ erwähnt und schreibt oft von ihm in seinem Briefen. Von modernen esoterischen, ufologischen oder prä-astronautischen Autoren unterscheidet sich Fort insofern, als er keine geschlossenen Theorien bietet, sondern nur merkwürdige und widersprüchliche Fakten (die er meistens aus Zeitungen gesammelt hatte). »Außerirdische Spione sind vielleicht unter uns« ist eine typische Fortsche Idee.

Wie fast alle Geschichten Lovecrafts hat auch ›The Whisperer in Darkness‹ stark autobiografische Züge. 1927 war Lovecraft zum ersten Mal kurz im amerikanischen Bundesstaat Vermont. Später hat er seine Eindrücke aus dieser Reise in einem enthusiastischen Essay verewigt (›Vermont – A First Impression‹, Driftwind, März 1928). Im Sommer 1928 verbrachte er dann zwei Wochen mit der Suche nach den Altertümern dieses Bundesstaates, wobei ihn Freunde (an denen Lovecraft nie Mangel hatte) mit ihren Autos durch die entlegenen Dörfer und Weiher fuhren. Lovecraft tauchte ganz in die ländliche Welt ein; er bestieg Berge, lernte Lagerfeuer in den Wäldern einzurichten und half bei der Suche nach einer verlaufenen Kuh. Am liebsten aber unterhielt er sich mit den alten Frauen und Männern, deren Erinnerung in die Mitte des 19. Jahrhunderts zurückreichte. Im *Brattleboro Reformer,* einer lokalen Zeitschrift, erschien ein Artikel über Lovecraft aus der Feder von Vrest Teachout Orton (1897–1986), einem der Gastgeber des Autors, in welchem dieser mit Poe verglichen wurde. Lovecraft hat sich gegen diesen Vergleich immer gewehrt, aber die Anerkennung muss ihm gutgetan haben. Die regelmäßige Kolumne, in der dieser Beitrag publiziert wurde, hieß ›The Pendrifter‹; der Leser wird ihr in der folgenden Novelle wieder begegnen. Die Verbindung eines ungebrochenen ländlichen Lebens mit allen Bausteinen neuenglischer Kultur hat Lovecraft beeindruckt und beschäftigt; er fühlte sich hier den Wurzeln seines geliebten Neuengland sehr nahe.

Vermont weckte aber auch düsterere Fantasien. Die dunklen brütenden Wälder, die kleinen gurgelnden Bäche, die Nähe einer unberührten Wildnis haben den Keim einer Geschichte gelegt, in der sich Lovecrafts spezifische Fähigkeit verwirklichen sollte, das Fremde, das ganz andere in konkreten regionalen Gegebenheiten anzusiedeln. Im November 1927 hatte es in Vermont gewaltige Überflutungen gegeben, die Lovecraft als Aufhänger seiner Erzählung benutzt. Auch sonst werden viele konkrete Reiseerinnerungen integriert: die Figur des Henry Wentworth Akeley z. B. basiert auf einem etwas einzelgängerischen Farmer Bert G. Akley, den Lovecraft 1928 kennengelernt hatte. Die Bauernhäuser von Vrest Orton und Arthur Goodenough haben die optischen Details geliefert, denen wir in Akeleys Hof begegnen; solchen entlegenen Häusern mitten in den Wäldern kann man noch heute in vielen Regionen Vermonts begegnen.

›The Whisperer in Darkness‹ wurde dann allerdings erst 1930 niedergeschrieben, in mehreren Anläufen und in mehreren Fassungen. Im Druck erschien die Novelle in *Weird Tales,* August 1931. Lovecraft erhielt dafür 350 $. Er hat sich mit dem Text sehr abgemüht und war mit mehreren früheren Fassungen (oder Anläufen zu solchen) nicht zufrieden. Begonnen am 24. Februar, nahm Lovecraft seine Notizen und Manuskripte mit auf seine sommerlichen Reisen 1930, um den Text seinen Freunden vorzulesen. Erst am 26. September 1930 hat er das Manuskript förmlich abgeschlossen. Damit hat Lovecraft wohl an keinem Text länger gefeilt als an diesem. Der Eindruck, dass Lovecraft im Jahr 1930 sonst nur wenig geschrieben hätte, täuscht; u. a. schloss er im Frühjahr für Zealia Bishop die Novelle ›The Mound‹ ab.

Die literarische Fehde in regionalen Zeitungen, mit der die Handlung von ›The Whisperer in Darkness‹ anhebt, erinnert daran, dass Lovecraft selbst gelegentlich in solche Fehden verwickelt war, 1914 etwa in zahlreichen Artikeln in *The (Providence) Evening News* mit dem Astrologen Joachim Friedrich Hartmann (1848–1930). Gegenüber okkultistischen Pseudowissenschaften mit Wirklichkeitsansprüchen hatte Lovecraft keinerlei Toleranz.

Die Örtlichkeiten von ›The Whisperer in Darkness‹ sind von Boston aus in wenigen Stunden zu erreichen. Leider sind sie heute ein beliebtes Winter-Erholungsgebiet, mit vielen Skiliften und Hotels in den ehemals einsamen Bergen. Diese darf man sich übrigens nicht zu hoch vorstellen; eher wie ein deutsches Mittelgebirge. Nur zwei oder drei Gipfel ragen knapp über tausend Meter hinaus. Brattleboro ist eine kleine, nach wie vor sehenswerte Stadt mit Holz- und Lederindustrie und vielen gut erhaltenen Häusern aus dem 19. Jahrhundert. Im alten Bahnhofsgebäude (das in unserer Erzählung eine so vielfältige Rolle spielt) ist heute das bescheidene Brattleboro Museum and Art Center untergebracht. Nach Newfane sind es von Brattleboro etwa 15 Kilometer; dort beginnt der Weg ins Unbekannte ... (anders gesagt, von dort an sind Lovecrafts Ortsangaben nicht mehr »real«).

Wie alle längeren Erzählungen Lovecrafts ist auch die folgende voller Mythologie, voller Anspielungen auf genuine und artifizielle Götter und Dämonen, rätselhafte Orte und kosmische Abgründe. Yuggoth – der dunkle Planet voller Flüsse mit schwarzem Pech – musste jeden Leser sofort an Pluto erinnern, der von C. W. Tombaugh am 23. Januar 1930 entdeckt worden war, was aber erst am 14. März auf der Titelseite der *New York Times* der Öffentlichkeit bekannt gemacht wurde. Eine erste frühere Fassung (die Robert M. Price rekonstruieren konnte) kommt noch ohne Erwähnung von Yuggoth-Pluto aus. In der ersten Erwähnung Yuggoths (in dem Gedichtzyklus ›Fungi from Yuggoth‹, 27. September 1929 – 4. Januar 1930) wird noch nicht ganz klar, dass ein Planet gemeint ist. Direkt prophetisch war Lovecraft ohnehin nicht; die Existenz mindestens eines weiteren Planeten hinter Neptun war aufgrund gravitativer Phänomene bereits lange vermutet worden: Nach Pluto wurde jahrzehntelang systematisch gesucht. Schon am 16. Juli 1906 (Lovecraft war noch keine 16 Jahre alt) erschien in *Scientific American* ein Leserbrief aus seiner Feder über die wahrscheinliche Existenz transneptunischer Planeten. Astronom war ja einer der ersten Berufswünsche des Autors gewesen. Ohne Frage hat Lovecraft dem neuen Planeten aber seine imaginative Taufe für die Annalen der Fantastik verliehen.

Einige Male verdichtet sich das Netz mythologischer Begriffe zur

Evokation eines eigenen Symbolkosmos', dessen Bausteine aus der Antike, vor allem aber aus Lovecrafts eigenen früheren Erzählungen und denen der von ihm bewunderten Meister unheimlicher Literatur herrühren. Eine dieser Passagen einer »totalen« allumfassenden Mythologie etwa beschwört Yuggoth, den Großen Cthulhu, Tsathoggua, Yog-Sothoth, R'lyeh, Nyarlathotep, Azathoth, Hastur, Yian, Leng, den See von Hali, Bethmoora, das gelbe Zeichen, L'mur-Kathulos, Bran und das Magnum Innominandum. Man muss schon ein guter Kenner des Fantastischen sein, um hier alles zu verstehen. Yuggoth ist wie gesagt Lovecrafts Name für den Planeten Pluto, der Große Cthulhu ist aus seiner Erzählung von 1926 bekannt, Tsathoggua ist eine ähnliche Schöpfung von Clark Ashton Smith, während Yog-Sothoth wieder Lovecrafts Pandämonium entstammt. R'lyeh ist natürlich Cthulhus submaritime Festung. Nyarlathotep und Azathoth sind andere Lovecraftsche »Götter« (zu letzterem vgl. die Einführung zu ›The Haunter of the Dark‹ in Band 2 dieser Ausgabe). Nun aber weitet Lovecraft seinen Kosmos symbolischer Bezüge aus: Hastur ist ein Begriff aus einer Kurzgeschichte von Ambrose Bierce (1842–1913/14?), ›Haïta the Shepherd‹ (1891). Yian ist eine halbmythische Stadt aus Robert W. Chambers' Novelle ›The Maker of Moons‹ von 1896, wieder aufgegriffen von ihm in seinem letzten großen unheimlichen Werk, dem Roman *Slayer of Souls* (New York 1920). Leng wiederum entstammt genuiner zentralasiatischer Mythologie (die aber von Lovecraft völlig verfremdet wird); es ist das Heimatland des tibetischen Heros Gesar. Der »See von Hali« greift einen Begriff von Ambrose Bierce und Robert W. Chambers (1865–1933) auf (dessen Vorgeschichte zu kompliziert ist, als dass sie hier dargestellt werden könnte). Bethmoora dagegen wurzelt im privaten Kosmos des Lord Dunsany: es ist eine Stadt in seiner gleichnamigen Novelle (Erstpublikation: *Saturday Review* vom 24. Oktober 1908). Mit dem »gelben Zeichen« sind wir wieder bei Chambers, nämlich bei seiner wohl berühmtesten, bis heute ungemein verstörenden Erzählung ›The Yellow Sign‹ (1895). L'mur-Kathulos ist schwierig, aber Kathulos ist der böse atlantische Zauberer in dem Roman *Skull-Face* von Lovecrafts Brieffreund Robert E. Howard (1906–1936), der zuerst in drei Teilen in *Weird Tales* von Oktober bis November 1929 erschien. Lesern von *Weird Tales* werden solche Anspielungen verständlich gewesen sein. Bran (eigentlich Bran Mak Morn) ist der Held eines Zyklus von Erzählungen, die Howard um einen piktischen Kriegerfürsten aus der Zeit der Besetzung Großbritanniens durch die Römer geschrieben hat (die beste dieser Geschichten ist wohl ›Worms of the Earth‹, *Weird Tales,* November 1932, aber der Zyklus umfasst insgesamt sieben Texte). Das »Magnum

Innominandum« schließlich (das »Große Unnennbare«) hat Lovecraft in seiner Kurzgeschichte ›The Unnameable‹ thematisiert.

Wenn wir solche mythologischen Passagen analysieren, enthüllen sie sich als ein subtiles Insiderspiel, ein augenzwinkerndes Binnenspiel zwischen Texten, in das der Leser mit hineingezogen wird und durch das er sozusagen zum Mitwisser eines »verbotenen Wissens« wird. Der atlantische Hohepriester Klarkash-Ton ist natürlich kein anderer als der Schriftsteller Clark Ashton Smith (1893–1961), mit dem Lovecraft seit 1922 im Briefverkehr stand. Anderes bleibt rätselhaft. Shub-Niggurath, die schwarze Ziege der Wälder – wie gerne wüssten wir mehr über sie. Auffällig und in der Tat einzigartig in Lovecrafts Werk ist das Ausmaß, in dem auf die Kreationen anderer Autoren angespielt wird. Die »Hunde des Tindalos« z. B. sind der Gegenstand einer Kurzgeschichte von Frank B. Long (›The Hounds of Tindalos‹, *Weird Tales* März 1929). Der mysteriöse Stein mit unerklärlichen Hieroglyphen, den Akeley in den Bergen findet, erinnert an den Stein Ixaxar, der so prominent in Arthur Machens ›The Novel of the Black Seal‹ figuriert (in dem Novellenzyklus *The Three Impostors* von 1895). Die Krustazeen vom Yuggoth werden mit allerlei mythischen Wesen identifiziert, so dem tibetischen Mi-Go, den wir eher unter seinem nepalesischen Namen Yeti kennen (das Wort Mi-go ist aber korrektes Tibetisch), und den neugriechischen Kallikanzarai, Naturgeistern genuiner Folklore. Auch Arthur Machens »Little People« werden in diesem Kontext erwähnt.

Ein interessantes Problem ist Lovecrafts Hinweis auf lokale, insbesondere Indianersagen. Grob gesagt war Lovecraft kein besonderer Kenner indianischer Überlieferungen; engeren Kontakt mit Überlebenden indianischer Kultur hat er offenbar niemals gehabt. Die »seltene Studie« von Eli Davenport, die mehrfach in Lovecrafts Text genannt wird und Material von »vor 1839« (offenbar dem Publikationsjahr) vereint, scheint fiktiv zu sein, jedenfalls taucht sie in keinem mir bekannten amerikanischen Katalog auf. Die Annalen des Spiritismus und des Bühnenillusionismus kennen um 1860/70 ein berühmtes Brüderpaar Davenport (Ira Erastus, 1839–1877 und William Henry, 1841–1911), Söhne eines Polizeibeamten aus Buffalo, New York, zu denen aber schwerlich ein Bezug besteht. Völlig unmöglich ist es aber nicht, dass eine Sammlung von regionalen Sagen (möglicherweise als Privatdruck von einem Schullehrer) noch einmal auftaucht, eventuell auch in einer alten Zeitung. Lovecrafts Rezeption indianischer Überlieferungen insgesamt ist ein noch wenig erforschtes Gebiet, auf dem vielleicht noch größere Entdeckungen möglich sind. Was hat es etwa mit jenen Sagen des Pennacook-Stammes über das Sternbild des Großen Bären auf sich? Indianische Sternsagen erzählen meist davon, wie bestimmte astrale Konstellationen entstanden seien bzw. wie sich die Taten des Kulturheros im gestirnten Himmel verewigen. Hat Lovecraft die Überlieferungen der Pennacook nur erfunden? Da die neuenglischen Stämme schon lange ausgestorben sind, ist die Forschung hier nur als Archivarbeit möglich, und diese ist bisher nicht ernsthaft in Angriff genommen worden.

Alles in allem erwarten den Leser, die Leserin in ›The Whisperer in Darkness‹ eine Evokation des Kosmos und seiner Weite, wie sie die geschützte äußere und innere (mentale) Welt zweier Menschen destruiert. Die Unterwanderungs- und Verfolgungsängste, die hier literarisiert werden, münden in die schiere Faszination über die Begegnung mit den außerirdischen Wesen, auch wenn diese »schrecklich« sind. Der Flüsterer im Dunkeln flüstert noch zu uns, auch wenn wir die Geschichte schon lange zu Ende gelesen haben.

DER FLÜSTERER IM DUNKELN

I

Man sollte sich stets im Klaren darüber sein, dass ich bis zum Schluss nichts wirklich Grauenhaftes gesehen habe. Doch bedeutet es, die offenkundigen Tatsachen meines Erlebnisses zu ignorieren, wenn man behauptet, ein seelischer Schock sei die Ursache meiner Schlussfolgerungen gewesen – praktisch der letzte Tropfen, der das Fass zum Überlaufen brachte, sodass ich nachts aus Akeleys einsamem Gutshaus floh und in einem gestohlenen Wagen durch die wilde Berglandschaft Vermonts raste. Obwohl ich von Henry Akeley viele Informationen erhielt und er mir auch seine Mutmaßungen mitteilte, ich Dinge sah und hörte, die bei mir einen zugegebenermaßen äußerst lebhaften Eindruck hinterließen, so kann ich doch nach wie vor nicht beweisen, ob ich mit meinen Schlussfolgerungen richtig liege oder nicht. Denn im Grunde genommen besagt Akeleys Verschwinden gar nichts. Außer den Einschusslöchern innen und außen fand man in seinem Haus nichts Ungewöhnliches. Alles wirkte so, als sei er nur zu einer Wanderung in den Bergen aufgebrochen, von der er aber nicht mehr zurückkehrte. Es gab nicht das geringste Anzeichen dafür, dass sich ein Besucher im Haus aufgehalten hatte oder dass jene abscheulichen Zylinder und Apparate im Arbeitszimmer gelagert worden waren. Dass Akeley eine tödliche Angst empfand angesichts der dicht gedrängten bewaldeten Berge und der zahllosen dahinplätschernden Bäche der Gegend, in der er geboren wurde und aufgewachsen war, ist ebenfalls bedeutungslos – schließlich leiden Tausende unter solch krankhaften Ängsten. Außerdem lassen sich seine Befürchtungen und sein sonderbares Verhalten leicht mit einer exzentrischen Veranlagung erklären.

Die ganze Sache begann, jedenfalls soweit es mich betrifft, mit den historischen und beispiellosen Überschwemmungen, die Vermont am dritten November 1927 heimsuchten. Damals war ich, und bin es noch heute, Literaturprofessor an der Miskatonic-Universität in Arkham, Massachusetts, und erforschte nebenbei begeistert die volkstümlichen Überlieferungen Neuenglands.

Kurz nach dem Hochwasser fanden sich unter den zahlreichen Zeitungsberichten über Leid, Elend und organisierte Hilfsmaßnahmen so viele merkwürdige Geschichten über Dinge, die man angeblich in den angeschwollenen Flüssen gesehen hatte, dass etliche meiner Freunde eifrig darüber diskutierten und mich darum baten, ein wenig Licht in die Sache zu bringen. Ich fühlte mich geschmeichelt, dass sie meine Volkskundestudien so ernst nahmen, und tat, was ich konnte, um diese unklaren, verworrenen Berichte herunterzuspielen, die mir eindeutig Auswüchse alten bäuerlichen Aberglaubens zu sein schienen. Es amüsierte mich zu sehen, wie mehrere durchaus gebildete Personen auf der Meinung beharrten, dass sich hinter den obskuren Gerüchten ja Tatsachen verbergen könnten.

Die Geschichten, von denen ich auf diese Weise erfuhr, waren größtenteils Zeitungen entnommen; bei einem dieser Märchen handelte es sich jedoch um einen Augenzeugenbericht, der einem meiner Freunde von seiner Mutter aus Hardwick, Vermont, in einem Brief mitgeteilt wurde. Alle Fälle stimmten im Wesentlichen überein, auch wenn es sich um drei voneinander unabhängige Ereignisse handelte – das eine stand mit dem Winooski River in der Nähe von Montpelier in Verbindung, das andere mit dem West River in Windham County jenseits von Newfane, und ein drittes ereignete sich am Passumpsic in Caledonia County nördlich von Lyndonville. Natürlich erwähnten die verstreuten Berichte noch weitere Vorfälle, doch eine genaue Untersuchung ergab, dass sie anscheinend alle auf die genannten drei zurückzuführen waren. In allen Fällen behaupteten Landbewohner, in dem reißenden Wasser, das von den unbesiedelten Bergen herabströmte, überaus bizarre und verstörende Dinge gesehen zu haben. Die Beobachtungen brachte man allgemein mit einem primitiven, halb vergessenen Sagenkreis in Verbindung, der von alten Leuten bei dieser Gelegenheit neu belebt wurde.

Die Leute berichteten von Gebilden offensichtlich organischen Ursprungs, die nichts gleichkamen, was sie je zuvor gesehen hatten. Natürlich wurden in dieser tragischen Zeit viele menschliche Leichen von den Flüssen fortgeschwemmt; diejenigen aber, die diese sonderbaren Dinge beschrieben, waren fest davon überzeugt, es habe sich – trotz einiger oberflächlicher

Ähnlichkeiten bezüglich Größe und Gestalt – nicht um Menschen gehandelt. Laut den Zeugen konnten es auch keine Tiere sein, jedenfalls keine, die in Vermont bekannt waren. Es handelte sich ihrer Aussage nach um rosafarbene Wesen von ungefähr anderthalb Metern Länge, die Leiber waren krustentierartig und wiesen je ein gewaltiges Paar Rückenflossen oder Membranschwingen sowie mehrere gelenkige Gliedmaßen auf. Dort, wo sich eigentlich ein Kopf befinden sollte, war ein ellipsenartig zusammengerolltes Gebilde, bedeckt mit unzähligen sehr kurzen Fühlern. Es war wirklich bemerkenswert, wie sehr die Aussagen aus unterschiedlichen Quellen miteinander übereinstimmten. Allerdings wurde diese erstaunliche Tatsache dadurch geschmälert, dass die alten Legenden, die in früheren Zeiten im gesamten Bergland heimisch gewesen waren, mit ihrer morbiden, anschaulichen Bildsprache auf die Vorstellungskraft all dieser Augenzeugen eingewirkt haben mochten. Ich war zu der Schlussfolgerung gelangt, dass die Zeugen – in allen Fällen handelte es sich um naive und einfach gestrickte Hinterwäldler – in den reißenden Fluten zerschundene und aufgequollene Leichen von Menschen oder Vieh gesehen hatten; die fast vergessenen Legenden ließen sie dann den bedauerlichen Opfern ein absurdes Aussehen verleihen.

Die alten Überlieferungen waren unklar, schwer einzuordnen und der jüngeren Generation größtenteils unbekannt. Ihr einzigartiger Charakter war offensichtlich auf den Einfluss wesentlich älterer Erzählungen der Indianer zurückzuführen. Auch wenn ich Vermont nie besucht hatte, war ich mit diesen Sagen vertraut durch die überaus seltene Abhandlung von Eli Davenport, die Material aus der Zeit bis 1839 umfasst, das aus den Erzählungen der ältesten Einwohner des Bundesstaates gewonnen wurde. Es fanden sich tatsächlich große Ähnlichkeiten mit Erzählungen, die ich persönlich von älteren Bauern in den Bergen New Hampshires gehört hatte. Um es kurz zu fassen: Es gab Hinweise auf eine verborgene Rasse monströser Wesen in den entlegenen Bergen – in den tiefen Wäldern auf den höchsten Gipfeln und in den dunklen Tälern, wo Bäche aus unbekannten Quellen entspringen. Diese Wesen sah man nur selten, doch Männer, die sich weiter als üblich auf gewisse Berge oder in tiefe Steilschluchten, die sogar von Wölfen gemieden wurden, gewagt hatten, berichteten von ihren Spuren. Es handelte sich um sonderbare Fuß- oder Klauenspuren im Schlamm der Bachufer und auf unbewachsenen Stellen, und um merkwürdige Steinkreise, die nicht von der Natur so angeordnet zu sein schienen und in deren näherer Umgebung kein Gras wuchs. Es gab zudem einige Höhlen von unbekannter Tiefe in den Berghängen; die Ausgänge waren von Felsblöcken auf eine Art verschlossen, die von keinem Zufall herrühren konnte. Überdurchschnittlich viele der merkwürdigen Spuren führten zu diesen Höhlen oder von ihnen fort – sofern die Richtung der Spuren überhaupt zu bestimmen war. Am schlimmsten aber waren die Dinge, die nur sehr selten von wagemutigen Leuten im Zwielicht der entlegensten Täler und in den dichten Wäldern der Berghöhen, auf die sonst niemand stieg, gesehen wurden.

Das alles wäre weniger beklemmend gewesen, hätten die verstreuten Darstellungen nicht so viele Ähnlichkeiten untereinander aufgewiesen. So gab es zwischen all den Gerüchten mehrere Übereinstimmungen: die Behauptung etwa, bei den Kreaturen handele es sich um eine Art riesiger hellroter Krebse mit zahlreichen Beinpaaren und zwei großen fledermausartigen Schwingen auf dem Rücken. Manchmal gingen sie auf allen Beinen, ein andermal nur auf dem hintersten Beinpaar, während sie die restlichen Gliedmaßen zum Transport großer Gegenstände unbekannter Art benutzten. Einmal hatte man eine erhebliche Anzahl der Wesen beobachtet: Eine Gruppe von ihnen watete durch einen seichten Waldbach, drei der Wesen führten den offensichtlich diszipliniert angeordneten Trupp an. Bei einer Gelegenheit hatte man ein Exemplar fliegen gesehen – es erhob sich nachts vom Gipfel eines kahlen, einsamen Berges und verschwand am Himmel, nachdem sich die großen flatternden Schwingen einen Augenblick lang vor dem Vollmond abgezeichnet hatten.

Im Großen und Ganzen schienen diese Wesen die Menschen in Frieden zu lassen, allerdings schrieb man ihnen das Verschwinden einiger waghalsiger Einzelgänger zu – vor allem Personen, die ihre Häuser zu nahe an gewissen Wäldern oder zu hoch auf gewissen Bergen erbaut hatten. Viele Gegenden betrachtete man bald als ungeeignet für die Besiedlung, und das hielt selbst dann noch vor, wenn der Grund für diese

Einschätzung schon seit Langem in Vergessenheit geraten war. Die Menschen erschauderten beim Anblick mancher nahe gelegener Felswände, auch wenn sie gar nicht wussten, wie viele Siedler dort verschwunden und wie viele Bauernhäuser auf den unteren Hängen dieser finsteren grünen Wächter niedergebrannt waren.

Obwohl die frühesten Legenden davon sprachen, dass die Kreaturen wohl nur denen Leid zufügten, die in ihr Gebiet eindrangen, erzählten spätere Berichte von ihrer Neugierde in Bezug auf die Menschen – und von ihren Versuchen, geheime Vorposten in unserer Welt zu errichten. Es gab Geschichten über sonderbare Klauenabdrücke, die man morgens vor den Fenstern der Bauernhäuser entdeckt hatte, und über das gelegentliche Verschwinden von Personen in Gebieten außerhalb der bekanntermaßen heimgesuchten Regionen. Außerdem kursierten Gerüchte über summende Stimmen, die die menschliche Sprache imitierten und einsamen Reisenden in den tiefen Wäldern überraschende Angebote machten, und von zu Tode geängstigten Kindern, die im Urwald, der sich dicht an die Hintergärten drängt, etwas gesehen oder gehört hatten. In der letzten Gruppe von Legenden – derjenigen, die dem Niedergang des Aberglaubens und der Meidung der gefürchteten Orte voranging – finden sich schockierende Hinweise auf Einsiedler und abgelegen siedelnde Bauern, die anscheinend zu irgendeinem Zeitpunkt in ihrem Leben einen abstoßenden geistigen Wandel durchgemacht hatten und über die man hinter vorgehaltener Hand munkelte, sie hätten sich an die fremden Wesen verkauft. In einem der nordöstlichen Bezirke schien es um 1800 herum an der Tagesordnung gewesen zu sein, verschrobene und unbeliebte Einsiedler zu beschuldigen, sie seien Verbündete oder Abgesandte der verhassten Geschöpfe.

Es gab natürlich unterschiedliche Erklärungen über die Natur dieser Wesen. Allgemein nannte man sie einfach ›die Anderen‹ oder ›die Alten‹, während andere Bezeichnungen nur an bestimmten Orten und zu bestimmten Zeiten in Umlauf waren. Der Großteil der puritanischen Siedler tat sie schlicht als die Gefolgschaft des Teufels ab und erging sich in furchtsamen theologischen Spekulationen. Diejenigen, zu deren Erbe die keltische Sagenwelt gehörte – vor allem der schottisch-irische

Bevölkerungsanteil von New Hampshire und deren Landsleute, die sich im Zuge der Landzuweisungen durch Gouverneur Wentworth in Vermont niedergelassen hatten –, brachten sie vage mit den bösen Feen und dem ›kleinen Volk‹ der heimatlichen Sümpfe und Hügelfestungen in Verbindung und schützten sich mit Bruchstücken altüberlieferter Beschwörungsformeln. Die fantastischsten Theorien stammten jedoch von den Indianern. Die Legenden der verschiedenen Stämme unterschieden sich zwar voneinander, doch gab es in den wesentlichen Punkten eine deutliche Übereinstimmung – so etwa in der Ansicht, dass die Wesen nicht von dieser Welt stammten.

Die Mythen der Pennacook-Indianer, vielleicht die folgerichtigsten und bildhaftesten von allen, sprachen davon, dass die Geflügelten Wesen vom Sternbild des Großen Bären herabgekommen waren und auf der Erde Minen in unsere Berge gegraben hatten, weil sie hier ein Gestein fanden, an das sie in keiner anderen Welt gelangen konnten. Sie lebten nicht hier, so die Mythen, sondern unterhielten lediglich Stützpunkte und flogen mit riesigen Ladungen Gestein zurück zu ihren eigenen Sternen am Nordhimmel. Sie fügten nur jenen Erdenmenschen Schaden zu, die ihnen zu nahe kamen oder die ihnen nachspionierten. Tiere gingen ihnen, einem instinktiven Abscheu folgend, aus dem Weg, und nicht etwa deshalb, weil die Wesen auf sie Jagd machten. Sie konnten die Pflanzen und Tiere der Erde nicht essen, weshalb sie ihre eigene Nahrung von den Sternen mit sich brachten. Es war schlecht, ihnen zu nahe zu kommen, und manchmal kehrten junge Jäger, die sich in die heimgesuchten Berge wagten, nicht mehr zurück. Es war auch nicht gut, ihnen nachts im Wald zu lauschen, wenn sie mit Stimmen wie Bienensummen flüsterten, um die Stimmen der Menschen nachzuahmen. Sie kannten die Sprachen aller Menschen – der Pennacooks, der Huronen, der Angehörigen der Fünf Stämme –, schienen selbst aber keine Sprache zu besitzen. Sie verständigten sich mit ihren Köpfen, die die Farbe wechseln konnten, um unterschiedliche Dinge auszudrücken.

Natürlich starben die Legenden sowohl der Weißen als auch der Indianer, abgesehen von einem gelegentlichen unzeitgemäßen Wiederaufflackern, im neunzehnten Jahrhundert aus. Die Bewohner Vermonts wurden sesshaft, und sobald ihre

Siedlungen und Wege einem bestimmten Plan gemäß angelegt waren, vergaßen sie nach und nach, welche Ängste und Abneigungen diesen Plan diktiert hatten – schließlich vergaßen sie, dass es solche Ängste und Abneigungen überhaupt gegeben hatte. Die meisten wussten nur noch, dass man gewisse hüglige Regionen als höchst ungesund, unrentabel und überhaupt ungünstig für die Besiedlung einschätzte und man sich am besten von ihnen fernhielt. Im Laufe der Zeit hatten Gewohnheit und wirtschaftliches Interesse in den für gut erachteten Gegenden so tief Wurzeln geschlagen, dass es gar keinen Grund mehr gab, sie zu verlassen, und so verwaisten die gespenstischen Berge mehr aus Zufall denn aus fester Absicht. Abgesehen von unregelmäßig auftretenden lokalen Schreckgeschichten wussten nur noch wundergläubige Großmütter und erinnerungsselige alterslose Greise von Geschöpfen, die in den Bergen hausten; und selbst solche Leute gaben zu, dass man nun nicht mehr viel von diesen Wesen zu befürchten habe, da sie sich an die Häuser und Siedlungen gewöhnt hätten und die Menschen ihr gewähltes Territorium in Frieden ließen.

Von alldem wusste ich seit Langem durch meine Lektüre und aus gewissen Volksmärchen, die ich in New Hampshire aufgeschnappt hatte; als nach der Flutwelle Gerüchte aufkamen, konnte ich daher ohne Probleme erraten, auf welch fruchtbarem Boden sie gediehen waren. Ich gab mir große Mühe, dies meinen Freunden zu erklären, und war dementsprechend amüsiert über die Hartnäckigkeit, mit der einige streitsüchtige Zeitgenossen trotz allem in den Berichten einen wahren Kern erkennen wollten. Diese Personen versuchten darzulegen, dass den frühen Legenden eine bemerkenswerte Langlebigkeit und Einheitlichkeit zu eigen war und dass es nicht klug sei, dogmatische Behauptungen darüber aufzustellen, was in den Bergen von Vermont leben mochte oder nicht – schließlich waren diese noch größtenteils unerforscht. Auch konnte ich sie nicht mit meiner Versicherung zufriedenstellen, dass alle diese Mythen einem wohlbekannten, auf der ganzen Welt vorkommenden Muster entsprächen und in einer frühen Phase der Entwicklung unserer Vorstellungskraft geprägt worden seien, sodass sie stets die gleiche Art von Sinnestäuschungen hervorriefen.

Es war sinnlos, meinen Widersachern beweisen zu wollen, dass die Mythen aus Vermont im Wesentlichen nur geringfügig von den weltweit verbreiteten Legenden über personifizierte Naturkräfte abwichen, die die Welt der Antike mit Faunen, Dryaden und Satyrn bevölkert, die *kallikanzarai* des neuzeitlichen Griechenland hervorgebracht und dem urtümlichen Wales und auch Irland die finsteren Sagen von merkwürdigen zwergenhaften und fürchterlichen verborgenen Völkern von Höhlenbewohnern gegeben hatten. Ebenso vergeblich war es, auf den verblüffend ähnlichen Aberglauben der nepalesischen Bergstämme hinzuweisen, die sich vor dem *Mi-Go*, dem ›abscheulichen Schneemenschen‹, fürchten, der inmitten des Eises und der Felsschründe der Himalaya-Gipfel lauert. Als ich diesen Beweis anführte, kehrten meine Widersacher ihn gegen mich und behaupteten, dies spräche für die geschichtliche Wahrheit der alten Sagen und weise auf die tatsächliche Existenz einer fremdartigen älteren Rasse von Erdbewohnern hin, die vom Erscheinen und der Vorherrschaft der Menschheit gezwungen gewesen sei, im Verborgenen zu hausen, und womöglich in kleiner Anzahl bis in jüngste Zeit überlebt habe – vielleicht sogar bis zum heutigen Tag.

Je mehr ich über solche Theorien lachte, desto hartnäckiger hielten meine starrköpfigen Freunde an ihnen fest. Sie fügten noch hinzu, die jüngsten Berichte seien auch ohne die überlieferten Legenden viel zu eindeutig, in sich geschlossen, detailliert und nüchtern geschildert, als dass man sie einfach ignorieren könnte. Zwei oder drei Fanatiker gingen gar so weit, anzudeuten, die alten indianischen Legenden wiesen auf einen außerirdischen Ursprung der verborgenen Wesen hin, und führten die versponnenen Bücher von Charles Fort an, in denen behauptet wird, Reisende von anderen Welten hätten schon oft die Erde besucht. Die meisten meiner Gegner waren jedoch bloße Romantiker, die nur zu gern die fantastische Sage von dem ›kleinen Volk‹, das durch die hervorragenden Schauergeschichten Arthur Machens bekannt geworden ist, ins wirkliche Leben übertragen hätten.

II

Unter den gegebenen Umständen war es unvermeidlich, dass die pikante Debatte schließlich in Form von Leserbriefen an den *Arkham Advertiser* ihren Weg in die Presse fand. Einige der Briefe wurden in den Zeitungen der Gebiete von Vermont nachgedruckt, aus denen die Flutgeschichten stammten. Der *Rutland Herald* füllte eine halbe Seite mit Auszügen aus den Leserbriefen beider Parteien, und der *Brattleboro Reformer* veröffentlichte in voller Länge eine meiner umfangreichen historisch-mythologischen Darstellungen, versehen mit den Kommentaren des geistreichen Kolumnisten ›Pendrifter‹, der meine skeptischen Schlussfolgerungen begrüßte und unterstützte. Im Frühjahr 1928 war ich fast eine Berühmtheit in Vermont, ungeachtet der Tatsache, dass ich nie in diesem Staat gewesen war. Dann kamen die herausfordernden Briefe Henry Akeleys, die einen so tief greifenden Eindruck auf mich machten und mich zum ersten und letzten Mal in jenes faszinierende Reich zahlloser bewaldeter Abgründe und murmelnder Waldbäche riefen.

Meine Kenntnisse über Henry Wentworth Akeley entstammen größtenteils dem Briefwechsel, den ich nach meinem Erlebnis in dem einsamen Gutshaus mit seinen Nachbarn und seinem einzigen Sohn in Kalifornien führte. Er war, wie ich herausfand, der letzte Repräsentant eines alten, in der Gegend hoch angesehenen Geschlechts von Juristen, Verwaltungsbeamten und Gutsherren und lebte auf seinem eigenen Grund und Boden. Bei ihm hatte sich allerdings die praktische Veranlagung der Familie in reine Gelehrsamkeit verwandelt; er war ein bemerkenswerter Student der Mathematik, Astronomie, Biologie, Anthropologie und Volkskunde an der Universität Vermont gewesen. Ich hatte nie zuvor von ihm gehört, und in seinen Mitteilungen an mich fanden sich nur wenige autobiografische Einzelheiten; doch schon beim ersten Treffen erkannte ich, dass er – obgleich ein Einsiedler mit sehr wenig Weltgewandtheit – ein Mann von Charakter, Bildung und Intelligenz war.

Obwohl das, was er behauptete, schlicht unglaublich war, musste ich Akeley einfach wesentlich ernster nehmen als alle anderen, die bislang meine Anschauungen infrage gestellt hatten. Zum einen befand er sich in sicht- und greifbarer Nähe zu den Phänomenen, über die er solch groteske Mutmaßungen anstellte; zum anderen zeigte er sich erstaunlich bereitwillig, seine Schlussfolgerungen selbst immer wieder in Zweifel zu ziehen – wie ein wahrer Mann der Wissenschaft. In seiner Herangehensweise folgte er keinen persönlichen Vorlieben, sondern ließ sich immer von dem leiten, was ihm als eindeutiger Beweis erschien. Natürlich hielt ich seine Ansichten zunächst für irrig, hielt ihm aber zugute, dass er auf intelligente Art und Weise fehlging. Zu keinem Zeitpunkt tat ich es einigen seiner Freunde gleich und schrieb seine Vorstellungen – und seine Angst vor den einsamen grünen Bergen – einer Geisteskrankheit zu. Mir war bewusst, dass viel für diesen Mann sprach und dass seine Berichte mit Sicherheit sonderbare Umstände widerspiegelten, die es wert waren, untersucht zu werden, auch wenn die Wahrheit wenig mit den von ihm behaupteten fantastischen Ursachen zu tun haben mochte. Später erhielt ich von ihm Beweismaterial, das ein anderes und verblüffend bizarres Licht auf die ganze Angelegenheit warf.

Hier gebe ich am besten den umfangreichen Brief wieder, mit dem Akeley sich bei mir einführte und der einen so wichtigen Meilenstein meiner eigenen intellektuellen Entwicklung darstellt. Der Brief befindet sich nicht mehr in meinem Besitz, doch mein Gedächtnis bewahrt beinahe jedes Wort dieser unheilvollen Botschaft. Wiederum muss ich meinen festen Glauben an den gesunden Menschenverstand des Mannes beteuern, der diesen Brief schrieb. Hier ist der Text – ein Text, der mich in der gedrängten, altertümlich anmutenden Schrift eines Menschen erreichte, der in seinem ruhigen Gelehrtenleben offensichtlich nicht viel mit der Welt in Berührung gekommen war.

R.F.D. #2
Townshend,
Windham Co., Vermont
25. Mai 1928

Albert N. Wilmarth, Esq.,
118 Saltonstall St.,
Arkham, Mass.

426

Sehr geehrter Mr Wilmarth!

Mit großem Interesse las ich im *Brattleboro Reformer* vom 23. April 1928 Ihren Brief bezüglich der unlängst kursierenden Geschichten über merkwürdige Leichenfunde in den angeschwollenen Flüssen im letzten Herbst und den eigenartigen Volksmärchen, mit denen diese Berichte so ungewöhnlich gut übereinstimmen. Es ist verständlich, weshalb ein Außenstehender diesen Standpunkt vertritt und warum ›Pendrifter‹ Ihnen zustimmt. Die meisten gebildeten Menschen hier in Vermont und auch außerhalb des Staates sind ähnlicher Meinung, und ich selbst vertrat diese Ansicht als junger Mann (ich bin nun 57). Das war, bevor meine Studien – die allgemeinen wie die durch Davenports Buch inspirierten – mich dazu bewogen, einige Gebiete in den umliegenden Bergen zu erforschen, die normalerweise nicht aufgesucht werden.

Dazu verleiteten mich die merkwürdigen alten Sagen, die ich früher von den älteren, eher ungebildeten Bauern zu hören bekam, doch mittlerweile wünschte ich, die ganze Sache niemals verfolgt zu haben. Ich möchte in aller Bescheidenheit bemerken, dass mir die Fachgebiete der Anthropologie und der Volkskunde keineswegs fremd sind. Ich habe mich auf der Hochschule eingehend mit ihnen befasst und bin mit den meisten gängigen Fachautoren vertraut – etwa mit Tylor, Lubbock, Frazer, Quatrefages, Murray, Osborn, Keith, Boule, G. Elliott Smith etc. Für mich ist es nichts Neues, dass Geschichten über verborgene Völker so alt sind wie die Menschheit. Ich habe im *Rutland Herald* Ihre Briefe und die Ihrer Widersacher gelesen und glaube zu wissen, auf welchem Stand sich die Kontroverse zurzeit befindet.

Was ich ihnen klarzumachen versuche, ist, dass, so leid es mir tut, Ihre Gegner näher an den Tatsachen sind als Sie, auch wenn die Vernunft ganz auf Ihrer Seite zu sein scheint. Ihre Kontrahenten kommen der Wahrheit näher, als sie selbst es vermuten – denn natürlich vermögen sie nur Mutmaßungen anzustellen und können nicht das wissen, was ich weiß. Wüsste ich so wenig über die Sache wie diese Leute, würde ich mich allerdings mit dem bloßen

Glauben an Theorien nicht zufriedengeben. Ich wäre ganz auf Ihrer Seite, Mr Wilmarth.

Sie merken, es fällt mir wirklich schwer, zur Sache zu kommen, was wohl daran liegt, dass ich Angst davor habe. Der springende Punkt ist folgender: *Ich habe unumstößliche Beweise dafür, dass in den Wäldern der Berghöhen, die nie jemand aufsucht, tatsächlich monströse Geschöpfe hausen.* Ich selbst habe keines der Wesen in den Flüssen treiben gesehen, *aber ich sah ähnliche Kreaturen unter Umständen, die ich nur äußerst ungern wiedergebe.* Ich fand ihre Fußspuren kürzlich näher an meinem Haus, als mir lieb ist (ich lebe auf dem alten Anwesen der Akeleys südlich von Townshend Village am Fuß des Dark Mountain). Und an gewissen Stellen im Wald habe ich Stimmen belauscht, die ich in diesem Brief gar nicht erst beschreiben möchte.

An einer Stelle habe ich sie so häufig gehört, dass ich einen Fonografen mit angeschlossenem Diktafon und einem leeren Wachszylinder mit dorthin nahm. Ich möchte Ihnen die Möglichkeit geben, sich die Aufzeichnung anzuhören. Ich habe sie auf dem Apparat einigen von hier stammenden alten Leuten vorgespielt, und eine der Stimmen jagte ihnen einen fürchterlichen Schrecken ein, da sie einer gewissen Stimme (der von Davenport erwähnten summenden Stimme im Wald) sehr ähnlich ist, von der ihre Großmütter ihnen erzählt hatten oder sie nachzuahmen wussten. Ich bin mir darüber im Klaren, was die meisten Menschen von einem Mann denken, der davon berichtet, ›Stimmen zu hören‹ – doch bevor Sie Ihre Schlüsse ziehen, hören Sie sich einfach die Aufnahme an und befragen Sie einige der alten Hinterwäldler, was diese davon halten. Wenn Sie eine normale Erklärung dafür finden, umso besser; doch irgendetwas muss dahinterstecken. *Ex nihilo nihil fit,* von nichts kommt nichts, wie Sie wissen.

Der Zweck meines Briefes besteht nicht darin, einen Streit zu entfachen, sondern Ihnen Informationen zukommen zu lassen, die ein Mann mit Ihren Neigungen sicherlich höchst interessant finden wird. *Dies ist eine private Mitteilung. Was die Öffentlichkeit betrifft, bin ich auf*

Ihrer Seite, denn ich glaube, dass es für die Menschen nicht gut ist, über diese Dinge zu viel zu wissen. Meine eigenen Studien finden ganz im Privaten statt, und mir fiele nicht ein, etwas verlautbaren zu lassen, was die Aufmerksamkeit der Leute erregen würde und sie dazu brächte, die von mir erforschten Orte aufzusuchen. Es ist die Wahrheit, die ganze fürchterliche Wahrheit, dass es *nichtmenschliche Geschöpfe gibt, die uns die ganze Zeit über beobachten*; sie haben Spione unter uns, die Informationen sammeln. Ein Großteil meiner diesbezüglichen Anhaltspunkte stammt von einem unglücklichen Mann, der – sofern er bei Verstand war, wovon ich allerdings ausgehe – *einer dieser Spione war*. Er beging später Selbstmord, doch habe ich Grund zu der Annahme, dass es noch weitere gibt.

Diese Wesen kommen von einem anderen Planeten, können im interstellaren Raum leben und fliegen in ihm mit unförmigen, mächtigen Schwingen, die irgendwie dem Äther zu widerstehen vermögen, die sich aber so schwer steuern lassen, dass sie auf der Erde kaum von Nutzen sind. Ich werde Ihnen später mehr darüber berichten, wenn Sie mich nicht bereits als Wahnsinnigen abtun. Die Wesen kommen her, um Metall aus Minen zu gewinnen, die tief unter den Bergen verlaufen. *Ich glaube zu wissen, woher die Fremden stammen.* Sie werden uns nichts tun, solange wir sie in Frieden lassen, doch niemand kann vorhersehen, was geschieht, wenn wir ihnen gegenüber zu große Neugierde entwickeln. Selbstverständlich könnte eine Truppe tüchtiger Männer ihre Bergbaukolonie auslöschen. Davor haben sie auch Angst. Doch wenn dies geschähe, kämen von *draußen* noch mehr von ihnen – in unbegrenzter Anzahl. Es wäre ihnen ein Leichtes, die Erde zu erobern, sie haben es aber bislang nicht versucht, weil dazu keine Notwendigkeit bestand. Sie lassen die Dinge lieber so, wie sie sind, und ersparen sich die Scherereien.

Ich glaube, sie wollen mich wegen meiner Entdeckungen beseitigen. Im Wald auf dem östlich von hier gelegenen Round Hill habe ich einen großen schwarzen Stein mit fast gänzlich abgewetzten unbekannten Hieroglyphen gefunden; seitdem ich ihn mit nach Hause genommen habe, hat sich alles geändert. Wenn sie glauben, dass ich zu viel weiß, dann werden sie mich entweder töten *oder mich von der Erde fortschaffen und dorthin bringen, woher sie kommen.* Dann und wann entführen sie gelehrte Männer, um sich über den Stand der Dinge in der Welt der Menschen zu unterrichten.

Das bringt mich zu dem zweiten Anlass meines Schreibens – nämlich Sie dazu anzuhalten, die gegenwärtige Debatte zum Schweigen zu bringen, anstatt ihr eine größere Öffentlichkeit zu verschaffen. *Die Menschen müssen von diesen Bergen ferngehalten werden,* und um das zu gewährleisten, darf man ihre Neugier nicht weiter anstacheln. Der Himmel weiß, dass es schon genug Gefahren gibt – etwa die Werbeleute und Grundstücksmakler, die mit Scharen von Sommerurlaubern die verlassenen Gegenden Vermonts überschwemmen und die Berghänge mit billigen Bungalows überziehen möchten.

Ich würde mich über einen Austausch mit Ihnen sehr freuen und werde versuchen, Ihnen die fonografische Aufnahme und den schwarzen Stein (er ist so abgewetzt, dass auf Fotografien nicht viel zu erkennen ist) per Express zukommen zu lassen, falls Sie das wünschen. Ich sage ›versuchen‹, weil ich glaube, dass diese Geschöpfe Mittel und Wege gefunden haben, sich hier einzumischen. Auf einem Hof in der Nähe des Dorfes wohnt Brown, ein griesgrämiger, heimlichtuerischer Bursche, der meines Erachtens einer ihrer Spione ist. Nach und nach versuchen sie, mich von unserer Welt zu isolieren, da ich zu viel über ihre Welt weiß.

Sie verfügen über erstaunliche Mittel, um herauszufinden, was ich tue. Vielleicht erhalten Sie noch nicht einmal diesen Brief. Ich sollte diesen Teil des Landes wohl besser verlassen und zu meinem Sohn nach San Diego, Kalifornien, übersiedeln, wenn sich die Lage verschlimmert. Doch es fällt mir nicht leicht, den Ort meiner Geburt zu verlassen, an dem meine Familie seit sechs Generationen lebt. Zudem würde ich es kaum wagen, dieses Haus jemandem zu verkaufen, nun da die *Kreaturen* davon Kenntnis genommen haben. Sie versuchen anscheinend, den schwarzen Stein zurückzubekommen und die Fonografenaufnahme zu vernichten, doch wenn ich es nur irgendwie verhindern kann, lasse ich das nicht zu. Meine großen Wachhunde halten sie immer auf Abstand, denn es gibt bislang nur wenige der Geschöpfe hier, und sie bewegen sich nur sehr unbeholfen fort. Wie schon erwähnt, sind ihre Schwingen nicht für kurze Flüge auf der Erde geeignet. Ich stehe kurz davor, die Inschrift auf dem Stein zu entziffern (eine schreckliche Sache), und mit Ihrem Wissen auf dem Gebiet volkstümlicher Überlieferungen könnten Sie mir behilflich sein, die fehlenden Stellen zu ergänzen. Ich gehe davon aus, dass Sie umfassend über die furchtbaren Mythen unterrichtet sind, die im *Necronomicon* erwähnt werden und älter sind als die Menschheit selbst – die Zyklen über Yog-Sothoth und Cthulhu. Ich hatte einst Zugang zu einer Abschrift dieses Buches, und wie ich hörte, wird in der Bibliothek Ihrer Hochschule ein Exemplar hinter Schloss und Riegel verwahrt.

Um zum Ende zu kommen, Mr Wilmarth: Ich bin der Ansicht, dass wir mit unseren jeweiligen Kenntnissen einander sehr nützlich sein können. Ich möchte Sie keinesfalls in Gefahr bringen und sollte Sie darüber in Kenntnis setzen, dass der Besitz des Steines und der Aufzeichnung mit einem gewissen Risiko verbunden ist; aber ich glaube, dass Sie dieses Risiko im Namen der Wissenschaft gern eingehen werden. Von Newfane oder Brattleboro aus werde ich alles, was Ihre Zustimmung findet, mit der Expresspost verschicken, denn den Postfilialen dort schenke ich mehr Vertrauen. Ich könnte noch hinzufügen, dass ich derzeit ganz allein wohne, da ich hier keine Dienstboten mehr halten kann. Sie wollen nicht bleiben wegen der Gestalten, die sich nachts dem Haus nähern, sodass die Hunde unaufhörlich bellen. Ich bin froh, dass ich zu Lebzeiten meiner Frau noch nicht so tief in diese Angelegenheit verstrickt war, denn es hätte sie in den Wahnsinn getrieben.

Ich hoffe, Sie nicht allzu sehr belästigt zu haben und dass Sie sich entschließen, mit mir in Verbindung zu treten, anstatt diesen Brief als den Erguss eines armen Irren in den Papierkorb zu werfen.

Ihr sehr ergebener
HENRY W. AKELEY

PS: Ich werde Abzüge einiger von mir aufgenommener Fotografien anfertigen lassen, die, wie ich glaube, eine Reihe der von mir aufgeführten Punkte beweisen dürften. Die alten Leute halten diese Ungeheuerlichkeiten für echt. Ich werde Ihnen die Abzüge demnächst zukommen lassen, sollten Sie daran Interesse haben.

H. W. A.

Es fällt mir schwer, die Gefühle in Worte zu fassen, die mich bei der ersten Lektüre dieses sonderbaren Schriftstücks überkamen. Eigentlich hätte ich über diese Überspanntheiten lauter lachen müssen als über die wesentlich harmloseren Theorien, die mich bisher erheitert hatten; jedoch veranlasste mich etwas an dem Tonfall des Briefes zu einer unfreiwilligen Ernsthaftigkeit. Nicht, dass ich auch nur einen Augenblick lang an die verborgene Rasse von den Sternen geglaubt hätte, die der Briefschreiber erwähnte; doch nach einigen anfänglichen Zweifeln war ich mit eigentümlicher Gewissheit von seiner Vernunft und seiner Aufrichtigkeit überzeugt und nahm an, er sei mit einem natürlichen, aber einzigartigen und abnormen Phänomen in Berührung gekommen, das er sich nur mithilfe fantastischer Vermutungen erklären konnte. Die Sache schien eine Untersuchung mehr als wert zu sein. Der Mann war offenbar über irgendetwas ungewöhnlich erregt und bestürzt, aber es schien nur schwer vorstellbar, dass dafür keine Ursache existieren sollte. In mancherlei Hinsicht waren seine Ausführungen äußerst genau und logisch – und schließlich entsprach seine Gruselgeschichte auf verblüffende Weise einigen der alten Mythen, selbst den wildesten Legenden der Indianer.

Dass er wirklich beunruhigende Stimmen in den Bergwäldern gehört und den von ihm erwähnten schwarzen Stein gefunden hatte, war durchaus möglich, ungeachtet seiner verrückten

Schlussfolgerungen – Schlussfolgerungen, die ihm vielleicht der Mann suggeriert hatte, der nach eigener Aussage ein Spion der außerirdischen Wesen gewesen war und später Selbstmord begangen hatte. Es lag nahe, zu der Ansicht zu gelangen, dieser Mann sei völlig verrückt gewesen, wobei seine Schilderungen aber über eine Art perverse Logik verfügten, die den naiven Akeley – den seine volkskundlichen Studien auf solche Dinge vorbereitet hatten – dazu brachten, seiner Geschichte Glauben zu schenken. Was die jüngsten Entwicklungen betraf, schien die Unmöglichkeit, Dienstboten im Haus zu beschäftigen, darauf hinzuweisen, dass Akeleys bäuerliche Nachbarn genau wie er selbst davon überzeugt waren, sein Haus würde nachts von unheimlichen Wesen belagert. Und die Hunde bellten tatsächlich.

Dann war da noch die Sache mit der fonografischen Aufzeichnung, von der ich überzeugt war, dass er sie auf die beschriebene Weise aufgenommen hatte. Es musste etwas daran sein – ob es nun Tierlaute waren, die menschlicher Sprache täuschend ähnlich klangen, oder die Stimme eines versteckt lebenden, nur nachts herumgeisternden menschlichen Wesens, das auf die Stufe niederer Tiere herabgesunken war. Dann wandten sich meine Gedanken wieder dem schwarzen Stein mit den Hieroglyphen zu, und ich fragte mich, was er für eine Bedeutung haben könnte. Und was war mit den Fotografien, die Akeley mir bald zuschicken wollte und die laut den alten Leuten von so schrecklicher Überzeugungskraft sein sollten?

Während ich den eng beschriebenen Brief nochmals las, gewann ich deutlicher als je zuvor den Eindruck, dass vielleicht mehr für die Thesen meiner leichtgläubigen Widersacher sprach, als ich es mir bisher eingestanden hatte. Es mochte ja schließlich in diesen einsamen Bergen einige sonderbare und vielleicht durch Erbkrankheiten entstellte Ausgestoßene geben – wenn auch keine sterngeborene Rasse von Monstren, wie die Sagen behaupteten. Wenn das zutraf, waren die Sichtungen von merkwürdigen Leichnamen in den reißenden Flüssen nicht völlig unglaubwürdig. War es zu vermessen, davon auszugehen, dass sowohl die alten Legenden als auch die jüngsten Berichte darin ihren Ursprung hatten? Während ich diese Zweifel in mir hegte, schämte ich mich dafür, dass etwas so Groteskes wie Henry Akeleys exzentrischer Brief mich dazu verleitet hatte.

Schließlich beantwortete ich Akeleys Schreiben, gab mich freundlich und interessiert und erkundigte mich nach weiteren Einzelheiten. Seine Antwort kam beinahe postwendend und enthielt, wie er es versprochen hatte, eine Anzahl von Kodak-Fotos, die Landschaften und Gegenstände zeigten, von denen er berichtet hatte. Als ich diese Bilder dem Briefumschlag entnahm und einen Blick darauf warf, verspürte ich eine eigenartige Furcht und das Gefühl, mich hier etwas Verbotenem zu nähern. Trotz der Tatsache, dass die meisten Aufnahmen recht unscharf waren, ging von ihnen eine abscheuliche suggestive Kraft aus, noch verstärkt durch den Umstand, dass es authentische Fotografien waren – wirkliche optische Verbindungsglieder zu den abgebildeten Objekten, Produkte einer unpersönlichen Übertragungstechnik ohne Vorurteil, Fehlbarkeit oder Falschheit.

Je öfter ich sie betrachtete, desto klarer wurde mir, dass ich Akeleys Geschichte nicht zu Unrecht ernst genommen hatte. Diese Bilder erbrachten jedenfalls schlüssige Beweise dafür, dass in den Bergen von Vermont etwas existierte, das sich weit außerhalb der Grenzen unseres Wissens und unserer Überzeugungen befand. Am schlimmsten von allem war der Fußabdruck – die Aufnahme zeigte eine sonnenbeschienene Schlammpfütze irgendwo im verlassenen Hochland. Dass es sich nicht um eine billige Fälschung handelte, konnte ich auf den ersten Blick erkennen. Die klar konturierten Kieselsteine und Grashalme auf dem Bild gaben einen guten Hinweis auf den Maßstab des Ganzen und ließen keinerlei Möglichkeit einer raffinierten Doppelbelichtung zu. Ich habe dieses Etwas einen ›Fußabdruck‹ genannt, doch ›Klauenabdruck‹ wäre eine bessere Bezeichnung dafür. Ich vermag es nach wie vor nicht richtig zu beschreiben und kann nur sagen, dass es in scheußlicher Weise an die Spur eines Krebses erinnerte und dass die Richtung der Spur nicht eindeutig zu bestimmen war. Es handelte sich weder um einen besonders tiefen noch sonderlich frischen Abdruck, es war aber erkennbar, dass er die Größe eines durchschnittlichen menschlichen Fußes besaß. Von einem mittleren Fußballen gingen einander gegenüberliegende zahnbewehrte Scherenpaare aus – ihre Funktion blieb rätselhaft, es schien sogar fraglich, ob es sich überhaupt um ein Mittel zur Fortbewegung handelte.

Eine andere Fotografie, offensichtlich eine Langzeitbelichtung, die im tiefen Schatten aufgenommen worden war, zeigte die Öffnung einer Höhle im Wald, die von einem offensichtlich gleichmäßig abgerundeten Felsblock verschlossen war. Auf dem Erdboden davor konnte man gerade noch ein dichtes Netzwerk eigenartiger Spuren ausmachen. Als ich das Bild mit einem Vergrößerungsglas betrachtete, verspürte ich die unangenehme Gewissheit, dass diese Spuren von gleicher Art waren wie diejenige auf der ersten Aufnahme. Ein drittes Foto zeigte einen druidenartig anmutenden Steinkreis auf der Kuppe eines einsamen Berges. Das Gras um den rätselhaften Steinkreis herum schien niedergetrampelt zu sein und wuchs nur spärlich, obwohl ich mit dem Vergrößerungsglas keinerlei Fußspuren ausmachen konnte. Die äußerste Entlegenheit dieses Ortes wurde deutlich durch ein Meer unbesiedelter Berge, das den Hintergrund des Bildes ausmachte und sich bis zum dunstigen Horizont erstreckte.

Während die Aufnahme des Fußabdruckes die beunruhigendste von allen war, erschien mir merkwürdigerweise die Abbildung von dem großen schwarzen Stein, den Akeley im Wald auf dem Round Hill gefunden hatte, die suggestivste zu sein. Akeley hatte den Stein offenkundig auf seinem Schreibtisch abgelichtet, denn im Hintergrund konnte ich einige Reihen von Büchern erkennen sowie eine Büste Miltons. Das Ding stand, soweit ich das sehen konnte, mit seiner leicht unregelmäßigen, gewölbten Oberfläche von ungefähr dreißig mal sechzig Zentimetern aufrecht vor der Kamera; doch um eine definitive Beschreibung der Oberfläche oder der Form des gesamten Steins zu liefern, reicht unsere Sprache nicht aus. Nach welchen fremdartigen geometrischen Grundsätzen dieser Stein geschnitten worden war – denn es stand außer Zweifel, dass es sich um eine künstlerische Bearbeitung handelte –, konnte ich noch nicht einmal im Ansatz erraten; nie zuvor hatte ich etwas so Sonderbares und in dieser Welt so eindeutig Fremdes gesehen. Die Hieroglyphen auf der Oberfläche waren kaum erkennbar, doch die wenigen, die ich sehen konnte, schockierten mich erheblich. Natürlich konnte es sich um eine arglistige Fälschung handeln, schließlich war ich nicht der Einzige, der das ungeheuerliche und abscheuliche *Necronomicon* des wahnsinnigen Arabers Abdul Alhazred gelesen hatte. Dennoch schauderte es mich, als ich gewisse Schriftzeichen wiedererkannte, die ich aufgrund meiner Studien mit den grauenhaftesten und gotteslästerlichsten Wesen in Zusammenhang bringen musste, die noch vor der Schöpfung der Erde und der inneren Welten des Sonnensystems eine Art von irrwitziger Schattenexistenz geführt hatten.

Von den fünf übrigen Bildern zeigten drei Sumpf- und Berglandschaften, die Spuren von verborgen lebenden und unnatürlichen Bewohnern aufzuweisen schienen. Auf einem weiteren Foto war eine sonderbare Spur auf dem Gelände unmittelbar vor Akeleys Haus zu sehen, die er nach eigener Aussage am Morgen nach einer Nacht fotografiert hatte, in der die Hunde heftiger als sonst gebellt hatten. Das Foto war zu undeutlich, als dass man aus ihm Schlüsse hätte ziehen können, dennoch wies die Spur eine teuflische Ähnlichkeit mit den Abdrücken auf, die im einsamen Hochland aufgenommen worden waren. Das letzte Bild schließlich zeigte das Anwesen der Akeleys: ein adrettes weißes Haus, rund hundertzwanzig Jahre alt, mit zwei Stockwerken und einer Mansarde. Ein steingefasster Gehweg führte über den gepflegten Rasen zu einem geschmackvoll angefertigten georgianischen Portal. Auf dem Rasen hockten mehrere große Wachhunde neben einem freundlich lächelnden Mann mit kurz geschnittenem grauen Bart. Dies musste Akeley sein, der sich selbst fotografiert hatte, wie man an dem Auslöser in seiner rechten Hand sehen konnte.

Nach den Bildern wandte ich mich dem umfangreichen, eng beschriebenen Brief zu. In den folgenden drei Stunden fand ich mich in einem Strudel unsäglichen Grauens wieder. Wo Akeley zuvor nur Andeutungen gemacht hatte, ging er nun in kleinste Details: Vor mir lagen lange Abschriften der Worte, die er nachts im Wald gehört hatte, umfassende Berichte über monströse rosafarbene Gestalten, die er während der Abenddämmerung im Dickicht der Berge beobachtet hatte, und eine schreckliche Kosmologie, die aus der Begegnung seiner profunden und vielseitigen Gelehrsamkeit mit den endlosen Monologen des irrsinnigen selbst ernannten Spions, der später Selbstmord beging, entstanden war. Ich fand mich konfrontiert mit Namen und Begriffen, die mir andernorts nur in den allerscheußlichsten Zusammenhängen begegnet waren – Yuggoth, der Große Cthulhu, Tsathoggua, Yog-Sothoth, R'lyeh, Nyarlathotep,

Azathoth, Hastur, Yian, Leng, der See von Hali, Bethmoora, das Gelbe Zeichen, L'mur-Kathulos, Bran und das Magnum Innominandum –, und ich wurde durch namenlose Äonen und unermessliche Dimensionen zurück in Welten ältester, fernster Existenz gerissen, von denen der wahnsinnige Autor des *Necronomicon* nur eine überaus nebelhafte Ahnung gehabt hatte. Ich wurde belehrt über die Abgründe urzeitlichen Lebens und über die Wasser, die sich daraus ergossen; ein winziges Rinnsal aus diesen Strömen hatte sich mit den Geschicken unserer eigenen Welt vermischt.

Meine Gedanken überschlugen sich. Hatte ich zuvor die Dinge wegzuerklären versucht, so glaubte ich nun allmählich an die unnatürlichsten und unwahrscheinlichsten Wunder. Die Unmenge grundlegender Beweise war erdrückend, und Akeleys kühle, wissenschaftliche Vorgehensweise – die so weit von jeder denkbaren verrückten, fanatischen, hysterischen oder sonst wie extravaganten Form der Spekulation entfernt war – wirkte sich immens auf mein Denken und meine Urteilsbildung aus. Als ich den fürchterlichen Brief beiseitelegte, konnte ich die Ängste, die Akeley entwickelt hatte, gut nachvollziehen, und ich wollte alles in meiner Macht Stehende tun, um die Menschen von diesen wilden, gespenstischen Bergen fernzuhalten. Selbst heute noch, obwohl die Zeit meine unmittelbaren Eindrücke abgeschwächt hat und ich meine eigenen Erlebnisse und fürchterlichen Zweifel infrage zu stellen beginne, gibt es Dinge aus Akeleys Brief, die ich weder zitieren noch sonst irgendwie zu Papier bringen möchte. Ich bin fast erleichtert darüber, dass der Brief, die Tonaufzeichnung und die Fotografien verschwunden sind – und ich wünschte (aus Gründen, die ich später darlegen werde), jener neue Planet hinter dem Neptun wäre nie entdeckt worden.

Nach der Lektüre des Briefes beteiligte ich mich nicht mehr an der öffentlichen Debatte über das Grauen von Vermont. Auf die Argumente meiner Widersacher ging ich entweder gar nicht erst ein oder ich vertröstete meine Gegner; schließlich geriet die ganze Kontroverse in Vergessenheit. Ende Mai und den ganzen Juni hindurch führte ich einen beständigen Briefwechsel mit Akeley. Es ging jedoch dann und wann ein Brief verloren, weshalb wir alle Schreiben mühselig in zweifacher Ausfertigung verfassen mussten. Unser Hauptanliegen bestand darin, unsere jeweiligen Aufzeichnungen über obskure Mythologie miteinander zu vergleichen, um so das Grauen von Vermont besser in Zusammenhang mit den weltweiten urzeitlichen Legenden bringen zu können.

Zum einen kamen wir zu der Schlussfolgerung, dass diese Widerwärtigkeiten und die teuflischen *Mi-Go* des Himalaya zur selben Gattung fleischgewordener Albträume zählten. Daraus ergaben sich auch faszinierende zoologische Mutmaßungen, die ich gern Professor Dexter an meiner Universität dargelegt hätte, doch Akeley hatte strengstens untersagt, irgendjemanden in diese Angelegenheit einzuweihen. Wenn ich nun seine Anweisung nicht mehr zu befolgen scheine, dann nur, weil ich der Ansicht bin, dass zum jetzigen Zeitpunkt eine Warnung vor den entlegeneren Bergen Vermonts – und vor den Gipfeln des Himalaya, die immer häufiger zum Ziel kühner Erforscher und Bergsteiger werden – der öffentlichen Sicherheit förderlicher ist als Stillschweigen.

Als besonders wichtig erschien uns die Entzifferung der Hieroglyphen auf jenem berüchtigten schwarzen Stein – vielleicht würden wir dadurch in den Besitz von Geheimnissen gelangen, die tiefgründiger und verwirrender sein mochten als alles, was der Menschheit je zuvor bekannt war.

III

Ungefähr Ende Juni erreichte mich die Fonografenaufzeichnung – aufgegeben in Brattleboro, da Akeley der Zweigstelle im Norden kein Vertrauen mehr schenkte. Er wurde zunehmend von dem Gefühl beunruhigt, beschattet zu werden, wozu auch der Verlust einiger unserer Briefe beitrug; er sprach häufig von den tückischen Machenschaften gewisser Männer, die er als Handlanger und Agenten der verborgenen Wesen bezeichnete. Das größte Misstrauen verspürte er gegenüber dem mürrischen Bauern Walter Brown, der allein in den Bergen auf einem heruntergewirtschafteten Hof nahe der tiefen Wälder lebte und häufig in Brattleboro, Bellow Falls, Newfane und South Londonderry herumlungerte, ohne dass erkennbar war, was er dort eigentlich trieb. Akeley war davon überzeugt, dass Browns Stimme zu jenen gehörte, die er einmal bei einem äußerst schrecklichen Gespräch belauscht hatte; zudem fanden sich in der Nähe von Browns Haus Fuß- oder Klauenspuren, was auf bedrohliche Zusammenhänge schließen ließ. Diese Fußspuren befanden sich merkwürdigerweise dicht bei Browns eigenen – als hätte man sich gegenübergestanden.

Und so wurde die Aufzeichnung von Brattleboro aus verschickt, wohin Akeley in seinem Ford über die einsamen Nebenstraßen Vermonts gefahren war. Auf einem Zettel, den er der Aufnahme beigelegt hatte, bekannte er seine wachsende Furcht vor diesen Straßen; mittlerweile würde er selbst seine Lebensmittel nur noch bei Tageslicht in Townshend besorgen. Wieder und wieder beteuerte er, dass es sich nicht lohne, zu viel zu wissen, wenn man zu nahe an diesen stillen und zweifelhaften Bergen wohne. Er würde sehr bald zu seinem Sohn nach Kalifornien ziehen, obgleich es ihm schwerfalle, den Ort zu verlassen, an dem all seine Erinnerungen hingen und wo er sich seinen Ahnen nahe fühlte.

Bevor ich die Aufnahme auf dem handelsüblichen Gerät abspielte, das ich mir zu diesem Zweck in der Verwaltung der Universität ausgeliehen hatte, las ich nochmals sorgfältig die Erläuterungen in Akeleys verschiedenen Briefen. Diese Aufzeichnung, so schrieb er, sei gegen ein Uhr morgens am ersten Mai des Jahres 1915 in der Nähe einer verschlossenen Höhle entstanden, dort, wo der bewaldete Westhang des Dark Mountain die Lee-Sümpfe überragt. Dieser Ort war schon immer für rätselhafte Stimmen berüchtigt, weshalb er den Fonografen, das Diktafon und den unbespielten Wachszylinder dorthin mitgebracht hatte. Aus Erfahrung wusste er, dass die Walpurgisnacht – die Nacht des scheußlichen Hexensabbats der alten Legenden Europas – vermutlich ertragreicher sein würde als jedes andere Datum, und tatsächlich wurde er nicht enttäuscht. Bemerkenswerterweise ließen sich seitdem keine Stimmen mehr an dieser Stelle vernehmen.

Anders als die meisten Stimmen, die er zufällig in den Wäldern belauscht hatte, besaßen die der Aufzeichnung einen gewissermaßen rituellen Charakter; auch eine eindeutig menschliche Stimme war darunter, die Akeley allerdings nicht einzuordnen vermochte. Es handelte sich nicht um Browns Stimme, sondern sie schien einem kultivierteren Mann zu gehören. Die zweite Stimme war jedoch das Entscheidende – dieses verfluchte *Summen,* das keine Ähnlichkeit mit einer menschlichen Stimme aufwies, auch wenn es menschliche Worte in grammatikalisch korrektem Englisch und in einem gelehrten Tonfall aussprach.

Der Fonograf und das angeschlossene Diktafon hatten nicht gänzlich zufriedenstellend gearbeitet, was angesichts der Entfernung und der gedämpften Lautstärke des Rituals kaum verwunderte. Die aufgezeichnete Rede war daher recht bruchstückhaft. Akeley hatte mir eine Abschrift zukommen lassen, die das Gesprochene, so wie er es zu verstehen meinte, wiedergab, und während ich das Gerät zum Abspielen vorbereitete, warf ich wieder einen Blick auf diese Blätter. Der Text war weniger erschreckend als vielmehr dunkel und rätselhaft, doch mein Wissen um seine Herkunft und die Umstände der Aufzeichnung verliehen ihm das ahnungsvolle Grauen, das nicht durch Worte zu vermitteln ist. Ich werde den Text hier in voller Länge aus dem Gedächtnis wiedergeben, wobei ich fest davon überzeugt bin, dass ich Wort für Wort auswendig kenne – nicht nur durch die Lektüre der Abschrift, sondern auch durch das ständige Abspielen der Aufnahme selbst. So etwas vergisst man nicht so einfach!

(Unidentifizierbare Geräusche)

(Eine kultivierte männliche Menschenstimme)

… ist der Herr des Waldes, auch für … und die Gaben der Menschen von Leng … aus den Quellen der Nacht in die Abgründe des Alls, und aus den Abgründen des Alls zu den Quellen der Nacht, ewig sei das Lob des Großen Cthulhu, des Tsathoggua und Dessen, der nie mit Namen genannt werden darf. Ewig sei ihr Lob und reicher Segen sei der Schwarzen Ziege der Wälder. Iä! Shub-Niggurath! Die Ziege mit den tausend Jungen!

(Summende Nachahmung menschlicher Sprache)

Iä! Shub-Niggurath! Die Schwarze Ziege der Wälder mit den tausend Jungen!

(Menschliche Stimme)

Und so trug es sich zu, dass der Herr der Wälder, der ...
sieben und neun, die Onyxstufen herab ... (Tri)but an
Ihn im Abgrund, Azathoth, Er, von dem du uns Wunder
lehrt(est) ... auf den Schwingen der Nacht von jenseits
des Alls, jenseits von d... zu Jenem, dessen jüngstes Kind
Yuggoth ist, der einsam grollt im schwarzen Äther am
Rande ...

(Summende Stimme)

... gehe hin zu den Menschen und finde die Wege, auf
dass Er im Abgrund es wisse. Nyarlathotep, dem Mächtigen Boten, sei alles mitgeteilt. Und Er wird die Gestalt des
Menschen anlegen, die wächserne Maske und das alles
verbergende Gewand, und wird herabkommen aus der
Welt der Sieben Sonnen voller Hohn ...

(Menschliche Stimme)

... (Nyarl)athotep, Großer Bote, der du Yuggoth durch
die Leere sonderbare Wonnen bringst, Vater der Millionen von Günstlingen, Jäger unter ...

(Unterbrochen vom Ende der Aufnahme)

Dies waren die Worte, die ich zu hören bekam, als ich den
Fonografen einschaltete. Widerwillig und mit einem Anflug echter Angst betätigte ich den Hebel, hörte das anfängliche Kratzen
der Saphirnadel und war froh darüber, dass die ersten leisen,
bruchstückhaften Worte von einer menschlichen Stimme
gesprochen wurden – einer sanften, kultivierten Stimme mit
schwachem Boston-Akzent, die sicherlich keinem Einheimischen des Berglandes von Vermont gehörte. Ich lauschte der
quälend leisen Wiedergabe und sah, dass die Rede mit Akeleys
sorgfältigem Manuskript übereinzustimmen schien. Ich hörte
den sanften Singsang der Bostoner Stimme: »Iä! Shub-
Niggurath! Die Ziege mit den tausend Jungen!«

Und dann folgte *die andere Stimme*. Noch heute erschaudere ich beim bloßen Gedanken an den Schock, den sie mir versetzte, obwohl Akeleys Berichte mich darauf vorbereitet hatten. Diejenigen, denen ich seither die Aufzeichnung beschrieben habe, sehen nichts als billigen Betrug oder Wahnsinn darin. *Aber hätten sie das verfluchte Etwas selbst gehört* oder sämtliche Briefe Akeleys gelesen (vor allem den zweiten ausführlichen und fürchterlichen Brief), würden sie heute anders darüber denken. Letzten Endes ist es überaus bedauerlich, dass ich Akeleys Verbot nicht einfach missachtet und die Aufzeichnung auch anderen vorgespielt habe – ebenso bedauerlich, dass all seine Briefe verloren sind. Bei meinem Wissen um die Hintergründe und Umstände war der Klang der Stimme für mich etwas Ungeheuerliches. Sie folgte der Menschenstimme rasch mit einer anscheinend rituellen Antwort, doch in meiner Vorstellung war sie ein krankhaftes Echo, hergetragen über unfassbare Abgründe hinweg auf seinem Weg aus undenkbaren, allerfernsten Höllen. Es sind jetzt schon mehr als zwei Jahre vergangen, seit ich jenen blasphemischen Wachszylinder zum letzten Male abspielte, aber noch immer kann ich selbst in diesem Augenblick – wie auch zu jeder beliebigen Stunde – jenes leise dämonische Summen hören, genau so, wie es beim ersten Mal erklang.

»Iä! Shub-Niggurath! Die Schwarze Ziege der Wälder mit den tausend Jungen!«

Doch obwohl mir diese Stimme immerzu in den Ohren hallt, war es mir bislang nicht möglich, sie zwecks einer deutlichen Beschreibung ausreichend zu analysieren. Sie ähnelte dem Surren eines widerlichen riesigen Insekts, das sich auf wundersame Weise das Sprachvermögen einer ihm fremden Gattung angeeignet hat, und ich bin fest davon überzeugt, dass die Organe, die diese Laute hervorbrachten, keinerlei Ähnlichkeit mit den menschlichen Stimmbändern oder denen irgendeines anderen Säugetiers hatten. Timbre, Stimmlage und Zwischentöne wiesen Eigenheiten auf, die dieses Phänomen gänzlich außerhalb der menschlichen und irdischen Sphäre stellten. Beim ersten Abspielen der Aufnahme verblüffte das plötzliche Auftauchen der Stimme mich so sehr, dass ich der restlichen Aufzeichnung nur noch geistesabwesend zuhörte. Während des längeren Abschnittes, der von der summenden Stimme gesprochen wurde, verstärkte sich bei mir das Gefühl einer gotteslästerlichen Unendlichkeit, das mich bereits bei der kürzeren Passage überkommen hatte. An einer Stelle, an der die menschliche Stimme im Bostoner Akzent ungewöhnlich deutlich zu verstehen war, endete die Aufnahme abrupt. Lange, nachdem das Gerät sich automatisch abgeschaltet hatte, saß ich da und starrte das Gerät wie blöde an.

Ich muss wohl kaum darauf hinweisen, dass ich diese schockierende Aufzeichnung noch viele weitere Male abspielte und angestrengt versuchte, sie mithilfe von Akeleys Notizen zu analysieren und zu kommentieren. Es wäre nutzlos und darüber hinaus zu verstörend, an dieser Stelle alle unsere Mutmaßungen wiederzugeben; ich möchte nur andeuten, dass wir beide davon überzeugt waren, einen Schlüssel zur Herkunft einiger der widerlichsten urzeitlichen Bräuche in den rätselhaften alten Religionen der Menschheit entdeckt zu haben. Ebenso schien uns klar zu sein, dass es uralte und komplexe Bündnisse zwischen den verborgenen Kreaturen aus dem All und gewissen Angehörigen des Menschengeschlechtes gab. Wir hatten keine Anhaltspunkte dafür, wie weitreichend diese Bündnisse waren und ob ihr heutiger Zustand mit dem früherer Zeiten vergleichbar ist; doch für grenzenlose entsetzliche Spekulationen gab es Spielraum genug. Scheinbar existierte seit Urzeiten zwischen den Menschen und der namenlosen Unendlichkeit eine schreckliche Verbindung, die verschiedene, voneinander klar abgrenzbare Entwicklungsphasen durchlaufen hatte. Die auf der Erde aufgetauchten Blasphemien stammten, so nahmen wir an, von dem finstren Planeten Yuggoth am Rande des Sonnensystems. Dieser Planet war allerdings selbst nur der dicht besiedelte Vorposten einer furchtbaren interstellaren Rasse, deren eigentliche Herkunft weit außerhalb von Einsteins Raum-Zeit-Kontinuum oder dem bislang bekannten Kosmos liegen musste.

Indessen diskutierten wir weiterhin über den schwarzen Stein und die beste Art und Weise, diesen nach Arkham zu bringen – Akeley hielt es nicht für ratsam, dass ich ihn am Ort seiner albtraumhaften Studien besuchte. Aus irgendeinem Grunde fürchtete sich Akeley davor, das Ding auf einem der üblichen Transportwege zu verschicken. Schließlich kam er auf die Idee, den Stein selbst nach Bellows Falls zu bringen und ihn von dort mit der *Boston and Maine*-Eisenbahnlinie über Keene, Winchendon und Fitchburg zu versenden – auch wenn das bedingte, dass er über noch einsamere Wald- und Bergstraßen fahren musste als die Hauptverkehrsstraße nach Brattleboro. Er schrieb mir, ihm sei im Postamt von Brattleboro, als er mir die fonografische Aufzeichnung zuschicken wollte, ein Mann aufgefallen, dessen Verhalten und Aussehen alles andere als vertrauenerweckend gewesen seien. Dieser Mann habe sich auffällig darum bemüht, mit den Schalterbeamten zu reden, und nahm den Zug, mit dem auch die Aufzeichnung transportiert wurde. Akeley bekannte, ihm sei nicht wohl gewesen, bis er von mir über ihren sicheren Erhalt informiert worden war.

Ungefähr zu dieser Zeit – der zweiten Juliwoche – verschwand erneut einer meiner Briefe, wie ich aus einer ängstlichen Mitteilung Akeleys erfuhr. Er bat mich, ihm keine Post mehr nach Townshend zu schicken, sondern alles an ein Postfach des Hauptpostamtes von Brattleboro zu adressieren. Dorthin fuhr er häufig mit dem eigenen Wagen oder mit der Buslinie, die die rückständige Nebenstrecke der Eisenbahn ersetzte. Ich erkannte, dass er immer nervöser wurde, denn er berichtete mir detailliert von dem zunehmenden Gebell der Hunde in mondlosen Nächten und den frischen Klauenabdrücken, die er bei Tagesanbruch manchmal auf der Straße und im Schlamm hinter seinem Gehöft fand. Einmal berichtete er mir von einer regelrechten Heerschar solcher Spuren, die in einer Front einer ebenso dichten und entschlossenen Linie von Hundespuren gegenüberlagen; zum Beweis sandte er mir eine widerliche, verstörende Kodak-Aufnahme. Das war nach einer Nacht, in der die Hunde wie nie zuvor gebellt und geheult hatten.

Am Morgen des 18. Juli, eines Mittwochs, erhielt ich ein Telegramm aus Bellows Falls, in dem mir Akeley mitteilte, dass er den schwarzen Stein mit dem Zug Nr. 5508 der *B. & M.* abschicken würde. Der Zug verließ Bellow Falls um 12.15 Uhr Standardzeit und sollte den Nordbahnhof in Boston um 16.12 Uhr erreichen. Nach meinen Berechnungen sollte die Sendung am nächsten Tag gegen zwölf Uhr mittags in Arkham eintreffen, dementsprechend blieb ich den ganzen Donnerstagvormittag zu Hause, um den Stein in Empfang zu nehmen. Doch als ich nachmittags noch kein Paket erhalten hatte und bei der Post anrief, setzte man mich davon in Kenntnis, dass keine Lieferung für mich eingegangen sei. Mit wachsender Besorgnis führte ich ein Ferngespräch mit dem Postbeamten im Bostoner Nordbahnhof und war kaum überrascht zu hören, dass eine Sendung für mich dort nie angekommen war. Am Vortag war der Zug Nr. 5508 mit nur 35 Minuten Verspätung eingetroffen, hatte aber keine an mich adressierte Kiste an Bord. Der Beamte versprach mir jedoch, einen Nachforschungsantrag zu stellen. Ich beschloss den Tag mit einem Expressbrief an Akeley, um ihm die Lage zu schildern.

Anerkennenswert schnell erhielt ich schon am folgenden Nachmittag einen Bericht vom Bostoner Postamt. Der Beamte rief mich sofort an, sobald er die Fakten vorliegen hatte. Anscheinend konnte sich der Schaffner von Zug Nr. 5508 an einen Vorfall erinnern, der vielleicht mit meinem Verlust in Zusammenhang stand – einen Streit mit einem hageren bäuerlich aussehenden Mann mit rotblondem Haar und sehr sonderbarer Stimme gegen ein Uhr nachmittags Standardzeit während eines Zwischenhalts in Keene, New Hampshire.

Dieser Mann, so sagte er, habe großen Wirbel um eine schwere Kiste gemacht, die er angeblich erwartete, die sich aber weder im Zug befand noch in den Unterlagen der Gesellschaft verzeichnet war. Er nannte sich Stanley Adams und besaß eine derart tiefe, monoton klingende Stimme, dass der Schaffner ganz benommen und schläfrig wurde, als er ihm zuhörte. Der Schaffner konnte sich nicht einmal mehr genau erinnern, wie das Gespräch endete; er wusste nur noch, dass er erst wieder voll zu Bewusstsein kam, als der Zug anfuhr. Der Bostoner Beamte fügte hinzu, dieser Schaffner sei ein junger Mann von unzweifelhafter Aufrichtigkeit und Zuverlässigkeit, besäße einen einwandfreien Lebenslauf und arbeite schon lange für die Zuggesellschaft.

An jenem Abend fuhr ich nach Boston, um den Schaffner persönlich zu befragen, nachdem das Büro mir seinen Namen und seine Anschrift mitgeteilt hatte. Er erwies sich als offener, sympathischer Bursche, doch er konnte seiner früheren Aussage nichts mehr hinzufügen. Merkwürdigerweise sagte er, er sei sich nicht einmal sicher, ob er den seltsamen Mann, der sich an ihn gewandt hatte, wiedererkennen würde. Als mir klar wurde, dass er mir nicht mehr sagen konnte, kehrte ich nach Arkham zurück und schrieb bis in die frühen Morgenstunden Briefe an Akeley, die Postgesellschaft, die Polizei und den Stationsvorsteher des Bahnhofs von Keene. Ich vermutete, dass der Mann mit der sonderbaren Stimme, der den Schaffner auf so merkwürdige Art und Weise beeinflusst hatte, in dieser dubiosen Sache die Schlüsselrolle spielte, und hoffte, dass die Angestellten des Bahnhofs von Keene und die Protokolle des Telegrafenamtes mich über die näheren Umstände seiner Reklamation aufklären könnten.

Bedauerlicherweise führten meine Nachforschungen zu keinem Ergebnis. Der Mann mit der sonderbaren Stimme wurde tatsächlich am frühen Nachmittag des 18. Juli am Bahnhof von Keene gesehen, und einer der Wartenden brachte ihn vage mit einer schweren Kiste in Verbindung; allerdings handelte es sich um einen völlig Unbekannten, den man noch nie zuvor gesehen hatte und der auch später nicht mehr aufgetaucht war. Soweit man es ermitteln konnte, hatte er das Telegrafenamt nie aufgesucht und auch keine Nachricht versandt oder empfangen, die mit dem schwarzen Stein an Bord des Zuges Nr. 5508 in Zusammenhang stand. Selbstverständlich nahm Akeley an diesen Nachforschungen teil und reiste sogar persönlich nach Keene, um die Leute in der Umgebung des Bahnhofs zu befragen; jedoch war seine Einstellung angesichts der Lage noch fatalistischer als meine. Er sah in dem Verlust der Kiste das bedrohliche und unheilvolle Ergebnis einer unvermeidlichen Entwicklung und hatte kaum Hoffnung, sie zurückzuerlangen. Er sprach von den unbestreitbaren telepathischen und hypnotischen Fähigkeiten der Bergwesen und ihrer Handlanger, und in einem Brief deutete er an, der Stein befände sich seiner Ansicht nach nicht mehr auf der Erde. Ich für meinen Teil war überaus verärgert, da immerhin eine gewisse Aussicht bestanden hatte, den alten, verwitterten Hieroglyphen tiefgründige und erstaunliche Erkenntnisse zu entlocken. Die Sache wäre mir wohl noch lange nachgegangen, hätten Akeleys bald darauf eintreffende Briefe nicht eine neue Phase der grauenhaften Angelegenheit eingeläutet, die sogleich meine ganze Aufmerksamkeit beanspruchte.

IV

Die unbekannten Wesen, so schrieb Akeley in seiner mitleid-
erregenden, zittrigen Schrift, bedrängten ihn nun mit nie
gekannter Entschlossenheit. In bewölkten oder mondlosen
Nächten habe das Gebell der Hunde ein furchtbares Ausmaß
angenommen, und auf den einsamen Straßen, die er bei Tage
befahren musste, habe man versucht, ihm zu Leibe zu rücken.
Am 2. August sei er mit seinem Wagen ins Dorf aufgebrochen,
und an einer Stelle, wo die Straße durch ein tiefes Waldgebiet
führte, habe ein Baumstamm ihm den Weg versperrt. Das wilde
Bellen der beiden großen Hunde, die er mit sich genommen
hatte, habe ihn nur allzu deutlich auf die Dinge hingewiesen,
die ganz in der Nähe lauern mussten. Was geschehen wäre, hätte
er die Hunde nicht bei sich gehabt, daran wage er gar nicht zu
denken – doch von nun an verließe er niemals das Haus, ohne
nicht mindestens zwei Tiere seines treuen und starken Rudels
mit sich zu führen. Auch am 5. und 6. August habe es Vorfälle
auf der Straße gegeben: Einmal habe ein Schuss seinen Wagen
geschrammt, und beim zweiten Mal hätten ihm die Hunde mit
ihrem Gebell wieder die Anwesenheit von etwas Gottlosem in
den Wäldern verraten.

Am 15. August erhielt ich einen verzweifelten Brief, der mich
sehr aufwühlte. Ich wünschte mir inständig, Akeley würde seine
sture Zurückhaltung ablegen und das Gesetz zu Hilfe rufen. In
der Nacht vom 12. auf den 13. war es außerhalb seines Guts-
hauses zu schrecklichen Vorfällen gekommen – um das Haus
herum wurde geschossen, und am Morgen fand Akeley drei der
zwölf großen Hunde tot auf. Auf der Straße waren zahllose
Klauenabdrücke, dazwischen die Fußspuren von Walter Brown.
Als Akeley in Brattleboro anrief, um weitere Hunde zu bestellen,
brach die Verbindung ab, noch ehe er viel sagen konnte. Später
fuhr er mit dem Auto nach Brattleboro und hörte dort, dass
Streckenarbeiter die Telefonleitung in der verlassenen Berg-
gegend nördlich von Newfane gekappt vorgefunden hätten. Er
machte sich dann mit vier kräftigen neuen Hunden und mehreren Schachteln Munition für sein Wildjagdgewehr wieder auf
den Heimweg, schrieb mir aber zuvor im Postamt von Brattleboro noch diesen Brief, der mich ohne Verzögerung erreichte.

Meine Einstellung zu der Sache wandelte sich während dieser Zeit sehr schnell von wissenschaftlicher Neugierde in persönliche Bestürzung. Ich machte mir Sorgen um Akeley in seinem entlegenen, einsamen Gutshaus und fürchtete auch um mein eigenes Wohlergehen, da ich nun so sehr in diese seltsamen Vorkommnisse verstrickt war. *Die Sache griff um sich.* Würde ich auch in ihren Strudel hineingezogen und verschlungen werden?

Ich beantwortete Akeleys Brief und drängte darauf, dass er sich Hilfe holen solle; ich gab ihm zu verstehen, dass ich mich selbst darum kümmern würde, falls er nichts unternähme. Ich sprach davon, ihn gegen seinen Wunsch in Vermont aufzusuchen und ihm dabei zu helfen, den Behörden die Lage zu erklären. Zur Antwort erhielt ich jedoch nur ein Telegramm aus Bellows Falls mit folgendem Inhalt:

WEISS IHRE HILFE ZU SCHÄTZEN, KANN ABER NICHTS TUN. UNTERNEHMEN SIE NICHTS. KANN UNS BEIDEN NUR SCHADEN. WARTEN SIE ERKLÄRUNG AB.

HENRY AKELY

Doch die Angelegenheit wurde immer merkwürdiger. Als Antwort auf meine Erwiderung des Telegramms erhielt ich eine mit zittriger Hand geschriebene Mitteilung von Akeley, er habe niemals ein Telegramm an mich geschickt und auch nie den Brief von mir erhalten, auf den das Telegramm sich offenbar bezog. Eine rasche Nachfrage in Bellows Falls habe ergeben, dass diese Nachricht von einem seltsamen rotblonden Mann mit einer eigentümlich tiefen, eintönig klingenden Stimme aufgegeben worden sei; mehr habe er allerdings nicht in Erfahrung bringen können. Der Schalterbeamte habe ihm den mit Bleistift geschriebenen Originaltext gezeigt, doch die Handschrift sei ihm völlig unbekannt gewesen. Es sei auffällig, dass die Unterschrift falsch geschrieben war: A-K-E-L-Y, ohne das zweite ›E‹. Unvermeidlich, dass sich aus alledem gewisse Schlüsse ziehen ließen, doch inmitten dieser Krise habe er nicht die Zeit, darüber nachzudenken.

Er berichtete mir vom Tod weiterer Hunde und dem abermaligen Ankauf neuer Tiere – und dass Schießereien nun fester

Bestandteil jeder mondlosen Nacht geworden seien. Browns Fuß-spuren und die von mindestens zwei weiteren Menschen fänden sich nun regelmäßig zwischen den Klauenabdrücken auf der Straße und hinter dem Gehöft. Das sei schon eine ziemlich üble Geschichte, gab Akeley zu; schon bald würde er zu seinem Sohn nach Kalifornien ziehen müssen, ob er das alte Haus verkaufen könne oder nicht. Aber es fiele ihm nicht leicht, den einzigen Ort zu verlassen, den er wirklich als Heimat empfand. Er müsse versuchen, noch etwas länger durchzuhalten; vielleicht könne er die Eindringlinge verjagen – wenn er ihnen deutlich mache, dass er alle Versuche aufgebe, in ihre Geheimnisse einzudringen.

Ich schrieb Akeley unverzüglich und erneuerte mein Angebot, ihm dabei zu helfen, die Behörden von der großen Gefahr, in der er schwebte, zu überzeugen. In seiner Antwort schien er die-sem Plan weniger ablehnend gegenüberzustehen, als ich zuvor erwartet hätte, dennoch sagte er, er würde lieber noch etwas abwarten – lange genug, um seine Sachen in Ordnung zu brin-gen und sich an die Vorstellung zu gewöhnen, seinen Geburts-ort zu verlassen, an dem er mit einer geradezu krankhaften Zuneigung hing. Die Leute würden seine Studien und Spekula-tionen beargwöhnen, und es wäre besser, sich zurückzuziehen, ohne den ganzen Landkreis in Aufruhr zu versetzen und Zweifel an seinem eigenen Verstand auszulösen. Er räumte ein, dass er nun wirklich genug habe, doch wünsche er sich einen möglichst würdevollen Abschied.

Dieser Brief erreichte mich am 28. August, und ich sandte Akeley daraufhin die ermutigendste Antwort, die mir einfallen wollte. Allem Anschein nach zeigte diese Ermunterung Wir-kung, denn er hatte mir in seiner Antwort darauf weniger Schrecknisse zu berichten. Jedoch war er nicht sehr optimistisch und brachte die Ansicht zum Ausdruck, dass es allein der Voll-mond sei, der die Kreaturen fernhielte. Er hoffte, es gäbe in nächster Zeit nicht viele dicht bewölkte Nächte, und sprach davon, sich eine Unterkunft in Brattleboro nehmen zu wollen, wenn der Mond wieder abnahm. Erneut sandte ich ihm einen ermunternden Brief, doch am 5. September erreichte mich eine Mitteilung, die sich offensichtlich mit meinem Schreiben über-schnitten hatte – und auf diese Mitteilung vermochte ich keine hoffnungsvolle Antwort mehr zu geben. Angesichts ihrer

Bedeutsamkeit sollte ich sie wohl besser in voller Länge wiedergeben – so gut es mir aus dem Gedächtnis gelingen will. Sie lautete im Großen und Ganzen wie folgt:

Montag

Lieber Wilmarth!

Ein recht entmutigender Nachtrag zu meinem letzten Schreiben. Letzte Nacht war der Himmel stark bewölkt, obwohl es nicht regnete. Vom Mond war nichts zu sehen. Es war alles ziemlich übel, und ich glaube, das Ende steht kurz bevor, trotz all unserer Hoffnungen. Nach Mitternacht landete irgendetwas auf dem Dach des Hauses, und die Hunde sprangen auf, um zu sehen, was es war. Ich hörte sie knurren und herumrennen, dann gelang es einem von ihnen, über das niedrigere Nebenhaus aufs Dach zu springen. Es gab einen fürchterlichen Kampf dort oben, und ich hörte ein entsetzliches *Summen,* das ich niemals vergessen werde. Dann verbreitete sich ein grauenhafter Geruch. Ungefähr zum selben Zeitpunkt durchschlugen Kugeln das Fenster und streiften mich beinahe. Ich glaube, eine große Gruppe der Bergwesen kam dem Haus sehr nahe, als die Hunde durch den Kampf auf dem Dach abgelenkt wurden. Ich weiß nicht, was sich dort oben befand, aber ich fürchte, dass die Kreaturen mit ihren Weltraumschwingen mittlerweile besser manövrieren können. Ich löschte das Licht, benutzte die Fenster als Schießscharten und nahm das gesamte Gelände unter Feuer, wobei ich gerade so hoch zielte, dass ich die Hunde nicht traf. Damit schien die Sache erledigt, aber am Morgen fand ich auf dem Hof große Blutlachen – und daneben Pfützen eines grünen klebrigen Zeugs, das schlimmer roch als alles, was mir je untergekommen ist. Ich kletterte aufs Dach und fand dort noch mehr von der klebrigen Masse. Fünf der Hunde wurden getötet – ich fürchte, einen davon habe ich selbst erschossen, als ich zu tief zielte, denn er wurde im Rücken getroffen. Jetzt ersetze ich die zerbrochenen Fensterscheiben und werde später nach Brattleboro fahren, um neue Hunde zu besorgen. Die

Männer vom Hundezwinger werden mich wahrscheinlich für verrückt halten. Werde Ihnen später nochmals schreiben. Bin vermutlich in ein, zwei Wochen bereit für den Umzug, obwohl der Gedanke daran mich fast umbringt.

In aller Eile:
AKELEY

Dies war nicht der einzige von Akeleys Briefen, der sich mit einem der meinen überschnitt. Am nächsten Morgen, dem 6. September, kam ein weiterer; dieses Mal eine panisch hingekritzelte Mitteilung, die mich völlig zermürbte, sodass ich nicht mehr wusste, was ich als Nächstes schreiben oder tun sollte. Wiederum bleibt mir nichts anderes übrig, als den Text so wortgetreu wiederzugeben, wie mein Gedächtnis es mir gestattet:

Dienstag

Die Wolkendecke riss nicht auf, also wieder kein Mondlicht – der Mond nimmt jetzt ohnehin ab. Ich würde im Haus eine Stromleitung legen lassen und einen Suchscheinwerfer aufstellen, wenn ich nicht wüsste, dass sie die Kabel im Handumdrehen durchschneiden würden.

Ich glaube, ich werde wahnsinnig. Vielleicht ist alles, was ich Ihnen geschrieben habe, nur ein Traum oder eine Wahnvorstellung. Es war schon vorher schlimm, doch diesmal ist es zu viel. *Sie haben letzte Nacht mit mir gesprochen* – mit dieser verfluchten summenden Stimme – *und haben mir Dinge gesagt, die ich Ihnen nicht zu wiederholen wage.* Ich hörte sie trotz des Hundegebells ganz deutlich, und wenn sie davon übertönt wurden, *unterstützte eine menschliche Stimme sie.* Halten Sie sich raus aus der Sache, Wilmarth, es ist alles viel schlimmer, als wir beide es je befürchtet hätten. *Sie wollen mich jetzt nicht mehr nach Kalifornien entkommen lassen, sie wollen mich lebendig – oder was immer sie darunter verstehen mögen –, um mich von hier fortzuschaffen.* Nicht nur zum Yuggoth, sondern weit darüber hinaus – zu einem Ort weit außerhalb der Galaxis, *und womöglich über die äußerste Grenze des Weltalls hinaus.* Ich sagte ihnen, dass ich nicht mitgehen werde, *nicht auf die von ihnen erdachte schreckliche Art und Weise*, doch ich fürchte, das wird nicht helfen. Mein Haus liegt so entlegen, dass sie früher oder später nicht mehr nur nachts, sondern auch tagsüber kommen werden. Sechs weitere Hunde haben sie getötet, und als ich heute nach Brattleboro fuhr, spürte ich die ganze Zeit über ihre Gegenwart in den Wäldern entlang der Straße.

Es war ein Fehler, dass ich Ihnen die Tonaufzeichnung und den schwarzen Stein zukommen lassen wollte. Vernichten Sie die Aufnahme, ehe es zu spät ist. Ich werde Ihnen morgen kurz schreiben, falls ich noch hier bin. Könnte ich bloß meine Bücher und Siebensachen nach Brattleboro schaffen und dort unterkommen. Ich würde ja ohne das alles fliehen, wäre ich dazu fähig, doch etwas hält mich davon ab. Es wäre möglich, nach Brattleboro zu entkommen, wo ich vielleicht sicher bin, doch dort fühle ich mich ebenso als Gefangener wie in meinem Haus. Und ich ahne, dass ich viel weiter gar nicht käme, ganz gleich, ob ich alles stehen und liegen lasse oder nicht. Es ist furchtbar. Halten Sie sich raus aus dieser Sache.

Grüße,
AKELEY

In der Nacht nach dem Eintreffen dieses schrecklichen Briefes fand ich keinen Schlaf und war mir völlig im Unklaren über Akeleys Geisteszustand. Der Inhalt der Mitteilung war vollkommen irrsinnig, doch die Art, wie Akeley sich ausdrückte, war angesichts all dessen, was vorgefallen war, von starker, geradezu grimmiger Überzeugungskraft.

Ich antwortete nicht darauf, sondern hielt es für besser, abzuwarten, bis Akeley Zeit fand, mein letztes Schreiben zu erwidern. Tatsächlich kam seine Antwort am nächsten Tag, doch die darin enthaltenen Neuigkeiten verdrängten alles, was ich in meinem Brief angesprochen hatte. Der Text, hastig und offenbar in großer Bedrängnis hingekritzelt und voller Tintenflecke, lautete wie folgt, sofern ich mich recht entsinne:

W.,

Ihr Brief kam an, aber es ist zwecklos, noch weitere Diskussionen zu führen. Ich habe aufgegeben. Ich wundere mich, dass ich überhaupt noch genug Willenskraft habe, um mich gegen sie zu wehren. Ich kann ihnen nicht entkommen, selbst wenn ich alles aufgäbe und fortliefe. Sie werden mich kriegen.

Gestern erhielt ich einen Brief von ihnen – der Postbote brachte ihn, während ich in Brattleboro war. Adressiert und abgestempelt in Bellows Falls. Darin steht, was sie mit mir anstellen wollen – ich kann das nicht wiedergeben. Passen Sie gut auf sich auf! Vernichten Sie die Aufnahme! Die Nächte sind bewölkt, und der Mond nimmt immer weiter ab. Würde ich nur wagen, Hilfe zu holen – das würde vielleicht meine Willenskraft stärken –, aber jeder, der sich überhaupt trauen würde, hierherzukommen, müsste mich ja für verrückt halten, wenn ich nicht gerade zufällig einen Beweis vorzeigen könnte. Ich kann niemanden darum bitten, für nichts und wieder nichts hierherzukommen – ich habe seit Jahren keinerlei Kontakte mehr.

Aber das Schlimmste habe ich Ihnen noch gar nicht erzählt, Wilmarth. Halten Sie sich fest, denn das, was Sie jetzt lesen, wird Ihnen einen Schock versetzen. Aber ich sage Ihnen nur die Wahrheit. Folgendes: *Ich habe eines dieser Dinger gesehen und es berührt, oder wenigstens einen Teil eines dieser Dinger.* Großer Gott, es ist so grauenhaft! Es war natürlich tot. Einer der Hunde hatte es erwischt, und ich fand es heute Morgen in der Nähe des Zwingers. Ich habe versucht, es im Holzschuppen aufzubewahren, um die Leute von der Wahrheit der ganzen Sache überzeugen zu können, aber es hat sich binnen weniger Stunden aufgelöst. Nichts ist davon übrig geblieben. Sie wissen ja, dass die Dinger in den Flüssen nur am ersten Morgen nach der Überschwemmung gesehen wurden. Nun das Übelste: Ich habe versucht, für Sie eine Fotografie davon zu machen, aber als ich den Film entwickelte, *war auf den Bildern nichts zu sehen als der Schuppen.* Woraus mag dieses Ding bestanden haben? Ich sah es, ich berührte es, und sie alle hinterlassen Fußspuren. Es bestand ohne Zweifel aus Materie – doch aus welcher Art Materie? Die Form kann nicht beschrieben werden. Es war eine riesige Krabbe, und anstelle eines Kopfes hatte es viele pyramidenartig angeordnete Ringe oder Knoten aus einer dicken, zähen Fleischmasse, bedeckt mit Fühlern. Das grüne klebrige Zeug ist ihr Blut oder Lebenssaft.

Jede Minute können mehr von ihnen auf die Erde kommen.

Walter Brown ist verschwunden – man hat ihn in den Dörfern der Umgegend nicht mehr herumlungern gesehen. Ich muss ihn mit einem meiner Schüsse erwischt haben; die Kreaturen versuchen anscheinend immer, ihre Toten und Verwundeten fortzuschaffen.

Heute Nachmittag bin ich ohne Schwierigkeiten in die Stadt gekommen, ich befürchte aber, dass sie sich zurückhalten, weil sie sich meiner sicher sind. Ich schreibe dies hier im Postamt von Brattleboro. Vielleicht ist es das letzte Mal, dass Sie von mir hören – wenn dem so sein sollte, dann schreiben Sie meinem Sohn George Goodenough Akeley, 176 Pleasant St., San Diego, Kalifornien. *Kommen Sie aber auf keinen Fall hierher.* Schreiben Sie dem Jungen, wenn Sie in einer Woche noch nichts von mir gehört haben, und achten Sie auf Meldungen in den Zeitungen.

Ich werde jetzt meine letzten beiden Trümpfe ausspielen – sollte mir noch genug Willenskraft bleiben. Als Erstes werde ich versuchen, Giftgas gegen die Dinger einzusetzen (ich habe die dafür nötigen Chemikalien und Masken für mich und die Hunde vorbereitet), und sollte das nicht helfen, werde ich den Sheriff rufen. Sie können mich ja in ein Irrenhaus sperren, wenn sie wollen – das wäre immer noch besser als das, was diese *anderen Kreaturen* mit mir vorhaben. Vielleicht kann ich die Aufmerksamkeit der Beamten auf die Spuren um das Haus herum lenken – sie sind nur schwach, aber ich finde jeden Morgen welche. Ich nehme aber an, dass die Polizei mir vorwerfen würde, ich hätte sie irgendwie gefälscht. Hier halten mich ohnehin alle für einen Sonderling.

Ich muss einen Beamten der Staatspolizei dazu bringen, sich eine Nacht lang die Sache selbst anzusehen – doch ich gehe davon aus, dass die Kreaturen davon erfahren und sich fernhalten würden. Sie kappen die Leitung, sobald ich nachts zu telefonieren versuche – die Streckenarbeiter halten das für sehr eigenartig. Sie könnten für mich aussagen, falls sie nicht glauben, ich selbst würde die Kabel durchschneiden. Ich habe die Leitung jetzt seit einer Woche nicht mehr reparieren lassen.

Ich könnte ein paar der ungebildeten Leute dazu bringen, die Wirklichkeit des Grauens zu bestätigen, doch alle Welt lacht über das, was sie sagen, und außerdem meiden sie mein Anwesen schon so lange, dass sie nichts von den jüngsten Vorkommnissen wissen. Mit keinem Geld der Welt ließe sich einer dieser armseligen Bauern dazu bewegen, meinem Haus näher als einen Kilometer zu kommen. Der Briefträger hört sich ihre Geschichten an und macht sich dann bei mir darüber lustig – großer Gott! Wenn ich ihm bloß sagen könnte, wie recht sie damit haben! Ich sollte ihn wohl auf die Fußspuren aufmerksam machen, aber in der Regel kommt er erst am Nachmittag, und dann sind sie meistens schon wieder verschwunden. Würde ich eine der Spuren schützen, indem ich eine Kiste oder eine Pfanne darüberlege, hielte er sie mit Sicherheit für eine Fälschung oder einen Scherz.

Wäre ich nur nicht ein solcher Einsiedler geworden, dann kämen wie früher noch öfter Leute vorbei. Ich habe nie gewagt, jemandem den schwarzen Stein oder die Kodak-Bilder zu zeigen oder diese Aufzeichnung vorzuspielen, nur den ganz Ungebildeten. Alle anderen hätten mich der Fälschung bezichtigt und mich ausgelacht. Vielleicht sollte ich die Bilder doch noch öffentlich machen. Sie geben die Klauenabdrücke ganz deutlich wieder, auch wenn man die Dinger, von denen sie stammen, nicht fotografieren kann. Eine Schande, dass niemand dieses *Ding* heute Morgen gesehen hat, bevor es sich in nichts auflöste!

Aber eigentlich ist es mir auch gleich. Nach allem, was ich durchgemacht habe, erscheint mir das Irrenhaus gar nicht so übel. Die Ärzte könnten mir dabei helfen, dieses

Haus zu verlassen, und das ist das Einzige, was mich noch retten kann.

Schreiben Sie meinem Sohn George, sollten Sie nicht bald wieder von mir hören. Leben Sie wohl, vernichten Sie die Aufzeichnung und halten Sie sich von dieser Sache fern.

Grüße,
AKELEY

Dieser Brief stürzte mich in das tiefste Entsetzen. Ich wusste keine Antwort darauf, warf nur ein paar unzusammenhängende Ratschläge und Ermutigungen aufs Papier und sandte sie ihm als Einschreiben. Ich weiß noch, dass ich Akeley bestürmte, sofort nach Brattleboro überzusiedeln und die Behörden um Schutz zu ersuchen; dem fügte ich hinzu, dass ich mit der Fonografenaufnahme in die Stadt kommen und vor Gericht dabei helfen würde, seine geistige Gesundheit zu beweisen. Außerdem schrieb ich, wenn ich mich recht entsinne, dass es nun an der Zeit sei, die Bevölkerung vor dieser Gefahr in ihrer Mitte zu warnen. Der Leser wird bemerkt haben, dass ich in diesem Moment seelischer Belastung allem, was Akeley geschrieben und behauptet hatte, mehr oder weniger völligen Glauben schenkte – obwohl ich vermutete, dass das Misslingen der Fotografie des toten Ungeheuers nicht auf irgendeine Laune der Natur, sondern auf Akeleys eigenes Versehen zurückzuführen war.

V

Dann erreichte mich am Samstagnachmittag, dem 18. September, dieser so gänzlich andersartige Brief, säuberlich auf einer Schreibmaschine getippt – offenbar hatte er sich mit meiner wirren Mitteilung gekreuzt. Es war ein seltsames und beschwichtigendes Schreiben, und es enthielt eine Einladung, die auf eine wundersame Wendung in dem albtraumhaften Drama inmitten der einsamen Berge hinzuweisen schien. Erneut zitiere ich aus dem Gedächtnis – aus besonderem Grund werde ich versuchen, den Stil des Schreibens so gut wie möglich wiederzugeben. Es wurde in Bellows Falls abgestempelt, und die Unterschrift war, ebenso wie der Brief selbst, auf der Maschine geschrieben, wie es bei Anfängern im Maschinenschreiben recht häufig vorkommt. Der Text jedoch war, ungewöhnlich für einen Neuling, gänzlich fehlerfrei getippt; daraus schloss ich, dass Akeley schon mit der Schreibmaschine vertraut sein musste – vielleicht von der Universität her. Es trifft zu, dass der Brief mich beruhigte, doch hielt sich in meiner Erleichterung noch ein Rest von Unbehagen. Akeley hatte sich in all dem Grauen seinen Verstand bewahrt, aber traf dies jetzt, nach seiner Rettung, noch zu? Und die ›verbesserten Beziehungen‹, die er erwähnte … worum handelte es sich? Der gesamte Brief brachte eine vollständige Umkehrung von Akeleys bisheriger Haltung zum Ausdruck! Doch hier nun der Text, sorgfältig aufgezeichnet nach meinem Gedächtnis, auf das ich ein wenig stolz bin.

Townshend, Vermont,
Donnerstag, 6. September 1928

An Albert N. Wilmarth, Esq.,
Miskatonic-Universität
Arkham, Massachusetts

Mein lieber Wilmarth!
Mit großer Freude kann ich Sie endlich hinsichtlich all der albernen Dinge, von denen ich Ihnen schrieb, beruhigen. Mit dem Wort ›albern‹ ist hier meine ängstliche Grundeinstellung gemeint, nicht jedoch die Beschreibung gewisser Phänomene. Jene Phänomene sind durchaus real und von großer Bedeutung; mein Fehler bestand darin, ihnen gegenüber eine anormale Haltung einzunehmen.

Ich glaube bereits erwähnt zu haben, dass meine fremdartigen Besucher mit mir in Kontakt treten wollten. Letzte Nacht entwickelte sich daraus tatsächlich ein Austausch. Auf bestimmte Signale hin gestattete ich einem Botschafter der Wesen dort draußen, das Haus zu betreten – es war ein Mensch, wie ich hinzufügen muss. Er erzählte mir vieles, das weder Sie noch ich je vermutet hätten, und überzeugte mich davon, wie völlig falsch wir die Absicht der Außerweltlichen eingeschätzt haben, ihre geheime Kolonie hier auf der Erde zu unterhalten.

Es scheint, dass die boshaften Legenden darüber, was sie den Menschen angeblich versprochen hätten und was sie hier auf der Erde wollten, zur Gänze auf einem ignoranten Missverständnis allegorischer Sprache beruhen – einer Sprache, die sich natürlich aus kulturellen Hintergründen und Gedankengängen entwickelt hat, die in hohem Maße von den unseren verschieden sind. Ich gestehe offen ein, dass meine eigenen Hypothesen ebenso sehr danebenlagen wie die Mutmaßungen analphabetischer Bauern und primitiver Indianer. Was mir krankhaft, schändlich und widerlich erschien, ist in Wahrheit imponierend, horizonterweiternd und sogar *rühmlich* – meine frühere Einschätzung war lediglich ein vorübergehender Ausdruck der ewigen Neigung des Menschen, dem *gänzlich Fremden* mit Hass, Furcht und Abscheu zu begegnen.

Jetzt bereue ich den Schaden, den ich im Verlauf unserer nächtlichen Scharmützel diesen fremden und unglaublichen Wesen zugefügt habe. Hätte ich nur gleich ihr Angebot angenommen, mich friedlich und vernünftig mit ihnen zu unterhalten! Aber sie hegen deshalb keinen Groll gegen mich; ihre Gefühle sind sehr verschieden von den unsrigen. Unglücklicherweise waren ihre menschlichen Stellvertreter in Vermont überaus minderwertige Subjekte – wie etwa der verstorbene Walter Brown. Seinetwegen hatte ich gegenüber den Wesen erhebliche Vorurteile. Aber sie haben niemals wissentlich Menschen etwas angetan; im Gegenteil, unsere Art hat oftmals *ihnen* grausames Unrecht zugefügt und ihnen nachspioniert. Es gibt eine geheime Sekte bösartiger Menschen (einem Mann mit Ihren Kenntnissen auf dem Gebiete der Mystik wird es genügen, wenn ich sie mit Hastur und dem Gelben Zeichen in Verbindung bringe), die im Auftrag monströser Mächte aus anderen Dimensionen Jagd auf die Wesen macht und sie schädigt. Gegen diese Aggressoren – und nicht gegen die übrige Menschheit – richten sich die drastischen Vorsichtsmaßnahmen der Außerweltlichen. In diesem Zusammenhang habe ich auch erfahren, dass viele unserer verschwundenen Briefe nicht von den Außerweltlichen, sondern von den Abgesandten dieses verderblichen Kultes gestohlen wurden.

Die Außerweltlichen wünschen lediglich, von den Menschen in Ruhe gelassen und nicht belästigt zu werden, und möchten mit ihnen in einen stärkeren geistigen Austausch treten. Letzteres ist mittlerweile absolut notwendig, da wir mithilfe unserer Erfindungen und technischen Hilfsmittel unser Wissen und unsere Mobilität so weit entwickelt haben, dass es für die notwendigen Vorposten der Wesen fast unmöglich geworden ist, unbemerkt auf diesem Planeten zu existieren. Die Außerweltlichen verspüren den Wunsch, die Menschheit besser kennenzulernen; außerdem sollen einige der führenden Philosophen und Wissenschaftler der Erde Gelegenheit haben, einiges von ihnen zu erfahren. Durch einen solchen Wissensaustausch würden alle Gefahren beseitigt und ein *modus vivendi* etabliert, der beide Parteien zufriedenstellen wird. Schon der bloße Gedanke, diese Wesen hätten vor, die Menschheit zu *versklaven* oder zu *erniedrigen*, ist lächerlich.

Um diese Verbesserung der Beziehungen einzuleiten, haben die Außerweltlichen natürlich mich – der ich schon so vieles über sie weiß – als ihren wichtigsten Dolmetscher auf Erden gewählt. Letzte Nacht wurde mir schon viel berichtet – überaus erstaunliche und erhellende Tatsachen –, und in nächster Zeit wird mir mündlich wie schriftlich Weiteres mitgeteilt werden. Noch wird man nicht von mir verlangen, eine Reise *nach draußen* anzutreten, obwohl ich irgendwann gewiss den *Wunsch* danach verspüren werde – dabei kommen besondere Techniken zur Anwendung, die weit über das hinausgehen, was wir gemeinhin unter menschlicher Erfahrung verstehen.

Mein Haus wird nun nicht mehr belagert. Alles ist wieder im Normalzustand, und für die Hunde werde ich keine Verwendung mehr haben. Anstelle des Terrors habe ich nun einen Quell des Wissens gewonnen und nehme an einem geistigen Abenteuer teil, wie es nur wenige Sterbliche je erleben durften.

Die Außerweltlichen sind die vielleicht erstaunlichsten organischen Lebewesen in Raum und Zeit – oder auch jenseits davon. Sie gehören einer im gesamten Kosmos verbreiteten Rasse an, von der alle anderen Lebensformen bloß degenerierte Varianten darstellen. Sie sind eher pflanzlich als tierisch, sofern man diese Begriffe überhaupt auf die Materie anwenden kann, aus der sie bestehen, und weisen eine gewissermaßen pilzartige Struktur auf. Allerdings unterscheiden sie sich durch eine chlorophyllähnliche Substanz und ein recht einzigartiges Ernährungssystem deutlich von den wirklichen Kormophyten-Pilzarten. Tatsächlich bestehen sie aus einer Art Materie, die unserem Teil des Weltraums völlig fremd ist: Die Elektronen weisen eine gänzlich andere Schwingungsrate auf. Das ist auch der Grund, weshalb sie mit den *gewöhnlichen* Kamerafilmen unserer Welt nicht abgelichtet werden können, auch wenn wir sie mit unseren Augen zu sehen vermögen. Mit den richtigen Kenntnissen wäre jedoch jeder gute Chemiker in der Lage, eine fotografische Emulsion herzustellen, mit der man ihr Bild festhalten könnte.

Diese Gattung besitzt die einzigartige Fähigkeit, in körperlicher Gestalt den wärmelosen und luftleeren interstellaren Raum zu bereisen, obwohl manche ihrer Abarten dies nur mit technischer Unterstützung oder nach einem eigenartigen chirurgischen Eingriff bewältigen können. Nur wenige Arten verfügen über die äther-resistenten Flügel, die für die Vermonter Variante charakteristisch sind. Diejenigen, die bestimmte entlegene Gipfel der Alten Welt bewohnen, kamen auf andere Weise dorthin. Ihre äußere Ähnlichkeit mit tierischen Lebensformen und der Art von Struktur, die wir als stofflich auffassen, hat eher etwas mit einer parallelen Entwicklung als mit einer nahen Verwandtschaft zu tun. Die Kapazität ihres Gehirns überragt die jeder anderen derzeit existierenden Lebensform, allerdings sind die geflügelten Exemplare unserer Berge keineswegs die am höchsten entwickelten. Ihr übliches Kommunikationsmittel ist die Telepathie, aber sie verfügen über rudimentäre Stimmorgane, die nach einem kleinen operativen Eingriff (die Chirurgie ist bei ihnen eine unglaublich hoch entwickelte und alltägliche Kunst) ungefähr die Sprache der Organismen nachahmen können, die sich noch sprachlich verständigen.

Ihre *derzeitige* Heimat ist ein noch unentdeckter und fast lichtloser Planet am äußersten Rand unseres Sonnensystems – von der Sonne aus gesehen der neunte Planet, noch hinter dem Neptun. Dabei handelt es sich, wie wir gemutmaßt haben, um die Welt, die in den alten und verbotenen Schriften mit ›Yuggoth‹ bezeichnet wird. Bald wird dort eine Konzentration aller Geisteskraft stattfinden, die auf unsere Welt ausgerichtet ist, um eine mentale Verbindung herzustellen. Es würde mich nicht überraschen, wenn Astronomen durch diese Gedankenwellen dazu gebracht werden, den Yuggoth zu entdecken, sollten die Außerweltlichen dies wünschen. Doch Yuggoth ist natürlich nur ein Sprungbrett. Die größte Gruppe der Wesen bewohnt sonderbar beschaffene Abgründe, die fernab von allem liegen, was der menschliche Verstand sich vorzustellen vermag. Das Raum-Zeit-System, in dem wir die Gesamtheit allen kosmischen Seins erkennen, ist in ihrer wahren Unendlichkeit ein bloßes Atom. *Und sofern ein menschliches Hirn diese Unendlichkeit erfassen kann, so wird sie mir schließlich offenbart werden – was seit Anbeginn der menschlichen Rasse nicht mehr als fünfzig Menschen zuteilgeworden ist.*

Sie werden all das vermutlich anfangs für Fantastereien halten, Wilmarth, aber im Laufe der Zeit werden Sie die gewaltige Chance zu schätzen lernen, auf die ich gestoßen bin. Ich möchte so viel davon wie möglich mit Ihnen teilen, und zu diesem Zweck muss ich Ihnen tausenderlei Dinge erzählen, die ich nicht zu Papier bringen kann. In der Vergangenheit habe ich Ihnen davon abgeraten, mich hier zu besuchen. Nun, da alles sicher ist, freue ich mich, dass ich diese Warnung widerrufen kann und Sie einladen darf.

Können Sie nicht hierherkommen, bevor Ihr Semester beginnt? Das wäre einfach wunderbar. Bringen Sie die fonografische Aufzeichnung und alle meine Briefe an Sie mit, damit wir sie zurate ziehen können – wir werden sie brauchen, um die ganze unglaubliche Geschichte wie ein Puzzle zusammenfügen zu können. Sie sollten auch die

Kodak-Fotos mitbringen, da ich in der jüngsten Aufregung anscheinend die Negative und meine eigenen Abzüge verlegt habe. Doch welch einen Reichtum an Fakten ich diesem ungenügenden Material hinzuzufügen habe – *und welch erstaunliche Mittel stehen mir zur Verfügung, um diese Ergänzungen noch zu erweitern!*

Zögern Sie nicht – ich bin jetzt keinerlei Beschattung mehr ausgesetzt, und Sie werden auf nichts Unnatürliches oder Verstörendes stoßen. Kommen Sie einfach, ich werde Sie mit dem Wagen vom Bahnhof in Brattleboro abholen. Bleiben Sie so lange Sie möchten, und bereiten Sie sich vor auf zahlreiche Abende mit Gesprächen über Themen, die jede menschliche Vorstellungskraft übersteigen. Natürlich dürfen Sie niemandem davon erzählen – diese Angelegenheit darf nicht an die breite Öffentlichkeit gelangen.

Die Zugverbindung nach Brattleboro ist gar nicht schlecht; in Boston können Sie sich einen Fahrplan besorgen. Nehmen Sie den *B. & M.* nach Greenfield und steigen Sie dort um, es ist dann nur noch eine kurze Strecke. Ich schlage vor, Sie nehmen ab Boston ganz bequem den Zug um 16.10 Uhr Standardzeit. Er erreicht Greenfield um 19.35 Uhr, wo um 21.19 Uhr ein Zug abfährt, der um 22.01 Uhr in Brattleboro eintrifft. Er fährt jeden Werktag. Lassen Sie mich wissen, an welchem Tag Sie kommen, und ich werde mit dem Wagen am Bahnhof sein.

Bitte verzeihen Sie diesen maschinengeschriebenen Brief, aber wie Sie wissen, ist meine Handschrift in letzter Zeit sehr zittrig geworden, und ich fühle mich langen Schriftstücken nicht mehr gewachsen. Ich habe mir gestern in Brattleboro diese neue Corona-Schreibmaschine gekauft – und sie scheint hervorragend zu funktionieren.

Ich hoffe auf eine Nachricht von Ihnen und freue mich darauf, Sie schon bald hier mit der Fonografenaufzeichnung, meinen Briefen und den Kodak-Aufnahmen begrüßen zu dürfen.

In freudiger Erwartung der Ihre,
HENRY W. AKELEY

Es lässt sich nicht angemessen in Worte fassen, was ich empfand, während ich den Brief las, ihn nochmals las und über ihn nachdachte. Wie ich bereits sagte, verspürte ich zugleich Erleichterung und Unbehagen, doch ist das nur eine ungenügende Beschreibung meiner vielfältigen und größtenteils unterbewussten Gefühle, von denen Erleichterung und Unbehagen nur einen Teil darstellten. Zum einen stand diese Sache in einem so krassen Gegensatz zu der gesamten Kette schrecklicher Vorkommnisse, die ihr vorangegangen war – der Stimmungswechsel von nacktem Grauen hin zu gelassener Selbstgefälligkeit, gar zu triumphierender Freude kam so unerwartet, blitzartig und schien so vollständig zu sein! Ich konnte kaum glauben, dass sich die psychische Verfassung des Menschen, der mir noch am Mittwoch die letzte panische Mitteilung geschrieben hatte, innerhalb eines Tages derart wandeln konnte – ganz gleich, welche beruhigenden Enthüllungen dieser Tag auch mit sich gebracht haben mochte. Zwei Unwirklichkeiten schienen hier aufeinanderzustoßen, und dieses Gefühl weckte in mir den Verdacht, jenes ferne Drama voller fantastischer Mächte sei nur ein halluzinatorischer Traum meines eigenen Geistes. Dann dachte ich an die fonografische Aufzeichnung, und meine Verwirrung wuchs ins Unermessliche.

Der Brief war so anders als alles, was ich erwartet hatte! Als ich den Eindruck, den er auf mich machte, genauer analysierte, erkannte ich zwei klar zu unterscheidende Aspekte der Angelegenheit. Erstens: Wenn ich davon ausging, dass Akeley die ganze Zeit über bei Verstand gewesen war und dies noch immer zutraf, dann war die von ihm behauptete Veränderung der Situation viel zu plötzlich eingetreten und eigentlich unerklärlich. Zweitens: Der Wandel in Akeleys Verhalten, seiner Einstellung und seiner Sprache lag jenseits von allem, was normal oder vorhersehbar erschien. Die gesamte Persönlichkeit dieses Mannes musste eine heimtückische Mutation durchlaufen haben – eine so tief greifende Mutation, dass man die beiden Phasen seines Zustandes kaum miteinander in Einklang bringen konnte, jedenfalls nicht unter der Voraussetzung, dass er in beiden bei vollem Verstand gewesen war. In der Wortwahl, selbst in der Rechtschreibung – in allem lag ein kaum merklicher Unterschied. Und da ich dank meiner akademischen Bildung überaus sensibel für stilistische Feinheiten bin, erkannte ich in seinem Satzrhythmus gravierende Abweichungen. Es musste sich um eine extreme emotionale Veränderung oder Offenbarung handeln, die einen solch radikalen Wandel hervorbringen konnte! Doch andererseits schien der Brief recht typisch für Akeley zu sein. Dieselbe alte Leidenschaft für die Unendlichkeit – dieselbe alte Wissbegierde des Gelehrten. Ich konnte keinen Moment lang, oder doch nicht länger als einen Moment, der Vorstellung Glauben schenken, einem Schwindel oder einer boshaften Fälschung aufgesessen zu sein. Bewies denn nicht die Einladung, sein Angebot, dass ich den Wahrheitsgehalt des Briefes persönlich nachprüfen dürfe, bereits dessen Authentizität?

In der Nacht von Samstag auf Sonntag legte ich mich nicht schlafen, sondern sann die ganze Zeit über den Rätseln des Briefes nach. Mein Verstand, der in den letzten vier Monaten eine rasche Folge ungeheuerlicher Vorstellungen hatte verkraften müssen, kreiste zwischen Zweifel und Akzeptanz um diese verwirrenden Neuigkeiten, wobei ich die gleichen Phasen wie zuvor durchlief, als ich mich mit den anderen Unglaublichkeiten konfrontiert gesehen hatte. Lange vor Morgengrauen war der Ansturm verwirrender und beunruhigender Gefühle einer brennenden Neugierde gewichen. Ob er nun wahnsinnig oder bei Sinnen, gänzlich verwandelt oder lediglich erleichtert sein mochte – es bestand durchaus die Möglichkeit, dass Akeley bei seinen gefährlichen Untersuchungen neue bemerkenswerte Perspektiven entdeckt hatte, die zugleich die (wirklichen oder eingebildeten) Gefahren beseitigt und neue, schwindelerregende Horizonte kosmischen und übermenschlichen Wissens aufgetan hatten. Meine eigene Sehnsucht nach dem Unbekannten flammte auf, und ich verspürte die krankhafte Faszination dieser Grenzüberschreitung. Die irremachenden und mühseligen Beschränkungen von Raum und Zeit und der Naturgesetze abzuschütteln – mit dem gewaltigen *Außen* in Kontakt zu treten – den nachtschwarzen und abgründigen Geheimnissen der letzten Dinge und der Unendlichkeit näher zu kommen – all das war es sicherlich wert, Leben, Seelenheil und gesunden Menschenverstand aufs Spiel zu setzen! Und Akeley hatte geschrieben, dass keinerlei Gefahr mehr bestehe; er hatte mich eingeladen, ihn zu besuchen, anstatt mich wie zuvor davon abzuhalten. Ich erbebte bei dem Gedanken daran, was er mir jetzt vielleicht berichten konnte, und war völlig gefesselt von der Vorstellung, mitsamt der schrecklichen Tonaufnahme und dem Stapel Briefe, in denen mir Akeley seine Vermutungen dargelegt hatte, in jenem alten und bis vor Kurzem belagerten Gutshaus bei einem Mann zu sitzen, der mit wirklichen Sendboten aus dem All gesprochen hatte.

Also schickte ich Akeley am Sonntagvormittag ein Telegramm, in dem ich ihm mitteilte, dass ich am folgenden Mittwoch, dem 12. September, in Brattleboro einträfe, wenn ihm dieser Zeitpunkt genehm sei. Nur in einer Hinsicht wich ich von seinen Vorschlägen ab – in der Wahl des Zuges. Offen gestanden war mir nicht danach, spät nachts in dieser gespenstischen Gegend von Vermont anzukommen; daher nahm ich nicht den von ihm empfohlenen Zug, sondern rief am Bahnhof an und traf andere Vorkehrungen. Wenn ich früh aufstand und den Zug nach Boston um 8.07 Uhr Standardzeit nahm, konnte ich den Zug nach Greenfield um 9.25 Uhr erwischen; dort käme ich dann um 12.22 Uhr an. Ich hätte sofortigen Anschluss nach Brattleboro, wo ich um 13.08 Uhr eintreffen würde – ein wesentlich angenehmerer Zeitpunkt als zehn Uhr abends, um von Akeley abgeholt zu werden und mit ihm durch die dicht gedrängten geheimnisvollen Berge zu fahren.

Ich erwähnte diese Änderung in meinem Telegramm und war froh, als mein zukünftiger Gastgeber in seiner am Abend folgenden Antwort sein Einverständnis gab. Sein Telegramm lautete wie folgt:

VORKEHRUNGEN ZUFRIEDENSTELLEND. WERDE SIE MITTWOCH 13.08 UHR ABHOLEN. VERGESSEN SIE AUFNAHME, BRIEFE UND FOTOS NICHT. HALTEN SIE REISE GEHEIM. ERWARTEN SIE GROSSE OFFEN-BARUNGEN.

AKELEY

Diese unverzüglich auf die Absendung meines Telegramms folgende Erwiderung – ein Bote vom Bahnhof in Townshend musste Akeley die Nachricht überbracht haben oder die Telefonleitung war wiederhergestellt – ließ mich alle unterbewussten

Zweifel vergessen, die ich noch an der Herkunft des verwirrenden Briefes hegen mochte. Ich war merklich erleichtert; tatsächlich war meine Erleichterung größer, als ich mir zu dem Zeitpunkt erklären konnte, da ich die Zweifel schlicht verdrängt hatte.

In dieser Nacht schlief ich tief und fest, und während der nächsten zwei Tage beschäftigte ich mich eifrig mit den Reisevorbereitungen.

VI

Am Mittwoch reiste ich wie vorgesehen ab, mitsamt einer Reisetasche, die vollgestopft war mit den üblichen notwendigen Dingen und meinen wissenschaftlichen Unterlagen, darunter auch die scheußliche Fonografenaufzeichnung, die Kodak-Abzüge sowie der gesamte Stapel von Akeleys Briefen. Wie gewünscht hatte ich niemandem gesagt, wohin ich fuhr, denn mir war klar, dass diese Angelegenheit größte Verschwiegenheit erforderte, auch wenn sie die allergünstigste Wendung genommen haben mochte. Der Gedanke eines wirklichen geistigen Austausches mit fremden außerirdischen Wesen war schon für meinen geübten und einigermaßen vorbereiteten Verstand herausfordernd genug; wie sollte man sich dann erst die Auswirkungen auf die gewaltige Masse der unwissenden Laien vorstellen? Ich weiß nicht, ob in mir Furcht oder abenteuerlustige Erwartung überwog, als ich in Boston umstieg und die lange Reise in den Westen antrat, in deren Verlauf ich vertraute Gegenden verließ und in weniger bekannte gelangte. Waltham – Concord – Ayer – Fitchburg – Gardner – Athol.

Mein Zug kam mit sieben Minuten Verspätung in Greenfield an, doch der Anschlusszug in Richtung Norden hatte gewartet. Nachdem ich eilig umgestiegen war, verspürte ich eine sonderbare Atemlosigkeit, als die Waggons im Sonnenschein des frühen Nachmittags durch Gebiete ratterten, von denen ich schon viel gelesen, die ich aber noch nie zuvor besucht hatte. Ich wusste, dass dies ein im Ganzen altmodischeres und primitiveres Neuengland war als die industrialisierten, verstädterten Gebiete an der Küste und im Süden, in denen ich mein ganzes Leben zugebracht hatte; ein unverdorbenes, archaisches Neuengland ohne Ausländer und qualmende Fabrikschlote, Werbetafeln und Betonstraßen wie in den Gegenden, in denen die Moderne Einzug gehalten hat. Hier gab es sicher noch die merkwürdigen Überreste beständiger traditioneller Lebensweisen, die so tief Wurzeln geschlagen haben, dass sie mit der Landschaft selbst eins geworden sind – das ungebrochene ländliche Leben, das sonderbare alte Erinnerungen bewahrt und fruchtbaren Boden für düsteren, wundersamen und verschwiegenen Aberglauben bietet.

Dann und wann sah ich den blauen Connecticut River in der Sonne schimmern, und nachdem wir Northfield verlassen hatten, überquerten wir ihn. Grüne rätselhafte Berge rückten bedrohlich näher, und als der Schaffner kam, erfuhr ich, dass ich nun endlich in Vermont war. Er sagte mir, ich solle meine Uhr um eine Stunde zurückdrehen, da man im nördlichen Bergland nichts mit der neumodischen Sommerzeit zu schaffen haben wolle. Als ich es tat, kam es mir vor, als würde ich zugleich den Kalender um ein Jahrhundert zurückstellen.

Die Zugstrecke verlief nahe am Fluss, und drüben in New Hampshire konnte ich den Hang des steilen Wantastiquet-Berges sehen, um den sich außergewöhnliche alte Legenden ranken. Dann tauchten zur Linken Straßen auf, und zur Rechten sah ich eine bewaldete Insel inmitten des Stromes. Die Leute erhoben sich, gingen Richtung Ausgang, und ich folgte ihnen. Der Zug hielt, ich stieg aus und betrat die lange Bahnsteighalle des Bahnhofs von Brattleboro.

Als ich einen Blick auf die Reihe wartender Autos warf, fragte ich mich, welcher Wagen sich wohl als Akeleys Ford entpuppen würde, doch wurde ich erkannt, bevor ich die Initiative ergreifen konnte.

Es war allerdings nicht Akeley selbst, der mit ausgestreckter Hand auf mich zukam und mit sanfter Stimme fragte, ob ich Mr Albert N. Wilmarth aus Arkham sei. Diese Person wies keinerlei Ähnlichkeit mit dem bärtigen ergrauten Akeley auf, den ich von dem Schnappschuss her kannte; dies hier war ein jüngerer und weltgewandterer Mann, modisch gekleidet und mit einem nur kleinen dunklen Oberlippenbärtchen. Seine kultivierte Stimme schien mir auf seltsame und beinahe beunruhigende Weise vertraut zu sein, obwohl ich sie nicht einordnen konnte.

Ich betrachtete ihn, und er erklärte, er sei ein Freund meines Gastgebers und an seiner Stelle aus Townshend gekommen, um mich abzuholen. Akeley sei ganz plötzlich an einem asthmatischen Leiden erkrankt und fühle sich einer Fahrt an der frischen Luft nicht gewachsen. Es sei jedoch keine ernsthafte Erkrankung, und an den Plänen hinsichtlich meines Besuches habe sich nichts geändert. Mir war nicht klar, wie viel dieser Mr Noyes – so hatte er sich mir vorgestellt – von Akeleys Nachforschungen und Entdeckungen wusste, doch kam er mir aufgrund seiner lockeren Art eher wie ein Uneingeweihter vor. Angesichts des Einsiedlerlebens, das Akeley führte, überraschte es mich ein wenig, dass er so schnell einen Freund bei der Hand hatte, aber ich ließ mich von meiner Verwirrung nicht abhalten, in den Wagen zu steigen, zu dem Noyes mich brachte. Es war nicht das kleine uralte Automobil, das ich anhand von Akeleys Beschreibungen erwartet hätte, sondern ein großes und makelloses Exemplar neuerer Bauart. Allem Anschein nach handelte es sich um Noyes' eigenen Wagen, der ein Nummernschild aus Massachusetts führte – versehen mit der amüsanten ›heiligen‹ Sportfischerplakette des laufenden Jahres, was darauf hindeutete, dass mein Begleiter seinen Sommerurlaub in der Gegend von Townshend verbrachte. Noyes stieg neben mir in den Wagen und fuhr unverzüglich los. Ich war froh darüber, dass er nicht gerade vor Redseligkeit überschäumte, denn ich verspürte eine sonderbare Anspannung und war nicht in Plauderstimmung. Als wir eine Anhöhe hinaufbrausten und nach rechts auf die Hauptstraße einbogen, schien mir das Städtchen im Licht der Nachmittagssonne sehr reizvoll zu sein. Es döste vor sich hin wie all die alten neuenglischen Kleinstädte, an die man sich noch aus seiner Kindheit erinnern mag, und irgendetwas in dem Zusammenklang von Dächern, Türmchen, Schornsteinen und Ziegelmauern rührte in mir Saiten tiefer vorväterlicher Gefühle an. Ich wusste, ich befand mich hier an der Schwelle zu einer Gegend, die unter dem Zauberbann ungebrochener Zeitläufe stand; einer Gegend, wo Altes und Seltsames verweilen und gedeihen konnte, weil es niemals gestört worden war.

Als wir Brattleboro verließen, verstärkte sich mein Gefühl der Beklommenheit und Vorahnung noch, denn irgendetwas an der bergigen Landschaft mit ihren aufragenden, bedrohlichen, immer näher rückenden bewaldeten und felsigen Hängen beschwor obskure Geheimnisse und Überbleibsel aus unvordenklichen Zeiten, die der Menschheit feindlich gesinnt sein mochten oder auch nicht. Eine Zeit lang folgte unsere Straße einem breiten, seichten Fluss, der sich aus unbekannten Bergen im Norden ergoss, und ich erschauderte, als mein Begleiter mir sagte, dies sei der West River. Wie ich aus den Zeitungsberichten wusste, war dies einer der Flüsse, in dem man nach der Überschwemmung einige der abscheulichen krabbenartigen Geschöpfe gesehen hatte.

Die Landschaft um uns herum wurde nach und nach immer wilder und einsamer. Altertümlich überdachte Brücken siechten beängstigend in den Felsklüften vor sich hin, und die halb stillgelegte Bahntrasse entlang des Flusses schien von einer fast greifbaren Verlassenheit umgeben zu sein. Es gab atemberaubende, von Leben strotzende Täler, aus denen große Felsen aufragten; grau und streng schimmerte der jungfräuliche Granit Neuenglands durch die Vegetation der Hänge. Es gab Schluchten, durch die ungezähmte Bäche rauschten und den Fluss mit den unvorstellbaren Geheimnissen tausend unwegsamer Gipfel speisten. Hie und da gingen schmale halb verborgene Straßen ab, um sich ihren Weg durch die dichten, üppigen Wälder zu bahnen, in deren urzeitlichen Bäumen ganze Heerscharen von Elementargeistern zu lauern schienen. Bei diesem Anblick dachte ich daran, wie Akeley während seiner Fahrten auf genau dieser Route von unsichtbaren Wesenheiten belästigt worden war, und ich wunderte mich nun überhaupt nicht mehr darüber, dass dies hatte geschehen können.

Das malerisch gelegene Dorf Newfane, das wir nach weniger als einer Stunde Fahrt erreicht hatten, war unsere letzte Verbindung zu der Welt, die der Mensch aufgrund seiner Eroberungen und vollständigen Besiedlung die seine nennen darf. Danach ließen wir alle unmittelbaren, greifbaren und der Zeit unterworfenen Dinge zurück und tauchten ein in eine fantastische Welt schweigsamer Unwirklichkeit, zwischen deren unbewohnten grünen Gipfeln und halb verlassenen Tälern das schmale Band der Straße fast wie aus eigener Laune heraus seine Schlangenlinien zog. Außer dem Brummen des Motors und den schwachen Geräuschen der entlegenen Höfe, die wir in unregelmäßigen

Abständen passierten, kam mir nichts zu Ohren als das tückische Gluckern und Gurgeln seltsamer Gewässer, die sich aus zahllosen verborgenen Quellen im Schatten der Wälder speisten.

Die unmittelbare Nähe der niedrigen kuppelförmigen Berge raubte mir buchstäblich den Atem. Ihre Hänge fielen steiler und abrupter ab, als ich es mir nach den Erzählungen vorgestellt hatte, und sie schienen nichts mit der uns bekannten prosaisch-nüchternen Welt zu schaffen zu haben. Die dichten menschen-leeren Wälder auf diesen unzugänglichen Hängen schienen fremdartige und unglaubliche Dinge zu beherbergen. Ich hatte das Gefühl, schon die äußere Form dieser Berge deute auf eine sonderbare und seit Urzeiten vergessene Bedeutung hin – als seien sie die gewaltigen Hieroglyphen einer sagenumwobenen Rasse von Titanen, deren Ruhm allein in seltenen tiefen Träumen fortlebt. Alle Legenden aus alter Zeit und all die bestürzenden Mutmaßungen aus Henry Akeleys Briefen und Beweisstücken vereinten sich in meiner Erinnerung, um das Gefühl der Beklemmung und Bedrohung noch zu verstärken. Der Sinn und Zweck meines Besuches und die furchtbaren Abnormitäten, die seine Voraussetzung waren, stürzten mit einer solchen Eiseskälte über mich herein, dass mir meine Lust auf seltsame Nachforschungen beinahe ganz abhanden kam.

Meinem Fahrer musste aufgefallen sein, wie verstört ich war – während die Straße immer primitiver und unebener und unsere Fahrt langsamer und holpriger wurde, nahmen seine gelegentlichen freundlichen Erklärungen bald die Form eines längeren Vortrags an. Er sprach von der eigentümlichen Schönheit des Landes und ließ eine gewisse Vertrautheit mit den Volkskunde-studien meines Gastgebers erkennen. Aus seinen höflichen Fragen konnte ich folgern, dass er den wissenschaftlichen Anlass meines Besuches kannte und wusste, dass ich Unterlagen von einiger Wichtigkeit mit mir führte; es deutete jedoch nichts darauf hin, dass er von der Tiefe und dem Grauen des Wissens, das Akeley zuteilgeworden war, auch nur etwas ahnte.

Seine gute Laune, sein normales Verhalten und seine höflichen Erläuterungen hätten mich eigentlich beruhigen sollen; sonderbarerweise aber wuchs mein Unbehagen noch, als wir immer tiefer in die unbekannte Wildnis der Berge und Wälder eintauchten. Zuweilen gewann ich den Eindruck, er wolle in

Erfahrung bringen, was ich von den ungeheuerlichen Geheimnissen der Gegend wisse, und mit jedem seiner Sätze verstärkte sich die undeutliche, quälende und verwirrende *Vertrautheit* seiner Stimme. Diese Vertrautheit war alles andere als gewöhnlich oder harmlos, trotz des durchaus normalen und kultivierten Klanges der Stimme. Irgendwie brachte ich sie mit vergessenen Albträumen in Zusammenhang, und ich hatte das Gefühl, den Verstand verlieren zu müssen, sollte ich sie wiedererkennen. Wäre mir ein halbwegs plausibler Vorwand eingefallen, hätte ich von meinem Besuch Abstand genommen. Doch so konnte ich das nicht ohne Weiteres tun – und mir kam der Gedanke, dass eine kühle, wissenschaftliche Unterhaltung mit Akeley nach meiner Ankunft mir dabei helfen könnte, meine Fassung wiederzuerlangen.

Zudem besaß die hypnotische Landschaft, durch die wir uns in absonderlichem Auf und Ab bewegten, ein sonderbar beruhigendes Element kosmischer Schönheit. Die Zeit selbst hatte sich in diesen Labyrinthen verlaufen, und um uns her erstreckten sich die blumenreichen Wogen des Feenlandes und die neu belebte Lieblichkeit entschwundener Jahrhunderte – ehrwürdige Haine, unberührte Weiden voller farbenfroher Herbstblumen und, in weiten Abständen, kleine braune Gehöfte inmitten riesiger Bäume, gelegen am Fuße steiler Abhänge voll duftender Wildrosen und Weidegras. Selbst das Sonnenlicht nahm einen überirdischen Glanz an, als umhülle eine ungewöhnliche Atmosphäre oder ein besonderer Odem das gesamte Gebiet. Nie hatte ich dergleichen gesehen – mit Ausnahme der magischen Landschaften, die bei den frühen italienischen Meistern zuweilen als Bildhintergrund dienen. Sodoma und Leonardo hatten solche Weiten ersonnen, aber sie sind nur in der Ferne und durch die Bögen von Renaissance-Arkaden zu sehen. Wir bahnten uns nun leibhaftig den Weg durch die Mitte eines Bildes, und ich glaubte, in dessen Beschwörung der Vergangenheit etwas zu finden, das ich im tiefsten Inneren schon immer gekannt oder erahnt und nach dem ich alle Zeit vergebens gesucht hatte.

Nachdem wir eine beträchtliche Steigung genommen hatten und der Straße in einer weiten Kurve gefolgt waren, kam der Wagen mit einem Mal zum Stehen. Zu meiner Linken erhob sich hinter einem gepflegten Rasen, der bis zur Straße reichte und von weißen Steinen gesäumt wurde, ein zweieinhalb-stöckiges Haus, das für diese Gegend ungewöhnlich groß und elegant wirkte. Rechts davon und hinter dem Gebäude befanden sich eine Windmühle sowie eine Reihe von Scheunen und Schuppen, die durch Arkaden miteinander verbunden waren. Ich erkannte das Haus sogleich von dem Foto wieder, das ich erhalten hatte, und war nicht überrascht, als ich auf dem verzinkten Briefkasten an der Straße den Namen Henry Akeley las. Hinter dem Haus befand sich eine ebene Fläche sumpfigen, kargen Landes, das sich bis zu einem steil ansteigenden, dicht bewaldeten Hang erstreckte, über dem ein zerklüfteter Bergkamm aufragte. Das war ohne Zweifel der Gipfel des Dark Mountain, also mussten wir den Berg bis auf halbe Höhe bewältigt haben.

Noyes stieg aus dem Wagen, nahm meine Reisetasche und bat mich, draußen zu warten, während er ins Haus ging und Akeley von meiner Ankunft unterrichtete. Er selbst, so fügte er hinzu, habe andernorts noch Wichtiges zu erledigen, weshalb er sich nur kurz hier aufhalten könne. Als er rasch auf das Haus zuging, stieg ich ebenfalls aus, um mir die Beine etwas zu vertreten, ehe ich mich zu einer langen Unterhaltung niederlassen würde. Mein Gefühl der Nervosität und der Anspannung hatte nun seinen Höhepunkt erreicht, da ich mich an dem Ort des Geschehens befand – dem Ort der unnatürlichen Belagerung, die Akeley in seinen Briefen so eindringlich beschrieben hatte. Ich muss offen gestehen, ich fürchtete mich vor den bevorstehenden Gesprächen, die mich mit diesen fremdartigen und verbotenen Welten in Verbindung setzen würden.

Der unmittelbare Kontakt mit dem absolut Fantastischen ist meist eher erschreckend als inspirierend, und es verbesserte nicht gerade meine Stimmung, dass, nach mondlosen Nächten voller Angst und Tod, Akeley genau auf dieser staubigen Straße die monströsen Spuren und den faulig-grünen Lebenssaft gefunden hatte.

Nebenbei fiel mir auf, dass von Akeleys Hunden nichts zu hören und zu sehen war. Hatte er sie etwa alle gleich verkauft, nachdem die Außerweltlichen Frieden mit ihm geschlossen hatten? Wie sehr ich mich auch bemühte, ich konnte der Echtheit und der Aufrichtigkeit dieses Friedens nicht so viel Vertrauen schenken wie Akeley in seinem letzten und so gänzlich andersartigen Brief. Schließlich war er ein recht einfacher, wenig welterfahrener Mann. Könnte unter der Oberfläche des neuen Bündnisses nicht vielleicht eine neue finstere Bedrohung lauern?

Gedankenversunken richtete ich den Blick auf die staubige Straße, auf der so scheußliche Beweise gefunden worden waren. In den letzten Tagen hatte es nicht geregnet, und auf der ausgefahrenen, holprigen Landstraße waren alle möglichen Spuren zu sehen, obwohl in dieser Gegend doch kaum jemand unterwegs war. Mit leichter Neugier untersuchte ich einige der verschiedenartigen Spuren, um mich von den makabren Gedanken abzulenken, die dieser Ort mir eingab. Etwas Bedrohliches und Unbehagliches lag in der Grabesstille, dem gedämpften, unterschwelligen Plätschern der fernen Bäche, den grünen Gipfeln und von schwarzen Wäldern bewachsenen Steilhängen, die den Horizont einengten.

Und dann wurde mir etwas schlagartig bewusst, das diese vagen Befürchtungen und Fantastereien harmlos und unbedeutend erscheinen ließ. Ich sagte bereits, dass ich mit müßiger Neugierde die unterschiedlichen Spuren auf der Straße begutachtete – doch mit einem Schlag wurde diese Neugierde von einem benommen machenden, entsetzlichen Grauen ausgelöscht. Denn obwohl die Spuren im Staub recht undeutlich waren, sich überschnitten und sonst nicht ins Auge gefallen wären, hatte mein rastloser Blick dort, wo der Gehweg zum Haus von der Straße abging, bestimmte Details erkannt – und hatte jenseits von Zweifel und Hoffnung ihre fürchterliche Bedeutung erfasst. Ach, nicht umsonst hatte ich viele Stunden über den Kodak-Fotos von den Klauenspuren der Außerweltlichen gebrütet, die Akeley mir geschickt hatte! Nur zu gut kannte ich die Spuren dieser widerlichen Krebsscheren, die diese Ungeheuer als Wesen nicht von dieser Welt entlarvten. Nun war jede Möglichkeit eines gnädigen Irrtums ausgeschlossen: Hier vor meinen Augen waren, sicherlich erst wenige Stunden alt, mindestens drei Spuren, die auf blasphemische Weise hervorstachen aus der überraschenden Fülle an verwischten Fährten, die zu dem Gutshaus Akeleys und von ihm fort führten. *Es waren die teuflischen Spuren der lebenden Pilze vom Yuggoth.*

Ich riss mich gerade rechtzeitig zusammen, um einen Schrei

zu unterdrücken. Was konnte ich auch anderes erwarten, wenn ich Akeleys Briefen wirklich Glauben schenkte? Er hatte mir berichtet, dass er mit den Wesen Frieden geschlossen hatte. Wieso sollte es mir dann merkwürdig erscheinen, dass ein paar von ihnen sein Haus aufgesucht hatten? Doch das Entsetzen überwog den Versuch, mich zu beruhigen. Konnte irgendein Mensch ungerührt bleiben, wenn er zum ersten Mal die Klauenspuren von Lebewesen aus den Tiefen des Alls erblickte? In diesem Augenblick sah ich Noyes aus dem Haus treten und mit raschen Schritten auf mich zukommen. Ich musste mich wieder unter Kontrolle bekommen, denn es war sehr gut möglich, dass dieser hilfsbereite Freund nichts wusste von Akeleys tief greifenden und enormen Vorstößen in verbotene Bereiche.

Noyes informierte mich, dass Akeley froh über meine Ankunft sei und mich gleich sehen wolle, wenngleich der plötzliche Asthmaanfall ihm in den nächsten paar Tagen verwehren würde, mir ein guter Gastgeber zu sein. Die Anfälle würden ihm jedes Mal schwer zusetzen, da sie stets von Fieberschüben und allgemeinen Schwächezuständen begleitet seien. Er sei dann zu so gut wie nichts zu gebrauchen – er könne nur flüsternd sprechen und bewege sich ziemlich unbeholfen und schwächlich. Auch würden seine Füße und Knöchel anschwellen, weshalb er sie wie ein gichtkranker Rohfleischesser bandagieren müsse. Heute sei sein Zustand recht mäßig, darum müsse ich mich größtenteils selbst um mein Wohl kümmern; dessen ungeachtet freue er sich schon auf unsere Unterhaltung. Ich könne ihn in dem Arbeitszimmer zur Linken der Eingangshalle finden – dem Raum, in dem die Jalousien heruntergelassen seien. Im Krankheitsfall müsse er das Sonnenlicht meiden, seine Augen seien überaus empfindlich.

Als Noyes sich von mir verabschiedet hatte und mit seinem Wagen Richtung Norden losfuhr, ging ich langsam auf das Haus zu. Die Tür stand noch weit offen, doch ehe ich eintrat, ließ ich meinen suchenden Blick über die gesamte Umgebung schweifen, um herauszufinden, was mir vorhin daran so sonderbar erschienen war. Die Schuppen und Scheunen sahen ordentlich und normal aus, und ich entdeckte Akeleys verbeulten Ford in einem geräumigen offen stehenden Schuppen. Dann wurde mir bewusst, was mir so eigenartig vorkam: Es war die völlige Stille.

Für gewöhnlich sorgt auf einem Hof der Viehbestand für einen zumindest gedämpften Geräuschpegel, aber hier fehlten alle Geräusche des Lebens. Was war mit den Hühnern und den Schweinen? Die Kühe, von denen Akeley mehrere besaß, wie er mir geschrieben hatte, mochten draußen auf der Weide sein, und die Hunde hatte er möglicherweise verkauft; doch das völlige Fehlen von jedem Schnattern oder Grunzen war wirklich ungewöhnlich.

Ich blieb nicht lange auf dem Gehweg stehen, sondern schritt resolut durch die offene Haustür und schloss sie hinter mir. Es kostete mich eine beträchtliche Willensanstrengung, und nun, da ich im Hausinnern eingeschlossen war, verspürte ich für einen Augenblick das Verlangen, überstürzt den Rückzug anzutreten. Nicht, dass das Haus in irgendeiner sichtbaren Form bedrohlich oder düster gewirkt hätte; ganz im Gegenteil erschien mir die anmutige Eingangshalle im spätkolonialen Stil sehr geschmackvoll und einladend, und ich bewunderte das offenkundige Stilbewusstsein des Mannes, der sie eingerichtet hatte. Etwas sehr Vages und Undefinierbares gab mir den Wunsch zur Flucht ein. Vielleicht lag es an einem merkwürdigen Geruch, den ich zu bemerken glaubte – allerdings wusste ich nur zu gut, dass sich selbst in den besten alten Gutshäusern modrige Gerüche nicht ganz vermeiden ließen.

VII

Ich ließ mich von diesen unklaren Bedenken nicht überwältigen, rief mir Noyes' Anweisungen ins Gedächtnis und öffnete die weiße Tür mit dem Messinggriff zu meiner Linken. Das Zimmer dahinter war verdunkelt, wie man es mir gesagt hatte. Beim Eintreten bemerkte ich, dass der eigentümliche Geruch hier stärker war. Außerdem schien eine schwache, kaum merkliche rhythmische Schwingung oder Vibration den Raum zu durchdringen. Einen Moment lang konnte ich wegen der geschlossenen Jalousien kaum etwas sehen, aber dann lenkte eine Art entschuldigendes Räuspern oder Flüstern meine Aufmerksamkeit auf einen großen Lehnstuhl im entlegensten und dunkelsten Winkel des Raumes. Im tiefen Schatten sah ich verschwommen das weiße Gesicht und die Hände eines Mannes, und ich trat vor, um die Gestalt zu begrüßen, die zu sprechen versucht hatte. So schwach das Licht auch war, ich erkannte, dass es sich in der Tat um meinen Gastgeber handelte. Ich hatte das Kodak-Foto wiederholt studiert, und sein festes, wettergegerbtes Gesicht mit dem kurzen grauen Bart war unverkennbar.

Doch schon beim zweiten Blick mischten sich Trauer und Sorge in meine Freude, denn dies war ohne Zweifel das Gesicht eines sehr kranken Menschen. Dieser angestrengte, erstarrte, unbewegliche Gesichtsausdruck und der starre, glasige Blick waren nicht allein mit einem Asthmaanfall zu erklären; ich erkannte, auf welch grauenhafte Art seine fürchterlichen Erlebnisse an ihm gezehrt haben mussten. Hätten sie denn nicht jeden Menschen gebrochen – selbst jüngere Männer als diesen unerschrockenen Erforscher des Verbotenen? Ich befürchtete, dass die seltsame und plötzliche Erleichterung zu spät eingetreten war, um ihn noch vor dem völligen Zusammenbruch zu bewahren. Seine mageren Hände, die so schlaff und leblos im Schoß lagen, boten einen erbarmungswürdigen Anblick. Er trug einen lockeren Morgenrock, Kopf und Hals waren in einen leuchtend gelben Schal gehüllt.

Dann bemerkte ich, dass er in demselben abgehackten Flüstern, mit dem er mich begrüßt hatte, mir etwas sagen wollte. Anfangs fiel es mir schwer, sein Flüstern zu verstehen, da sein grauer Schnurrbart jede Bewegung der Lippen verbarg und irgendetwas im Timbre der Stimme mich immens verwirrte. Doch ich konzentrierte mich, und bald gelang es mir überraschend gut, das Gesprochene zu verstehen. Sein Akzent war keinesfalls ländlich, und seine Sprache gewählter, als ich von seinen Briefen her erwartet hätte.

»Mr Wilmarth, wie ich vermute? Ich muss Sie um Verzeihung bitten, dass ich nicht aufstehe. Ich bin sehr krank, wie Mr Noyes Ihnen sicher schon gesagt hat; ich konnte aber nicht einfach so auf Ihren Besuch verzichten. Sie wissen ja, was ich Ihnen in meinem letzten Brief schrieb – morgen, wenn es mir sicherlich etwas besser geht, werde ich Ihnen viel zu erzählen haben. Ich kann Ihnen kaum sagen, wie es mich freut, Sie nach all diesen Briefen endlich persönlich zu treffen. Sie haben die Briefe ja sicherlich mitgebracht? Und die Kodak-Abzüge und die Tonaufnahme?

Noyes hat Ihre Reisetasche in der Eingangshalle abgestellt, Sie haben sie sicher schon gesehen. Ich fürchte, Sie werden sich heute Abend leider größtenteils um sich selbst kümmern müssen. Ihr Zimmer befindet sich im ersten Stock, direkt über diesem hier, und am Ende der Treppe finden Sie das Badezimmer, die Tür steht offen. Im Esszimmer, wenn Sie hier hinausgehen zur Rechten, ist ein Mahl für Sie angerichtet, das Sie zu sich nehmen können, wann immer es Ihnen beliebt. Morgen werde ich Ihnen ein besserer Gastgeber sein, aber jetzt bin ich aufgrund meiner Schwäche hilflos.

Fühlen Sie sich ganz wie zu Hause. Vielleicht möchten Sie die Briefe und Fotos und die Aufnahme auspacken und hier auf den Tisch legen, bevor Sie Ihre Tasche hinaufbringen. Hier werden wir auch über diese Dinge sprechen – auf dem Ecktisch dort sehen Sie meinen Fonografen.

Nein danke, Sie können nichts für mich tun. Ich bin an diese Anfälle seit Langem gewöhnt. Kommen Sie vor Anbruch der Nacht doch noch kurz bei mir vorbei, und dann gehen Sie zu Bett, sobald sie es wünschen. Ich werde hier etwas schlafen, vielleicht auch die ganze Nacht über, wie so oft. Morgen früh werde ich wesentlich besser in der Lage sein, mich den Dingen zu widmen, mit denen wir uns beschäftigen müssen. Ihnen ist die überaus komplizierte Natur der Angelegenheit natürlich bewusst. Wie nur wenigen Menschen dieser Erde werden sich uns die Tiefen von Zeit und Raum auftun – ein Wissen, das alles übersteigt, was im Bereich menschlicher Wissenschaft oder Philosophie liegt.

Wussten Sie, dass Einstein sich getäuscht hat und gewisse Objekte und Kräfte sich durchaus schneller als das Licht bewegen können? Mit der notwendigen Hilfe werde ich bald in der Zeit vor- und zurückreisen können und die Erde vergangener und kommender Epochen wirklich *sehen* und *fühlen*. Sie können sich nicht vorstellen, wie weit die Wissenschaft dieser Wesen entwickelt ist. Es gibt nichts, was sie mit dem Körper und dem Geist lebender Organismen nicht tun könnten. Ich gehe davon aus, dass ich andere Planeten und sogar andere Sterne und Galaxien besuchen werde. Die erste Reise wird mich auf den Yuggoth führen, die uns nächstgelegene Welt, die von diesen Wesen bewohnt wird. Ein merkwürdiger dunkler Planet am äußersten

Rande unseres Sonnensystems – den Astronomen dieser Erde noch unbekannt. Aber davon habe ich Ihnen gewiss schon geschrieben. Zur rechten Zeit, wissen Sie, werden die Wesen dort Gedankenströme auf uns richten und somit die Entdeckung des Planeten herbeiführen – oder vielleicht lassen sie einen ihrer menschlichen Verbündeten den Wissenschaftlern einen Hinweis geben.

Auf Yuggoth gibt es gewaltige Städte: lange Reihen terrassierter Türme, aus dem schwarzen Gestein erbaut, von dem ich Ihnen eine Probe zuschicken wollte. Der Stein stammte vom Yuggoth. Die Sonne ist dort nur so hell wie ein Stern hier, aber diese Wesen brauchen kein Licht. Sie verfügen über andere subtilere Sinne und haben keine Fenster in ihren großen Häusern und Tempeln. Licht stört, verwirrt und verletzt sie sogar, da in dem schwarzen Kosmos jenseits von Zeit und Raum, aus dem sie ursprünglich stammen, überhaupt kein Licht existiert. Ein Besuch auf Yuggoth würde jeden schwachen Menschen in den Wahnsinn treiben – und doch werde ich dorthin reisen. Allein schon die pechschwarzen Flüsse, die unter den rätselhaften zyklopischen Brücken hindurchfließen – Bauwerke einer älteren Rasse, die schon ausgestorben und vergessen war, ehe die Wesen aus den fernsten Abgründen nach Yuggoth kamen – sollten ausreichen, einen jeden, der lange genug bei Verstand bleibt, um davon zu berichten, in einen zweiten Dante oder Poe zu verwandeln.

Aber vergessen Sie nicht – diese dunkle Welt der schwammigen Gärten und der fensterlosen Städte ist nicht wirklich schrecklich. Sie will uns nur so erscheinen. Vermutlich war unsere Welt diesen Wesen ebenso furchtbar, als sie sie in der Vorzeit zum ersten Mal erforschten. Sie wissen ja, dass sie lange vor Ablauf der legendären Epoche des Cthulhu hierherkamen, und sie kennen das versunkene R'lyeh noch aus der Zeit, als es nicht unter Wasser lag. Sie sind auch im Innern der Erde gewesen – es gibt Eingänge, von denen kein Mensch etwas weiß, manche davon hier in den Bergen von Vermont –, und dort unten befinden sich endlose Welten voll unbekannten Lebens: das blau beleuchtete K'n-yan, das rot beleuchtete Yoth und das schwarze, lichtlose N'kai. Aus N'kai kam der fürchterliche Tsathoggua – Sie wissen, das unförmige, krötenähnliche Gottwesen, das in den

Pnakotischen Manuskripten, dem *Necronomicon* und dem Commo-
riom-Mythos erwähnt wird, den der atlantische Hohepriester
Klarkash-Ton aufgezeichnet hat.

Aber wir werden später über all das sprechen. Es ist jetzt sicher
schon vier oder fünf Uhr. Am besten legen Sie die Sachen aus
Ihrer Tasche hier ab, nehmen einen Happen zu sich und kommen nachher zu einem gemütlichen Plausch zurück.«

Sehr langsam wandte ich mich um und folgte dem Wunsch
meines Gastgebers; ich nahm meine Reisetasche, packte die von
ihm erwähnten Dinge aus und ging schließlich auf das mir zuge-
wiesene Zimmer. Da die Erinnerung an die Klauenspuren auf
der Straße noch so frisch war, hatten Akeleys geflüsterte Ausführungen einen eigenartigen Effekt auf mich gehabt. Die
Andeutungen seiner Vertrautheit mit jener unbekannten Welt
pilzartigen Lebens – dem verbotenen Yuggoth – ließen mich
stärker schaudern, als mir recht war. Mir tat Akeley seiner Krankheit wegen überaus leid, doch muss ich gestehen, dass sein raues
Flüstern in mir nicht nur Mitleid, sondern auch Abscheu erregte. Hätte er doch nicht so begeistert von Yuggoth und seinen
schwarzen Geheimnissen gesprochen!

Mein Zimmer erwies sich als sehr bequem und schön eingerichtet, außerdem war hier nichts von dem Modergeruch oder
der verstörenden Schwingung zu bemerken. Nachdem ich meine
Reisetasche dort abgestellt hatte, ging ich wieder hinunter, um
bei Akeley vorbeizuschauen und die Mahlzeit einzunehmen, die
für mich vorbereitet war. Das Esszimmer lag direkt neben dem
Arbeitszimmer, und ich sah, dass sich dahinter die Wirtschafts-
räume befanden. Auf dem Esstisch erwartete mich eine große
Auswahl an Sandwiches, Kuchen und Käse, und eine Thermos-
kanne neben einer Tasse mit Unterteller wies darauf hin, dass
auch heißer Kaffee nicht vergessen worden war. Nachdem ich
mein Essen mit Appetit genossen hatte, goss ich mir eine
großzügige Tasse Kaffee ein, entdeckte aber, dass die kulinari-
sche Qualität in diesem Punkt zu wünschen übrig ließ. Beim
ersten Schluck bemerkte ich einen schwachen, aber unangenehmen säuerlichen Geschmack, sodass ich nichts mehr davon
trank. Während des Essens dachte ich fortwährend an Akeley,
der still in seinem großen Stuhl in dem verdunkelten Nebenzimmer saß. Einmal ging ich rüber und lud ihn ein, doch mit

mir zu essen, aber er flüsterte, er könne jetzt noch nichts zu sich nehmen. Später, kurz vor dem Einschlafen, würde er etwas Malzmilch trinken – damit müsse er sich an diesem Tag begnügen.

Nach dem Essen bestand ich darauf, den Tisch abzuräumen und das Geschirr zu spülen – dabei goss ich auch den Kaffee aus, der mir ungenießbar erschienen war. Dann kehrte ich in das verdunkelte Arbeitszimmer zurück, zog mir einen Stuhl zu meinem Gastgeber heran und bereitete mich auf eine Unterhaltung vor, sollte er einer solchen gewachsen sein. Die Briefe, die Bilder und die Aufnahme lagen immer noch auf dem großen Tisch in der Mitte des Raumes, doch vorerst mussten wir nicht auf sie zurückgreifen. Binnen kurzer Zeit vergaß ich sogar den absonderlichen Geruch und die merkwürdige Vibration.

Ich erwähnte bereits, dass in manchen von Akeleys Briefen – vor allem dem zweiten und umfangreichsten – Dinge standen, die ich nicht zu wiederholen oder auch nur niederzuschreiben wage. Diese Zurückhaltung möchte ich in noch viel größerem Umfang auf das anwenden, was ich an jenem Abend in dem verdunkelten Zimmer inmitten der einsamen heimgesuchten Berge flüstern hörte. Das Ausmaß des kosmischen Grauens, das mir diese heisere Stimme offenbarte, vermag ich nicht einmal anzudeuten. Akeley hatte schon früher von abscheulichen Dingen Kenntnis gehabt, doch was er darüber hinaus erfahren hatte, seitdem er mit den Außerweltlichen paktierte, überstieg beinahe alles, was der menschliche Verstand zu ertragen vermag. Selbst jetzt noch weigere ich mich kategorisch, das zu glauben, was er über die Beschaffenheit der absoluten Unendlichkeit durchblicken ließ, das Aneinandergrenzen der Dimensionen und die Furcht einflößende Position unseres bekannten Kosmos von Raum und Zeit in der endlosen Kette von Kosmosatomen, aus welcher der unmittelbare Über-Kosmos der Kurven und Winkel sowie der stofflichen und halbstofflichen elektrischen Gefüge besteht.

Nie zuvor stand ein geistig gesunder Mensch den Geheimlehren des Seins so gefährlich nahe – nie zuvor kam ein menschliches Gehirn der völligen Auslöschung in dem Chaos so nahe, das Gestalt, Kraft und Symmetrie überschreitet. Ich erfuhr, woher Cthulhu *ursprünglich* kam und warum eine große Zahl der überragenden vergänglichen Sterne der Geschichte erstrahlt waren. Ich erriet – aus Andeutungen, die selbst meinen Informanten ins Stocken brachten – das Geheimnis der Magellanwolken und der kugelförmigen Nebel und die schwarze Wahrheit, welche die uralten Allegorien des Tao verschleiert hatten. Das Wesen der Dhole wurde mir offenbar, und man erklärte mir das Wesen (aber nicht den Ursprung) der Hunde von Tindalos. Die Legende von Yig, dem Vater der Schlangen, blieb mir nicht länger ein bloßes Gleichnis, und ich schreckte vor Ekel zurück, als ich von dem ungeheuerlichen nuklearen Chaos erfuhr, das jenseits der Winkel des Alls herrscht und dem der Autor des *Necronomicon* voller Umsicht den Namen Azathoth verliehen hatte. Es war schockierend, die übelsten Albträume der geheimen Mythen in konkreten Begriffen erklärt zu sehen, deren unverhohlene krankhafte Abscheulichkeit selbst die kühnsten Andeutungen antiker und mittelalterlicher Mystiker übertrafen. Unvermeidlich gelangte ich zu der Ansicht, dass die Ersten, die verstohlen jene verfluchten Sagen verbreitet hatten, in Verbindung mit Akeleys Außerweltlichen gestanden haben mussten und vielleicht sogar entlegene kosmische Reiche besucht hatten – so wie Akeley sie jetzt besuchen wollte.

Ich erfuhr vom Schwarzen Stein und seiner Bedeutung und war erleichtert darüber, dass ich ihn nie erhalten hatte. Meine Mutmaßungen über jene Hieroglyphen waren nur allzu wahr gewesen! Und doch schien Akeley sich mit dem ganzen dämonischen System, auf das er gestoßen war, abgefunden zu haben; nicht nur das, er wollte sogar noch tiefer in den monströsen Abgrund vordringen. Ich fragte mich, mit welchen Wesen er seit seinem letzten Brief an mich gesprochen hatte, und ob alle so menschlich gewesen waren wie jener von ihm erwähnte erste Abgesandte. Meine innere Anspannung wuchs in unerträglichem Maße, und ich ersann mir alle möglichen ausufernden Theorien über diesen eigenartigen, beharrlichen Geruch und die kaum wahrnehmbare Schwingung in dem verdunkelten Zimmer.

Mittlerweile war die Sonne untergegangen, und da ich mich an Akeleys frühere Briefe erinnerte, packte mich das Grauen bei dem Gedanken an eine mondlose Nacht. Ich mochte nicht, wie das Gutshaus im Windschatten des gewaltigen bewaldeten Hanges nistete, der auf den von keinem Menschen je betretenen Gipfel des Dark Mountain hinaufführte. Mit Akeleys Erlaubnis zündete ich eine kleine Öllampe an, drehte die Flamme niedrig und stellte sie auf einen abseits stehenden Bücherschrank neben die gespenstische Büste Miltons. Das bereute ich bald darauf, denn in diesem Licht wirkten die reglosen Hände und das angespannte, maskenhafte Gesicht meines Gastgebers entsetzlich unnatürlich und leichenhaft. Er schien kaum zu einer Bewegung fähig zu sein, auch wenn ich ihn mitunter steif nicken sah.

Nach dem, was er mir bereits erzählt hatte, konnte ich mir kaum vorstellen, welche Geheimnisse er sich für morgen aufgehoben haben mochte; doch schließlich erfuhr ich, dass seine Reise zum Yuggoth und darüber hinaus – *und meine eigene eventuelle Teilnahme daran* – das morgige Gesprächsthema sein würden. Es schien ihn zu amüsieren, wie heftig ich zusammenfuhr, als ich diese Einladung zu einer kosmischen Reise vernahm, denn er schüttelte heftig den Kopf, als ich meine Angst offenbarte. Daraufhin sprach er mit sehr sanfter Stimme darüber, dass der scheinbar unmögliche Flug durch die interstellaren Abgründe menschlichen Wesen durchaus möglich und auch schon mehrmals gelungen sei. *Es hatte den Anschein, als könne ein vollständiger menschlicher Körper diese Reise nicht bewältigen,* doch hätten die Außerweltlichen mit ihren wundersamen chirurgischen, biologischen, chemischen und mechanischen Fähigkeiten Mittel und Wege gefunden, menschliche Gehirne ohne die dazugehörige körperliche Hülle zu befördern.

Es gäbe eine unschädliche Methode, ein Gehirn zu entnehmen und den übrigen Organismus in der Zwischenzeit am Leben zu erhalten. Die bloße Hirnmasse würde, aufbewahrt in einer gelegentlich erneuerten Flüssigkeit, in einen luftdichten Zylinder aus einem auf Yuggoth gewonnenen Metall gegeben und mit Elektroden verbunden, die man nach Bedarf an aufwendige Geräte anschloss, die die drei entscheidenden Fähigkeiten des Sehens, Hörens und Sprechens ersetzen könnten. Es sei den geflügelten Pilzwesen ein Leichtes, die Gehirnbehälter unbeschadet durch das Weltall zu transportieren. Auf jedem Planeten, der von ihrer Zivilisation besiedelt sei, gäbe es eine Vielzahl passender Gerätschaften, die an die Gehirne angeschlossen werden könnten. Mit ein wenig Feinmechanik könnte man ihnen so an jeder Station der Reise durch das Raum-Zeit-Kontinuum und darüber hinaus voll ausgebildete – wenn auch nur körperlose und mechanische – Sinnes- und Artikulationsfähigkeiten verschaffen. Dies sei so einfach wie bei einer Schallplatte, die man unterwegs überall dort abspielen könne, wo ein entsprechendes Grammofon zur Verfügung stände. Der Erfolg der Aktion stehe außer Frage. Er selbst habe keine Angst. Sei es denn nicht immer wieder hervorragend gelungen?

Zum ersten Mal bewegte sich eine der schlaffen, unbrauchbaren Hände und wies ungelenk auf ein hohes Regal an der gegenüberliegenden Wand des Zimmers. Dort standen sauber aufgereiht über ein Dutzend Zylinder aus einem Metall, das ich noch nie zuvor gesehen hatte – Zylinder, die ungefähr dreißig Zentimeter in der Höhe und etwas weniger im Durchmesser maßen, mit drei sonderbaren Anschlüssen, die in Form eines gleichschenkligen Dreiecks auf der gewölbten Vorderseite angebracht waren. Einer der Zylinder war über zwei der Anschlüsse mit einem Paar eigenartig aussehender Geräte im Hintergrund verbunden. Niemand brauchte mir zu erklären, was das zu bedeuten hatte, und ich erschauderte wie im Fieber. Dann wies die Hand auf eine Stelle in der Nähe, wo mehrere komplizierte Geräte mit daran befestigten Kabeln und Steckern standen, von denen einige den beiden Apparaten auf dem Regal hinter den Zylindern sehr ähnlich sahen.

»Hier sehen Sie vier verschiedene Arten von Instrumenten, Wilmarth«, flüsterte die Stimme. »Vier Arten – in je drei Ausführungen – macht insgesamt zwölf Geräte. Wissen Sie, die Zylinder da oben repräsentieren vier verschiedene Lebensformen. Drei Menschen, sechs der pilzartigen Wesen, die sich nicht körperlich durchs All bewegen können, zwei Wesen vom Neptun (Gott! Wenn Sie die Körper sehen könnten, die dieser Typus auf seinem Planeten besitzt!), und bei den restlichen handelt es sich um Wesen aus den innersten Höhlen eines besonders interessanten dunklen Sterns jenseits der Galaxis. Im Hauptstützpunkt im Innern des Round Hill befinden sich zeitweilig weitere Zylinder und Maschinen – Zylinder mit außerkosmischen Gehirnen, Verbündete und Forscher aus dem allerfernsten Äußeren, die über gänzlich andere Sinne als wir verfügen. Die speziellen Maschinen verleihen ihnen Wahrnehmungs- und Ausdrucksfähigkeiten, die sowohl ihnen selbst als auch dem Auffassungsvermögen verschiedener Arten von Zuhörern angepasst sind.

Round Hill ist – wie die meisten wichtigen Stützpunkte der Wesen in den verschiedenen Universen – ein sehr kosmopolitischer Ort! Natürlich hat man mir nur die verbreitetsten Arten zum Experimentieren zur Verfügung gestellt.

Hier – nehmen Sie die drei Maschinen, auf die ich zeige, und stellen Sie sie auf den Tisch. Die große da mit den zwei Glaslinsen auf der Vorderseite – dann die Kiste mit den Vakuumröhren und der Resonanztafel – und jetzt die mit der Metallscheibe darauf. Jetzt noch den Zylinder mit der Aufschrift ›B-67‹. Stellen Sie sich einfach auf den Windsor-Stuhl, um ans Fach zu kommen. Schwer? Macht nichts! Achten Sie genau auf die Nummer: B-67. Kümmern Sie sich nicht um den neuen glänzenden Zylinder, der mit den zwei Testinstrumenten verbunden ist – den mit meinem Namen darauf. Stellen Sie B-67 auf den Tisch neben die Maschinen und sehen Sie nach, ob die Schalter an allen drei Maschinen ganz nach links gedreht sind.

Stecken Sie nun das Kabel der Linsenmaschine in den oberen Anschluss – genau so! Verbinden Sie die Röhrenmaschine mit dem Anschluss unten links und den Scheibenapparat mit dem äußeren Anschluss. Drehen Sie jetzt alle Schalter an den Maschinen ganz nach rechts, zuerst bei der mit den Linsen, dann beim Scheibengerät und als Letztes bei der Maschine mit den Röhren. Sehr gut. Ich sollte Ihnen wohl sagen, dass es sich hierbei um ein menschliches Wesen handelt – einen Menschen wie Sie und ich. Ich werde Ihnen morgen auch ein paar der anderen vorstellen.«

Bis zum heutigen Tage ist mir nicht klar, warum ich diesem Geflüster so sklavisch gehorchte, und ob ich Akeley für geistig gesund oder für wahnsinnig hielt. Nach dem, was zuvor geschehen war, hätte ich auf alles vorbereitet sein müssen; dieser technische Mummenschanz hatte allerdings so große Ähnlichkeit mit den typischen Extravaganzen verrückter Erfinder und Wissenschaftler, dass ich Zweifel in mir verspürte, die nicht einmal in unserem Gespräch davor aufgekommen waren. Einem Menschen mussten die Behauptungen dieses Flüsterers völlig unglaublich erscheinen – aber wirkten die anderen Dinge nur deshalb noch unfassbarer und widersinniger, weil sie so weit entfernt waren von jedem klaren, konkreten Beweis?

Während mein Verstand inmitten dieses Chaos' ins Taumeln geriet, wurde mir das Knirschen und Surren der drei Maschinen bewusst, die ich gerade mit dem Zylinder verbunden hatte – ein Geräusch, das bald leiser wurde und schließlich fast nicht mehr vernehmbar war. Was würde jetzt geschehen? Würde ich eine Stimme hören? Und falls ja, konnte es sich nicht einfach um ein clever erdachtes Übertragungsgerät handeln, das von einem ganz in der Nähe verborgenen Sprecher benutzt wurde? Selbst jetzt noch kann ich nicht beschwören, was ich da hörte oder welches Phänomen sich wirklich vor meinen Augen abspielte. Doch *irgendetwas* schien tatsächlich zu geschehen.

Um mich kurz zu fassen, die Maschine mit den Röhren und der Resonanztafel begann zu sprechen, und zwar auf überaus klare und verständige Art und Weise, sodass kein Zweifel darüber bestehen konnte, dass der Sprecher gegenwärtig war und uns beobachtete. Die Stimme war laut, klang metallisch und hohl und wurde offenkundig völlig mechanisch erzeugt. Sie verfügte weder über Modulation noch Ausdruck; sie kratzte und ratterte einfach mit tödlicher Präzision und Überlegung drauflos.

»Mr Wilmarth«, sagte sie, »ich hoffe, ich erschrecke Sie nicht. Ich bin ein Mensch wie Sie, auch wenn mein Körper sich fast drei Kilometer östlich von hier im Round Hill befindet, wo er mittels einer entsprechenden Behandlungsmethode am Leben erhalten wird. Ich selbst bin hier bei Ihnen: Mein Gehirn befindet sich in diesem Zylinder, und mithilfe dieser elektronischen Oszillatoren kann ich sehen, hören und sprechen. In einer Woche werde ich, wie schon so viele Male zuvor, durch den Weltraum reisen, und hoffe, mich dabei Mr Akeleys Gesellschaft zu erfreuen. Ich wünschte, Sie würden uns ebenfalls begleiten, denn ich kenne Sie vom Sehen und vom Hörensagen. Darüber hinaus habe ich Ihre Korrespondenz mit unserem Freund genau verfolgt. Ich bin natürlich einer der Männer, die sich mit den außerirdischen Wesen, die unseren Planeten besuchen, verbündet haben. Ich begegnete ihnen zum ersten Mal im Himalaya und habe ihnen seither verschiedene Dienste geleistet. Als Gegenleistung haben sie mir Erfahrungen ermöglicht, wie sie bislang nur wenige Menschen machen konnten.

Ist Ihnen klar, was es bedeutet, wenn ich Ihnen sage, dass ich 37 verschiedene Himmelskörper besucht habe – Planeten, dunkle Sterne und kaum beschreibbare Objekte –, acht davon außerhalb unserer Galaxis und zwei außerhalb des gekrümmten Kosmos' von Raum und Zeit? Und all das hat mir nicht im Geringsten geschadet. Mein Gehirn ist durch eine so geschickte Abtrennung meinem Körper entnommen worden, dass man diese Operation unmöglich als chirurgischen Eingriff bezeichnen kann. Die Besucher verfügen über Methoden, die diese Entnahme einfach machen und als etwas beinahe Normales erscheinen lassen – und während das Hirn entnommen ist, altert der Körper nicht. Ich möchte hinzufügen, dass das Gehirn mit seinen mechanischen Anschlüssen und durch die Ernährung mit einer regelmäßig erneuerten Konservierungsflüssigkeit nahezu unsterblich ist.

Ich hoffe jedenfalls von ganzem Herzen, dass Sie sich dazu entschließen werden, Mr Akeley und mich zu begleiten. Die Besucher sind erpicht darauf, Männer von großem Wissen wie Sie kennenzulernen und ihnen die großen Abgründe zu zeigen, von denen die meisten von uns Unwissenden nur träumen können. Anfangs mag Ihnen die Begegnung mit diesen Wesen seltsam erscheinen, aber ich weiß, dass Sie über solchen Dingen stehen werden. Ich glaube, auch Mr Noyes wird mitkommen – er hat Sie doch sicher in seinem Wagen hierher gebracht, nicht wahr? Er ist seit Jahren einer der Unseren – ich vermute, Sie haben seine Stimme wiedererkannt: Er ist auf der Aufzeichnung, die Mr Akeley Ihnen geschickt hat, zu hören.«

Als ich erschreckt zusammenfuhr, unterbrach sich der Sprecher einen Moment lang, ehe er fortfuhr.

»Nun, Mr Wilmarth, ich überlasse Ihnen die Entscheidung. Ich möchte nur noch hinzufügen, dass ein Mann mit Ihrer Neigung zum Merkwürdigen und zur Volksbrauchtumskunde sich eine solche Gelegenheit nicht entgehen lassen sollte. Es gibt nichts zu befürchten. Alle Übergänge vollziehen sich vollkommen schmerzlos, und mit einer vollständig mechanisierten Sinneswahrnehmung gibt es vieles zu genießen. Sind die Elektroden entfernt, so fällt man lediglich in einen Schlaf voller besonders lebhafter und fantastischer Träume.

Und nun wollen wir mit Ihrer Erlaubnis die Fortsetzung unserer Unterhaltung auf morgen verlegen. Gute Nacht – drehen Sie einfach alle Schalter wieder nach links. Kümmern Sie sich nicht um die Reihenfolge, aber am besten lassen Sie die

Linsenmaschine bis zuletzt an. Gute Nacht, Mr Akeley. Behandeln Sie unseren Gast gut! Sind Sie bereit mit den Schaltern?«

Das war alles. Ich gehorchte wie mechanisch und drehte alle drei Schalter um, auch wenn ich nicht recht an das glauben wollte, was sich gerade zugetragen hatte. In meinem Kopf drehte es sich noch immer, als ich Akeleys Flüstern vernahm, ich solle doch die ganzen Gerätschaften einfach auf dem Tisch stehen lassen. Er unternahm nicht einmal den Versuch, das Geschehene zu kommentieren, und in der Tat war mein überlasteter Geist außerstande, dergleichen noch aufzunehmen. Ich hörte ihn sagen, ich könne die Lampe gern mit auf mein Zimmer nehmen, und nahm an, dass er nun allein im Dunkeln schlafen wollte. Es war sicherlich höchste Zeit, dass er sich ausruhte, denn seine Vorträge an diesem Nachmittag und Abend hätten selbst einen kerngesunden Mann erschöpft. Noch immer benommen, wünschte ich meinem Gastgeber eine gute Nacht und ging mit der Leuchte hinauf, obwohl ich eine ausgezeichnete Taschenlampe bei mir trug.

Ich war froh, dem Arbeitszimmer mit seinem sonderbaren Geruch und der subtilen Schwingung entronnen zu sein, konnte mich aber dennoch nicht einem furchtbaren Gefühl der Angst, Bedrohung und kosmischen Abnormität entziehen, sobald ich über diesen Ort und die Kräfte, denen ich hier begegnete, nachdachte. Die wilde, einsame Gegend, der schwarze geheimnisvoll bewaldete Steilhang, der so nahe hinter dem Haus aufragte, die Fußspuren auf der Straße, der kranke, regungslose Flüsterer im Dunkeln, die teuflischen Zylinder und Maschinen, und vor allem anderen die Einladungen zu eigenartigen chirurgischen Eingriffen und noch eigenartigeren Reisen – all das war so neu und in so rascher Folge auf mich eingestürzt, dass es meinen Willen schwächte und meine physische Kraft untergrub.

Dass mein Chauffeur Noyes der menschliche Zelebrant bei jenem ungeheuerlichen Sabbat auf der Fonografenaufnahme gewesen war, setzte mir besonders zu, obwohl mir seine Stimme bereits zuvor auf unklare, abstoßende Weise vertraut erschienen war. Ebenfalls erschütternd fand ich meine eigene Haltung gegenüber meinem Gastgeber, als ich sie genauer bedachte: Sosehr ich Akeley früher instinktiv gemocht hatte, so wie ich ihn aus seinen Briefen kannte, jetzt erfüllte er mich mit ausgesprochenem

Ekel. Seine Krankheit hätte mein Mitgefühl erregen müssen, doch stattdessen ließ sie mich schaudern. Er war so starr und schlaff und leichenhaft – und dieses unablässige Geflüster war so abscheulich und unmenschlich!

Mir wurde bewusst, dass das Geflüster sich von jedem anderen Laut unterschied, den ich je gehört hatte: Trotz der eigentümlichen Reglosigkeit der von dem Schnurrbart verdeckten Lippen besaß es eine Kraft und Ausdauer, die erstaunlich waren für einen keuchenden Asthmakranken. Ich konnte seine Worte selbst am anderen Ende des Raumes verstehen, und ein-, zweimal hatte ich den Eindruck, dass die leisen, aber alles durchdringenden Töne weniger von Schwäche als von absichtlicher Dämpfung der Stimme zeugten – aus welchem Grund das geschah, konnte ich mir nicht erklären. Von Anfang an hatte mich etwas in seinem Timbre verstört.

Jetzt, als ich darüber nachdachte, glaubte ich, diesen Eindruck auf eine Art unterbewusste Vertrautheit zurückführen zu können, demselben Gefühl, das bereits Noyes' Stimme etwas Unheimliches verliehen hatte. Doch wann oder wo mir das, woran die Stimme mich erinnerte, begegnet sein mochte, wollte mir nicht einfallen.

Eines war jedenfalls sicher – ich würde hier keine zweite Nacht verbringen. Mein wissenschaftlicher Eifer hatte sich in Furcht und Abscheu aufgelöst, und ich verspürte in mir nur noch den Wunsch, diesem morbiden Ort der widernatürlichen Offenbarungen zu entfliehen. Ich wusste jetzt genug. Es gab tatsächlich merkwürdige kosmische Verbindungen – aber diese Dinge waren sicherlich nicht für normale Menschen geeignet.

Ich schien von blasphemischen Kräften umgeben, die mit erdrückender Wucht auf meine Sinne einstürmten. Schlafen, so entschied ich, kam nicht infrage; und so löschte ich lediglich die Lampe und warf mich vollständig angekleidet aufs Bett. Es war zweifellos absurd, doch ich hielt mich für einen unvorhersehbaren Notfall bereit, den Revolver fest in meiner Rechten, die Taschenlampe in der Linken. Von unten drang kein Laut herauf, und ich stellte mir vor, wie mein Gastgeber leichenstarr in der Finsternis saß.

Von irgendwoher hörte ich das Ticken einer Uhr und verspürte beinahe Dankbarkeit über dieses normale Geräusch. Dennoch erinnerte es mich an etwas anderes Verstörendes in

dieser Umgebung – das völlige Fehlen von Tierlauten. Mit
Sicherheit gab es kein Vieh auf dem Hof, und jetzt fiel mir auf,
dass sogar die üblichen nächtlichen Geräusche wilder Tiere aus-
blieben. Mit Ausnahme des unheimlichen Plätscherns ferner,
unsichtbarer Gewässer herrschte eine unnatürliche Stille – wie
in den Räumen zwischen den Welten –, und ich fragte mich,
welche von den Sternen gezeugte, immaterielle Fäule wohl über
diesem Landstrich lag. Ich wusste aus den alten Legenden, dass
Hunde und andere Tiere die Außerweltlichen seit jeher hassten,
und machte mir Gedanken darüber, was die Spuren auf der
Straße zu bedeuten hatten.

VIII

Fragen Sie mich nicht, wie lange mich der Schlaf gefangen hielt,
der mich unerwartet übermannt hatte, oder wie viel von dem,
was folgte, nur ein Traum war. Wenn ich Ihnen sage, ich sei zu
einer bestimmten Zeit erwacht und habe gewisse Dinge gesehen
und gehört, dann werden Sie mir schlicht entgegnen, ich sei
eben doch nicht aufgewacht – alles sei ein Traum gewesen bis zu
dem Augenblick, da ich aus dem Haus stürzte, zu dem Schuppen stolperte, wo ich den alten Ford fand, um dann wie ein
Wahnsinniger in dem altertümlichen Vehikel ziellos durch die
heimgesuchten Berge zu rasen, bis ich schließlich – nach stun-
denlanger holpriger Irrfahrt durch bedrohliche Waldlabyrinthe
– in einem Dorf ankam, das sich als Townshend herausstellte.
Sie werden natürlich auch alles andere in meinem Bericht
bezweifeln und erklären, all die Bilder, aufgezeichneten Geräusche oder Stimmen aus Zylindern und Maschinen und ähnlich
geartete Beweisstücke seien bloß Täuschungsmanöver, mit denen
der vermisste Henry Akeley mir übel mitgespielt habe. Sie werden
sogar andeuten, dass er sich vermutlich mit anderen Exzentrikern verschworen habe, um mir einen albernen und raffinierten
Streich zu spielen – dass er die Express-Sendung in Keene selbst
verschwinden ließ und dass er Noyes beauftragt habe, die fürchterliche Wachswalze zu besprechen. Es ist seltsam, dass Noyes bis
heute nicht identifiziert werden konnte und in keinem der
Dörfer in Akeleys Umkreis bekannt ist, obwohl er sich doch

häufig in der Region hätte aufhalten müssen. Ich wünschte, ich hätte mir das Nummernschild seines Wagens eingeprägt – vielleicht ist es aber letzten Endes auch besser, dass ich es nicht getan habe. Denn ungeachtet allem, was Sie sagen mögen und was ich mir selbst zuweilen einzureden versuche, weiß ich, dass dort in den kaum erforschten Bergen abscheuliche außerirdische Mächte lauern müssen – und dass sie in der Welt der Menschen ihre Spione und Handlanger besitzen. Für mein weiteres Leben ist mein einziger Wunsch, mich so fern wie nur möglich von diesen Kräften und ihren Helfershelfern zu halten.

Als auf meinen panischen Bericht hin der Sheriff mit seinen Leuten hinaus zum Gutshaus fuhr, war Akeley spurlos verschwunden. Sein Morgenrock, der gelbe Schal und die Fußbandagen lagen neben dem Lehnstuhl auf dem Boden des Arbeitszimmers; es konnte nicht ermittelt werden, ob unter seinen Sachen dafür andere Kleidungsstücke fehlten. Die Hunde und das Vieh waren tatsächlich verschwunden, und man entdeckte ein paar eigenartige Einschusslöcher auf der Außenseite des Hauses und auch in einigen Innenwänden; davon abgesehen fand sich allerdings nichts Ungewöhnliches. Keine Zylinder oder Maschinen, keine der Beweisstücke, die ich in meiner Reisetasche mitgebracht hatte, kein sonderbarer Geruch und keine Schwingung, keine Fußspuren auf der Straße und nichts von den aufwühlenden Dingen, die ich ganz zuletzt gesehen hatte.

Ich blieb nach meiner Flucht noch eine Woche in Brattleboro, um dort Nachforschungen bei allen möglichen Leuten anzustellen, die Akeley gekannt hatten; die Ergebnisse dieser Nachforschungen überzeugen mich davon, dass die Angelegenheit kein Hirngespinst und kein Traum war. Akeleys merkwürdige Ankäufe von Hunden, Munition und Chemikalien und das wiederholte Durchtrennen seiner Telefonleitung sind schriftlich belegt, und jeder, der ihn kannte – unter anderem sein Sohn in Kalifornien –, bezeugt, dass seine gelegentlichen Bemerkungen über ungewöhnliche Forschungen eine gewisse Folgerichtigkeit aufwiesen. Ehrbare Bürger sind der Meinung, er sei verrückt gewesen, und bezeichnen alle berichteten Vorfälle ohne Weiteres als Streiche, die er mit der Schlauheit eines Verrückten und vielleicht mithilfe der Unterstützung verschrobener Bekannter ersonnen habe. Die weniger gebildeten Landbewohner bestätigen jedoch seine Ansichten in jedem Punkt. Er hatte einigen dieser Bauern seine Fotografien und den schwarzen Stein gezeigt und ihnen die schreckliche Aufnahme vorgespielt; und sie alle sagten, die Fußspuren und die summenden Stimmen entsprächen genau jenen, die in den Legenden ihrer Ahnen beschrieben wurden.

Außerdem berichteten sie, dass die verdächtigen Vorgänge und Geräusche um Akeleys Haus stark zunahmen, seit er den schwarzen Stein gefunden hatte, und dass jedermann außer dem Postboten und einigen wenigen mutigen Personen diesen Ort tunlichst mied. Der Dark Mountain wie der Round Hill waren bekannt dafür, dass es dort spukte, und ich fand niemanden, der diese Gegenden je näher erforscht hatte. Es ist eindeutig belegt, dass in der gesamten Geschichte des Bezirks immer wieder Einheimische verschwunden waren, zuletzt der Herumtreiber Walter Brown, den Akeley in seinen Briefen erwähnt hatte. Ich traf sogar auf einen Farmer, der glaubte, während der Überschwemmungen mit eigenen Augen eine der sonderbaren Leichen im stark angeschwollenen West River gesehen zu haben, doch seine Geschichte war viel zu wirr, um von wirklichem Wert zu sein.

Als ich Brattleboro verließ, fasste ich den Entschluss, nie wieder nach Vermont zurückzukehren, und ich weiß, dass ich mich daran halten werde. Jene wilden Berge sind mit Sicherheit Vorposten einer grauenhaften kosmischen Rasse. Davon bin ich noch fester überzeugt, seit ich gelesen habe, dass man hinter dem Neptun einen neunten Planeten entdeckt hat – ganz so, wie die Wesen es vorhergesagt haben. Die Astronomen haben diesem Ding, auch wenn es ihnen nicht bewusst sein dürfte, einen fürchterlich passenden Namen verliehen: ›Pluto‹. Für mich steht außer Frage, dass es sich dabei um nichts anderes als den nachtschwarzen Yuggoth handelt – und ich erschaudere, wenn ich mir vorzustellen versuche, *weshalb* seine monströsen Bewohner wünschen, dass ihr Planet auf diese Weise und zu diesem Zeitpunkt bekannt wird. Umsonst versuche ich mir einzureden, diese dämonischen Kreaturen wollten nicht allmählich auf eine neue Taktik hinaus, die für die Erde und ihre normalen Bewohner von Schaden ist.

Aber ich muss noch vom Ende jener schrecklichen Nacht im

Gutshaus berichten. Wie ich schon sagte, fiel ich schließlich in einen unruhigen Halbschlaf, einen Schlaf erfüllt von bruchstückhaften Träumen, in denen ich kurze Blicke auf ungeheuerliche Landschaften erhaschen konnte. Ich weiß nicht, was mich aus diesen Träumen riss, doch für mich steht fest, dass ich zu diesem Zeitpunkt tatsächlich erwachte. Zuerst hatte ich den undeutlichen Eindruck, dass auf dem Gang vor meiner Tür die Dielenbretter verstohlen knarrten und dass sich jemand ungeschickt am Türknauf zu schaffen machte. Das hörte allerdings sofort wieder auf, sodass mein erster wirklich klarer Eindruck die Stimmen waren, die ich aus dem Arbeitszimmer unter mir vernahm. Es handelte sich wohl um mehrere Personen, die in ein Streitgespräch verwickelt schienen.

Nachdem ich nur wenige Sekunden gelauscht hatte, war ich hellwach, denn die Art der Stimmen ließ jeden Gedanken an Schlaf absurd erscheinen. Sie klangen höchst unterschiedlich, und niemand, der je jener verfluchten Aufnahme gelauscht hatte, konnte über die Herkunft von mindestens zwei der Stimmen im Zweifel sein. So schrecklich diese Vorstellung für mich auch war, ich wusste, dass ich mich unter einem Dach mit den namenlosen Geschöpfen aus den Tiefen des Alls befand. Denn bei diesen beiden Stimmen handelte es sich unverkennbar um das blasphemische Summen, das die Außerweltlichen für die Kommunikation mit Menschen benutzten. Zwar gab es zwischen den zweien Unterschiede in der Tonlage, dem Akzent und der Sprechgeschwindigkeit, doch gehörten sie beide derselben verfluchten Gattung an.

Eine dritte Stimme stammte unzweifelhaft von einer der Sprechmaschinen, die an eins der Gehirne in den Zylindern angeschlossen sein musste. Daran gab es ebenso wenig Zweifel wie an den summenden Stimmen, denn die laute, metallische, leblose Stimme mit dem monotonen, ausdruckslosen Kratzen und Rasseln, ihrer unpersönlichen Präzision und Bestimmtheit hatte ich nicht vergessen können. Zuerst stellte ich mir gar nicht die Frage, ob es sich bei der Intelligenz, die sich hinter dem Rasseln verbarg, um dieselbe handelte, die zu mir gesprochen hatte. Dann jedoch wurde mir klar, dass *jedes* Gehirn Stimmlaute dieser Art von sich geben würde, wenn man es mit dem mechanischen Spracherzeuger verbände; die möglichen Unterschiede beträfen die Wortwahl, den Rhythmus, die Sprechgeschwindigkeit und die Aussprache.

Um dieses gespenstische Gespräch zu vervollständigen, gab es noch zwei menschliche Stimmen – die eines mir unbekannten und offenkundig bäuerlichen Mannes, der sich sehr ungehobelt ausdrückte, und die geschmeidige Bostoner Stimme meines ehemaligen Begleiters Noyes.

Während ich versuchte, die Worte zu verstehen, die gedämpft durch die solide Decke hindurchdrangen, bemerkte ich, dass sich im Zimmer unter mir etwas bewegte, und hörte eine Menge scharrender, schlurfender Geräusche. Ich konnte mich des Eindrucks nicht erwehren, dass der Raum voller Lebewesen war – es mussten viel mehr sein als nur die wenigen, deren Stimmen ich heraushören konnte. Die Geräusche genau zu beschreiben ist sehr schwer, da man kaum etwas Vergleichbares finden dürfte. Gegenstände schienen sich dann und wann wie Lebewesen durch das Zimmer zu bewegen, die Schritte klangen wie ein lockeres Klappern auf einer harten Oberfläche – wie das Aufschlagen eines unregelmäßig geformten Gegenstandes aus Horn oder Hartgummi auf einer ebenen Fläche. Es war, um einen konkreteren, aber weniger genauen Vergleich zu bemühen, als schlurften und klapperten Personen mit lose sitzenden zersplitterten Holzschuhen über den gebohnerten Parkettboden. Ich wollte keine Mutmaßungen darüber anstellen, wie die Verursacher dieser Geräusche wohl aussehen mochten.

Schon bald erkannte ich, dass es unmöglich war, das Gespräch zusammenhängend mitzuhören. Einzelne Worte konnte ich verstehen – unter anderem auch Akeleys Namen und den meinen –, vor allem vonseiten des mechanischen Spracherzeugers, aber die Bedeutung blieb mir verborgen, da der Zusammenhang fehlte. Noch heute lehne ich es ab, irgendwelche bestimmten Schlüsse aus dem Gehörten zu ziehen; die furchtbare Wirkung, die es auf mich hatte, beruhte eher auf einer Ahnung als auf einer Offenbarung. Unter mir, dessen war ich sicher, fand eine schreckliche und abnorme geheime Sitzung statt, doch zu welchem entsetzlichen Zweck vermochte ich nicht zu sagen. Es war sonderbar, wie mich dieses Gefühl einer bösartigen und blasphemischen Gegenwart überkam, trotz Akeleys Beteuerungen, dass die Außerirdischen friedliche Absichten hegten.

Geduldig lauschend, konnte ich die Stimmen bald klar unterscheiden, auch wenn es mir nicht möglich war, viel von dem Gespräch zu verstehen. Ich glaubte, bei einigen der Individuen gewisse charakteristische Emotionen auszumachen: Eine der summenden Stimmen beispielsweise besaß einen unverkennbar autoritären Beiklang, während die mechanische Stimme ungeachtet ihrer künstlichen Lautstärke und Regelmäßigkeit eine untergeordnete und bittstellende Position einzunehmen schien. Die Stimme von Noyes verbreitete eine Art versöhnliche Atmosphäre. Die anderen vermochte ich nicht zu deuten. Akeleys vertrautes Flüstern hörte ich nicht, wusste aber, dass dieses Geräusch niemals den soliden Fußboden meines Zimmers durchdringen könnte.

Ich werde nun versuchen, einige der unzusammenhängenden Worte und andere Geräusche, die ich heraushörte, niederzuschreiben, wobei ich die jeweiligen Sprecher so gut ich kann kennzeichne. Die ersten verständlichen Satzteile hörte ich von der Sprechmaschine.

(Die Sprechmaschine)

»... ich es selbst herbeigeschafft ... die Briefe und die Aufnahme zurückgeschickt ... ein Ende machen ... betrogen ... sehen und hören ... seid verdammt ... schließlich doch nur eine unpersönliche Kraft ... neuer glänzender Zylinder ... großer Gott ...«

(Erste summende Stimme)

»... als wir beendeten ... klein und menschlich ... Akeley ... Gehirn ... sagt ...«

(Zweite summende Stimme)

»... Nyarlathotep ... Wilmarth ... Aufnahmen und Briefe ... billiger Betrug ...«

(Noyes)

»... (ein unaussprechliches Wort oder ein Name, möglicherweise *N'gah-Kthun*) ... harmlos ... Frieden ... einige Wochen ... theatralisch ... habe ich Ihnen bereits gesagt ...«
(Erste summende Stimme)

»... kein Grund ... ursprüngliches Vorhaben ... Auswirkungen ... Noyes kann zusehen ... Round Hill ... neuer Zylinder ... Noyes' Wagen ...«

(Noyes)

»... nun ... ganz Ihre ... hier unten ... ruhen ... Ort ...«

(Mehrere Stimmen gleichzeitig, unverständlich)

(Zahlreiche Fußschritte, einschließlich des eigentümlichen Scharrens oder Kratzens)

(Merkwürdiges Flattergeräusch)

(Ein Automobil wird gestartet und entfernt sich)

(Stille)

Das ist im Wesentlichen alles, was ich erlauschen konnte, als ich unbeweglich auf dem Bett im oberen Stockwerk des heimgesuchten Hauses inmitten der dämonischen Berge lag – völlig angezogen dalag mit einem Revolver in der rechten und einer Taschenlampe in der linken Hand. Ich war, wie ich bereits sagte, hellwach; dennoch ließ mich eine unerklärliche Lähmung reglos verharren, noch lange nachdem die letzten Geräusche verklungen waren. Ich hörte das hölzerne, gleichmäßige Ticken der alten Connecticut-Uhr irgendwo dort unten und vernahm außerdem noch ein unregelmäßiges Schnarchen. Akeley musste nach der sonderbaren Sitzung eingedöst sein, und ich konnte mir gut vorstellen, dass er das bitter nötig hatte.

Doch was ich denken, geschweige denn tun sollte, vermochte ich nicht zu entscheiden. Was hatte ich denn schon gehört außer Dingen, die ich aufgrund meiner Informationen hätte erwarten können? Hatte ich denn nicht gewusst, dass die namenlosen Außerirdischen nun freien Zugang zum Gutshaus hatten? Ohne Zweifel war Akeley von ihrem unangekündigten Besuch überrascht worden. Aber irgendetwas in diesem fragmentarischen Streitgespräch hatte mir einen unermesslichen Schrecken eingeflößt, absurde und grauenhafte Zweifel in mir geweckt und mich dringlichst wünschen lassen, ich würde gleich aufwachen und alles sei nur ein Traum gewesen. Ich glaube, dass mein Unterbewusstsein etwas erfasst hatte, das meinem bewussten Ich bislang entgangen war. Doch was war mit Akeley? War er denn nicht mein Freund, und hätte er nicht heftig widersprochen, wenn jemand mir ein Leid zufügen wollte? Das friedliche Schnarchen dort unten schien meine schlagartig verstärkten Ängste lächerlich machen zu wollen.

War es möglich, dass man Akeley getäuscht und dazu benutzt hatte, mich mit den Briefen und Fotos und der Tonaufnahme hier in die Berge zu locken? Planten diese Wesen, uns beiden zugleich den Garaus zu machen, weil wir zu viel von ihnen wussten? Erneut dachte ich an den abrupten und unnatürlichen Umschwung der Lage, der sich zwischen Akeleys vorletztem und letztem Brief zugetragen haben musste. Irgendetwas, spürte ich instinktiv, war hier furchtbar schiefgelaufen. Nichts war so, wie es zu sein schien. Dieser säuerlich schmeckende Kaffee, den ich verschmäht hatte – war er vielleicht von einem dieser verborgenen unbekannten Wesen vergiftet worden? Ich musste unverzüglich mit Akeley sprechen und seinen Sinn für das rechte Maß wiederherstellen. Sie hatten ihn mit dem Versprechen kosmischer Offenbarungen hypnotisiert, doch jetzt musste er der Stimme der Vernunft folgen. Wir mussten fort von hier, ehe es zu spät sein würde. Wenn ihm die Willenskraft dazu fehlte, sich von allem loszureißen, dann würde ich sie ihm verleihen. Und wenn ich ihn gar nicht zu überzeugen vermochte, dann konnte ich immerhin alleine gehen. Er würde mir gewiss seinen Ford leihen, den ich dann in Brattleboro in einer Garage abstellen könnte. Ich hatte den Wagen im Schuppen bemerkt – das Tor stand nun offen, da die Gefahr vorüber zu sein schien –, und ich dachte mir, dass das Automobil mit ziemlicher Sicherheit sofort fahrbereit sein müsste. Die zeitweilige Abneigung, die ich während und nach der abendlichen Unterhaltung gegen meinen Gastgeber gehegt hatte, war mittlerweile ganz verschwunden. Er befand sich in der gleichen Lage wie ich, und wir mussten zusammenhalten. Wegen seiner Erkrankung war es mir äußerst unangenehm, ihn zu diesem Zeitpunkt zu wecken, aber ich musste es tun. So wie die Sache sich verhielt, konnte ich nicht bis zum nächsten Morgen an diesem Ort bleiben.

Endlich fühlte ich mich fähig zu handeln, und ich streckte mich kräftig, um meine Muskeln wieder unter Kontrolle zu bringen. Ich stand mit eher instinktiver als bewusster Behutsamkeit auf, fand meinen Hut und setzte ihn auf, nahm meine Reisetasche und stieg mithilfe der Taschenlampe die Treppe hinab. Ich war so nervös, dass ich den Revolver krampfhaft in der Rechten hielt, während ich mit der linken Hand sowohl die Tasche als auch die Lampe trug. Weshalb ich diese Vorsichtsmaßnahme ergriff, ist mir nicht wirklich klar, denn schließlich wollte ich nur den einzigen anderen Bewohner des Hauses wecken.

Als ich fast auf Zehenspitzen die knarrenden Stufen hinab zur Eingangshalle stieg, konnte ich den Schlafenden deutlicher hören, und mir fiel auf, dass er sich in dem Raum zu meiner Linken befinden musste – dem Wohnzimmer, das ich noch nicht betreten hatte. Zu meiner Rechten lag die gähnende Schwärze des Arbeitszimmers, aus dem ich die Stimmen vernommen hatte. Ich stieß die unverriegelte Tür zum Wohnzimmer auf und leuchtete mit der Taschenlampe in die Richtung, aus der das Schnarchen kam, bis das Licht auf das Gesicht des Schlafenden fiel. Doch schon in der Sekunde darauf wandte ich die Taschenlampe hastig ab und trat lautlos wie eine Katze den Rückzug in die Halle an. Dieses Mal entsprang meine Vorsicht nicht nur meiner Intuition, sondern auch der Vernunft. Denn bei dem Schlafenden auf dem Sofa handelte es sich keineswegs um Akeley, sondern um meinen früheren Begleiter Noyes.

Was das nun bedeuten mochte, konnte ich mir nicht erklären, aber der gesunde Menschenverstand riet mir, es sei das Beste, so viel wie möglich zu erkunden, bevor ich jemanden aufwecken würde. Zurück in der Halle, schloss ich leise die Wohnzimmertür, um die Gefahr zu verringern, Noyes zu wecken. Dann betrat ich vorsichtig das finstere Arbeitszimmer, wo ich Akeley wach oder schlafend in seinem großen Stuhl in der Ecke zu finden hoffte, offensichtlich sein liebster Ruheplatz. Als ich näher trat, erfasste der Lichtstrahl meiner Lampe den großen Tisch in der Mitte des Raums, und ich sah einen der teuflischen Zylinder, an den Sicht- und Hörmaschinen angeschlossen waren. Daneben stand eine Sprechmaschine bereit, um angeschlossen zu werden. Dies musste das eingeschlossene Gehirn sein, das ich während der grausigen Unterredung sprechen gehört hatte. Eine Sekunde lang verspürte ich das perverse Verlangen, die Sprechmaschine anzuschließen und zu hören, was es wohl sagen würde.

Es musste meine Anwesenheit bereits wahrgenommen haben, den Sicht- und Hörapparaten war das Licht meiner Taschenlampe und das leise Knarren des Bodens unter meinen Füßen sicherlich nicht entgangen. Schließlich wagte ich es aber nicht, an dem Ding zu hantieren. Beiläufig bemerkte ich, dass es sich um den neuen Zylinder mit Akeleys Namen handelte, auf den ich zuvor am Abend aufmerksam geworden war, woraufhin mir mein Gastgeber geraten hatte, mich nicht darum zu kümmern. Rückblickend bereue ich meine Zaghaftigkeit und wünschte, ich hätte den Apparat doch zum Sprechen gebracht. Gott weiß, welche Rätsel und schreckliche Zweifel und Fragen er hätte aufklären können! Vielleicht aber ist es auch gut so, dass ich ihn in Ruhe ließ.

Ich richtete meine Taschenlampe in die Ecke, in der ich Akeley vermutete, doch zu meiner Bestürzung befand sich weder ein schlafender noch wacher Mann in dem großen Lehnstuhl. Vom Sitz hing der gewohnte Morgenrock herab bis auf den Boden, und dort lagen auch der gelbe Schal und die riesigen Fußbandagen, die mir so merkwürdig erschienen waren. Ich zögerte und versuchte zu erraten, wo Akeley hingegangen sein mochte und weshalb er so plötzlich seine notwendigen Utensilien abgelegt hatte. Dann fiel mir auf, dass der eigenartige Geruch und die kaum wahrnehmbare Schwingung im Zimmer fehlten. Was war ihre Ursache gewesen? Ich erinnerte mich, dass ich beides stets nur in Akeleys unmittelbarer Nähe bemerkt hatte. Sie waren dort, wo er gesessen hatte, am stärksten gewesen, und außer in diesem Raum und direkt vor der Tür des Arbeitszimmers habe ich diese Phänomene sonst nirgends feststellen können. Ich blieb stehen, ließ den Strahl der Taschenlampe durch das dunkle Zimmer schweifen und marterte mein

Gehirn, um eine Erklärung für diese Wendung der Geschehnisse zu finden.

Bei Gott, ich wünschte, ich hätte das Zimmer leise verlassen, ohne den Lichtstrahl nochmals auf den leeren Stuhl zu richten. So aber ging ich nicht in aller Stille, sondern stieß einen halb erstickten Schrei aus, der den schlafenden Wächter im Zimmer gegenüber gestört haben muss, ihn aber nicht gänzlich aufwachen ließ. Mein eigener Schrei und Noyes' unbeirrtes Schnarchen waren die letzten Geräusche, die ich in dem morbiden Gutshaus am Fuße eines schwarz bewaldeten verwunschenen Berges hörte – jenem Brennpunkt außerkosmischen Grauens inmitten der einsamen grünen Berge und Flüche murmelnden Bäche eines gespenstischen alten Landes.

Es ist ein Wunder, dass ich auf meiner wilden Flucht nicht Taschenlampe, Reisetasche und Revolver fallen ließ, sondern irgendwie alles bei mir zu behalten vermochte. Es gelang mir sogar, den Raum und das Haus zu verlassen, ohne weiteren Lärm zu machen, mich und meine Habseligkeiten sicher zu dem alten Ford im Schuppen zu bringen und dieses uralte Vehikel in Bewegung zu setzen, hin zu einem unbekannten sicheren Ort irgendwo in der schwarzen, mondlosen Nacht. Die folgende Fahrt glich einem Wahntraum aus der Feder Poes oder Rimbauds oder den Zeichnungen Dorés, doch schließlich gelangte ich nach Townshend. Das ist alles. Wenn ich noch bei geistiger Gesundheit bin, kann ich mich glücklich schätzen. Zuweilen fürchte ich mich vor dem, was in den nächsten Jahren kommen mag, vor allem, da nun der neue Planet Pluto auf so sonderbare Weise entdeckt worden ist.

Wie ich bereits andeutete, ließ ich den Lichtstrahl meiner Taschenlampe durch das Zimmer schweifen und nochmals auf dem leeren Lehnstuhl ruhen. Da bemerkte ich zum ersten Mal ein paar Gegenstände auf dem Sitz, die mir zuvor in den Falten des weiten Morgenrocks nicht aufgefallen waren. Es handelte sich dabei um die Gegenstände, drei an der Zahl, die die Ermittler nicht mehr vorfanden, als sie später an den Ort des Geschehens kamen. Wie ich schon zu Beginn erwähnt habe, hatten sie nichts offensichtlich Grauenhaftes an sich. Das Quälende an ihnen waren die Schlussfolgerungen, die ich aus ihnen ziehen musste. Auch heute noch erlebe ich Momente des Zweifels –

Momente, in denen ich geneigt bin, die Skepsis derer zu teilen, die mein ganzes Erlebnis einem Traum, meinen überreizten Nerven oder Sinnestäuschungen zuschreiben möchten.

Die drei Gegenstände waren überaus clevere Erzeugnisse ihrer Art und verfügten über raffinierte Metallklammern, mit denen man sie an Körperformen befestigen konnte. Wozu sie dienten, wage ich mir nicht vorzustellen. Ich hoffe – hoffe voller Inbrunst –, dass es sich um das aus Wachs angefertigte Erzeugnis eines meisterhaften Künstlers handelte, doch meine tiefsten Befürchtungen sagen mir etwas anderes. Großer Gott! Dieser Flüsterer im Dunkeln mit seinem kranken Geruch und den eigenartigen Schwingungen! Hexenmeister, Sendbote, Wechselbalg, Fremder ... Dieses scheußliche unterdrückte Summen ... Und die ganze Zeit über in dem neuen glänzenden Zylinder auf dem Regal ... armer Teufel ... ›wundersame chirurgische, biologische, chemische und mechanische Fähigkeiten‹ ...

Denn bei den Gegenständen auf dem Sessel, vollkommen bis in die letzten Details mikroskopischer Ähnlichkeit – oder Identität –, handelte es sich um das Gesicht und die Hände von Henry Wentworth Akeley.

FESTA

H. P. LOVECRAFT
CHRONIK DES
CTHULHU-MYTHOS II

Stephen King: *Der größte Horrorautor des 20. Jahrhunderts ist
H. P. Lovecraft – daran gibt es keinen Zweifel.*

INHALT Band 2

Vorwort
Berge des Wahnsinns
Der Schatten über Innsmouth
Träume im Hexenhaus
Das Ding auf der Schwelle
Der Schatten aus der Zeit
Jäger der Finsternis

CLIVE BARKER: Lovecrafts Werk bildet die Grundlage des modernen Horrors.

Eine Festa Originalausgabe
Umschlag in Lederoptik
464 Seiten
ISBN: 978-3-86552-145-3